Daniel Ganzfried
Der Absender
Rotpunktverlag

Daniel Ganzfried

Der Absender

Roman

Rotpunktverlag

Autor und Verlag danken der Präsidialabteilung der Stadt Zürich, dem Kanton Bern, der Ernst Göhner-Stiftung, der Israelitischen Cultusgemeinde Zürich und dem Schweizerischen Schriftstellerinnen- und Schriftsteller-Verband ganz herzlich für die finanzielle Unterstützung.
Der Autor dankt Ines Bauer und Margharita Flück (Pensione Borgo Pescatori, Tricase, Porto/Lecce).

Die Deutsche Bibliothek – CIP-Einheitsaufnahme:
Ganzfried, Daniel:
Der Absender : Roman / Daniel Ganzfried. - 1. Aufl. -
Zürich : Rotpunktverl., 1995
  ISBN 3-85869-125-9

September 1995. Erste Auflage. Copyright bei rpv. Alle Rechte vorbehalten.
Gesetzt in der Garamond bei TypoVision, Zürich. Lektorat: Silvia Ferrari, Andreas Simmen; Korrektorat: Nina Seiler, Daisy Sommer; Umbruch: Heinz Scheidegger; Umschlag: Agnès Laube; Umschlagfoto: Ron Ganzfried; Druck: Offizin Andersen Nexö, Leipzig.
Verlagsadresse: Rotpunktverlag, Postfach, CH-8026 Zürich, Tel.- + Fax-Nr. +41/1/241 84 34.
Auslieferungen Schweiz AVA (buch 2000); Deutschland: Prolit; Berlin und Umgebung: Rotation; Österreich: Herder.
ISBN 3-85869-125-9
Bitte verlangen Sie unser Gesamtverzeichnis!

Kapitel eins

1)
Er hatte sich beeilt. Am Ende traf er fast fünf Minuten zu früh beim Empire State Building ein. Trotzdem stand sein Vater schon vor dem Lift zur Aussichtsplattform. Die hohe Stirn, graues Haar, weicher Mund, Georg erkannte ihn von weitem. Mit jedem Schritt, den er sich ihm näherte, zerfiel die Zeit, bis von den Jahren, seit sie sich nicht mehr gesehen hatten, nur noch ein kurzes Gestern übrig blieb. Ihre Begrüssung war kurz, zwei flüchtige Küsse. Er habe die Billette schon, sagte der Vater. Die Kolonne duldete keine Stockung. Der livrierte Angestellte in der Kabine liess seinen Blick einmal über ihre Köpfe schweifen, drückte den obersten Knopf und setzte sich schwerfällig auf den Hocker neben dem Bedienungsbrett. Ein trockener Klingelton. Die Türen glitten gegeneinander. Das einsetzende Aufwärts war für die Fahrgäste nur zu erahnen.

Georg spürte einen lästigen Druck im Rücken. Ein untersetzter Mann bemühte sich redlich, mit dem aufdringlichen Teleobjektiv seiner Kamera niemandem in die Quere zu kommen. Sein hilfloses »Excusez moi« liess er unerwidert und ergab sich der Vorstellung, für Stunden steckenzubleiben. Er musterte verstohlen die dicht gedrängten Passagiere, überzeugt, dass alle an das gleiche dachten – den Gestank nach einer Weile, und was man so lange ohne Toilette wohl machte. Mann und Frau lasen sich gedämpft aus einem Reiseführer vor. Aber die falsche Stelle. Sie zitierten aus einem Abschnitt über die Zwillingstürme des World Trade Centers, wie Georg verstand. Oder sie waren im falschen Turm, überlegte er. Manchmal schaute er zu seinem Vater, der sich einem fernen Punkt an der Aluminiumwand zu widmen schien. Georg überlegte, ob jemand anderes wohl merken würde, dass sie zusammengehörten. Er suchte selbst nach Indizien. – Als müsste ihrem Treffen eine Bedeutung erst noch abgerungen werden. Wieder Klingeln. Auf den Anflug von Gewichtsverlust schon gefasst, wartete Georg, dass die Türen sich öffneten und die Menschen in der Zugluft zerstöben. Dennoch traf ihn der heftige Atem aus der Stadt unvermittelt, und wie immer hier oben war ihm während den ersten Minuten, als sei er in ein grosses Gewölbe eingegangen.

2)

In den siebziger Jahren machte ich meine erste Reise nach Ungarn seit 1949. Mein Vater war gestorben. Aus reiner Willkür hatte man mir das Visum zu spät für die Beerdigung erteilt. Also besuchte ich wenigstens Onkel Soli in Budapest. Was hätte ich sonst tun sollen. Wir unterhielten uns, wie für zwei Leute üblich, die sich lange Zeit nicht mehr gesehen hatten. Er schilderte mir seine Erlebnisse in der Ukraine. Sie mussten Minen räumen. Trotz vieler Verluste war jedem eine anständige Überlebenschance verblieben, wenigstens unterstanden sie nicht deutscher Gewalt. Wie die Geschichte gezeigt hatte, war der Gang durch ein Minenfeld ja tatsächlich weniger gefährlich als die Fahrt in einem Viehwaggon der Reichsbahn. Aus irgendeinem Grund kam Onkel Soli dann noch auf Grossvater und Grossmutter zu sprechen. Ich stellte beiläufig fest, dass von uns beiden ich es war, der sie zuletzt gesehen hatte. Von hinten, zusammen mit dem Rest der Familie. Ihre Kolonne entfernte sich allmählich, während in unserer mein Vater mich vorwärts stiess. Soli stand auf. Er trat ans Fenster und schaute eine Weile auf die Strasse hinunter, wo mein alter Ford Taunus geparkt war: »Ein schöner Wagen. Schon wegen der ausländischen Nummernschilder. Unser Vater, dein Grossvater, wäre damals gescheiter in Amerika geblieben.«

Meine Grosseltern waren für mich immer siebzig gewesen. Ihr Tod war mir nie zu einer Tatsache geworden. Sie waren einfach nicht mehr da. Wie all die anderen. Erstaunt nahm ich nun zur Kenntnis, dass sie offenbar schon vor meiner Erinnerung gelebt hatten. Also liess ich meinen Onkel weiter reden.

Die Emissäre aus den Stahlwerken in Pennsylvania waren mit vielversprechenden Verträgen und billigen Überfahrtskarten damals bis in die hinterste Provinz Ungarns ausgeschwärmt. Sie hatten es besonders auf junge Leute abgesehen, auf grosse, starke und gesunde Männer. Sogar eine orthodoxe jüdische Gemeinde mussten sie zu bieten gehabt haben, sonst hätte Grossvater kaum unterschrieben. Kurz zuvor hatte er Sali geheiratet, meine Grossmutter. Ebenso fromm wie er, wartete sie in der Heimat, während er ein paar Jahre als Giesser arbeitete. Eines Tages stand er wieder vor der Türe, nicht gerade reich, aber mit ein wenig Erspartem und vor allem mit einer Idee. Das weite Ackerland in Amerika musste ihn an die Böden der Heimat erinnert und es ihm nahegelegt haben, sich die neuartige Technik der Getreideernte auch auf den hiesigen Feldern vorzustellen. So hatte er mit seinem Kapital einen Mähdrescher gekauft, den ersten in dieser Gegend. Es brauchte seine Zeit, bis sich bei den Bauern der Glaube verflüchtigt hatte, das Ungeheuer fresse ihr Getreide, anstatt es zu dreschen. Aber danach zogen meine Grosseltern ein paar Jahre durch das ganze Komitat, um sich von den Grundbesitzern anheuern zu lassen, und daher war von ihren sieben Kindern ein jedes in einem anderen Dorf zur Welt gekommen. Aus welchem Grund das Ding eines Tages in Flammen aufging, konnte nie jemand in Erfahrung bringen. Tatsache ist, dass viele der ärmeren Bauern nicht mehr mithalten konnten und es unter den Landarbeitern schon genug Arbeitslose gab.

Laut Onkel Soli musste es unmöglich gewesen sein, eine Maschine einzuführen, die gleich viel leistete wie fünf Menschen, ohne sich damit zahlreiche Feinde zu machen. Gleichzeitig hatte auch noch der Prozess um den vermeintlichen Ritualmord von Tisza-Eszlar stattgefunden. Ein Jude sollte das Blut eines christlichen Mädchens zu Matzes verarbeitet haben. »Jedenfalls war die Maschine nicht versichert.« Danach liessen sie sich in Nyr nieder.

Ein frommer Schuster und eine warme, gütige Frau. So habe ich meine Grosseltern in Erinnerung. Mehr als mit fremden Schuhen verbrachte Grossvater die Zeit an seiner winzigen Werkbank, über allerhand Schriften gebeugt. Die Lippen bewegten sich beim Lesen, oder er stand auf, um ein paar Schritte im engen Kreis zu gehen, eine Hand am Bart, bis er sich wieder hinsetzte und weiter las. Ich bastelte aus Holznägeln und alten Sohlen Schiffe, die Werkbank wurde zur Donau, Grossvater war Pirat, ich Kapitän, oder umgekehrt, er merkte den Unterschied nicht. Das einzige Fenster der Werkstatt bestand aus einem Loch in der Mauer ganz oben unter dem rohen Dach. Im Sommer gurrten dort zwei Tauben und liessen ihren Dreck auf den Lehmboden fallen. Den Rest des Jahres verdeckte eine schmierige Scheibe die Öffnung. Die Wohnung, ein paar Häuser weiter, noch dunkler, roch ebenso nach kaltem Tabakrauch und Russ. Der Kochherd direkt hinter dem Eingang diente auch als Heizung. Von der niedrigen Decke baumelte die Petrollampe. Grossvater stiess sich öfters den Kopf daran, dann schepperte es laut, aber er hätte niemals geflucht. Festgetretener Lehm bildete den Fussboden, trotzdem herrschte eine immerwährende Sauberkeit, ebenso im zweiten Raum, wo das grosse Bett stand, in dem ich manchmal auf einem Strohsack zwischen ihnen lag. Kratzte mich Grossvaters Bart im Gesicht, wachte ich auf, stiess ihn unter der Daunendecke etwas von mir weg und rückte näher an den zierlichen Körper von Grossmutter. Dann drehten sich beide im Schlaf. Ihren Gewändern entströmten Schwälle von warmer Luft.

Jeden Freitagmorgen putzte Grossmutter besonders gründlich. »Man richte das Haus her, wie wenn ein teurer und angesehener Mensch zu einem käme, zu Ehren der Königin Sabbat«, las sie mir vor. Bevor ich mich zum Essen auf den Weg zu ihnen machte, nahm Mutter mich zur Seite und steckte mir ein verknüpftes Taschentuch zu, das ich Oma geben sollte. Grossvater sass meistens schon am Tisch; seine Schläfenlocken berührten die Buchseiten vor ihm. Flüchtig hielt er mir die Backe hin, damit ich ihn küssen und er meinen Hinterkopf tätscheln konnte. Viel lieber umarmte ich Grossmutter, die immer etwas Milchreis für mich hatte oder süsse Suppe mit eingemachten Kirschen. Auch wenn ich nur schnell vorbeigerannt kam, wie an dem Tag, als ich behauptet hatte, der Kindergarten sei abgebrannt. Wir waren früher nach Hause geschickt worden, weil der Kaminfeger den Ölofen überholte. »Omi, Omi, geben Sie mir meine Kirschensuppe, der Kindergarten ist abgebrannt.« Sie wandte sich um. Ihr schmales, blasses Gesicht war von einem Kopftuch eingefasst, in der Art, wie es auch die Marktfrauen trugen. Ohne weitere Fragen drückte sie mich fest an sich. Die faltige Haut im Gesicht war warm und weich und roch nach Seife. Im Nu hatte ich einen Teller vor mir stehen. Hastig löffelte ich ihn aus, bedankte mich, küsste sie und war schon wieder fort.

3)

Vor einem silbrigen Streifen Atlantik sah man das Riesenrad von
Coney Island. Der Horizont war ein Strich zwischen Blau und
Blau.

»Hörst du die vielen Sirenen?« Georg löste seinen Blick von der
sanften Krümmung der Verrazano-Brücke im Dunst.

»Ja. Klar. Ich glaube, wenn man darauf achtet, heult immer irgend etwas. Das ist normal hier.«

»Meinst du?« Sein Vater hielt den Kopf betont schräg und fragte,
was ihn eigentlich hierher verschlagen habe, weshalb ausgerechnet
New York, wie lange schon und für wie lange noch. »Frau Fuchs
hat mir nur diese Telefonnummer angegeben, von einem jungen
Mann, den ich unbedingt anrufen soll. Als ich deine Stimme zum
ersten Mal auf dem Beantworter hörte, war ich so perplex, dass ich
sofort auflegte. Ich hatte ja keine Ahnung, dass du in New York
bist. Und ich glaube, sie wusste nicht einmal, dass ich dein Vater
bin.«

Georg fiel nur der Wunsch nach Abwechslung ein, um zu erhel-
len, was ihn hierhergetrieben habe.

»Abwechslung tut immer gut. In deinem Alter habe ich es auch
nie lange an einem Ort ausgehalten. Sowenig wie bei einer Frau.
Das erhält jung. Schau her, sieht man mir meine sechzig Jahre an,
sag ehrlich.«

Georg tat ihm den Gefallen und verneinte. Die unbeholfenen
Bemühungen seines Vaters um Gemeinsamkeiten schienen ihm
schon früher immer verfehlt. Im Grunde war er weggegangen,
weil sich nach Ausbruch des Golfkrieges, im allgemeinen Abbrök-
keln von Standpunkten, die als gesichert galten, gezeigt hatte, dass
alle Angelegenheiten ohne sein Zutun ihren Verlauf nahmen und
auch er die Durchschnittlichkeit niemals so weit verlassen würde,
um sich bei Gefahr oder mangelndem Erfolg nicht jederzeit wieder in ihren Schutz begeben zu können. Aber das mochte er jetzt
nicht erklären. Stattdessen schilderte er, wie die anfängliche Begeisterung der Einsicht weichen musste, dass New York im Winter
auch nichts anderes als ein nasskalter und vorläufiger Aufenthaltsort war.

»Immerhin etwas, für jemanden ohne festes Ziel«, beschwichtig-
te sein Vater. »Von was lebst du eigentlich die ganze Zeit? Hast du

sparen können? Immerhin bist du schon über dreissig. Billiger ist das Leben hier kaum. Besonders wenn man nicht selber kocht. Kannst du überhaupt kochen? Nicht so wichtig. Ich habe es bis heute auch nicht weiter als bis zu Rühreiern gebracht. Aber Rühreier, das kann ich. Ich schwöre es. Hast du eine Küche in deiner Wohnung?« Georg antwortete, so gut es ging, während Fragen, Antworten, Fragen in einem atemlosen, hastigen Reigen durch die Luft wirbelten.

Manchmal blieben sie an der Brüstung stehen, etwas länger jeweils auf der windabgewandten Seite gegen Osten. Vom Landesinneren her wehte eine kalte Brise. Ein Helikopter näherte sich im Steigflug über den Hudson. Was ringsum unter ihnen lag, hatte seine quadratische Ordnung. Nur im Fernen und Flachen zerfranste die Stadt. Dann betrachtete Georg wieder den Belag vor seinen Füssen. Kurz bereute er, ausgerechnet das Empire State Building, dessen beschränkte Fläche in über dreihundertachtzig Metern Höhe sie unweigerlich nebeneinander gefangen hielt, auf dem Telefonbeantworter als Treffpunkt vorgeschlagen zu haben.

Vaters Tenor plätscherte vertraut, sein angedeutetes Lächeln streifte ihn, und jedes ihrer belanglos aneinandergereihten Worte schien zu unterstreichen, dass man sich die Maske gegenseitig nicht zu heben brauchte, um zu wissen, wer dahintersteckte, es waren ohnehin nur Spuren von Erosion, die Georg bemerkt hatte. Müdigkeit befiel ihn, und die etwas willkürliche, unbeholfene Zärtlichkeit seines Vaters, der ihm ohne Anlass den Arm um die Schultern legte, brachte ihn in Verlegenheit; er konnte sie nicht erwidern.

Zwangsläufig fiel die Rede auch auf seine Arbeit. Georg, darauf gefasst, gelang es, seine Schilderung beiläufig zu halten. Er sei Volontär in einem Büro, das ein Museum zum Andenken an den Holocaust plane. Er höre zur Hauptsache Tonbandkassetten ab mit Holocaustgeschichten von Leuten, die in den Konzentrationslagern überlebt hatten, halte die darauf gesprochenen Geschichten nach Stichworten fest und erfasse sie per Computer für das zukünftige »Oral History«-Archiv. »Ein wenig langweilig. Immer wieder dasselbe«, schloss er, gespannt, was sein Vater dazu sagen würde. Doch der wollte nur wissen, wie es um den weiblichen Teil der Belegschaft stünde. Sogar das war Georg eine Antwort wert. So plauderten sie dahin, manchmal einander ins Wort fallend, dann wieder jeder für sich. Um so mehr bekräftigte Georg innerlich seinen Vorsatz, dem Vater zu eröffnen, was ihn während des letzten Monats wirklich beschäftigt hatte, und überlegte sich eine Antwort, falls dieser in seiner unschuldigen Weise fragen sollte, weshalb er ihn wegen der ganzen Geschichte nicht einfach angerufen habe.

Aber zuerst wollte er versuchen, einen Blick auf seinen linken Unterarm zu werfen.

4)

Grossvater versank im Laufe der Zeit in immer tiefere Abkehr. Es war Grossmutter, der es oblag, leise und genügsam dafür zu sorgen, dass ihnen die Welt nicht ganz abhanden käme, obschon es auch sie schmerzen musste, dass von sieben Kindern, denen sie Mutter gewesen war, kein einziges dem gottgefälligen Weg folgte, zu dem sie alle erzogen hatte. Manchmal klagte sie im Halbdunkel am Küchentisch. Meine Mutter sass dann auf dem Schemel an die Wand gelehnt. Sie trug ihr dichtes, dunkelbraunes Haar ansonsten unbedeckt, aber wenn sie bei Grossmutter zu Besuch war, hatte sie ebenfalls ein Kopftuch umgebunden. Von Grossmutter dagegen weiss ich bis heute nicht, was für eine Farbe ihre Haare hatten. Nur an ihre schön frisierte, fast blonde Perücke, die sie ausser Haus immer trug, erinnere ich mich.

Zum Pessachfest war die ganze Familie immerhin einmal im Jahr bei ihnen versammelt. Im hinteren Zimmer, wo gewöhnlich fensterlose Dämmerung herrschte. Das schwere Bett war ganz an die Wand geschoben. Ein weiss gedeckter Tisch füllte die Mitte des Raumes. Auf dem Tuch funkelten silberne Platten, Kerzenständer, Teller und Gläser. Der Geruch von Petrollampen und verbranntem Wachs lag in der Luft. Eine zwanzigköpfige Schar wartete rund um die Tafel, bis Grossvater am Kopfende den Auszug aus Ägyptenland wieder zu Ende erzählt hatte. Darauf durfte ich als Jüngster das letzte Stück Matze, das Afikomen, stehlen, und der Hausherr, in unserem Fall Grossvater, musste es gegen ein paar Münzen wieder auslösen, die ihm wahrscheinlich meine Mutter im voraus zugesteckt hatte.

Laut Onkel Soli muss Grossvater früher unerbittlich streng gewesen sein. Am Freitag habe er die Kinder manchmal mit dem

Lederriemen in die Sabbatkleider und auf den Weg zur Synagoge getrieben. Alle sieben, wenn es sein musste, und Grossmutter habe derweilen die Küche vorbereitet, als hörte sie das Geschrei nicht. Die Gottesfurcht muss er ihnen damit gründlich ausgetrieben haben. Vater verbat sich jedenfalls jegliche religiöse Verführung meiner Seele, die über den Bar-Mitzwah-Unterricht hinausging. Auch an den Feiertagen. Die waren ihm besonders verhasst, wenn sie ungünstig in die christliche Arbeitswoche fielen. Er wollte nicht einmal von Yom Kippur etwas wissen. Stattdessen machte er sich lustig über mich, als ich, angespornt von meinem mehr als vollleibigen Onkel Kalman, der mit Tante Borish neben uns wohnte, auch wie die Frommen fasten wollte. Onkel Kalman arbeitete als Buchhalter in einem Geschäft für Brennmaterialien, Kohle, Torf und Öl; als Buchhalter lebte er auch die Religion, der sein ganzer Eifer galt, ohne dass dieser je in Leidenschaft umgeschlagen hätte. Gegen Mittag kam Vater schnell vom Geschäft herüber. Ich hatte schon den ganzen Morgen ohne einen Bissen ausgehalten und sass in der Küche, wo Mutter das Mittagessen für ihn vorbereitet hatte, obschon sie selber auch fastete. Er bedachte mich mit einem spöttischen Blick und verlangte Rührei. Meine Lieblingsspeise. Aber reichlich, er sei hungrig. Ich schaute ihr zu – die Milch, die Eier, das Mehl, zerhackte Peperoni – und verbannte Onkel Kalman mitsamt seinem eifrigen Bemühen, mir das gottgefällige Leben näherzubringen, für eine Weile aus meinen Gedanken. Schliesslich bat Mutter mich, den dampfenden Teller meinem Vater zu bringen, eine Scheibe Brot legte sie auch noch dazu. Onkel Kalman war weit weg, ich stand alleine vor Gott und meinem Vater, der genüsslich kaute. Sie hatte ihm so viel gemacht, dass er gar nicht alles aufessen konnte. Ich wartete, bis er den Teller von sich wegschob, nahm seine Gabel und ass schnell den Rest auf. Er lachte.

Abends liess er mich ausnahmsweise mit Grossvater in die Synagoge der Orthodoxen Gemeinde gehen. Dieser sagte auf dem ganzen Weg kein Wort. Auch grüsste er nicht, wie üblich, die Leute schon von weitem. Wenn jemand an uns vorbeiging, murmelte er höchstens ein paar Floskeln, die sich im Bart verfingen, und eilte weiter. Ich wusste nicht, war es freudige Erwartung oder eine unbekannte Furcht, die ihn antrieb. Das letzte Stück Weg musste ich ihm die Hand geben, um Schritt halten zu können, und gab acht, auf dem Kopfsteinpflaster des Gehsteigs nicht zu stolpern. Im Hof vor der Synagoge bahnte er sich stumm einen Weg durch die Menge der Wartenden, ich an seiner Hand hinter ihm her. Sein Bart zitterte im Selbstgespräch, ein nach innen gekehrtes, abwesendes Lächeln lag auf seinem Gesicht. Plötzlich fasste er mich fester, blieb stehen, bückte sich zu mir herunter und flüsterte eindringlich:»Sei furchtsam, mein Junge, und bereue, denn diese Nacht wird ER entscheiden.« Ich hatte keine Ahnung, was er meinte. Im Geist blätterte ich die vergangenen Tage durch wie ein Bilderbuch, doch ich stiess auf keine herausstechenden Missetaten. Höchstens vielleicht die verletzte Taube im Hof, aber daran war Mathyi genauso schuld wie ich, und gemerkt hatte es auch niemand, denn sie flog noch bis zum Waldrand und legte sich erst dort zum Sterben hin. Grossvater schwieg. Meine Hand lag fest in seiner. Den Tränen nahe riss ich an seinem Arm, doch er liess nicht locker. »Ich weiss, du kannst noch nichts dafür«, sagte er endlich. »Aber ER entscheidet über uns alle. Alt und Jung. Heute abend!« Er schaute in die Dämmerung am Himmel und sprach weiter, aber schon nicht mehr zu mir: »Ja, heute wird der Allmächtige entscheiden, wer von uns den nächsten Yom Kippur noch erleben wird.« Erst jetzt liess er meine Hand los. Ich hatte plötzlich Angst, dass ich ihn verlieren könnte und alleine unter all den frommen Juden auf das Urteil warten müsste. Dicht hinter ihm trat ich in die Halle, zwischen all die Gestalten in dunklen Kleidern. Einige trugen schon ihre Gebetstücher über Kopf und Schultern, aber die meisten standen noch in Gruppen herum und schwatzten laut. An seinem Platz irgendwo in den mittleren Rängen warf auch er sich sein Tallit mit trägem Schwung über und verblieb für den Rest des Gottesdienstes in einer eigenen Welt. Um mich ein dichter Wald aus Beinen, auf der Galerie die Büsten der Frauen in der vordersten Reihe, hochgeschlossene Kragen und Perücken. Ich war gerade gross genug, um trotz der tiefen Holzbank den Kantor am Torah-Tisch sehen zu können. Sein Gesang hatte sich schon von ihm gelöst und schwebte bald mit den anderen Stimmen über mir, bald schwirrten einzelne Töne aus dem hundertfachen Flüstern und Murmeln empor, bis hoch unter das Gewölbe. Die meisten der Männer trugen Hüte, einige auch nur ein Käppchen auf dem Hinterkopf, und fast alle hatten einen Bart wie mein Grossvater. Ihre Lippen flatterten. Wie er wiegten auch sie den Oberkörper oder drehten ihn halb um die eigene Achse, mal nach links, mal nach rechts, die Augen geschlossen, das Gebetbuch in beiden Händen vor dem Gesicht. Auf einmal, mitten im Gebet, warfen sich alle zu Boden, ein lautes Stöhnen entstieg der Menge. Ich beeilte mich, ebenfalls in die Knie zu gehen. Grossvater war für meine Fragen unerreichbar. Mussten jetzt ein paar von uns sterben? Beteten die anderen, dass sie am Leben blieben? Ich kauerte neben ihm und sah schon das Gewölbe zusammenstürzen, wie bei Samson und den Philistern.

5)
»Aha, als Volontär. Also unbezahlt?« bemerkte der Vater jetzt, und in seinen Worten klang derselbe Widerwille wie früher, als sie noch über Georgs Aktivitäten gestritten hatten. »Wenn du wenigstens Geld damit verdienen würdest ...« war das einzige Eingeständnis, das er zu machen pflegte. Georgs Erwiderungen wiesen dann meistens auf das Elend in anderen Teilen der Welt, was sein Vater nie bestritt, ihn aber auch nicht sonderlich zu berühren schien und zur abschliessenden Bemerkung veranlasste, die Geschichte habe ihn nur eines gelehrt: nicht aufzufallen. »Strecke deinen Kopf nicht aus der Masse, dann wird er auch nicht abgemäht«, was für Georg jeglicher Grundlage entbehrte und nicht erwidert zu werden brauchte.

»Ja, als Volontär. Anders dürfte ich hier gar nicht arbeiten«, beantwortete Georg den verhaltenen Einwand.

»Du hast ja recht. Warum nicht, wenn es dir gefällt ...«, fuhr der Vater fort. Ich kann mir gut vorstellen, dass es ganz interessant ist, für eine Weile ...«

»Was?« Georg hatte kaum hingehört.

»Nur, ob du diese Erfahrung jemals gebrauchen kannst, ich meine bei einer richtigen Arbeit? Ein Museum, das es noch gar nicht gibt ...? Na ja, was soll's. Meine Mutter hat immer gesagt, was man einmal im Kopf hat, das kann einem niemand mehr nehmen.«

Georg war erleichtert, als sich das Gespräch von seiner Arbeit auf die alte Freundin seiner Grossmutter verlagerte, eine alleinstehende Dame in Long Island. Sie hatte ihn zu Beginn seines Aufenthaltes in New York immer gedrängt, am Sabbatabend zu Besuch zu kommen. Irgendeinmal war er der Herzlichkeit ihrer Versuche erlegen.

6)

Unser Haus bildete die Stirnseite eines Gevierts, wobei der hintere, nördliche Teil nur aus einem niedrigen, von Unkraut bewachsenen Erdwall bestand, der den Hof von der Wiese trennte. Ihm vorgelagert standen, wie Wachtkabinen am Eingang zu einer Burg, zwei hölzerne Latrinenhäuschen. Durch die Fugen in der Rückwand sah man den Birkenwald hinter der Wiese, die Lichteinlässe in der Türe überwachten den Hof. Näherte sich jemand, schrie man einfach »Besetzt«, dazu hielt man die Türe am Lederriemen fest. Die Ostflanke des Gevierts, die Rückwand einer Husarenkaserne, war der Stadt zugewandt. Ihr entlang standen gegen den Hof hin die Geflügelställe. Die Hühner hatten einen offenen Verschlag. Aber die Gänse sahen nur zur Mast, zwischen den Knien meiner Mutter, ein wenig Himmel über sich. Der Taubenschlag markierte die Mitte des Gevierts. Mit seinen unzähligen Öffnungen glich er einer übergrossen, wurmstichigen Birne, das schmalere Ende auf einer Stelze befestigt.

Auf der anderen Seite des Hofes, gegenüber der Kaserne, hausten im vorderen Teil Tante Borisch und Onkel Kalman. Tante Borisch, eine Schwester meiner Mutter, hatte keine Kinder, aber ihre Arme waren wie die Flügel einer Henne, wenn ich in Erwartung des Zorns meines Vaters bei ihr Zuflucht suchte und sie sich aufplusterte, damit ich unterkriechen konnte. Tante Borisch badete viel. Manchmal schlief ich auf der Chaiselongue ein, während sie in ihrem Zuber sass. Vater schenkte ihr alle Seifenmuster, die er von seinen Lieferanten erhielt. Aber es half nichts. Die Wohnung blieb immer vom säuerlichen Geruch ihrer Ausdünstung durchzogen. Bei ihnen versteckte ich meinen Schatz – Cowboy- und Kriminalhefte – vor meinen Eltern.

Im hinteren Teil wohnten die Pavels mit ihren fünf Kindern. Rosi, das einzige Mädchen, war die Älteste, dann kamen die vier Jungen, darunter mein Freund Mathyi. Ihr Vater handelte mit Bettfedern, die er sackweise bei den Bauern im Umkreis erwarb und entweder an die Werkstätten weiterverkaufte, wo sie zu Bettzeug verarbeitet wurden, oder selber damit auf den Markt ging. Kam er nach Hause, hing ihm oft noch etwas Gänseflaum im langen Bart oder in den Spiralen seiner Schläfenlocken. Manchmal hatte er so viel Säcke, dass er sie im Hof zwischenlagern musste. Einmal lag ein Sack aufgerissen und leer dort. Ein Tier aus den Wäldern musste sich abends herangeschlichen haben. Die Federn trieben tagelang wie Blütenstaub über den ganzen Hof, und unsere Gänse schrien noch durchdringender als sonst.

Man erzählte sich, Rosi sei das Nebenprodukt einer Einkaufstour in früheren Jahren gewesen, Pavel habe sich Bart und Schläfenlocken nur wachsen lassen, weil er danach eine Frau gebraucht, aber nur unter den Frommen eine gefunden habe, die arm genug war, um einzuwilligen. Niemand wusste Genaueres. Rosi musste ständig im Haushalt helfen. Mutter half ihnen ab und zu mit »etwas Kleinem für die Kinder«, wie sie meinem Vater abschwächend gestand, aus der Geschäftskasse aus oder vergass nebenbei ein paar Posten in der Abrechnung, wenn Frau Pavel Besorgungen bei uns machte. Vater sah beides nicht gern, schliesslich habe Pavel auch Geld genug, um den Synagogenplatz zu bezahlen. Aber an Mutters lächelnder Güte prallten alle Argumente ab. Es blieb ihm keine andere Wahl, als mit gerunzelter Stirn in eine andere Richtung zu schauen oder erst gar nichts zu merken.

Die Ecke zwischen ihrer Wohnung und unserem Haus wurde von einem kleinen Raum eingenommen, eigentlich mehr ein Schuppen mit einem vergitterten Mauerdurchlass als Fenster. Seine Verwendung änderte sich öfters. Einmal benutzte ihn der Sohn des Hausbesitzers Bok als Abstellraum, später wurde eine Werkstatt für Zahnprothesen daraus, dann die Backstube eines Lebkuchenfabrikanten, am Schluss übernahm der junge Bok ihn wieder, unterdessen Radiomechaniker geworden. Ein stiller, freundlicher Bursche. Hin und wieder schenkte er mir Ersatzteile oder liess mich an ausgedienten Geräten herumspielen; einziger Christ in unserem Hof, wird er den Krieg wahrscheinlich überlebt haben.

7)
»Tante Winnie, Du müsstest sie eigentlich auch kennen.«

»Aber sicher«, bestätigte der Vater, »wie geht es ihr denn? Du, ich glaube, die ist unterdessen auch schon achtzig.«

Vor einem Jahr hatte sie das zweite künstliche Hüftgelenk erhalten. Seither trug sie ihr Übergewicht schwankend durch das Haus und musste aufpassen, es nicht fallen zu lassen. Dann sei es aus, warnte der Doktor. Georg erzählte weiter von ihrem windschiefen Haus, die Fenster müssten neu dicht gemacht werden. Sie hatte drei Untermieter, den jüngsten, um die dreissig, nannte sie »Hat noch nie«, den mittleren, einen Fünfziger, »Möchte gern« und den Dritten, ungefähr so alt wie sie selbst, »Kann nicht mehr«. Die Wände hingen voller Fotografien längst Verstorbener, die meisten in grobkörnigem Schwarzweiss, darunter zwei Ehemänner und der einzige Sohn: Hodenkrebs. An der Steckdose war ein ewiges Licht angeschlossen, und Freitagabend sprach sie, eingerahmt von zwei dicken Kerzen in silbernen Ständern, in einer Mischung aus Englisch, Deutsch und hebräischen Brocken ein kurzes Kaddisch; nach einigen Bechern süssen Carmel-Weins und einem Gläschen Sherry darüber hinaus wischte sie sich mit dem Spitzentüchlein ein paar Tränen weg und warb endlich darum, ihm das alte Sofa zurechtmachen zu dürfen. Willigte er dann ein, über Nacht zu bleiben, gurrte sie wie eine Taube und holte zufrieden die Bettwäsche hervor. An einem dieser Abende hatte sie ihrer Überzeugung freien Lauf gelassen, dass es für einen gesunden Mann in seinem Alter nicht gerade schicklich sei, monatelang in der Stadt herumzustreunen. Sie könne ihn nicht bei ihren Freundinnen einführen, bevor er nicht wenigstens zeitweise einer Beschäftigung nachginge. Eine Bekannte ihrer Nachbarin, die Tochter der Schwester des Rabbis, habe eine äusserst reizende Tochter, die sich allerdings kaum mit jemandem einlasse, der, noch so jung, schon jeden Morgen im Bett liegenbliebe. Dass ein neues jüdisches Museum geplant werde und das zuständige Büro noch Aushilfen oder Praktikanten suche, wie sie von einer anderen Bekannten ihrer Nachbarin erfahren habe, erwähnte sie ganz nebenbei, trotzdem hatte Georg die Aufforderung deutlich heraushören können. Tante Winnie vermittelte eben gerne, früher Häuser und Grundstücke, heutzutage nur noch Ehen, Jobs und dergleichen.

»Das war aber nett. Irgendwie musst du deine Tage ja füllen, da hat die alte Jeckete recht«, meinte sein Vater und wollte wissen, ob er irgendwo dort draussen eine Freundin habe, während unter ihnen die Stadt hechelte. Georg verneinte. »Ein normaler Mann in deinem Alter braucht doch mehr als nur ein Bett und regelmässige Beschäftigung, damit er irgendwo bleibt. Erst recht in einer Stadt wie dieser«, insistierte er.

»Ja, und?« antwortete Georg und überlegte, ob sein Vater recht haben könnte. Er erinnerte sich, wie er zum ersten Mal die Tonbandkassette abgehört hatte, an die Kartonschachtel vor ihm auf dem Pult, und als stünde neben ihm nicht ausgerechnet sein Vater, drohte die Geschichte nun vor ihrem Schluss zu versickern. Georg verirrte sich in der Erwägung, dass von vielen, gerade den wichtigeren Ereignissen einzig ihr Anfang in der Erinnerung wirklich Bestand hatte. Den Rest machten Anekdoten, Spurenelemente. Willkürlich verknüpft. Auch hier. Trotz allem, was er herausgefunden zu haben glaubte. Vielleicht blieb das einzige Resultat seiner hektischen Suche nach Vergangenheit tatsächlich nur, dass es ihm damit gelungen war, ein paar Wochen seiner gegenwärtigen Zeit Rechtfertigung verliehen zu haben.

Er musste unbedingt bald einen Blick auf den Unterarm werfen.

8)
Am Anfang war es nur eine Kartonschachtel gewesen.

Georg machte gerade Pause. Der Kaffee schmeckte nach aufgelöstem Papier, wer rauchen wollte, musste auf die Feuertreppe, dort war er schon, also blieb ihm nur die Zeitung auf dem Schreibtisch. Er setzte sich in Bens weichledernen Bürostuhl und blätterte sich durch Überschriften, Fotos und Bildlegenden, bis eine Wolke süssen Dufts den Krieg am Golf verdrängte. Unter der Türe stand Ben. Lächelnd, in grauen Hosen, Krawatte, das gestreifte Hemd bis zum obersten Knopf geschlossen. Er liess die Kartonschachtel auf das Pult fallen und wedelte mit dem Handrücken nach eingebildetem Staub: »Schau an, was ich dir mitgebracht habe. Heute zum Vorschein gekommen.« Dazu belauerte er ihn über den Rand seiner Brillengläser hinweg. Ben betreute nebst seinem eigentlichen Feld, dem amerikanischen Teil der zukünftigen Sammlung, auch das Oral-History-Projekt und war damit eigentlich sein Vorgesetzter. Aber Georg amüsierte sich zu ausgiebig ob seinem schlüpfrigen Humor, besonders wenn die Einförmigkeit des Büroalltags in Ermüdung umzuschlagen drohte. Auch jetzt auf eine seiner Anzüglichkeiten gefasst, besah er sich den unbeschrifteten Karton. »Was soll ich damit?«

»Sieht das nicht aus wie ein richtiges kleines Geschenk? Schau nach«, forderte ihn Ben auf.

Georg tat ihm den Gefallen und staunte, als er statt eines mehr oder minder gelungenen Scherzes nur einen neuen Haufen Tonbandkassetten sah.

9)

Unser Haus hatte hohe dicke Mauern aus Backstein, deren rötlicher Aussenverputz in Flecken abbröckelte, und ein Ziegeldach, während auf der Mehrzahl der Häuser niedrige Strohdächer mattgelb in der Sonne glänzten. Wo der Kalkverputz fehlte, sah man die blossen Mauern aus strohgestärktem Lehm.

Ein kleiner Lagerraum verband unseren Laden mit der grossen Küche, wo auch Zuber, eine Wanne und ein heizbarer Bottich für die grosse Wäsche einmal im Monat standen. Anna, unser Dienstmädchen, kam an diesen Tagen besonders früh. Alles war zur Seite geschoben, der Bottich stand allein in der Mitte. Eingeheizt. Auf dem Tisch türmte sich die Wäsche. Im brodelnden Wasser wälzten sich die Leintücher, getrieben von einem Holz in Annas Hand. Dazwischen schlingerten Unterhosen, Büstenhalter und Hemden. Anna fischte Stück um Stück mit einem Holzstiel heraus, klatschte es auf das gewellte Brett und schrubbte mit geröteten Händen jedes einzeln zu Tode. Dann wurde es ausgewrungen. Wenig später hing die Wäsche schon an langen Leinen im Estrich. Im Keller lagerten Brennholz und Kohle. Den grossen Dachboden benutzten wir als Magazin für Stoffe, Sackware oder Baumwollballen und sogar für den Christbaumschmuck, den wir im Vorjahr nicht verkaufen konnten. Trotzdem gab es noch viel ungenutzten Platz. Neben Onkel Lajosh waren wir weitherum die einzigen mit Elektrizität im Haus. Vor unserem Hause standen knorrige Birken unregelmässig Spalier an der Strasse, die aus dem flachen Land im Westen kam, am Militärflugplatz vor der Stadt vorbei. Einige hundert Meter nach unserem Haus, bei einer handbetriebenen Benzinpumpe, verlor sie den letzten Baum. Sie teilte als staubige Fahrbahn den Weizenplatz in zwei, erreichte das Zentrum und führte, wieder stolze Allee, ostwärts zur Stadt hinaus, bis an die ferne Grenze zur Sowjetunion. Meistens herrschte ein reger Verkehr. Mittwochs und samstags, wenn Markt auf dem Weizenplatz war, strömten die Bauern auf ihren Pferdefuhrwerken in die Stadt. Das waren für unseren Laden die wichtigsten Tage. Wir boten alles an, was für den Alltag gebraucht wurde. »Von der Wiege bis zur Bahre führt Gals Laden alle Ware«, verkündete das Schild über dem Schaufenster: Arbeitskleider, Schuhe, Werkzeuge, Rattengift, Tierfutter, Kälberstricke, Heilcremen, ja sogar Brot, oder Taschenlampen und Batterien. Vielleicht war mein Vater bei den Bauern so beliebt, weil er etwas von dem groben, aufbrausenden Wesen mit ihnen teilte. Sie gehörten jedenfalls derart zu unserem Geschäft, dass ich als kleines Kind schreiend zu Mutter rannte, wenn ein dunkel gekleideter Städter zur Türe hereinkam.

An den anderen Tagen ratterten mehrheitlich Motorfahrzeuge vorbei. Nachdem Ungarn in den Krieg eingetreten war, immer mehr, ein Fluss in Richtung Osten, aber wir konnten gerade noch erleben, wie drei Jahre später auf der anderen Spur der Rest von ihnen zurückgeronnen kam. Am besten gefielen mir die Motorräder mit Seitenwagen. Doch das meiste waren Lastwagen. In abenteuerlichen Tagträumen war ich auch schon auf einem pechschwarzen Pferd die Strasse hinuntergeritten, zur Stadt hinaus, einer Meute rachsüchtiger Verfolger davon, oder auch nur dem strengen Vater, wenn ich mit einem schlechten Schulbericht nach Hause gekommen war; den Grenzfluss am Horizont schon im Blick, hielt ich die Zügel mit einer Hand, mit der anderen zückte ich meinen Säbel oder schoss wild abwechselnd nach vorne und hinten, sprengte mit letztem Sporentreiben durch das Wasser und stieg gerettet jenseits der Grenze vom Pferd, die hechelnde Meute am anderen Ufer zurücklassend.

Meine Verwandten, besonders Onkel Lajos und Tante Rosie, Geschwister meines Vaters, am häufigsten aber meine älteste Cousine Emmi, sprachen von der Grenze zur Sowjetunion, als blickten sie vom Berge Nebo auf Kanaan hinab, das Land, das sie, wie Moses, doch nie betreten würden.

Ich ging wieder zu Fuss. Es war Freitag. Ich hatte mich auf den Weg zu meinen Grosseltern gemacht. Hinter mir hörte ich Geschrei. Der vorderste Lastwagen einer Armeekolonne stand mit laufendem Motor mitten auf der Strasse. Die Fahrzeuge dahinter brummten ungeduldig. Menschen rannten hinzu. Auch ich näherte mich neugierig. Der uniformierte Fahrer stand vor der Kühlerhaube. Er stiess mit der Stiefelspitze an ein Bündel auf dem Boden. Sein Vorgesetzter kam angeritten. Das Pferd brachte er erst knapp vor den eng zusammengerückten Leuten zum Stehen. Energisch mit dem Säbel fuchtelnd, verscheuchte er die Menge: »Geht weiter, weitergehen!« Durch eine Lücke zwischen den Menschen sah ich den verkrampften Körper auf dem Pflaster liegen und erkannte Onkel Potzkopf, einen Nachbarn von gegenüber, mit einer Miene, als hätte er soeben ein schwieriges Rätsel gelöst. Ein Faden Blut verlor sich im Bart. Trotz der Fliegen auf seinem Gesicht rührte er sich nicht.

Der Hauptmann blieb auf seinem Pferd sitzen. Er schob nur den Säbel zurück in die Scheide und fluchte, als er dem Pferd die Sporen gab.

10)
Ben schaute ihn fast mitleidig an. Sein gestutzter Schnurrbart bewegte sich wie eine kleine Bürste zwischen den satten Backen, als er erklärte, die Kassetten seien wegen irgendwelcher Mängel nicht ins Archiv aufgenommen worden. Wenn er an wärmeren Tagen, wie diesem, von draussen kam, überzog eine leichte Rötung die Rundungen seines Gesichtes, und der Hals lag wie eine angefeuchtete Manschette über dem Kragen. »Vielleicht sind sogar wertvolle Zeugnisse darunter, Überlebende der St. Louis, oder etwas Ähnliches. Stell Dir vor, Mr. Hersh taucht eines Tages überraschend im Archiv auf, sieht das unbearbeitete Zeugs und fängt an herumzuschnüffeln. Schon beim Gedanken daran wird mir schlecht. Bei all den anderen Problemen.« Ben schenkte der Decke einen Augenaufschlag.

Die Sammlung des Museums nahm nur langsam Gestalt an. Es gab Leute, die bezweifelten sogar dies. Während der letzten Wochen stand ein zweihundertjähriger Torahschrank aus der Tschechoslowakei im Mittelpunkt der Bemühungen, das bisher wichtigste Stück. Aber die Spender stellten Bedingungen hinsichtlich der Lagerung. Zu Recht, wie man im Büro hinter vorgehaltener Hand eingestand. Trotzdem musste man zusehen, wie man sich das Ob-

jekt sichern konnte, bevor es einem ein anderes Museum weg-
schnappte, wie kürzlich die in Milchkannen versteckten Tagebü-
cher aus einem polnischen Ghetto, die nach Washington gegangen
waren, wo sie mehr dafür geboten hatten. Bei all diesen Anstrengungen spielte Mr. Hersh eine besondere Rolle. Er war einer von
den »Survivors«, wie die Überlebenden aus den Konzentrationslagern hier familiär genannt wurden. Sie bildeten eine eigene Gattung, auf die man vor dem Rest der Gesellschaft nicht ohne Stolz
verwies. Gerade in New York, wo sich doch auch die anderen
Gemeinschaften nur durch die Betonung des vermeintlich Besonderen davor bewahrten, unerkannt in der Umgebung aufgelöst zu
werden. Die einen schriller, in vornehmer Zurückhaltung die anderen je nach Anteil Echtheit, die dem Besonderen eignete. Andererseits wusste man doch nicht so richtig, was mit diesen »Survivors« anzufangen sei; das Schweigen hinter ihrer Geschichte unterschied sie wiederum zu sehr vom Rest der Familie, der mit nichts
so eifrig beschäftigt schien wie mit dem Versuch, sie der Mitwelt
zu erzählen. Nicht wenige von ihnen hatten es nach dem Krieg zu
etwas Reichtum und Ansehen gebracht. Nun schien der Moment
gekommen, da die Zeit, wie über alles Gewöhnliche, auch über
ihr Erbe zu wuchern drohte. Wer es sich leisten konnte, begann
sich deshalb Gedanken zu machen, was der Nachwelt in Erinnerung bleiben sollte. Bei Mr. Hersh, dessen Vermögen sich aus
Grundstückgeschäften speiste, die ihn manchmal in die Zeitungs-
schlagzeilen brachten, viel zu oft und in zu naher Nachbarschaft
mit anderen, anrüchigeren Namen, hatte das zur Stiftung eines
Oral-History-Archives über die Konzentrationslager geführt, und
solange die Kosten weit unter der Summe blieben, die er dafür
spendete, wollte sich das Museum weder das Geld noch seinen
angesehenen Namen entgehen lassen. So jedenfalls hatte Georg
Bens Erklärung ausgelegt, als er ihn zu Beginn seiner Tätigkeit,
noch schüchtern und voll guten Willens, gefragt hatte, was der
zukünftige Zweck des Archives sei.

Der spielte mit dem Kugelschreiber auf der Unterlippe. Seine
Augen waren ins Weite gerichtet: »Ich habe sofort an deine wertvolle Mitarbeit gedacht. Und dass du mir damit noch ein wenig
länger erhalten bleibst. «

Georg gehörte durchaus zu der Sorte Menschen, deren Arbeits-

moral bei gezielt angebrachter Wertschätzung entscheidenden Auf
trieb erfahren konnte, sogar als Volontär und in einem Museum,
von dem niemand wusste, ob die Spendengelder versiegten, bevor
es jemals gebaut würde. Nur war man bei Ben nie sicher, ob ein
Lob ernst gemeint war oder aus seiner Ironie erwuchs, mit der er
alles, was ihn umgab, nach Lust und Laune überzog.

Je mehr Kassetten Georg seit Antritt der Stelle abgehört hatte,
desto häufiger wiederholten sich Jahreszahlen, Ortschaften, Länder und die Namen von Konzentrationslagern auf den Formula-
ren; seit einiger Zeit schon meinte er, manchmal zwischen den
Muscheln des Kopfhörers beinahe eingeschlafen, immer wieder
ein und dieselbe Überlebensgeschichte aus dem immergleichen
Lager zu hören. Wenn sich dennoch Einzelheiten abhoben, was
selten der Fall war, so trieben sie auf dem Brei aus Stimmen dahin,
gleich abgerissenem Blattwerk, dem man noch eine Weile flussab-
wärts nachschaut, bis der nächste Ast kommt und auch wieder
vergessengeht. In letzter Zeit hatten sich die viertelstündigen Pausen zwischen seinen Sitzungen am Abhörgerät unmerklich gehäuft; in dem Masse, wie auch die Überwindung gewachsen war,
um im fensterlosen, schallisolierten Tonraum die Kopfhörer wieder überzustülpen. Diese Woche, so hatte er gehofft, würde er den
Berg Kassetten, der ihm zugeteilt war, endlich abgetragen und sich
für eine neue, abwechslungsreichere Aufgabe empfohlen haben.
Also versuchte Georg jetzt im stillen, die neuerlich drohende Aus-
breitung des Stimmenbreis abzuschätzen.

»Nun, ich muss«, schloss Ben und nahm den Hörer zur Hand.
»Meine Molly wartet wieder einmal auf einen Anruf von mir.«
Seine Stirnglatze und die darauf klebenden Haarsträhnen glänzten
um die Wette. Wie er Georg kürzlich erzählt hatte, war Molly in
ihren jüngeren Jahren die Hauptfigur in einem jiddischen Varieté
gewesen, nebst ihr aus ihrem Mann und den zwei Kindern beste-
hend. Was sie heute noch davon habe, sei ihre Eitelkeit und eine
Wohnung voller Requisiten. Plakate, Eintrittskarten, Fotos, kurz,
alles, was man sich wünschen konnte.

»Na sehen Sie. Niemand versteht Sie so gut wie ich. Ihre Gabe
wird in den allerbesten Händen sein. Ich persönlich werde mich
ihrer annehmen. .... Die Spenden? Gott sei Dank, ja. Danke für
die Nachfrage. Es dürften zwar mehr sein, aber eingedenk der

schlechten Zeiten können wir zufrieden sein. Ich befürchte fast, die Leute wollen sich auf die Art von der Aufgabe loskaufen, sich weiter mit der Geschichte herumzuschlagen. Übrigens nicht nur die Juden. ... Ja, das haben Sie sehr schön gesagt. Darf ich das wiederholen? – Es gilt mit viel Geduld zu zeigen, dass die Gegenwart nur eine kleine Momentaufnahme im ewigen Prozess des Werdens ist und jeder Tag Zukunft sein kostbares Resultat. – Moment, das werde ich mir aufschreiben.« Er kritzelte auf der Schreibunterlage herum, aber Georg konnte sehen, dass er nur Männchen zeichnete. Nach einer angemessenen Weile fuhr er fort: »Vielleicht beschriften wir dereinst eine der Fotografien von Ihnen damit. ... Den Schenkungsvertrag? Ja, sobald wir das Material eingesehen haben«, flötete er noch in den Hörer, Georg zuzwinkernd. »Und vielen Dank! Auch im Namen des Direktors.« Als er aufgelegt hatte, rieb er sich die Hände: »Die hätten wir auch bald soweit. Noch ein paar Telefonate, ein, zwei Besuche, und ihr Nachlass gehört uns.«

Ben stand auf und verliess das Büro mit den Worten: »Viel Vergnügen! Und denk daran, wer die Überlebenden überlebt, hätte auch den Holocaust überlebt!«

Georg war allein mit der Schachtel voll Kassetten, die er anschaute, als könnte sein Blick sie zurück in die Ecke scheuchen, aus der sie gekrochen sein musste. Aber sie blieb auf dem Tisch vor ihm hocken.

11)

Onkel Potzkopf musste unterwegs zur Mikwe, dem Judenbad, gewesen sein, wie es sich für einen frommen Juden vor Sabbatbeginn gehörte. Grossvater hatte mich einmal mitgenommen. »Es ist für jeden Menschen eine Pflicht, wenn möglich den ganzen Körper im warmen Wasser der Mikwe zu tauchen. Es ist ihm aber untersagt, mit dem Vater, dem Schwiegervater, dem Mann der Mutter und dem Mann der Schwester zusammen zu baden; an einem Ort, wo man die Blösse zu bedecken pflegt, ist es jedoch erlaubt. Es bade nicht ein Schüler mit seinem Lehrer zusammen, wenn ihn aber dieser braucht, dass er ihn bediene, so ist es erlaubt«, las er mir aus einem dicken Buch vor.

Die Mikwe war ein Betonanbau unmittelbar hinter dem Gemeindehaus der orthodoxen Synagoge. In einem grossen Kessel auf Stelzen wurde das Regenwasser gesammelt. Als wir kamen, schaufelte der Heizer, ein Mann in schmutzigem Kaftan, gerade neue Kohle in die fauchende Brennkammer. Aus einem Ventil zischte Dampf. Grossvater zog mich ungeduldig zum Eingang und weiter durch die Türe. Unvermittelt standen wir in einem düsteren Raum. Meine Welt war auf der anderen Seite zurückgeblieben. Diese hier roch nach Schimmel, Schwefel und Schweiss. Ich bat Grossvater, mich doch lieber solange dem Heizer draussen am Kessel zuschauen zu lassen, vielleicht könne ich ihm sogar bei der Arbeit helfen, ohnehin hätte ich mich erst vor ein paar Tagen zu Hause gebadet. Aber er hatte mich schon bis in die hinterste Ecke gedrängt. Feucht glänzende Gestalten huschten durch das Zwielicht, auch die Verschalung an den Wänden war feucht, überhaupt war alles feucht. Er trieb mich zur Eile. Ich hörte ihn von ganz nah. Seine sonst feste Stimme bebte. Irgend etwas musste ihm zugestossen sein, aber ich konnte nichts erkennen. Da öffnete sich die Eingangstüre wieder, die Lichtstrasse zerteilte das Dunkel, und ich sah ihn neben mir auf einer Bank am Gurt nesteln, den Oberkörper schon bis auf das wollene, mattweisse Gebetshemd entkleidet. Eine der Quasten schien sich im Gurt verfangen zu haben. Er versuchte die Hosen abzustreifen. Jetzt sass er dort, ein Gespenst in stiller Verzweiflung. Die fünfknotigen Fäden baumelten an den Hüften herunter wie lose Gepäckschnüre. Als er sich endlich befreit hatte, murmelte er erschöpft die Worte:

»Gross ist das Gebot der Zizit, denn die Schrift hat es allen anderen gleichgesetzt. Ihr sollt sie ansehen und aller Gebote des Ewigen gedenken.« Ich sah, dass ich der einzige sein musste, der keine Zizes trug, und fragte, ob ER mich deshalb bestrafen könnte.

»Darum muss jeder darauf achten, ein kleines Tallit zu besitzen, um den ganzen Tag damit bekleidet zu sein, es sei aus Schafwolle, weiss und habe die vorgeschriebene Grösse. Und gross ist die Strafe desjenigen, der das Gebot der Zizit versäumt, wer es aber gewissenhaft erfüllt, wird das Glück haben, vor dem Lichtstrahle Gottes erscheinen zu dürfen«, gab mir Grossvater zur Antwort, jetzt auswendig aus demselben dicken Buch zitierend. Um so mehr war ich erleichtert, als sich die Türe wieder schloss und die klamme Trübheit diese meine Blösse verbarg. Die Wände waren schon dick mit Kleidern behangen. Ich packte meine zu einem Knäuel zusammen und verstaute sie. Grossvater nahm mich bei der Hand. Auf dem Betonboden lag ein modriger Rost. Wir traten auf glitschige Strümpfe und stolperten über Schuhe. Nackt, wie wir beide waren, tappten wir in den angrenzenden Raum. Dieser war heller. Das Licht musste von unten kommen, von den Treppen, wohin mich Grossvater zog und wo sich Dampfschwaden über viele Stufen zu uns hoch wälzten. Nackte Gestalten huschten um mich herum, bärtig und haarig, ihre Glieder baumelten vor meinen Augen, dazwischen rannten und quiekten Kinder durcheinander. Grossvater hielt sich am Geländer, ich mich an seiner Hand. Ein Gewölbe schälte sich langsam aus dem Dunst, im Grundriss das Becken, fast bis auf halbe Höhe der Mauer war eine Milchglasscheibe über die ganze Breite eingelassen. Auf der untersten Stufe murmelte Grossvater ein Gebet, dann stiegen wir in das lauwarme Wasser zu den anderen Gestalten. Die Scheibe war angelaufen, auch die Wände, auf allen Flächen sammelten sich Tropfen und hinterliessen gekrümmte Spuren auf ihrem Weg zu Boden. Zwischen den unzähligen bleichen Leibern trieben vom grünlich überzogenen Boden hochgewirbelte Schlammschleier – Fahnen in nebligem Wind. Man wusch sich Bärte und Haare und sprach in dieser unverständlichen Sprache, die erst hier richtig zu gedeihen schien. Meine Grosseltern gebrauchten sie bisweilen, wenn sie alleine waren. Irgend jemand hatte mir einmal erklärt, das sei die Sprache der Juden, im Unterschied zu der Sprache aus der Torah, welche die Zunge Gottes sei und von uns Menschen nicht gebraucht werden dürfe, es sei denn, um den Namen des Herrn zu preisen. Jeder tauchte mindestens dreimal ganz unter, eine Hand immer auf dem Kopf, damit das Käppchen nicht verloren ginge. Wenn sie wieder auftauchten, hingen die Schläfenlocken schlaff. Den ganzen Willen darauf gerichtet, meinen Ekel zu bekämpfen, planschte ich eine Weile alleine vor mich hin, und als ich merkte, dass Grossvater mich nicht mehr beachtete, stieg ich wieder hinaus. Ich glaube nicht, dass ich es mehr als fünf Minuten aushielt. Vom Rand her schaute ich ihm bei der Wäsche seines Bartes zu: Er tauchte einmal unter, seifte die triefenden Haare ein, spülte Wasser darüber, tauchte wieder, seifte und spülte erneut und tauchte ein drittes Mal. Ich bemerkte, wie dünn er war, sehnig und gross. Mir wurde kalt. Ich wollte, dass er endlich auch heraussteige.

Statt seiner kam aber der Rebbe. Sein Glied glich einem tropfenden Korkenzieher. Staunend sah ich, dass ihm die Hoden bis fast zwischen die Knie hingen. Er trocknete sich kaum eine Armlänge von mir entfernt mit einem Tuch ab. Ich bewunderte das Gehänge so ausgiebig, dass ich Grossvater für einen Moment vergass. Ein leichter Klaps am Hinterkopf brach meine Betrachtungen ab. Ich sah den armen Rabbiner von hinten die Treppe hochsteigen. Sein Gebilde glich dem trockenen Euter einer alten Ziege.

»Starr den Rebbe nicht an. Man ist verpflichtet, seinen Lehrer zu ehren, mehr als seinen Vater. Der Vater hat dich in das Leben dieser Welt gebracht. Der Lehrer aber wird dich in das Leben der zukünftigen Welt bringen.«

12)
Der Vater war ins Innere des Turmes verschwunden. Georg stand alleine an der Brüstung, südliche Seite. Jetzt glich die nahe Umgebung einem aufgesperrten Rachen voller schmutziger Zähne, schwarz und braun und grau; die einen spitz, hochgereckt, die anderen nur Stummel. Hier und dort klaffte eine Lücke. Als Speisereste trieben Autos zwischen den Reihen. Auf einer Kreuzung stauten sie sich. Zwei Blaulichter kreisen am Ort. Ein wütendes Geheul.

Er wusste nicht, weshalb gerade jetzt die Stimme der Frau lebendig wurde, die als Kind vor der anrückenden Wehrmacht mit der jüngeren Schwester über einen Fluss flüchten musste. Ihre Eltern winkten noch vom Ufer aus. Die Kleinere verlor den Halt. Das Wasser war nicht tief, doch sie wurde weggespült. Während der ganzen Jahre im Lager hatte sie das Bündel von sich wegtreiben sehen. Kurz nach der Befreiung hielt ihr eine Rotkreuzhelferin des englischen Lazaretts einen Zettel unter die Augen. Sie las ihren eigenen Namen, mit zittriger Schrift geschrieben. Drüben liege ein bewusstloses Mädchen, das, wenn es aufwachte, immer wieder diesen Namen murmelte. Man brachte sie hin. Aber zu spät. Ein Pfleger schloss dem ausgezehrten Gesicht gerade die Augen.

Auf der Kreuzung hatte sich die Lage etwas entkrampft. Die Fahrzeuge glitten weiter.

Noch eine Stimme drang zu ihm. Ihre Besitzerin hatte als Nonne verkleidet in einem französischen Kloster überlebt. Während der Zeit in ihrem Versteck trug sie im Kruzifix am Hals ständig eine Giftkapsel mit sich herum. Am Ende legte sie das kleine metallene Kreuz auf einen der schwerverletzten deutschen Soldaten, die in der Kirche auf Behandlung warteten, entnahm die Kapsel und schob ihm das Gift zwischen die klappernden Zähne.

Da kam sein Vater zurück, einen Kartonteller in der Hand, darauf eine dampfende Wurst, Senf und eine Andeutung von Brot. »Hier, nimm, wenn du nicht schnell isst, wird gleich alles kalt sein. Willst du nicht die Jacke schliessen, es zieht hier oben«, brach er jählings in Georgs Erkenntnis, wie unangenehm es ihm war, dass die Stimmen mit ihren KZ-Geschichten gerade von ihm so viel Aufmerksamkeit zu erheischen versuchten. Nach dem ersten Dutzend Kassetten hatte er die Stellen im voraus erahnen können, wo die Stimmen vielleicht vor Angst, es könnte sie nach all den Jahren doch noch jemand verstehen, leise entzweibrechen würden oder allmählich die Beherrschung verlören, als wären die alten Geister hinter dem Mikrofon, in das sie sprachen, plötzlich wieder leibhaftig geworden. Am liebsten hätte er ihnen etwas geholfen. Auf Gefühlsausbrüche hatte er seit jeher mit einer Mischung aus Unbeholfenheit und Befremden reagiert.

13)
Den meisten Kassetten fehlten höchstens Kleinigkeiten wie Angaben zum Absender oder das Datum der Einsendung. Bei einigen hatte sich das Band verdreht, oder es war gerissen, beides war leicht zu beheben, andere waren allzu schlecht aufgenommen, da konnte man nichts mehr machen. In einer Hülle, der offenbar der Absender gänzlich abhandengekommen war, fand Georg eine zusammengefaltete Zeitungsannonce:

»... betrachtet es als seine vornehme Pflicht, die wertvollen Zeugnisse entsprechend den neuesten Methoden der Archivierung in der geplanten Audiothek aufzubewahren. Das Ziel ist einzigartig und ehrgeizig zugleich: Bis zur Eröffnung soll der Welt grösste Sammlung mündlicher Zeugnisse von überlebenden Opfern der Naziherrschaft angelegt werden. Unzählige Freiwillige haben sich schon jetzt gemeldet und sind bereit, unter fachkundiger Anleitung das eingehende Material gewissenhaft zu bearbeiten. Durch

Ihre grosszügige Kooperation ermöglichen Sie, einer interessierten Öffentlichkeit die Geschichte dieser schicksalsschweren Zeit aus der Sicht der Opfer auf eine neue, einzigartige Weise zugänglich zu machen und diesen so zurückzugeben, was die Politik der Vernichtung ihnen geraubt hat: Namen und Stimme, usw. usf.«

Es war der Aufruf, den eine spezielle Werbeagentur für gemeinnützige Zwecke im Auftrag von Mr. Hersh zwischen Heiratsanzeigen, Kursen für Koscher-Kochen und Kleinkrediten in jüdischen Blättchen überall auf der Welt verbreitete. Aber das Publikum würde dereinst vom Museumsrestaurant aus die Sicht über die Bucht vor New York geniessen und Bilder von der Freiheitsstatue schiessen wollen; je nach Wetter hätten die meisten auch Zeit für die Galerie mit gross aufgezogenen Fotografien von nackten, zu Hügeln aufgeschichteten Leichen, danach für die echten Pflastersteine aus dem Warschauer Ghetto, von wo man direkt in den Original-Viehwaggon gelangen konnte, um noch eine Weile vor dem Haufen Menschenhaar stehen zu bleiben, das sehr anschaulich aus einer Matratze quoll; nebst vielem anderen, dem Torahschrank eben und einem echten Ruderboot aus der Zeit der grossen illegalen Einwanderung nach Palästina. Nur, was sollten sie mit diesen Kassetten von aussterbenden Stimmen anfangen?

14)

Ich hatte erst in der dritten Klasse erfahren, dass ich einen berühmten Vorfahren in meinem Stammbaum habe. Es war im Bar-Mitzwah-Unterricht von Onkel Waxman, dem neuen Rabbiner, der noch nicht lange mit unserer Lehrerin, Tante Elisabeth, verheiratet war. In dieser Lektion las er zur Erläuterung ritueller Gesetze laut aus dem dicken Buch vor. Wie meine Grosseltern immer. Es ging um das Gesetz des dreimaligen Händewaschens am Morgen, dass man nämlich das Wassergefäss zuerst mit der rechten Hand ergreift, es in die Linke gibt, das Wasser bis zum Handgelenk über die Rechte giesst, dann in die Rechte gibt, die Linke gleichermassen netzt, und so weiter, dreimal abwechselnd. »Weil der Mensch, wenn er am Morgen aufsteht, wie neugeboren zum Dienst des Schöpfers sein soll« und »weil sich zur Zeit seines Schlafes seine heilige Seele von ihm entfernt hat und der Geist der Unreinheit über ihn gekommen ist, der sich, beim Erwachen, von seinem

ganzen Körper entfernt, ausser von seinen Fingern. Von ihnen
weicht er nicht, bis man abwechselnd dreimal Wasser darüber
giesst.« Plötzlich schreckte er mich mit erregter Stimme auf und
fragte vor der ganzen Klasse, ob es sein könne, dass meine Eltern
jemals etwas erwähnt hätten. Ich hatte mich seit der ersten Klasse
immer mit Vorliebe auf eine der hinteren Bänke gesetzt, und solange ich nicht aufgerufen wurde, war alles in Ordnung. Jetzt
schaute ich unbeholfen zu Mathyi hinüber. Doch der konnte mir
nicht helfen.

Waxman hob, einen Zeigefinger am golden eingravierten Titel,
den schwarzledernen Einband so beschwörend vor der Klasse
hoch, dass ich einen Moment an das Bild im Gang denken musste,
auf dem Moses die Schrifttafel in einem Kranz aus Flammen dem
Volke Israel hinstreckt. Nur war Waxman eleganter, wie ein Städter gekleidet, und sein Bart war kurz und gut gepflegt. Ganz langsam, wie eine Formel, las er den Namen. Sämtliche Köpfe drehten
sich dazu nach mir um. Ich wusste nicht, sollte ich schon mal
stolz sein über die Möglichkeit solcher Verwandschaft, oder würden meine schlechten Leistungen nicht in einem um so grelleren
Licht erscheinen, wo die meisten anderen doch schon fliessend
aus der Torah und den Gebetsbüchern lesen konnten, während
ich die hebräischen Buchstaben immer noch einzeln aneinander-
reihen musste, ohne etwas zu verstehen. Wahrscheinlich wurde ich
nur rot. Verwandt hin oder her, ich hatte keine Lust auf Bücher,
die von hinten gelesen werden mussten.

Nach der Schulstunde zupfte mich der Lehrer am Ärmel. Die
ganze Klasse war schon draussen. Ich machte mich darauf gefasst,
dass er mich wieder einmal zu mehr Aufmerksamkeit ermahnen
würde. Durchs Fenster sah ich meinen Freund Mathyi, den ich
wohl nicht mehr einholen würde. »Wenn du wirklich mit diesem
Mann verwandt bist, dann trägst du einen Namen, der unter den
Juden in der ganzen Welt geehrt wird. Verstehst du?« Ich nickte.
Sein Blick hielt mich fest. »Du musst mit dem Buch nach Hause
gehen und deinen Vater fragen. Wirst du das tun?«

Zu Hause blätterte Vater widerwillig darin herum. Dann klappte er es so heftig zu, dass der Staub durch das Bündel Sonnenstrahlen wirbelte. »Nein!«

Anna hielt in der Küche die Töpfe still, Mutter blickte ihn

stumm und mahnend an, während ich vor dem Essen noch schnell in den Hof laufen wollte.

»Bring das Zeugs auf der Stelle wieder in die Schule zurück. Das ist der einzige Ort, wo es hingehört!« befahl er mir unwirsch. Mutter wandte zaghaft ein, das hätte doch Zeit bis morgen, und was würde der Lehrer denken, wo er mir das Buch eigens nach Hause ausgeliehen habe. Aber Vater liess sich nicht umstimmen. Im Gegenteil. »Nein, sofort, ich habe schon immer gesagt, dass ich den Schund nicht in meinem Hause haben will!« schimpfte er. Ich rannte mit dem schweren Buch davon. Aber die Schule war geschlossen. So brachte ich es wieder nach Hause. Beim Essen lag es zwischen mir und Vater auf dem Tisch wie ein schlechtgewordener Fisch.

15)
Belegter Tenor; östlicher Akzent; wahrscheinlich Raucher, bemerkte er sofort, die Kopfhörer übergezogen darauf wartend, dass die Stimme Namen und jetzigen Wohnort gleich zu Beginn verriet. Viele der Geschichten hatten diesen Einstieg, auch wenn die Absender, anders als in diesem Fall, wie vom Museum erbeten, alles schon auf der Hülle fein säuberlich auflisteten. Georg drehte den Ton etwas lauter – die ewiggleiche Geschichte: Auschwitz, Bergen-Belsen etc. Er stoppte, spulte willkürlich vor und zurück, doch es kam nichts, was weitergeholfen hätte. Wieder bei der ersten Passage, stolperte er über jene Stelle, die er schon hundertfach zu kennen glaubte: »Markiert«, »eingebrannt«, »geritzt«, »geätzt«, sagten sie, wenn sie unweigerlich darauf zu sprechen kamen, wie sie kurz nach der Ankunft die Nummer auf den linken Unterarm tätowiert bekamen. Er hätte nicht weiter darauf geachtet, auch nicht, dass die Stimme ihm vertraut klang. Erst als die eigentliche Nummer erwähnt wurde, horchte Georg auf. Er spulte zurück – und noch einmal. Schliesslich notierte er die Zahl hinter dem grossen A. Dann ging er dazu über, aus den einzelnen Ziffern verschiedene Kombinationen zu bilden. Er verglich sie, strich aus und kritzelte sie neu untereinander. Doch allein die Nummer aus dem vorliegenden Bericht hielt dem Vergleich mit seiner Erinnerung stand. – So hatte er sie auf dem Unterarm gesehen. Und fortan sprach die Stimme so selbstverständlich weiter, als erzähle sie alles, was folgte, nur ihm allein.

Am Nachmittag nahm er sich frei, um im East Village herumzustreifen. Es machte einen Unterschied, wenn man plötzlich wusste, was man zu tun hatte.

In der Luft lag ein schüchterner Frühling. Die Bäume auf St. Marks blühten fast unglaubwürdig. Im Thompkins Park lagen Plastikplanen über Bündeln von Habseligkeiten. Blechtonnen und Brennholz warteten ab, ob nicht noch einmal die Kälte hereinbrechen würde. Ein Schwarzer schob seinen Einkaufswagen, beladen mit Kehrrichtsäcken voller Aluminiumdosen, vor sich her durch den Eingang zum Thompkins Park. Seine gestrickte, grellfarbene Mütze auf dem Hinterkopf hatte die Form eines prallen Tintenfischrumpfes. Ein bärtiger Alter stellte sich Georg in den Weg. Zwischen Sohle und gesprengtem Leder seiner hochgeschnürten schwarzen Stiefel quollen links und rechts zwei verkrustete Zehen heraus. Mit geübter Selbstverständlichkeit verlangte er, zu einem Drink eingeladen zu werden, oder wenigstens das Geld für eine Büchse Bier. Georg fand eine freie Bank. Er legte beide Arme auf die Lehne. Für einen Augenblick war ihm die Stadt abhandengekommen, als sich eine Frau in farbigen, weiten Kleidern näherte und im nächsten Moment neben ihm sass. Die Tücher auf ihrem dunklen Kopf waren zu einem Turm geschlungen. »Witchwoman, I am the Witchwoman«, murmelte sie. Immer wieder: »the Witchwoman«. Dabei spürte er ihren erwartungsvollen Blick von der Seite. Da er gut gelaunt war, blieb er sitzen.

»Sie können also zaubern?« wollte er wissen.

»Allerdings. Was brauchst du denn?« Ihr Murmeln war einer auffälligen Geschäftsmässigkeit gewichen. Dies führte ihn zurück ins gewohnte Leben, wo es für alles einen Grund gab. »Ich suche einen bestimmten Mann.«

»Wie heisst er denn?«

»Absender. Er ist der Absender«, zog er sie auf. Sie erhob sich. »Frag nach Witchwoman, wenn du einmal etwas brauchst. Witchwoman, vergiss nicht, Witchwoman ...« Die Kleider hingen an ihr herunter wie von einem Gestell, das immer schmaler und schiefer wurde, je weiter sie sich kopfschüttelnd entfernte. Nach einer Weile ging auch Georg. Neben dem Parkeingang standen ein paar Dutzend Leute vor zwei grossen, dampfenden Blecheimern Schlange. Sie hielten alle Papierteller und Becher in den Händen.

Dahinter hantierten zwei Frauen, man hörte das dumpfe Geräusch, wenn ihre Schöpfkellen am Blech scheuerten. Wo die Pampe auf einen Teller klatschte, bog sich dieser bedrohlich. Unter den Tischen glänzte vertropftes Kartoffelpüree auf dem Strassenbelag. Man ass stehend und ohne zu sprechen, was der Szenerie eine befremdliche Andächtigkeit verlieh. Jetzt rollte eine ockerfarbene Mercedes-Limousine heran. Die Chromleisten funkelten in der Sonne. Ausser Georg schien niemand dem Wagen Beachtung zu schenken. Ein Schwarzer in Anzug und steifem Hut entstieg, stellte sich in die Warteschlange, den Motor hatte er laufen lassen. Als er bekommen hatte, was auch ihm gebührte, ging er zurück zum Wagen. Dort deckte er die Speise mit einem zweiten Teller zu, verstaute alles auf der hinteren Fensterbank, worauf er sich noch einmal einreihte. Die zweite Portion löffelte er an einen Laternenmast gelehnt aus.

Bis zum Freitagabendansturm auf die Untergrundbahn blieb noch etwas Zeit.

16)
Aus Onkel Solis Erzählung erfuhr ich ausserdem, dass mein Vater, wie die anderen Geschwister, früher die Räterepublik unterstützt hatte. Nach deren Niederschlagung waren sie vor dem weissen Terror nach Paris geflüchtet, Vater noch Junggeselle. Mitte der zwanziger Jahre waren sie alle nach und nach wieder zurückgekommen. Ausser Lajosh, der in Paris Schneider geworden war und ihnen erst fünf Jahre später folgte. Er war danach offenbar so geschätzt, dass sogar unsere Frau Bürgermeister noch eine Weile ihre Kleider bei ihm anfertigen liess, bis es nicht mehr schicklich war. Lajosh wohnte ganz in der Nähe von uns, in einem freistehenden Haus am Rande des Viertels, das später, wegen seiner grossen Anzahl jüdischer Bewohner, zum Ghetto erklärt wurde. Sein Atelier lag im eigentlichen Zentrum der Stadt. Alle waren stolz auf ihn; er hatte als einziger weit und breit Telefon und dazu ein paar Angestellte. Emmi arbeitete auch bei ihm. Sie war eine stadtbekannte Kommunistin. »Unsere Rosa Luxemburg« hiess es in der Familie immer, halb abschätzig ob ihres zähen Eifers, halb ängstlich vor der Unverblümtheit, mit der sie für ihre Überzeugung eintrat und einen hie und da sogar dafür gewinnen konnte. Zudem trug sie

ihre schulterlangen, braunen Haare hochgesteckt. Aber die richtige Rosa Luxemburg war eine vergilbte Radierung in Onkel Lajoshs Büro. Sie musste schon lange tot sein, ermordet, soviel ich wusste. Lajoshs Atelier grenzte an eine kleine, italienische Eisdiele. Wenn ich ihn bei der Arbeit lange genug störte, gab er mir sechs Filler, damit ich mir eine Portion kaufen ging.

Was die Abstammung meiner Mutter betrifft, so weiss ich nur, dass sie aus einem Dorf weiter östlich kam, nahe der rumänischen Grenze. Ausser Tante Borish hatte sie eine weitere Schwester. Diese wohnte in der Hauptstadt. Wir bekamen sie nur selten zu Gesicht. Einmal im Jahr vielleicht, wenn wir Vater auf einer Geschäftsreise begleiteten. Sie wohnte zwischen dunklen Vitrinen, mächtigen Möbeln und Wänden mit gemusterten Tapeten. Es gab sogar fliessendes Wasser. Als ich das erste Mal ihre Toilette benutzt und, wie mir gezeigt worden war, an der Wasserspülung gezogen hatte, schlug ich in meinem Schrecken davonrennend die Türe so heftig hinter mir zu, dass die verzierte Milchglasscheibe zersprang. Noch im Wohnzimmer konnte ich das Gurgeln und Schlürfen hören.

Jeden Winter schlachteten wir ein Schwein. Vorzugsweise besorgte mein Vater dieses Geschäft am Samstag, wenn die anderen jüdischen Familien Sabbat feierten. Dann versammelten sich die Frommen aus der Nachbarschaft unter dem Ruf »Seht, sie schlachten wieder ein Schwein!«, und wenn ich nahe genug war, konnte ich sie tuscheln hören: »Chaser-Fresser, Chaser-Fresser!« Ich weiss bis heute nicht, woher Vaters Raserei gegen die Religion damals rührte – später im Lager habe ich ihn einmal mit ein paar anderen beten sehen, und nach dem Krieg beherrschte er sich wenigstens in mürrischer Gleichgültigkeit. Dabei versuchte Mutter auf ihre stille Art, wo immer möglich einen Teil der Bräuche zu bewahren. Freitagabend liess sie es sich nie nehmen, das Nachtessen auf einem weissen Tischtuch – und anstatt mit dem üblichen emaillierten Blech mit dem Porzellangeschirr – aufzutragen. Auch zündete sie immer die Sabbatkerzen an, vier Stück, zwei grosse und zwei kleine, das geflüsterte Gebet auf den Lippen. Vater trommelte ungeduldig mit den Fingern den Takt dazu, denn am nächsten Tag war Markt; er wollte mit den Vorbereitungen beginnen. Wir lagen meistens im Bett, wenn er noch auf dem Dachboden herumpolterte und schwere Säcke nach unten trug. Sabbat kam für ihn also nicht in Frage. »Wer am Samstag nicht hinter dem Ladentisch stehen will, braucht montags gar nicht mehr zu öffnen«, pflegte er laut zu sagen, wenn die frommen Pavels oder sonst eine Familie aus der Nachbarschaft gegen neun Uhr morgens auf dem Weg zur Synagoge vor unserem Schaufenster kopfschüttelnd die Strassenseite wechselten. Die Männer warfen verächtliche Blicke über die Schultern zurück, die Frauen trippelten mit steifen Mienen unter den frisch frisierten Perücken hinterher, und Vater Pavel musste Mathyi am Arm zerren, damit er nicht zu lange von der anderen Strassenseite wie von einem abgetriebenen Floss zu mir herüberschaute und mir verstohlen winkte.

Vater war fleissig und sparsam. Seine ganze Lebenskraft galt dem Geschäft. Verglichen mit vielen anderen Juden – auch ihm wäre es nie eingefallen, sich mit sonst jemandem zu vergleichen – gehörten wir eher zu den wohlhabenden Familien in der Stadt. Es mangelte uns wirklich an nichts. Trotzdem schliefen wir noch alle im selben Zimmer, die Eltern, meine Schwester Agi und ich. Das Ehebett mit richtigen Matratzen und Daunendecken stand in der Mitte an der einen Wand, an Mutters Seite war meine Bettstatt angeschlossen, ein hölzernes Gestell, daneben mein Nachttischchen mit meinen Büchern, zur Hauptsache Karl May und Rudyard Kipling. Am Fussende stand Agis Chaiselongue. Wir Kinder schliefen auf Strohsäcken, über die Laken gelegt waren. Alle paar Monate wurde das Stroh in den Säcken gewechselt. Am Morgen weckte mich entweder Agi oder Mutter unter langem Locken, Rufen und Zerren. Auf dem Boden lag »Kim«, mein Lieblingsbuch. Wenn ich nicht vorsichtig war, fiel die Taschenlampe aus dem Duvet. Das Wasser im Holzzuber war schon gewärmt, wahrscheinlich von der guten Anna. Sie schaute, dass ich mich auch wirklich wusch, und legte mir manchmal, wenn wir alleine waren, ihr Kettchen mit dem silbernen Kreuz um. Dann erzählte sie mir von Jesus, ihrem Geliebten. Im Winter war der Ofen immer frisch eingefeuert, bevor ich aufstand. Anders hätten sie mich niemals aus dem Bett gebracht. Ich tat mich schon schwer genug mit den steifen, noch kalten Kleidern. Das Frühstück stand auf dem Küchentisch: Dampfender Milchkaffee im Porzellankrug, Schwarzbrot, dick bestrichen mit Butter, aufgeschnittene, von allen Kernen sorgfältig gesäuberte Paprika, vielleicht ein zusätzliches Gemüse, manchmal Honig oder Marmelade. Ich musste den Schulsack immer am Abend vorher bereitlegen. Aber meistens wusste meine Schwester besser als ich, was ich für den nächsten Tag brauchte. Jeden Morgen, wenn ich schon unter der Türe stand, fragte Mutter, ob ich auch wirklich alles dabei hätte, was ich brauchte. An meinem ersten Schultag wurde ich von ihr bis vor das Klassenzimmer begleitet. Eine buntgemischte Schar wartete befangen zwischen all den Müttern im Gang. Viele trugen Zizes unter den Hemden, Schläfenlocken und Käppchen. Als die Türe endlich geöffnet wurde, steckte Mutter mir ein paar gedörrte Früchte zu, drückte ermunternd meine Schultern und stiess mich sanft einen Schritt weiter. Die ganze Schulzeit hindurch und auch später, als ihr längst niemand mehr eine Antwort darauf geben konnte, klang es mir nach: »Hat er alles, was er braucht?«

17)
An der hinteren Türe des letzten Wagens stehend, sah Georg den Tunnel zu einem winzigen Punkt fliehen. Ihm war, als fahre er zum ersten Mal seit langer Zeit die Strecke nach Brooklyn hinüber. Später, in Gracianos Lebensmittelladen gleich neben der Station, wusste er zwar noch genau, in welchen Gestellen der italienische Käse, der Rohschinken und das Mineralwasser standen, auch dass der Karottensalat mit Rosinen weniger gut schmeckte, als er versprach, aber es schien ihm, als schmachteten die bleichen, grell geschminkten und für ihr Alter zu jungen Kassiererinnen sehnsüchtiger als sonst den paar Stunden ohne blaue Schürzen und schweissglänzendem Chef entgegen. Das erste frühlingslaue Wochenende stand vor der Tür. Die Saddam-Hussein-Puppe hing noch immer schlampig mit gebrochenem Hals von ihrem Baum ohne Blätter, die gepinselten Worte auf dem Schild in den Farben des amerikanischen Wappens waren deutlich zu lesen: »These colours don't run«. Plastikfähnchen hingen quer über die Strasse. Vor den Kunststoffkulissen aus niedrigen Häusern schlenderten Statisten, und wenn wieder ein Lastwagen das immer gleiche Loch im Strassenbelag getroffen hatte, bebte die ganze Bühne. Das Flutlicht der Spätnachmittagsonne hätte erlöschen und die ganze Szenerie auf einen Wink von hinter den Kulissen im nächsten

Moment ausgewechselt werden können. Plötzlich verlangte ihn nach der Linie eines unverstellten Horizontes im Weiten.

Die Luft in der Wohnung war stickig. Im Radiator knackte überflüssige Hitze. Als er Licht machte, schien ihm die Lampe wieder einmal zu hässlich. An der Wand gegenüber stand der alte Fernseher auf einer umgedrehten Getränkekiste. Die Beute vom vergangenen Tag: Ein Flugblatt gegen den Krieg, Werbung für eine Salatbar an der 6. Strasse, ein paar zerknüllte Dollarnoten und zweimal zusammengefaltet die Zeitungsannonce.

Die Nachrichten brachten moderne Kriegsberichterstattung: Laserbombe gegen Betonbunker. Der Krieg war eine Gesamtmaschine. Irgend jemand hatte den Motor angeworfen. Wirklich erschrak er jedoch, als der Apparat, nachdem er ihn ausgeschaltet hatte, stumpfsinnig auf seiner Kiste an der Wand kauern blieb.

18)

»Hast du keinen Hunger?« Georg hielt inne. »Wenn du nicht willst, esse ich die Wurst. Auch wenn sie nicht koscher ist«, stichelte der Vater und nahm ihm den Teller aus der Hand, ohne seine Antwort abzuwarten. In wenigen Bissen war die Wurst verschlungen. Er hatte immer so hastig gegessen. Daran konnte sich Georg erinnern. Auch wenn es nur trockenes Brot war. Und ohne jegliches System. Er schien gar nicht zu merken, was er im Mund hatte. Er nahm einfach Nahrung auf, bis er satt war. Mehr spasseshalber fragte Georg, weshalb er immer so schnell esse.

»Vom Hunger her. Eine Angewohnheit. Wie das Rauchen, das habe ich auch von daher. Zigaretten waren zu kostbar, als dass man ausgeschlagen hätte, wenn einem ein Zug angeboten wurde. Weisst du eigentlich, dass das Lager der einzige Ort ist, wo Geld erwiesenermassen keine Rolle mehr spielt? Das müsst ihr euch einmal überlegen, du und deine Freunde. Ihr seid doch gegen die Geldwirtschaft, das hast du einmal gesagt, oder nicht?«

Ein Windstoss ergriff den leeren Kartonteller, gerade als der Vater ihn in einen Abfalleimer werfen wollte, und trieb ihn über die Brüstung davon.

Kapitel zwei

1)

Der Kartonteller musste unten aufgeschlagen sein.

»Gibt es in New York keine Frisiersalons?« wollte sein Vater jetzt wissen. »Wenn es am Geld liegt, ich würde dir den Haarschnitt bezahlen«, drang er weiter, als Georg nicht antwortete. Ob er noch nie angehalten worden sei. »Mich wundert, dass man dich in diesen Zeiten überhaupt ins Land gelassen hat. Ich hoffe du bist nicht beleidigt, wenn dich einmal jemand für einen Terroristen hält.«

»Soviel ich weiss, tragen Terroristen heutzutage Krawatten und sehen aus, als kämen sie immer gerade vom Friseur«, erwiderte Georg, bemüht, eine Feder im Inneren nicht unkontrolliert losschnellen zu lassen. Im übrigen falle es ihm schwer zu glauben, dass jemand eigens nach New York fliege, nur um sich über anderer Leute Haare zu unterhalten. Dabei betrachtete er das flache Gesäss seines Vaters in den schlechtsitzenden Hosen, die welkende Haut um den Hals und entsann sich, dass er anlässlich einer der letzten seltenen Gelegenheiten, als sie einander länger als eine Viertelstunde gesehen hatten, es musste Jahre her sein, klarzulegen versucht hatte, dass er das Kritteln an seinem Äusseren fortan als Beleidigung auffassen werde. Er war der Meinung gewesen, es hätte geholfen. Doch jetzt reichte, um vom Thema abzulassen, weder das Sonnenlicht, das sich an der Fassade des Chrysler-Gebäudes zu goldenem Schimmer brach, noch wenn gleichzeitig King Kong daran hochgeklettert wäre. Erst ein unvermittelt einsetzendes, durchdringendes Dröhnen erübrigte weitere Worte. Eine Gruppe Jugendlicher stand neben ihnen. Ihren Mittelpunkt bildete ein junges Paar. Der Mann wiegte sanft ein grosses Tonbandgerät im Arm. Georg wunderte sich, woher die Leute so plötzlich gekommen waren, da hatten sich diese schon an der Brüstung aufgestellt. Einer blieb abseits. Über seiner Schulter lag ein Stativ mit Fotokamera, die er jetzt in Stellung brachte. Eifrig streckten ihm alle ihre Gesichter entgegen. Das Paar erhielt ein Schild gereicht: »Just Married«. Die Musik verstummte. Georg sah Zahnreihen aus dunklen Gesichtern blinken, während sich der Fotograf absonderlich verdrehte. Sobald die Musik wieder einsetzte, legte der Mann einen Arm um seine Frau, mit dem anderen schulterte er das Tonbandgerät. Beide setzten sich in Bewegung. Ihre Hüften kreisten. Die restliche Gruppe folgte, und wie eine choreographische Figur tanzten alle davon.

2)
Seit die U-Bahn auf Stelzen und Trägern aus der Erde getaucht war, hatte sich nichts verändert. Brooklyn glich einem gefleckten Teppich; laut Stadtplan lag Georgs Ziel irgendwo in den Fransen. Er versuchte, sich eine Vorstellung von der Frau zu machen. Sie gehörte zu den Leisen, ihre Geschichte auf der Kassette zu den gewöhnlichen. Das einzige, was ihn hellhörig gemacht hatte, war der Umstand, dass sie offenbar aus dem Osten Ungarns stammte, derselben Gegend wie sein Absender. Am Telefon hatte sie sich zurückhaltend gegeben, war aber sofort mit seinem Besuch einverstanden – wenn er meine, sie könne ihm weiterhelfen. – Die Anmerkung hatte sich angehört, als hätte noch nie jemand ausgerechnet ihre Hilfe gebraucht.

Bei ihr also wollte er den Faden aufnehmen.

Wie sie beschrieben hatte, verliess er in Sheepsheadbay, einer Plattform aus rostfarbenen, metallenen Verstrebungen und Treppen, den Zug. Nach ein paar Schritten zu Fuss, jenseits der Stadtautobahn, fand er sich unversehens auf einer friedfertig daliegenden Strasse, zwischen herausgeputzten Holzfassaden und ausgeleuchteten Schaufenstern. Eine Bar hatte geöffnet. Beherzt trat er ein. Er wollte nicht zu früh bei Frau Stoos erscheinen. Ein langer Raum verlor sich im Halbdunkel hinter der Schwingtüre. Soviel Georg auf den ersten Blick erkannte, lehnten nur zwei Gäste an der Theke, ein Bärtiger mit Übergewicht und eine unscheinbare Gestalt in Baumwollhemd. Auf vier von der Decke hängenden Bildschirmen wechselten Sportnachrichten mit den neuesten Meldungen vom Krieg am Golf ab. Kickboxen, Freistilschwimmen, der Bodenkrieg hatte begonnen, die Truppen bogen auf sandiger Bahn in die Zielgerade. Der Barmann plauderte mit seinen Gästen.

»Siehst du!« sagte der Bärtige nach einem anerkennenden Blick auf einen der Bildschirme. »Ich hab's dir gesagt, unsere Boys reissen den Kameltreibern den Arsch auf. Trink eines, auf meine Rechnung!« Der Barmann füllte zwei Gläser. Sie stiessen an. »Freie Fahrt nach Bagdad!«

»Bis irgend jemand in Washington wieder auf die Bremse tritt«, meinte der zweite Gast. »Wie damals bei uns.« Er strich sich mit dem Ärmel seines Baumwollhemdes den Schaum vom Mund.

»Ich gebe dem Sack in Bagdad noch eine Woche, dann ist er aufgeschlitzt, wenn wir die Jungs nur machen lassen«, rief der Barmann. »Eine Woche, was meint ihr?« Keiner antwortete. Georg betrachtete die Flaschen im Regal vor sich. Bensonhurst, wo ein Schwarzer Tage zuvor von einer Meute Jugendlicher auf die Autobahn gehetzt und dem Tode hingeworfen worden war, weil er sich nicht in seiner Strasse des Viertels befunden hätte, lag auf dem Stadtplan keinen Daumennagel weit entfernt. Obschon das Schild über der Kasse nur »KEIN KREDIT« sagte, verliess er das Lokal, ohne etwas bestellt zu haben.

Auch in diesem Quartier hingen gelbe Wimpel neben den Hauseingängen und an Schnüren über die Strassen gespannt; Anteilnahme am fernen Einsatz der Mannschaft, auch wenn nicht feststand, worum es, nebst dem Kampf gegen ein nebulöses Übel, dabei ging. Ein Holzsteg, am Telefon erwähnt, führte über die Einfahrt zu einem Freizeithafen. Boote dösten an den Stegen. Auf der anderen Seite wuchsen breite Häuser aus matt erleuchteten Rasenplätzen. Je grösser die freien Flächen wurden, desto weniger schien man hier für Wimpel und dergleichen übrig zu haben.

Das Haus hatte als einziges keinen Wagen davor stehen. Es lag zurückversetzt im Dunkeln, alle Fenster tot. Georg näherte sich behutsam über den knirschenden Kies der Türe, aber der Schatten des kleinen Vordaches liess keine Nummer erkennen. Mit spitzen Fingern drückte er den Klingelknopf. Einmal kurz, ein zweites Mal etwas länger. Noch hörte er nichts, aber durch das wellige Glas der Eingangstüre konnte er tief drinnen ein Licht sehen. Bald darauf zuckte ein Schatten hinter der Scheibe. Schwaches Aussenlicht wurde angedreht, die Türe öffnete sich. Eine zierliche Frau mit gekrümmtem Rücken stand vor ihm. »Ja, bitte?«

3)

Als Schüler der »Jüdischen Elementarschule von Nyr« kam ich in den Genuss des einzigen spürbaren Vorteils, den unsere Religion je mit sich gebracht hatte: Während die anderen Kinder nämlich nur Sonntag schulfrei hatten, kam bei uns der Sabbat dazu. Die ersten zwei Jahre war Tante Elisabeth unsere Lehrerin. Bevor sie Onkel Waxman, den Rabbiner, heiratete, trug sie ihre langen, schwarzen Haare offen. Sie war die erste Frau in meinem Leben, die mit dem Begriff von Schönheit in Verbindung stand. Keine konnte es an Anmut mit ihr aufnehmen. Sobald sich die Türe geöffnet hatte, rief ich mit den andern im Chor »Guten Morgen, Tante Elisabeth«. Schritt sie vorbei an unseren aufgehängten Mänteln und Jacken der Wand entlang durchs Klassenzimmer nach vorne zum Podium, verfolgten sie meine Augen, ihre elegant wallenden Röcke bauschten sich voller Geheimnisse, die Strümpfe darunter schienen mir wie eine zweite Haut, und war sie vor der Wandtafel angelangt, von wo sie, grösser geworden, sanft und gerecht auf die Klasse herunter schaute, klebte mein Blick noch immer an ihr. Trotz ihrem Liebreiz konnte sie energisch sein. Wenn Streit aufkam, pflegte sie mit einem kurzen Satz dazwischenzufahren: »Wer streiten will, soll zu den Goijm.« Erst im Laufe der Zeit wurde Gojim zu einem Kürzel für ein noch fernes Unheil, das sich draussen irgendwo zusammenzog, denn nach dem Eindunkeln, Mutter meinte, wir schliefen schon, sass sie manchmal mit Vater angespannt vor dem leise gedrehten Radio und seufzte »ach, die Gojim«, bevor sie selber zu Bett ging. Aber vorläufig waren die Gojim einfach nur »die anderen«.

Bei meiner Schlägerei mit dem schmächtigen Micki Adler war Tante Elisabeth zu spät gekommen. Ich weiss nicht mehr, wer als erster zuschlug. Micki hatte laut zu Mathyi gesagt, dass Vater Mama Adler das Geld für zwei Besen schulde. Ich erwiderte, mein Vater könnte, wenn er nur wollte, alle Besen, die seine Mutter je band und noch binden würde, auf einmal kaufen. Er rief mich Dickschwein und ich ihn Bastard. Schnell bildete sich ein Kreis um uns. Ich war grösser und schwerer als er. Sonst hätte ich mich, obschon ich als jähzornig galt, niemals mit ihm eingelassen. Als er am Boden lag, zielte ich ganz genau, bevor ich ihm meinen Absatz mitten ins Gesicht trat. Plötzlich war Ruhe, Tante Elisabeth kam aus dem Klassenzimmer geschossen, aus seiner Hand vor dem Mund tropfte Blut zu Boden, und als er sie wegnahm, schimmerten zwei Zähne darin. Ich erschrak vielleicht noch mehr als Micki selbst. Weniger vor seinem Blut als vor meinem Vater und der dröhnenden Sturzflut seiner Stimme, wenn er erst davon erfahren würde. Tante Elisabeth besah sich das Unglück und raubte mir die letzte Hoffnung, dass es vielleicht doch nicht so weit kommen musste: »Das wird deinen Eltern aber gar nicht gefallen, Micki muss zum Arzt. Du solltest dich schämen.«

Niemand wusste, wer Mickis Vater war. Ein Gerücht sagte, er sei ein Eisenbahner gewesen und ein Goij obendrein. Seine Mutter, eine Besenbinderin, war so arm, dass Micki von der jüdischen Wohlfahrt Kleider geschenkt bekam. Vater nahm immer ein paar Besen von ihr in Kommission. Ich wusste sofort, dass sie es war, als noch während dem Mittagessen jemand an unsere Türe klopfte. Vater öffnete. Ich blätterte im Schatten meiner Schwester, die noch am Tisch sass, ausnahmsweise ein Schulheft durch. Dann rief er mich hinaus. Zu meinem Erstaunen war seine Stimme gefasst. Er befahl mir nur, mich zu entschuldigen, und versicherte Mama Adler, die Zahnbehandlung zu bezahlen. Mutter hatte ich schon vorher alles gebeichtet. Ob er jetzt wisse, was ich wieder angestellt habe, fragte sie, bemüht, den zu befürchtenden Zorn ins Leere laufen zu lassen. Aber seine Antwort überraschte uns beide gleichermassen. Wenigstens liesse ich mir nicht alles gefallen. Frau Adler solle ihrem Sohn besser auf die Finger schauen, meinte er, einen Arm um meine Schultern gelegt. Verkauft habe er von ihren letzten Besen übrigens noch keinen einzigen. Trotzdem musste ich an diesem und ein paar folgenden Nachmittagen im Geschäft helfen. Damit ich wisse, was ein Zahn kostet.

Am häufigsten aber schlug ich meine Schwester. Gründe brauchte ich dazu keine. Sie liess mich meistens eine Zeitlang gewähren, bis ich es übertrieb, dann hatte sie mich mit ein paar gut gezielten Puffern schnell verscheucht. Ein anderes meiner bevorzugten Opfer war ihre Busenfreundin, die fleissige Judith Katz, deren eingeschientes Bein die Folge der letzten Kinderlähmungsepidemie war. Paradoxerweise gehörte ausgerechnet sie zu den wenigen, die nach den späteren Ereignissen übrigblieben, wenngleich nur noch mit einem Bein. Sie wohnte ein paar hundert Meter weiter Richtung Stadtgrenze im ersten Stock eines neueren Hauses. Sie kam oft zu Agi, um mit ihr zu lernen. Beide wollten unbedingt aufs Gymnasium. Sie, um später Medizin zu studieren, Agis Ziel habe ich vergessen. Mein Vergnügen war es, sie zu stören, bis mich Judith mit ihren starken Armen endlich packte und ich zu schreien anfing. Dann lachten sie meistens, und ich rannte zufrieden zu Mutter und klagte, sie hätten mich wieder geschlagen. Ich kann nicht sagen, dass ich je ein Lieblingsfach gehabt hätte. Niemand dachte an Feuerwehr, Polizei oder sonst einen Beruf in der Zukunft. Wir gingen aus dem einzigen Grund in die Schule, weil uns die Eltern schickten, die sich auf eine immer fernere Zeit beriefen, in der es offenbar wieder darauf ankomme, was jemand gelernt habe. Vorläufig erwartete ich jeden Tag nur den Moment, wo draussen im Gang die jämmerliche Glocke schepperte, um mit meinen Freunden am alten Abwart vorbeizusausen, der neben dem Seilzug stand und uns nachrief, ob wir unsere Pulte auch wirklich leergemacht hätten. Die Zukunft braute sich in unseren Kinderköpfen erst hinter der grossen Ebene zusammen, jenseits der fernen Hügel, zu weit, um uns gefährlich werden zu können.

Die Hauptsache war mir das Fussballspielen auf dem Weizenplatz. Lazi Goldstein, der etwas älter war als wir, gehörte zum Kern unserer Mannschaft. Wie Judith Katz das Bein, so trug er den rechten Arm in einer Schiene. Unter uns Kindern begegnete man ihm mit einer Mischung aus bewundernder Furcht und scheuer Neugier. Während sein älterer Bruder in der jüdischen Gemeinde engagiert und die Schwester, neben Judith Agis beste Freundin, mit Hausaufgaben beschäftigt war, spielte er mit seinem eisern bewehrten Arm den allseits gefürchteten Mittelstürmer. Das Tor war durch zwei Bäume markiert. Die ersten Jahre begnügten wir uns mit einem grossen, ausgestopften Strumpf, später brachte mir meine Tante aus Budapest einen richtigen Fussball mit. Von da an war ich unbestritten Kapitän der Mannschaft. Nicht etwa weil ich besonders talentiert spielte, aber ich war Besitzer des einzigen richtig ledernen Balles weit und breit. Wollte mir jemand die Position als Libero und Kapitän streitig machen, setzte ich mich einfach auf meinen Ball.

Wir waren bei weitem nicht die einzigen, die den staubigen Marktplatz als Fussballfeld beanspruchten. Zu dieser Zeit mischten sich die Mannschaften noch. Man ergänzte sich, bis zwei vollwertige Equipen beisammen waren. Später wurde zumindest noch gegeneinander gespielt. Lazi Goldstein kratzte für jeden seiner Treffer mit dem bewehrten Ellbogen einen Strich in die Rinde. Er wohnte ein paar Häuserblocks von uns entfernt. Die Untadeligkeit seiner Geschwister sprach für ihn, aber mein Vater sah es dennoch nicht gern, wenn ich zuviel mit ihm spielte, denn im Schutze seiner Rüstung liess ich mich öfters zu Taten verleiten, die ich ohne ihn nie gewagt hätte. Wer konnte damals schon ahnen, dass ihm später sein Arm zum Verhängnis werden sollte.

Paul Eisenberger, mein anderer Freund, hager und lebhaft, war bekannt dafür, dass er Pausenbrote stahl. Er hatte dunkle, gewellte Haare. Sein Vater arbeitete im grössten Bekleidungsgeschäft der Stadt, weshalb Paul nur die besten Kleider trug. Ganz anders als der schlacksige Micki Schwartz mit seinem hellbraunen, fast blonden Wuschelkopf, der Grösste unserer Klasse und in Sachen Lesen und Schreiben ein schier hoffnungsloser Fall. Aber hinter seinem unbeholfenen Wesen verbarg sich reiche Phantasie und behende List; genug, um sich, ohne repetieren zu müssen, durch die Schuljahre zu bringen. Auch diese beiden waren Vater nicht besonders genehm. Sie wohnten in der Nähe des Bahnhofs – eine verrufene Gegend – und hatten beide einen schlechten Ruf. Der Ruf war Vater aber das Wichtigste, und was davon auf das Geschäft abfärben konnte. Gleiches galt wohl für deren Eltern auf mich bezogen. Niemand von uns dreien glänzte durch schulische Leistungen; auch in der jüdischen Gemeinde leuchtete keiner stark genug, als dass von seinem Licht noch ein Schimmer auf die zwei anderen fiel. Fleiss und Frömmigkeit, davon vereinigte einzig Mathyi Pavel, der vierte im Bunde, genug auf sich, um unsere besorgten Eltern beruhigen zu können. Er war immer unter den Besten, gehorsam gegenüber den Erwachsenen, bleich und bescheiden in den abgewetzten dunklen Kleidern, die er ausser am Sabbat immer trug. Ähnlich wie mir Lazis Kraft und sein bewaffneter Arm Deckung vor allerlei Unbill boten, lieferte mir Mathyis Unverfänglichkeit ein Schild vor der lästigen Besorgnis meiner Eltern. In der Schule bildete er die Grundlage für unser aller Fortkommen. Ich teilte das Pult mit ihm. Wir sassen in der mittleren Reihe, von wo wir durch die grossen Fenster den ganzen Schulhof überblickten. Hinter uns sassen nur noch Paul und Micki. Während ich von Mathyis Heften abschrieb, hielt ich meine eigenen so hin, dass sie von hinten einsehbar waren. Schnell beherrschten wir die Kunst der Nachahmung und des Zuflüsterns. Wenn Tante Elisabeth einen ertappte, musste er für fünf Minuten in die Ecke stehen. Aber sie war nicht allzu versessen darauf. Die Klasse hatte schliesslich an die vierzig Schüler. Nur wenn sie jemanden bei einer Lüge erwischte, wurde sie ernsthaft böse.

Lesen und Schreiben lernten wir, indem Tante Elisabeth grosse Buchstaben an die Wandtafel zeichnete, die wir einen nach dem anderen ins Heft schrieben. Jeden über mehrere Seiten hinweg. Nachdem auf die Art das ganze Alphabet durch war, folgten die ersten, einfachen Wörter auf unseren kleinen Schiefertafeln. In der Religionsstunde dasselbe in Hebräisch. Mathyi konnte schon lesen und schreiben, bevor er in die Schule kam, was mir eine grosse Hilfe war, denn ich lernte die unförmige Schrift nur schwer entziffern und verstand ohnehin nichts. Umso mehr staunte ich jeweils, wie sich Mathyi trotz der rasenden Geschwindigkeit, mit der in der Synagoge die Gebete gesprochen wurden, zurechtfand; ein Wort verschluckte den Anfang des nächsten, eine endlose Kette von ineinander verschränkten Silbenlauten, dazwischen aufbrausender Gesang in wirrem Kanon. Ein Rätsel bis heute. Ausser dass sie leichter zu lernen schienen als wir anderen Kinder, unterschied die Orthodoxen nichts Wesentliches von uns. Ihre Käppchen, Schläfenlocken und Zizes unter den Hemden, Winter und Sommer, sogar während den Turnstunden auf dem Schulhof, waren ebenso Facetten der gemeinsamen Welt wie unsere kurzen Hosen, »Moby Dick« oder Fussball, und als wir ein paar Jahre später endlich die Bar Mitzwah hinter uns hatten, nützte Mathyi sein ganzes Wissen um die Torah und ihre Gesetze so wenig wie Paul, Micki und mir die Tatsache, dass wir zu den besten Mittelstürmern gehörten.

In der zweiten Klasse führten wir unter Anleitung von Tante Elisabeth zu Pessach ein Theater auf. Sie hatte uns zuvor über viele Stunden hinweg die harten Zeiten geschildert, als es Moses und seinem treuen Bruder Aaron endlich gelang, mit Hilfe Gottes und seiner zehn Plagen Pharao zum Nachgeben zu zwingen, auf dass er sie mit ihrer Gefolgschaft in die Wüste ziehen liesse, zum alles entscheidenden Bund mit ihrem Gott. Wir hatten erfahren, dass Aaron, während einer zu lang geratenen Abwesenheit seines Bruders, am Fusse des Berges Sinai, nachdem er vor dem Bedürfnis des Volkes nach greifbareren Göttern in die Knie gegangen war, das Goldene Kalb giessen liess, und wie erst auf den Trümmern dieses von Moses mit grossem Getöse zerstörten Götzen aus den paar Stämmen und Sippen endgültig jenes Volk geschmiedet wurde, das Tante Elisabeth und ihrem mittlerweile angetrauten Gatten Onkel Waxman zufolge heute bald wieder ans Ziel der alten Reise zurückkehren sollte.

Unser kleines Stück handelte von der Zeit, als in rascher Abfolge eine Plage nach der anderen über Ägyptenland eingebrochen kam. Für jede hatten wir ein Schild gemalt, das zu der entsprechenden Szene von einem Jungen in weissem Gewand langsam über die Bühne getragen werden sollte. Weil ich mich schon bei den Vorbereitungen nicht besonders für das Stück begeistern konnte, wählte Tante Elisabeth für diesen einfachen Auftritt mich, während Paul Eisenberger im Dunkel hinter dem Vorhang die Schilder in der richtigen Reihenfolge bereithalten musste. So kam ich mit dem ersten Schild auf die Bühne, das rote Papier auf dem Boden raschelte, und die Ägypter wichen wie abgesprochen angeekelt vor den blutigen Wassern des Nils zurück. In den Stuhlreihen herrschte betretenes Schweigen. Beim zweiten Schild regte sich leichte Unruhe, einzelne Zuschauer lachten verhalten, vom dritten an schallte mir lautes Gelächter entgegen. Ich sah meinen Vater den Kopf schütteln. Er rieb sich mit den Händen die Augen. Mutter winkte mir verstohlen etwas zu; ich selber merkte erst am Schluss, was das alles zu bedeuten hatte: Als vorne die wilden Tiere tollten, musste ich hinten mit dem Hagel herumgestolpert sein, zwei Kinder krochen quakend als Frösche über den Boden, während ich wohl den Staub markiert hatte, beim Ungeziefer hielt ich vielleicht endlich das Blut hoch. Das Geschrei der Finsternis tönte sicher echt, aber dafür waren die herumliegenden Puppen als Erstgeborene meinem Schild entsprechend an der Pest gestorben. Ich glaube, nur die Heuschrecken stimmten mit mir überein – und Tante Elisabeth, die neben der Szene auf der Bühne stand und ohne Unterlass lachte.

Mutter nahm meine Zeugnisse mit Nachsicht zur Kenntnis,

nebst einem Seufzer und vielsagenden Blicken zu meiner Schwester, der sie das Versprechen abrang, sich noch mehr um meine Hausaufgaben zu kümmern. Glücklicherweise war Vater immer beschäftigt. Seinen Mangel, den Beruf als Kaufmann nie gelernt zu haben, machte er durch Fleiss und Sparsamkeit wett. Zu Semesterende, mit den Zensuren im Schulsack auf dem Weg nach Hause, war mein einziger Hoffnungsschimmer, dass der Laden auch an diesem Tag Priorität haben würde. Vielleicht standen gerade drei hoch beladene Pferdefuhrwerke vor dem Geschäft, oder auch nur der Steuerkommissär, irgend etwas, was ihn mein Zeugnis vergessen liesse. Aber vergebens. Ich schlich mich auf Katzenpfoten in die Wohnung und wusste, er würde drinnen am Tisch auf mich warten. Ohne ein Wort, ohne mich dabei anzuschauen, streckte er die Hand aus. Ich klaubte das Zeugnis hervor, so stumm wie er, den Blick gesenkt. Er las grundlos lange darin. Schliesslich legte er das Heft vor sich hin, tunkte bedächtig die Feder ins Tintenglas und unterschrieb mit zusammengepressten Lippen. Dann stand er auf. Es folgten die Worte: »Wir sehen uns noch.« Ich wusste, den Rest des Tages holte er Schwung, um abends in ein furchterregendes Geschrei zu verfallen, und schlich mich davon. Auch Grossmutter konnte die Dunkelheit nicht aufhalten; als es soweit war und mich Mutter holen kam, sagte sie sehr gefasst, in vorwurfsvoller Ruhe:

»Er war nicht besser, dein Miklosh. Vor dem Ewigen würde er noch heute keine einzige Prüfung bestehen. Wozu soll denn der Junge lernen, wenn er an Sabbat nicht einmal die Segenssprüche zu wissen braucht.«

Mutter nahm mich bei der Hand. Immer einen Schritt hinter ihr ging ich mit nach Hause, wo Vaters Stimme, ein grausames, unbarmherziges Schwert, nicht aufhören wollte, auf mich herniederzufahren. Ich liess alles über mich ergehen und schickte mich noch so gerne in die erlösende Strafe, nach dem Essen sofort zu Bett gehen zu müssen. Am Schluss gab mir Mutter noch einen Gutenachtkuss und deckte mich zu, als wäre ich an Mittelohrenentzündung erkrankt.

Immer kürzer wurden die Abstände zwischen den Ausbrüchen von Vaters schwelendem Zorn, mit dem er sich dem Lauf der Ereignisse entgegenstemmte, der sich an mir zu brechen schien. Geschlagen hat er mich höchstens ein paarmal auf den Hintern, mit flacher Hand und halber Kraft und zu Gelegenheiten, bei denen ich es wahrscheinlich auch verdient hatte. In dieser Zeit begann ich, mindestens einmal im Monat mein Bett zu nässen. Anna musste am nächsten Tag das ganze Stroh auswechseln, und ich drosch verzweifelt auf meine Schwester ein, die sicher keine Schuld hatte und trotzdem nie zurückschlug. Sie war so klug, dass sie die Prüfung für das »Katholische Töchtergymnasium« bestand, die bestangesehene Schule des Komitats. Die Zeit reichte ihr gerade noch zur Reifeprüfung. Damit hatte sie es zur höchsten Schulbildung in unserer Familie gebracht.

Das neue Schuljahr fing nach den langen Sommerferien an. Für den Übertritt in die Mittelschule durfte man in den beiden letzten Zeugnissen nicht mehr als zwei ungenügende Noten aufweisen, ansonsten musste man nach den Ferien eine Prüfung in den betreffenden Fächern absolvieren. Bei mir ging es um Singen und Mathematik, komischerweise ebenso wie bei Paul Eisenberger und Micki Schwartz. Wir besuchten also während den Ferien mindestens einmal die Woche zu dritt Tante Elisabeth für Nachhilfestunden. Es gab Tee und Kuchen. Wenn Onkel Waxman zu Hause war, bewunderten wir die neue Sprache, in der sie manchmal miteinander redeten. Bis anhin hatten wir nur das Jiddisch der Orthodoxen gekannt. Gebannt lauschten wir den Geschichten von Juden in Dörfern, die sie selber gebaut haben sollten, auf eigenen Feldern, wo sie zusammen Getreide anpflanzten und Früchte ernteten und das Vieh allen gehörte. Sie zeigte uns in einem Buch mit Zeichnungen, wo der Jordan entspringt, und erklärte begeistert, in der Wüste werde es so heiss, dass ein Spiegelei auf einem Stein in der Sonne von alleine zu braten begänne. Als ich meinen Vater fragte, meinte er, dafür brauche ich aber keine Nachhilfestunden. »Träumer« seien das, »alles Träumer«. Wer wolle denn heutzutage noch zurück in die Wüste?

Ich bestand knapp. Ebenso Micki und Paul. Vater war fürs erste zufrieden. Ich durfte mir für den längeren Schulweg ein Fahrrad bei Onkel Friedman, einem ehemaligen Landesmeister im Strassenrennen, aussuchen. Er hatte seine Werkstatt gleich neben Grossvater. Im Verhältnis mit den meisten anderen Geschäften von Juden, denen es immer schlechter zu gehen schien – viele mussten schon schliessen –, ging Vaters Laden besser denn je. Weil die jüdischen Geschäfte ausser zur Ausbildung kein christliches Personal mehr einstellen durften, hatten wir jetzt einen sechzehnjährigen Lehrling, Bandi, der hinkte. Er wohnte ausserhalb der Stadt, in der Nähe des Militärflugplatzes und redete mir ein, dass die Störche, die jetzt, im August, wieder westwärts zogen, nächstes Jahr keine Kinder mitbringen würden. Er lehrte mich, wie man sich ohne abzusetzen durch das einfache Gesetz der Fortbewegung auf dem Fahrrad halten konnte.

Wenn an Samstagen grosser Andrang herrschte, stellte Vater eine Bockleiter in die hinterste Ecke des Ladens, auf der ich still sitzenbleiben und, falls jemand Ware entwendete, laut schreiend den Dieb anzeigen sollte. Vater würde ihn dann stellen und eigenhändig vor die Türe setzen, wie schon einmal, als er jemanden erwischt hatte. Ein junger, dicklicher Bursche, der noch nie vorher im Laden war, probierte Stiefel an. Die ausgetretenen Schuhe hatte er unauffällig unter ein Regal geschoben, die Türe schon geöffnet, aber Vater war schneller. Der Mann, kleiner als er, zeterte unter den Ohrfeigen laut nach der heiligen Mutter. Er musste bezahlen. In der einen Hand noch den Haarschopf, in der anderen die alten Schuhe, beförderte Vater ihn auf die Strasse. Ich konnte mir nicht vorstellen, dass sich noch jemand zu stehlen getraute. Bandi meinte, ich gleiche einem geflüchteten Huhn dort oben. Überhaupt habe ich die Arbeit an Vaters Seite gehasst.

Mutter führte das Kassenbuch. Vaters allseits bekannte Unnachgiebigkeit gegen säumige Schuldner wurde durch ihre nicht minder ausgewiesene Nachsicht und Güte ausgeglichen, und es gab viele Leute, die ihre Hilfe beanspruchten. Während er es nie zugelassen hätte, dass auf offene Rechnungen im neuen Monat weiter Ware bezogen wurden, setzte sie öfters ihren Haken hinter ein Konto, auch wenn nicht alles bezahlt war. Ich war ihr wegen Frau Albert von gegenüber auf die Schliche gekommen. Ihr Mann war Postangestellter und chronisch betrunken. Den Namen ihres Sohnes habe ich vergessen. Aber er war zu dieser Zeit neben Bandi mein einziger nichtjüdischer Freund. Wir sammelten zusammen Briefmarken. Ich nehme an, er bemächtigte sich meiner Sammlung, als ich sie zurücklassen musste. Vater erkundigte sich immer wieder, wie es mit Alberts stehe, ob sie bezahlt hätten, und wenn

Mutter zu ausweichend antwortete, verbot er jeden weiteren Kredit, bis endlich alles bezahlt sei. Über Monate ging Mama Albert an unserem Laden vorbei. Sie schaute immer zuerst durch das Fenster. War nur meine Mutter zu sehen, kam sie schnell herein und holte irgendeine Kleinigkeit, die in Zeitungspapier eingewickelt unter dem Ladentisch schon bereit lag. Eines Tages eröffnete mir ihr Sohn in der Schule begeistert, dass meine Mutter ihnen alle Schulden erlassen habe. Zu Hause schaute ich im Heft nach, wo alle Ausstände festgehalten waren. Neben dem Namen Albert prangte ein grosser dicker Haken, wie bei allen, die bezahlt hatten. Vater war erfreut, und ich zwinkerte nur mit den Augen, als sie meinte, sie habe ihm doch gesagt, die Alberts würden schon zahlen. Seit da verhalf sie mir zu allen möglichen Rechtfertigungen, wenn ich nicht im Geschäft helfen wollte.

4)
»Frau Stoos, nehme ich an. Wir haben miteinander telefoniert.«

»Oh, Sie haben uns also gefunden? Hoffentlich hatten Sie keine Schwierigkeiten!« Sie lächelte scheu, als wäre sie es, die zu Besuch gekommen war, und gab ihm die Hand. »Ich heisse Zahava.« Er hielt den Holzrahmen des Fliegenfanges mit dem Schuh offen. Die Feder quietschte.

»Nein, nicht im geringsten, die U-Bahn ist ja nicht weit.« Seine Befangenheit wuchs, je deutlicher er ihre Zurückhaltung spürte. »Ich danke Ihnen, dass Sie bereit waren, mich zu empfangen!«

»Das ist doch selbstverständlich.« Sie führte ihn durch eine Diele ins Wohnzimmer. »Wir sind sehr glücklich über die Anstrengungen Ihres Museums.« Das Innere des Zimmers atmete düster.

»Mein Mann ist krank. Wir können uns leider nur leise unterhalten.« Sie drehte eine Lampe an. Ihr Licht schnitt helle Fächer aus der Finsternis. Was jenseits lag, sank in tiefes Schwarz. »Bitte, nehmen Sie Platz, hier ...« Hinter einem niedrigen Tisch war ein Sofa zu erkennen. »Und womit kann ich Ihnen nun helfen?«

Georg zögerte.

»Sie haben gesagt, Ihnen fehle der Absender zu einem Band ...«, half sie zaghaft nach.

Als suche er noch die angemessene Lautstärke, erklärte er, ungewollt flüsternd, wie peinlich es ihm sei, so spät ... und an einem Sonntag ... Er habe nicht gewusst, dass ihr Mann ...

Sie winkte ab. »Aber ich habe Ihnen ja gesagt, Sie sollen heute kommen. Sonntagabend ist für mich am einfachsten. Machen Sie sich also keine Sorgen. Was brauchen Sie denn nun genau?«

Wie schon am Telefon erklärt, suche er Leute, die aus derselben Gegend, oder noch lieber, aus derselben Stadt kämen wie sein Absender vermutlich auch. Aus ihren Anhaltspunkten, so hoffe er, ergebe sich vielleicht eine Spur, die er aufnehmen könne. Dabei habe er sich als erstes der im Archiv schon vorhandenen Kassetten bedient. Natürlich sei er dabei auch auf die ihrige gestossen. »Haben Sie in Ihrem Begleitschreiben nicht auch erwähnt, dass Sie an einer Abhandlung über Ihr Dorf arbeiten?«

Frau Stoos, er war bei ihrem Nachnamen geblieben, nickte: »Mein Vater hat mir etwas Geld hinterlassen. Ich habe ihm versprochen, meine Arbeit über die Geschichte unserer jüdischen Gemeinde fertigzustellen. Wie sie untergegangen ist, und auch, was aus den wenigen wurde, die überlebt haben. Er wollte unbedingt, dass jemand ganz genau festhält, was in unserem Dorf passiert ist.«

»Und das schreiben Sie alles aus Ihrer Erinnerung?« fragte der Volontär.

»Nein, nein, wo denken Sie hin!« winkte sie ab. »Die Erinnerung ist das wenigste. Viel wichtiger ist das Studium der Quellen. Ich gehe jeden Tag in die Bibliothek an der 42. Strasse. Ausser eben Sonntag. Da ist sie geschlossen. Manchmal habe ich das Gefühl, ich wohne schon dort. Ich stelle mir vor, dass es einem auf der Suche nach einem Menschen nicht anders geht, als wenn man hinter einer ganzen Gemeinde her ist. Je weiter man schon gegangen ist, umso mehr Einzelheiten will man wissen. Bis am Schluss das Resultat meistens doch ganz anders beschaffen ist als das Bild, das man sich die ganze Zeit über gemacht hat.«

Sie schilderte ausführlich, was sie über jene Zeit wusste, und der Volontär notierte über seine Knie gebeugt gewissenhaft mit. Sie gab ihm auch einen brauchbaren Ratschlag:

»Aber am ergiebigsten sind die Überlebenden selber. Sie haben übrigens Glück. Jetzt im Frühling haben die meisten jüdischen Landsmannschaften ihre jährlichen Treffen. Ich werde Ihnen nachher jemanden angeben, der die Adressen aller Vereine hat und auch das genaue Datum wissen wird, wann sie sich treffen. Ihre Geschichten sind natürlich immer nur Versionen der Tatsachen. Für die Fakten selber müssen Sie sich in die Bibliotheken bemühen und in die Archive. Sie müssen wissen, wir Überlebenden repräsentieren eine aussterbende Gattung. Wer weiss schon, ob es nach uns überhaupt noch jemanden interessiert. Dehalb ist jeder Versuch, sich dem Vergessen entgegenzustemmen, auch der kleinste, wertvoll genug, um unterstützt zu werden.«

Sie fragte ihn, wo eigentlich seine Vorfahren herstammten, und der Volontär verriet ihr: »Aus derselben Gegend.«

»Dann kann ich Ihr Interesse gut verstehen.« Sie bot ihm den schon fertiggestellten Teil ihrer Arbeit an, erwähnte Bücher, die er lesen müsse, schrieb auf einen Zettel die wichtigsten Bibliotheken und Archive, die es zu konsultieren gelte. Die tief hängende Lampe blendete. Frau Stoos sass auf ihrem Schemelchen. Sie schien erschöpft. Den Rock an die abgewinkelten Beine gedrückt, bewahrte sie nur mühsam ihre aufrechte Haltung. Georg fühlte sich wieder unbehaglich. Aber plötzlich legte sie beschwörend ihre Hand auf seinen Unterarm. »Wir sind die letzten, die sich noch erinnern können. Nach uns wird die Geschichte erlöschen. Finden Sie alles heraus, was Sie nur können.«

Sie sassen einander im Licht gegenüber. Um sie herum die Nacht im Hause. Da hörte er aus der Tiefe ein knurrendes Geräusch.

5)
Vater hatte gute Tage und schlechte. Meistens schlechte. An solchen bestand sein Wesen nur noch aus seiner Stimme, vor der ich zitterte und mich verkroch. Trotzdem gab es Augenblicke, in denen er sanft und gebändigt schien. Besonders wenn ihn seine rheumatischen Schmerzen lang und stark genug geplagt hatten. Manchmal durfte ich ihn ins öffentliche Dampfbad begleiten, meistens aber bestellte er sich das heisse Wasser von einer nahen Heilquelle nach Hause. Abends nach dem Essen fuhr ein vierspänniges Pferdefuhrwerk mit einem riesigen Fass vor. Aus den Ritzen im Deckel züngelten Dampffahnen. Die ganze Familie rannte mit Eimern auf die Strasse, wo der Fuhrknecht vom Bock gestiegen war. Er hatte ein ungesund gerötetes Gesicht. Rülpsend stand er

neben dem Hahn, seinen Schreibblock vor sich, in den er für jeden Eimer einen Strich machte. Wir trugen das Wasser hinein, gossen es in die Wanne und rannten wieder auf die Strasse, hin und her, aneinander vorbei, Eimer um Eimer, bis der Bottich voll war. Schwefliger Geruch sätttigte die Luft. Der Fuhrknecht zählte die Striche auf seinem Block, Mutter gab ihm das Geld. Auf dem Bock genehmigte er sich als erstes einen tiefen Schluck, bevor er mit der Peitsche auf die Pferde einhieb und sich das Gespann ächzend in Bewegung setzte. Vater hatte sich schon ausgezogen. Behutsam stieg er in das noch immer sehr heisse Wasser. Wenn sein Körper bis zum Kopf eingetaucht war, durfte ich ihm folgen. Er hatte die Augen geschlossen. Die Furchen auf der hohen Stirn waren geglättet. Wasserperlen liefen ihm über das Gesicht. Ich begann mit einem Blechschiffchen zu spielen, das ich immer mehr in seine Richtung treiben liess, bis er die Augen öffnete und es zurücktrieb. Wer es mit seinem Wellenschlag am schnellsten in der anderen Hälfte versenken konnte, hatte gewonnen. Wenn wir genug hatten, stiegen wir aus. Vater trocknete mich mit seinem grossen Tuch ab. Agi und Mutter hatten in der Zwischenzeit abgewaschen und aufgeräumt. Erst jetzt waran sie an der Reihe. Mutter goss noch heisses Wasser vom Herd zu. Ich setzte mich mit nassen Haaren vor das Feuer, bis Vater mich ins Bett schickte.

Langsam rutschte ich ins Alter der langen Hosen. Dank dem Fahrrad war meine Welt um ein paar Strassen gewachsen. Eines Tages, wir hatten das Mittagessen beendet, Vater war wieder im Geschäft, kam Rabbiner Waxman zu Besuch. Er sei gerade in der Nähe gewesen und hätte nur schnell hereinschauen wollen. Da man uns doch sonst so selten antreffe. Mutter wusste vor Überraschung nicht, ob sie ihre Brille absetzen oder aufbehalten sollte. Sie band schnell das Kopftuch um.

»Sie wissen ja, mein Mann ...«, warf Mutter ein, aber Waxman kam ihr zuvor. »Ja, er führt seinen eigenen Kampf mit Gott. Es muss ein schreckliches Ringen sein, auch für Sie ... Ist er im Geschäft?« Wenn ein Geräusch von draussen hereindrang, schaute er immer wieder zur Türe.

Er setzte sich, lobte meine Fortschritte im Bar-Mitzwah-Unterricht, ebenso wie Agis weiterum bekannten Fleiss; nicht mehr lange, und sie sei eine junge Frau. Mutter lächelte unbeholfen.

»Tja ...« Das führe ihn zu seinem Anliegen. Natürlich nur, wenn sie einverstanden sei. Sie habe doch etwas Zeit? Da er nicht weiterredete, stand sie auf, um Tee aufzusetzen. Wo er sich doch schon einmal zu uns gewagt habe. Als sie aus der Küche kam, nahm er einen neuerlichen Anlauf: Er komme eigentlich in einer häuslichen Angelegenheit. Deswegen habe Rabbiner Bernstein geraten, sie zuerst mit ihr alleine zu besprechen.

Bernstein, muss man wissen, war in der jüdischen Gemeinde von Nyr die unumstrittene oberste Autorität. Manchmal wurden ganze Ausschnitte seiner Predigten in der Zeitung zitiert. Wenn er den Gottesdienst abhielt, kam es vor, dass die Gemeinde bis auf den Gehsteig vor der Synagoge anschwoll, und aus der Hauptstadt, wo er unser Komitat in den zentralen jüdischen Institutionen vertrat, sprachen immer wieder Abordnungen bei ihm vor. Reisende fragten auf ihrem Weg von Westen her in unserem Geschäft nach seiner Adresse. Sogar Vater kannte sie auswendig.

Wie ich Waxmans Worten entnahm, waren sie nun beide um das Ansehen unserer Familie und nicht zuletzt um den guten Ruf unseres Geschäftes besorgt. Nicht nur weil Vater die Gebote der Reinheit und des Sabbats verspottete. Das müsse er alleine vor Gott ausstehen. Nein, das war es nicht. Vielmehr seien wir Juden auch ausserhalb der Synagoge eine Gemeinde. Besonders in Zeiten wie diesen. So sehe es unsere Umgebung nun einmal. »Aber ...«, er schaute rasch zu mir herüber, »... ich will mich keinesfalls aufdrängen.«

Sie schickte mich raus. Ich liess mich nicht zweimal bitten. »Nicht zu weit, hörst du?« Mutter mahnte mich immer, nicht zum Flugplatz zu fahren. »Ein jüdisches Kind fährt nicht so weit mit dem Fahrrad.« Aber wenn der Rabbiner sie jetzt noch etwas länger festhielt, konnte ich es wagen. Vater war ohnehin im Geschäft.

Mathyi fand ich beim Kissenstopfen. Sein Vater hatte von Waxmans Besuch offenbar schon erfahren. Eher mache dieser aus seiner Ziege, wenn er denn eine hätte, eine Kuh als aus unserem Haushalt ein jüdisches Heim, belehrte er mich. Aber Hauptsache, Mathyi durfte mit mir spielen gehen. Weil er selber kein Fahrrad besass, fuhren wir abwechslungsweise, einmal sass er auf dem Gepäckträger, dann ich, und sah von hinten seine Zizes im Rhythmus der Pedale baumeln. So erreichten wir den verbotenen Ort. Weder auf der Wiese noch auf dem Rollfeld standen Flugzeuge. Alle drei Hangare waren geschlossen. Nur die Windhose hing aufgebläht an ihrem Masten.

Als ich am späteren Nachmittag nach Hause kam, sah ich Vater, Mutter und Agi Pakete und Kisten aus der kleinen Lagerkammer neben der Küche auf den Dachboden schleppen. Sogar die schweren Säcke mit dem Hühnerfutter mussten rauf. Vater forderte mich unwillig auf, entweder mitzuhelfen oder wenigstens nicht im Weg herumzustehen. Agi verriet mir schnippisch, sie habe ab sofort ein eigenes Zimmer. »Warum du?« fragte ich sofort. Das habe sie unserem Rabbiner zu verdanken, keuchte Vater unter einem Sack hervor, die dunklen Haare voll Mehlstaub. Mutter stand mit einem Kübel Saatgut auf der Leiter zum Estrich; wir hätten auch selber auf den Gedanken kommen können, anstatt zu warten, bis unsere Kunden damit zum Rabbiner gingen. Der habe gut reden, erwiderte Vater. Mit einer ganzen Synagoge als Geschäft hätten wir auch Platz genug. Trotzdem ging in dieser Frage der gute Ruf einmal mehr vor. Tags darauf standen Agis Bett und der Nachttisch in der Kammer. Fortan schlief ich alleine neben den Eltern und malte mir dabei das Stück Freiheit aus, das in die Kammer gefolgt zu sein schien, jedes Mal, wenn Agi die Türe abends hinter sich schloss.

Ihr neues Zimmer hatte ein Fenster zur Strasse hinaus. Bei Einbruch der Dunkelheit wurden die Läden geschlossen, obschon von der Strasse her höchstens ein Ausschnitt der Decke zu sehen war. An einem schwülen Sommerabend, ich lag schon im Bett, hörte ich Vaters Geschrei, unterbrochen von der leisen Stimme meiner Mutter. Agi hatte die Fensterläden schliessen wollen und sich dabei hinausgelehnt, als draussen ein Husar vorbeispaziert kam. Ihres Nachthemdes nicht gewahr, plauderte sie mit ihm, bis Vater wie ein Donnerkeil dazwischengefahren sein musste. Der gute Ruf stand wieder auf dem Spiel.

»Weisst du, was die Nachbarn denken werden?« hörte ich ihn zischen, und wieder laut: »Dass wir bald die eigene Tochter im Sortiment führen, das werden sie denken. Dann steht eines Tages ein anderer als euer Dr. Waxman bei uns.« Und mit einer Stimme, als hätte er sich schon in das Schlimmste geschickt, fuhr er fort, bei all den neuen Gesetzen sei er seine Lizenz im Handumdrehen los. Und noch düsterer: So weit wie in Tisza-Eszlar würde es gar nicht erst kommen. Dort habe es wenigstens noch ein Gericht gegeben ... Mutter versuchte zu beruhigen. Was war denn schon geschehen, Agi hatte mit einem fremden Mann gesprochen, das war alles. Doch Vater schien sie nicht mehr zu hören. Er sprach weiter, als wäre er allein in der Kammer hinter den jetzt zugezogenen Läden. Er wäre nicht der erste. In Debrecen hätten sie schon ein halbes Dutzend jüdischer Geschäfte geschlossen. Die Inhaber waren zum Arbeitsdienst eingezogen worden. Wie der arme Doktor Janosh, der für die Husaren an der rumänischen Grenze die Ställe reinigte.

Da wurde die Türe zu mir herein geöffnet. Licht fiel durch den Spalt. Ein kurzer Luftzug, dann war Ruhe. Mutter stützte sich mit den Händen am Tisch. Eine Strähne hing ihr ins Gesicht. Sie rieb sich die Augen und schüttelte leise den Kopf. Als sie merkte, dass ich noch wachlag, zwang sie sich zu einem Lächeln und setzte sich zu mir auf die Bettkante. Aber am nächsten Morgen war mein Laken trotzdem wieder nass.

Jeden Sonntagmorgen ging Vater im frischen Hemd, den Bügelfaltenhosen und einem Jackett im Gasthaus Krone Karten spielen. Er nahm seinen dunklen Hut und spazierte, den schwarzen Stock mit dem silbern beschlagenen Knauf schlenkernd, unter den Bäumen in Richtung Zentrum davon. Gegen Mittag schickte mich Mutter, ihn abzuholen. Meistens sah ich ihn schon über den Weizenplatz kommen. »Habt Ihr gewonnen?« rief ich, die Hand im Laufen nach einer Münze ausgestreckt. Er gewann immer, nahm ich an. Nicht wie mein Onkel Izidor, der mehrmals so viel verspielte, dass Vater ihm aushelfen musste. Ich glaube, Vater war gar kein wirklicher Spieler. Das verhinderte sein sparsames Wesen. Die Gesellschaft um den Tisch in der Krone musste ihm vielmehr eine Art Zuflucht bedeutet haben, der einzige Ort, wo er ohne Verbindlichkeit andere Leute traf, verbrachte er den Rest der Woche doch ausschliesslich in einsamer Verantwortung für das Geschäft. Die Luft in der Gaststube hing voller Tabakqualm. Vater grüsste die Runde, dann setzte er sich, immer war der gleiche Stuhl für ihn freigehalten. Jeder hatte ein Likörglas vor sich stehen. Ab und zu wurde eines mit einem kurzen, heftigen Ruck des

Kopfes geleert; ein Prusten, und mit dem Handrücken über den Mund gewischt. Der Blick blieb auf die Karten in der anderen Hand geheftet. Man redete laut durcheinander, schmetterte Karten auf die Tischplatte – in Verzweiflung oder Triumph –, fluchte oder lachte verschmitzt. Ausser Vater. Er spielte seine Karten gelassen, schweigend, aus einer angedeuteten Bewegung des Handgelenkes. Der Hut lag neben ihm. Wenn er zu sprechen anhob, verstummten die anderen um ihn herum wie auf einen geheimen Befehl hin; schwieg er wieder, hörte man nur die Fliege über dem Tisch, die sich wütend einen Ausweg aus dem Kristallabyrinth des Leuchters suchte, der über dem Tisch hing.

Die schönste Zeit meiner Kindheit brach an, als Vater im Herbst, ebenso wie die Väter vieler anderer jüdischer Kinder schon früher in diesem Jahr, endlich auch zum Arbeitsdienst eingezogen wurde. Er holte seine Uniform aus dem letzten Krieg hervor, dazu gehörten auch ein langer, in der Taille gegürteter Mantel und hohe, fettglänzende Stiefel. Mutter hatte am Abend vorher aus einem Stoffresten eine gelbe Armbinde genäht. Diese streifte er sich über den linken Ärmel, ich dachte, als Zeichen für den Arbeitsdienst im Unterschied zum Dienst an der Waffe, dann verabschiedete er sich kurzangebunden. Nur Mutter bekam einen richtigen Kuss. Sie wisse ja, wohin sie das Geld im schlimmsten Fall bringen solle, vergewisserte er sich. Sie antwortete, er solle schreiben, wenn er etwas brauche. Danach war Frieden im Haus und im Laden auch. Wir führten das Geschäft als kleinen Familienbetrieb weiter, Mutter, Agi und ich, zusammen mit Bandi. Die Bauern hatten es weniger eilig. Wenn ein Sack vom Estrich heruntergeholt werden musste, war immer jemand da, um zu helfen. Einer brachte sogar regelmässig getrocknete Blumen, mit den besten Grüssen von seiner Frau. Ich holte alle meine Schundromane von Tante Borish herüber und durfte jeden Abend lesen, bis Mutter auch für sich das Licht ausdrehte. Die Grosseltern kamen häufiger zu Besuch, auch wenn sie noch immer nicht zum Essen blieben. Es half nichts, dass Mutter schon einen Tag nach Vaters Abreise unter Mithilfe ihrer Schwester, die eigens dafür aus der Hauptstadt angereist kam, die ganze Küche auf den Kopf gestellt hatte, um sie koscher zu machen. Sogar die Gänse bekamen das neue Regime zu spüren. Hatte Vater das Schlachten selber besorgt, gab es jetzt dafür den Schächter. Mutter steckte das Tier mit zusammengebundenen Flügeln in eine Kiste und schickte mich damit los. Auf dem Hinweg bewegte sich die Schachtel noch, der Schnabel stiess bittend an den Deckel, und die Füsse tappsten verzweifelt. Auf dem Rückweg war die Kiste leichter und sehr still. Mit Massnahmen dieser Art und der Unterstützung von Grossmutter erreichten wir immerhin einen Grad Reinheit, der es Grossvater erlaubte, sich jeweils zu einer Tasse Tee bei uns herabzulassen. Aber für ein koscheres Leben brauche es mehr als nur die Abwesenheit des gottlosen Hausherrn, erwiderte er ungerührt die Bitten meiner Mutter, bei uns zu essen.

Nur ein Problem hatten wir: die Ratten. Am selben Tag, an dem die Gesetze der Reinheit in unserem Haushalte Einzug hielten, tauchten sie drüben im Geschäft auf. Dünn und flink. Als hätten sie die Abwesenheit von Vater abgepasst und sich genau darauf vorbereitet. Ich entdeckte die erste hinter einem der neuen Säcke Reis, die Vater vorsorglich heruntergeholt hatte. Mit einem Besen in der Hand, bereit zuzuschlagen, wartete ich ab. Aber sie kroch nicht hervor. Agi kam mir zu Hilfe. Gemeinsam schoben wir den Sack zur Seite. Da sass sie und schaute uns aus kalten Augen an. Bis ich den Besen wieder zur Hand hatte, war sie schon unter das Holz geflüchtet. Ich bückte mich, stocherte mit dem Stiel nach ihr, doch sie verschwand in unbekannten Ritzen. Einen Tag später war der Sack aufgebissen, der Reis herausgerieselt, ein paar Kügelchen Kot zwischen den Körnern. Niemand von uns hatte Erfahrung im Umgang mit Ratten. Also holten wir den fetten Kater von Tante Borish. Diesen sperrten wir einige Nächte im Laden ein. Eine Weile war Ruhe, bis wir den ersten angefressenen Laib Brot entdeckten. Mutter schickte Bandi in die Apotheke. Auf den Rat eines Bauern hin sollte er Zyankali kaufen. Das bläuliche Pulver streuten wir entlang den Wänden in Ritzen, unter die Bretter, in alle Ecken, aber anstelle auch nur einer im Tod verrenkten Ratte hatten wir jeden Tag mehr lebende. Man hörte ihr Rascheln und Scharren die ganze Nacht. Unterdessen getrauten sie sich offenbar auch auf die Gestelle. Sie machten sich an allem zu schaffen, egal ob Leder oder Jute, Holz, Saatgut, und zu guter Letzt an der Stoffware. Vater Pavel, der mit seinen Daunenfedern viel herumkam, eilte uns mit neuem Rat von den Bauern zu Hilfe: Wir müssten herausfinden, wo die Ratten ihre Löcher hatten, und kleine Glasscherben davor streuen. Voller Hoffnung zerbrachen wir sämtliche leeren Flaschen, die wir fanden. Ausser dass es jetzt bei jedem Schritt unter den Sohlen knirschte, erreichten wir nichts. Allein Vater schien das Geheimnis um die Ratten zu kennen. Mutter schrieb ihm ihre Verzweiflung, doch statt einer Antwort kam eines Tages er selber, viel früher als erwartet. Der Brief wird wahrscheinlich nie in der deutsch besetzten Ukraine angekommen sein.

6)
»Sam, bist du wach geworden?« Frau Stoos erhob sich und bedeutete Georg, ihr zu folgen. Hinter einem Fauteuil, den er zuvor nicht gesehen hatte, blieb sie stehen. »Wir haben Besuch«, sagte sie laut. Dazu stiess sie den Sessel an der Lehne ein wenig herum. Im Polster sass die zusammengefallene Gestalt eines alten Mannes. »Sam, das ist Georg. Ein junger Freund aus dem neuen jüdischen Museum. Begrüsse ihn!« Zu Georg: »Mein Mann, Sam.« Doch dieser schaute kaum hoch. Stattdessen drückte er auf der TV-Fernbedienung herum. Der Apparat ging an. Sie setzten sich wieder auf das Sofa.

»Das war auch der Krieg, die Lager«, sagte Frau Stoos mit einer rückwärts gewandten Kopfbewegung, was dem unbekannten Leiden ihres Mannes eine Endgültigkeit verlieh, die Georg jeder möglichen Antwort entledigte. »Jetzt noch die Scuds auf Israel. Unsere Tochter lebt in Tel Aviv. Wenn er wach ist, schaut er nur fern.«

Im Halbdunkel sah der Volontär die Silhouette eines Kopfes auf dünnem Hals aus der Lehne ragen. Das Fernsehlicht strich blauflackernd über die Wände. Georg rührte sich nicht. Er wollte den Alten um keinen Preis aufscheuchen oder gar seine Aufmerksamkeit auf sich lenken. »In diesem Krieg scheinen mir die Meldungen manchmal neuer als die Ereignisse, von denen sie berichten. Als laufe der Krieg den Fernsehanstalten hinterher«, flüsterte ihm ihre Stimme ein. »Da halte ich mich lieber an unser Dorf. Im Rückblick sind die Fakten überschaubarer, und die Toten kann man noch im Kopf zusammenzählen. Ich möchte nicht wissen, wie in Bagdad ein Tag wie heute für gewöhnliche Menschen aussieht. Stellen Sie sich vor, Sie lebten dort. Vielleicht gehen Sie gerade einkaufen oder machen zu Hause sauber.« Ihre aufmerksamen Augen blickten Georg an. »Hier ist die Adresse von Herrn Fürkös, dem Mann, der Ihnen Auskunft über die Landsmannschaften geben kann ...« Sie überreichte ihm den Zettel. Ein zweites Blatt beinhaltete ihre Literaturliste. »In der jüdischen Abteilung der Bibliothek an der 42. Strasse werden Sie das meiste finden.« Vor der Türe musste er sich zusammenreissen, um dem Drang ins Freie nicht nachzugeben, ohne sich ordentlich zu verabschieden und sich noch einmal zu bedanken. »Rufen Sie ruhig an, wenn ich Ihnen behilflich sein kann!« Er hörte, wie das Fliegengitter zuschlug.

7)
Georg entschlüpfte eine Erwiderung, von der er schon beim letzten Wort das Gefühl hatte, jemand hätte sie ihm in den Mund gelegt: »Dass ausgerechnet du ständig vom Haareschneiden reden musst.«

»Wie meinst du das?« Sein Vater horchte auf.

»Seit ich mich erinnern kann, hast du mit Vorliebe über Dinge wie Haare, Kleider und dergleichen gesprochen.«

Die Bemerkung war spitzer ausgefallen, als Georg beabsichtigt hatte.

»Weisst du, was mich davon abgehalten hat, mich mehr um euch zu kümmern?«

Darauf hatte es Georg nicht abgesehen. Er wollte nur irgendwie das Gespräch in Gang halten und eine Gelegenheit für seine Frage abwarten. Ohne Ansatz würde es ihm hier oben, unter freiem Himmel, während sie ihre Runden über der Stadt drehten, nicht gelingen. Das hatte er sich unterdessen zugestanden.

»Es war die Angst, zu enttäuschen. Ich wusste, dass ich nie das Zeugs zu einem Vater haben würde. Schon als deine Mutter schwanger mit dir war. Aber sie hat es sich nicht ausreden lassen, und ich hatte Sehnsucht nach einem bürgerlichen Leben. Verstehst du?«

Georg nickte. »Trotzdem wundert es mich, dass du eine solche Leidenschaft für meine Frisur aufbringen kannst.«

»Warum?«

»Wurdest du nicht schon unter Umständen geschoren, die einem das Thema austreiben sollten?«

»Das begreife ich nicht!«

»Zwangsweise!« half ihm Georg auf die Spur.

»Das ist doch wirklich etwas anderes. Aber wo wir schon davon reden, es war eine der wenigen Massnahmen, denen eine Spur von Sinn nachgesagt werden konnte. Die Haare hätten bei der Zwangsarbeit nur gestört. Und wie hätten wir sie überhaupt waschen sollen?«

Georg verlor den Faden schon wieder. Es gab zuviel in der Ferne, das einen ablenkte, und in der Nähe zu wenig, das ihn fesselte. Sein Vater stand ein paar Schritte entfernt an einem Fernrohr. Er hatte soeben ein Geldstück eingeworfen. Beide Hände lagen auf dem Okular. Dabei hatten sich die Ärmel seiner Jacke nach hinten geschoben. Aus dieser Distanz konnte Georg nur einen kleinen bläulichen Schatten auf dem linken Unterarm erkennen.

Kapitel drei

1)
Wenn ihn die Erinnerung getrogen hätte, die Vertrautheit der
Stimme aus der Kassette nur Einbildung und die Übereinstimmung
ihrer Geschichte mit dem Absender beliebig war, wie die anderen
Aufnahmen? Würde dann nicht alles, was er seit dem ersten Abhö-
ren herausgefunden hatte, wieder in die alte, graue Masse ohne
Ränder versinken? Dann hätte er sich in der Zeit geradesogut zum
Beispiel mit dem einbeinigen, bettelnden Schwarzen beschäftigen
können, den er jeden Tag vor der Bibliothek angetroffen hatte,
hinter einem Schild sitzend: »Vietnamveteran. Bitte helfen Sie.«
Fast belustigte ihn die Möglichkeit, er wäre im nachhinein einfach
der erstbesten Witterung nachgelaufen und würde sich jetzt, vor
dem unbekümmerten Wesen seines Vaters, am vermeintlichen
Ende der Fährte fürchten, vielleicht nur einen verlassenen Fuchs-
bau vorzufinden. Denn richtig bedacht gab es nie ein Rätsel in
seiner Geschichte. Der Vater hatte auch früher stets darüber gesprochen, wenn man wollte; immer mit diesem Beiklang einer
mehr oder minder unterhaltsamen Geschichte Dritter. So hatte
Georg schon als Kind gewusst, woher die Nummer stammte, und
nie an etwas Besonderes dabei gedacht. Weshalb sollte das jetzt
anders sein?
   Da unterbrach sein Vater das Grübeln und nötigte ihn, selber
einen Blick durch das Fernrohr zu werfen. Aber gerade als sich
Georg zwischen den Fassaden in unmittelbarer Nähe und den
fernen Sandbänken von Long Island für die verfallenen Hafenanlagen von Red Hook in halber Distanz entschieden hatte, war die
Zeit abgelaufen. Eine schwarze Wand schob sich vor seine Augen.
Ja, es konnte sein, dass am Schluss alles nur dem ewigen Kampf
zwischen der Schwerkraft seiner Gedanken und der Fliehkraft
von aufgescheuchten Wünschen entsprang.

2)
Die meisten Gestalten schienen eifrig zu studieren. Sie bewegten leise murmelnd die Lippen, wenn sie eine Seite umschlugen, raschelte es. Einige Schläfenlocken berührten fast das Papier. Lange nicht alle Benützer des Lesesaales hatten etwas zum Lesen vor sich auf den dunkel gebeizten Holztischen. Im Winter geheizt, bei Regen geschützt und im Sommer schattig, war der Raum für viele, die auch vom Tag nichts zu erhoffen hatten, ein geeigneter Aufenthaltsort, um ungestört den Abend abzuwarten, wenn das Obdachlosenasyl die Pforten öffnete.

Heftiges Tuscheln war aufgekommen. Ein bärtiger alter Mann stritt sich vor einem der Computer mit einem bleichen Jungen, der sich alle Mühe gab zu erklären, wie man nach einem bestimmten Titel suchte. Der Alte aber drückte, anstatt zuzuhören, nur immer gereizter auf den Tasten herum, was die Bemühungen des Jungen, irgendetwas zu finden, fortlaufend zunichte machte. Ihre Kaftane flatterten aufgeregt. Eine Frau am Tisch gegenüber beobachtete sie mit abschätzigen Blicken. Das Buch vor ihr war dick wie ein Stück Kaminholz.

Georg versuchte sich wieder auf seine zwei Bände zu konzentrieren. Leider beschäftigte sich nur ein kurzes Kapitel mit der Gegend, die ihn interessierte. Dafür aber, Frau Stoos hatte recht, wurden die Ereignisse der Zeit insgesamt sehr ausführlich behandelt. Blätternd bemerkte er ein paar dunklere Seiten und fand die Stelle: Eisenbahnwagen, eine Menschenmenge, alle in ärmlicher Kleidung, Frauen mit hungrigen Gesichtern, Kinder ohne Schuhe und Strümpfe hielten sich an den Händen, Soldaten mit geschulterten Gewehren dazwischen, Stacheldraht, dahinter kahlgeschorene Köpfe in Reih und Glied, eine Kolonne Gefangener in schlecht sitzenden Häftlingskleidern.

Die zwei Chassiden hatten unablässig weitergestritten. Doch jetzt standen sie auf und begaben sich in eine Nische bei den Fenstern. Wie auf Kommando folgten ihnen gut ein Dutzend anderer. Sie hielten kleine Gebetsbücher in den Händen. Ihre Oberkörper schaukelten hin und her. Manchmal waren einzelne Wörter zu verstehen, »Baruch atah adon ...«, die Stimmen verhaspelten sich; für den Rest des Gebetes bewegten sich die Lippen stumm, bis zum gestöhnten »... Aaamen«. Nach ein paar Minuten war der

Spuk ebenso plötzlich vorbei, wie er angefangen hatte. Ruhig ging man zurück an die Tische. Ausser Vater und Sohn. Sie stritten schon wieder, bevor sie vor dem Computer angekommen waren.

Nicht dass er zum ersten Mal solche Bilder in Schwarzweiss gesehen hätte. Ohne die Legende darunter, woher die Menschen kamen, und die Ahnung, dass die Kamera ihre letzten Schritte eingefangen hatte, würde er den Aufnahmen keine Beachtung geschenkt haben. Der SS-Wärter musste, bevor er den Auslöser gedrückt hatte, noch Zeichen gemacht, vielleicht gar ein Stück Schokolade hingehalten haben, denn ein Kind schaute geradewegs in die Kamera, den Versuch eines Lächelns auf dem Gesicht, nackte Füsse unter den kurzen Hosen, viel zu grosse Augen, in der Ferne der bekannte Torbogen. Georg war es, als hielte er ein Familienalbum in den Händen. Das Kind lebte, hatte eine Stimme, und die Stimme hatte ein Gesicht.

Einen Tag später, anlässlich der Eröffnung einer Ausstellung von Bildern aus dem Konzentrationslager Theresienstadt, wurde der Volontär auf die Kassetten angesprochen.

Abygail, die Verantwortliche für Öffentlichkeitsarbeit, hatte ihn gebeten, ihr mit dem Gebäck für den Empfang behilflich zu sein. Georg war es trotz drei Schachteln Cookies aus der Kocherbäckerei auf dem Arm gelungen, ein Taxi anzuhalten, während sie auf dem Gehsteig solange wartete, bis er ihr die Türe zum Fond aufhielt. Ihre Lackschuhe glänzten rot, wie die Bremslichter der Autos. Die weissen Strümpfe darüber verloren sich unter einem für diese Jahreszeit schon etwas zu plumpen Mantel. Gerade als sie einsteigen wollte, gesellte sich Ben von hinten zu ihr und bot ihr seinen Arm an. »Darf ich?« Georg setzte sich neben den Fahrer. Sie gab aus dem Fond das Fahrziel an, eine Galerie in Soho. Den Rest der Fahrt hielt sie sich Ben zugewandt, um ihm in allen Einzelheiten, als würde es sich um die wichtigste Publikation in der Stadt handeln, den Inhalt des nächsten der alle drei Monate erscheinenden Rundbriefe an die Spender zu erläutern. Der Spendenstand entsprach zwar bei weitem nicht den Erwartungen, aber man konnte es auch positiver ausdrücken und sagen, dass die verfügbaren Mittel des Museums im Vergleich zum Vormonat wiederum gewachsen seien. Der grösste Teil dieser Nummer würde einer spektakulären Akquisition gewidmet. Eine echte Neuigkeit;

sie werde versuchen, die Geschichte auch in anderen Medien streuen zu lassen. Man habe die Verhandlungen über eines der Fischerboote, mit denen die Dänen damals Juden gerettet hatten, zur Hauptsache abschliessen können und arbeite nun an Plänen, es zu den Eröffnungsfeierlichkeiten über den Atlantik bis nach New York zu schiffen. Ben hielt während der ganzen Fahrt beide Arme nach hinten auf die Rücklehne gelegt, die Augen geschlossen, und steuerte der Unterhaltung zwischendurch ein »Hmh« bei. Erst als sie vor der Galerie hielten, kam wieder Leben in ihn: »Gott behüte uns vor dem Holocaust, wenn ihn sich diese Leute vorknöpfen«, klagte er hinter Abygail her, die diesmal nicht gewartet hatte, bis ihr die Wagentür aufgehalten wurde, sondern sofort den Leuten vor dem Eingang entgegeneilte und ihn das Taxi bezahlen liess. Während der Volontär die drei Schachteln Cookies neben ihm über den Gehsteig balancierte, meinte er: »Wieviele Leute in diesem Land leben wohl vom Holocaust? Was meinst du?«

Drinnen wartete man auf die Ansprache des Galeriebesitzers. Während er allen Mitwirkenden Dank aussprach, schien er im Kreis des ihn dicht umstehenden Publikums untergegangen zu sein, bis auf seine hohe Stimme, die deutlich zu hören war. Er verlieh seiner tiefen Rührung Ausdruck, dass es mit Hilfe des entstehenden Museums und dessen Team gelungen sei, diese Bilder hier zu versammeln. Wie er betonte, könne niemand ihren Wert abschätzen. Sie entzögen sich dem Kunstbazar, wenn ihm der Ausdruck für einmal erlaubt sei. Dafür bildeten sie in diesem sonst so wechselhaften Handel ein Floss der Besinnung. Er sei sehr dankbar, dass gerade seine Galerie die Sammlung für eine Zeitlang beherbergen dürfe, und hoffe, dass sie in den anderen Städten auf gleiche Weise wirke.

Der Applaus war dem Anlass entsprechend gedämpft. Der Volontär bemühte sich um ein paar Blicke zwischen den vielen Menschen hindurch auf die Bilder: Bleistift und Kohle, das meiste erzwungene Auftragsarbeiten für die Propaganda der Nazis, deren Absicht es war, der Aussenwelt ihren »Schutzbezirk für Juden« zu präsentieren, wie er dem Prospekt entnehmen konnte. Trotzdem war es der Wirklichkeit gelungen, verstohlene Zeichen zu geben; in verzerrten Gesichtern, grinsenden Totenschädeln – schwarzen Vogelscharen über Ghettomauern.

Neben einer der Stellwände sah Georg Dave, im Gespräch mit einer jungen Frau. Er wusste nicht, ob sein Winken ihm gegolten hatte, und näherte sich zögernd. Dave war zuständig für die Technik im Tonraum und vor allem für die Videobänder als Teil des Oral-History-Programmes. Neben der Anstellung im Museum war er mit seinem Ph.D. über die Auswirkungen des Jiddischen auf die neuere Literatur Amerikas beschäftigt. Durch seine Grösse und die eingefallene Brust wirkte er hager, war aber immer gut gekleidet. Georg hatte ihn einmal im Scherz gefragt, wer ihm eigentlich all die Hemden bügle, und war erstaunt, als Dave ihm glaubhaft versicherte, dass er das selber besorge. Wie nach Georgs Feststellung fast alle Juden in New York trug auch er eine Brille. Er unterschied sich von den übrigen der Belegschaft durch seine taktvolle Zurückhaltung. Aber in seinem beherrschten, leisen Wesen lag stets auch eine neugierige Bereitschaft zum Gespräch. Dave stellte ihn der Frau als »der mit den meisten Sprachen von uns allen« vor. Ein kurzer Händedruck, der New Yorker Blick an ihm vorbei ins Leere, da hörte er aus dem Gekicher hinter seinem Rükken die Frage heraus: »Nun, lieber Georg, wie steht es mit Ihrer Kiste? Haben Sie unterdessen ein paar Bänder abtragen können?«

Er wandte sich um, als wäre dicht an seinem Ohr eine Flasche Sekt geöffnet worden, und sah in Abygails angeheitertes Lächeln. Ihre Wangen waren gerötet. Aber ausser ihm schien niemand ihrer Frage Beachtung geschenkt zu haben. Nicht einmal sie selber bestand auf einer Antwort, denn im nächsten Augenblick liess sie sich von einem älteren Besucher am Arm wegführen. Georg verabschiedete sich von Dave und seiner Freundin.

In Brooklyn stieg er absichtlich zwei Stationen zu früh aus. Er wollte den Rest der Strecke nach Hause zu Fuss zurücklegen. Der Weg führte an einer Kirche vorbei. Er war schon oft dem grossen Backsteinbau entlanggegangen, doch diesmal hing ein weisses Spruchband von der Fassade herunter. Die Worte liessen ihn stehenbleiben: »The last Day on Earth«. Sie kündigten ein Konzert an. Der Abend war erst angebrochen, die Namen der Musiker bedeuteten ihm genug, um sicher zu sein, dass es sich nicht um eine evangelikale Veranstaltung handeln konnte, und er war schon lange nicht mehr in einer Kirche gewesen, zumal nicht in New York. Die Bänke im langen Schiff waren schon gut besetzt. Die

Bühne, im Chor aufgebaut, lag ruhig wartend, von rotem und blauem Scheinwerferlicht beschienen. Darüber leuchteten Sterne auf einem aufgespannten Tuch. Es war warm und dunkel. Der Rumpf füllte sich mit Leuten. Georg hatte eine der billigen Karten genommen und sass im Seitenschiff, wo die Empore tief über seinem Kopf hing. Dicke Säulen behinderten die Sicht. Stimmengemurmel und das Geräusch von zahllosen Schritten auf dem ausgelegten Holzboden verhallten in den Höhen des steinernen Hohlkörpers. Aber nichts kam gegen die feierliche Erwartung an, die der Ort durch seine hohle Übergrösse erheischte, weshalb sich auch Georg in diesem Raum sofort kleiner vorkam. Alles hatte seinen Ton, jede einzelne Stimme hallte wider, blieb in der Schwebe; noch dem leisesten Räuspern eignete ein Klang. Doch nicht allein darauf gründete die eigentümliche Ehrfurcht, die ihn befallen hatte. Vielmehr verneigte er sich, ohne es zu wissen, vor der Stille, die jeder Schatten diesseits des dicken Gemäuers atmete, auch wenn Gott für einmal vom Altar zurücktreten musste, um seinen Platz Kaskaden aus farbigem Licht zu überlassen. Doch weder diese noch die jetzt einsetzenden, endlosen Bässe und weiten Höhen reichten unter das gotische Gewölbe, wo immer Dunkelheit herrschte.

3)
An jenem Tag, da ich Vater vom Bahnhof abholen gegangen war und er durch die Ankunftshalle des Bahnhofes auf mich zugeschritten kam, stachen die Wangenknochen seltsam aus seinem Gesicht hervor. Seine Augen verharrten hinter tiefen Schatten. Er trug zerschlissene Halbschuhe anstelle der stattlichen Stiefel, mit denen er losmarschiert war, aber das war es nicht, auch nicht der Mantel, der ihm offenbar abhandengekommen war. Ich versuchte mich zu besinnen, was ihm fehlte, doch da stand er schon vor mir. Ich schwieg verlegen. Mir war eingefallen, dass ich ihn eigentlich die Monate über hätte vermissen sollen. Darauf gefasst, dass er mich gleich hochheben und küssen würde, verabschiedete ich mit stillem Bedauern die bisher schönste Zeit meines Lebens und beneidete diejenigen meiner Kameraden, deren Väter schon viel früher als meiner eingezogen worden und trotzdem noch immer nicht zurückgekommen waren.

Ausser dass er immer mit Ware vollgepackt gewesen war, hätte es fast wie all die Male sein können, als Mutter mich mit der elektrischen Strassenbahn zum Bahnhof geschickt hatte, wenn er von einer Geschäftsreise zurückkam. Auf dem Platz vor dem steinernen Bau warteten eine Reihe Fiaker. Noch standen die Kutscher überflüssig daneben. Sie liessen, ebenso wie ihre Pferde, den Kopf hängen. Wenn Mutter mich früh genug gehen liess, lungerte ich eine Weile herum. Zuerst studierte ich den Aushang am Kiosk, dann streunte ich durch alle drei Wartesäle: erste, zweite und dritte Klasse. Geschäftlich reiste Vater zweite Klasse. Dort schliefen die Bauern in ihren Stiefeln und Pluderhosen, die speckigen Mützen über die Augen gezogen. Sie mussten früh morgens in wichtigen Angelegenheiten in die Stadt gekommen sein. Jedenfalls waren sie in ihren besten Kleidern, auch wenn die gebügelten weissen Baumwollhemden schon Knitterfalten zugelegt hatten und die Gesichter nach einem langen Tag unter leichten Schatten lagen. Die Einkäufe standen gestapelt neben ihnen auf dem Boden. Friedlich dösten sie alle ihren Dörfern irgendwo im flachen Land entgegen. In der dritten Klasse, umgeben von leeren Flaschen auf dem Boden, lagerten Landstreicher, Leute, die immer reisen, wie mir Vater erklärte. Sie stritten sich mit schwerer Zunge über die nächste Runde Getränke, worauf einer, den Finger an die Lippen haltend, aufstand und zu einem der Schlafenden schlurfte. Seine Kumpane hielten sich still. Nach einem flinken Griff unter die Decke hielt er eine Flasche in die Höhe. Die anderen nickten anerkennend. Der Bestohlene schmatzte leer und wälzte sich auf die andere Seite.

Ich war immer darauf bedacht, mit Micki Schwartz, der ganz in der Nähe wohnte, noch etwas Zeit für die Brücke ein paar hundert Meter vor dem Bahnhof zu haben. In die Schneise eingebettet lag der Schienenstrang. Auf ferneren Geleisen wehklagten die schweren Wagen, und wenn sie, durch unsichtbare Hand in Fahrt gekommen, unter uns durchrollten, stellten wir uns vor, wir sprängen hinunter, um als blinde Passagiere bis ans adriatische Meer zu fahren. Weiter reichte unser Horizont damals nicht. Manchmal kletterte Micki sogar aufs Geländer. Dann kauerte er dort, als wolle er sich tatsächlich fallen lassen. Er war immer der Mutigere von uns zweien gewesen. Aber eigentlich warteten wir auf die Lokomotive. Aus der Ebene, noch weit vor der Stadt, meldete sie sich mit einem ersten Pfiff. Bald darauf konnten wir über den Häuserdächern die Dampfwölkchen sich uns nähern sehen, dann hörten wir das Schnauben und Zischen immer deutlicher, ein Getöse, und schliesslich brach der Schienendrachen auch diesmal wieder aus dem Nichts hervor, als hätten wir zuvor nicht richtig an ihn glauben wollen. Im russigen Schweif blieben wir für ein paar Sekunden vor dem Rest der Welt verborgen, aber sobald sich der Dampf verzogen hatte, rannte ich los, damit es gerade noch reichte, um gleichzeitig wie der Zug im Bahnhof einzutreffen und neben den Billettschaltern die grosse Gestalt meines Vaters zwischen all den Leuten unter der Last seiner Kisten und Ballen heranwanken zu sehen. Als erstes nahm ich ihm den Stock ab, anschliessend das neue Spielzeug, ich wusste, er brachte mir immer etwas mit. Manchmal musste er einen Träger anheuern. Er nahm nach Möglichkeit immer denselben, einen grossen Slowenen mit gezwirbeltem Schnurrbart. Vater sprach noch etwas Slowenisch aus der Zeit seiner Gefangenschaft während des letzten Krieges.

Es gab zwei verschiedene Sorten von Fiakern. Bei den einen sass man mit dem Kutscher auf dem Bock und hinten lag die Ladung, das war die billigere. Die nahmen wir. Die vornehmeren Droschken hatten ein Verdeck und gepolsterte Bänke für mehrere Passagiere. Ich sass neben dem Kutscher. Fuhren wir an jemandem vorbei, den ich kannte, winkte ich von weitem herrschaftlich. Vor unserem Haus angekommen, steckte mir Vater das Geld zu, damit ich bezahlte. Was übrig war, durfte ich behalten.

Aber an jenem Tag war er nur mit einem Bündel beladen. Ich fand mich mit seiner schnellen Rückkehr ab und ergab meinen Körper zur Begrüssung seinen Armen, die mich hochhoben, während ich ihn in Gedanken weiter musterte. Er setzte mich ab und nahm mich bei der Hand. Draussen warteten wie immer die Fiaker. Wir liessen sie stehen und fuhren mit der Strassenbahn. Kurz bevor wir ausstiegen, ein paar Haarsträhnen fielen ihm ins Gesicht, nahm ich endlich wahr, was ihm fehlte: der Hut.

Kaum war Vater wieder im Hause, zogen sich die Ratten zurück.

Das Gatter unseres kinderwarmen Stalles hatte sich geöffnet. Wir waren in ein steinigeres Gehege getrieben worden. In der Schule gab es Fächer wie Biologie, Physik, Chemie, Mathematik,

Deutsch. Statt eines einzigen hatten wir verschiedene Lehrer. Gleich geblieben war nur, dass wir weiterhin zwei Zeugnisse im Jahr erhielten. Im Bar-Mitzwah-Unterricht lehrte mich Onkel Goldberg, der kleine, rundliche Vorbeter, die wichtigen Gebete lesen. Meistens stellte er sich zu diesem Zweck hinter mir auf, um mit kurzen, dicken Fingern die Stelle im Text anzuzeigen. Erst las er ein paar Silben laut, dann musste ich selber weitermachen. Übten wir aber im leer hallenden Betsaal der Synagoge meinen Bibelabschnitt, die pergamentenen Rollen auf dem Torahtisch, bediente er sich eines zierlichen Silberhändchens an einem Stiel. Er stand immer so dicht bei mir, dass mich sein spitziger Bauch stiess.

An einem ganz normalen Samstag nachmittag zählte Vater früher als üblich das Geld in der Kasse. Er befahl mir, mich waschen und sauber anziehen zu gehen. Dann schloss er das Geschäft. »Wir gehen in die Synagoge«, sagte er ernst. Rabbiner Bernstein hatte die ganze Gemeinde zusammengerufen, und Vater meinte, einmal dürfe sich auch unsere Familie zeigen. So wanderten wir gemeinsam in die Synagoge, Vater, Mutter, Agi und ich. Vater wie üblich mit Hut und Stock, weit ausgreifend sein Gang. Mutter strengte sich an, neben ihm Schritt zu halten. Sie trug ihr dunkelblaues Kleid, die Haare unter einem Tuch. Inmitten anderer Familien strebten wir dem Portal zu. In Rudeln kamen sie aus allen Richtungen und versammelten sich zu einer ernsthaften, stillen Herde, die im Dämmerlicht ergeben Rabbiner Bernsteins Ansprache abwartete.

Zuerst gab es den üblichen Gottesdienst zum Sabbatausgang. Onkel Goldberg betete mit mächtiger Stimme vor. Rabbiner Bernstein verharrte stehend an seinem Platz vor der Rückwand. Er liess die Augen über die Köpfe der Gemeinde gleiten. Neben ihm flackerten zwei grosse Kerzen auf Ständern. Aber statt seiner trat nun Onkel Waxman an das Pult. Eine ernste Angelegenheit habe Rabbiner Bernstein bewogen, zu diesem Gottesdienst einen Aufruf an alle ergehen zu lassen. Er danke uns, dass wir ihm offenbar fast vollständig Folge geleistet hätten. Immer nach ein paar Sätzen strich er sich flüchtig über das stramm gestutzte Kinnbärtchen.

In der Hauptstadt seien neue Gesetze verabschiedet worden.

Überhaupt hätten sich die Winde in letzter Zeit gedreht, wie sicher für alle zu bemerken gewesen sei. Wir müssten wie schon oft in der Geschichte lernen, uns dem rauheren Wetter anzupassen; zwar ohne die Gebote Gottes zu vergessen, aber doch unter verantwortungsvoller Beachtung der allgemeinen Lage, die sicher viel Grund zum Klagen gebe, sich aber für uns in Ungarn glücklicherweise weit besser darstelle als für unsere armen Brüder und Schwestern in den umliegenden Ländern. Damit wir ihnen auch weiterhin hilfreich zur Seite stehen und unter den gegebenen Umständen trotz allem unbehelligt von den Behörden oder gar den christlichen Nachbarn, die unter der allgemeinen Spannung sicher ebenso zu leiden hätten wie wir, unserem Alltag nachgehen könnten, habe ihn Dr. Bernstein beauftragt, der Gemeinde folgende Punkte ans Herz zu legen:

Wer reich ist, halte sich zurück. Niemand dränge seinen Wohlstand den Nachbarn auf. Es schade nichts, reich zu sein, aber in solchen Zeiten sei es angebracht, den Reichtum mit Bescheidenheit und Umsicht zu schätzen und nicht zu vergessen, Gott dafür zu danken, dass man in der Lage sei, anderen zu helfen

Die Eltern möchten die Kinder weiterhin zu Fleiss und Folgsamkeit anhalten, aber zur Kenntnis nehmen, dass der alte Numerus clausus aus den zwanziger Jahren jetzt energischer gehandhabt werde. Er gelte nicht mehr nur an den Universitäten, sondern ab sofort auch in allen öffentlichen Berufen. Fortan seien nur mehr sechs Prozent Juden zugelassen. Dr. Bernstein rate daher dringend, die Kinder nicht mehr aufs Gymnasium zu schicken, ausser in Fällen ausserordentlicher Begabung. Diese solle man doch bitte mit ihm oder Dr. Bernstein selbst besprechen, damit die raren Plätze bestmöglich aufgeteilt und genutzt werden könnten. Sicher wären die Massnahmen nur von vorübergehender Bedeutung, der Erziehungsminister persönlich habe die jüdische Vertretung in der Hauptstadt dessen versichert und betont, sie dienten alleine dem Zweck, den dem Judentum gegenüber skeptisch oder gar feindlich gesinnten Kräften in der ungarischen Politik keinen unnötigen Anlass für weitere Kampagnen zu geben.

Drittens vertrete der Staat die Meinung, die jüdischen Institutionen sorgten selber am besten für die eigenen Belange, und habe ihnen deshalb, ganz im gegenseitigen Einverständnis, immer mehr fürsorgerische Tätigkeiten übertragen, besonders was die Einwanderung aus den Gegenden Europas, die direkt dem Deutschen Reich unterstünden, und die zahlreichen Bedürftigen in den neu zu Ungarn gestossenen Gebieten betreffe. Es sei jetzt ganz besonders wichtig, Beiträge und Spenden pünktlich, vor allem aber in gewohnter oder wenn möglich noch gesteigerter Grosszügigkeit zu leisten. Jede helfende Hand sei willkommen, wo und wann auch immer, sagte er.

Beruhigt schlief ich an diesem Abend ein. Bis anhin hatte ich mich in der Schule nur soviel angestrengt wie unbedingt notwendig, um Unannehmlichkeiten zu vermeiden. Aber sogar das war überflüssig geworden, denn wo die Religionszugehörigkeit an Stelle der Schulnoten trat, war Nichtstun das einzig Vernünftige, denn wir hatten ja offenbar die falsche. Aber Vater teilte meine Folgerungen nicht. Man lerne weder für die Lehrer noch für die Behörden, sondern einzig und allein für die eigene Zukunft. Nach seiner Meinung mussten sich die Zeiten irgendwann auch wieder ändern, und dann habe nur noch Aussicht auf ein Fortkommen, wer etwas könne und möglichst viel wisse. Mutter ergänzte mit einer ihrer Lebensweisheiten, dass nämlich einem niemand wegnehmen könne, was man einmal im Kopf habe.

So wolle er seine Worte selbstverständlich nicht verstanden haben, erklärte Onkel Waxman im Religionsunterricht nach vielen Einsprachen besorgter Eltern. Im Gegenteil. Es sei jetzt umso wichtiger, so viel zu lernen, als einem nur irgend zugänglich sei. Denn allein das Lernen, die unermüdliche Anhäufung von Wissen, hatte nach seiner Meinung das Überleben des jüdischen Volkes in zweitausend Jahren Exil gesichert, und wenn uns etwas bedroht habe, sei es nicht die Feindschaft der christlichen Umwelt gewesen, sondern ihr Wohlwollen, das uns immer wieder habe vergessen lassen, woher wir kämen und wohin uns die göttliche Vorsehung im Einklang mit der Welten Lauf wieder zurückführen würde. Wir sollten stolz darauf sein, dass es ein grosser Landsmann von uns gewesen sei, der diese Vorsehung wieder ins Bewusstsein der Menschen gerufen habe. Während er weiter sprach, reichte er uns ein Buch herum, auf dessen Deckel ein Mann mit wallendem Bart sanft ins unsichtbare Weite blickte. Dieser Mann, Dr. Theodor Herzl, habe gewusst, dass die Errichtung einer eigenen Heimstatt die einzige dauerhafte Lösung für das jüdische Volk darstelle, und habe begonnen, überall auf der Welt Unterstützung dafür zu organisieren. An uns liege es, dieses Werk zu Ende zu führen. Im neuen Staat brauche es dereinst das Zusammenwirken all unserer Fähigkeiten, derer, die wir schon hatten, und solcher, die wir erst noch erwerben müssten. Deshalb dürfe uns nichts vom segensreichen Weg des Lernens abbringen. »Und jetzt«, er klatschte in die Hände, das Bärtchen zitterte, »an die Arbeit!«

Mein täglicher Weg in die Sekundarschule führte mich an einer übergrossen, bulligen Frau aus Bronze vorbei. Ihr Kopf war wie zum Kampf nach vorne gereckt. Die Augen glotzten den Betrachter an. Über die Schultern trug sie, gestützt von ihren sehnigen Armen, ein Joch; auf beiden Seiten ein grosser Eimer, gefüllt mit Erde und Blumen, die irgend jemand giessen musste. Ich stellte mir vor, dass die arme Frau unter dem Gewicht fast zu Boden gedrückt werden müsse. Aber das leere Gesicht im strengen Rahmen der nach hinten gebundenen Haare verriet keinerlei Beschwernis. Höchstens eine demütige Frage, zu zwei Furchen auf der Stirne erstarrt, und unerschöpfliche Geduld. Im Herbst ruhten sich die Vögel auf dem Joch aus, und im Winter verlief ihr eine dunkle Dreckspur vom Haaransatz über das Gesicht bis auf die Brust als Zeichen ihrer ausweglosen Fron.

Das heldische Vaterland, Admiral Horthy als Reichsverweser ordensschwer an der Spitze, konnte dank der Hilfe Deutschlands sein Territorium auf Kosten der Tschechoslowakei und Rumäniens vergrössern. Jeder Gebietszuwachs erfüllte uns mit derselben lauten Befriedigung wie die dicken Lettern auf den Frontseiten der Zeitungen nach einem Sieg der Fussball-Nationalmannschaft. Wir waren alle fussballverrückt. Der alte Herr Szoltai, unser Klassenlehrer, unterrichtete Ungarisch. Jeden Morgen begrüssten wir ihn mit dem herzhaften Gelöbnis: »Ich glaube an Gott, ich glaube an seine ewige Gerechtigkeit, ich glaube an mein Vaterland, und ich glaube an die Auferstehung Grossungarns.« Seine buschigen Augenbrauen putzten vor lauter Erregung die Innenseite der Hornbrille. Ich rief die Losung so laut wie die anderen. Getrost glaubte ich daran, um so mehr als sich nach den erfolgreichen Kämpfen gegen Jugoslawien unser Vaterland laut Geschichtslehrer soeben daran gemacht hatte, in der Weltgeschichte wieder einen seiner alten Grösse angemessenen Platz einzunehmen. Geschichte war mein Lieblingsfach geworden, wahrscheinlich weil der Unterricht zur Hauptsache daraus bestand, dass sich der Lehrer von seinem Katheder herunter in den farbigsten Schilderungen über die Zeiten Arpads ausliess, der vor mehr als tausend Jahren die gefürchteten magyarischen Stämme fern im Osten gesammelt und in kriegerischen Zügen über die Karpaten zur Landnahme ins Donaubecken geführt habe, wo sie sich als wackere Bauern niederliessen und von Anfang an gegen allerlei missgünstige Völker kämpfen mussten. Ihr tapferer Kampf sowie die Überlegenheit ihrer Rasse, gestärkt durch die Kreuzung mit den besten Elementen der germanischen Stämme, hätten die Fundamente gebildet, auf denen das grosse ungarische Reich wachsen und gedeihen konnte, die ungarische Nation, die es jetzt wieder zu festigen gelte.

Eines Tages konnte dieser Kampf, durch die Begeisterung unseres Lehrers schon lange der unsrige geworden, ein Heldenopfer aus neuerer Zeit beklagen. Das Radio berichtete, ein junger ungarischer Patriot, »nein, eigentlich fast noch ein Kind«, wie der Lehrer fassungslos festhielt, sei von tschechischen Meuchelmördern niedergestreckt worden, als er vor lauter Freude, wieder zum ungarischen Reich zu gehören, in seinem Dorf unsere geliebte Fahne hissen wollte. Der Junge hatte sie schon zuoberst auf dem Mast angebracht, da ereilte ihn die Kugel. Samt dem Tuch sei er hinuntergestürzt und »Es lebe die Ungarische Natiooon!« auf den Lippen, wunderlich von den Wappenfarben zugedeckt, sei er im Staub verschieden. Wir standen auf, sangen die Nationalhymne und schworen, die Fahne, wo immer wir uns im Leben auch befinden mochten, aufzuheben und an seiner Statt hochzuziehen.

Doch schon bald musste ich lernen, dass mit derlei Überzeugung nicht mehr die ganze Nation gemeint war, spätestens mit dem Inkrafttreten des Levente-Gesetzes. Die unerbittliche Konsequenz, mit der es in die Praxis umgesetzt wurde, zwang mich zur Erkenntnis, dass es auch für das grosse Reich, seine Lehrer und bald auch die Mehrzahl der Schüler eine Art »Gojim« geben musste, nur dass das in dem Falle wir, die jüdischen Kinder, waren. Das Gesetz führte für jeden Jungen die Pflicht ein, ab dem zehnten Lebensjahr neben der Schule einen vormilitärischen Dienst zu leisten. Die Organisation und Durchführung oblag der Armee.

Aber weil die Juden schon aus dem Heer ausgeschlossen waren, konnten ihre Kinder auch nicht darauf vorbereitet werden, erklärten die beiden Leiter, als wir uns voll Tatendrang das erste Mal noch alle zusammen im Schulhof versammelt hatten. Ich glaube, es war ein Mittwoch nachmittag.

Wir wurden getrennt. Jeder Leiter übernahm eine Gruppe. In der grösseren bekam jeder eine hölzerne Gewehrattrappe in die Hand gedrückt. Damit marschierten sie in Reih und Glied zum nahen Schiessplatz, wo sie sofort damit begannen, Kampfstellungen und die dazu passenden Schreie zu üben. Sie robbten über den Boden, erklommen Hindernisse und lernten allerhand nützliche Dinge wie das Aufschlagen von Zelten, Feuermachen oder die Tarnung vermittels Zweigen, die sie sich in die Kleider steckten. Wir, die jüdischen Kinder, wurden dagegen in ein ganz anderes Programm eingeteilt. Treffpunkt war fortan die hintere Seite des Schulhofes. Wir mussten gelbe Binden von zu Hause mitbringen. Der Leiter schärfte uns als erstes ein, sie ja nie zu vergessen. Er zeigte uns die Stelle am linken Oberarm – »Niemals am rechten!« –, dazu erklärte er, dass sie immer sichtbar zu sein habe. Mutter nahm also denselben Ballen Stoff wie damals, als Vater zum Arbeitsdienst eingerückt war, und schnitt ein weiteres Stück ab. Auf dem Schulhof übten wir das Marschieren im Takt und den Stechschritt, dann gingen wir in Reih und Glied, Vaterlandslieder singend, zum Schiessplatz, ein paar hundert Meter vom Übungsgelände der anderen entfernt, eine Kolonne von fünfundzwanzig bis dreissig Kindern. Unser Anführer war Student an der landwirtschaftlichen Schule ganz in der Nähe hinter den Feldern. Knapp zwanzigjährig, hellbrauner Haarflaum spross um sein Kinn; die weiten, glattgescheuerten Hosen reichten ihm nur bis über die Knöchel, wenn er schreien wollte, verschlug es ihm manchmal den Ton. Auch wenn er nicht übermässig streng war und es für seinen Unterricht keine Noten gab, so nahm ich mich dennoch in acht vor ihm, denn er besass die Macht zur Strafe, und er versah seine Aufgabe, uns kleinen Juden, so nannte er uns, den Sinn der Arbeit näher zu bringen, sehr gewissenhaft. Während wir an der Arbeit waren, schnitzte er mit einem kleinen Messer kunstvolle Muster in die Rinde eines dünnen, frisch geschnittenen Stockes. Jeden Mittwoch brachte er einen neuen mit. Auf dem Schiessplatz angekommen, bestand unser Programm daraus, dass wir den Sand aus dem Kugelfang in Schubkarren schaufeln und zweihundert Meter weiter zu einem Hügel aufschichten mussten. Er mass die Zeit. Wenn der Hügel drei, manchmal vier Längen seines Stockes hoch war, durften wir zehn Minuten ausruhen, dann, Kolonne Sammlung, marsch, mussten wir den Sand wieder abtragen und mit den Schubkarren zurück zum Kugelfang stossen, wo wir denselben Sand schnell, schnell wieder auf den Wall zu schütten hatten, bis dieser war wie zuvor.

Derweilen sahen wir, wie die anderen der Klasse, Erwachsenen gleich, in die ernsthaftesten, bedeutungsvollsten militärischen Belange eingeweiht wurden. Wenn der Wind günstig stand, hörten wir ihr eifriges Geschrei. Unsere einzige Abwechslung bestand aus sporadischen Exerzierübungen und Liegestützen zur Strafe, wenn ein Karren umgekippt war oder der Leiter meinte, es sei zu langsam gearbeitet worden. Bei starkem Regen verlegte die andere Gruppe ihren Unterricht ins Schiesshäuschen, für uns gab es keine Änderung, ausser dass die Ladung in den Schubkarren schwerer und alles noch mühseliger war. Punkt sechs Uhr abends ertönte von der Landwirtschaftsschule her eine nervöse Glocke. Der Leiter entliess uns mit der Hand an der Schläfe und warf seinen Stock in einem hohen Bogen fort. Manchmal überreichte er ihn auch dem fleissigsten kleinen Juden des Nachmittags. Dann stolzierte er über das Feld davon. Ich wankte müde nach Hause, wo Mutter ein warmes Bad für mich vorbereitet hatte. Nach dem Abendessen kroch ich ohne die sonst üblichen Verzögerungsmanöver ins Bett, bemüht, nicht an den nächsten Mittwoch nachmittag und die gelbe Binde zu denken. Aber immerhin wurde der verhasste Mittwochnachmittag zur einzigen Gelegenheit, wo sich der ganze Jahrgang jüdischer Kinder traf, denn viele Kinder aus ärmeren Verhältnissen hatten nicht aus der Elementarschule herüberwechseln können, auch Lazi Goldstein nicht. Doch Mathyi Pavel blieb, wie viele Kinder der Orthodoxen, wegen dem Sabbat und den anderen Feiertagen in der jüdischen Elementarschule von Nyr, wo weiterhin Samstag frei war und wo man noch eine Weile ungestört auf die Ankunft Elijas und des Messias warten durfte. Ausser Schwartz und Eisenberger haben vielleicht noch ein Dutzend andere mit mir gewechselt, darunter Henri Friedman, der mir Jahre später, zusammen mit Micki Adler, das Leben retten sollte. Aber weil für mich Geschichte nur in Erzählungen aus alter Zeit bestand und Religion mir nichts bedeutete, bildete die Levente auch den Anfang meiner selbst wahrgenommenen Zugehörigkeit zum Judentum, indem ich mein eigenes Schicksal durch den Zwang einer mir gänzlich verborgenen Macht zum ersten Mal in eine Gemeinschaft mit anderen gestellt sah.

Für den Turnlehrer galt, dass Juden im allgemeinen körperlich faul seien, zu Dickleibigkeit neigten und wegen ihrer Plattfüsse, auch wenn sie sich Mühe gäben, kaum schneller laufen könnten als gemästete Gänse. Das bewies er im speziellen an Henri Friedman, dem Sohn eines Rechtsanwaltes, der tatsächlich all diese körperlichen Merkmale auf sich vereinigte. Wenn der Lehrer Mannschaften bildete, teilte er Henri als letzten ein – »... damit ihr nicht zu stark seid«, erklärte er den Betreffenden. Immerhin genügte ihm Henri als Beispiel für die Juden schlechthin, also war jede Anzüglichkeit, die dieser auf sich zog, auch im gleichen Augenblick uns anderen abgenommen. Das mussten wir geahnt haben, denn wir halfen kräftig mit, ihn auszulachen. Dafür durfte Henri später als einziger von uns das Gymnasium besuchen. Allerdings hätte niemand von uns mit ihm tauschen wollen. Ohnehin reichte die Zeit dann nicht einmal mehr aus, um das erste Jahr richtig abzuschliessen.

Trotz allem schien mir mein Ansehen noch eine Weile gesichert, denn ich war einer der wenigen, die ein Fahrrad in die Waagschale werfen konnten. Der Fahrradverleih war vielleicht die erste gewinnbringende Tätigkeit in meinem Leben. Ich lieh es gegen klare Verbindlichkeiten aus und merkte mir genau, wer bei mir in Schuld stand. Es ging um Briefmarken, Kriminalhefte, und manchmal erreichte ich, dass mir jemand die Hausaufgaben erledigte, je nach dem, ob er es nur für die Pause, eine Stunde oder gar den ganzen Nachmittag wollte. Immer häufiger diente es mir auch zur Versicherung gegen allerlei Anfeindungen. Ferenc war unser Klassenchef. Bei unvorhergesehenen Abwesenheiten der Lehrer musste er für Ordnung und Ruhe sorgen. Er bestimmte, wer die Wandtafel putzte oder in der Pause neues Wasser holte, falls der Eimer einmal nicht für den ganzen Morgen reichte. Dabei fiel seine Wahl meistens auf einen von uns Juden, da wir seiner Meinung nach auch mehr Schmutz und Unordnung verursachten. Doch mich hatte er immer davon ausgenommen. Ich war darum besorgt, dass er mein Fahrrad möglichst oft benutzen konnte. Noch gelang es mir, meine Wahrnehmung des Problems auf die Dimensionen eines Spieles zu beschränken, bei dem ich immer zu der Mannschaft gehörte, die in Unterzahl anzutreten hatte. Ich hatte gelernt, Schlägereien zu vermeiden und mich auf die mündliche Auseinandersetzung verlegt, zum Beispiel dass die Juden mitgeholfen hätten, die Türken aus Ungarn zu vertreiben, worauf mir erwidert wurde, dass aber die grosse Mehrheit zum osmanischen Reich übergelaufen sei. Das gleiche galt für den letzten Krieg, wo, wie ich beanspruchte, die Juden in der österreichisch-ungarischen Armee gedient hatten, mein Vater sei sogar in Gefangenschaft geraten; aber, wurde mir vorgehalten, kaum sei der Krieg vorbei gewesen, hätten sie sich als Kommunisten entpuppt und das Land unter der Führung Bela Kuhns der Komintern in den Schoss legen wollen. Ich gewöhnte mir an, mit ein paar wenigen Blicken die Lage einzuschätzen: Ist mein Gegenüber alleine, wer hält sich in der Nähe auf, wäre ich ihm notfalls körperlich überlegen, je nach dem vertrat ich meine Argumente. Getäuscht habe ich mich nur selten.

Der Unterricht begann am Morgen zum Takt des Stockes: »Klein-Ungarn ist ein Nichts, Grossungarn das Paradies«, und wieder, diesmal im Chor, »Klein-Ungarn ist ein Nichts, Grossungarn das Paradies«, lauter und lauter, hintereinander, bis der Lehrer abwinkte, den Rohrstock weglegte und sich das rosa glänzende Gesicht mit dem Taschentuch abwischte. Sein Stock diente nebst dem Anzeigen an der Wandtafel auch zur Strafe. Dazu musste man sich vor dem Lehrer vornüberbeugen, die Hände auf die Knie gestützt, und die verordnete Anzahl Schläge mitzählen. Aber es kam selten vor. Mich traf es glücklicherweise kein einziges Mal.

In der Biologiestunde wurde die Klasse über die Tatsache unterrichtet, dass sie, die Juden, zwar das Gold hätten, man aber aus Gold keine Kanonen giessen könne. Deshalb würden sie den nächsten Krieg verlieren, versicherte uns der naturwissenschaftlich begeisterte Lehrer. Ich hatte keine Ahnung, wen genau er meinte. Zu Hause traf ich Agi über ihren Heften. Ich wollte wissen, ob Vater

Gold versteckt habe. Sie versuchte, mich aus ihrem Zimmer zu scheuchen. Aber ich liess nicht locker und erzählte ihr von der Theorie unseres Biologielehrers.

Unter Hinweis auf die vielen Hausaufgaben und dass sie keine Zeit für diesen Quatsch habe, verwies sie mich an Mutter.

Mutter war erstaunt. Gold? Wir?

Ob sie Leute kenne, die soviel Gold hätten, dass sie Kanonen daraus giessen könnten, wenn es nicht unmöglich wäre?

Sie lachte laut. Nein, leider nicht. Was die besässen, reiche nicht einmal, um das Loch in ihrem Zahn zu füllen.

Ich liess es dabei bewenden. Der Lehrer musste sich getäuscht haben. Wie schon der Deutschlehrer mit seiner Weisheit über die zwei Arten von Juden, die es gebe: entweder sehr gescheite oder sehr dumme. Leider konnte ich mir darauf keinen Reim machen, denn von den Juden, die ich kannte, hätte ich niemanden eindeutig einer der zwei Gruppen zuordnen können. Zudem hielt er die deutsche Armee und alle, die mit ihr verbündet waren, insbesondere die ungarische, für eigentlich unschlagbar. Dieser Irrtum sollte sich erst einige Zeit später aufklären, vorläufig glaubten wir ihm und waren unschuldig glücklich, dass wir und unsere Armee zu den Siegern gehören würden.

Mir dräuten jetzt ohnehin dringendere Probleme. Was waren Krieg und Gold und die Juden schon, verglichen mit dem Zeugnis, das mit dem Semesterende nahte. Im Traum hatte ich wieder ein »Ungenügend« nach Hause gebracht. Statt zu brüllen, stand Vater aber nur auf, ein mitleidiges, dumpfes Schicksalslächeln auf dem Gesicht. Seine Ruhe hallte lauter als der grellste Schrei. Bedächtig schritt er auf eine dunkle Ecke im unbekannten Zimmer zu und holte eine gebogene Stange hervor. Seine Handbewegung befahl mir, mich umzudrehen, dabei erkannte ich gerade noch das Joch der bronzenen Frau am Schulweg. Kaum stand ich still, legte er es von hinten auf meine Schultern und hängte die Eimer daran. Ihr baumelndes Gewicht zog sich bis in meinen Nacken. Ich stand mit vornübergebeugtem Kopf und stierte an die Wand. Das Dunkel wellte sich, wurde zum schwer fallenden Vorhang, hervor trat schweigend der Biologielehrer. Er und Vater stellten sich vor mir auf, jeder auf einer Seite des Joches, und hielten die Eimer still. Nach einem kurzen, wortlosen Nicken öffneten sie an feingliedrigen Ketten, die über ihnen von der Decke hingen, zwei Luken, aus denen heiss zischend ein gleissender Strahl flüssigen Goldes herniederfuhr. Die Last auf meinen Schultern wurde schnell schwerer, quetschte Rücken und Genick, ich wollte schreien, aber beide Männer standen mir abgewandt, jeder eine Hand an seiner Kette. Die Stangen bogen sich. Ätzender Dampf brannte mir in den Augen. Wehrlos, die Hände den Zentnern entgegengestemmt, wurde ich allmählich gestaucht. Ich wollte mich fallen lassen, merkte aber im selben Moment, dass ich in den Boden gedrückt wurde, der wie krachendes Eis widerwillig unter mir nachgab. Der Biologielehrer und Vater wuchsen, je mehr ich versank. Schon bis zur Brust in das feuchte Erdreich gerammt, ahnte ich, dass die Eimer jeden Augenblick am Boden anstossen mussten.

Doch kurz bevor ich das schreckliche Gewicht losgeworden wäre, wachte ich auf und lag in der sauer riechenden Nässe meines Bettzeuges. Als wären sie am andern Ende einer Halle, hörte ich den Atem meiner Eltern durch die Finsternis.

4)
Der Vater warf nochmals Geld ein. – Wo sie sich schon hier oben getroffen hätten. – Für irgend etwas seien die Fernrohre schliesslich da.

So sah Georg auf die roten Häuserfelder von Brooklyn, schwenkte nach Queens, folgte Wasseradern, Autobahnen, liess das langgestreckte Long Island hinter sich und kam über die Brooklyn Bridge wieder zurück. Bei der Verfolgung einer U-Bahn erinnerte er sich an einen Tag aus seiner Kindheit. Er spielte mit einem Nachbarsjungen vor dem Haus. Sie hatten einen Putzeimer mit Wasser gefüllt und Ameisen eingesammelt. Er dicke schwarze, der andere Junge die etwas kleineren roten. Jeder zwanzig Stück. Beide Gruppen wurden ins Wasser gelassen, und die Seeschlacht begann. England gegen Frankreich vor Trafalgar. Die Flotten verbissen sich ineinander. Ein Boot ums andere sank. Die Roten schienen zu unterliegen. Aber auch die Schwarzen wurden immer weniger. Nur einer schwamm besonders kräftig. Lord Nelson. Zuletzt sank auch er, als gerade ein roter Wagen in die Strasse einbog. Georg sah das weisse Dach. Ein paar Meter vor dem Eimer kam er zum Stillstand. Ein Fiat. Der Fahrer entstieg. Kein Gott war es, der die andere Türe des Autos öffnete, eine Frau, die Georg nicht kannte, aussteigen liess, bevor er zu ihm kam, um ihn kurz zu küssen und jetzt Arm in Arm mit seiner Begleitung die Steinstufen zur Eingangstüre hinaufschritt. – Er, der ihn die ganze Zeit seines bisherigen Lebens beobachtet und alles über ihn gewusst haben sollte, jede schlechte Note, der gestohlene Kaugummi, verschlampte Hausaufgaben. Kein Gott, sein Vater. Einige Schwarze bewegten sich noch immer recht munter auf dem Wasser. Die Engländer hatten obsiegt. Sie beherrschten fortan die Meere.

Die U-Bahn hatte sich zwischen die Häuser an Land verkrochen, da lenkte ihn ein forderndes Zupfen an der Jacke ab. Nach einer Sekunde des Trotzes gab Georg nach. Das Fernrohr beliess er für Vater in der letzten Stellung.

»Ja, eine schöne Brücke. Fast wie ein Kunstwerk. Aber stell dir vor, es gibt einmal einen Verkehrsunfall. Nur einen kleinen. Sie stauen sich doch jetzt schon«, kommentierte sein Vater, ohne die gekrümmte Haltung aufzugeben, beide Hände am Okular. Georg bemerkte, dass sich die Ärmel seiner Jacke wieder nach hinten geschoben hatten. Jetzt wäre er nahe genug bei ihm gestanden, um mehr erkennen zu können, befand sich aber auf der falschen Seite. Gerade wollte er wechseln, da war die Zeit abgelaufen. Sein Vater richtete sich auf.

5)
Von den Verehrern meiner Schwester sind mir vor allem zwei jüdische Studenten in Erinnerung geblieben. Ich hatte schnell herausgefunden, dass Agi einen gewissen Nutzen davon haben musste, mich jeweils mitzunehmen, wenn sie von jemandem abgeholt wurde. Vater konnte dann weniger Einwände geltend machen, Mutter war froh, mich in anständiger Gesellschaft zu wissen, und sie selber brauchte nicht zu befürchten, dass die Jungen übermütig würden. So war es auch an diesem üppig heissen Spätsommernachmittag, als die zwei, die ich schon kannte, draussen auf der Strasse einmal mehr untertänig auf die Erlaubnis von Vater warteten, die teure Tochter mit zu den Salzseen nehmen zu dürfen. Ohne mich dürfe meine Schwester nicht kommen, gab ich ihnen siegessicher zu verstehen, und stellte mich solange neben die bei-

den, was sie ohne Widerspruch billigten. Sobald Agi im langen blauen Rock und heller Bluse aus dem Haus kam, machten wir uns alle vier auf den Weg, sie von ihren zwei Freunden untergehakt, ich ein paar Schritte hinterher. Wir fuhren mit der Strassenbahn aus der Stadt hinaus. Der Wagen war voller Leute, die das gleiche Ziel hatten wie wir, hinter dem grossen Birkenwald. Auf der geraden Strecke vor der Endstation bildete sich an den Türen ein dichtes Gedränge, auf dem Trittbrett hing schon eine Menschentraube, einige sprangen noch vor der Einfahrt in die Station ab. Dann rannte der ganze Pulk zum Steg hinunter. Auch ich lief los. Ein Boot war noch frei. Doch Agi kam so aufreizend gelassen zwischen den Bäumen dahergeschlendert – die Burschen beherrschten sich vor ihr –, dass schliesslich andere einstiegen. Als wir endlich auch ein Schiff übernehmen konnten, legten sich die beiden Jungen sofort in die Riemen. Mit jedem ihrer Ruderschläge auf die Mitte des Sees zu sank das Ufer tiefer, bis auch die letzten Jauchzer der Badenden erstorben waren und uns nur noch von den ruhig dahinschwebenden, über der Fläche verstreuten Schifflein Menschensignale erreichten. Flüchtige Kreise bildeten sich, wo Ruder an den Wasserhimmel schlugen. Ganz in unserer Nähe trieb eines, bei dem weder Ruder zu sehen noch ein Laut zu vernehmen war, nur hin und wieder neigte es sich unvermittelt etwas zur Seite, als würde es von unten gestossen. Ich passte gespannt ab, ob endlich jemand auftauchte, aber nichts rührte sich, ausser das Boot plötzlich. Agi wollte wissen, weshalb ich so gebannt starre. Ich zeigte auf das Boot. Ihre Verehrer lachten und riefen hinüber. Zu meiner Beruhigung schauten nach einem letzten Ruck zwei Köpfe, ein Mann und eine Frau, über den Rand.

Wir waren alle bis auf die Badehosen ausgezogen, einer der Jungen sprang ohne Ankündigung ins Wasser, der zweite hinterher, ich erschrak, unser Boot wäre fast gekentert, Wasser schwappte über den Rand, Agi rief: »Wartet, ich komme auch!«, und zu mir: »Du bewachst das Boot!« aber zu spät, ich sprang vor ihr. Noch im Flug hörte ich Agis Schrei und dass sie mir hinterherhechtete. Das Wasser schlug über mir zusammen, ich tauchte auf und merkte, dass ich schwimmen konnte.

Unsere Zeit lief ab. Wir mussten zurückrudern. Später sassen wir eine Weile auf der Terrasse des Gasthauses neben den Badehäuschen, wo im nächsten Sommer das Schild an einer Birke hängen würde: »Juden unerwünscht«.

Dank Judith Katz, in deren Haus neuerdings eine Klavierlehrerin wohnte, fing meine Schwester mit Musikstunden an. Was meine Schwester durfte, wollte ich unbedingt auch. Mutter war natürlich sofort einverstanden, auch Vater, sie staunten zwar ein wenig, aber bevor ich es mir anders überlegen konnte, war ich schon angemeldet. Meine erste Stunde fiel auf einen schönen Tag. Daran hatte ich leider nicht gedacht, als ich Mutter leichtfertig versprochen hatte, auch falls es mir nicht gefallen sollte, mindestens die ersten fünf Lektionen abzuleisten. Soviel hatte Vater im voraus bezahlt. Lazi und die anderen, sogar Mathyi, trafen sich derweilen im Wald, bei unserer Höhle unter dem Wurzelwerk eines umgestürzten Baumes. Auf dem Weg zu Tante Marika, der Klavierlehrerin, sann ich angestrengt nach einer Ausrede, die mir erlaubt hätte umzukehren. Es fiel mir keine ein, sowenig wie ein Grund, weshalb es überhaupt soweit hatte kommen können. Schweren Herzens klopfte ich an die Türe im Erdgeschoss. Aus dem Innern der Wohnung drangen die zerhackten Töne einer Tonleiter an meine Ohren. Wenig später kam ein Mädchen heraus, jünger als ich. Zwei blonde Zöpfe. Eine Stimme rief meinen Namen, und als ich nicht antwortete: »Aber du brauchst doch keine Angst zu haben. Komm herein.« Das Mächen würdigte mich mit einem abschätzigen Blick von der Seite. Hochmütig schüttelte sie den Kopf und tänzelte auf die Strasse hinaus. Ich trat ein. Tante Marika, neben dem Klavier stehend, einen Arm auf den Deckel gestützt, lächelte mir steif zu. Ihr schmales Gesicht wurde von einer Hornbrille beherrscht, nur die Nase stach hervor. Die Haare lagen unter einem feinen Netz. Ein grauhaariger Mann mit strengen Zügen blickte aus einer Fotografie auf mich herab.

»Das ist er, Bela Bartok«, sagte sie ehrfurchtsvoll. »Bela Bartok?« fragte ich. Sie nickte, und ich nickte auch, ohne zu wissen warum. Ich kannte ihn nicht.

Mit kalter Hand tätschelte sie meine Wange. »Als erstes werden wir lernen müssen, richtig vor dem Klavier zu sitzen.« Sie drehte einen der beiden Schemel tiefer. Ich setzte mich vor den schwarzen Kasten, schaute abwechselnd auf ein Notenblatt und dann wieder auf die endlose Tastatur. Ich sass zu tief, sie befahl mir aufzustehen. Das eine müsse ich mir gleich zu Beginn einprägen. Bei ihr gehörten die Hände vor den Körper. Dazu zog sie mir die Hände aus den Hosentaschen und drückte mich zurück auf den Schemel. Eine Hand hielt krallig meine Schulter, mit der anderen stiess sie mich ins Kreuz.»... Und immer gerade sitzen. Ja, so ist's gut. Zeig mir jetzt deine Finger!« Ich musste ihr beide Hände unter die Augen halten und, bevor ich auch nur eine einzige Taste berühren durfte, mit einer Bürste am Hahn im Flur die schwarzen Ränder unter den Nägeln entfernen. Ich schwitzte, ein Würgen im Hals, der Schemel war härter als die härteste Schulbank.

»Immer den Rücken gerade!« Wieder stiess sie mich ins Kreuz. Mir wachse eines Tages noch ein Buckel. Ich gab mir die grösste Mühe. Sie stand neben mir und schaute mich an, als wäre ich in Stein gehauen.

Jetzt kamen die Beine an die Reihe. Ob ich die beiden Pedale sehe? Ich wagte nicht, mich zu bücken, und nickte nur mit dem Kopf. Ich musste wieder aufstehen und die Pedale begutachten. Man sitze immer so, dass die Füsse bequem beide Pedale erreichten. »Verstehst du?« Ich nickte. Dabei löste sich eine Träne von meinem Augenlid. Weshalb ich denn weine? Das müssten doch alle einmal lernen. Sogar er da oben habe so angefangen, wetten? Sie schaute zu ihrem Bartok hoch. Dazu kraulte sie mir den Hinterkopf. Ein ohnmächtiger Trotz ballte sich in mir zusammen.

»Nun bleiben wir schön so sitzen und halten beide Hände über den Tasten in der Schwebe.« Sie zog den zweiten Schemel heran und setzte sich neben mich. Ich musste auf das Notenblatt vor mir schauen. Sie spielte mir langsam vor, Ton für Ton, dann sollte ich es ihr nachmachen, und schon wären wir mitten drin im Unterricht. »Einverstanden?« Sie versuchte, mich ermutigend anzuschauen, aber ich war wie erstarrt, wissend, dass ich die Tasten nie berühren würde, kein einziges Mal. Sie schlug mit ihren dürren Fingern die Töne an, und als sie alle durch hatte, noch einmal, jeder einzelne wie ein lauter Befehl.

»Also wollen wir es versuchen?« Ihre Finger, diese kalten, hautumwickelten Knochen, verharrten mit dem letzten Anschlag.

»Nein, ich kann nicht«, schluchzte ich. Nicht um ihr Schmerzen zuzufügen, sondern aus einem verzweifelten Drang, mich zu befreien, schlug ich heftig den Deckel zu. Ein dumpfes Geräusch und ihr durchdringender Schrei. Das war nach dreissig Minuten das Ende meiner Klavierstunden. Sie zog mich an den Ohren zum Zimmer hinaus.

Ein paar Stunden später stand sie schon bei Vater im Geschäft. Mit einem gehässigen Blick, der nicht von mir wich, zählte sie Geldscheine auf den Ladentisch, seine Anzahlung, abzüglich der ersten Stunde, und zischte, so viel Geld, wie er bezahlen müsste, damit sie seinen Sohn auch nur eine einzige weitere Minute unterrichten würde, könne er gar nicht besitzen. Damit verliess sie sie den Laden. Um hinsichtlich meines Versprechens die Form zu wahren, schickte mich Mutter umgehend in den Synagogenchor, aber nach ein paar Proben gab mir Onkel Goldberg einen Briefumschlag mit nach Hause, dessen Inhalt sie kopfschüttelnd zur Kenntnis nahm. Fortan mied ich jede weitere musikalische Versuchung und schloss mich wieder den Freunden an. Agi war wohl noch ein paarmal zu Tante Marika gegangen. Eines Tages kam sie nach Hause. Bartok hinge nicht mehr an der Wand.

Der Estrich unseres Hauses eignete sich vorzüglich als Versteck. Er zog sich über die gesamte Grundfläche unseres Hauses. Vater hatte nichts dagegen, wenn wir dort oben spielten. Also wurden aus Kisten, Säcken, aus allem, was sich irgendwie bewegen liess, Kulissen für die Kriminalromane und Abenteuergeschichten, die wir uns erzählten. Wir überfielen Banken oder flüchteten in waghalsigen Abenteuern aus Zuchthäusern und Burgen. Mit alten Leintüchern spannten wir Zelte über die Wäscheleinen, bauten Strassen, Bahnhöfe, Flugplätze, ganze Städte entstanden und gingen unter. An einem solchen Nachmittag, es war schon Herbst, und schwerer Regen prasselte auf die Ziegel, zeigte uns Lazi sein neuestes Kunststück. Wir sassen im Kreis um ihn herum. Er stand in unserer Mitte, die Hosen hatte er auf die Knöchel fallen lassen. Den geschienten Arm an einen Dachbalken gestützt, mühte er sich mit der Hand des gesunden zwischen den Beinen ab, die Augen geschlossen, das Gesicht vor Anstrengung verzogen. Sein Glied war zwar hoch aufgerichtet, aber wir erkannten noch nicht, was daran nachahmenswert sein sollte, und bald liessen wir ihn stehen, um mit unseren Holzschwertern weitere Burgen zu erobern. Wir seien ja bloss eifersüchtig, dass wir es noch nicht schafften, brummte er, damit beschäftigt, sich die Hosen wieder hochzuziehen.

Mit Jesus Christus hatte ich mich bisher nicht sonderlich beschäftigt. Ich wusste, dass er der Gott der Christen sei, und Mutter hatte mir beigebracht, dass man die Götter anderer Leute niemals beschimpfen dürfe. Eines Morgens, auf dem Pausenhof, umringt von Klassenkameraden, musste ich dazulernen, dass wir Juden ihn auf dem Gewissen hätten. Ich könne doch nichts dafür, schrie ich und rannte nach Schulschluss schneller als je, bevor die Schlägerei richtig losgehen konnte, zu meinem Fahrrad an der Hecke. Vier oder fünf Mitschüler jagten hinter mir her. Ich sprang auf und konnte gerade noch davonrasen, über Kopfsteinpflaster nach Hause. Anna stand alleine in der Küche, ausser ihr war gerade niemand in der Wohnung. Mein Gott, was ich für rote Augen habe, rief sie aus. »Du hast doch nicht geweint, oder?« Bevor ich noch antworten konnte, schossen mir die Tränen in die Augen. Sie wollte wissen, was geschehen sei, aber ich konnte nur etwas von ihrem Herrn Jesus stammeln, dass ich keine Ahnung habe, wer es gewesen sei, und nach der Schule trotzdem alle auf mich gezeigt hätten.

Es stimme schon, die Römer hätten ihn zwar ans Kreuz geschlagen, doch es sei ein jüdisches Gericht gewesen, das ihn in jener Nacht des Passah-Festes verurteilt habe. Erklärte sie. Ich schluchzte um so stärker. Sie versuchte, mich zu trösten:

»Aber er starb für uns alle. Für mich, für dich und für deine Eltern ebenso wie für jeden einzelnen Menschen, der seine Sünden bereut und sich von ihm vergeben lässt.« Wenn ich verspreche, niemandem etwas zu sagen, dann helfe sie mir, mich von der alten Schuld zu befreien.

Ich schöpfte wieder Hoffnung. Es sei ganz einfach, erklärte Anna. Sie nehme mich mit in ihre Kirche. Dort solle ich Busse tun. Wenn ich dann die Hostie geschluckt hätte, würde mir vergeben, und ich sei erlöst, denn damit würde ich ihren Herrn Jesus Christus in mir aufgenommen haben, und niemand könne mich wieder von ihm trennen. Es kam mir vor wie Mutters Weisheit über das Wissen, das einem niemand mehr nehmen könne, nur dass diese Angelegenheit hier offenbar einfacher zu handhaben war. Ich musste ihr nur versprechen, wirklich niemandem ein Sterbenswörtchen von all dem zu sagen, denn eigentlich wäre es für einen Ungetauften wie mich verboten.

Und was sind Hostien? wollte ich noch wissen. Davor brauche ich keine Angst zu haben, antwortete sie. Ich solle mir einfach ein rundes Stück von unseren Matzen vorstellen. Obschon ich mich noch ein paar Wochen gedulden musste, bis sich eine Gelegenheit ergab, erlaubte mir die Aussicht auf baldige Erlösung, sämtlichen Herausforderungen mit herablassendem Gleichmut zu begegnen. Gleichzeitig beobachtete ich, dass sich der Streit vorübergehend andere Opfer aussuchte. Man fragte mich sogar wieder um mein Fahrrad. Dann war es soweit. Vater war aufgebrochen und würde erst am Montag abend wieder zurück sein, Agi half mit den Geschäftsbüchern oder hatte zu lernen, denn bei ihr ging es langsam aufs Abitur zu, und Mutter nahm Annas Angebot, mit mir spazierenzugehen, dankbar an. Ich folgte Anna quer durch die Stadt, bis wir an ein Feld kamen. Über einen Weg gingen wir weiter auf ein paar hohe Pappeln in der Ferne zu, näherkommend sah ich, dass sie mit ihren mächtigen Stämmen schützend um ein Gebäude standen, noch näher erkannte ich eine Kapelle. Im Giebel des vorstehenden Daches hing eine Glocke. Die letzten Schritte nahm mich Anna bei der Hand. So wurde ich hineingeleitet. Drinnen roch es harzig. Ein Mann in dunklen Kleidern schwenkte einen metallenen Behälter, aus dem Rauch quoll. Es war kalt. Ein paar alte Leute knieten mit gefalteten Händen in den Bänken. Niemand hatte sich nach uns umgedreht. Vor dem Altar, einem schlichten Steinquader, betete ein Mann, den Rücken uns zugewandt, in seinem schwarzen Talar und mit dem hohen Hut dem Rabbiner nicht unähnlich. Anna schloss die schwere Holztüre und schlug schnell das Kreuz. Neben einem steinernen, halb mit Wasser gefüllten Becken blieben wir stehen. Sie tunkte den Zeigefinger ein und netzte mir zu meiner Überraschung damit die Stirn – im Namen ihres Vaters, eines Sohnes und des Heiligen Geistes. Hoch oben in der Mauer liessen kleine Fenster in regelmässigen Abständen Lichtbündel einfallen. Über das Muster, das sie auf den Boden zeichneten, schritten wir nach vorne. Ich gab mir die grösste Mühe, den Hall meiner Schritte zu dämpfen, trotzdem scholl jeder einzelne, im Konzert mit denen Annas, von den Wänden zurück. In der Mitte der vordersten Bank setzten wir uns. Das Holz ächzte. Anna legte einen Finger mahnend an die Lippen. Noch immer hatte uns niemand beachtet. Es war viel stiller als bei uns in der Synagoge, so still, dass man den Wind draussen in den Bäumen rauschen hörte. Ausser Anna und mir schien niemand jünger als meine Grosseltern. Erst jetzt sah ich die verwaschenen Fresken in der Sakristei. In der Ausbuchtung zuhinterst hing eine grosse, aus Holz geschnitzte Jesusfigur von Licht eingefasst an ihrem Kreuz, ein goldener Reifen schien über ihr zu schweben, derselbe wie über den Figuren auf den Wandbildern. In kleinen Nischen brannten Kerzen. Anna sass eng neben mir, wenn ich mich regte, legte sie mir die Hand aufs Knie und drückte mich sanft auf die Sitzfläche. Der schwere Geruch machte mich müde.

Endlich wandte sich der Priester in seinem schwarzen Rock um. In beiden Händen hielt er eine silbern beschlagene Schale. Sein leises Murmeln wurde bald zum Gesang, unterbrochen vom Amen der Gestalten, die sich, ich merkte es erst, als die meisten schon sassen, unterdessen in die vorderen Bänke geschlichen haben mussten. Ihre Blicke waren erwartungsvoll auf den Priester gerichtet, dessen Gesang in beschwörende Formeln aus Wörtern einer mir gänzlich fremden Sprache gemündet war. Dann standen sie auf, alle in einer Reihe, der Priester schritt sie ab wie ein Hauptmann die Reihe seiner Soldaten. Jede Gestalt ging kurz in die Knie, hielt ihm den geöffneten Mund entgegen und erhielt eine kleine, weisse Scheibe auf die leicht herausgestreckte Zunge. Sobald der Mund wieder geschlossen war, legte sich die Hand des Priesters flüchtig auf die Stirn. Auch Anna und ich standen. Der Priester rückte immer näher. Anna flüsterte: »Der Leib Jesu.« Ich hatte es schon vorher geahnt und wartete betäubt darauf, dass die Reihe endlich an mir war. Eine geschmacklose, papierene Masse zerging auf meiner Zunge. Mit unseren Matzen hatte sie nicht die geringste Ähnlichkeit.

»So, jetzt bist du ein Christ. Getauft und durch die Hand des Priesters gesegnet«, stellte Anna zufrieden fest, als wir uns über das Feld wieder den Häusern der Stadt näherten. Es kam mir noch in den Sinn zu fragen, ob man denn Jude und Christ in einem sein könne. »Aber sicher, du musst nur immer nahe bei unserem Herrn Jesus Christus bleiben, dann kann dir nichts geschehen.«

Ich hatte meinen kurzen Besuch im Hause der Christen schnell wieder vergessen, denn niemand wollte mir anmerken, dass ich ein Stück leibhaftigen Christentums mit mir trüge, und meine Hoffnungen schwanden umso schneller, als das erwartete Wunder längst hätte eingetreten sein müssen. Einzelheiten durfte ich laut Anna niemandem offenbaren. Nach der Turnstunde war der letzte Rest Zuversicht getilgt. Wie immer mussten wir draussen im Hof die Kleider wechseln. Gerade wollte ich mir die Turnhose hochziehen, als Ferenc vor mich hin trat: »Lass doch einmal sehen.« Er fackelte nicht lange. Ein kurzer Blick genügte. Verächtlich winkte er ab: »Na seht ihr, keine Spur von Christ!«

Damit war die Frage erledigt.

Mutlos sass ich an diesem Abend zu Hause am Tisch und stocherte in meinem Teller herum. »Warum hasst man uns?« unterbrach ich die Stille.

Vater schaute mich etwas entgeistert an, und Mutter stand auf, um geschäftig das Geschirr zusammenzuräumen.

»Uns? Wer hasst uns?« fragte sie beiläufig.

»Alle!« schrie ich ihr hinterher.

Vater ermahnte mich, meine Mutter nicht anzuschreien. Ich solle ihr lieber beim Abräumen helfen. Aber Agi stand für mich auf, und ich blieb sitzen. Ich wollte jetzt endlich wissen, warum man uns hasste. Insgeheim gab ich ihnen die Schuld, ihnen und der ganzen Familie, den Rabbinern, Grossvater und Onkel Pavel, allen, die sie Juden waren und nichts, aber auch gar nichts daran ändern wollten, dass man es ihnen jederzeit anzumerken schien. Sie lächelten nur ergeben und zuckten mit den Schultern, wenn jemand sie auf dem Gehsteig anrempelte.

Mutter kam aus der Küche zurück. Agi hatte sich in ihre Kammer verzogen. Ich solle das Gerede doch gar nicht beachten oder einfach sagen, ich wüsste nicht, was sie meinten.

Auch wenn sie behaupteten, Vater betrüge in seinem Laden die Bauern? Das hatte zwar noch niemand so gesagt, ich wollte meine Eltern einfach zu einer Erwiderung reizen, aber dass die jüdischen Geschäfte alle Kunden übers Ohr hauten, das hatte ich einmal aus einer Unterhaltung zwischen zwei Männern auf der Strasse verstanden, als ich an ihnen vorbeiging und sie absichtlich lauter sprachen. Es waren Kunden von uns.

Mutter hatte eine Idee. Wenn ich wieder so etwas höre, solle ich erklären, ich könne schwer glauben, mein Vater würde jemanden betrügen. Es müsse ein Irrtum vorliegen. Der Betreffende solle doch herkommen, damit der Fehler bereinigt werden könne. »Was heisst denn Irrtum?« liess sich Vater vernehmen. Diese Leute wollten einfach die Ware billiger bekommen. Und man könne es ihnen nicht einmal verübeln, bei der Teuerung.

Vielleicht müssten wir in diesen Zeiten ab und zu jemandem auch etwas zuviel abpacken, ohne es gleich zu berechnen, schlug Mutter vor. Ich ahnte schon, dass von ihnen nichts Brauchbares in Erfahrung zu bringen wäre. Sowenig wie von Grossmutter, die ich Freitag mittag zur Rede stellte; das gehöre halt zu unserem Leben – wie die Jahreszeiten, war ihre einzige Antwort. Dafür vernahm ich aber eine Art Erklärung aus dem Radio, vor dem Vater, Onkel Kalman und sogar Pavel jetzt häufiger die Köpfe zusammensteckten.

»Hitler!« hörte ich sie immer wieder im Chor sagen. »Hitler« – je nach Meldung schwankend zwischen der kleinlauten Hoffnung, der Spuk möge sich von selbst auflösen – »Ach, Hitler ...« – oder furchtsamer Erwartung, das lauernde Unheil würde eines Tages auch über sie hereinbrechen – »Nein, Hitler ...« – Die Formel aus dem Radio hatte sich unmerklich in der Sprache unseres Alltags festgesetzt.

Derweilen brachten mir die Radionachrichten aber auch eine neue Unterhaltung. Im Äther herrschte Krieg. Eines Tages verkündeten Plakate in der Stadt die Kriegserklärung Ungarns an die Sowjetunion. Noch im Winter desselben Jahres lief über die Aushängeseiten der Zeitungen in grossen Lettern der Titel: »Ungarn erklärt England den Krieg«, keine Woche später kam Amerika an die Reihe, und Ende Jahr befand sich unser heldisches Vaterland schon mit der halben Welt im Kriegszustand. Unsere ungarische Nation war zum Leben erwacht. In der Schule fieberten wir alle zusammen mit der Wehrmacht, deren vermeintliche Erfolge immer grandiosere Ausmasse angenommen hatten. Die Geographiestunde wurde zur Kriegsberichterstattung, und in der Deutschstunde verzeichneten wir jede Woche neue Gebiete, wo die Leute glücklicher gewesen wären, wenn sie früher damit begonnen hätten, die Sprache der Sieger zu lernen. Von Norwegen bis Nordafrika blieben die Deutschen unschlagbar und wir mit ihnen verbündet. Zu Hause hängte ich eine Karte über mein Bett, auf der ich mit Stecknadeln minutiös den Frontverlauf festhielt. Der Krieg war eine mächtige Mitte, von der aus gierige Zungen in alle Richtungen rollten und leckten.

Da fand ich heraus, dass Mutter und Vater auf der Seite des Gegners standen. Ich hatte noch die Verlautbarung der ungarischen Führung aus den Nachrichten im Ohr, dass man guten Grund habe zu hoffen, bis zum Ende des Winters den Feind im Osten bezwungen zu haben. Auch in der Schule herrschte Zuversicht. Ich verstand, dass man den Kriegszustand mit Amerika und England mehr als moralische Unterstützung für das verbündete Deutschland auffasste, denn als ernstgemeinte Absicht, zumal doch die Sowjetunion der Feind der ganzen Welt war.

»Gott sei Dank, jetzt geht es wenigstens schneller vorüber.« Ich wusste nicht, ob ich sie falsch verstanden hatte. Nach meiner Kenntnis der Dinge verhielt sich die Sache anders. Fachmännisch wollte ich berichtigen, dass es ganz im Gegenteil jetzt länger gehen könnte. Wir stünden zwar schon fast am Kaukasus, aber Amerika und England seien doch auch gegen Deutschland. Vielleicht eröffneten sie gar eine neue Front im Westen. Wer weiss, ob wir dann noch bis zum Frühling gewinnen konnten. Und so viele Feinde gegen Deutschland, das sei doch ungerecht. Und schliesslich habe Deutschland uns gegen Jugoslawien, Rumänien und die Tschechoslowakei auch geholfen.

Doch Mutter wollte noch immer nicht verstehen: Eben, und der Winter komme hoffentlich noch dazu. Wenn wir Glück hätten, sei der ganze Spuk im Frühjahr vielleicht schon vorbei. Jetzt, wo wir so mächtige Verbündete hätten, antwortete sie, was mich richtig erzürnte. Aber sie fuhr fort:»Du wirst sehen, sobald der Krieg vorbei ist, wird dein Vater ein grosses Geschäft in der Stadt eröffnen.« So gross, dass sich niemand getrauen werde, Geschichten über uns zu erzählen.

Ich begriff nicht, wie sie sich auf die gegnerische Seite stellen konnte. Sie verstand offenbar überhaupt nichts vom Krieg, das war mir jetzt klar geworden.

Sie nahm mich in die Arme und meinte, in diesen Zeiten verstehe niemand etwas von der Politik, nicht einmal die Regierung selber.

Aber ich wollte, dass Ungarn den Krieg gewönne. Amerika war mit Russland, und Russland war schon immer der Feind Ungarns.

Das hatte der Lehrer gesagt, und ich vergass in der Hitze des Gespräches, dass er ja immer Russland und die Juden in einem Satz erwähnt hatte.

Aber von dem Tage an musste ich die Stecknadeln von meiner Kriegskarte entfernen, und Vater drehte das Radio leiser, wenn jemand an die Türe klopfte.

6)

Der Volontär widmete seinem Absender soviel Zeit, wie möglich war, ohne Gefahr zu laufen, im Museum frühzeitig als entbehrlich zu erscheinen. Die Resultate seiner Nachforschungen hatten sich längst mit Bildern und Begebenheiten der Erinnerung verstrickt, aus einer wahrscheinlichen Möglichkeit war die einzig mögliche Wahrheit geworden, selbstvergessen schlug er den Faden weiter und hatte sich in den immer weitläufigeren Maschen schon so weit verfangen, dass es ihm unmöglich geworden war, das Muster, das sich aus der Geschichte ergab, prüfend zu überblicken.

Die Angestellte hinter dem Ausgabetisch in der Bibliothek sprach ihn schon mit seinem Namen an. Sah sie ihn zur Türe her einkommen, holte sie seine Bücher hervor, die sie in einem Extrafach für ihn aufbewahrte. Am Feierabend musste sie ihn manchmal von seinem Tisch wegholen, weil er den Gong überhört hatte, und wenn er in der fünften Avenue auf den Strom der Passanten stiess, ordnete er sich nur zögernd ein.

Es musste ein solcher Tag gewesen sein, als ihm zum ersten Mal das Schaufenster der Zeugen Jehowas gegenüber der Bibliothek aufgefallen war:

»The actual population on earth 5,450,280,327/328/329/330.«

Schwere Regentropfen begannen auf den Asphalt zu schlagen. Zunächst vereinzelt, schnell immer dichter, bis die Strasse von einem glänzenden Film überzogen war und innert Minuten unter Wasser stand. Zwischen den Glastürmen war die Dunkelheit hereingebrochen. Plötzlich kam er nicht mehr weiter. Eine Ansammlung Menschen versperrte den Weg. Auf der feuchten Strasse rauschten die Autos vorbei, als hätten sie keine Motoren. Scheinwerfer holten sich mit kaltem Griff einen Hochhausturm aus dem Nieselregen. Die Leute standen dicht und wirkten doch verloren vor dem etwas zurückversetzten Glasquader, eingepfercht von blauen Abschrankungen und regentriefenden Polizisten, die in ihren Überwürfen grimmigen Hydranten glichen. Auf der anderen Strassenseite, nah und fern zugleich, das Hotel. Aus dem eingepferchten Haufen drangen Schreie in den Regen, dazwischen dumpfe Trommelschläge, vermengt mit grellen Lautsprecherstimmen. Auf der Ladebrücke eines Lastwagens war eine Rednertribüne eingerichtet, der Mikrofonständer ragte in den tropfenden Himmel. Sehr aufgeregte Menschen redeten. Manchmal überschlug sich eine der Stimmen, schrie ins Leere zwischen huschende Schatten, in die Fussgänger, die auf dem Heimweg waren, der nächsten U-Bahn-Station entgegen. Man hielt Transparente und Schilder an Holzstangen: »No Ground War«, »Hell no, we won't go, we won't die for Texaco«. Mit viel Pathos bestätigte man sich gegenseitig die Wut auf die Schuldigen an diesem Krieg, dieselben wie beim letzten und dem vor dem letzten, und brüllte Slogans in den Regen. Von einer der oberen Hoteletagen wurde ein langes, weit herum lesbares Transparent entrollt, darauf stand in weisser Schrift auf schwarzem Tuch:

»FIGHT THE AIDS WAR, NOT THE GULF WAR«

Lauter noch als zuvor bäumte sich in diesem Moment der Sprechgesang dem Himmel entgegen:

»GEORGE BUSH, YOU CAN'T HIDE, WE CHARGE YOU WITH GENOCIDE«

Aber weit und breit war keiner, um die Parade abzunehmen. Seit er wirklich verübt worden war, hatte sich Massenmord als Kavaliersdelikt auf der Weltbühne etabliert, wichtigere Termine waren eingetragen. Niemand hatte Zeit. Für niemanden. Für nichts. Sirenen heulten. Zur Veranschaulichung war in einer Seitenstrasse eine Ladung alten Fleisches ausgekippt worden. Darum herum standen Vermummte und häuften es mit den Spitzen ihrer hohen Stiefel auf. Eine Gestalt hielt ein Megaphon vor den tuchumschlungenen Kopf:

»FIGHT THE SYSTEM, FIGHT THE SYSTEM«

Über einer Gruppe Demonstranten flatterte die schwarze Fahne. Derweilen stürzte Uncle Sam von seinem Stock. Alle harrten aus und warteten auf ihren kriegführenden Präsidenten, um ihm mitzuteilen: »I'm gay, I have aids, I am laid off, I am black, brown, white, I am crippled and dead, no one knows.« Dann näherten sich mit energischen Schritten Polizisten in breiten Reihen, von Blitzlichtern beworfen. Etwas weiter weg in der stürmischen Flut schwankte die schwarze Fahne inzwischen bedrohlich. Bemerkenswert war, dass keine Schlagstöcke zum Einsatz kamen, kein Tränengas, kein Gummischrot – es schien, als kennten alle Statisten ihren Platz auf der Bühne. Man übte die Szene zum hundertsten Mal, Licht und Ton inklusive. Ein allgemeines Übereinkommen garantierte den ordentlichen Ablauf. Und im Falle, dass sich etwas Unvorhergesehenes ereignete, wusste man, wo zwischen den Kulissen der Notausgang lag.

7)
Der Vater streckte sein Kreuz, als hätte er eine harte, aber lohnende Arbeit hinter sich gebracht. Gegenüber verrichteten zwei Fensterputzer ihr Werk an einer schwarzspiegelnden Glasfassade. Ihre Plattform hing etwas schief in den Seilen. Sie waren in karierte Jacken eingepackt und trugen gelbe Helme. »Schau mal. Dort. Das wäre nichts für mich. Den ganzen Tag keinen festen Boden unter den Füssen zu haben.« Für einmal hatte sein Vater offenbar im gleichen Moment in dieselbe Richtung geschaut wie Georg, der sich gerade wunderte, was die Fensterputzer auf der anderen Seite der Scheiben wohl sehen konnten – Gänge, Büros, Treppenhäuser – und daran dachte, vielleicht wochenlang hinter etwas hergerannt zu sein, das sich gerade jetzt als eine einzige Täuschung herauszustellen drohte.

»Bist du zufrieden mit deiner Arbeit?« fragte er, wissend, dass seinem Vater, mittlerweile über sechzig, vor Jahren von einem Tag auf den anderen in dem Ersatzteillager, wo er lange gearbeitet hatte, gekündigt worden war und er seither Taxi fuhr. Aber Georg verkniff sich eine Bemerkung.

»Ich kann mir gar nicht vorstellen, einmal damit aufzuhören. Zudem macht man dies und das daneben. Du weisst schon. Und ich bin schon immer gerne Auto gefahren. Erinnerst du dich?« antwortete der Vater unbefangen.

Tatsächlich kannte Georg ihn vor allem als Büste hinter einem Steuerrad. Er konnte sich nicht erinnern, auch nur einmal ein öffentliches Verkehrsmittel mit ihm zusammen benutzt zu haben. Die Aussicht vom Empire State Building beiseite geschoben, sah er den roten Fiat wieder. Die verchromten Türleisten glänzten in der Mittagssonne. Verschwommen erinnerte er sich an eine Reise als Kind: Er hatte den ganzen Nachmittag, und auch schon die Tage zuvor, hinter der Haustüre gewartet, bei jedem Motorengeräusch war er zum Fenster gerannt. Ein kleiner Koffer stand bereit. Zu Beginn fuhren sie über Landstrassen. Manchmal durch ein Dorf. Niemand war mehr unterwegs. Die wenigen Lichter trennten die Nacht nur um so deutlicher vom gewohnten Leben. Wenn ihnen ein Auto entgegenkam, so gehörte es nirgends hin. Wie sie. Man fuhr. Er hielt sich lange auf dem Rücksitz wach. Ein See glitzerte in der Dunkelheit neben der Strasse. Dann konnte Georg die Umrisse von bewaldeten Bergen erkennen. Sein Vater schwieg hinter dem Steuer, den Blick geradeaus in die helle Leere des Scheinwerferlichtes geheftet. Selten warf er einen Blick nach hinten und fragte: »Nu, ist alles in Ordnung?« Irgendwann schlief Georg ein. Als er am Morgen früh wieder aufwachte, sah er hinter der Scheibe eine Uniformmütze. Ein Zöllner wollte das Auto durchsuchen. Die Passkontrolle machte Schwierigkeiten. Sein Vater sprach in einer fremden Sprache. Danach erklärte er Georg, dass die Beamten zuerst nicht begriffen hätten, weshalb die Reisepässe von einem Vater und seinem Sohn nicht vom selben Land stammten. Dann schlief er erneut. Zur Ankunft regnete es in Strömen. Auf den Strassen hatten sich Staub und Wasser zu einem glitschigen Brei vermischt. Später war es heiss. Fahrtwind füllte den Wagen aus. Sein Vater hatte den Arm mit der tätowierten Nummer ins offene Fenster der Fahrertüre gelegt. Die meiste Zeit fuhren sie zwischen Lastwagen eingeklemmt. Manchmal kroch auch ein Pferdefuhrwerk vor ihnen. Nur selten gab es eine Gelegenheit zum Überholen. Endlich stiegen sie ein dunkles Treppenhaus hoch. Das Knirschen ihrer Schritte hallte von den Wänden zurück. Oben gab es zuerst feuchte Küsse – »Bussi Bussi« – zwischen blumigen Tapeten, dann eingelegte Kirschen in süsser Suppe. Georg wurden unablässig die Wangen getätschelt. Vater wollte sich direkt nach dem Essen hinlegen. Georg blieb alleine mit seiner Tante und ihrem Mann. Sie tätschelte immer wieder seine Wange. Die weichen Lutschbonbons mochte er nicht. Wenn man sie lange genug im Mund gehabt hatte, erbrachen sie eine Füllung, die so süss war, dass es ihn im Hals kratzte. Später zeigte sie ihnen ihr Häuschen am Waldrand. Die Datscha. Dort blieben sie über Nacht. Am nächsten Morgen, nach dem Frühstück, zwei Onkel waren auch zu Besuch gekommen, sagte sein Vater zu ihm, wenn sie sich ab und zu anschauten: »Wir gehen bald.« Aber es vergingen Stunden, bis sie wieder fuhren.

Später hatten sie noch zwei weitere Reisen nach Ungarn gemacht. Immer fuhr der Vater die Strecke in einem durch. Dennoch wusste Georg bis in New York nicht, dass fast der zehnte Teil von Ungarns Bevölkerung auf Eisenbahnwaggons getrieben und abtransportiert werden konnte, während aus der Menge der zurückbleibenden neun Zehntel noch nicht einmal ein Murren zu vernehmen war; nur fünfzehn Jahre davor Räterepublik, zwölf Jahre danach immerhin ein Volksaufstand – Ergebnisse seiner Nachforschungen während der letzten Wochen.

»Erinnere mich daran, im Souvenirladen noch etwas zu kaufen, bevor wir gehen. Ich brauche unbedingt ein paar Kleinigkeiten, wo wir schon hier oben sind«, sagte der Vater. Die Fensterputzer waren durch eine vorher nicht sichtbare Öffnung verschwunden, die Plattform blieb verlassen an der Spiegelfläche zurück.

Kapitel vier

1)
Nach ein paar schlendernden Schritten standen sie wieder an der Brüstung. Auf dieser Seite war es windiger. Gegen Norden er streckte sich der Central Park wie ein rechteckiges Loch im Flikkenteppich der Stadt, das noch gestopft werden musste. Harlem war hinter dem Dunst nur zu vermuten.

Ohne Übergang sagte der Vater: »In meinem Alter macht man sich natürlich schon seine Gedanken, was aus einem geworden ist. Aber vergiss nicht, meine Arbeit hat erhebliche Vorteile. Schon nur, dass ich jeden Morgen ausschlafen kann. Wirklich, ich verdiene mein Geld leichter als je zuvor. Wenn ich einmal im Wagen bin, merke ich gar nicht, wie schnell die Zeit vergeht. Aber sag, willst du nicht die Jacke schliessen, es zieht doch.« Damit schien für ihn das Thema abgeschlossen.

»Weisst du, was mich interessiert?« fragte Georg.

»Nein, was denn ...«

»Hast du dich eigentlich schon einmal für etwas entschieden? In dem Sinne, dass du meinst, wirklich eine Wahl gehabt zu haben?«

»Ich weiss nicht, ob ich dich richtig verstehe. Was meinst du mit Wahl?«

»In einem bestimmten Moment die Möglichkeit, auch anders zu entscheiden«, erklärte Georg. »Was mit einschliesst, dass man im Rückblick eine Entscheidung sogar bereuen kann.«

»Nun, vielleicht hätte ich damals energischer sein müssen. Eine Zeitlang gab es noch ein Hin und Her, aber schliesslich war das Kind eine Tatsache. Weisst du, was deine Mutter mir immer geantwortet hat?«

»Was denn?« Georg konnte sich vorstellen, was kommen würde. Diesen Teil der Geschichte kannte er schon lange.

»Das Land brauche Soldaten. Ein Soldat für Ben Gurion, hat sie immer gesagt, solange du noch in ihrem Bauch warst.« In der Ironie lag keine Bitterkeit, eher ein Erstaunen, das sich all die Jahre gehalten zu haben schien.

»Und, was war deine Meinung?«

»Ich habe immer nur gesagt, wer in Israel lebt, braucht nicht Zionist zu sein. Dann kamen plötzlich all die Briefe von ihren Verwandten. Es war von Heirat die Rede. Vielleicht hätte ich mich weniger schnell darauf eingelassen. Aber meine Probezeit bei der Polizei war abgelaufen, und ich konnte nicht damit rechnen, definitiv eingestellt zu werden, denn es lief ein schwerwiegendes Verfahren gegen mich.«

»Was hast du denn verbrochen?«

»Nun, ich habe über ein Jahr lang den Lohn eines Verheirateten bezogen, ohne korrekt gemeldet zu haben, dass ich schon lange wieder geschieden war. Als es aufflog, hätte ich das ganze Geld zurückzahlen müssen, das ich zuviel bekommen hatte. – Ich weiss nicht einmal mehr, wer die ganzen Visageschichten und den Kauf der Fahrkarten erledigt hatte. Ich war es jedenfalls nicht. Nun ja, ich willigte ein, und bald darauf reisten wir ab. Mit dem Schiff. Von Haifa aus. Aber ich wusste nicht, dass es über vier Jahre dauern sollte, ehe ich wieder zurückkommen würde. Die Geschichte kennst du, oder nicht?«

Georg bejahte.

»Ich erzähle das Ganze nur als Beispiel, dass man am Ende doch die Ereignisse entscheiden lässt; vielmehr, die Ereignisse entscheiden schneller, als man es selber kann. Ist es nicht so?«

Georg schwieg. Er versuchte nachzudenken.

»Die Wahl hat man ständig. Jeden Tag sozusagen. Das einzige, worauf ich immer bewusst achte, ist: nicht aufzufallen. Das kommt wahrscheinlich noch aus meiner Kindheit. Du musst wissen, dass ich erst im Ghetto, als einer unter Tausenden, keine Angst mehr vor den anderen zu haben brauchte. Die waren einstweilen auf die andere Seite des Stacheldrahtes verbannt. Und später, im Lager, da waren wir endgültig unter uns. In erster Linie hat man dank dem Gesetz der Masse überlebt. – Wo viele sind, ist die Gefahr für den einzelnen kleiner.«

»Und es gibt nichts, was du bereust?« fragte Georg noch.

»Nein – nicht wirklich. « Die Klarheit dieser Antwort entliess Georg für einen Augenblick in das Reich seiner eigenen Gedanken.

2)

Das Protokoll dieser Kassette füllte schon fast ein ganzes Heft. Im Tonraum blieb der Volontär die meiste Zeit über ungestört. Einmal hatte sich Judith neben ihn gesetzt. Sie war früher im Naturhistorischen Museum als Archivarin angestellt gewesen. Dort Opfer der allgemeinen Haushaltskürzungen geworden, erfasste sie jetzt für das zukünftige Holocaust-Museum die einzelnen Ausstellungsgegenstände. Vor allem die Schriftstücke. Diese behandelte sie so fürsorglich, als wären sie ihre eigenen kleinen Geschöpfe. Einen ähnlichen Umgang pflegte sie auch mit den paar älteren Leuten, die manchmal im Büro unentgeltlich aushalfen. Offenbar alles Überlebende. »My Survivors«, wie sie sagte. Sie betrachtete sich als Spezialistin für die Psychologie der Überlebenden; ein Rang, den ihr im Museum niemand streitig machen wollte. Gerade schwärmte sie von ihrem neuesten Mündel, eine grössere Schenkung aus Italien, darunter Ausgaben eines jüdischen Blattes aus dem Jahre 1936. Sie fuhr sich mit den Händen durch das graue Drahtknäuel ihrer Haare und blickte ihn aus spitzem Gesicht wach an. Da ihr bekannt sei, dass in Georgs Heimat Italienisch zu den Landessprachen gehöre, nehme sie an, er verstehe die Sprache gut genug, um herauszufinden, wovon in den einzelnen Nummern die Rede sei. Mehr brauche sie nicht. Ob er neben seinen Kassetten noch Zeit habe, um ihr behilflich zu sein.

Am selben Nachmittag machte er sich an die Arbeit, und wenn er zwischendurch aufschaute, sah er die junge Naomi am Pult sitzen. Ihre Haare waren mit einem Kopftuch hinter die Ohren gebunden. Durch den dünnen Stoff ihres Kleides zeichnete sich die Unterwäsche ab. Meistens telefonierte sie. Von ihr hatte er erfahren, dass fast nur Frauen für das Museum arbeiteten, weil die Beschäftigung in Museen, gerade den jüdischen, bis vor kurzem zu den wohltätigen Engagements gezählt habe, und diese seien auch in den USA vor allem eine Sache der Frauen. Seit der Holocaust so gut ins Geschäft gekommen sei und jede Kleinstadt mit genügend spendablen Juden ein eigenes Museum oder zumindest ein Memorial plane, habe das Gebiet eine erhebliche Professionalisierung erfahren, was nichts anderes heisse, als dass angesehene Männer Einzug in die neu geschaffenen Positionen gehalten hätten und die Frauen, ihrer ganzen Erfahrung ungeachtet, hinter die

Kulissen gedrängt würden, wo die Bezahlung so schlecht geblieben sei wie zuvor.

Alle Mitglieder der Belegschaft hatten ihre gesicherten Versionen der damaligen Ereignisse bereit, mitsamt den einzig möglichen Schlussfolgerungen daraus, die sie bei Bedarf wie chemische Formeln von sich geben konnten. Aber während bei ihnen die Geschichte aus ineinandergeketteten Gliedern zu bestehen schien, deren einzelnes als Erklärung nur vertrug, was es an die Reihe der vorhergehenden und nachfolgenden schmieden konnte, wuchs bei Georg die Fülle an Material, jetzt, da er durch seine sporadische Arbeit für Judith leichteren Zugang zu den Schränken, Schubladen und Archivregalen des Museums hatte, immer weiter zu einem Gestrüpp, in dem er hilflos nach Indizien seines Absenders herumtastete. Die Leute verrichteten ihre Arbeit im Museum mit der ihnen eigenen Art von Wetteifer, einer Sammlerleidenschaft aus Angst, die sechs Millionen Toten liefen ihnen davon, oder jemand anderes könnte am Schluss das Geschäft mit dem Holocaust machen. Die Judaica-Auktionen erzielten im Moment Höchstpreise, meinte Judith. Aber als Museum hätten sie sich nur an ein Kriterium zu halten, nämlich ob der Gegenstand aufgrund seiner Beschaffenheit geeignet sei, Zeugnis für seine Zeit abzulegen. Judith wurde ihrer unbeirrbaren Sorgfalt wegen geschätzt, aber ihre Einsicht in die Transzendenz der von Menschen geschaffenen Gegenstände teilte niemand. Der Volontär selber beteiligte sich ohnehin nicht an derlei Überlegungen. Als er aus einer von Judiths Schubladen plötzlich eine Dokumentenmappe, angeschrieben mit »Rotes Kreuz, Schweden«, in den Händen hielt, sorgfältig die einzelnen Seiten vor sich auf dem Pult auslegte, eine lange Liste von Namen, Überlebende aus Bergen-Belsen, die nach der Befreiung nach Schweden gebracht worden waren, da dachte er einzig an seinen Absender, dessen Stimme hierdurch vielleicht mit einem Zipfel von verbriefter Geschichte verknüpft war. Georg brauchte nur wie in einem Telefonbuch dem Alphabet zu folgen. Neben dem Namen stand das korrekte Geburtsdatum und der Heimatort. Die Seiten waren unbeschädigt, nur an den Rändern etwas vergilbt, die Schreibmaschinenschrift noch leserlich genug für eine Fotokopie. Mit allem, was er schon herausgefunden hatte, glaubte er jetzt genügend Indizien zu haben, um auf die Suche nach Zeugen zu gehen. Als erstes wollte er diesen Fürkös von Frau Stoos kontaktieren.

3)

Noch war zu Hause alles vorhanden, was ein Kind zum Leben brauchte. Mutter zählte mir regelmässig mein Taschengeld in die Hand. Brauchte sie selbst etwas, ging sie in den Laden und bediente sich kurzerhand aus der Kasse. Jeden Morgen deckte ich mich mit Süssigkeiten und frischen Semmeln für die Schule ein. Solange es meinen Eltern noch oblag, dafür zu sorgen, dass es mir an nichts mangelte, konnte ich mich also nie beschweren. Für die wirklichen Gespenster gab es ohnehin keine Instanz, die meine Klage entgegengenommen hätte.

Die Schleier hingen täglich schwerer vor dem heranrückenden Horizont, und der Spuk, den sie immer wieder über die Felder gegen die Stadt schickten, war mächtiger als die Menschen meiner Welt. Schon hatte er sich in unseren Physiklehrer, Onkel Daniel, geschlichen, der eines Tages plötzlich felsenfest davon überzeugt war, dass nur Friedman die Lösungsblätter zur letzten schriftlichen Prüfung aus seiner Mappe gestohlen haben konnte, einfach weil Henri in der fraglichen Zeitspanne unter denen, die sich im Klassenzimmer aufhielten, der einzige Jude gewesen war. Er hatte schon zum ersten Stockhieb ausgeholt, als einer der anderen Lehrer hereinkam, ein paar Blätter in der Hand, die seien im Lehrerzimmer herumgelegen. »Ach, da sind ja meine Lösungen«, rief Herr Daniel erfreut aus. Den Stock stellte er in die gewohnte Ecke neben der Wandtafel. Regungslos, eine vornüber gebückte Statue, erwartete Henri auf dem Katheder noch immer seine Strafe. Ein nachlässiger Klaps von Herrn Daniel auf den Hintern setzte ihn wieder in Bewegung. Mit einem einfältigen Staunen auf dem Gesicht schlurfte er zurück zu seinem Platz.

Von der Marktfrau hatte der Wahn ausgerechnet in dem Moment Besitz ergriffen, als ich, wie immer, wenn Markt war, auf meinem Heimweg von der Schule an ihrem Stand am Rande des Platzes vorbeikam. Sie zählte gerade ihr Geld. Plötzlich schrie sie wie von Sinnen: »Zwanzig Pengös!« Die hätten ihr die Juden gestohlen. Ich blieb stehen. Ihre Stimme überschlug sich. Dem herbeigeeilten Gendarm erzählte sie schluchzend, dass sie vor einer

Stunde das letzte Mal gezählt und seither nur noch zwei Kunden bedient habe. Beides seien Juden gewesen. Und jetzt fehlten ihr zwanzig Pengös. Ihr Mann werde ihr niemals glauben. Habe er sie denn nicht am Mittag beim Kartenspielen gesehen? fragte der Gendarm. Oder wolle sie es mit einer Anzeige gegen jemand Bestimmtes versuchen? Sein Brummen schien die Geister vorerst beruhigt zu haben. Nicht ohne darauf hinzuweisen, dass auf Missbrauch einer Behörde Strafe stehe, zog der Gendarm weiter. »Dann zeige ich sie halt allesamt an«, schrie sie ihm nach.

Der Geist konnte in irgendeinen Menschen schlüpfen, wie in den Zuckerbäcker auf der Rakosi-Strasse, der in meiner Anwesenheit einem über die gestiegenen Brotpreise klagenden Kunden entgegnete, das komme davon, wenn man sie eine grosse Mühle nach der anderen aufkaufen lasse.

Es gab Leute, die hatte sich der Spuk zu Knechten gemacht. Aus denen würde er wohl nie mehr ganz weichen. Wie die drei grossen Burschen aus einer der oberen Klassen. Sie steckten alle drei immer in den gleichen, geflickten Bauernhosen. Ihre zerschlissenen, hellbraunen Jacken mussten vor ihnen schon andere getragen haben; bei jedem standen die Ohren weit aus dem blonden Haarschopf ab. Sie sahen aus wie Brüder, obschon sie keine waren. Wir kannten sie nur als die »Bande der Drei«.

Unglücklicherweise hatten sie vom Weizenplatz her den gleichen Schulweg wie ich. Sie gingen immer grossspurig auf dem Gehsteig nebeneinander her; kamen Erwachsene entgegen, traten sie geflissentlich zur Seite, aber gegenüber uns beanspruchten sie die ganze Breite und lauerten aus den Augenwinkeln, ob man ihnen wohl von alleine auswich oder sie tatkräftig nachhelfen konnten, denn Juden sollten neben dem Bordstein gehen, höhnten sie. Wer nicht schnell genug kuschte, bekam Gegenstände angeworfen und riskierte, falls er immer noch nicht auswich, gepackt und mit Tritten und Prügeln auf die Strasse befördert zu werden. Natürlich lernten wir, ihnen aus dem Weg zu gehen, was zur Folge hatte, dass sie sich bald langweilten. Also versuchten sie lieber, uns zu überraschen. Weit und breit war niemand, der ihnen Einhalt geboten hätte, keine Lehrer, keine Väter oder Mütter, nicht die Rabbiner und auch keine Pfarrer, Gendarmen schon gar nicht. Sie drohten jedem, der sie anzeigen wollte, bitterste Vergeltung an, Micki

Adler warnten sie sogar, sie würden ihn im Brunnen auf dem Marktplatz ersäufen. Niemand zweifelte daran, dass sie sich die Zeit zur Rache gerne genommen hätten.

Einmal schlenderte ich unlustig in die Schule. Kein Mensch war in meiner Nähe, eigentlich war ich allein in der Allee. Doch plötzlich trat ich wie gegen einen Baum. Es war zu spät, um wegzurennen.

»Na, Kleiner, wohin geht's denn?«

»In die Schule«, antwortete ich.

»So gemütlich?« meinte der Grösste von ihnen. Sein Lächeln war mir Warnung genug, ich wollte keine Zeit verlieren.

»Weisst du nicht, dass der Gehsteig für euch verboten ist?« fuhr er fort, breitbeinig vor mir stehend, die Hände in die Hüften gestemmt.

»Wieso denn auf einmal?« stammelte ich, versucht, selber zu glauben, ich hätte das zum ersten Mal gehört.

Der Mittlere von ihnen erklärte es mir. »Weil allen rechtschaffenen Leuten die Lust nach euch vergangen ist. Wenn wir euch nicht schon von weitem riechen könnten, wären wir jetzt einfach in dich hineingestolpert. Aber eben ... Nicht alle haben so gute Nasen wie wir.«

»Ja, ich verstehe. Gut, dann will ich auf der Strasse gehen ...«

»Es tut uns leid, aber vorher müssen wir dir noch die gerechte Strafe verabreichen«, hielt mich der Kleinste zurück.

»Wieso Strafe? Ist das ein Gesetz?« Sie schauten sich bedeutsam an. Ich ahnte, dass das meine letzte Frage gewesen war, und hielt meinen Schulsack fest.

Mit betonter Geduld fragte mich der Grösste: »Willst du deinen Sack nicht lieber hinlegen, damit du wenigstens deswegen keinen Ärger mit dem Lehrer kriegst? Die schönen Schulsachen sollen doch nicht beschädigt werden. Was meint ihr?« Die anderen nickten. »Wir machen's auch ganz kurz. Nur das Nötigste.«

Ich kam nicht mehr dazu, mir seine Anregung hinsichtlich des Schulzeuges zu überlegen, denn zu seinem letzten Wort rissen sie mich schon an den Armen und stiessen mich wie ein Spielzeug im Kreis einander zu, immer schneller. Die Umrisse ihrer Körper verschwammen in meinem Taumel, und als ich zu Boden ging, fielen mir die Bonbons von zu Hause aus den Hosentaschen.

Sofort liessen sie von mir ab. »Zeig her! Was hast du da?«
Zittrig streckte ich ihnen mein klebriges Vermögen entgegen.
»Ja, für euch. Alles für euch.«

»Mehr hast du nicht? Das wird aber knapp.«
Ich erkannte meine Chance: »Ich habe leider nicht mehr bei
mir. Aber wenn ihr wollt, bringe ich euch morgen noch einmal
soviel mit wie heute. Einverstanden?« Die Gefahr war einge-
dämmt. Das hinterhältige Knurren verstummte. Der Spuk legte
sich wie ein Raubtier vor dem Dompteur. Ich lockte weiter. »Na,
was meint ihr?«

Der erste schaute mit schiefem Kopf auf meine Hände. Seine
Stimme hatte einen durchaus sachlichen Ton: »Abgemacht. Morgen hier. Um die gleiche Zeit. Und das Doppelte von heute.« Die
anderen zwei nickten.

Am nächsten Tag stand ich mit der vereinbarten Menge dort.
Vergeblich. Auch an den folgenden Tagen erschienen die drei
nicht. Offenbar beschäftigte sich der Spuk mit anderen Opfern.
Aber ich war gewarnt und sorgte dafür, dass meine Hosentaschen
immer prall mit Zuckerzeug gefüllt waren. Erst in der nächsten
Woche traf ich sie wieder, ganz vernünftig. Geschäftsmässig nahmen sie mein Lösegeld entgegen. Auch beim nächsten Mal konnte
ich mich ohne Probleme freikaufen. Fortan bestand ein leiden-
schaftsloses Verhältnis zwischen uns. Niemand verlor ein Wort.
Ich zahlte, und sie steckten ein. So lernte ich aus eigener Erfahrung, wie Geld das Leben vereinfachte, auch wenn die Währung
nur aus Zuckerzeug bestand. Bonbons bewirkten jedenfalls mehr
als Hostien. Mit meinem schier unbeschränkten Nachschub er-
schloss sich mir die Bestechlichkeit der Geister. Ja, mehr als das,
mein Status hatte sich dermassen erhöht, dass, wer immer in meiner Gesellschaft war, ebenfalls unbehelligt blieb. Noch heute bin
ich dankbar für die grosszügige Fülle meines Elternhauses, auch
wenn sich die Sicherheit, die ich dadurch genoss, immer wieder
als brüchig erwies und letztlich nicht mehr bewirkte, als dem
Blick, mit dem ich über die Schultern nach dem Gespenst Aus-
schau hielt, das beruhigende Gefühl der Bonbons in meiner Hand
beizugeben.

Auf dem Weizenplatz herrschte der Spuk auch beim Fussball-
spiel. Bevor wir uns darüber klar werden konnten und ohne dass

jemand einen entsprechenden Befehl erteilt hätte, hatten wir still-schweigend die untere, unserem Viertel nähere Hälfte benutzt und die anderen die obere. Nur der Ball wollte sich nicht immer an die unerklärte Grenze halten. Er bildete deshalb bis zum Schluss die letzte Verbindung zwischen den beiden halben Teilen. Eine Weile wurde er einfach zurückgeworfen, dann getreten, bis er unter Ver-wünschungen aus feindlichem Territorium geholt werden musste. Unser Kommando bestand meistens aus Lazi Goldstein mit dem bewehrten Arm.

Ich verkehrte ausser mit Albert, dem Sohn des Postboten, mit keinem anderen christlichen Kameraden mehr. Bandi hatte seine Lehrstelle verlassen, ich vermute, auf Druck seiner Eltern. Er selbst hatte sicher keinen Grund zu klagen, verbrachte er doch mehr Zeit mit mir und meinen Kameraden auf dem Estrich als neben Vater hinter dem Ladentisch, wo er eigentlich hingehörte. Nur Anna war geblieben. Aber ihr Rezept hatte ich schon ver-sucht. Ein neues hielt sie nicht bereit. Da tauchte die Formel »Palästina« als mögliche Arznei auf. Die Kunde kam nicht aus dem Radiolautsprecher, sondern wurde von Mund zu Mund ge-reicht. Angefangen hatte es mit Rabbiner Waxman, Tante Elisa-beth und ihren Geschichten aus der Wüste. Standen diese früher noch im Wettstreit mit Winnetou, Kim und den Unbesiegbaren aus den Groschenromanen bei Tante Borish, weckten sie unterdes-sen eine starke Sehnsucht nach einem Leben, wo ich nicht mehr ständig zur falschen Gruppe gehörte. So nahm ich die Buchstaben »PALÄSTINA« als Wegweiser zu einem Ort, auf dessen Strassen ich nicht beschimpft werden konnte, weil nichts und niemand mich von den anderen unterscheiden würde, begierig in mich auf.

Aus der Arznei, auch wenn sich ihrer nur wenige bedienten, erwuchs eine Freizeitbeschäftigung. – Der Zionismus. Vater hatte nichts dagegen. Irgendeine Art von Gesellschaft brauchte ich auch in seinen Augen, um so mehr als er befürchten musste, dass mir dereinst vielleicht nicht einmal mehr das Strassenfegen offenstün-de, dieses »Non-Plus-Ultra von Nichts«, wie er sich ausdrückte, bevor die Juden aus dem öffentlichen Dienst verbannt worden waren. Damals konnte er noch nichts von jenen Orten wissen, wo diese Arbeit als unschätzbares Privileg gelten würde. Vorerst war es sein Hauptanliegen, dass ich mich nicht unbeaufsichtigt herumtrieb. Für die Jugend gab es verschiedene Altersgruppen, jede hatte einen Leiter. Wir besammelten uns Sonntagnachmittag auf dem Hof vor der Synagoge. Bei Regenwetter Spiele und Vorträge in den Räumen der jüdischen Gemeinde, sonst sportliche Wettkämpfe oder Ausflüge in den Wald rund um den Salzsee. Ohne mir Rechenschaft darüber abzulegen, verrichtete ich freiwillig Arbeiten, vor denen ich mich in jedem anderen Fall gedrückt hätte: Aufräumen, Kartoffelschälen für das Essen am offenen Feuer, Abwaschen. In all der Freizeitbeschäftigung entstand um die Fahne Eretz Israel, wie die Vision genannt wurde, so etwas wie eine Scholle separater Welt; das Problem war, dass derweil die restliche Menschheit immer weiter von uns wegzutreiben schien. Mit ihr blieb auch die überwiegende Mehrzahl der jüdischen Kinder an Land zurück. Mich betraf vor allem die Abwesenheit Mathyis, denn ohne ihn wäre jeder neue Ort nur halb bewohnt, das begriff ich schon damals. Aber seine Eltern, wie das Gros der Orthodoxen, zogen es vor, auf der alten Erde murmelnd und träumend den Messias zu erwarten, und die anderen Erwachsenen wollten weder vom Messias noch dem alten neuen Kanaan etwas wissen, sondern je nach Standpunkt nur von einem möglichst schnellen Sieg der Sowjetunion oder einem baldigen Friedensschluss mit den Alliierten. Beides, so meinten sie, hätte dem ganzen Gerede schnell ein Ende bereitet und für uns alle ein neues, goldenes Zeitalter anbrechen lassen.

Jeder nahm eine blecherne Büchse mit nach Hause und stellte diese irgendwo auf. Ich die meine in Vaters Laden. Ein- oder zweimal wurde sie voll, und ich überbrachte sie stolz Waxman, der mir dafür eine leere Büchse zurückgab. Das Geld würde zum Landkauf und für die Aufforstung in Palästina gebraucht, hatte er uns erklärt. Eines Tages hatte der junge Goldberg eine wunderbare Idee, die uns für einige Zeit beschäftigen sollte.

Alle Gruppen, an die dreissig Kinder, waren versammelt. Es regnete unentschlossenen Schnee, vom Dach der Synagoge zog das Wasser in Fäden auf den Boden. Beredt erklärte uns Waxman die Notwendigkeit, in Palästina Platz zu schaffen, möglichst viel Platz, damit das Land der Väter noch vor Ende des Krieges neu bestellt werden konnte, bevor die Scharen der künftigen Bewohner an seine Ufer brandeten, auf dass sie frei vor Verfolgung sich niederliessen und so die vornehme Aufgabe stolz erfüllten, eine neue, endgültige Heimstätte zu errichten. Das kannten wir schon, und auch dass man das Land ähnlich wie in den biblischen Zeiten den jetzigen Besitzern abkaufen müsse. Er war noch nie dort gewesen, aber der Geschichtslehrer konnte bei der Landnahme Arpads, die er uns in den blutigsten Farben geschildert hatte, auch nicht dabei gewesen sein. Trotzdem glaubten wir ihm jedes Wort. Dann kam Waxman zur Sache: In der ganzen Welt, besonders in Amerika, würde für dieses Vorhaben Geld gesammelt. Sogar die verantwortlichen Stellen des Deutschen Reiches schenkten dem Anliegen durchaus freundliches Gehör. Auch von ungarischen Amtsträgern höre man positive Signale. Da sei es doch an der Zeit, dass auch wir unseren Teil beitrügen.»Jetzt, da der Krieg keine Ewigkeiten mehr dauern kann. Und glaubt mir, bei der Neuordnung der Welt danach werden wir nur berücksichtigt, wenn wir bis dahin Land genug in unseren Händen halten, damit wir etwas zu verteidigen haben.« Goldberg sei da kürzlich auf einen interessanten Vorschlag gestossen.»Allerdings ist er mit einiger Arbeit verbunden ...«, schloss er seine Einleitung. »Wollt ihr trotzdem aufmerksam hinhören?« Ein dreissigköpfiger Chor rief »Ja!« Etwas zu hastig hielt er sich die Hände an die Ohren und wartete mit gesenktem Kopf, bis der Lärm abgeklungen war. »Also, dann hört gut zu.« Mit einer Armbewegung erteilte er Kamerad Goldberg das Wort.

Wir sollten Buchzeichen anfertigen, Hunderte und Aberhunderte, soviele, wie wir bis eine Woche vor Chanukkah konnten, Buchzeichen aus Papier, mit einem geflochtenen, farbigen Bändel versehen. Diese würden wir dann von Haus zu Haus verkaufen, der Erlös sei für den jüdischen Nationalfonds bestimmt, dessen Abgesandter aus Palästina eigens hierher nach Nyr kommen würde, um das Geld anlässlich einer kleinen Feier abzuholen: »Hier in diesem Saal.«

Waxman übernahm wieder das Wort: »Nun, was meint ihr, ist das nicht eine prima Sache: Vielleicht wird es schon nächstes Jahr irgendwo in Palästina ein Stück Land mit einem Schild im Boden geben, auf dem es heisst: Von den Kindern aus Nyr!«

Wer hätte dieser Vorstellung widerstehen können. Irgendwo an den Ufern des Jordans ein Schild in unserem Namen. Und wenn ich ein wenig älter wäre, würde ich hinreisen und für eine Nacht oder auch mehr ein Zelt aufschlagen, wissend, niemand würde mich verjagen können, denn ich würde nur sagen, woher ich sei, wenn ich gefragt würde, was ich hier suche, und dazu auf das Schild zeigen.

Während der nächsten Wochen schnitten wir Papier aus, stanzten Löcher hinein, zogen Schnüre hindurch und flochten sie zu Maschen. Hatten wir wieder ein paar Dutzend Buchzeichen beisammen, zeichneten wir Szenen aus Palästina darauf, genährt von Bildern aus Waxmans Vorträgen, und Episoden, die wir dem biblischen Kanaan entnahmen. Die fertigen Exemplare gaben wir in eine grosse Schachtel. Goldberg trieb uns an, als befürchtete er, der Krieg könnte zu Ende sein, bevor wir genügend Geld beisammen hätten.

Dann hatte ich den Einfall, eine ganze Geschichte in Bildern zu malen. Die Szenen stammten von Onkel Kalman. Er wollte sie während einer früheren Reise durch Palästina erlebt haben. Mir war neu, dass er überhaupt jemals unser Komitat verlassen hatte, aber meine Erzählungen über unsere Aktivitäten schienen ihn angeregt zu haben. Eines Abends, er hatte es sich im einzigen Sessel bequem gemacht, ich wollte schon gehen, Tante Borisch sass auf einem Schemel am Tisch und strickte, zog er mich am Ärmel zu sich herunter und schaute mich für einen Moment aus rot geäderten Augen eindringlich an: »Ich bin stolz auf dich, du weisst gar nicht, wie stolz. Und weisst du warum?«

Ich schüttelte den Kopf.

»Du erinnerst mich an diesen Jungen in einem Dorf in Palästina.« Er kraute sich den rund abstehenden Bauch. »Mit eigenen Augen ...« betonte er, und schloss sie gleichzeitig, mit eigenen Augen habe er gesehen, wie der Junge mit einem der anderen Kinder fertig wurde, als dieses ihn auf der Hauptstrasse im Vorbeigehen beleidigt hatte. Ich musste gut hinhören, denn er sprach jetzt undeutlich, Schweissperlen auf der Stirne. Sie hatten das Zimmer wieder einmal überheizt. Es stank nach verbranntem Torf. Schon nicht mehr an mich gerichtet, erzählte er weiter: Der kleine Jude, er sah ihn noch vor sich, seine Füsse waren nackt, in der untergehenden Sonne blitzten seine Zähne, verschränkte seine Arme vor der Brust und rief ruhig, aber entschlossen dem arabischen Jungen zu, er habe genau gehört, was dieser ihm nachgerufen habe. Wenn er es nochmals wage, setze es Schläge. Der andere Junge im langen, hellbraunen Umhang blieb ebenfalls stehen, ein herausforderndes Lachen auf dem Gesicht. Laut, dass es weiterum vernehmbar war, wiederholte er seinen Fluch. (»Der Ewige vergebe mir, dass ich nicht die Ohren geschlossen hielt.«) Am Rande versammelten sich schon die ersten Zuschauer. Aber niemand mischte sich ein. Von dort konnte keiner der Jungen Hilfe erwarten. Onkel Kalman verstummte. Erst jetzt liess er meinen Ärmel los. Ich stand auf, schlich zur Türe, Tante Borish war über ihrer Stickerei eingenickt.

»Aber weisst du, was mir noch besser gefiel?« Erschrocken liess ich die Klinke los.

»Der Jude obsiegte, und der Verlierer musste sich bei ihm entschuldigen.« Ob ich mir so etwas bei uns vorstellen konnte? Nein? Er auch nicht! Aber jetzt sehe er auch hier eine Generation solcher Jungen heranwachsen. Ich gehörte dazu. Ein Kämpfer, ein richtiger Löwe sei ich. »Nicht wie wir Alten.« Das wiederum beflügelte mich. An einem einzigen Nachmittag zeichnete ich die ganze Abfolge. Auf jedem Bild die Dorfstrasse, links eine Moschee, daneben das Minarett, rechts eine Synagoge mit dem Davidstern. Auf dem ersten Bild, wie sie sich begegneten, die Beleidigung auf dem zweiten, dann die Drohung, ganz so wie mir Onkel Kalman erzählt hatte, nur am Ende konnte ich mir eine kleine Änderung nicht verkneifen: Die Gruppen hatten sich sehr wohl eingemischt. Bei mir gab es eine wüste Keilerei zwischen Moschee und Synagoge, niemand gewann, und niemand wollte sich entschuldigen. Als Goldberg mein Werk sah (Onkel Kalman gefiel es ausserordentlich), verdüsterte sich sein Blick. Das Minarett gleiche dem Glokkenturm an der Kirche in der Stadt, das erkenne man sofort, und die Synagoge mit dem Davidstern über dem Eingang sehe unserer mehr als nur ähnlich. Daran hatte ich nicht gedacht, als ich sie gezeichnet hatte. Natürlich war ich stolz, dass man überhaupt etwas erkannte. Auch Waxman besah sich meine Geschichte eingehend. So viel Ehre hätte ich niemals erwartet. Doch er bat mich, die Serie für mich zu behalten, oder wenn schon, sie jemandem von meiner Verwandtschaft aus der Hauptstadt zu verkaufen. Man konnte sie zu leicht als Provokation auslegen, was unsere ganze

Aktion gefährdete, wurde mir erklärt. Beleidigt nahm ich alles wieder an mich und trug die Buchzeichen nach Hause. Ohne sie noch jemandem zu zeigen, verstaute ich sie auf dem Estrich, bereit, sie auf jeden Fall später zu verkaufen, wenn uns das Land schon gehören und man immer noch Geld brauchen würde, schon nur um einen richtigen Fussballplatz zu bauen. Doch aus dem Buchzeichenverkauf wurde nichts. Nach dem ersten Versuch kam ein uniformierter Beamter ohne anzuklopfen in unseren Raum und baute sich vor Goldberg auf. Ob er der Verantwortliche sei. Goldberg schüttelte den Kopf. Als Waxman kam, hielt der Beamte ihm einen Zettel unter die Augen:

»Vom Finanzamt!«

Es war die Abschrift einer eben erst erlassenen Verfügung, die den Juden jede Art Hausiererei strikte verbot. Auf Waxmans Einsprache, es handle sich hier nicht um Hausiererei, sondern das Sammeln von Geld zu gemeinnützigem Zweck, winkte er ab. Die blauweiss gefärbten Blechkassen, mit denen wir einen Nachmittag lang herumgezogen waren, unter dem einen Arm, mit dem anderen knapp salutierend, verliess er uns wieder. Die volle Schachtel mit unseren Erzeugnissen blieb auf dem Schrank liegen. Zu diesem Zeitpunkt hatte niemand ahnen können, dass sie in etwas mehr als anderthalb Jahren zu den letzten Zeichen gehören würden, die von der jüdischen Gemeinde noch zu sehen waren, denn nachdem das ganze Gelände mitsamt Synagoge in die Luft gesprengt worden war, seien die Zettel noch während Tagen mit ihren farbigen Bändern über die Strassen getrieben, und wenn man den Staub vom Papier abwischte, habe man deutlich die Bleistiftzeichnungen darunter erkennen können. Das erfuhr ich weitere zwei Jahre später.

4)
Dr. Fürkös war am Telefon kurz angebunden. Um so überraschter war der Volontär, als er auf einen Termin möglichst noch am gleichen Tag drängte. Mit Müh und Not gelang es ihm, sich wenigstens erst für den nächsten Morgen um neun Uhr zu verabreden. Fürkös schickte voraus, dass er ihm nicht länger als eine halbe Stunde gewähren könne.

Das Haus – bessere Gegend Upper East Side, eine kleine Strasse

– war schon von weitem an der blauweissen Fahne zu erkennen,
die träge über dem Baldachin vor dem gedeckten Eingang hing.
Eine deutlich sichtbare Videokamera mahnte Respekt an. Nach
ein paar Treppenstufen stand der Volontär im Empfangsraum vor
einem Schalter und meldete der Dame hinter Glas höflich seinen
Termin. In ihrem Geleit erreichte er eine Lifttüre. Im vierten
Stock ging er durch einen engen, von ausgedienten Möbeln und
Papierstössen verstellten Gang. Hier war vom Äusseren des Hauses nichts mehr zu ahnen. Auf einem handgeschriebenen Schild
an einer der Türen war eben noch »Fürkös« zu entziffern. Er
klopfte. Ein unmutiges »Come in«. Dann stand er in einem kleinen Raum, der nur dank dem unter seiner Ladung aufeinanderge-
stapelter Ordner und Unmengen von losen Papieren gerade noch
sichtbaren Schreibtisch von einer überfüllten Abstellkammer zu
unterscheiden war. Dahinter sass Fürkös in der Lücke zwischen
zwei Aktenbergen. Eine fleischige Büste mit haarlosem, von ausge-
trockneten Hautfalten zerfurchtem Kopf. Auf der Glatze trug er
ein Käppchen, schon viele Besucher vor Georg mochten sich gefragt haben, wie um alles in der Welt der Fetzen Stoff Halt finden
konnte

»Nun, wie gesagt, meine Zeit ist knapp, wie kann ich Ihnen helfen?« Sein Atem machte ein schleifendes Geräusch. Georg wiederholte, was er am Telefon schon kurz erklärt hatte. Fürkös, anders
als Frau Stoos, liess sich sein Wissen nicht durch ein paar Floskeln
entreissen, lieber wollte er selber allerhand in Erfahrung bringen,
zum Beispiel, wie es sich jemand mit über dreissig Jahren noch leisten könne, als Volontär zu arbeiten, bis zur obligaten Frage, ob er
verheiratet sei. Georg stand für alles Red und Antwort, nur auf
seine Einstellung zum Judentum befragt, versagte ihm die Phantasie, und so gab er wahrheitsgetreu an, keine zu haben. Aus der Fas-
sung brachte ihn Fürkös erst, als er auch noch seinen Personalaus-
weis sehen wollte. »Ich kann die Adressen nicht so ohne weiteres
herausgeben. Das verstehen Sie doch.« Georg nickte. Immerhin
gebe es von Nyr eine jüdische Landsmannschaft. Die Leute träfen
sich noch immer zweimal im Jahr zu einem Ball in Queens. Natürlich würden es weniger, aber wenn sein Absender von dort
stamme, dann finde er mit ein wenig Glück auch jemanden, der
ihm weiterhelfen könne, erklärte Fürkös beiläufig, und hätte er

dazu, anstatt den Ausweis zu begutachten, den Volontär angeschaut, würde er vielleicht bemerkt haben, wie dieser seine Augen
unruhig im Raum herumschweifen liess. »Woher wissen Sie überhaupt, in welcher Richtung Sie suchen wollen?« fragte Fürkös
zum Abschluss seiner Prüfung, und er machte geltend, dass gerade
kürzlich jemand bei ihm mit der Begründung vorgesprochen
habe, für eine Universität das Weiterleben von ostjüdischen Bräuchen in den USA zu untersuchen. Am Ende hätte er sich als Anwalt entpuppt, der die neue ungarische Regierung gegen Forde-
rungen von Nachfahren einer jüdischen Familie aus Györ vertrete.
Der Volontär griff zu seiner Liste in der Tasche und zeigte Fürkös
den Namen. Fürkös schien die Übereinstimmung mit dem Namen in Georgs Pass entgangen zu sein oder einfach nicht auffällig
genug. Er nahm den Hörer in die Hand und telefonierte eine ganze Weile. Georg verstand ausser »Museum« kein Wort, aber der
Singsang tönte ihm altvertraut, während er in seinem Stuhl sass
und ausser dem Käppi auf Fürkös' Glatze nichts in dem schmuck-
losen Büro fand, um seinen Blick darauf ruhen zu lassen. Nach
einiger Zeit hängte Fürkös auf, erhob sich und versprach ihm, im
Museum anzurufen. Er rang sich zu einem Lächeln durch, als
Georg unter der Türe ankündigte, sich andernfalls nach einiger
Zeit selber wieder zu melden:
    »Junger Mann. Ich bin vielleicht schon zu alt für die Ungeduld,
die Ihre Jugend auszeichnet. Aber noch bin ich imstande, meine
Versprechen einzuhalten, auch wenn ich unterdessen darauf ach-
ten muss, nicht mehr allzuviele abzugeben. Ich melde mich bei
Ihnen.« Mit diesen Worten komplimentierte er den Volontär zum
Lift.
    Die Wanduhr hinter der Dame im Empfang zeigte, dass keine
Minute länger als eine halbe Stunde verstrichen war.

5)
Eva Salant war eine Cousine von Mathyi. Sie kam manchmal zu
Besuch, um Rosi Gesellschaft zu leisten, wahrscheinlich auf Ge-
heiss ihrer Mutter. Aber lieber als mit Rosi im Hause Pavel spielte
sie in unserer Höhle im Wald und folgte uns auch sonst überall
hin, um so mehr, als sich jeder von uns um ihre Aufmerksamkeit
bemühte. Sie war ein nettes Mädchen, etwas älter als wir, mit kur-

zen, braunen Haaren und einem flachen Gesicht voller Sommersprossen. Mathyis Vater war tagsüber und jetzt manchmal auch über Nacht wegen seinen Federn unterwegs, Mutter Pavel und Rosi hatten im Haus genügend Arbeit, Eva konnte also tun und lassen, was ihr gefiel. Zum Beispiel banden wir Hühner an den Krallen zusammen und warfen sie einander zu. Bis sie vom vielen Aufprallen auf den Boden ganz schlapp waren und wir keinen Spass mehr an ihnen hatten. Eva quälte die Tiere mit der gleichen Inbrunst wie wir. Das gefiel mir. Sie stand uns in nichts nach. Auch bei den verschiedenen Spielen auf dem Estrich nicht. Eine Zeitlang war das Münzenspiel beliebt. Wir warfen Geldstücke möglichst nah an eine Linie. Wer zu weit warf, musste sie liegenlassen, wer nach einigen Durchgängen dem Strich am nächsten war, hatte gewonnen und bekam alle Münzen. Oder das Buchstabenspiel: eine Zeitung klebte an der Wand, jemand warf einen Pfeil darauf und begann bis hundert zu zählen. Zum getroffenen Buchstaben musste man in der Zeit möglichst viele Länder, Tiere, Berühmtheiten oder was sonst vereinbart worden war auf ein Blatt Papier schreiben, wer beim Ausruf »Hundert!« am meisten hatte, durfte das nächste Mal werfen. Kam Streit auf, so war es Eva, die schlichtete, denn im Zweifelsfalle galt ihr Wort am meisten.

Beim Doktorspielen auf dem Estrich kamen ein paar meiner Buchzeichen endlich zum Einsatz, allerdings anders, als ich mir vorgestellt hatte. Wir befanden uns vielleicht zu viert oder zu fünft auf dem Dachboden und beschäftigten uns damit, einander die körperlichen Unterschiede zwischen Mädchen und Jungen aufzuzeigen. Wir wussten schon, dass der Spalt zwischen den Beinen der Mädchen und die Glieder der Jungen irgendwie zusammengehörten, aber noch nicht genau, wie beides gegenseitig in Stellung zu bringen sei. Nur Lazi Goldstein behauptete wieder, eine Ahnung davon zu haben, und wollte es uns zeigen, aber trotz seinem Drängen stellte sich Eva nicht zur Verfügung. Uns anderen ging derweil die Geduld aus. Es war kühl. Die Glieder baumelten überzählig herum. Wer auf den Gedanken gekommen war, an ihrer Stelle nun meine Buchzeichen zu nehmen, weiss ich nicht mehr, aber Eva war einverstanden, dass wir es zumindest versuchten. Nach kurzer Beratung rollten wir die Zettel zu dünnen, trichterförmigen Röhrchen zusammen. Ich machte den Anfang und schaute rein, konnte aber trotz Drehen und Wenden des Papiers nichts anderes in Evas Innerem erkennen als das Dunkel am Ende. So eifrig wir uns auch anstrengten, wir mussten den Versuch bald aufgeben, zwischen Mädchen und Jungen eine dingliche Verbindung zum Ursprung des Lebens herzustellen. Vorerst war dem Geheimnis nicht beizukommen.

Aber mit einiger Sicherheit weiss ich, dass Eva es war, die das Taubenspiel erfunden hatte: An einem Nachmittag bemalten wir im Estrich zwei massive Holzkisten mit grauer Farbe, entlang der unteren Kanten zeichneten wir furchterregende gelbliche Zähne, auf beiden Seiten schwarze Augen. Zu jeder Kiste gehörte eine Astgabel, die wir uns im Wald geschnitten hatten. Die Astgabeln steckten wir mit dem kurzen Stiel ein paar Schritte neben dem Taubenschlag in den Boden, jede stützte die Stirnseite einer Kiste, Öffnung nach unten, und schon hatten wir zwei weit geöffnete Drachenschlunde, die schielend auf Beute warteten. An die Astgabeln war je eine lange Schnur gebunden, diese verlegten wir schön zugedeckt durch den Sand bis in die zwei Toilettenverschläge. Von den Tauben argwöhnisch beäugt, streuten wir Maiskörner aus, von ihrem Schlag bis zu den Kisten, gleich viel unter jede. Dann versteckten wir uns in zwei Gruppen in den Häuschen und warteten. Bald kam die erste Taube über den Sand gestelzt. Jede Gruppe hoffte, sie würde ihre Maisspur wählen. Unschlüssig begann sie zu picken, mal hier, mal dort, schliesslich befand sie sich im Drachenmaul, die Schnur wurde gezogen, die Astgabel knickte weg, die Kiste krachte herunter. Es hatte geklappt. Wir liessen sie frei. Aufgeregt flatterte sie davon. Alles wurde wieder hergerichtet wie zuvor. Eine neue kam. Diese wählte die andere Kiste. Noch war sie alleine. Nach jedem aufgepickten Korn hob sie vorsichtig den Kopf, wechselte aus unerfindlichen Gründen die Kiste, schon näherte sich eine zweite, eine dritte, endlich war eine Schar beisammen. Sie hüpften zwischen den Haufen unter den zwei Kisten hin und her, immer wieder auch aus dem Gefahrenbereich heraus, dafür kamen andere hinzu. Gespannt beobachtete jede Gruppe aus ihrem Häuschen das Treiben, abwägend, ob es sich schon lohnte, die Schnur zu ziehen, oder man besser noch wartete. Irgendwann würde der Schiedsrichter, er stand zwischen den Häuschen und zählte auf hundert, einen schrillen Pfiff ausstossen, das Kommando, auf das beide Gruppen spätestens ziehen mussten. Die Stützen unter den Kisten schnellten weg, die Rachen schnappten zu. Ein paar Tauben gelang es gerade noch zur Seite zu hüpfen, Federn stoben durch die Luft, aber die restlichen konnte man in ihrem dunklen Gefängnis erschrocken flattern hören. Vorsichtig hoben wir die Kisten etwas an, gerade genug, damit der Schiedsrichter auf den Knien die Tauben darunter zählen konnte. Danach liessen wir die armen Tiere frei. Sie flogen nur bis auf die Giebel und Dachrinnen ringsum, wo die anderen warteten und ihrerseits gurrend abzuwägen schienen, unter welcher Kiste am meisten gefangen worden waren. Aufmerksam beargwöhnten sie uns, während wir die Fallen neu erstellten. Kaum hatten wir frisches Futter gestreut, schickten sie wieder eine vor. Das Spiel begann von neuem. Jede Taube gab einen Punkt. Die Gruppe, welche es als erste auf zwanzig brachte, hatte gewonnen.

Ein weiteres Jahr hatte sich durchs Land geschlichen, ein neuer Winter kroch seinen kältesten Tagen entgegen. Entsprechend den Stimmen aus dem Radio war die deutsche Wehrmacht längst irgendwo in Russland steckengeblieben, ganze Armeen waren vernichtet, gefangengenommen, befanden sich auf dem Rückzug oder in sonstigen Schwierigkeiten, und in der Wüste Nordafrikas war die Wehrmacht besiegt. Hinter vorgehaltener Hand hatte sich leise Zuversicht breitgemacht, die bald einer verhängnisvollen Gewissheit wich, trotz steigender Anzahl jüdischer Flüchtlinge – arme, abgerissene Gestalten vor allem aus Polen und der Tschechoslowakei, die in der Stadt und dem Umland anzutreffen waren. Einige streckten einem mit bittendem Blick ihre Papiere schon von der gegenüberliegenden Strassenseite entgegen. Sie würden bestätigen, dass sie auf der Durchreise waren und nur vorübergehend Hilfe brauchten. Aber für die paar Mahlzeiten und für eine oder zwei Nächte ein Dach über dem Kopf hätten sie nicht diese Greuelgeschichten aus ihren Ländern zu verbreiten brauchen. Auch so erhielten sie von der jüdischen Fürsorge alle den gleichen Betrag für die Weiterreise. Niemand war besonders begierig darauf zu erfahren, was ihrer Meinung nach die Deutschen mit den Juden noch alles vorhatten. Das wenigste glaubte man, bald hörte schon gar niemand mehr hin, froh, wenn sie schnell weiterzogen. »Ich kenne Orte, da werden sie abgeschossen wie im Wilden Westen die

Büffelherden«, verriet uns ein alter Galizier, den wir auf einem unserer sonntäglichen Ausflüge im Wald in der Nähe der Salzseen angetroffen hatten. An seinem filzigen Mantel hing verwelktes Laub. Im Bart hatten sich kleine Zweige und gefrorene Speicheltröpfchen verfangen. Goldberg, der uns führte, gab Anweisung, schnell weiterzugehen, er käme gleich nach. »Ja, wie die Büffelherden ...!« rief der Galizier geifernd hinter uns her. Wir lachten. Während wir uns entfernten, riefen einige »Päng päng« zurück, Micki und ich verfielen in gellendes Indianergeheul.

Einige dieser seltsamen Fremden wurden auch in unser Haus gespült, so etwa die zwei Tschechen. Sie kamen mehrmals die Woche. Immer in dunkelgrauen Strassenanzügen und Schirmmützen. Vater überliess sie jeweils lieber Mutter und mir. Einer hatte einen Regenschirm bei sich, der andere trug immer eine ausgebeulte lederne Umhängetasche, die offenbar alle ihre Habseligkeiten beinhaltete. Beide redeten inbrünstig in ihrer komischen Aussprache auf Mutter ein. Sie solle die Familie drängen, möglichst schnell das Land zu verlassen. Niemand könne ahnen, was Hitler und seine Leute alles mit sich in die Tiefe reissen würden, wie auch niemand wisse, ob die Alliierten dann noch schnell genug wären, um das Schlimmste aufzuhalten, wenn sie überhaupt den Willen dazu hätten. Niemals würden es die Deutschen zulassen, dass Ungarn vom Bündnis abfalle. Die Ölfelder Rumäniens seien wichtig genug, dass sie notfalls in Ungarn einmarschierten. Für das, was dann komme, hätte die SS in Polen und Russland lange genug ungestört üben können. Beide ereiferten sich derart, dass Mutter mahnend den Finger an die Lippen drückte, und weil das nichts half, gab sie ihnen Äpfel, Nüsse und ein paar Semmeln. Sofort verschwand alles in der Tiefe der Tasche. Sie schien sich die Sache immerhin überlegt zu haben, denn noch am selben Abend, ich lag im Bett, hörte ich sie aus dem Laden heftig auf Vater einflüstern. Offensichtlich ohne Erfolg. Lieber sass er weiterhin Abend für Abend zu einer bestimmten Zeit mit Onkel Pavel, Kalman und ein paar anderen Nachbarn vor dem Radiogerät. Begierig sogen sie die Nachrichten eines fremden Senders in sich auf. Der Kasten an der Wand war vom engen Halbkreis ihrer Rücken fast verdeckt. Klopfte es an der Türe, zuckten sie zusammen. Vater drehte den Ton aus. Aber dann rückten sie die Stühle, denn es war nur einer mehr, der zu Hause kein Radio hatte und sich zu ihnen gesellen wollte. Ihre Köpfe schaukelten bedächtig. Sie murmelten durcheinander, wie im Gebet. Immer wieder gerannen aus ihrem Murmeln um den Kasten herum einzelne Worte. Anfangs Jahr war es Stalingrad gewesen. Ab Stalingrad machte sich Zuversicht breit; Tobruk folgte, El Alamein und Benghasi, Woronesch, Charkow, Leningrad. Neapel war in alliierter Hand, auf Berlin fielen Bomben, die Russen hatten Kiew genommen. Nur Grossvater wollte auch in diesen Zeiten nichts von Nachrichten wissen. Er blieb standhaft:»Was der Mensch wirklich wissen muss, steht in den Schriften.« Ich erinnerte mich der farbigen Nadeln auf meiner Weltkarte über dem Bett, als ich fast jeden Tag mit einigen Markierungen für die Truppen Deutschlands und unsere unschlagbaren ungarischen Verbände weiter vorrücken konnte. Es waren glorreiche Zeiten gewesen. Jetzt tröstete ich mich mit dem Umstand, die Nadeln wenigstens vor den grossen Niederlagen, also ungeschlagen, eingeholt zu haben und fieberte anstatt neuen Siegen zusammen mit meiner Mutter nur dem Ende des Krieges entgegen, wo die Schleier sich heben und die Geister sich verziehen würden.

Es war doch nur eine Frage der Zeit, bis die Deutschen sich geschlagen geben mussten. Was half es da, mit Schauermärchen Unruhe zu verbreiten, jetzt, wo Gerüchte hartnäckig behaupteten, dass der Admiral und Reichsverweser zur Rettung des Landes sogar einen Separatfrieden mit den Alliierten auszuhandeln suche. In diesem Sinne zumindest zitierte Vater einen der fremdsprachigen Radioberichte und war ganz aufgeregt. Wir sollten uns um Gottes willen still verhalten, falls je darüber gesprochen würde. Ungarn war noch immer auf seiten der Achsenmächte am Kriegsgeschehen beteiligt, die Russen hatten Anfang Jahr bei Woronesch in der Ukraine eine ganze ungarische Armee vernichtet.»Auch als Jude ist man in erster Linie Bürger seines eigenen Landes«, hielt Vater mit bedächtigem Kopfnicken fest. Derweil löste ein Ministerpräsident den anderen ab, wurden die Pfeilkreuzler mit jedem Rückschlag an der Front im Lande selber immer lautstarker und gewannen in unserer Stadt sogar die Wahlen zum Bürgermeisteramt. Während des Wahlkampfs war einer ihrer Helfer erschlagen neben den Badehäusern am Salzsee aufgefunden worden. Zuerst hatte man die Kommunisten beschuldigt, dann den jüdischen Studentenbund, am Schluss beide zusammen. Meine Cousine Emmi musste sich eine Weile verstecken, nachdem ein anonymes Plakat mit der Überschrift »Alle sind schuldig« und ein paar Köpfen, darunter dem ihrigen, aufgetaucht war. Sie konnte sich erst wieder zeigen, als sich herausgestellt hatte, dass der Täter einer der anderen Liebhaber derselben stadtbekannten Dame gewesen war, zu deren Gefolge auch der Erschlagene gehörte. Emmi wurde trotzdem ein wenig später auf offener Strasse verprügelt.

Das Geschäft mit dem Christbaumschmuck lief dieses Jahr besonders gut. Vater hatte kurz nach der letzten Weihnacht, die ihrem Namen alle Ehre gemacht hatte, was das Geschäftliche betraf, einen grossen Vorrat angelegt. Er sagte, Weihnachten sei das einzig Sichere in diesen Zeiten. Wie während dem letzten Krieg. Noch in den Schützengräben hätten sie gefeiert. Sogar die Kommunisten. Dieses Jahr war alles knapp geworden. Wir konnten dank seiner Voraussicht Preise anbieten, zu denen die anderen Geschäfte nicht einmal einkauften. Unser spezieller Gabentisch verschwand fast unter all den Kerzen, Girlanden, blechernen Sternen, kleinen Krippenfiguren aus Holz und dazugehörenden Ställen; dazwischen lagen Süssigkeiten, Gebäck und Lebkuchen aus der Backstube von Herrn Bok nebenan.

Aber für das nächste Jahr kaufte Vater keinen neuen Christbaumschmuck mehr ein. Dafür kam er eines Tages aus der Hauptstadt zurück und wedelte, kaum hatte er die Türe hinter sich geschlossen, mit Geldscheinen herum. Er hielt sie uns unter die Nase. »Dollars«, raunte er. »Schaut genau hin. Amerikanisches Geld.« Dann öffnete er die Luke zum Keller. Nach einer Weile kam er wieder herauf. Ohne die Scheine.

Eines Tages unterbrach der Schulleiter unseren Lehrer beim Unterricht. Das Staatsoberhaupt, Admiral und Reichsverweser, wollte völlig überraschend für sie alle, heute nachmittag vom Flugplatz herkommend, in unserer Stadt einen Zug nach Osten besteigen. »Also: Besammlung auf dem Platz vor dem Bahnhof. Gewaschen, in sauberen, kurzen Hosen, weissen Kniestrümpfen und geputzten Schuhen. Alle. Auch die Juden!« Der Schulvorsteher zog eine Schere aus der Innentasche seiner Jacke und begann, Stück für Stück von einer Stoffrolle zu schneiden, die der Lehrer ihm hinhielt. Dann wurden wir nach Hause geschickt. Jeder mit seinem Bändel in den Nationalfarben.

»Punkt zwei Uhr ... und vergesst mir ja die Stoffbändel nicht«, rief er uns nach.

Um zwei Uhr fanden wir uns wie befohlen vor dem Bahnhof ein. Seine ganze steinerne Pracht und alle Gebäude ringsum waren mit Fahnen und Girlanden in den selben Farben wie unsere Bändel geschmückt. Gendarmen und Husaren hoben sich von der dicht gedrängten Menge ab. Besser gekleidete Herren in Zivil hielten sich untätig abseits. Unter einem Baldachin stand, eingekeilt von den restlichen Würdenträgern der Stadt, Rabbiner Bernstein neben dem Pfarrer, zuvorderst in der Mitte der neue Bürgermeister. Er trug eine goldumrandete Schärpe quer von der Schulter über den fülligen Bauch. Von strenger Hand wurden wir bald in ein Spalier geteilt und hatten zu warten. Die ganze Schule, alle Klassen.

Endlich näherte sich vom Weizenplatz her eine Staubwolke über die Petöfiallee. Es war sehr still vor dem Bahnhof. Unter dem Baldachin stand man in Achtungstellung, der Bürgermeister machte ein hohes Kreuz, und auch wir verharrten reglos, da hatte uns die Kolonne schon erreicht. Die Spitze bildete in verhaltenem Trab eine Abteilung Husaren auf ihren Pferden, dahinter folgten brummend die Fahrzeuge, in ihrer Mitte rollte eine offene, schwarze Limousine, im Fond ein abwesend lächelnder Herr mit gleicher Schärpe wie der Bürgermeister. Ein Tusch der Blechkapelle hob an, dann Marschmusik, wir winkten mit unseren Bändeln und schrien Hochrufe, der Admiral winkte zurück, die Beschläge am Zaumzeug der Pferde blitzten, an seiner Uniform glänzten die Orden; ohne anzuhalten fuhr die Limousine durch die Menschengasse bis vor das Hauptportal des Bahnhofes. Wie der Admiral und Reichsverweser im Bahnhof verschwand, konnte ich nicht mehr sehen, denn da hatte die Menge schon jegliche Ordnung verloren und zerstreute sich.

Beim Abendessen meinte Vater, der nicht am Bahnhof gewesen war, frohlockend, das Fliegen sei für den Herrn Admiral auf dem Weg an die Ostfront offenbar schon zu gefährlich geworden.

Einen einzigen Samstag hatte es gegeben, an dem Vater den Laden ganz geschlossen hielt. Den Tag meiner Bar Mitzwah. Die

Synagoge war voll wie sonst nie an einem gewöhnlichen Sabbat. Mit mir zusammen waren noch zwei andere Jungen dreizehn geworden, und so standen wir zu dritt am Torahtisch, die Gebetstücher um die Schultern geworfen, Onkel Goldberg neben uns, dessen Kopf gütig aus dem weissen Gebetsschal auf uns herunter blickte, während er der Gemeinde laut vorbetete. Der Moment kam, wo wir einer nach dem anderen unsern Abschnitt lesen mussten. Zuletzt war ich an der Reihe. Ich hatte die Stelle seit Monaten immer wieder geübt, und ich wusste, nichts, rein gar nichts konnte schiefgehen, denn Seine Worte standen festgeschrieben, egal wie man sie las. Das war nicht die Schule. Niemand konnte mich bestrafen. Jetzt sprang das Silberhändchen von einem Wort zum nächsten, ich brauchte ihm nur zu folgen und Silbe um Silbe laut aneinanderzuhängen, verstand kein Wort, auch nicht bei den Propheten, sang noch den Segensspruch, die Gemeinde nickte anerkennend. Ich sah Vater in einer der vorderen Reihen sitzen. Seine Ellbogen waren auf die Armlehnen gestützt, der Kopf ruhte in den Handflächen, Augen geschlossen. Als ich meinen Vortrag beendet hatte, verriet er mit keiner Regung, ob er überhaupt zugehört hatte. Mutter vermutete ich zwischen all den anderen Frauen hinter der hohen Brüstung auf der Balustrade. Sicher war sie jetzt stolz und nahm die Gratulationen der anderen Frauen entgegen. Schon seit Tagen war sie aufgeregter gewesen als ich. Am Morgen hatte sie mir die Haare gewaschen und gekämmt, dass mir jetzt noch die Kopfhaut brannte, und das bis zuoberst zugeknöpfte Hemd und die viel zu eng gebundene Krawatte drückten mir auf die Kehle.

Während der ganzen Zeit am Torahtisch sass Rabbiner Bernstein auf seinem hölzernen Sitz an der Wand hinter uns. Zum Schluss drehten wir uns alle drei wie geübt ihm zu. Er stand auf. Gross und still. Unter seinem Gebetsmantel glitt eine Hand hervor, die jeder einmal küsste. Dazu legte sich die andere kurz auf unseren Kopf. Bevor wir die Empore verliessen, um uns unten neben unsere Väter zu setzen, drückte er uns ein Geschenk in die Hand, aber wir wussten schon, was es war – eine ledergebundene Ausgabe des Pentateuch mit einem geflochtenen gelben Bändel als Buchzeichen.

Als ich mit Vater nach Hause kam, waren alle schon versammelt. Im ganzen vielleicht drei Dutzend Leute. Mutter und Agi hatten alle Hände voll zu tun. Nur die Grosseltern konnten leider nicht kommen. Vater war wütend deswegen, Mutter enttäuscht, hatte sie Grossvater doch versichert, sogar Bernstein esse mit uns. Er hatte sich nicht erweichen lassen. Bernstein möge ein kluger Mann sein, aber das mache noch lange keinen richtigen Rabbiner aus ihm, denn ein solcher stehe als leuchtendes Vorbild an der Spitze seiner Gemeinde, und wie könne er das, wenn er in einem unreinen Haushalt wie dem unsrigen esse. Auch Pavels liessen sich nicht blicken. Alle Geschenke waren auf die Ablage neben meinem Platz am Kopfende des Tisches gehäuft, man wartete nur noch auf Bernstein, damit ich mit dem Tischgebet beginnen und den Kiddusch sprechen konnte. Draussen schien die Sonne. Hin und wieder polterte ein Bauer vom Markt an die Ladentüre. Vater schaute jedesmal reuig hinüber. Das Geschirr glänzte, die Hühnersuppe dampfte. Endlich ertönte das erwartete Klopfen an der Türe. Vater blieb sitzen. Mutter eilte, Bernstein zu öffnen. Zusammen mit seiner Frau trat er ein. Vater begrüsste beide freundlich, und draussen holte Onkel Pavel seine Kinder vom Fenster weg. Als ich mit dem langen Tischgebet fertig war, dampfte die Suppe nicht mehr. Bernstein und seine Frau assen ein paar Löffel. Danach schüttelten sie reihum allen die Hand. Sie mussten noch eine der anderen zwei Familien besuchen. Unter der Türe übergab ihm Vater einen Umschlag. Flink steckte ihn Bernstein in die Innentasche seines Talars und verliess uns mit den besten Wünschen. Ich fragte Vater nie, wieviel er der Synagoge gespendet hatte.

Endlich konnte ich mich hinter meine Geschenke machen. Paul Eisenberg, Micki Schwartz und Lazi Goldstein halfen beim Auspacken. Auf einmal war auch Mathyi bei uns. Wir begutachteten alles, die Fussballschuhe von meiner Tante aus der Hauptstadt, das Briefmarkenalbum von Albert und den selber gebastelten Morseapparat des Hausbesitzers Bok. Die Erwachsenen liessen wir eine Weile alleine meine religiöse Volljährigkeit begehen. Vom Hof her winkte uns Tante Borish verstohlen zu sich. Wir folgten ihr in die Wohnung. Unter dem Küchentisch stand eine eisenbeschlagene Kiste mit einem metallenen Verschluss, eine Art Seekoffer. Sie überreichte mir feierlich einen kleinen Schlüssel und liess mich das Schloss öffnen. Ich hob den Deckel: alle Kriminalromane, in einzelnen Abteilen alphabetisch geordnet, mit Platz für noch viele mehr.

Nach Weihnachten begannen die Geschäfte schlechter zu gehen. Weniger bei Vater, der in Erwartung des baldigen Kriegsendes und einer gewissen Zeit unter sowjetischer Besatzung darauf bedacht war, das Sortiment möglichst abzubauen, auch wenn er dafür Rabatte oder Preisnachlässe zu gewähren hatte. Seine Reisen in die Hauptstadt dienten nicht mehr dem Einkauf neuer Ware, sondern zur Hauptsache dazu, die Erlöse in Gold, Edelsteine und in Dollars umzuwandeln, sichere Werte, die er an verschiedenen Orten versteckte, in unserem Keller ebenso wie bei Bauern in der Umgebung und bei sogenannten Geschäftsfreunden. »Nur nicht auf einer Bank. Die werden als erste verstaatlicht.«

Besonders schwer schien Onkel Pavel mit seinem Federnhandel an den schlechten Zeiten zu tragen. Je leerer die Säcke, die er von seinen Reisen zurückbrachte, desto gebückter kam er daher, und nicht, weil es keine Daunen mehr zu kaufen gegeben hätte. Auf dem Land wolle einfach niemand mehr mit Juden Geschäfte machen. Auf Höfen, wo ihm vor weniger als einem Jahr die Federn noch fast hinterhergetragen worden waren, wurde er heute nicht einmal mehr empfangen. Vater warf ein, den unbezahlten Rechnungen nach zu schliessen sei es ihm auch in besseren Zeiten nicht so gut gegangen, aber Mutter mahnte dringend zu mehr Nachsicht. Pavel selber wurde immer wortkarger. Die Augen blickten trübe aus dem eingefallenen Gesicht. Sein Bart war zerzaust, der Mantel hing voller Schmutz, wenn er spät am Abend oder erst am nächsten Morgen nach Hause kam. Einmal prangte auf der Stirn eine blau unterlaufene Beule, über die Wangen liefen Kratzer. Niemand fragte. Er hätte auch nichts erzählt. Vater half der Familie jetzt sogar, ohne dass Mutter ihn dazu anhalten musste; nicht gerade mit Bargeld, aber er brachte eigenhändig Brot hinüber, angebrochene Reissäcke, vielleicht ein Huhn oder zwei, und verlor auch kein Wort, als Mutter die Seite »Pavel« mit einem Rasiermesser fein säuberlich, damit es der Revisor nicht merke, aus dem Kassabuch trennte. Überhaupt war die allgemeine Stimmung gedrückter geworden. Die Erwachsenen begegneten einander mit auffallender Freundlichkeit.

Eines Tages kam Vater Pavel ohne Kopfbedeckung nach Hause.

Und ohne einen einzigen Sack. Verstört, mit wässrigen Augen im fahlgrauen Gesicht, ging er im Hof auf und ab, fütterte die Tauben, murmelte zu den Gänsen, die ihm schrill antworteten, und fuhr sich immer wieder durch die Haare, die bald wirr vom Kopf abstanden, weil er sich dazu in die Hände spuckte. Wir schauten vom Küchenfenster aus zu. Erst nach einer geraumen Weile hatte er sich soweit beruhigt, dass er in sein Haus ging. Vater zuckte mit den Schultern. Auch die Bauern hätten ihre Sorgen dieser Tage. Und dann komme diese Gestalt daher, dieser ..., dieser Jude, bei dem man sich fragen müsse, ob seine Schuhe überhaupt den Boden berührten, wenn er geht. Er habe ihm schon lange geraten, sich nicht in dieser Aufmachung bei ihnen zu zeigen. Wir lebten nicht mehr in den Zeiten vor dem letzten Krieg. Das müsse er endlich einsehen. Er werde noch einmal mit ihm sprechen.

»Tu das! Und bring ihm etwas Tabak mit«, bat Mutter. Doch als sie ihn am Abend fragte, wie es war, schüttelte Vater den Kopf. Lieber gebe er den Federnhandel auf, als dass er sich anders anziehen würde. Und den Bart wolle er sich auch nicht schneiden, nicht einmal stutzen.

Mutter fragte sich, was die armen Kinder denken müssten, wenn sie ihren Vater so nach Hause kommen sahen, und Vater meinte: »Die denken sich von alleine gar nichts. Dafür werden sie zum Rabbi geschickt. Und der wird sicher irgendeine Erklärung haben ...«

Aber die Schleier hingen immer tiefer; die Pfeilkreuzler heulten lauter durch die ungarische Politik denn je, in der Hauptstadt veranstalteten sie grosse Aufmärsche, und bei uns wechselte man die Strassenseite, wenn sie in ihren grünen Uniformen irgendwo auftauchten. Die Regierung erging sich in immer neuen Gesetzgebungen, während sich alle Welt fragte, was der Reichsverweser mit seinen nicht ganz geheimen Auslandreisen im Schilde führte. Bis eines Tages ein separater Waffenstillstand zwischen Ungarn und der Sowjetunion verkündet wurde. Die Erwachsenen klebten am Radiolautsprecher wie Nachtfalter an den Fensterscheiben, auch wenn es ausdrücklich verboten war, ausländische Sender abzuhören, und was sie hörten, erfreute sie derart, dass sie sich jeweils selber den Mund zuhalten mussten. Den Deutschen gab jetzt niemand mehr eine Chance. Trotzdem liessen wir immer noch täglich in der Schule laut Gross-Ungarn aufleben, der Physiklehrer Daniel erklärte uns die neue Strategie des Führers, die darauf hinauslaufe, im Bündnis mit den Alliierten zunächst den Kommunismus im Osten zu besiegen und solchermassen gestärkt später auch im Westen den Endsieg zu erlangen. Der russische Vormarsch verscheuchte indes keinen der Geister, und die Stimmen im Radio kamen von weit hinter den Schleiern.

Vater Pavel brachte im Laufe dieser Wochen noch ein paar Säcke mit nach Hause, musste sie aber liegen lassen, denn er fand niemanden mehr, der sie ihm abkaufte. Mutter schenkte ihnen ein paar Meter Stoff, damit sie wenigstens Decken daraus verfertigen konnten. Doch der Winter war schon im Abklingen begriffen. Auf den Feldern drückten braune Flecken durch den Schnee. Die Eisdecke auf dem Salzsee begann zu ächzen, und auf unserem nächsten Ausflug war sie von schwarzen Rissen durchzogen – dürre Beine einer riesigen Spinne.

Es war Anfang März. Ich spielte allein im Hof. Durch die Lükke zwischen den Toilettenhäuschen sah ich einen Punkt auf dem graubraun gesprenkelten Feld, der zu einem schwarzen Strich vor dem Horizont wuchs. Jemand kam schwankend gelaufen, aber von weitem konnte ich nichts Genaues erkennen. Ich zog mich Richtung Haus zurück. Vielleicht war es wieder einer dieser Flüchtlinge. Ich sah den langen, offenen Mantel, als sich die Gestalt auf dem niedrigen Wall für einen Augenblick gegen den Himmel abhob. Sie stolperte. Ich wagte ein paar Schritte auf sie zu. Ein Hosenbein steckte in den Stiefeln, das andere klebte voll Schnee und hing zerrissen um den Schaft. Erst als es über mich hinweg so jämmerlich schrie: »Sie wollten mich töten, auf der Stelle, wenn ich den Bart nicht vor ihnen abschneide!«, erkannte ich an der Stimme Onkel Pavel. Ohne Schläfenlocken, ohne Bart, ein nacktes, zerschundenes Gesicht. Ich lief ins Haus

Pavel verliess den Hof nur noch, um in die Synagoge zu laufen, schnellen Schritts, einem gerade noch einmal davongekommenen Huhn gleich mit dem Kopf in alle Richtungen zuckend. An Sabbat war keine Zeit mehr, um sich ob unserer Sünden auf der Strasse vor dem Laden aufzuhalten, und auf dem Weg zurück verschwand man stracks in die Behausung. Mathyi spielte wie früher mit mir, aber jetzt musste er lange vor Einbruch der Dunkelheit im Haus sein. Die Schläfenlocken trug er hinter den Ohren oder versteckte sie unter seiner Mütze, die er sich tief über den Kopf zog. Auch an den ersten Frühlingstagen.

6)

Die Stadt war längst zum Arbeitsort geworden. Zwischen ihren zwei Möglichkeiten, der des untergehenden Schiffes, aus dem die betuchteren Passagiere langsam umstiegen, und der einer Sternschnuppe, ständig im Begriffe, zu verglühen, abends mit sichtbar funkelndem Schweif, hatte sich der Volontär auf eine dritte besonnen, den Alltag, wo die U-Bahn nur ein Transportmittel, die Strasse weniger eine Bühnenrampe als ein bedrohlicher Engpass war und er nicht mehr an den Häusern hinaufschaute, sondern wie alle anderen zum Lift eilte, froh, wenn gerade einer da war. Alltag bedeutete, dass er sich zweimal am Tag hätte duschen können und das Wasser trotzdem noch grauschwarz an ihm heruntergeronnen wäre. Heimat war eine süss-saure Ahnung, die, den chinesischen Gerichten ähnlich, ein klebriges Gefühl im Gaumen zurückliess. Trotzdem geriet er noch ins Staunen, vorausgesetzt, er hob im richtigen Moment den Blick, der üblicherweise immer ein paar Schritte voraus auf das Pflaster gerichtet war. So stand er am hellichten Tage an einer Kreuzung der 6th Avenue plötzlich vor jenem Pferd, dessen Kopf eine Telefonzelle ausfüllte. Der breite, braune Hintern versperrte einen guten Teil des Gehsteigs. Es schien, das Pferd unterhalte sich mit jemandem, eine Stimme quäkte aus der Satteltasche, an der ein Funkgerät hing, nebst Knüppel und Handschellen. Endlich kam der Reiter hinzu. Mit einer Grimasse, die Anstrengung verriet, und sauber gewichsten Reitstiefeln trat er in die Steigbügel. Sein Helm frohlockte im orangenen Licht des Sonnenuntergangs.

Eine Frühlingsnacht schwebte über die Stadt herein. Georg war auf dem Weg von der Bibliothek nach Hause. In der U-Bahn-Station schob ihm der Beamte hinter Glas stumm und blicklos einen Jeton unter dem Schlitz hindurch. Der Rechen des Einlassgitters schnarrte. Auf der anderen Seite lag der leere Perron. Er setzte sich auf eine Holzbank neben dem Eingang. Tropfenweise sammelte sich Menschenfracht an. Auf der nächsten Bank nahm eine junge Frau Platz. Ihr Lächeln streifte ihn flüchtig. Sie trug eine zerschlissene Pelzjacke, vorne geöffnet, darunter ein weisses, loses Hemd, die Beine in eng anliegenden Tigerhosen. Die grellrot gefärbten Haarsträhnen nahm er aus den Augenwinkeln wahr. Jäh stand er auf und spähte an der Kante des Bahnsteiges in die Tunnelröhre. Noch kam der Zug nicht. Im Schienenbett knabberten zwei Mäuse an einem Stück Zeitungspapier. Sie würden dort bleiben, bis das krachende Ungetüm sie beinahe unter sich zu begraben drohte. Während er zurück zu seiner Bank ging, erlaubte er sich einen direkten Blick in ihr Gesicht. Ein Schimmer wie ein feiner Schleier lag auf ihrer Miene. Ihr durch roten Lippenstift betont in die Breite gezogener Mund lächelte, doch die Augen hatten keinen festen Punkt. Sie nestelte an den Handschuhen im Schoss. Sorgsam bemüht, jedes Anzeichen des heftigen Reizes zu unterdrücken, wünschte er sich doch ihre Aufmerksamkeit. Er zog den abgegriffenen Linienplan aus der Tasche, studierte die dicken, farbigen Blutbahnen. Touristen galten überall als die harmlosesten Geschöpfe. Vielleicht würde sie ihm ein gezielteres Lächeln schenken. Da kam Bewegung in die Herumstehenden. Fernes Grollen war zu vernehmen. An der feuchten Tunnelwand glänzte eine Lichtspur. Zuerst fuhr verdrängte Luft ein, dahinter der Zug. Im fast leeren Wagen wartete Georg, bis sie eindeutig einen Sitzplatz eingenommen hatte. Dann liess er sich ihr schräg gegenüber nieder und wusste nicht weiter. Es waren nur drei Stationen, bis er aussteigen musste.

Anfänglich gelang es ihm ein paar Mal, ihren Blick einzufangen. Doch schaute er immer wieder als erster weg. Irgendwo unter dem East River schien sie genug davon zu haben und stierte nur noch an ihm vorbei. Er las Reklameschilder von Kontakttelefonen, ausziehbaren Sofas, Aids-Beratungsstellen und Computerschulen. Eine der Verbindungstüren zu den anderen Wagen ging auf. Es gab mancherlei Gründe, weshalb es ratsam scheinen konnte, noch während der Fahrt den Wagen zu wechseln. Ungewöhnlich war nur der Mann. Er füllte die ganze Breite des Ganges aus. Sein geschorener Schädel berührte fast die Haltestangen, während er dort stand und mit seinem Blick das Abteil mass. An der Art, wie er bei jedem Schritt das Schaukeln des Wagens mit den Knien ausglich, ohne sich abstützen zu müssen, war der erfahrene U-Bahn-Bettler zu erkennen. Wo ein Platz besetzt war, blieb er kurz stehen und hielt ein Kärtchen vor das betreffende Gesicht. So nahe, dass den Sitzenden nichts anderes übrig blieb, als es anzunehmen. Auch Georg erhielt das Sakrament gespendet, ebenso die Frau. Es hatte das Format einer Visitenkarte und war aus gelbem Karton, schwarz bedruckt, am Rand mit unscharfen Kreuzchen verziert. Wie Georg sah, legte sie ihren Zettel ohne weitere Beachtung auf die freie Bank neben sich. Er aber las: »Bin taubstumm! Lebe alleine! Mein Herz tut mir weh. Können Sie etwas für mich tun? Jeder Nickel hilft. God bless you.« Unterdessen war der etwas gross geratene Bettler durch die andere Türe in den nächsten Wagen verschwunden. Die erste Station in Brooklyn glitt am Fenster vorbei. Er gewahrte wieder das Lächeln. Nur um seine Augen auf irgend etwas richten zu können, las er nochmals den abgegriffenen Zettel, verglich vielleicht die Statur des Mannes mit dieser hilflosen Bitte, der Satz mit dem Herz nahm sich grotesk aus, sicher war er nicht medizinisch zu verstehen; zuerst im Geist, dann eher einer Offenbarung als einem eigenen Entschluss folgend, strich er mit dem Kugelschreiber aus seiner Tasche schnell ein paar Wörter durch, setzte hastig andere ein: »Bin neu in der Stadt. Lebe alleine. Mein Herz tut mir weh. Subway Angel, können Sie etwas für mich tun? Ein Anruf hilft vielleicht. God bless you.« Und die Telefonnummer; schon näherte sich die zweite Station, der Zug bremste ab, beim nächsten Halt, bis dahin blieb nur noch eine kurze Strecke, musste er aussteigen, ja, die Telefonnummer, das Wichtigste, war gut leserlich, er konnte ihr sein Werk überreichen. Die Worte »Bitte, für Sie« schon auf den Lippen, streckte er seine Hand aus. Da wurde es dunkler. Zwei mächtige Beine standen plötzlich zwischen ihm und dem Engel, eine Hand wartete vor seinem Gesicht. Die Finger wippten auffordernd. Der Zug hielt. Georg gab dem Hünen in aller Eile einen Dollar, aber vergebens. Er blieb stehen. Auch die paar Münzen, die er noch fand, reichten nicht. Erst als er den Fünfdollarschein nachgereicht hatte, machte der Bettler Anstalten, sich zum nächsten Passagier zu bemühen. Georg hatte wieder freie Sicht. Doch die Erscheinung war verschwunden.

Draussen lag noch immer frühlingsschwangere Luft. Aus dem Lautsprecher der Bäckerei ein paar Häuser vor seiner Wohnung trällerte »We all live in a yellow submarine, yellow submarine, yellow submarine«. Fern, in der Fortsetzung der Strasse, thronten die lichtdurchwirkten Schatten des World Trade Center.

7)

Die Vorstellung, auf seiner Suche in den letzten Wochen unbedacht an etwas festgehalten zu haben, was es schon lange nicht mehr gab, wenn es überhaupt je existiert hatte, begann Georg zu fesseln. – Eben erst einen Spalt zwischen den Brettern einer verschlossenen Türe entdeckt und begonnen zu haben hindurchzuspähen, während für seinen Vater längst untergegangen sein musste, was er sah, und sich seinen eigenen Augen so gedankenlos wahr und vorhanden darstellte. Georg stellte sich vor, wie einem Jungen seine Welt abhandenkommt, Stichtag 19. März 1944, und erinnerte sich, früher, wann immer aus seinen spärlichen Gedanken an den Vater ein Bild entstanden war, Augen gesehen zu haben, die auf nichts und niemandem ruhen konnten. Fakten allein entsprang noch keine Wirklichkeit, begann er zu ahnen, drohte doch jetzt, falls sie nicht übereinstimmen sollten, sein Absender zu einem unwesentlichen Gedankenspiel zu verkommen, und sein Vater, vor Georg wieder ohne Geschichte, einzig zu einem Übriggebliebenen zu werden.

Kapitel fünf

1)
Das Empire State Building als Kerze, in Metall gegossen, von der
Grösse eines Schirmständers bis zum Schlüsselanhänger, auf
Feuerzeugen; hinter Panzerglas ein vergoldetes Modell, eine nach-
gebildete Rakete für Saddam Hussein in derselben Form; Freiheits-
statuen als Nachttischlampen, das Chrysler-Gebäude mit Kon-
dom, die Skyline von Manhattan auf Wandbehängen, Teppichen;
Fahnen, Wimpel, Spielzeug, Flaschen mit Badeextrakt im Duft
der New Yorker Luft, Lichtbilder, und in einer beleuchteten Vitrine der Turm mit allen Einzelheiten im Massstab 1:1000. Die
Fernsicht von Postkarten verstellt.

»Für wen brauchst du denn die Geschenke?« fragte Georg zwischen Regalen und Ständern.

»Zuerst für meine derzeitige Freundin. Die kennst du nicht.
Zudem habe ich Anna etwas versprochen, meiner früheren. Vielleicht kannst du dich noch an sie erinnern. Und noch für Ingrid,
die peile ich schon seit längerer Zeit an. Dann hat mich ein
Freund gebeten, ihm für seine Frau, die meint, dass er mit mir
hier sei, etwas mitzubringen. Er hat die Gelegenheit benutzt, um
nach Mallorca zu fahren. Du verstehst schon. Und meinem Chef
muss ich auch etwas bringen. Der weiss gar nicht, dass ich weg
bin. So schnell habe ich mich entschieden, als ich deine Stimme
hörte. Jemand hat mir gesagt, es gebe diese Yellow Cabs als Modell-
autos zu kaufen. Wenn du eines siehst, sag es mir. Und du, hast du
keine, der du etwas schenken musst?«

Georg gab keine Antwort. Ein störendes kleines Zögern hielt
ihn davon ab, endlich seine Frage loszuwerden.

»Ich könnte es für dich mitnehmen und zu Hause auf der Post
aufgeben. Du müsstest mir natürlich die Adresse der Dame geben.
Oder hast du etwa Angst, ich würde es ihr persönlich überreichen?« Dazu knöpfte der Vater den Mantel auf: »Hier brauchst du
die Jacke wirklich nicht zu schliessen.«

2)

Grau und weiss türmten sich vor Georg die Wolkenkratzer. Am Morgen hatte er mit Lenny eine Schule der Satmarer Juden besucht, jetzt sass er auf einer kleinen Anhöhe im Central Park, wohin er sich für den Mittag zurückgezogen hatte, und starrte in diese zerklüftete Masse eines hingewälzten Gletschers, der statt dem Tosen von Wasser Verkehrsgeräusche absonderte.

An seinem zerknitterten Hemd, dem dunklen Anzug, Wochenbart und Kopfbedeckung war Lenny anzumerken, dass er das Judentum als Religion betrieb – der einzige unter den Angestellten des Museums. Deshalb fragte er den Volontär auch viel häufiger als Ben oder Dave, in deren Arbeitsgebiet es doch gefallen wäre, nach Neuigkeiten betreffs des Absenders, seit er von dessen angesehenem Stammbaum erfahren hatte. Jeden Mittag verbrachte er im Keller eines der benachbarten Hochhäuser, wo sein Rabbi einen Minjan versammelte. Georg, der versuchte, das meiste für sich zu behalten, hatte an einem dieser Tage eingewilligt, über Mittag mitzugehen, denn der Rabbi wisse alles über den einen, bei allen frommen Juden hoch angesehenen Vorfahren. Im Büro sass Lenny meistens vor seinem grossen Bildschirm, wo er Computerprogramme für das künftige Museum entwickelte, darunter auch einen elektronischen Lehrpfad durch die Ausstellung, zugeschnitten auf Kinder und Jugendliche. Sein besonderer Stolz war eine Enzyklopädie, bei der vermittels Fingerdruck auf bestimmte Felder im Bildschirm alle Artefakte in Bild und Ton abrufbar waren, eingeschlossen Zusatzinformationen zu den einzelnen Stücken und Querverweise zum Archiv. Kürzlich hatte er den neuesten Stand präsentiert. Unter K für Kristallnacht ertönte das Geräusch des Mobs auf der Strasse, vermengt mit dem Splittern von Glas, der sich überschlagenden Stimme des Führers und dem Bild einer Familie, die in grosser Hast ihr Zeug zusammenpackte, darunter das Sabbatgeschirr, das im Ausstellungskasten Nummer so und so zu sehen sei. Seine tiefliegenden, braunen Augen glänzten vor Freude, als alles auf Anhieb klappte.

Wie eine Burg, umgeben von Maschenzaun, stand der massige, rote Backsteinbau mitten in der verlassenen Gegend von Feldern aus eingeebnetem Schutt und rissigen Asphaltbahnen, die einst Strassen waren. Vor dem Eingang hatte der Volontär gefragt:

»Meinst du, man könnte den heutigen Schulbetrieb mit einer jüdischen Schule in Ungarn vor dem Krieg vergleichen?«

»Ich wüsste nicht, worin er sich unterscheiden sollte. Du wirst es ja sehen«, hatte Lenny geantwortet. Es war gerade Pause. Die Kinder wimmelten in schwarzen Haufen um zwei bärtige Lehrer in schwarzen Mänteln, unter denen ihre weiss bestrumpften Waden hervorstachen.

Im Tonraum, vor seiner Kassette und dem Protokoll, würde der Volontär auch diese Schule, wie alles, was er auf seiner Suche nach dem Absender fand, ohne weitere Überlegung mit der Geschichte verweben, so dass ihm wirklich nie eingefallen wäre, sich diese anders vorzustellen.

3)

Ein früher Sonntagabend; Vater war noch nicht zurück vom Kartenspiel.

Die beharrliche Kälte des Tages haftete wie ein feuchter Umschlag auf meiner Haut. Ich stand mit dem Rücken gegen den Ofen im grossen Zimmer, die Handflächen an die warmen Kacheln gelegt, und schaute ins Leere. Agi brütete schon seit Stunden an ihrem Tisch nebenan über den Hausaufgaben für ihr katholisches Töchtergymnasium. Eine unerschütterbare Festung. Mit gelegentlichen Attacken hatte ich versucht, mir die Zeit zu vertreiben. Ich rannte unnötigerweise durch ihr Zimmer und stiess dabei hart an ihren Stuhl, doch sie rückte ihn ohne ein Wort zu verlieren wieder zurecht; ich durchwühlte alle ihre Sachen, sie aber hielt sich mit ein paar Handgriffen den Tisch frei, und als ich aufdringlich sehen wollte, was sie eigentlich tat, rückte sie nur schweigend zur Seite. Ich trat sogar den Fussball unter ihr Pult, aber sie rührte sich nicht in ihrer Versenkung. Keiner meiner Vorstösse reichte weiter als bis an die Wölbung ihres Rückens, dort mussten sie zerschellen. Draussen hatte es vollständig eingedunkelt. Blatt um Blatt quoll vollgeschrieben aus dem Lichtkreis der Petrollampe. Mit Agi war wirklich nichts anzufangen. Einzig ihr breiter Schatten wollte sich hin und wieder zuckend vom Tisch losreissen.

Mutter hackte Gänseleber und Zwiebeln.

»Ich weiss nicht, wo er heute so lange steckt, dein Vater«, versuchte sie mich hinzuhalten. Wahrscheinlich sitze er mit Freunden vor einem Radioapparat, erörtere Nachrichten und habe dabei das Abendbrot vergessen. Obschon mich die Worte in meiner Langeweile nur aus der Ferne erreichten, bemerkte ich den harten Tonfall. Anstatt dort zu sitzen, wo Gott vielleicht noch zu ihm sprechen würde, führte er sich auf, als sässe er an seiner Stelle. Es brauchte nur ein Radio angedreht zu werden. Dabei konnten weder er noch seine Freunde irgend etwas von dem, was sie hörten, wirklich deuten. Einfach damit etwas gesagt war, warf ich ein, er sei vielleicht noch im Wirtshaus, weil er beim Kartenspiel ständig gewonnen habe.

»Tja, oder das Gegenteil, wer weiss.« Ihr kalter Spott schreckte mich. Ich hatte selber gesehen, wie Vater immer gewann. Einmal hatten so viele Münzen vor ihm auf dem Tisch gelegen, dass er sie zu Säulen aufschichten konnte, vier nebeneinander, während die andern auf ihre mageren Häufchen starrten. »Am besten, man geht, solange das Glück noch anhält ...«, sagte sie versöhnlicher. »Jedenfalls wenn man zu Hause ein Kind hat, das den ganzen Tag noch nichts Richtiges gegessen hat. Stimmt's?« Sie fuhr mir durch die Haare, als wolle sie meine Zweifel, die ich gar nicht hatte, verscheuchen. Er musste jetzt jeden Moment kommen. Nur noch ein kleines bisschen Geduld. Verbissen hackte sie weiter.

Zwiebeln und Leber waren zu einer einzigen Masse gemischt.

Ich stand reglos am Ofen, stierte wieder durch sie hindurch auf eine unbestimmte Stelle, wo sich als Flecken von wechselnden Formen die trübe Aussicht auf eine neue, schier endlose Woche in der Schulstube auszubreiten begann – hinter allem die klamme Gewissheit des sich nähernden Abschlusszeugnisses und die Drohung meines Vaters im Ohr, mich, wenn es, wie nicht anders zu erwarten, schlecht ausfiele, bei einem Bauern in der Umgebung in Arbeit zu geben. Mindestens ein Jahr lang. Er würde sogar dafür bezahlen, wenn mich einer nähme. Nur damit ich nicht herumlungerte.

Von der Strasse drangen weniger Geräusche als sonst herein. Schritte auf dem Pflaster, dumpfer Hufschlag, Stimmen; die Abstände schienen mir unnatürlich lang, als wäre ein Instrument im Orchester ausgefallen. Irgend etwas war anders dort draussen. Das lenkte mich von meinen Kümmernissen ab. Da, endlich wusste ich, woraus die Stille schöpfte. – Die Husaren: Kein Johlen, kein

Rufen, kein Appell signalisierte, dass ihr Urlaub zu Ende war. Von der Kaserne schallte kein Ton über den Hof. Offenbar mussten die Husaren am nächsten Tag zeitig ausreiten. Vielleicht zum Manöver, mit all ihren Waffen und den Geschützen. Die hatten es gut. Aber dann kam mir die Kälte wieder in den Sinn, die Dunkelheit vor der Morgendämmerung, und dass für meinesgleichen nur der Arbeitsdienst offen stand. Weder Waffen noch Uniformen oder Abzeichen, nichts, nur diese ungeliebte gelbe Binde am Ärmel. So dämmerte ich vor mich hin, bis die Haustüre ging und ein Luftzug alle Lichter flackern liess. Ich lief in die Küche. Vater stand im Türrahmen. Kein Zweifel, er hatte wieder gewonnen. Die Frage nach der Höhe des Gewinnes schon auf den Lippen, streckte ich ihm meine Hand in Erwartung der Münzen entgegen. Doch ohne die geringste Begrüssung schlurfte er an mir vorbei. Da sah ich sein Gesicht – eine mehligweisse Maske. Stumm liess ich den Arm sinken. Erst vermutete ich, es sei ihm unwohl – auf den Spazierstock gestützt starrte er im Zimmer vor sich auf den Boden –, doch als er den Hut ablegen wollte und ihn dabei zu Boden fallen liess, ohne sich danach zu bücken, hatte ich den Verdacht, er habe zuviel getrunken. So hatte ich Vater noch nie gesehen.

Mutter blickte auf. »Ist dir nicht gut?« Er verriet mit keiner Regung, ob er sie gehört hatte. Sie wischte sich die Hände an der Schürze trocken, um ihm scheu über die Stirne zu streichen. Mit eingezogenem Kopf und gekrümmten Schultern schien er nur noch halb so gross. Vielleicht ritt sie deshalb plötzlich der Spott: »Oder hast du für einmal nicht nein sagen können?« Als er immer noch keine Antwort gab: »Da haben wir's! Der gestrenge Herr Vater hat sich ein paar Gläser zuviel aufdrängen lassen.« Während wir schon halb verhungert seien. Er habe versprochen, nicht so lange zu bleiben.

Es sah aus, als käme ihr seine Schwäche gar nicht ungelegen. Obschon Mutter immer im Laden war, wenn sie nicht gerade den Haushalt besorgte, und auch Agi so oft aushalf, wie sie konnte, hatte er in letzter Zeit manchmal stundenlang schweigend Reis abgefüllt, Werkzeuge geölt oder die Stoffe neu aufgerollt, um beim geringsten Anlass plötzlich aufzubrausen, wie neulich, an einem gewöhnlichen Tag mit spärlicher Kundschaft, als gerade jemand den Laden verlassen hatte und er haltlos zu schreien begann. Lodernd brach die Wut aus ihm hervor. Er schlug die Faust auf den Ladentisch, dass sich die Kasse vor lauter Angst öffnete, weil ihn für einen Moment die Eingebung gestreift hatte, man müsse jedem Kunden die Türe aufhalten. Dann ein kurzes Stampfen, und er sank wieder in sich zusammen. Mutter verlegte sich in solchen Fällen darauf, über sich ergehen zu lassen, was sie nicht aufhalten konnte, aber ich wusste nicht, ob es Mitleid oder Verachtung war, was der Blick ausdrückte, mit dem sie ihm neuerdings ruhig ins Gesicht schaute. Jedenfalls hakte sie jetzt nach: »Ich möchte dein Toben nicht erleben, würde Agi sich einmal erlauben, grundlos erst nach Einbruch der Dunkelheit heimzukommen. Von deinem Zustand gar nicht zu reden ...« Sie bückte sich nach seinem Hut und klopfte den Staub von ihm ab, als wollte sie Vater damit ein für alle Mal zur Vernunft bringen. Er aber stand nur schwerfällig vor ihr. Wie ein grosses, eingefangenes Tier, das jetzt endlich den ersten Laut von sich gab:

»Die Deutschen haben uns besetzt! ... Vor zwei Stunden.« Dazu setzte er sich, dass das Holz des Stuhles ächzte.

Mutter hätte nur noch die gekochten Eier unter die Masse zu kneten brauchen. Pfeffer und Salz standen bereit.

4)

Der Tonraum war besetzt, als der Volontär sich wieder an die Arbeit machen wollte. Naomi duplizierte Videos, gerade war eine alte Polin zu sehen, das faltige Gesicht vor blauem Hintergrund, die Augen starr auf eine unsichtbare Befragerin gerichtet oder weit aufgerissen kurz ins Leere der Kamera blickend. In ihrer Stimme lag der leise Trotz von jemandem, der davon ausging, dass ihm niemand glauben wollte, auch wenn sie hundertmal das gleiche erzählte. Naomi arbeitete ohne Regung, ihr Mund war klein und spitzig geworden, ein Zeichen, dass sie sich ärgerte. Das Interview war über eine halbe Stunde zu lang ausgefallen. Die Toten hatten keine Zeit, und den Lebenden floss sie davon.

Kurz darauf hatte der Volontär den Tonraum wieder für sich und spulte seinen Faden aus Erinnerungen und Ergebnissen seiner Erkundungen weiter. In solchen Momenten drangen die Geräusche der Umgebung nur noch gedämpft durch den Kokon bis zu ihm herein. Schenkte jemand Georg ein Lächeln, wie manchmal

Renata, die Fotografien beschriftete, so erreichte es ihn als ein Schimmern von hinter einer Gardine her.

Was seine Arbeit für das Museum betraf, so verrichtete er sie ergeben. Das Büro glich der Nachlassverwaltung einer vielköpfigen Erbengemeinschaft. Es gab viel Arbeit bei so vielen Toten, und für die vielen Nachrufe wollte einem kein neues Motto mehr einfallen. So wurde zu der bewährten Formel »Erinnern, um zu verhindern« gegriffen. Daran brauchte sich niemand messen zu lassen. Der Trauergemeinde wurde jede Störung ihrer Einkehr erspart, die ein Abgleiten des Gegenstandes ihrer Erinnerung in den Bereich menschlicher Erfahrung mit sich gebracht hätte. Dafür gerieten die Untersuche der Vergangenheit umso gründlicher. Mit Leidenschaft wurde das streng eingezäunte Zeitfeld umgegraben, und kannte diese, wie alle wahre Sucht, auch kein Ziel, so erfreute sie sich unter den Nachfahren immer weiterer Kreise von Mitwirkenden. Unangefochten konnte jede Erbengemeinschaft sechs Millionen Tote beanspruchen und aussuchen, was sie gerade wollte, um danach zu graben. Auch Erinnern kostete Geld. Jüngst war es dem Büro gelungen, neue Wege zu beschreiten: Man hatte einige Wohlhabende davon überzeugen können, Spendengarantien im Rahmen ihrer Hinterlassenschaft zu leisten und das Museum als Erben einzusetzen. Dadurch wurden die Spender, ohne die vollumfängliche Verfügbarkeit über ihr Vermögen zu verlieren, schon zu Lebzeiten in die Ehrentafel der Eingangshalle gemeisselt, sofern denn bald einmal mit dem Bau begonnen würde, und kamen, durch den wohltätigen Charakter ihrer Bürgschaft, darüber hinaus in den Genuss von Steuerermässigungen.

Eben hatte Ben ihm dargelegt, wie er sich dereinst die Eröffnung des Museums vorstellte. – Die Ansprachen von professionellen Leuten gehalten, das Personal in bester Kleidung, Prominenz, Weisswein, Presse, dazwischengestreut ein paar der Überlebenden, zu Tränen gerührt ob all der Aufmerksamkeit, die gar nicht ihnen, sondern dem Monument einer ganz anderen Zeit galt als die, an welche sie denken mochten. »Wenn sie nur nicht so umständlich wären ...«

5)

»Mein Gott!« Mutter schlug sich die Hände vor die Augen und liess ihr Gewicht ebenfalls auf einen Stuhl sinken.

»... seit heute morgen. Die Regierung ist schon zurückgetreten«, berichtete er monoton weiter. Nach jedem Satz musste er seine Stimme aus der Enge seiner Kehle holen. Agi kam aus ihrem Zimmer. Sie stellte sich neben Mutter. Die offizielle Begründung lautete, dass dem russischen Vormarsch Einhalt geboten werden müsse. Die Wehrmacht übernehme ab sofort die Verteidigung des Landes, gemeinsam mit den ungarischen Streitkräften. Horthy habe den Rücktritt des alten Kabinetts angenommen. Beraten durch den deutschen Botschafter Vesenmeyer, werde er in den nächsten Tagen ein neues bilden, das den Erfordernissen besser gerecht werde. Vater hatte sich wieder erhoben. Er blieb reglos stehen.

Für einen Moment sah ich meine Familie auf eine dieser Fotografien gebannt: Mutter am Tisch, Agi und Vater stehend neben ihr. Die Augen starrten hohl, Furcht ergoss sich aus ihnen in den Raum, bald hielt sie auch mich umfangen. Allerdings blieb mir immer noch verborgen, welches Ungeheuer uns dräute, das so abgrundtief erschreckend mit der Wehrmacht einhergehen sollte. Die Deutschen in Ungarn? Sehr bald würde ein weit schlimmeres Ereignis auf mich zukommen. Da schlich sich neben die Beklemmung eine leise Zuversicht ein, dass mein Vater noch möglichst lange im Banne dieses neuesten Spukes bliebe. So wie vorhin sollte er am Tag meines Zeugnisses durch das Zimmer gehen, dann wäre ich gerettet. Vielleicht reichte der Schreckensschweif gar über den letzten Schultag hinaus. Ich fragte: »Und, ist das schlimm?« Die Antwort las ich von ihren versteinerten Gesichtern ab.

»Ja, sehr schlimm«, antwortete Vater nur. Mutter hatte sich ein wenig gefasst. Hastig wischte sie Hühnerleberkrumen vom Ärmel ab und lächelte steif: Wir sollten doch erst mal abwarten. Vielleicht komme es wie letzten Herbst mit den Italienern. Zuerst hätten sie einen eigenen Waffenstillstand mit den Alliierten geschlossen und wenig später Deutschland schon den Krieg erklärt. Wir würden sehen, auch die heldenhaften Ungarn fielen ihnen noch in den Rücken. Der Krieg konnte nicht mehr ewig dauern. »Haben sie im Radio etwas Neues über die Front berichtet?« Sie hatte schnell gesprochen, als könnte sich das Gebilde der Hoffnung vor ihren Augen unversehens auflösen.

»Nur dass die Russen in der Ukraine festsitzen.« Mit diesen Worten verliess Vater die Anordnung.

»Kinder, das hätte ich nie für möglich gehalten, dass ich mich nach Kanonendonner sehne«, rief Mutter schrill, als hätte sie den Text auswendig gelernt. Ihre Augen glänzten.

»Dann kommen Onkel Soli und Shamu bald wieder aus dem Arbeitsdienst zurück?« hörte ich Agi fragen.

Mit einer Stimme, der es egal war, ob jemand ihr glaubte, antwortete Vater, er habe von Einheiten gehört, wo nicht einmal mehr die Hälfte der Leute übrig sei. Vielleicht würden im Gegenteil noch mehr eingezogen. Besonders wenn sich der Krieg in die Länge ziehe.

Ich horchte auf, und schon entschlüpfte mir die Frage, ob er denn auch wieder an die Reihe käme. Ich würde jeden Tag im Laden helfen, schob ich nach. Es gelang mir nur notdürftig, meine keimende Hoffnung zu überdecken. Im stillen rechnete ich fieberhaft aus, ob das Aufgebot wohl früh genug eintreffen würde. Letztes Mal, so erinnerte ich mich, hatte er über eine Woche Zeit gehabt, bevor er wirklich gehen musste, das bedeutete, es würde knapp werden bis zu meinem letzten Schultag. Aber andererseits hatten die Deutschen den Ruf, schnell zu arbeiten, und falls die Lage an der Front wirklich so schlecht war, wie Mutter glaubte, würden sie sich vielleicht doppelt beeilen. Es dauerte eine Weile, bis ich zur Besinnung kam und meine Erwägungen verschämt zurückdrängte, doch die anderen schienen von all dem keine Notiz genommen zu haben, ebensowenig wie sie meine Frage gehört hatten. Bis Mutter in die Hände klatschte.

»So, jetzt aber zum Essen. Es ist schon viel zu spät. Danach wird es höchste Zeit, dass die Kinder ins Bett kommen.« Agi, als hätte auch sie auf die Ablenkung gewartet, verschwand in der Küche. Mit dem Geschirr kam sie wieder. Der Tisch war schnell gedeckt, aber ausser mir schien niemand Appetit zu haben. Alle sassen an ihren Plätzen und stierten auf die Teller.

»Vielleicht holen sie auch nur die Galizier und die anderen Fremden. In diese Arbeitslager in Polen«, unterbrach Agi die Stille. Mutters Messer fiel auf den Blechteller. »Wer hat das gesagt?

Wer erzählt diese Geschichten?« fragte sie scharf. Agi sagte nichts mehr. Ihr Einwurf hatte das Abendessen beendet.

Vater schaute auf. Leise meinte er: »Für die sind das Juden und keine Fremden. Ich glaube nicht, dass sie noch lange unterscheiden.«

Mutter erhob sich abrupt. Ihr Schemel kippte um. Mit verbissener Geschäftigkeit sammelte sie das Geschirr ein, machte sich alsbald an den Betten zu schaffen und schickte uns danach beide gleichzeitig unter die Decken. Dabei entging ihr sogar, dass ich mich noch nicht einmal gewaschen hatte. Ich lag schon im Bett, als Vater endlich auch aufstand und seinen Stuhl vor das Radio rückte.

»Aber leise«, ermahnte ihn Mutter. Während beide andächtig lauschten, die Ohren ganz nah am Lautsprecher, wagte ich, meine Gedanken weit genug vorausschweifen zu lassen, um mir einen unbeschwerten Frühling vorstellen zu können. Keine Schule mehr, Vater ruhiggestellt, vom Bauern, bei dem ich arbeiten sollte, redete niemand mehr, weit und breit kein Mensch im Blickfeld, der mir Vorhaltungen machte. Mit Mutter würde ich mich schon arrangieren. Wenn sich die Wehrmacht doch nur ein wenig beeilte ...

Ich hörte noch, wie sie flüsternd auf Vater einredete.

6)
Georg liess ihn reden. Vor dem Empire State Building als Schiefer Turm von Pisa blieb sein Vater stehen: »Meinst du, das wäre etwas?«

»Für wen? Kommt ganz drauf an?«

»Keine Ahnung. Jemand von denen, die ich aufgezählt habe.«

»Hast du viel Gepäck?«

»Nein, mein Koffer ist fast leer, und im Handgepäck habe ich auch noch Platz. Es darf nur nicht zu schwer werden.« Er versuchte, das Objekt hochzuheben. »Ich dachte, es wäre aus Plastik. Aber das muss Stein sein.«

»Ja, Marmor. Steht angeschrieben. Italienischer Marmor.«

»Gut, also nicht.«

»Und das wohl auch nicht?« Georg stand vor einem hüfthohen Gebilde aus Stein. Ein dünner Wasserstrahl spritzte aus der Antenne auf der Spitze des Turmes und fiel plätschernd in das Becken darunter.

»Nein, aber schau, ich habe etwas.« Der Vater zeigte ihm ein Tischfeuerzeug. »Es funktioniert sogar. Das bringe ich Gershom. Seine Frau raucht, das weiss ich genau.«

Georg sann seiner seltsamen Unentschlossenheit hinterher – weshalb fragte er nicht einfach? –, während er dem Vater von Regal zu Regal folgte, stehen blieb, wo er stand, hinschaute, wenn ihm etwas zur Begutachtung unter die Augen gehalten wurde, und ansonsten aufpassen musste, im Gedränge nichts umzustossen.

»Nun, was findest du dazu?«

Georg konnte nicht sehen, worum es sich handelte. Zu nahe schwebte die Hand vor seinem Gesicht. Aber dafür roch er, und er fand, es sei gut. Er tat einen Schritt zurück. Das Empire State Building als Parfumfläschchen in der Hand seines Vaters. Mit der Antenne tupfte man sich den Duft hinter die Ohren. »Das ist für Anna. Sogar ihre Marke.«

7)

Noch ehe er die Gestalt sah, hörte er ihr wirbelndes Stampfen hinter der Krümmung des U-Bahn-Ganges. Vor der grau-weiss schmutzigen Wand: Ein Mann. Schwarz, hager und verschwitzt. Das knittrige Hemd und die zerschlissene Hose schlotterten an ihm herunter, sein Körper taumelte im Rhythmus des aus der Mundharmonika gekeuchten, Ton gewordenen Schreiens und Stöhnens, verlängert zum zuckenden Schatten auf der Wand hinter ihm, bald dunkel lodernd, bald in sich zusammenfallend, während er das Gesicht laut flehend nach oben richtete, zur Decke, die keinen Trost verhiess, keinen sternenklaren Himmel im Vollmondglanz. Dann wieder beschwor er mit der Mundharmonika das Rechteck im Bodenbelag, zwei Meter lang, einen Meter breit, das er nie verliess. Er schien keine Zuhörer zu brauchen. Georg ging an ihm vorbei und verliess die U-Bahn-Station. Er würde wieder den ganzen Tag alte Druckerzeugnisse durchlesen oder sich eine der mangelhaften Kassetten aus der Kiste vornehmen. Wenn er sich bei der Arbeit konzentrierte, was jetzt öfters der Fall war, stellte er sich die frühere Welt seines Absenders vor. Seinen Gedanken entstand vielleicht manchmal die Situation in einer Reuse, wo er als Kind, von einem allgemeinen Sog ergriffen, unweigerlich nach hinten auf den letzten Punkt zutrieb. Die zunehmende Enge war, da sie alle Menschen seiner Umgebung betraf, nichts als eine neue Art von Normalität, der man zu gehorchen hatte, so gut es eben ging. Er lernte schnell, sich zurechtzufinden, Willkür nahm er zur Kenntnis, die Übermacht akzeptierte er, und erst als mit einem grossen Paukenschlag auf einmal Ruhe war – kein Akt des Widerstandes, der das Leben mit einer Gemeinschaft verbinden würde –, begann man sich umzublicken. Eine Mappe beinhaltete eine Exil-Zeitung aus Mexiko. In den Beiträgen wurde der Hoffnung auf die sichere Niederlage Deutschlands und ein baldiges Ende des Krieges freien Lauf gelassen. Einige behandelten schon die Perspektiven danach. Viel von Freiheit war die Rede, einer neuen Epoche, Sowjetrussland, dem Sieg des Sozialismus, der sich jetzt erst recht allen anderen Gesellschaftsformen überlegen gezeigt habe. Der Volontär zuckte unbeholfen mit den Schultern, froh, dass das alles nicht mehr galt, nicht sicher, ob diese Annahme stimmte. Da senkte sich wieder die schützende Barriere der seither verflossenen Zeit. Judith war zufrieden. Sie trug die Mappe mit den vom Volontär bearbeiten Neueingängen barfüssig zum Regal und liess ihren Blick die Reihe der Trophäen streifen, wie immer, wenn sie ein Dossier ablegen konnte. Eben war es ihr gelungen, in einer Kunstgalerie ein Poster als Wandschmuck für ihr Büro zu erstehen: Das Kind mit erhobenen Händen aus dem Warschauer Ghetto, kurz vor dem Abtransport. Georg fragte, ob er etwas für sie tun könne, anderenfalls würde er in den Tonraum zurückgehen. Sie hatte ihm zuvor den bedenkenswerten Ratschlag gegeben, auf den Kassetten von anderen ungarischen Überlebenden aus der fraglichen Provinz die Stelle abzuhören, wo sie die Nummer erwähnten. Vielleicht gab es welche darunter, die der seines Absenders nahe kamen. Dann brauchte er die Person nur noch ausfindig zu machen, wenn er Glück hatte, war sie auf demselben Transport gewesen wie jener und kannte ihn sogar.

Im Tonraum traf er Dave, der unentschlossen vor einer Reihe neu eingetroffener Videokassetten sass und im neuesten Museumsrundbrief blätterte. Mit seiner Hilfe suchte er anhand der Protokolle einige Kassetten heraus, erstaunt, wie viele unter Ungarn abgelegt waren. Am Schluss hatten sie gut ein halbes Dutzend beisammen, die in Frage kamen.

8)

Ein rascher Griff unter die Decke bestätigte mir, dass meine Bettwäsche trocken geblieben war. Die hingeseufzten Worte Vaters vom Vorabend bedeuteten mir nichts als den Titel für ein neues Ereignis. Jeden Tag hatten sich in diesen Zeiten neue Schlagzeilen aneinandergereiht. Wieso hätte hier der Faden plötzlich reissen sollen? »Also, die Deutschen sind da!« Träge vor Schlaf besann ich mich wieder auf die Vorteile dieser Meldung. »Aber sind sie wirklich noch da?« fragte ich in die Dämmerung.

Wie immer hatte Mutter zusammen mit Tante Anna um die Zeit längst den Haushalt in Bewegung gesetzt. Während ich mich allmählich überwand und die Decken zurückschlug, kam sie aus der Küche geeilt, als hätte sie seit Stunden auf meine ersten Lebenszeichen gewartet, damit der Tag richtig beginnen konnte.

»Hast du schlecht geträumt?« Sie hätschelte und koste mich mehr als je zuvor. Ich ergab mich der Versuchung und kroch einfach wieder unter die Decke, um mir ihre weichen Hände etwas länger gefallen zu lassen. Vater war im Laden. Dumpf hörte ich durch mein Leintuch das Poltern hinter den Wänden. Die Decken wurden weggezogen, und die Wärme war verscheucht. »Die Deutschen? Sind sie noch da?«

In mir keimte die Vermutung, dass es nun doch nicht stimmen sollte oder dass sie über Nacht vielleicht schon weitergezogen waren. Ich schlüpfte in die kalten Kleider. Mutter beruhigte mich. Während ich mich anzog, deckte sie rasch den Tisch für mein Frühstück, bemüht, mir zu zeigen, dass es Wichtigeres für mich gäbe als diese Deutschen. Die hätten ohnehin andere Probleme, als sich um uns zu kümmern. Mein Zeugnis sollte mir mehr Kummer bereiten. Genau so war es auch.

Die Fürsorge meiner Mutter hätte ganze Stricke verknüpft, um das Netz unter mir intakt zu halten. Falls irgendwo Risse entstanden sein sollten, so müssen sie schneller geflickt worden sein, als ich sie entdecken konnte. Zusammen mit der unerbittlichen Strenge von Vater hatte es bis anhin gereicht, um alle handfesten Anfechtungen von mir fernzuhalten. Wie hätte ich an jenem Montag morgen ahnen sollen, dass hiermit die letzten Stunden Schwerelosigkeit im Flechtwerk meiner Kindheit angebrochen waren?

Ein ganz gewöhnlicher Tag bahnte sich vor meinen Augen an.

Verstohlen schaute ich zwischen zwei Bissen in Mutters Gesicht. Den grauen Einschlag hatte wohl die Nacht darauf zurückgelassen, und ihre geröteten Augen schrieb ich dem Rauch aus dem Küchenherd zu. Ein ungünstiger Wind hielt den Qualm im Abzug gefangen. Sie war gezwungen, trotz dem morgendlichen Frost das Fenster zu öffnen, aber da hatte ich mein Frühstück schon verzehrt. Es reichte gerade noch für einen flüchtigen Abschiedskuss unter der Küchentüre.

Die folgenden Tage schlichen in lauernder Gleichförmigkeit dahin. Bei immer mehr jüdischen Familien fehlten jetzt die Väter, sie hatten das Aufgebot für den Arbeitsdienst erhalten und ihr Zuhause innerhalb von vierundzwanzig Stunden verlassen müssen. Niemand wusste genau, wann sie wieder zurückkommen würden. Selbst Frauen, die noch vor einem Monat schnippisch einen Bogen um unseren Laden gemacht hätten, überwanden jetzt ihren Widerwillen. Was blieb ihnen anderes übrig. Wir gehörten zu den letzten Geschäften, wo man noch anschreiben lassen konnte. Mutter wurde zu einer Art wohltätiger Instanz. Auf der Strasse bekam ich immer wieder Grüsse von Leuten für sie aufgetragen, die ich gar nicht kannte. Die Liste in unserem Debitorenbuch wurde schnell länger. Obschon wir erst März hatten, wäre es sicher bald voll gewesen. Vater hielt sich die meiste Zeit im Hintergrund und liess den Geschäften ihren Lauf. Eigentlich hätte er sich sehr beunruhigen müssen, denn aus seinen Bemerkungen war zu schliessen, dass der Umsatz zwar von Tag zu Tag stieg, aber die Kasse dadurch kaum voller wurde. In den Regalen klafften immer grössere Lücken. Aber weder trieb er nun unbarmherzig Ausstände ein, noch schob er wenigstens dem weiteren Anwachsen der Liste einen Riegel. Man sah ihn kaum noch im Geschäft. Die Lücken in den Regalen klafften immer bedrohlicher, ständig mussten wir Kunden wegschicken. Die Veränderung in Vaters Geschäftsgebaren war nicht zu übersehen. Anstatt die Vorräte aufzufüllen, stand ihm bei jedem Gegenstand, der den Laden verliess und noch etwas Geld löste, die Erleichterung ins Gesicht geschrieben. Vieles gab er sogar unter dem Einstandspreis ab. Bald war die verbliebene Meterware der einzige Posten von wirklichem, das hiess für ihn haltbarem Wert in unserem Inventar. Die letzten zwei Säcke Reis und Getreide hatte Mutter mit aufgesteckten Zetteln versehen: »Unverkäuflich«.

Mit was er sich den ganzen Tag beschäftigte, blieb mir verborgen. Nicht einmal mehr zum Kartenspiel ging er seit jenem Sonntag. Laute Klagen waren in dieser Zeit von niemandem zu vernehmen. Unauffällig widmeten sich alle ihren verschiedenen Angelegenheiten. Sagte nicht sogar Rabbiner Bernstein der Gemeinde, dass auch wir unseren Teil an die kriegsbedingten Anstrengungen der gesamten Nation beitragen müssten, auch wenn wir nicht mit allen Massnahmen einverstanden seien? Den Gesetzen des Vaterlandes habe man sich zu fügen. Besonders in schwierigen Zeiten. Die Deutschen seien als Verbündete im Kampf gegen Russland gekommen. Nicht als Eroberer. Wir hätten also nichts zu befürchten. Auf deutsches Drängen hin hatte die Regierung in jeder Stadt einen Rat der Juden einsetzen lassen. Seinen Anordnungen war Folge zu leisten, ihm oblag das Wohl und der Schutz aller Juden in seinem Gebiet, und er war dafür zuständig, dass allen Erlassen genauestens nachgelebt wurde, »... denn nur Gott der Allmächtige steht über den Gesetzen der Nation!«

Für meinen Vater kam kein Marschbefehl. Onkel Shamu war irgendwo in der Ukraine, Soli ebenfalls, Mickis Vater arbeitete in einem Stahlwerk ganz in der Nähe, Paul Eisenberg wusste nicht, wo seiner war, aber ausgerechnet mein Vater würde wahrscheinlich kein Aufgebot mehr erhalten. Entgegen den Erwartungen kamen die Russen nicht derart voran, dass wir etwas davon gemerkt hätten. Wenn man dem Nachrichtensprecher glauben wollte, so steckte die Front ein paar hundert Kilometer von uns entfernt im ukrainischen Morast fest. Häufig kam ich von der Schule nach Hause und fand Vater schon mitten am Tag mit den anderen vor dem Radio versammelt. Wenn ich auf die Klappe zum Keller trat, die seit Jahren knarrte, starrten sie mich für eine Sekunde alle an, als wäre ein Blitz in ihre Mitte gefahren, wo auf seinem kleinen Möbelchen von der Wand weggerückt der Apparat stand. Entblösst, jetzt, da er keinen Laut mehr von sich gab. Mutter hielt sich etwas abseits von ihnen. Ihre nunmehr ständig geröteten Augen konnten nicht alleine vom Ofen herrühren. Ihre Schultern zuckten. Sie ging durch den Raum und murmelte: »Bald brauchen die Russen gar nicht mehr zu kommen.« Onkel Kalman, der schon immer vorgegeben hatte, von den wichtigen Ereignissen auf der Welt mehr als alle anderen zu verstehen, winkte ab: »Wartet nur, bis sie die deutschen Linien am Dnjestr überwunden haben! Dann werden sie wie eine Springflut über die Wehrmacht hereinbrechen.« Seinen kurzen Armen gelang es nicht, die hervorsprudelnden Worte zusammenzuhalten. Aber Mutter schien seinen Ausführungen keine grosse Beachtung zu schenken. Ihr Schulterzucken war in ein Schütteln übergegangen, das den ganzen Körper erfasste. Dann floh sie in die Küche. Sie fand keinen Halt mehr, bis Vater sich erhob, hinüberschritt und gross wie eine Wolke seine Arme um sie legte. Dann war nur noch ein Wimmern zu hören, von Vaters Kleidern abgedämpft. Ich hasste ihr Weinen, denn es war, als hätte sie hinter sich die Türe ins Schloss gezogen und mich alleine im Haus gelassen. Ich wusste, sie verschwieg mir etwas. Es sei halt alles ein wenig schwieriger geworden in letzter Zeit, beantwortete sie meine Fragen, und so richtig wollte ich es auch nicht erfahren. Gefragt hatte ich, mehr konnte niemand von mir erwarten. Ich rannte in den Hof und liess es die Hühner spüren.

Vaters Schärfe wich innert Tagen einer fast beängstigenden Nachlässigkeit. Ich glaube, er hatte den letzten Schultag, das Zeugnis, die Frage, was nachher geschehen würde, ganz einfach vergessen. All diese Dinge räumten den mir verborgenen Ereignissen so gründlich das Feld, dass sie für ganze Tage auch aus meinem Gesichtsfeld verschwanden, und wenn ich mich wieder erinnerte, war mir, als hinge der Rucksack, eben noch mit einem schweren Stein beladen, plötzlich schlaff an meinem Rücken, ohne dass ich wusste, wie ich das Gewicht verloren hatte. Doch bei geschlossenen Augen breitete sich in der ganzen Erleichterung ein grauer Kreis aus. Verschwommen erkannte ich Wände und über mir eine dünne Decke. Sie zitterte leicht und entsandte ein helles, blechernes Geräusch in die Luft. Noch während ich die Grenzen abtastete, wurde das Geräusch immer stärker, schneller, bald ein wirbelnder Lärm, die Augen wieder aufgerissen, war der Raum um mich herum ein sich immer schneller drehender Kreisel. Irgendwann musste in diesem Wirbel eine schützende Glocke zersprungen sein.

An einem dieser Nachmittage ging ich zu Onkel Lajosh in die Schneiderei. Mir war nichts Besseres eingefallen. Seit man die

Häuser nur noch verliess, wenn es nötig war, spielte keiner meiner Freunden mehr auf dem Weizenplatz Fussball. Ich öffnete leise die Türe zum Atelier. Falls er zuviel Kundschaft hätte, wollte ich lieber ein paar Minuten warten. Aber es herrschte eine erstaunliche Ruhe. Gleich im Eingang bemerkte ich, dass sein allseits bewunderter Telefonapparat von der Wand geschraubt war. An seiner Stelle prangte ein leerer weisser Fleck. Onkel Lajosh aber sass auf dem langbeinigen Hocker über dem Schneidertisch, die hölzerne Latte vor sich, und anstatt rastlos zu arbeiten, wie es seine Art war, reinigte er sich mit der langen Schere innig die Fingernägel. Von Kundschaft keine Spur. Er schien nicht richtig zu wissen, was er an dieser Stätte eigentlich zu suchen hatte. Onkel Lajoshs Atelier ohne das Telefon! Das ganze Licht der weiten Welt schien erloschen, eine gewöhnliche Werkstatt, ein muffiger Arbeitsraum wie Hunderte anderer in der Stadt.

Sie seien es vor einer Stunde holen gekommen, brummte er in seinen Kragen, gleichgültig, ob ich ihn verstehen konnte. Ich begriff nicht: »War es denn kaputt?«

»Nein. Ein Gendarm kam vorbei.«

»Bringt er Euch ein anderes?«

Juden durften ab sofort kein Telefon mehr besitzen. Telefonapparate waren kriegswichtige Geräte, las ich auf dem Blatt, das er mir, ohne bis jetzt aufgeschaut zu haben, über den Tisch zugeschoben hatte, als hielte er mich für einen Kunden, dessen Bestellung nicht zum vereinbarten Zeitpunkt bereit war, und als sei das der Beweis, dass die Ursache nicht in seiner Macht lag: Das Dekret Nr. 1.140/1944. Ich verstand, dass der Empfänger dieses Befehls verpflichtet war, dem dazu ermächtigten Beamten den Apparat unversehrt zu übergeben. Fehlbaren drohten beängstigende Strafen durch die hierfür zuständige Militärgerichtsbarkeit und unter Anwendung der für den Kriegsfall üblichen Massnahmen. Unterzeichnet im Namen des Verteidigungsministers. Während ich las, blieb Lajosh sitzen, wie ich ihn angetroffen hatte, und als ich mit meinen Überlegungen, zu welchen feindlichen Handlungen ein Telefonapparat dienen könnte, an kein Ende gekommen war, brauchte es ein paar energische Vorstösse meinerseits, bis er seine Schere weglegte. Unentschlossen riss er seinen Blick von den schon lange sauberen Nägeln los. Da erst schien er mich zu erkennen:

»Ach, wartest du schon lange? Tja, den Apparat haben sie mir weggenommen, wie du siehst. Aber schliesslich nähe ich ja nicht mit dem Telefon, was meinst du?« Aber ich sei sicher wegen dem Eis gekommen, und nicht, um ihm bei der Arbeit zu helfen. Er habe ohnehin nicht genug für uns zwei. Ich nickte, er machte sich an der Schublade mit der Kasse zu schaffen, und ich verliess ihn mit genug Geld für ein Eis jeden Tag, diese und die nächste Woche.

Jetzt folgte ein neues Gesetz dem anderen. Bevor man noch richtig feststellen konnte, was es mit dem letzten für eine Bewandtnis hatte, war das nächste schon in Kraft. Die Erlasse prasselten nur so auf uns nieder. Vaters Gesicht wirkte vor Kümmernis wie beschlagen. Mit jedem Tag, den ihn die Russen warten liessen, sank sein Körper mehr in sich zusammen, die Niedergeschlagenheit entströmte ihm wie ein unangenehmer Geruch.

Es folgte das Dekret, welches mich alle anderen vergessen machte: der »Erlass Nr. 1.240, betreffend die Kennzeichnung der Juden«. Ab sofort mussten wir alle einen gelben Stern tragen. Kinder und Erwachsene, über der rechten Brust, so aufgenäht, dass er zu jeder Zeit voll und ganz zu sehen war. »Der Judenrat. Im Namen des Innenministers.« Mutter machte sich noch am gleichen Nachmittag, als Rabbiner Bernstein die Verfügung bekanntgegeben hatte, an die Arbeit. Die Masse waren genau vorgeschrieben. Zuerst hatte sie eine Schablone aus einem Karton geschnitten. Damit zeichnete sie einen Stern neben den anderen auf den Stoff, darauf achtend, dass am Rand möglichst wenig Rest blieb. Diese schnitt sie aus. Für jede Jacke, jeden Pullover einen, für die Mäntel und Kleider, bei einer vierköpfigen Familie kamen einige zusammen. Meine Sachen waren als erste an der Reihe. Sie nähte, das Gesicht nahe an der Wäsche, als warteten draussen Heerscharen von ungeduldigen Kunden. Vater verkaufte laufmeterweise gelben Stoff, die Kunden rissen ihm jedes Stück aus der Hand, bis wir leergekauft waren und ich zu Onkel Lajosh nach Nachschub geschickt wurde. Ich wollte gleich loslaufen, doch Mutter hielt mich zurück. »Deine Jacke! Und dein Pullover!« Ich musste insgeheim gehofft haben, dass, bevor sie mich traf, irgend etwas geschah, das die Massnahme rückgängig machte, oder sie niemand ernst nehme, bis sie vielleicht vergessen ginge. Doch jetzt musste ich Jacke und Pullover ausziehen. Schnell waren die gelben Flecken angebracht.

Onkel Lajoshs Vorrat an gelbem Stoff war ausgegangen.

Ich trug die Marke wie eine Entstellung aus schwerer Krankheit. Dass ich nicht der einzige war und plötzlich alle Juden das Zeichen trugen – bei gut einem Drittel meiner Mitschüler prangte der Stern auf der Brust –, machte die Sache nicht leichter, im Gegenteil. Wäre ich allein gekennzeichnet gewesen, hätte ich Mittel und Wege suchen können, um die Besonderheit als Eigenschaft, die mich von allen anderen abhob, zu ertragen. Nicht gerade wie der Mann auf dem Jahrmarkt seinen drolligen Rumpf ohne Glieder, aber mit einer Prise Geheimniskrämerei, um mir respektvolle Beachtung zu verschaffen. Dadurch nun, dass ich zu einer Gruppe gehörte, ja, zu einem ganzen Bevölkerungsteil, war mir dieser einzige Ausweg versperrt. Es war gänzlich unmöglich, etwas Besonderes zu sein. Man war nur anders. Anders, sonst nichts. Es gab kaum etwas, worüber zu streiten sich lohnte, nichts, das verteidigt oder erklärt zu werden brauchte. Der Rabbiner sagte nur, es sei zu unserem eigenen Schutz, in der Hauptstadt habe es sich gut bewährt. Dort seien die Übergriffe merklich zurückgegangen, und überall trug man den Stern ohne Murren. Da fiel mir überhaupt erst auf, wie viele Juden es in unserer Stadt gab, darunter die unterschiedlichsten Gestalten. Ich hätte mir nie träumen lassen, dass ich irgendeinmal mit denselben Schimpfwörtern gemeint sein könnte wie sie. Ab sofort zählte allein das eitrige sechszackige Zeichen auf der Brust, und ich gehörte dazu.

Aber den Stern nicht zu tragen wäre noch auffallender gewesen. An seiner Stelle hätte ein Loch geklafft. Um den Preis, dass ich nach Möglichkeit all die Orte zu umgehen versuchte, wo ich Gefahr lief, Menschen ohne die Brandmarkung zu treffen, gewöhnte ich mich an die bleibende Krankheit. Sogar die italienische Eisdiele begann ich zu meiden. Es waren vielleicht zehn Tage seit dem deutschen Einmarsch vergangen. Die Münzen von meinem letzten Besuch in Onkel Lajoshs Atelier blieben in meiner kleinen Büchse und gingen am Schluss wahrscheinlich den Weg all meiner anderen Habe, die ich damals noch hatte.

An einem Morgen war der Ofen zum Frühstück nicht eingeheizt. Auf meine Frage, wo Anna geblieben sei, meinte meine Mutter kurz angebunden, dass sie heute den Haushalt alleine mache. Agi schaute über den Tisch in ihre Richtung. Anna werde nicht mehr kommen. Nie mehr. Wir würden uns daran gewöhnen müssen, unterbrach sie das Schweigen. Ich erschrak. Vielleicht hatte doch jemand von unserer heimlichen Taufe erfahren. Man hatte Anna verhaftet. Jetzt steckte sie in einem dunklen Verlies, von wo sie nie mehr herausgelassen würde. Ich überlegte, wem alles ich damals davon erzählt hatte – es fielen mir viel zu viele Namen ein. Lange konnte es nicht mehr dauern, bis sie auch mich heimsuchen würden. Verzweifelt suchte ich nach Rechtfertigungen. Jetzt würde ich wenigstens lernen, mein Bett zu machen und das Geschirr in die Küche zu tragen, setzte Agi hinzu. »Es hat alles seine Vorteile, nicht wahr, Mutter!« Aber Mutter war in der Küche und liess sich nicht vernehmen.

Ach, Agi hatte keine Ahnung, woran ich dachte. Sie war nicht eingeweiht. Diesmal nicht. Ich wollte sie schlagen, aber sie entwischte mir um den Tisch. Nachdem ich eine Weile hinter ihr hergerannt war, erfuhr ich, dass Anna nichts zugestossen sei. Es war nur verboten, weiterhin christliche Angestellte zu haben.

Wir verschnauften. Zwischen uns der Tisch. Ich hatte nicht begriffen.

»Arbeiten nicht auch Juden bei Christen?« Schliesslich hatte mir Anna erst kürzlich gesagt, sie würde uns niemals verlassen, schon meinethalben nicht.

»Natürlich. Aber das ist nicht dasselbe. Noch nicht.« Agis spöttischer Tonfall trieb mich wieder an. Das sei ein Gesetz. Wie andere auch. Juden durften ab sofort keine christlichen Angestellten mehr haben. Punktum. Übrigens gelte das schon seit gestern. Anna habe also einen Tag verbotenerweise bei uns gearbeitet. Hochnäsig liess sie mich stehen und räumte das Geschirr ab. Anna sah ich nie wieder.

Als nächstes mussten die jüdischen Ärzte und Anwälte ihre Tätigkeit einstellen, was mich zwar nicht betraf, ich hätte es wohl kaum erfahren, denn wir hatten nie einen Arzt gebraucht und, soviel ich weiss, auch keinen Anwalt, aber es war der Moment, als Vater sagte, wir könnten nicht mehr ewig auf die Russen warten. Er verpackte die unzähligen Stoffballen in wächsernes Leinen und stapelte sie den Wänden entlang auf. Einige Tage später hielt ein Bauer mit einem Wagen vor dem Laden. Vater und er wechselten kaum ein Wort. Stumm und mit übereinstimmenden Griffen luden sie soviel sie konnten auf, ich wollte wissen wohin, doch sie fuhren ohne eine Antwort weg. Mutter führte den Zeigefinger an die Lippen und schüttelte den Kopf. Am Abend kam Vater wieder. Die erste Wagenladung war in Sicherheit, doch für die zweite, am nächsten Morgen früh, reichte es nicht mehr.

Anfänglich vernahm man ein stetes Grollen von der Ebene im Westen her. Die Männer waren alle vor das Haus getreten, aber keiner wusste, was da auf uns zukam. Bis auf Onkel Kalman. Wahrscheinlich einer seiner Eingebungen folgend, rief er laut und über die Häuser hinweg: »Motoren, das sind Motoren!« Dieses eine Mal sollte er recht behalten. Ausser dem Brummen war jetzt hell und deutlich das Knirschen von schweren Ketten zu hören, die den Schotter zermalmten. Es kam immer näher, der Boden zitterte, und als es da war, hörte es während Tagen nicht mehr auf. Ein Geruch von Öl und Staub erfüllte die Luft. Wir Kinder bestaunten vom Fenster aus Panzer und Kanonen, versuchten zu raten, was unter den Planen auf den Lastwagen steckte; wenn ein Fahrer in unsere Richtung blickte, winkten wir verhalten. Ich wusste nicht, wer diese deutschen Truppen mit ihrem wuchtigen Gerät jemals besiegen sollte, und war sicher, den Russen wäre angst und bange geworden, wenn sie gesehen hätten, was ich in diesen Tagen sah. Ein unaufhörlicher Tatzelwurm kroch Richtung Osten. Mutter zog mich immer wieder vom Fenster fort.

Vor mir wurde nie über Zukunft gesprochen. Das allgemeine Schweigen hielt wie ein Schild jedes Morgen fern. Die Zeit war zu einem grossen Warten verkommen, ohne dass mir jemand sagte worauf. Man ging nur noch für die wichtigsten Besorgungen aus dem Haus. Wenn der Wind günstig stand, konnte ich Fetzen des Geschreis vom Weizenplatz her hören, den die anderen ganz eingenommen hatten. Wir spielten höchstens im Hof und dem angrenzenden Waldstück, wo wir immer noch die Höhle hatten. Meinen Freund Albert sah ich nur noch in der Schule oder ab und zu durch die Fensterscheibe zu Hause, wo mich die Langeweile zu lähmen drohte, während er draussen herumstrolchen konnte. Die Strasse gehörte ihm. Wenn er hin und wieder beiläufig in meine Richtung blickte, trat ich schnell zurück. Auf dem Schulweg hielten wir uns eng an den Hausmauern. Wo es keine gab, beschleunigten wir den Schritt; bevor wir die Strasse überquerten, schauten wir zuerst in alle Richtungen, ob die Luft rein sei. Am Ziel angekommen, strebte ich auf kürzestem Weg zu meiner Bank und liess mich sinken, immer tiefer. In den Augen der anderen Kinder musste uns über Nacht ein seltsames Unglück angefallen haben. Sie schwiegen nachsichtig, als könnte das gezackte Geschwür auf unserer Brust durch geflissentliches Nichtbeachten und etwas Geduld wieder zum Verschwinden gebracht werden. Auch die Lehrer verloren kein Wort über den Stern. Aber sobald ich merkte, dass jemand mich anschaute, war mir, als entzündete sich unter der Stelle die Haut auf der Brust.

Die Schule betreffend nahm ich keine Veränderungen zur Kenntnis, ausser dass der Levente-Dienst ab sofort für abgeschafft erklärt wurde, während die christlichen Kinder wie bis anhin ihre Kriegsspiele betreiben durften. An den zusätzlichen freien Nachmittagen träumten wir zusammen mit dem jungen Goldberg von Palästina, wohin zwar noch immer keine Seele aufgebrochen war, aber um so heftiger wurde das Verlangen danach besungen, und die flammenden Vorträge schienen das Ziel in greifbare Nähe zu rücken. Trotzdem, so stellte ich mir vor, musste eine stillschweigende Vereinbarung zwischen den Lehrern und unseren Eltern getroffen worden sein, denn niemand schien sich mehr an meinen mangelnden Leistungen zu stossen, niemand, weder Vater noch Mutter, sprach über Noten. Ebenso stand die Sache in der Schule. Die Lehrer liessen mich in Ruhe. Uns alle. Sogar mit Hausaufgaben. Die Schule war plötzlich nichts anderes mehr als ein Aufenthaltsort während des Tages. Wollte man ausnahmsweise von sich aus etwas wissen, wurde, wenn überhaupt, mit sanfter Stimme geantwortet, mit einem leisen Vorbehalt, in dem ein Erstaunen lag, dass wir überhaupt noch unsere Plätze in den Bänken einnahmen. Kein lautes Wort fiel mehr gegen uns, Strafen, wie die Schläge mit dem Rohrstock, blieben aus. Streckten ein paar Schüler gleichzeitig den Arm hoch und war auch nur einer der anderen darunter, so fragte der Lehrer diesen. Der ganze Unterricht schien nur noch den anderen zu gelten. Im Turnunterricht kam wegen der Zusammenstellung der Parteien für das Ballspiel einmal Streit auf. Ein paar jüdische Kinder waren übriggeblieben. Der Lehrer musste sie selber auf die Gruppen verteilen. Aber kaum begann das Spiel, wurden sie von der eigenen Mannschaft mehr geschlagen als von der gegnerischen. Bis ein lauter Pfiff das Spiel unterbrach. Die ganze Klasse musste sich in einer Linie aufstellen. Des Lehrers Rede war eine Ermahnung an die Klasse, sich den jüdischen Mitschülern gegenüber anständig und höflich zu verhalten. Unser Schicksal befände sich jetzt endlich in den richtigen Händen, nachdem es der Regierung des Landes bis anhin nicht gelungen sei, das »jüdische Problem«, wie er es nannte, alleine aus der Welt zu schaffen. Es würde sicher nicht mehr ewig dauern.

Die letzte Prüfung in Deutsch erhielt ich mit einer ungenügenden Note zurück, was ich schon im voraus ahnte. Aber anstatt grimmig die Stirne in Falten zu legen und seine gewohnten Drohungen auszustossen, wie gut wir für die Zukunft beraten seien, uns in Deutsch ein wenig Mühe zu geben, reichte der Lehrer mir das Heft gleichgültig hin und tröstete mich: Das mache überhaupt nichts aus. Ich hätte jetzt sicher andere Sorgen. So sass ich zugleich aufgeschreckt und schlummernd meine Zeit ab. Es blieb mir nichts anderes zu tun, als die Tage zu zählen, bis draussen im Gang der alte Abwart zum letzten Mal am Glockenstrick ziehen würde und das hektische Bimmeln für immer verstummte.

Agi hingegen schien nichts anfechten zu können. Sie ging mit demselben Eifer zur Schule, der sie schon immer schmückte. Um so mehr, als auch bei ihr der Abschluss bevorstand. Lernte sie nicht für die Prüfungen, half sie an Annas Stelle im Haushalt. Am Abend vor dem grossen Tag legte sie ihr blaues Kleid frisch gebügelt zurecht, musste aber am nächsten Morgen alles noch einmal machen, denn ich hatte mich draufgesetzt. Zu ihrem Glück. Weil das Kleid nicht dem alltäglichen Gebrauch unterlag, war es schon lange nicht mehr aus dem Schrank geholt worden. Es fehlte der gelbe Stern, wie sich erst im letzten Augenblick herausstellte. Trotz der Eile nähte sie sorgfältig, als handle es sich um eine Verzierung, ähnlich dem Weihnachtsschmuck, mit dem sie jedes Jahr die Vorhänge im Geschäft versehen hatte. Voller Zuversicht, ausgerüstet mit den reifen Früchten ihres Fleisses all der vergangenen Jahre, machte sie sich auf den Weg. Die allerbesten Wünsche von Mutter, Tante Borish und der restlichen Nachbarschaft aus dem Hof begleiteten sie. Von der Strasse her, fast schon am Weizenplatz unten, winkte sie zu uns zurück, als zöge sie in einen Wettkampf. An einem der nächsten Tage kam die Bestätigung: Klassenbeste.

Während dem Nachtessen schielte ich hin und wieder verstohlen auf das verzierte Prüfungszeugnis zwischen uns auf dem Tisch: Eine Reihe von Einsen mit Ausrufezeichen, eine einzige Zwei konnte ich ausmachen. Aber anstatt dass alle strahlten, blickte Vater sorgenvoll zu Mutter, Mutter schaute hilflos auf Agi, und die starrte vor sich in den Teller, eine Hand hielt das Brot, an dem sie nun schon eine ganze Weile kaute, und die andere zerrieb Krumen. Um mich kümmerte sich niemand. Das Gespräch drehte sich nicht um die guten Noten, auch nicht um ihre Zukunft an einer höheren Schule, die für sie vorgesehen war – Emmi, unsere ältere Cousine, hatte gar vom Ausland, London oder Paris, gesprochen, seit bei uns die Anzahl jüdischer Studenten beschränkt worden war; Vater winkte jedes Mal ab, und Mutter schwieg nachdenklich, um dennoch zu fragen: »London, Paris, meinst du wirklich ...?« –, sondern um die Schuloberin, die etwas ganz Neues vorgeschlagen hatte.

Obschon Agi sich bis anhin nicht über ihre Wünsche für die Zukunft geäussert hatte, war sie vor eine Entscheidung gestellt, das gerahmte Prüfungszeugnis noch immer auf dem Tisch. Am katholischen Töchtergymnasium war man schon immer von Agi begeistert gewesen. Mit einem Brief liess die Oberin ausrichten, sie mache sich grosse Sorgen. Sie und ihre Ordensschwestern wären bereit, Agi für die kommende Zeit in ein Kloster aufzunehmen. Niemand könne heute wissen, auf was man sich noch gefasst machen müsse. Man sei sehr stolz auf eine so aussergewöhnliche Schülerin. Nicht nur habe sie sich zu einer äusserst fleissigen, zuverlässigen und wissensdurstigen jungen Frau entwickelt, mit ihrer Ordnungsliebe und Höflichkeit sei sie allen auch ein leuchtendes Vorbild gewesen. Kurz, das Kollegium teile mit ihr die Meinung, dass unsere Agi eine Zierde für jede Anstalt darstelle, die sie aufnehmen dürfe, und sei deshalb übereingekommen, ihr zu ermöglichen, die nächste Zeit, solange es die Umstände erforderten, unter dem Schutz der Kirche weiterzulernen. Die einzige Bedingung: Sie müsse sich zur christlichen Taufe bereit erklären und dazu, die Familie auf unbestimmte Zeit zu verlassen. Sie werde während der Zeit ihres Aufenthaltes im Kloster weder die Gelegenheit haben, irgend jemanden zu besuchen, noch selber Besuch zu empfangen, und solle sich die Zeit nehmen, die ein solch zweifellos schwerer

Entschluss brauche, um zu reifen, aber man wolle sie bitten, die Antwort nicht unnötig hinauszuschieben. Soweit Mater Tauber, die Oberin.

Aber Agi nahm sich keine Zeit. Sie hörte auf zu kauen. »Nein! Ich habe nie die geringste Andeutung gemacht, dass ich einen solchen Schritt auch nur in Erwägung ziehen könnte.«

Vater stand auf: Getauft sei man schnell. Davon soll sie sich nicht abhalten lassen. Wenn es sein müsse, machten die innert weniger Tage eine Katholikin aus ihr, und Mutter ergänzte, die Oberin sei doch eine kluge Frau. Sie würde nie ernsthaft von Agi verlangen, ihren Glauben abzulegen. Vater nickte. Agi schaute zu mir herüber, aber ich hatte keinen Ratschlag für sie bereit. Ich dachte nur an ihr Zimmer – daran, dass sie ungefähr in meinem Alter gewesen sein musste, als sie es bezogen hatte. Aber ihre eigenen Überlegungen schienen in eine ganz andere Richtung zu zielen: Es seien nicht alle Schwestern wie die Oberin. Sicher gebe es Prüfungen, wie stark jemand an Jesus Christus glaubte.

»Auch die würdest du bestehen, da bin ich mir sicher«, antwortete Vater. Im übrigen könne der Krieg ja nicht mehr ewig dauern. Er habe gehört, gestern seien die ersten amerikanischen Flugzeuge über Budapest aufgetaucht.

Aber am nächsten Tag weckte mich Agi wie immer. Sie war mit Mutter aufgestanden und machte keine Anstalten zu gehen. Auf meine Frage »Gehst du nun?« antwortete sie, es komme ganz darauf an, wie ich mich benehme. Was ich denn lieber hätte?

Ich gab ihr keine Antwort, und hätte ich mich zu der mir am nächsten liegenden durchgerungen, so würde ich sie schon ein paar Stunden später, während des ersten Fliegeralarms in der Stadt, bereut haben. Ein Heulen zerriss den Himmel über uns, alle Winde fuhren gleichzeitig herunter, in meinem Drang, Hals über Kopf in den Keller zu stürzen, schrie ich nach Mutter und Vater, und weil keine Antwort kam, auch nach Agi, denn ich fürchtete mich mehr davor, auch nur eine Minute dort unten alleine zu bleiben, als vor den Bomben. Doch auch Agi antwortete auf mein Rufen nicht. Verzweifelt schaute ich mich um. Die Lüfte schwollen, zogen sich wieder zusammen und bäumten sich noch höher, während die anderen im Haus nur einen Moment ihre Verrichtungen unterbrachen, um einander fast freudig in die Augen zu blicken. Beim letzten langgezogenen Heulen ging die Türe auf. Onkel Kalman stürzte herein: »Die Sirenen! Hört ihr die Sirenen!« rief er gänzlich überflüssig, als hätte er jeden Tag mit Warten auf dieses Wunder verbracht. »Was habe ich euch gesagt! Es geht nicht mehr lange, bald wird sich alles verkriechen. Und wenn sie wieder hervorkommen, werden sie den lieben Gott anflehen, er möge sie mit dem jüngsten Gericht verschonen und lieber wieder mit dem Nötigsten versorgen.«

Aber vorläufig kam alles ganz anders.

Jeden Tag strömten Menschen aus den umliegenden Ortschaften in die Stadt. Sie trieben in schwankenden Kolonnen mit ihrer Habe alle auf die paar Strassenzüge von uns entfernt zu, wo schon immer die meisten Juden gewohnt hatten. Bald würden sie in andere Teile des Landes verbracht, hiess es. Das Viertel jenseits der Hauptstrasse bis an den Stadtrand vor dem Wald erhielt im Gefolge dieses Zustroms einen neuen Namen: »Ghetto«. In der übrigen Stadt mussten immer mehr jüdische Geschäfte schliessen. Sie erhielten die Befehle von Vertretern des Judenrats übermittelt, denen am nächsten Tag schon der Beamte für die Versiegelung folgte.

In diesen Tagen konnte ich Vaters Schatten nach Einbruch der Dunkelheit mit einer Schaufel im Hof sehen. – Mutter trug keinen Schmuck mehr, das Silberbesteck, mit dem wir zeit meines Lebens nie gegessen hatten, war verschwunden, die Vitrine leer – und als bald darauf auch er Order erhielt, das Geschäft zu übergeben, schloss er die Türe zur Strasse, verhängte die Fenster und legte alles ordentlich hin. Zuoberst das Debitorenbuch.

Was wir noch an Bargeld hatten, wurde in gefütterte Kleider und Gürtel genäht. Sogar Vater hatte sich mit Nadel, Faden und Schere hingesetzt, bis die letzte Banknote auf die Art verschwunden war. Ohne irgendwelche Erklärungen war auch mir klar, dass die Tage gezählt waren, bis auch wir unser Zuhause verlassen mussten, und so machte ich mich, während die anderen nähten, auf in den Estrich. Ich holte meine Briefmarken, die vielen Radiobestandteile und ein paar andere Kostbarkeiten und trug alles in den Keller hinunter. Nur der lederne Fussball hatte keinen Platz mehr in der Ecke hinter ein paar Säcken, wo ich den ganzen Schatz versteckte. Ich behielt ihn oben unter dem Bett, zusammen mit einer Kupferspule, die ich nachträglich noch fand.

Ab sofort war es uns verboten, Radio zu hören. Jeder Verstoss gegen das Verbot würde als feindliche Handlung in Kriegszeiten betrachtet und strengstens von der Gendarmerie verfolgt, die ermächtigt sei, ohne vorherige Anmeldung und auch ohne anzuklopfen die Haushalte zu betreten. Zu unserer Information war das Organ des Judenrates geschaffen worden, das aufmerksam gelesen wurde. Fortan schwieg also der Apparat an der Wand, dafür ging Vater manchmal in die kleine Werkstatt von Bok hinüber. Diese stand immer voller Geräte. Es war nichts Verfängliches daran, wenn hin und wieder eines zur Probe lief. So wusste Vater von den Niederlagen der deutschen Truppen an allen Fronten.

Als letztes schloss die Schule. Einige Tage zuvor war uns mitgeteilt worden, der Feind mache in seinen verzweifelten, aber vergeblichen Angriffen nicht einmal mehr vor Schulen und Krankenhäusern halt. Doch die Bevölkerung lasse sich nicht demoralisieren, auch nicht von Elementen, die heimlich über jeden Treffer frohlockten. Zudem hatten sich die Lehrer in den Dienst der Verteidigung unseres Vaterlandes zu stellen und sollten bald eingezogen werden. Die letzten Prüfungen wurden in aller Eile geschrieben. Am Schluss erhielten wir dennoch die Zeugnisse ausgestellt. Zu Hause konnte ich beobachten, wie es unbeachtet mit einer Reihe von anderen Papieren in einer Kiste verschwand, der letzten, die den Weg in den Keller nahm.

9)
Dave, noch immer mit dem Rundbrief beschäftigt, schüttelte plötzlich heftig den Kopf. Sie waren allein im Tonraum. »Hör dir das an! Die Kampagne trägt den Namen ›Eine Million Erinnerungen‹. Ihr Ziel ist es, eine Million Pennies zum Gedenken an die ungefähr eine Million jüdischer Kinder zu sammeln, die im Holocaust gestorben sind. Eine kleine Ausstellung über das Museum ist in der Schule installiert worden, in ihrem Zentrum steht eine grosse Flasche, welche die Kinder jeden Tag besuchen, um sie mit ihren Pennies zu füllen. Die Kinder hoffen, die Million, also zehntausend Dollar, bis zum Tage der Eröffnung des Museums gesammelt zu haben. Schau selber ...« Er schob den aufgeschlagenen Rundbrief über den Tisch. Georg sah die zwei Abbildungen von Ausstellungsgegenständen aus der Sammlung des Museums, die

den Artikel illustrierten: ein antisemitisches Kinderbuch aus dem Jahre 1936 und eine Zeichnung von Kindern aus Theresienstadt, die sich um einen Chanukkahleuchter versammelt hatten.

»Hast du die Talkshow vorgestern abend gesehen?« fragte Dave.

Georg verneinte. »Worum ging es denn?«

»Eine Runde sportlicher, gut gekleideter Herren, zwei Nasa-Direktoren, ein Professor für Astronomie der Universität Tucson und der Leiter eines Institutes für Weltraumtechnologie diskutierten über das Projekt eines Labors im All. Die Planung allein hat schon über eine Milliarde Dollar verschlungen. Gegen Ende der Sendezeit konnten sich die Hörer einschalten. Darunter war einer, der fragte, was dort oben denn überhaupt geforscht würde, wenn es soweit sei, denn allein, ob sich Mäuse unter den Bedingungen der Schwerelosigkeit schneller vermehrten als auf der Erde und ähnliches, rechtfertige wohl kaum Ausgaben in der Höhe eines Jahresbudgets einer mittleren Industrienation. Anstatt zu antworten, wurde der Geist der Forschung beschworen und die ewige Aspiration des Menschen, das Gefängnis der Erde und ihrer Atmosphäre zu verlassen. Setze anstelle des Wortes Forschung einfach einmal Erinnerung. Dann hast du ungefähr das Problem. Verstehst du?«

Der Volontär war über den plötzlichen Ausbruch von Unwillen überrascht, denn Dave war sonst keiner, der seine Bedenken, auch nicht die leisesten, an einer anderen Stelle als der dafür zuständigen äussern würde. »Was heisst denn Erinnerung, wenn man täglich davon lebt, sich möglichst um gar nichts ein Gewissen zu machen. Dieses Land wird doch eines am allerwenigsten lernen, solange der Druck, in der Öffentlichkeit strahlen zu müssen, auf jeder Handlung lastet: nämlich gerade die Erinnerung, das unvoreingenommene Befragen der eigenen Geschichte«, ereiferte er sich weiter.

Die Kassetten lagen auf dem Tisch. Georg wollte eine erste einlegen, da trat Ben hinzu. Er hatte den Schluss von Daves Ausführungen gehört und übernahm die Rede, als hätten sie das schon etliche Male zusammen eingeübt.

»Das Gedächtnis einer ganzen Generation wird in handliche Floskeln verpackt, verwaltet, und nichts kann der Routine etwas anhaben, ausser vielleicht, wenn unglücklicherweise die Spenden nicht im erwarteten Masse fliessen. Dann werden Leute entlassen.« In der Pose eines eifrig mahnenden Predigers fuhr er fort: »Die einzigen Leute, denen man vielleicht noch Rechenschaft schuldet, die Überlebenden, sterben langsam aus. Über die Metallplatte am Eingang zum Museum wird sich die Oxydation schon bei der Enthüllung hermachen. Den Wörtern ›Nie wieder‹ an jedem Memorial folgt im Schatten ihrer gemeisselten Buchstaben die Ahnung ›Jederzeit‹.«

Was die Sache mit den Nummern betraf, waren die Kassetten schnell abgehört. Das System der Katalogisierung war einsichtig. Obschon sich keine Anhaltspunkte ergaben, hörte er die Geschichten derer, die mit seinem Absender die östliche Provinz gemeinsam hatten, genauer ab. Sobald auch Dave den Tonraum verlassen hatte, widmete sich der Volontär dem Protokoll. Die Kopfhörer über den Ohren, vertieft in das Leben nach dem 19. März 1944, dem Einmarsch der Wehrmacht in Ungarn, hörte er nicht, wie nach einiger Zeit jemand den Tonraum betrat.

Durch eine Berührung an der Schulter aufgeschreckt, blickte er hoch. Judith stand neben ihm, lächelnd. Sie wartete, bis er sich vom Kopfhörer befreit hatte. »Ein Anruf für dich. Ein Mr. Fürkös. Tönt ungarisch. Auf meinem Apparat.«

Judith sass bereits wieder über ihren Artefakten, als Georg den Hörer in die Hand nahm. Ob er immer noch nach diesem Absender aus Nyr suche, fragte Fürkös am anderen Ende in einem Tonfall, der vorauszusetzen schien, der Volontär erkenne den grossen Gefallen, der ihm erwiesen wurde, von selbst.

»Nun gut. Sie haben Glück. Die von Nyr treffen sich nächsten Sonntag. Ich gebe Ihnen die Telefonnummer einer Bekannten, die hingehen wird. Haben Sie etwas zum Schreiben bei der Hand?« Es war eine Nummer aus Queens. Georg bedankte sich herzlich. »Schon gut, schon gut. Ich hoffe, Sie machen nichts Unanständiges damit«, brummte Fürkös. »Übrigens, den Namen, habe ich Ihnen den Namen schon gesagt?« Georg schrieb auch den Namen auf, Hershkowitz, aber diesmal buchstabierte er nicht mit, es konnte gut sein, dass Judith die Frau kannte. Er würde später anrufen, von zu Hause aus.

Der Schwarze spielte im Neonlicht der Halle unter der Union-Square-Station. Diesmal blieb Georg etwas länger stehen. Vielleicht hatte der Schwarze zwischen zwei Atemzügen danke gesagt, als Georg ihm etwas Geld hinwarf, oder es war nur ein Stöhnen durch die Mundharmonika, weil irgendwo in diesem Körper ein Hauch noch keinen Ausgang gefunden hatte.

10)
»Jetzt fehlen mir noch Ingrid und Silvia. Nebst Iwan«, sagte der Vater nach getätigtem Kauf des Parfumfläschchens.

Der Souvenirladen war geheizt. Georg schwitzte, und auch der Vater hatte seinen Mantel ausgezogen.

»Wie alt ist deine derzeitige Freundin? Silvia? Das ist sie doch?«

»Nun, etwas über vierzig. Sie hätte wirklich ein schönes Geschenk verdient. Du hast recht. Vielleicht ist das hier nicht der richtige Ort dafür. Aber andererseits, aus Schmuck und dergleichen macht sie sich nichts. Bei ihr bin ich wirklich ratlos, was ich ihr mitbringen könnte. Auch für Ingrid kommt mir nichts in den Sinn. Bitte, hilf mir.«

Sein Vater legte nicht mehr viel Sorgfalt an den Tag. Ziellos ging er weiter zwischen den Regalen hin und her, und wenn er einen Gegenstand kurz in die Hand nahm, so war sein Blick anderswohin gerichtet. Eine Reisegruppe beanspruchte den Laden jetzt fast ganz für sich. Vor der Kasse war eine Traube Leute versammelt.

»Komm, mir reicht's. Ich weiss jetzt, wie ich es mache. Die drei Frauen kennen sich nicht. Und wenn sie sich dennoch zufällig einmal begegnen sollten, was unwahrscheinlich ist, ausser an meinem Grab, werden sie sicher über anderes reden als meine Geschenke. Ich kaufe noch zwei Fläschchen, damit hat es sich.«

Kapitel sechs

1)
Das Pissoir war sauber. Ein Schild über den Schüsseln bat die werten Gäste, keine Zigarettenstummel fallen zu lassen, und dankte für die Sauberkeit, die das Gebäude für alle Besucher zu dem beliebten Ausflugsziel machte, als das es in der ganzen Welt bekannt war. Es plätscherte. Man war unter sich. Die weissen Kacheln strahlten im Neonlicht.

»Ich habe noch nie von so hoch oben heruntergepisst. Du etwa?« fragte der Vater. Er hatte die brennende Zigarette vom Aschenbecher an der Wand genommen. Jetzt hielt er sie im Mundwinkel. Er knöpfte sich die Hose zu. Georg war noch nicht soweit, denn er hatte sich zu Beginn etwas verkrampft, stand er doch zum ersten Mal mit seinem Vater in einer Toilette. Der stellte sich hinter ihn. Jetzt kitzelte er ihn auch noch an der Seite. Georg vertropfte sich beim Lachen die Finger.

Von den drei Lavabos in der Toilette war nur eines frei. Sie wuschen sich die Hände beide gleichzeitig. Der Vater hatte seinen Mantel aufgehängt. Die Hemdärmel waren nach hinten gekrempelt. Wieder stand er links von Georg, der diesmal sofort hinschaute. Das A konnte er lesen, die Sechs, die Fünf, soweit stimmte alles überein, aber der Vater nahm sich nicht genug Zeit. Zu früh trocknete er sich die Hände. Der Ärmel fiel über den Unterarm.

2)
Auf den Strassen lag die Ruhe eines friedlichen Sonntagmittags. Georg nutzte die verbleibenden Stunden bis zu Frau Hershkowitz und ihrem ungarischen Ball in Queens, um bei dem strahlend schönen Wetter für einmal zu Fuss über die Williamsburg-Brücke zu gehen. Man hatte ihm zwar verschiedentlich davon abgeraten, aber man hatte ihn auch gemahnt, nie später als zehn Uhr nachts die U-Bahn zu benützen oder nicht ohne Begleitung nach Harlem zu gehen, ja vor der ganzen Stadt hatte man ihn gewarnt.

Je näher er dem Wasser kam, desto seltener wurden die niedrigen Häuser. Dafür wuchsen die unbebauten, von stehengelassenen Kühlschränken, ausgeweideten Autos und eingeschlagenen Fernsehgeräten durchsetzten Flächen. Zuletzt kam er an einem Haus vorbei, das alleine in der Wüste stand. Aus seinem Inneren ertönte Orgelmusik mit Schlagzeug- und Trompetenbegleitung, dazwischen Stimmen, manchmal im Chor. Die hölzerne Fassade zitterte in der Sonne, durch das Fenster sah er die Rücken einer Schar dicht gedrängter Leute. Ein Mann aus der hintersten Reihe wandte sich um. Er winkte. Georg schüttelte entschuldigend den Kopf, doch bevor er weitergehen konnte, wurde die Türe geöffnet. Der Gesang ergoss sich für einen Moment ins Freie. Eine Frau in weissem Kleid, das bis zum Boden reichte, nahm ihn sanft, aber entschieden am Arm.

Georg schwitzte. Man nickte ihm freundlich zu. Ein Mann lud ihn mit einer Handbewegung ein, sich neben ihn zu setzen. Schweres Parfum füllte das bisschen Luft zwischen den Reihen. Alle waren in ihren besten Kleidern, Rot, Gelb und Grün bei den Frauen, Bänder durchzogen ihre Frisuren, die Männer in Anzügen, mit Krawatten, lackglänzend die Haare. Georg hatte Frau Hershkowitz am Telefon gefragt, ob man sich für den Ball besonders anziehen müsse, was ihn in Verlegenheit gebracht hätte. Aber sie hatte gemeint: »Ich nehme an, Sie sind ein anständiger junger Mann. Jedenafalls hat das Mr. Fürkös von Ihnen gesagt. Das reicht.« Jetzt reichte es doch nicht, ertappt als einziger Weisser in dieser Gemeinde karibischer Evangelisten. Mit einem Gewitter aus allen Strafen des biblischen Arsenals bekämpfte der Kaplan vom Stehpult aus gerade den Antichristen, der rund um diese letzte Schar Aufrichtiger sein Unwesen treibe und sicher siegreich wäre, wenn sie nicht täglich so tapfer den Versuchungen widerstünden. Nur der Trommler, ein Jüngling hinter dunkel gerandeter Brille, war auf Georgs Seite. Immer wilder schindete er sein Schlagzeug und brachte den in Zuckungen begriffenen Prediger schliesslich zum Schweigen. Alles hatte sich von den Bänken erhoben, ein mannigfaltiges Halleluja und Amen war zwischen den Schreien herauszuhören, bis die Sturmböen von Trompete und Orgel abebbten und man sich schliesslich wieder setzte, ein wenig erschöpft. Der Kaplan betrachtete seine gefalteten Hände, ein kindliches Lächeln auf dem Gesicht, das er der Gemeinde entgegenhob, die Augen geschlossen, so dass Georg leise aufstehen und der Frau, die ihn hereingebeten hatte, zum Abschied die Andeutung einer Verbeugung abstatten konnte. Ihre geschminkten Lippen verzogen sich leicht, aus dem dunklen Marmor des Gesichtes hob sich eine hellere Ader ab.

Im Blick zurück von der Brücke aus erlag Brooklyn schnell dem Wasser. Einzelne Hafenanlagen leisteten Widerstand, aber dann versanken auch sie in der Distanz. Dafür erhob sich Manhattans Beliebigkeit immer wuchtiger aus den Fluten. Nach knapp einer halben Stunde war er in der Brückenmitte angelangt, wo baumdicke Stahlseile die Asphaltbahn vor dem Abstürzen bewahrten. Die Dinge waren aus ihren Verhältnissen geraten. Zu gross und doch nur vorläufig, hätte alles mit einem scharfen, unangenehmen Krachen zusammenfallen können. Schon zitterte die Brücke. Er musste gegen eine steife Brise angehen. Endlich war er dem Eiland nahe genug, um zwischen den Zacken und Spitzen auch niedrigere Quader, noch näher schon aufgeschlitzte Häuserfassaden ausmachen zu können.

Der Verkehr glitt über eine Rampe hinweg sanft zu Boden. Durch die Lücken zwischen den Mietskasernen – rötlicher Schimmer von Backstein – sah Georg zwischen langsam in die Höhe wachsenden Häusern bis zum Pan-Am-Gebäude, dann hob sich der Vorhang, auf der Bühne direkt vor seinen Füssen herrschte das farbige Treiben der Lower East Side, die unter dem gewölbten Segel eines blauen Himmels keinen Sonntag kannte.

Pünktlich am späteren Nachmittag betrat er die betongegossene Vorhalle der Synagoge in Queens. Während immer noch Menschen hereingetröpfelt kamen, die Männer zumeist wacklig, die Frauen wie frisch vom Friseur, die allgemeine Kleidung verriet ein hohes Mass an Immunität gegen Mode und Stil, wartete Georg geduldig und beobachtete, wie sich der Raum hinter den Schiebetüren weiter füllte. Manchmal streifte ihn ein erstaunter Blick. Das Gedränge hatte nachgelassen, als sich eine Gestalt aus der letzten Gruppe von Leuten löste, die im Halbdunkel noch herumstand. Sie kam auf ihn zu, graue Locken, Brille, ein Lächeln zog Furchen durch die weisse Schminke auf dem breiten Gesicht, vor der Brust glänzte an einer goldenen Kette in einen Kreis gefasst der sechszackige Stern auf dem roten Abendkleid. Da sei er ja endlich, begrüsste Frau Hershkowitz ihn freudig. Sie präsentierte ihn den anderen Leuten als den jungen Mann vom neuen Museum, der etwas über Nyr erfahren wolle. Er wurde eingehend gemustert. »Nach Mr. Fürkös' Beschreibung habe ich Sie mir ein wenig grösser vorgestellt«, schloss Frau Hershkowitz die Musterung. Georg schätzte sie rund zehn Jahre jünger als den Durchschnitt der Anwesenden. Die Damen lächelten, als gehörte er schon ihnen. Schliesslich nahm sie ihn an der Hand und zog ihn in den Saal.

Georg sah auf jedem der grossen runden Tische ein Täfelchen mit Nummer stehen. Er zählte über dreissig. Alle waren besetzt. Mitten auf der Parkettfläche, direkt unter einem der Leuchter, blieb Frau Hershkowitz stehen, eine stattliche Figur, wie sie mit gebieterischem Blick die versammelte Schar musterte und mit einer ausladenden Bewegung ihres Armes ins Rund zeigte: »Da sind sie alle. Folgen Sie mir!« Eine Weile ging er in ihrem breiten Windschatten zwischen den Tischen umher. Überall fragte sie kurz etwas, manchmal nickten die Leute und musterten ihn neugierig, nicht unfreundlich, bis sie ihm triumphierend bedeutete: »Ich habe jemanden! Die Frau dort im lila Kleid. Das ist Frau Marta Störk. Ich kenne sie schon lange. Ohne zu wissen, dass sie aus Nyr stammt. Leider spricht sie nur sehr schlecht Englisch. Wir müssen warten, bis ihr Mann kommt. Ich glaube, die beiden sind genau das Richtige für Sie. Wenn es soweit ist, werde ich Ihnen ein Zeichen geben.«

Die Herren der Kapelle, zwei davon trugen Hörgeräte, stimmten ihre Instrumente. Geige, Ziehharmonika, Klarinette und eine Trommel mit zwei Becken. Mit dem Einsetzen der Musik ging das Licht etwas zurück. Der Volontär schaute sich um, wurde selber angeschaut und besann sich, dass zwischen ihm und der nächstälteren Person in diesem Saal die Lücke einer ganzen Generation klaffte, dachte an diese leergewischte schwarze Schiefertafel, die ihre Heimat war, und an seinen Absender, der es gewiss verstanden hätte, zwischen Plastikbechern mit Kaffee und farblosem Kuchen auf Papiertellern den Frauen die Hand zu küssen und mit den Männern über die alten Zeiten zu plaudern. So gut kannte er ihn. Da stand Frau Hershkowitz wieder vor ihm. Der Mann an ihrer Seite hatte grosse, durch die Glatze betont abstehende Ohren

und schaute ihn aus wässrigen Augen an. »Das ist Mr. Störk. –
Der junge Mann vom Museum«, wurden sie einander vorgestellt.
Der Mann war sicher weit über siebzig. Der Volontär schilderte
ihm das Problem mit seinem Absender. Mr. Störk hörte schweigend zu. Er schien müde. Wortkarg, in bedächtigem Tonfall, warf
er ein, er wisse nicht, ob er der Richtige für sein Ansinnen sei. Er
selber stamme nicht aus der Gegend von Nyr, kenne die Stadt nur
aus der Zeit, als keine Juden dort waren. Seine Frau wisse besser
Bescheid. Georg sah, dass Mr. Störks Krawatte im selben Lila gehalten war wie das Kleid seiner Frau. Sie lächelte scheu. Ein altes
Paar. Die Zeit hatte beide ein wenig gekrümmt, aber ihnen selbst
offenbar nichts anhaben können. Sie streichelten sich die Hände.
Nach einer Weile, die Musik spielte laut gegen die Unruhe im Saal
– ein nie endendes Summen, ein Kommen und Gehen –, lag Mr.
Störks Arm auf ihren Schultern, sie umfasste seine Hüften, während sie sich auf ungarisch zu verständigen schienen, wie dem jungen Mann vor ihnen weiterzuhelfen sei. Als Mrs. Störk ihm zum
ersten Mal in die Augen schaute, wusste er, dass er einstweilen am
Ziel war.

3)
Eigentlich wäre es ein schöner Tag gewesen. Zum ersten Mal in
diesem Jahr hatten die Sonnenstrahlen schon von den Morgen-
stunden an die Erde berührt, die Wärme versprach bis über die
einsetzende Dämmerung hinaus noch eine Weile anzuhalten. Jenseits des Stacheldrahtverhaus wogte ein Menschenmeer. Die Sterne an den dunklen Kleidern blinkten gelb, sperrig ragten Häuser
aus der Masse, Gepäckstücke trieben herum. Noch stand ich diesseits der Schranke, auf festem Grund, aber schon im Niemandsland, und hinter mir, die Strasse hoch ums Eck, versank ein Teil
der Welt gerade mit der Sonne.
Am Morgen war ich mit Mathyi noch bei unserer Höhle im
Wald gewesen. In den Bündeln aus Sonnenlicht tummelten sich
Insekten. Doch bis in die Tiefe zwischen den Bäumen reichten die
Strahlen nicht. Erdklumpen hängten sich an Schuhe und Hosen-
beine. Wir rutschten zum Eingang. Die Laubhaufen aus dem vergangenen Herbst, das aufgeschichtete Reisig, die Feuerstelle mit
den verkohlten Überresten des letzten Feuers, alles lag unverän-

dert. Es roch nach Moder. Unter die Fäulnis war die vom Winter liegengelassene Kälte gemischt. Ich selbst hätte lieber im Hof gespielt. Es war Mathyi gewesen, der unbedingt hierherkommen wollte. Ich folgte ihm, weil mir nichts Besseres eingefallen war, nachdem wir zu Hause zuerst von Mutter Pavel vertrieben worden waren – ihr Mann war gerade zum Morgengebet in die Synagoge aufgebrochen, da hatte sie angefangen, unter Mithilfe der älteren Kinder, Hausrat nach draussen zu tragen –, dann von meiner Mutter, die zusammen mit Vater und Agi Pavels Beispiel gefolgt war, und schliesslich auch von Tante Borisch und Onkel Kalman. Ich wunderte mich noch, dass das Bettzeug zusammengeschnürt war, wo es doch sonst bei Frühjahrsreinigungen immer auf den Stangen in der Sonne ausgelüftet wurde, aber da hatte mich Mathyi schon fortgezogen.

Jetzt zog er die Jacke aus und machte sich nur mit Hemd und Zizes bekleidet daran, die Höhle auszuräumen. Die untersten Schichten der verwesenden Überreste klebten noch angefroren aneinander. Mir war kalt, aber er machte keine Anstalten aufzuhören, bevor die Höhle, wie er sagte, von allen Spuren des vorigen Jahres gesäubert und wieder in einem Zustand sei, dass man sich notfalls auch länger darin aufhalten könnte. Immer wieder verfing sich sein Käppchen in den Zweigen, Eiskristalle zerschmolzen auf den Haaren zu Wasserperlen, an den Zizes hingen braune Blätter, im Geist konnte ich schon die Klage seiner Mutter hören, dass er sich immer nur in meiner Begleitung derart verdrecke. Seine Verbissenheit nahm zu, je länger ich daneben stand und von einem Bein auf das andere trat. Er liess sich nicht abhalten. Die Höhle müsse für alle Fälle vorbereitet sein. Wer wisse, wann wieder Zeit dafür sei.

Ich fror noch mehr.

Immer zu Beginn der wärmeren Jahreszeit war mit den anderen Kindern der Streit ausgebrochen, wem die Höhle eigentlich gehörte. Wer sie zuerst in Beschlag genommen hatte, konnte meistens den eigenen Anspruch am besten geltend machen. Andererseits, fiel mir ein, wenn wir jetzt schon so gründlich saubermachten, der Frühling hatte doch eben erst begonnen, würde es jemand anderem um so leichter fallen, sie vor uns zu benutzen. Das musste Mathyi begreifen.

Aber er arbeitete verbissen weiter.

Bald sehe er aus wie ein galizischer Flüchtling, spottete ich zum Abschied und machte Anstalten, ihm den Rücken zu kehren.

Mathyi schaute hoch und liess für einen Augenblick von der Wühlerei ab. Ich hatte genug. Wenn er den anderen unbedingt die Arbeit abnehmen wollte, gut, aber ohne mich. Wenn wir Glück hatten, war der Hof jetzt wieder frei, damit wir dort spielen konnten.

»Nein, das werden wir nicht können«, widersprach er.

Er vielleicht nicht, sobald er seiner Mutter erst einmal unter die Augen getreten wäre. Aber ich war bis auf die Schuhe sauber geblieben. »Wollen wir wetten, ich darf?«

Doch Mathyi schüttelte den Kopf und schaute schweigend zu Boden. Ich machte ein paar Schritte, vorsichtig, damit ich nicht ausglitt, dann schneller, aber bedacht, dass er mich einholen konnte.

»Verstehst du noch immer nicht?« rief er hinter mir her.

Ich zuckte zusammen, seine Stimme klang seltsam schrill zwischen den Bäumen. »Wir können nicht mehr nach Hause!« hörte ich seine Worte näherkommen.

»Und warum nicht?« fragte ich hochmütig zurück. Atemringend stand er vor mir und erklärte, dass die Sachen nicht wegen der Frühjahrsreinigung auf den Hof getragen worden waren. Die Fuhrwerke seien unterdessen vielleicht schon vorgefahren und würden gerade beladen. »Fürs Ghetto.«

Obschon mir seine hastigen Ausführungen in dem Moment noch als reine Wichtigtuerei erschienen, beschäftigte ich mich im stillen schon mit der Vorstellung, dass seine Behauptung zutraf, während ich sie ihm gegenüber noch in lautstarkem Wortschwall bestritt, mein Vater, schliesslich kein Federnstopfer, sondern ein wichtiger Mann mit Verbindungen bis in die Hauptstadt, hätte eine solche Nachricht sicher im voraus erfahren und vorgesorgt gehabt. Vater hatte ja für alles immer vorgesorgt. Eine Frage stellte sich in meinen verborgenen Gedanken am dringendsten: Wer kümmerte sich um all meine Sachen, die im Keller versteckt waren?

»Du wirst sehen ...«, war alles, was Mathyi erwiderte. Die ruhige Gewissheit in seiner Stimme brachte mich mehr als alles andere zum Schweigen. Er hatte mich stetig zur Höhle zurückgedrängt, und während er plötzlich wieder vor dem Eingang stand, als wollte er sagen: »Komm, lass uns für immer hier bleiben«, gähnte mich das Loch nur um so leerer an. Ohne weiteres Zögern machte ich kehrtum und rannte fort, dem offenen Felde zu. Mich auf dem Erdwall vor dem Hof nach ihm umschauend, sah ich ihn fernab, mit den Händen in den Taschen, unschlüssig heranschlendern, verloren in der weit ausgebreiteten Fläche zwischen uns. In dem Moment wusste ich, wer recht behalten sollte. Ich preschte in den Hof, die Hühner stoben nach allen Seiten davon, aufgeregtes Geschnatter aus dem Gänsestall, in der Mitte des Gevierts blieb ich stehen, meine Lungen bebten. Vater, Mutter und Agi stapften mit Stücken unseres Hausrates durch die schmale Passage hinaus auf die Strasse und leer wieder zurück. Ein Reigen, so langsam, dass sich jede ihrer Bewegungen künstlich in die Länge zu ziehen schien. Niemand beachtete mich. Auch nicht, als ich neben den wartenden Möbeln stand. Vereinzelte Blicke unter unwillig hochgezogenen Augenbrauen ermahnten mich, dass ich nicht hierher gehörte, wo das einzige Bestreben aller Figuren schien, die ihnen zugewiesenen Handlungen so getreu als möglich zu vollziehen. Also drängte ich zum Durchgang in die Aussenwelt. Für einen Moment steckte ich fest. Hinter mir drückte ein Möbelstück, vor mir versperrte ein menschlicher Leib den Weg, es war meine Mutter, bis sie dem Druck nachgab und ich auf die andere Seite gespuckt wurde, ins helle Sonnenlicht.

Vor dem Haus warteten zwei Fuhrwerke, eines für die Pavels, die Ladung war bereits fertig verstaut. Genau wie es Mathyi vorausgesagt hatte. Das andere, erst bis zur Hälfte beladen, musste demnach für uns sein. Das Bettzeug beanspruchte den meisten Platz. Ich sah Agi Töpfe und Geschirr herantragen, Kleidungsstücke quollen aus herumliegenden Kisten, die Stehlampe wartete verloren zwischen den Stühlen, alles schon unnütze Requisiten, denn auf der Ladebrücke gab es keinen Platz mehr, und im Hof stand mehr als noch einmal soviel, wie schon aufgeladen war. Gerne hätte ich in Erfahrung gebracht, ob noch eine zweite Fuhre gemacht würde, aber die Figuren gingen weiter ihren wortlosen Reigen. Schon türmte sich die Ware bedrohlich auf dem Wagen. Zuletzt wurden hinten noch soviel Stühle wie möglich aufgehängt. Die Pferde liessen den Kopf hängen und frassen aus den Hafersäcken vor ihren Mäulern. Ein säuerlicher Geruch um sie herum. Erst jetzt sah ich den Gendarmen, ein paar Häuser entfernt, und in der anderen Richtung noch einen. Sie rauchten und drehten Kreise auf dem Gehsteig. Ich hörte Mutter meinen Namen rufen, sah Agi winken, wollte wissen, wer die Wohnung, den Laden, die Vorräte im Keller während unserer Abwesenheit bewachte, während wir fort waren, da raunte eine Stimme dicht an meinem Ohr: »Man darf nur soviel mitnehmen, wie auf einem Wagen Platz hat.« Ich wandte mich um. Mathyi stand hinter mir. Er zuckte die Schultern, schaute an seinen verkrusteten Hosen herunter, um loszutrotten, hinter dem Wagen seiner Familie her, der sich mit einem Ruck auf den Weg gemacht hatte.

Erst Vaters Stimme zerriss die Schleier um mich. Ich musste noch einmal zurück ins Haus, unbedingt, und rannte los. Schnell war ich an der Haustüre, zog sie hinter mir ins Schloss. Kühl und still war diese Seite der Welt. Durch die Ritzen der geschlossenen Fensterläden drangen Lichtfäden. Ich musste mich beeilen. Im Halbdunkel stiess ich an Möbelstücke, die nicht an ihrem gewohnten Platz standen. Dinge fielen zu Boden, ohne dass ich mich darum kümmerte. Das Haus atmete Staub. Die Klappe über der Stiege in den Keller knarrte noch einmal, aber ich getraute mich nicht, sie zu öffnen, auch der Estrich rief mich leise ächzend. Ich hatte Glück, mein Bett stand noch im Winkel seiner zwei Mauern. Ich wusste, wie der Spalt durch die Wand verlief, war vertraut mit den Linien in der Decke darüber, kannte den Boden darunter. Von der Strasse her das Schnauben eines Pferdes, weit entfernt ein Motor, aber keine Stimmen, kein menschlicher Laut, die Stadt hatte ihren Puls angehalten. Auf dem Bauch liegend, die Arme ausgestreckt, tastete ich den Boden ab, und richtig, da war zuerst die Kupferspule, dann der gute, lederne Fussball. Anstatt die Türe zur Strasse benutzte ich den Ausgang in den Hof. Mein Fahrrad lehnte verloren am Taubenschlag. Fast wäre ich über den hölzernen Spielzeuglastwagen gestolpert. Auch bei Borish und Kalman lag alles verlassen herum. Angesichts des Gerümpels gab ich es auf, nach der eisenbeschlagenen Kiste zu suchen. Die Hühner pickten wie immer. Irgend jemand musste frisches Futter ausgestreut haben. Die Gänse, ihr Stall war offen, genossen die Ruhe unter der Sonne.

Unter dem Arm den Fussball, in der Hosentasche die Kupferspule, rannte ich über den Hof in den dunklen Durchgang und auf
der anderen Seite ins Licht, den Pferden vor die Hufe. »Da ist er!«
rief der Kutscher. Neben ihm auf dem Bock war unsere halbe
Küche verstaut. Die Gendarmen hatten sich jetzt einer in der Mitte der Fahrbahn, der andere in gleicher Höhe auf dem Gehsteig
postiert, die Gewehre umgehängt, eine Hand am Schaft. Einer
brummte: »So, los jetzt.« Dazu fasste er den Gewehrschaft etwas
fester, und auch unser Wagen setzte sich mit einem Ruck in Bewegung, wir im Schlepptau dahinter. Ein Blechnapf fiel in den Staub.
Niemand bückte sich danach. Die Räder knirschten über das Pflaster und hinterliessen auf dem Weizenplatz eine neue Spur im
Staub. Ich sah aus allen Richtungen weitere Wagen einbiegen,
immer zwei oder drei hintereinander, bedächtig schaukelnd, als
zögerten sie und kannten doch keinen anderen Weg. Das Ghetto
lag am Stadtrand in der anderen Richtung. In einem Anflug von
Übermut, der sich nicht mehr um die Eltern scheren wollte, ging
ich plötzlich neben einem der Gendarmen. Er trug einen
Schnurrbart wie der alte deutsche Reichspräsident. Eines der Enden hatte er im Mundwinkel und saugte daran. Ich fragte, wohin
es ginge. »Zum Synagogenhof«, antwortete er kurz angebunden.
Ich reihte mich wieder ein und hielt meinen Blick auf den Boden
gerichtet.

Alle Leute, die jetzt unterwegs waren, hatten dieselbe Richtung
eingeschlagen und einen gelben Stern auf der Brust. Ansonsten
waren die Strassen leer. Die wenigen, die uns entgegenkamen oder
deren Weg den unsrigen kreuzte, zogen den Kopf zwischen die
Schultern und huschten schnell vorüber. Unsere zwei Gendarmen
hielten steif und mürrisch ihre Stellung beidseits der Wagen, die
Gewehre störten sie beim Marschieren. Ein lauter Fluch zer-
schnitt manchmal die Stille, die wie eine dicke Daunendecke über
der Stadt lag. Je näher wir der Synagoge kamen, desto kürzer wurden die Abstände zwischen den Kolonnen. Wer sich keinen Wagen leisten konnte, trug die Habe mit Stricken auf dem Rücken,
schleppte verschnürte Kisten und Koffer auf Leiterwagen hinter
sich her, über den Gehsteig wanderten Betten, Tische stolperten,
Lampen und Geschirr waren bemüht, möglichst lange heil zu bleiben. Auch Kinder trugen schwer. Ihre Sachen, beim Abmarsch

eben noch unverzichtbar, wurden mit jedem zurückgelegten Strassenabschnitt sorgfältiger bewogen, bis ein Auto schliesslich irgendwo auf einer Mauer zurückbleiben musste und eine Puppe zwischen zwei Steinen eingeschlafen schien. Ich hatte nur meinen Fussball. Ihn hielt ich fest, wer konnte wissen, in welche Himmelsrichtung ihn die Gendarmen treten würden, rollte er vor ihre Füsse. Aus den Augenwinkeln sah ich das steinerne Gesicht der Frau am Jochbrunnen. Sie war weiss und sauber für den Frühling herausgeputzt, wie überhaupt die ganze Stadt, die sich frisch und unberührt sonnte. Ein Hund hatte sich mit den Vorderbeinen am Trog hochgezogen. Sein aufreizendes Schmatzen weckte auch meinen Durst. »Weiter, weiter«, knurrte der Gendarm. Aus den Bäumen ergoss sich tausendfaches Gezwitscher über meinen Kopf, das frühjährliche Platzkonzert der Vogelschwärme in unseren Alleen.

Von nirgends vernahm ich auch nur eine Andeutung, dass die Stadt unseren Auszug registrierte. Ihre Fenster glotzten unbeteiligt, sobald ich den Blick hob, höchstens ein leichtes, nicht wertendes Erstaunen hinter den Scheiben, eine Frage, die keine Antwort erhielt, vielleicht hatten wir nie hier gewohnt, waren auf Durchreise, unbekannt, von ihrem Hoffen verfolgt, die Angelegenheit möge rasch abgewickelt, die Strassen noch vor Geschäftsschluss wieder frei sein. Düfte entflohen einer offenen Küchentüre hinaus auf die Strasse, erinnerten mich daran, dass zu Hause die Essenszeit schon vorbei gewesen wäre, und liessen offen, wann und wo ich die nächste Mahlzeit erhalten würde. So kamen wir der Synagoge näher. Solange ich zwischen allen anderen trieb, blieb die Kraft, der wir gehorchten, das Abwärts, das uns schon lange vorher ergriffen haben musste, unsichtbar. Etwas weiter sah ich zwei alte Menschen, im Näherkommen Mann und Frau, auf Kisten sitzen. Treibgut, das sich verfangen hatte, bis zwei Gendarmen sie mit ihren Stiefeln lostraten, so dass sie sich schwankend erhoben und schwerfällig das letzte Stück bis zur Synagoge weitertrieben, jetzt ohne ihre Last. Meine eigenen Grosseltern fielen mir ein. Ich hatte keine Ahnung, ob sie ihre Sachen gepackt hatten und auch von zu Hause aufgebrochen waren.

Ich schloss zu Mutter auf und zupfte sie von hinten am Mantel, ungewiss, ob ich das grosse Schweigen überhaupt stören durfte.

»Es ist wie der Auszug aus Ägypten. Alle wandern«, antwortete
sie. Ich wollte wissen wohin. Wir hätten doch nicht alle in der
Synagoge Platz. Das Ghetto sei schon seit Wochen voll. Ich solle
mir darüber keine Sorgen machen, wir würden alle zusammenbleiben. Man hörte das laute Rufen von kommandierenden Stimmen. Mutter würde sich vielleicht bald anderen Angelegenheiten
widmen müssen. Also fragte ich noch einmal.

»Wir werden bei Onkel Lajosh im Haus wohnen. Die ganze Familie. Alle deine Vettern und Cousinen, Onkel und Tanten, wie
eine grosse Kolonie. Die Grosseltern natürlich auch. Zufrieden?«
Ich kannte sein Haus. So gross war es mir nun auch wieder nicht
in Erinnerung. Vielleicht musste hinten, im kleinen Garten, wieder eine Hütte aus Zweigen errichtet werden, wie schon früher
einmal, zu Sukkot, oder ein Zelt. Und während ich mir die Verhältnisse in und um Lajoshs Haus vergegenwärtigte, wäre ich beinahe gegen den Wagen vor mir gestossen, so unvermittelt stand er
still: Zwei Wachhäuschen mit Gendarmen in strammer Haltung,
eine Barriere, davor ein dritter Beamter an einem Stehpult, dieser
zählte die ankommenden Personen und schrieb ihre Namen in
ein grosses Buch, das aufgeschlagen vor ihm lag; ich erkannte den
Torahtisch aus einem der Unterrichtsräume und sah Vater Pavel,
der sich eilfertig vorbeugte, um seinen Namen anzugeben. Eine
barsche Bewegung stiess ihn weg: »Sprich gefälligst laut genug,
wenn du es mit einem Beamten zu tun hast. Dann brauchst du
dich auch nicht so ungebührlich zu nähern. Verstanden?« Pavel
nickte stumm. Der Beamte fuhr ihn an: »Also, nochmals. Deinen
Namen!« Nachdem er ihn eingetragen hatte, wischte er sich mit
dem Handrücken über die Uniform, als seien Onkel Pavels wenige Worte darauf liegengeblieben.

Vater buchstabierte unseren Namen laut und deutlich. Wir
wurden zu den Tischen auf der linken Seite durchgewinkt. »Ihr
wisst ja, was euch droht, wenn man Geld auf euch findet, oder
Schmuck. Noch habt ihr Zeit, es freiwillig herauszugeben.«

Riesige Tische waren im Freien aufgestellt, dahinter standen
Männer in ziviler Kleidung. Sie wühlten sich durch immer neue
Berge von Gepäck. Waren sie mit einem durch, schoben sie ihn
auf den nächsten Tisch, wo er von den Wartenden wieder in Empfang genommen und in aller Eile neu verstaut wurde. Manchmal

schied irgendein Gegenstand aus, Uhren, Zigarettenetuis, Dosen, Kästchen, und endete in einer grossen Holzkiste am Boden, nur mühsam rissen sich die Blicke los, während man zur anderen Seite des Geländes ging und wartete, was als nächstes geschah. Auch wir standen vor einem der Tische. Der Beamte starrte mich unentwegt an, ich war meinen Eltern dankbar für ihre Umsicht, mich fortgeschickt zu haben, als sie die Ware packten. Sicher hätte ich mit einem unbeabsichtigten Blick etwas verraten. So blieb ihm nichts, als von mir abzulassen und sich einmal mehr missmutig und schwitzend durchs Zeug zu wühlen. Ohne grossen Ehrgeiz, wie mir schien. Jedenfalls hatte er uns schnell abgefertigt. Wir hätten gehen können, wenn mir der Fussball nicht aus der Hand geglitten wäre, der Fussball, dem bis hier niemand die geringste Beachtung geschenkt hatte. Wie er zwischen all den Beinen hindurchkullerte, auf den Nebentisch zu, fast zum Stillstand gekommen noch einmal geschubst wurde, unter den Tisch, wo er endlich vor einem Paar Stiefel zum Stillstand kam, war ich ihm soweit nachgekrochen, dass ich ihn schon fast mit den Figerspitzen berührte.

»Halt!«

Ich kroch rückwärts, ohne den Ball, sah noch, wie die Stiefel um den Tisch herum kamen, richtete mich auf und starrte in das Gesicht von Onkel Daniel, dem Physiklehrer, Sommersprossen, kurzgeschorene rote Haare, der nicht weniger überrascht war als ich, aber sich schneller wieder gefasst hatte.

»Der Ball bleibt hier.«

Wir würden ohnehin keinen Platz haben. Es gebe Kinder, die ihn viel besser gebrauchen könnten. Er bückte sich und hob den Ball hoch. Ich schaute abwechslungsweise auf den Ball und in sein Gesicht und stammelte leise:

»Nein, das geht nicht.«

Er hatte mich stehen lassen und brachte den Ball zu einem Tisch etwas abseits, wo schon anderes Spielzeug lag. Ich rannte zu Mutter. Sie glaube nicht, dass sie ihm klarmachen könne, weshalb ich den Ball nicht verschenken könne. Solche Leute hätten andere Gepflogenheiten. Aber ich liess ihren Ärmel nicht los, bis sie vor unserem Physiklehrer stand.

Es sei das einzige Spielzeug, das ich mitgenommen hätte, versuchte sie meinem Lehrer zu erklären. Womit sollte ich mich die ganze Zeit beschäftigen, wenn ich aus Gründen, die nicht an mir lagen, schon nicht zur Schule ginge. Aber er hörte ihr nicht einmal zu. Also rief sie den Erzieher in ihm an. Der Ball sei ein Geschenk gewesen. Nicht einmal wenn ich wollte, könnte ich ihn hergeben. Das sei meine Erziehung, was einem geschenkt wurde, das gab man nicht weiter.

Tja, das hätte sie sich früher überlegen sollen. Er werde den Ball nicht mehr aushändigen. Zumal ich damit nur Unruhe im Ghetto stiften würde. Sie solle mir ausrichten, dass viele der Kinder, die bald mit ihm spielten, ihre Väter im Dienst für das Vaterland verloren hätten, was man von uns nicht sagen könne. Und nun habe er ihr schon viel zu viel von seiner Zeit geschenkt.

Aber Mutter wollte nicht lockerlassen und redete weiter auf ihn ein, immer wieder dieselben Worte: »Was soll der Junge denn den ganzen Tag machen?« Klein stand sie vor ihm, ohne sich von der Stelle zu rühren, bis er sie anbrüllte. Noch nie hatte jemand auf die Art mit ihr gesprochen. Sie duckte sich, da kam Vater herbeigeeilt und riss sie weg.

»Was beschäftigst du dich mit dem Pack ...«, zischte er. Sicher hatte es nicht seiner Absicht entsprochen, die Worte so laut auszustossen, dass man sie auch einige Schritte entfernt noch verstehen konnte. Physiklehrer Daniel hatte sich dem nächsten Gepäckhaufen zu widmen begonnen. Wir wollten uns zur angegebenen Stelle an der Rückmauer der Synagoge begeben und wie befohlen auf den Abmarsch warten.

Noch einmal: »Halt!«

Seinen Kollegen, die sich das Lachen verkniffen, bot Herr Daniel auf der Stelle seine Stiefel zur Wette, dass er noch etwas auf uns finden würde. Und wenn wir uns splitternackt ausziehen müssten. Seit zweitausend Jahren lebten wir vom Schmuggel, gelacht, wenn wir ausgerechnet heute die Finger davon liessen.

»Also, lasst eure Kleider sehen, alles, was Taschen und Futter hat, aber ein bisschen flink, wenn ich bitten darf.«

Niemand machte einen Wank. Mutter suchte den Blick von Vater, der die Handflächen nach aussen gedreht hatte und mit den Schultern zuckte. Nie habe ich ihn so hilflos gesehen. »Nun, was ist?«

Der Physiklehrer wippte in den Stiefeln. Die Absätze schlugen leicht gegeneinander. Ich war der erste, der sich rührte, mutig zog ich meine Jacke aus und hielt sie ihm hin. Er schüttelte kräftig, aber es fiel nichts von Belang heraus, dafür spürte ich scharfe Kanten durch das Futter der Hosentasche drücken. Ich stülpte die Taschen nach aussen. Dabei versuchte ich gar nicht erst, die Kupferspule festzuhalten. Rötlich glänzte sie im Staub.

»Was haben wir denn da? Wenn das nicht eine Spule aus einem Rundfunkgerät ist, dann war ich nie Physiklehrer an der Mittelschule von Nyr.« Er hielt die Spule triumphierend den anderen hin. »Sollten wir noch weiter suchen? Na, was meint ihr?« Wer mir das Ding zugesteckt habe. »Deine Eltern? Sag schon.« Bevor ich eine Antwort wagte, stand mein Vater vor ihm. Bei aller Hochachtung: Elektrische Apparate und ihre Bestandteile seien seit dem Übertritt in die Sekundarschule mein Steckenpferd gewesen. Nicht ohne seine, des Physiklehrers Mitwirkung, von dessen Unterricht ich immer ganz besonders geschwärmt hätte.

Herr Daniel winkte ab, darum ginge es hier nicht. Es sei uns ausdrücklich verboten, Bestandteile elektrischer Apparate mitzuführen, wir seien davon in Kenntnis gesetzt worden, wie alle anderen auch. »Also, wer hat ihm die Spule zugesteckt?«

Ich hätte sie wohl aus der Radiowerkstatt bei uns nebenan. Übrigens von einem Christen geführt, Herrn Bok. Herr Bok und ich hätten uns immer wunderbar vertragen. Ja, wenn die Gesetze es nicht ausschlössen, würde man es sich sogar überlegen, mich bei ihm in die Lehre zu geben. Niemals wäre jemand auf die Idee gekommen, solche wertlosen Einzelteile fielen unter das Verbot. Er solle mich gehen lassen und sich wenn schon an ihn, den Vater, wenden, dass er nicht besser aufgepasst und bedacht habe, dass man sich jetzt schon vor Kindern fürchte.

Schliesslich erschöpfte sich dieser absonderliche Dialog in der Bekräftigung seitens Herrn Daniels und seiner Kumpane, wie froh man sei, uns loszuwerden. Er wolle sich nicht die Arbeit einer formellen Anzeige aufbürden. Die Spule sei ja wirklich wertlos, meinte einer vom Nebentisch, und die anderen hatten ohnehin alle Hände voll zu tun, denn es herrschte ein immer dichteres Gedränge. Vor der Barriere stauten sich die Kolonnen schon die halbe Strasse hinunter. Weshalb das hier nicht schneller ginge, wetterte der Gendarm.

An der Mauer der Synagoge warteten wir in schicksalsergebener Ruhe die Abfertigung weiterer Familien ab. Die Posten beeilten sich, Schichtwechsel, man war hungrig und wollte in absehbarer Zeit nach Hause kommen. Bei Onkel Lajosh im Ghetto gäbe es zuerst einmal etwas zu essen, versprach Mutter. Alles weitere läge in der Hand der Russen oder der Amerikaner, oder beider zusammen, sagte Vater. Dass die Deutschen den Krieg verlieren würden, hätte die Geschichte längst festgelegt, nur ihre ungarischen Verbündeten wüssten davon noch nichts. Aber die würden nicht mehr lange in der Lage sein, uns Befehle zu erteilen, und mit einem kameradschaftlichen Klaps auf den Rücken versicherte er mir: »Diesen Physiklehrer, den merke ich mir schon jetzt vor für die Zeit danach.«

Auf der Rückseite des Geländes wurden wir hinausgeführt. Die Stühle hatten wir zurücklassen müssen, ebenso einen Teil des Geschirrs. Dafür luden Tante Borish und ihr Mann bei uns auf, ihnen war nur Kleidung und Bettwäsche geblieben. Sie hatten ja auch keine Kinder. Nicht einmal Onkel Kalman fiel noch etwas ein. Er trottete auf seinen kurzen Beinen schnaufend neben dem Wagen, wie Vater und Mutter und alle anderen. Hätte mich jemand in dem Augenblick gefragt, weshalb die ganze Herumrennerei, ich hätte keine Antwort gewusst, ausser dass alles mit dem gelben Stern auf unserer Brust zu tun hatte. Die Strasse war zum Laufsteg geworden, die fast leere Strassenbahn, die uns überholte, nur ein anderes Requisit, das von Geisterhand verschoben wurde. Wir mit dem gelben Stern schienen auf der Bühne hin und her zu gehen, nach Anordnungen, deren Sinn mir verborgen blieb. Die Zuschauer verharrten in sicherer Entfernung.

Noch einmal hinterliess die Stadt ein paar Einzelheiten in der unsichtbaren Sammlung meiner Erinnerungen.

Der Weizenplatz lag träge in der Spätnachmittagssonne. Nach ein paar Schritten auf der freien Fläche befahlen die Gendarmen einen Halt. Wir hatten die Stelle erreicht, wo die Hauptstrasse von der Ebene im Westen her als Rakosi-Strasse an unserem Haus vorbei in den Platz mündete. Vater wischte sich die Stirn und betrachtete den grauen Fleck auf dem Taschentuch, bevor er es wieder einsteckte. Eine Militärkolonne kreuzte uns, stockte, als sie fast gänzlich an uns vorüber war. Schliesslich hielt sie an. So kam es auf der Kreuzung des Platzes für einen Augenblick zu einem allgemeinen Stillstand. Die Wehrmacht mit laufenden Motoren vor uns, Abgase entschwebten in den Himmel, die Fahrer blickten starr hinter dem Steuer in Fahrtrichtung, wie eingekleidete Holzfiguren, die nicht wissen wollten, was am Ende des Spieles auf sie wartete. Die Gendarmen fluchten. Anstatt ihre warme Mahlzeit zu Hause einzunehmen, mussten sie Aussendienst leisten, und der zog sich in die Länge. Aus dem vordersten Fahrzeug erhob sich eine Gestalt. Die Schirmmütze reckte sich in die Sonne, der Körper ein Strich gegen das Blau des Himmels. Dann dauerte es nur noch ein paar Augenblicke. Ein Wink, die Motoren heulten im Leerlauf, ein zweiter, die Gestalt senkte sich zurück in die Karosserie, die ganze Kolonne setzte sich aufheulend erneut in Bewegung. Ich sah, wie sich von der nahen Tankstelle zwei Fahrzeuge lösten und schnell zum Ende der Kolonne auffuhren, als hätten sie Angst, den Anschluss zu verpassen. Sobald sie die Kreuzung freigegeben hatten, trotteten wir im Tross langsam weiter. Ich blickte die Strasse hinauf, wo unweit unser Haus stand. Auch die anderen hatten alle kurz die Köpfe gedreht, aber niemand sagte ein Wort. Ich erkannte die grünen Vierecke der offenen Fensterläden und blieb erstaunt stehen. Leute schienen frei ein- und auszugehen. Vor dem Haus lagen verstreute Gegenstände, die ich auf den ersten Blick nicht unterscheiden konnte. Ich strengte meine Augen an, erkannte allerhand Kisten und Möbel, die, auf die Strasse geworfen, zu warten schienen, dass jemand sie holte, und immer noch mehr kam hinzu. Ich sah einzelne kleinere Dinge fliegend ihren Weg durch das Fenster nehmen. Unterdessen hatte sich der Wagen von mir entfernt. Ich rief nach Mutter und Vater. Die Gendarmen blickten zurück, wieder blieb alles stehen. Mutter unschlüssig, ob sie zurücklaufen dürfe, Vater starr, die Gendarmen gestikulierend. Sie riefen irgend etwas, aber ich bewegte mich nicht von der Stelle. Da löste sich Vater aus der Reihe.

»Lass das, wir müssen weiter«, ermahnte er mich und wollte mich am Arm fortziehen, aber ich riss mich los und blieb an derselben Stelle stehen. Vater noch einmal: »Wir dürfen jetzt nicht dorthin. Das ist vorbei und vergessen. Komm weiter und denk an die Zukunft.« Er riss ein wenig stärker, und gerade als ich mich anschickte, ihm Folge zu leisten, sah ich, wie Agis Chaiselongue elegant schwebend zur Türe herausgeglitten kam. Vorsichtig, als läge eine Prinzessin in der Sänfte, wurde sie etwas abseits der anderen Möbel von zwei Männern abgestellt, mir war, einer davon gliche Herrn Albert von gegenüber, aber da wurde mir die Sicht von einer Strassenbahn verstellt, die in dieselbe Richtung wie wir unterwegs war, stadtauswärts zum Salzsee. Zwei Liebespaare hielten sich auf der Plattform umschlungen. Als sie klingelnd vorbei war, stand auf der mir abgewandten Seite ein Gendarm, der mit seiner Geduld am Ende war:

»Brauchst du eine spezielle Ermunterung? Marsch jetzt, wir haben noch mehr von euch abzuholen heute.«

Wir bewegten uns in einem Zug von Wagen, der sich nur langsam vorwärts schob. Die Gendarmen grüssten einander. Ihr Missmut war verflogen. Sie unterhielten sich unbeschwert, als wären sie zu einem Fest abkommandiert worden. Die Häuser beidseits der Strasse wurden niedriger, immer mehr waren aus Holz gebaut. Ich kannte mich aus. Irgendwo in der Fortsetzung musste Lajosh wohnen, bis zum Ghetto konnte es nicht mehr weit sein. Dann hielten wir wieder. Unsere Gendarmen hatten sich in einer Schar anderer verloren. Etwas weiter vorne wieder zwei Wachhäuschen. Von dort gab es nur noch eine Richtung. Ausser für die Strassenbahn, die uns entgegenfuhr. Diese war leer.

Je näher wir kamen, desto dichter wurde das Gedränge und Geschiebe. Die Menschen standen sich überall gegenseitig im Wege und achteten angestrengt darauf, nichts und niemanden zu verlieren. Eine Art Gatter versperrte den Weg, drei zusammengebundene Holzlatten, von Knäueln aus Stacheldraht umwickelt. Das Gepäck wurde noch einmal durchsucht. Immer, wenn ein Wagen oder eine Gruppe Menschen abgefertigt war, schob ein Wachmann die Latten zur Seite und erteilte mit einem Wink Durchlass. Zu beiden Seiten der Schranke wand sich Stacheldraht in Rollen zwischen die Häuser weg. Die Welt war in zwei Bereiche geteilt. Wir standen im Niemandsland, da versank die Sonne gerade in ihrem Rot. Der Tag war wirklich warm gewesen.

4)
Ja, leider habe sie es in den vierzig Jahren, seit sie hier in New York lebe, nicht geschafft, anständig Englisch zu lernen. Jetzt sei

es wohl zu spät dazu. Dann beugte sie sich näher an sein Ohr und flüsterte: »Ich hasse die Ungarn, alle, sogar die Juden.« Der starke Akzent verdeckte nicht ihren aufrichtigen Zorn: »Oh I hate them, if you would only know how much I hate them.« Dann legte sie sich mit ihrem Mann an, der Kuchen ass, verbotenerweise. Eine Weile hatte sie über die Ungeheuerlichkeit hinwegsehen können, doch jetzt entwand sie ihm das Stück mit geübtem Griff. Der Volontär sass diskret daneben. Mr. Störk weihte ihn ein: »Ich sollte keinen Zucker essen. Verstehen Sie. But sometimes, one has to cheat life.« Schnell ass sie an seiner Stelle auf, und Mr. Störk erzählte von seinem Kosher-Laden gleich um die Ecke. Er habe ihn kurz nach seiner Ankunft in New York eröffnet. Heute helfe er nur noch vor den grossen Feiertagen aus. Der Mann seiner Tochter führe das Geschäft. Wenn Georg sie, wie abgemacht, am nächsten Tag besuchte, würde er ihm gerne alles zeigen. Es sei der grösste in ganz Queens.

Man tanzte. Georg wehrte sämtliche Angebote ab. Hie und da drehten sich auch zwei gleichen Geschlechts zusammen zur Musik. Direkt vor ihm schaukelte ein Paar, sich bei den Händen fassend, gewagt den Oberkörper. Zwei andere, etwas jünger, bewegten sich hüftbetont. Dann Hawah Nagilah: die Frauen bildeten einen Kreis, die Männer einen kleineren darin. Alle machten ein paar Schritte auf die Mitte zu, wieder auseinander. Sobald sie sich aufgelöst hatten, versuchte ein Redner, sich Ruhe im Saal zu verschaffen, er hob an, einmal, zweimal – und musste aufgeben. Nicht einmal die Kapelle konnte er lange im Zaum halten. Mr. Störk: »Mit diesen Leuten können sie niemals Ruhe haben.«

Am nächsten Tag machte sich der Volontär direkt vom Büro aus erneut auf den Weg nach Queens. Die Störks erwarteten ihn um den Tisch im Wohnzimmer versammelt, umgeben von schwarzweiss gestreiften Tapeten. Kleine Fotografien hingen in Wechselrahmen etwas verloren an den Gitterstäben. Frau Störk im dunkelblauen Morgenrock, ihre Haare frisch aufgetürmt, stärker geschminkt als am Abend zuvor, ihr Mann, still neben ihr, wirkte grösser als am Ball, seine Ohren offene Fensterläden. Er wartete ab und hörte vornehmlich zu. Wie vereinbart war zum Übersetzen auch die Tochter da, eine energische, knapp vierzigjährige Frau mit stechendem Blick. Nachdem er sich gesetzt hatte,

bewegten sich alsbald drei Paar fahrige Hände kreuz und quer
über den Tisch, reichten ihm Kuchen, eine Karaffe mit Wasser,
einen Plastikbecher. Frau Störk schien begierig auf den Start-
schuss zu warten. Er zückte seine drei Seiten mit Fragen, die er im
Tonraum vorbereitet hatte. Noch eine ältere Frau trat ein, ein Del-
phinlachen auf ihrem Gesicht. Mrs. Störks Cousine, wie sie ihm
vorgestellt wurde. Durch das Haus schien ein Ruck zu gehen. Er
konnte beginnen. Frau Störk ergab sich ihren Erinnerungen, einmal auf Ungarisch, dann wieder in gebrochenem, nur mühsam
verständlichem Englisch, immer wieder mit ihrer Cousine strei-
tend, deren Einwände Georg so wenig erfassen konnte wie ihr
Lächeln, das sie nie ablegte. Die Tochter unterbrach zugunsten der
Übersetzung zwischendurch. Herr Störk schnappte sich, unbemerkt von seiner Frau, ein Stück Kuchen nach dem anderen und
zwinkerte Georg zu, der ihn beobachtete.

Nach einiger Zeit hatten sich die Augen von Frau Störk ein
wenig gerötet, aber das konnte auch der Müdigkeit zuzuschreiben
sein. Ihr Mann hörte aufmerksam zu. Wenn der Volontär etwas
von ihm wissen wollte, antwortete er mit tiefer Stimme, leise, aber
nicht erloschen. Er war aus einem mährischen Dorf nach Nyr
zum Arbeitsdienst verschleppt worden. Dort sieht er die Eisenbahnwagen, sieht kolonnenweise Leute in ihnen verschwinden,
hört ihre Schreie. Einmal will er einen Eimer Wasser an einen der
Waggons bringen, wird aber zurückgestossen. Nein, nicht von
Deutschen, das hätte ihn nicht erstaunt, sondern von ungarischen
Zivilisten, ein Gendarm schlägt ihm mit dem Gewehrkolben ins
Gesicht, danach muss er blutüberströmt zum Verhör. Die Gefäng-
nisse aber sind voll, er kommt davon. Später trifft er einen Tschechen, dem die Flucht von dem Ort in Polen gelang, wohin die
Züge fahren. Er geht zum Judenrat der Stadt, wird jedoch vom
Rabbiner hinauskomplimentiert. Die Geschichte sei an den Haaren herbeigezogen. Man kenne den Tschechen. Er wolle sich offenbar wichtig machen, damit er mehr finanzielle Unterstützung
erhielte. Er solle ihm ausrichten, dass man ihn wegen Panikmache
und Unruhestiftung anzeigen werde, wenn er nicht Ruhe gebe.
Störk sah, wie die neologische Synagoge in die Luft gesprengt
wurde, und beobachtete Menschenmengen, Einwohner von Nyr,
beim Plündern der verlassenen Häuser, sobald die Gendarmen

mit den Juden einer Strasse fertig waren. Nach dem Krieg versuchte er, die Verantwortlichen zur Rechenschaft zu ziehen, den Bürgermeister zum Beispiel, den er an einer Veranstaltung, als keine Juden mehr in der Stadt waren, sagen hörte: »Endlich sind wir die Plage los, jetzt beginnen die besseren Zeiten.« Doch die neuen Behörden hatten andere Sorgen. 1956 flüchteten er und seine Frau in die USA, hatten das Glück mit dem Kosher-Geschäft und lebten fortan in diesem Hause hier, mit Garage und einem Apfelbaum, der gerade zu blühen begonnen hatte, im kleinen Garten. Auf Regalen dösten Kristallgläser vor sich hin, funkelten im schwachen Licht. Rund war der Tisch, mit lila Schimmer bezogen das Bett, rot die Ränder um die Augen. Herr Störk erinnerte sich an den Hausrat vor der Synagoge der Orthodoxen, die noch stehe.

Man hätte ihnen gesagt, es würde alles an ihren endgültigen Aufenthaltsort nachgeschickt, erklärte Frau Störk.

Aber die Pakete waren zerrissen, Kleider sorgsam von Einrichtungsgegenständen getrennt, Holz von Metall, Wertvolles von blosser Gebrauchsware, habe er gesehen.

Und sie meinte, dass ihre Familie unter den letzten gewesen sei, die den Weg ins Ghetto genommen hatten. Sie habe das Warenlager in der Synagoge auch noch gesehen. Dann der Gang durch die Stadt, auf dem Gehsteig die Leute, nur vereinzeltes Johlen, die meisten hätten geschwiegen und geglotzt. Nein, es seien nicht die SS, nicht die Gestapo, keine deutschen Soldaten gewesen, die sie begleiteten, sondern die Blicke im Rücken, die Nachbarn, der Lehrer, der Kohlenhändler, die Frau mit den Hühnern. Sie alle seien in der Erinnerung Grabsteine, überwachsen vom Gestrüpp neuer Ereignisse.

Jetzt stand ihr ohnmächtige Feindschaft ins Gesicht geschrieben. Anders ihre Cousine, die in sich hineinlachte, ihm beim Abschied warm die Hand drückte, mit der andern seine Wange tätschelte und die Tochter fragen liess, ob er verheiratet sei. Schelmisch kniff sie die Augen zu. Die Tochter brachte ihn zurück zur Station. Auf dem Weg verriet sie mit unerschütterlicher Überzeugung, ihre beiden Kinder sollten Schauspieler werden. Sie selbst sei Mitglied einer Gesprächsgruppe für Nachkommen von Überlebenden. Sie sagte es so stolz, dass der Volontär nicht fragte, was das sei.

Drei Stunden waren vergangen. Die Spitzen der Hochhäuser steckten in Wolken. Der Himmel hatte sich auf die Stadt gelegt, der Regen gerade erst aufgehört. Die Strassen dampften. Lichtfinger griffen sich Türme aus dem Dunst. Die Nacht war in Farben. Am Times Square klangen ferne Trommelwirbel vom anderen Ufer des Verkehrsflusses zu ihm herüber. Auf einer Kiste sass ein Schwarzer, von einer Menschentraube umstellt, vor sich einen umgestülpten Plastikeimer. Ein einzelner Polizist näherte sich. Es schien, als wäre er dankbar für den Zeitvertreib. Die Hand am Knüppel, stellte er sich hinter dem Trommler auf. Die Stroboskoplampe aus dem Schaufenster warf Blitze auf seine Uniform. In einer Zuckung fuhr sein Knüppel durch die Luft, traf mit vollem Schlag den Eimer. Ruhe nach dem Knall. Der Knüppel tippte mit der Spitze herausfordernd auf die weisse Fläche des umgedrehten Eimers: »Pack dein Zeug und verschwinde.« Die Menge zerstob schnell. Nur wenige zögerten, darunter ein junges Pärchen. Der Frau standen Tränen in den Augen. Auf dem Asphalt leuchtete ein zinnoberroter Fleck, als der Trommler gehen wollte. Die eingetrocknete Farbe musste sich unter den Trommelwirbeln gelöst haben und drohte auf dem nassen Gehsteig zu zerfliessen. Der Polizist zeigte mit dem Knüppel auf den Asphalt. »Mit was denn?« fragte der Trommler, die Schultern hochgezogen. »Nimm deine Jacke, wenn du nichts anderes hast«, befahl der Polizist und schaute ungerührt zu, als der Junge mit einem Taschentuch vor seinen Stiefelspitzen zu schrubben begann. Die Frau weinte jetzt vernehmbar. Ihr Freund zog sie weg. Dann entfernte sich auch der Uniformierte, den Knüppel um das Handgelenk schwingend. Der Schwarze putzte noch immer den nassen Belag.

5)
Draussen war es noch etwas kühler geworden. Die grösseren Gebäude begannen, kleinere mit ihren Schatten zu verdecken. Über dem Wasser der Bucht von New York lag ein Glitzern, schärfer die Linie des Horizontes. Es war die Stunde der Liebespaare und der Erinnerungsfotos. Georg ahnte, dass er nicht mehr allzuviel Zeit haben würde. Er wusste nicht, wie lange sein Vater in der Stadt bleiben wollte, aber so wie er ihn kannte, stand bei ihm eine Abreise immer unmittelbar bevor, und er konnte nicht glauben,

dass es sich diesmal um einen anderen Besuch handelte, als er es von ihm seit Kindszeiten gewohnt war. »Sag, was hast du eigentlich morgen vor? Wie lange wolltest du überhaupt bleiben?« fragte er. Sie schauten nordwärts über den Centralpark nach Harlem. »Morgen fahre ich wahrscheinlich nach Washington. Ein alter Freund von mir arbeitet dort. Ich will ihn sehen, wenn ich schon hier bin. Aber ich muss zuerst anrufen. Zu Hause bin ich nicht mehr dazugekommen. Vielleicht wird es auch einen Tag später. Und du?«

»Ich weiss nicht. Bis jetzt musste ich arbeiten. Tagsüber. Ab fünf Uhr war ich immer frei. Das Büro ist übrigens ganz in der Nähe von hier«, antwortete Georg, enttäuscht, wie er widerwillig zur Kenntnis nehmen musste.

»Arbeiten? Das höre ich gern. Ich bin der letzte, der dich davon abhalten will. Aber wir sehen uns auf jeden Fall noch einmal. Ich bleibe ein paar Tage, vielleicht auch eine Woche oder etwas mehr. Kommt ganz drauf an.«

»Worauf?«

»Auf meinen Freund in Washington. Und nach Kanada will ich auch telefonieren. Otto, ein anderer Freund. Aus der Zeit in Budapest, kurz nach dem Krieg. Vielleicht fahre ich hin. Aber nur vielleicht. Ich muss das zuerst alles abklären.«

Kapitel sieben

1)
Die leise Enttäuschung war verflogen. Die Antwort seines Vaters hatte ihn nicht überrascht. Morgen schon würde dieser einem Freund dasselbe antworten wie heute ihm. Ohne zu wissen begriff Georg, dass es für einen wie seinen Vater, übriggeblieben am Rande der Menschenwelt, keinen Unterschied gab zwischen Familie und Freunden. Nicht mehr gegeben hatte, seither. Man war unter seinesgleichen, unverbrüchlich und schnell beleidigt, wenn jemand Grenzen zog.

Vorher, beim Kauf der Geschenke und dem ebenso einfachen wie leichtfertigen Ausgang der Angelegenheit, hatte er sich erinnert: zu seiner Bar Mitzwah der alte Plattenspieler, für den zuerst eine Reparaturwerkstatt gefunden werden musste, zum Geburtstag eine elektrische Autorennbahn, ein Geschwindigkeitsregler fehlte, den anderen lötete ein Onkel vergeblich, später eine Uhr, die besonders wasserdicht hätte sein sollen, aber nach nur einem Besuch im Hallenbad unwiderruflich den Geist aufgab – Geschenke von seinem Vater waren Versprechen, die in sich zusammenfielen, sobald sie eingelöst wurden. Nur eines hatte seinen Wert eine Zeitlang behalten: »Alle Wunder dieser Welt«, ein Bilderbuch über die sieben antiken und die sieben modernen Weltwunder.

Während er dahinschlenderte, immer im Uhrzeigersinn, bald das Rot über New Jersey vor sich, bald das dunkler werdende Blau von Long Island, die Bronx lag unter einer Kumuluswolke, Harlem zitterte leicht, die Südspitze von Manhattan zehrte noch etwas vom Sonnenlicht aus dem Gekräusel des Wassers, merkte Georg, dass sein Vater nicht mehr neben ihm ging. Er lief zurück bis zum Durchgang zu den Liften. Ein kleiner Stau hatte sich gebildet. Die einen in der Menge wollten noch vor Sonnenuntergang an einem anderen Ort sein, aber der Lift hatte gerade die anderen entlassen, die die Dämmerung hoch über der Stadt geniessen wollten. Allein der Vater war nirgends zu sehen. Einen Augenblick überlegte sich Georg, ob ihm zuzutrauen wäre, dass er sich, ohne Abschied, aus dem Staub gemacht hätte, womöglich einer plötzlichen, nicht zu ergründenden Eingebung folgend. Er staunte über die Erleichterung, die er bei der Vorstellung verspürte, auch wenn er sie sofort wieder verscheuchte. Da erkannte er ihn von hinten, ein wenig erhöht auf einer Art Waage stehend, einem Apparat mit allerlei Knöpfen und einer digitalen Anzeige, eingehend mit einem Zettel beschäftigt, den er in der Hand hielt.

»Du brauchst nur dein Geburtsdatum, die Körpergrösse und das Geschlecht einzutippen, dann erfährst du, woran du heute bist. Für einen halben Dollar«, erklärte er Georg.

2)
Es war Zeit fürs Konzert. Georg faltete die Zeitung zusammen und verliess den Schnellimbiss. Gegenüber hingen frisch geklebte Plakate an einer Backsteinmauer: »No Ground War«. – Überreste der kleinen Demonstration, in die er vor einer Stunde zufällig geraten war, wie die Flugblätter, die jetzt auf dem Boden lagen. Isa hatte ihm eines in die Hand gegeben. So hatte er sie kennengelernt: »No Ground War«. Bei so wenigen Leuten, die gegen den Krieg protestierten, schien die Niederlage am Golf perfekt. Zum Abschied ein Kuss, was ihn sehr erstaunte und fast davon abgehalten hätte zu gehen, wo sie noch bleiben musste, wie sie gemeint hatte.

Wie sie vereinbart hatten, kaufte er zwei Billette. Der Kassierer versicherte ihm, dass er die eine Karte loswerden würde, falls er sie nicht brauchte. Doch erstaunlicher als der Kuss, sie kam wirklich. Die Denim-Jacke war gegen Wildleder getauscht, der Lippenstift frisch nachgezogen. Er küsste sie auf die Wange, sie fuhr ihm durch die Haare. Dann war Einlass. In der Halle und auf den Treppen wurde gedrängelt.

»Hey you, asshole, this is not Baghdad!« rief ihm ein Mann zu, als er auf der Treppe zur Empore mit ihr Schritt zu halten versuchte. Um so lieber drückte er sich im abgedunkelten Saal neben sie auf den Sitz. Von der Decke hingen schwere Baldachine. Hellebarden, Kanonenrohre, lange Spiesse und Flinten umrankten mächtige Pfeiler. Die Bühne war in Flutlicht getaucht. Unvermittelt lag für einen Augenblick alles im Dunkeln. Als vorne rot-gelb-blaue Lichtkaskaden von der Decke stürzten, versank der Saal. Wie ein Bär stand B. B. King hinter der Gitarre, die auf seinem massigen Bauch auflag. Er wackelte mit dem in den Nacken geworfenen Kopf den Takt, streichelte den Hals des Instrumentes, die Begleitung setzte ein, und während seine Hände die Saiten kaum berührten, immer ein wenig flinker als das Auge, das versuchte, ihn zu beobachten, und sich fragen mochte, wo die Töne herrührten, flossen die Harmonien schwerelos dahin, unbeeindruckt vom Publikum, das bei allen möglichen Gelegenheiten begeistert grölte, während er sich mit dem sperrigen Instrument die Meute vom Leib hielt. Auf einmal schien er der Sache müde. Er warf mit Hochmut seine Gitarrenplättchen in den Wald aus Tausenden ihm entgegengestreckter Fühler, baute sich für eine kurze Verbeugung in der Mitte der Bühnenrampe auf und zottelte zur Seite weg, kopfschüttelnd über diese kindischen Sieger, verloren im Treibsand der eroberten Wüsten, seine Begleitgruppe überflüssig auf der Bühne zurücklassend.

Es hatte zu regnen begonnen. Alle Welt versuchte, ein Taxi zu ergattern. Isa und Georg hatten keine Chance. Sie waren zuwenig in Eile. Im Restaurant liefen auf allen drei Bildschirmen die Spätnachrichten. Ein Offizier im Ruhestand kommentierte vor einer Karte den neuesten Stand der Dinge wie einen Wetterbericht: Die langweilige Hochnebeldecke war aufgerissen. Eine neue Wetterlage. Zerfetzte Körper, eingeäscherte Stellungen, donnernde Gewitter. Es tat sich etwas. Er zeigte mit seinem Stab an, wie sich die Fronten aufbauten, verschoben, wer sich wo durchsetzte. Bei minimalen Verlusten in den eigenen Reihen, die meisten durch sogenanntes freundliches Feuer, machte man haufenweise Gefangene. Dem Gegner blieb nur die Aufgabe oder der sichere Tod.

Georg überliess den weiteren Verlauf des Abends Isa. Vielleicht aus Höflichkeit, vielleicht auch weil sich ihre Blicke so selten trafen. Spätestens als sie sich mit bemühten Worten und weit hergeholten Gesten so von seiner Geschichte mit dem Absender rühren liess, dass sie erzählte, sie stamme aus Wien, ihr Vater sei ein reicher ehemaliger Nazi gewesen, infolgedessen gehöre sie zur zweiten Generation der Täter, hätte er die Unterhaltung besser auf Naheliegenderes gelenkt, aber dann betonte sie, erst hier in New

York gelernt zu haben, sich mit der Geschichte zu versöhnen und das schlechte Gewissen abzulegen, dank der Gruppe, in deren Reihen sie sich seither für die Anliegen der Schwarzen – »... übrigens auch ein verfolgtes Volk!« – einsetze. Es nützte nichts, dass er betonte, sich nicht auf der Seite der Opfer geboren zu fühlen. Sie bestand darauf, dass ihrer Begegnung hiermit eine ganz besondere Dimension anhafte. Er liess es dabei bewenden. Auf seine schüchterne Frage, wie lange sie heute Zeit habe, erfuhr er, dass sie bald gehen müsse. Sie habe am nächsten Tag viel zu tun. Da falle ihr ein, ob er nicht an ihre Veranstaltung kommen wolle. Übernächsten Abend. Er sagte zu. Mit einer Umarmung verabschiedeten sie sich im Regen voneinander.

Am nächsten Tag schlug dem Volontär beim Betreten des Büros eine aufgeräumte. Betriebsamkeit entgegen. Es war gelungen, der »1st Conference of the hidden children« eine ganze Kiste von Videobändern abzuringen. Für Dave, Naomi und die anderen Beteiligten bedeutete dies einige Wochen gesicherte Arbeit. Drei Kopien mussten von jedem Original angefertigt werden, Protokoll, Computererfassung, das ganze Drum und Dran. Nur Ben war unbeeindruckt. Er sass an seinem Schreibtisch: »Hier, die habe ich mir angesehen. Schau auch mal rein. Immerhin eine gute Abwechslung.«

Ein breites Frauengesicht vor mattblau kaltem Hintergrund lächelte vom Bildschirm, noch etwas steif, doch schnell liess sie ihren fünfundsiebzig Jahren freien Lauf. Sie war aus Belgien. Ihr strenger Vater sei dem liberalen Humanismus verpflichtet gewesen. Seine Zuneigung zu Kindern hatte sich auf sie übertragen und dazu geführt, dass sie schliesslich eine Ausbildung als Lehrerin begann. In ihrer Klasse waren Kinder aller Glaubensrichtungen, noch erkannte sie nichts, was sie sonst voneinander hätte unterscheiden sollen. Erst als sich im Gefolge der Wehrmacht die Gestapo im Lande eingerichtet hatte, merkte sie, dass nach und nach immer weniger von ihnen zum Unterricht erschienen. Sie begann, sich zu erkundigen. Die Wahrheit war schnell herausgefunden. Ebenso rasch entschloss sie sich, diese nicht einfach still hinzunehmen. Eine Bekannte, die im Untergrund tätig war, hatte sie in Kontakt mit Leuten des geheimen Netzwerks zur Rettung jüdischer Kinder gebracht. Nie hätte sie eine besondere Rolle dabei spielen wollen. Wahrscheinlich hatten die Mitstreiter als Mut aufgefasst, was eigentlich nur das Glück gewesen sei, nie erwischt zu werden, nebst einer guten Prise Unverschämtheit, diesem Privileg der Jugend, das sie heute noch für die jungen Leute einnehme, die sich gegen die Mittelmässigkeit ihrer Gesellschaft auflehnten, auch wenn sie manchmal nicht wüssten, was an deren Stelle kommen sollte. Das wussten sie damals auch nicht. Was sie gemacht hatte, gehörte einfach zu der Art Christentum, das ihr Vater ihr beigebracht hatte.

Sie erzählte von den Schwierigkeiten, die es insbesondere bei Kindern jiddischer Sprache gegeben habe, ihnen eine neue Identität beizubringen, von der Angst, dass sich im Zugabteil vor den Fremden eines versprechen würde, und wie sie manchmal durch die Strassen eilte, an jeder Hand ein Kind, ihre Bündel unter den Armen wie in diesem Film von Chaplin. Erst durch die Nazis hatte sie gelernt, jüdische Kinder zu erkennen, nicht an ihrem Äussern, vielmehr durch ihr scheues Benehmen, was vor dem Krieg nicht der Fall gewesen war. Über das ganze Land verstreut hatte es Familien oder Ehepaare gegeben, die bereit waren, sich eines, im Notfall auch mehrerer Kinder anzunehmen, sie versorgten, wenn nötig versteckten, bis sie ausser Landes oder an sichere Orte gebracht werden konnten. Die richtigen Namen wurden auf Listen mit Nummern festgehalten, auf anderen Listen nur die Unterbringungsorte mit den Nummern der entsprechenden Kinder daneben. Die Listen wurden an verschiedenen Orten im Lande sicher versteckt, nur ganz wenige im Untergrund wussten davon. Nach dem Krieg holte man die Tabellen einfach wieder hervor; wo die Eltern nicht mehr ausfindig gemacht werden konnten, musste ein endgültiger Aufenthalt für die Kinder beschafft werden, nicht selten die gleichen Familien, die sie versteckt hatten. So ging für sie die Arbeit einfach weiter. Was sie vorher illegal getan hatte, wurde jetzt zur offiziellen Aufgabe, und aus ihr eine Sozialarbeiterin. Sie lachte zufrieden. Die Väter waren alle schon verschleppt worden, den Müttern fiel die Trennung weit schwerer als den Kindern, die sich zwar fürchteten, aber dem Schicksal vielfach auch mit einer unschuldigen Neugierde begegneten. Das Zeichen des Erfolges, auf den sie stolz sei, auch persönlich, was sie nicht leugnen wolle, sei letztlich, dass hier an der Konferenz die Belgier das grösste Kontingent stellten. Gestern erst hätten zwei Männer, denen sie damals geholfen habe, sie wiedererkannt. Die beiden hätten sie zu einer Tanzveranstaltung eingeladen. Bis zwei Uhr morgens habe sie durchgehalten. Sie entschuldigte sich, falls man ihr auf dem Bildschirm den langen Abend anmerken sollte. Für sie selbst sei das Wertvollste, was sie aus der ganzen Zeit mitgenommen habe, ein gesundes Mass an Selbstvertrauen. Nie mehr habe sie vor irgendwem wirklich Angst verspürt, und sie glaube, man habe ihr seither nur noch schwer etwas vormachen können. Auch als Sozialarbeiterin habe sie später Verantwortung getragen, aber kein Lohn sei jemals grösser gewesen als die Freude, wenn sie in Belgien wieder jemanden aus jener Zeit getroffen habe und die Liebe zu den Kindern von damals in Freundschaft mit den Erwachsenen von heute umgeschlagen sei.

3)
Auf dieser Seite des Stacheldrahtes spülten Menschen über mich herein. Das Gatter zu meiner Kindheit war hinter mir zugezogen worden. Ich stand im überfüllten Vorhof zum nächsten Abschnitt meines Lebens und schaute mich nach bekannten Gesichtern um, Schulkameraden, Nachbarskinder, irgend jemand ebenso Ratlosem wie mich, mit dem man sich wenigstens hätte unterhalten können; meinte, auf der Kossuthstrasse den hinkenden Paul Eisenberg ausgemacht zu haben, doch da erfasste ihn eine Woge Leiber, in deren Mitte er unterging; dann entdeckte ich, etwas weiter entfernt, Micki Adler an der Hand seiner Mutter, bis mir ein leeres Fuhrwerk den Blick versperrte.

Wir schleppten das verbliebene Gepäck zu Onkel Lajoshs Haus. Unser Fahrer hatte den leeren Wagen bereits gewendet. Als Vater hinter ihm herrief, er würde ihn anzeigen, wir hätten den Fahrpreis bis vors Haus entrichtet, winkte er lässig vom Bock herunter ab und fuhr weiter, ohne sich nach uns umzudrehen. Aber dank der Hilfe der anderen Mitglieder unserer Familie, die alle schon vor uns angekommen waren, dauerte es nicht allzulange, bis wir unsere Sachen hinter der hohen Mauer, die Onkel Lajoshs Haus von der Kossuthstrasse abgrenzte, in Sicherheit gebracht hatten. Wenn man das eiserne Tor schloss, schien das Getümmel draussen weit entfernt; für einen Moment erlag ich der Versuchung, mir vorzustellen, wir wären einfach bei meinem Onkel zu Besuch. Wenn die Stimmung etwas feierlicher gewesen wäre, der Tisch gedeckt, Grossvater am Kopfende, brennende Kerzen, an jedem Platz ein Buch mit der Pessach Haggadah, wenn zudem alle ein wenig besser gekleidet gewesen wären, hätte es ein Abend werden können, wie ich ihn kannte. Aber die Grosseltern sassen stumm nebeneinander. Mutter und die Tanten breiteten Matratzen und Decken auf dem Boden aus, die Männer trugen Möbelstücke hinaus, brachten Kisten und Koffer herein, wir Kinder standen unnütz herum, es war eine traurige Versammlung, darüber konnte auch Lajosh nicht hinwegtäuschen, der meinte, die Russen müssten nun bald kommen. Erst gestern nacht habe er wieder Flugzeuge im Osten gehört. Seine Wohnung glich mittlerweile einem kleinen Heerlager. Die Grosseltern erhielten das Ehebett im hinteren Zimmer, alle anderen würden auf dem Boden schlafen, über zwanzig Personen, verteilt auf zwei Zimmer und die Küche. Die Kinder hatten sich schnell auf den Matratzen eingerichtet. Gefasst, der neuen Lage in vieldeutiger Erwartung entgegenblickend, gingen sie alle von alleine zu Bett, während ich angezogen neben Grossmutter am Tisch sitzenblieb und wartete, ohne zu wissen worauf. Draussen war es dunkel geworden. Eine seltsame Unruhe befiel mich beim Gedanken, dass demnächst die Lichter ausgehen würden und ich irgendwo eingezwängt lange nicht einschlafen konnte, um dann im nassen Bettzeug aufzuwachen. Lieber verbrachte ich die ganze Nacht am Tisch. »Komm, steh auf, es ist Zeit.« Mutter zog mich am Arm vom Stuhl hoch. Grossmutter schaute durch mich hindurch, als wäre die Wohnung eine lange Halle und mein Bett, ich wusste noch gar nicht wo, der kleinste Punkt zuhinterst.

An ihrer Hand stieg ich über die ergeben auf den Schlaf wartenden Körper hinweg. Manchmal starrte mich ein Paar Augen vom Boden her an, während mir Mutters groteske Schritte anzeigten, wo ich zwischen Armen, Beinen oder Haaren auftreten konnte. – Keine Lücke, die gross genug gewesen wäre, dass ich mich hineinlegen konnte. Bis wir im Badezimmer standen. Vor der Wanne liess Mutter meine Hand los. Eine dicke Daunendecke und mein gewohntes Kopfkissen lagen darin bereit. »Nun, was sagst du zu deinem Bett?« Ich hatte tatsächlich den besten Platz bekommen, sogar ein eigenes Zimmer für die Nacht. Minuten später lag ich in meiner neuen Schlafstatt. Mutter löschte das Licht. Durch das offene Fenster sah ich die blauschwarzen Umrisse der nächsten Hausmauer. Von draussen war kein Geräusch zu vernehmen, die Stadt schlief offenbar in Frieden. Meine Lage war annehmbar. Als erstes würde ich morgen einen Erkundungsgang unternehmen. Hier im Ghetto, wo alle den gelben Stern trugen, konnte ich mich wieder auf die Strasse getrauen. Es stimmte, was Bernstein uns gesagt hatte, die Trennung von der andern Welt bedeutete auch Schutz vor ihr; es würde niemanden geben, vor dem ich Angst zu haben brauchte, niemanden, der mich angriff; das Ungeheuer war ausgesperrt, mitsamt den Lehrern und Gendarmen; hinter dem Stacheldrahtzaun war ich kein Jude mehr; wir waren ganz unter uns; mein Vater konnte sicher nichts dagegen haben, wenn ich die Tage draussen verbringen würde, rechnete ich mir aus. Auf den Wald würde ich verzichten müssen, ebenso wahrscheinlich auf ein Fussballfeld wie den Weizenplatz. So schlief ich ein.

Am Morgen wurde ich von Emmi geweckt. Sie stand, den entblössten Rücken mir zugewandt, am Waschbecken und rieb sich mit einem Lappen ab. Sie hatte ein Muttermal unter der linken Schulter. Ich wartete, ob sie sich umdrehen würde, aber vergebens. Danach kam Lajosh herein, noch im Nachtanzug. Auch er wusch sich, allerdings flüchtiger. Nur für sein Kinnbärtchen nahm er sich ein wenig Zeit. Sorgfältig kämmte er es und stutzte mit einer kleinen Schere die Ränder. Ihm folgte Onkel Izidor, der Dickste in der Familie, schon in Hose und Unterhemd, die Hosenträger hingen ihm noch herunter. Er wollte sich rasieren, aber da drängte Thomi herein, sein Sohn. Er musste unbedingt Wasser lassen, danach Vera und Robi mit dem gleichen Drang, so dass ich alle meine Vettern und Cousinen auf der Toilette sah. Einzig Vera bestand darauf, dass ich mich entweder wieder hinlegte, und zwar ganz unter die Decke, oder rausging. Den anderen machte es nichts aus. Jolan und Rosa, meine Tanten, putzten sich die Zähne und wuschen sich mit dem kalten Wasser die Gesichter. Dann unterbrach Vater die Parade vor meinen Augen. Die Grosseltern wollten sich waschen.

Später trat ich durchs eiserne Tor. Das Getümmel hatte weder Anfang noch Ende und überhaupt keine Richtung. Ich flüchtete zurück in unseren kleinen Hof, der von Hausrat verstellt ruhig dalag. Die Hühner von Onkel Lajoshs Nachbarn stolzierten zwischen den Gepäckstücken umher. Ich öffnete das Tor wieder, diesmal nur einen Spalt, damit die Flut nicht hereinstürzte, gerade weit genug, dass ich durchschlüpfen konnte, und zog es sofort wieder zu. Nach ein paar Schritten lag das Haus weit hinter mir. Onkel Lajosh hatte mir erklärt, wo ich die Pavels finden müsste. Ich kämpfte mich in die Mitte der Strasse vor. Dort war das Gedränge etwas schwächer. Nach der zweiten Abzweigung fand ich das Haus, klopfte erschöpft. Mutter Pavel öffnete. Ein einziger Blick ins Innere zeigte mir, dass sie, auch wenn sie gewollt hätte, mich nicht einlassen konnte. Von irgendwo aus dem Dunkel kam Mathyi. Sie liess ihn ohne weitere Worte zu mir heraus. Ich merkte ihm an, dass auch er keine Ahnung hatte, wie wir diese ersten Stunden über die Runden bringen sollten, ganz zu schweigen von den Tagen und Nächten, die noch kamen. An Fussball, wenn auch nur mit einem ausgestopften Strumpf, war nicht zu denken, das mussten wir nach den ersten Schritten einsehen. Was immer ich vor mir hertrat, einen Stein oder ein Stück Holz, verschwand unter einem anderen Schuh oder zwischen den wimmelnden Beinen. Egal in welche Richtung wir schauten, was kein Haus war, kein Baum oder keine Mauer und kein Pfosten, bewegte sich. Also blieb nichts, ausser ebenfalls in Bewegung zu bleiben, bis wir irgendwo einen Platz finden würden, der wenigstens gross genug war, damit wir stehenbleiben konnten. Hand in Hand, ängstlich aufeinander achtend, schlängelten und schoben wir uns durch die Leute und hatten doch das Gefühl, immer am gleichen Fleck zu treten. Da wurden die Abstände zwischen den Menschen grösser. Ohne eine bestimmte Richtung eingeschlagen zu haben, befanden wir uns neben dem Ghettoeingang, unmittelbar am seitlich weglaufenden Stacheldraht. Ich liess Mathyis Hand los. Gerade schoben zwei Gendarmen das Gatter auf. Draussen näherte sich eine Strassenbahn. Sie klingelte zum Dank, fuhr langsam durch den Eingang, die Gendarmen salutierten. Neugierig, mit befremdeten Blicken, schauten die Passagiere heraus, als sähen sie zum ersten Mal solche Geschöpfe wie uns, die wir um ihr Gefährt wimmelten und aufpassten mussten, nicht unter die Räder zu kommen. Wir wiederum starrten der Strassenbahn hinterher, dieser Erscheinung aus einer Welt, der wir schon nicht mehr angehörten, die aber ohne uns genau gleich weiterexistierte. »Kein Halt im Ghettobezirk. Aufspringen strengstens verboten«, war in weisser Farbe aufgemalt. Auf beiden Plattformen, hinten wie vorne, stand ein Gendarm. Im Schrittempo folgte die Bahn ihren Schienen durch die sich wie Wasser vor einem Schiff teilende Menge, dahinter schlugen die Wellen wieder zusammen.

Ohne Absprache stellten sich nach und nach auch andere Jungen auf den paar Quadratmetern hinter dem Stacheldraht ein, dem einzigen Ort, wo einem die Beine der Erwachsenen nicht zu sehr auf den Leib rückten. Zudem gab es wenigstens etwas zu beobachten, wenn auch nur die mürrischen Gendarmen beim Öffnen und Schliessen des Gatters, wo alle halbe Stunde eine Strassenbahn hinein- oder herausfuhr, selten ein Fuhrwerk, Menschen waren jenseits der Posten fast keine zu sehen, oder dann solche mit gelbem Stern, die unter dem Gewicht ihrer Habe herangeschwankt kamen.

Die Männer hatten bereits gegessen, als ich nach Hause kam. Wir Kinder waren als nächste dran, während die Frauen, meine Schwester eingeschlossen, auf dem Hof Töpfe wuschen oder noch in der Küche beschäftigt waren. Es gab reichlich zu essen, wie immer. Grossmutter sass mit uns am Tisch. Sie verteilte die Nachspeise: Sahnejoghurt mit eingelegten Sauerkirschen. Genug, dass wir alle zweimal nehmen konnten. Da dachte ich an Tante Borish und erkundigte mich, wo sie geblieben war. Vielleicht hatte sie ein paar Hefte für mich mit ins Ghetto gebracht.

Während nun auch die Frauen ein paar Bissen zu sich nahmen, der Einfachheit halber aus den von den Männern stehengelassenen Tellern, unterhielten sich diese im Hinterzimmer, wo sich Grossvater zum Mittagsschlaf auf Lajoshs Ehebett hingestreckt hatte. Der unreinen Küche wegen wollte er fasten, wie er meiner besorgten Mutter nachhaltig zu verstehen gab. Vater hatte an ihrer Stelle erwidert, auch Gott kenne bessere und schlechtere Zeiten. Die jetzige eigne sich wohl nicht besonders für seine Belange, doch Grossvater war schon weggedöst. Vater wandte sich kopfschüttelnd wieder seinen Brüdern und Herrn Spitz zu, dem Nachbarn, der Eier herübergebracht hatte. – Für die vielen Male, da er bei Mutter anschreiben lassen durfte. Vater hatte erstaunt die Brauen hochgezogen. Doch jetzt sassen sie einträchtig beisammen. Ich konnte hören, wie sie beratschlagten, ob die Russen wohl schnell genug vorrückten, um unserer misslichen Lage hier schon ein Ende zu bereiten, oder wir vorher in ein Arbeitslager gebracht würden. Dann hatte ich fertig gegessen. Ich solle das Tor immer ganz schliessen. »Und wenn die Sonne untergeht, kommst du zurück, hast du gehört ...«, hörte ich Mutter rufen, bevor das Tor hinter mir ins Schloss fiel und ich mich auf der Strasse befand.

Nachmittags schlossen sich unserer Gruppe beim Stacheldraht auch Lazi Goldstein und Paul Eisenberg an. Wir vereinbarten, in Zweiergruppen auszuschwärmen, um nach einem freien Platz zu suchen. Ich zog mit Eisenberg los. Wir übernahmen den Teil links der Kossuthstrasse bis zur Grenze. Doch es war aussichtslos. Sogar die Katzen hatten sich zurückziehen müssen und dösten anstatt an den sonnenbeschienen Hauswänden auf Dächern und Mauern. Auch die Hinterhöfe waren besetzt, von Menschen oder Hausrat. An einzelnen Stellen begann sich Abfall auszubreiten. Hühner, ängstlich nach den Katzen äugend, scharrten ausgiebig darin herum, und wo eine Strasse früher im freien Feld geendet hatte, wurde sie jetzt jählings von Stacheldraht unterbrochen. Ein Hund hatte sich zwischen den Beinen der Menge verirrt und stahl sich jammernd durch die Lücken davon. Auf dem Rückweg trafen wir unsere ehemalige Lehrerin, Tante Elisabeth, schön und elegant wie früher. Anders als bei den meisten Leuten blinkte an ihrer Brust der gelbe Stern so stolz und erhaben, als künde er schon von jener besseren Zeit, die anbrechen würde, sobald die Mehrheit von uns einmal in jenes Land zurückkehrte, das sie und ihr Mann, Rabbiner Waxman, nicht aufgehört hatten unsere »Heimat« zu nennen, was immer das jetzt noch hiess. Sie bückte sich zu uns herunter. Was wir denn suchten, ob wir uns verlaufen hätten. Doch auch sie konnte uns nicht helfen. Sie wusste nur, dass diese Zeiten zwar nichts für Kinder seien, aber auch nicht ewig andauerten, und erzählte uns, dass sie und ihr Mann sich sobald als möglich darum kümmern würden, irgendwo Platz zu machen, damit man wenigstens eine Art Schulbetrieb einrichten konnte, wenn die Synagoge unglücklicherweise schon ausserhalb des Ghettos lag. Er sei Mitglied der Ghettobehörde. Der Unterricht falle in seine Zuständigkeit. Ich wäre nicht abgeneigt gewesen, doch vorläufig half uns das nicht gegen die Langeweile. So kämpften wir uns weiter durchs

Getümmel. Die Versammlung am Stacheldraht war noch bedrückter. Niemand hatte Erfolg bei der Suche nach einem freien Platz gehabt. Es gab wirklich nichts zu tun ausser herumzulungern, dafür wiederum schien es keinen anderen Ort zu geben als diesen. Ein paar Männer aus dem Ghetto standen ebenfalls diesseits des Gatters herum. Sie warteten auf Durchlass. Zu der Gruppe gehörten, nebst ein paar anderen, Waxman, ferner der orthodoxe Rabbiner – ich versuchte zu erkennen, ob man ihm seinen Hodenbruch anmerkte –, wie auch Herr Tisch, Besitzer des grössten Warenhauses der Stadt, den ich einmal mit Vater in der Krone Karten spielen gesehen hatte. Jeder von ihnen hielt ein Papier in der Hand, das sie den Gendarmen reichten. Nach eingehender Prüfung wurde ihnen der Verhau geöffnet. Mit ihren Mappen unter dem Arm entfernten sie sich die Kossuthstrasse hinunter in Richtung Stadtzentrum, was immerhin hoffen liess, dass die Zeit trotz der dräuenden Langeweile nicht angehalten worden war.

So verging der erste Tag. Die nächsten glichen ihm fast auf die Sekunde.

Obschon es jetzt, im Mai, merkbar länger hell war, durften wir nach dem Abendessen nicht mehr raus. Bei Anbruch der Dunkelheit wurden die Lichter gelöscht. So verlangte es das Gesetz, denn es bestand die Gefahr von Bombenangriffen, eine gute Nachricht, auch wenn alle befürchteten, es könnte genau ihr Haus treffen, das sie wieder zu beziehen hofften, wenn die Russen mit ihrer Roten Armee auf dem Weg in die Hauptstadt erst einmal hier durchgezogen waren. Ich fragte Lajosh, wie sie nachts so weit oben in ihren Flugzeugen denn wüssten, dass dieser Teil der Stadt nicht bombardiert werden durfte. »Wie Gott beim Auszug der Israeliten aus Ägypten. Aber anstatt die Türpfosten mit dem Blut des Opferlammes zu markieren, zeigen heutzutage Spione mit geheimen Lichtzeichen, welche Häuser verschont werden sollen.«

Ich lag meistens schon in der Badewanne, wenn sich Vater und Lajosh bereit machten auszugehen. Anfangs weigerte ich mich einzuschlafen, bevor sie zurück waren. Mutter beruhigte mich, sie seien nur vor dem Haus auf der Strasse. Ich wollte wissen, was sie dort trieben, wenn es doch dunkel war. Nun, sie würden einander mitteilen, was sie zu wissen glaubten. Vor allem aber wollten sie sich die Zeit vertreiben, wie wir Kinder am Tage auch. Während sie mich in den Schlaf redete, sass sie auf dem Rand der Badewanne. Und wohin gingen sie denn bei Fliegeralarm, fragte ich, in einem letzten Aufbäumen gegen den Schlaf. »Dann kommen sie einfach wieder rein, zu uns.«

Zur allgemeinen Enttäuschung geschah das aber nur einmal, und da war nicht einmal die Richtung festzustellen, so weit von uns entfernt zogen die Flugzeuge vorüber. Ein anderes Mal hörte man von Osten her ein Donnern. Wir sassen gerade bei Tisch, die Männer hatten wie immer schon gegessen und sassen im Hinterzimmer. Da sprang zuerst Izidor auf, behende, trotz seines Gewichts, auch Lajosh hatte sich erhoben, nur Vater war sitzengeblieben und Grossvater schien sich entschlossen zu haben, der äusseren Welt endgültig den Rücken zuzuwenden. Dafür las er den ganzen Tag murmelnd im letzten ihm verbliebenen Buch, das langsam auseinanderzufallen drohte. »Hört ihr die Front?« rief Izidor erregt, »Geschütze, so klar wie die Kirchenglocken am Sonntag.« Er lief in die Küche. »Jetzt reichen uns die Vorräte garantiert noch.« Die Frauen hielten in ihren Verrichtungen inne. Hinten im Zimmer stand Lajosh neben Vater, der nun doch ans Fenster gegangen war und den Laden einen Spalt breit geöffnet hatte. Zusammen mit Izidor horchten sie angestrengt hinaus. Eine Weile war nichts zu hören, dann aber wieder ein Grollen, diesmal näher. Izidor ging auf und ab. »Ich habe immer gesagt, auf Stalin ist Verlass«, freute er sich. Vater hatte sich wieder gesetzt. Ein paar Minuten später prasselten schwere Regentropfen gegen unser Fenster und auf das Dach. Man hörte die Menschen auf der Strasse herumrennen. Izidor in die anschliessende Ruhe: »Lange kann es trotzdem nicht mehr dauern.«

Die Tage rieselten dahin. Die Frauen besorgten den Haushalt, die Männer schlugen die Zeit mit Diskussionen tot, in welchen sie sich gegenseitig mit Prognosen übertrafen, die alle nicht länger anhielten als die jeweilige Laune, die sie erzeugt hatte, und mir blieb nichts, als entweder missmutig zu Hause zu sitzen oder draussen herumzulungern, ratlos unruhig, mit dem Gefühl, in der Menge entweder untergegangen zu sein oder von ihr über den Rand gedrängt zu werden, wobei unser Platz am Stacheldrahtzaun der einzige Flecken Erde blieb, auf den wir einigermassen sicher unsere Füsse setzen konnten. Die Welt lag unter einer Glocke aus

Stumpfsinn. Die Langeweile war Königin. Eine Langeweile, die mir, anders als ich sie je vorher erlebt hatte, jegliche Ahnung auf eine Zeit danach, wie nach der Schulstunde oder dem verregneten Sonntag, verstellte und alle um mich herum im Griff hielt, so dass sie mir auch von niemandem abgenommen werden konnte. Ich kam nicht einmal dazu, mich mit meiner Schwester zu schlagen, denn dafür fehlte einfach der Platz. Einzig die Mahlzeiten verliehen dem Tagesablauf einen Rhythmus. Manchmal beneidete ich meine älteren Cousinen und meine Schwester, die sich wenigstens im Haushalt nützlich machen konnten. Mich zog man gar nicht erst bei, wenn es etwas zu tun gab. Zum ersten Mal in meinem Leben war ich den Männern gleich. Auch ihnen entbehrte jegliche Tätigkeit. Ich freute mich auf die Dunkelheit, wenn das Geräusch des mannigfachen Atems aus den anderen zwei Zimmern zu mir hereindrang und ich in meinem Reiche lag, wo der Wasserhahn über dem Lavabo tropfte und sich die Farbe von der Decke lösen wollte. Manchmal, in hellen Nächten, stand ich auf und schlich mich ans Fenster. Wenn ich mich stark genug hinauslehnte, konnte ich zwischen unserem und dem nächsten Haus einen Ausschnitt der Strasse überblicken. Gegenüber, in die Nische einer Hausmauer geschmiegt, schlief immer eine Gestalt. Den Hut tief ins Gesicht gezogen, den Mantelkragen hochgeschlagen, ein Bündel neben sich. Das Gesicht sah ich nie. Wenn ich nach dem Frühstück auf die Strasse hinaustrat, hatte der Menschenstrom sie schon weggeschwemmt. Ausser an jenem Morgen, als ich gerade noch beobachten konnte, wie sich zwei Männer, den durchhängenden Körper an Armen und Beinen haltend, mit ihr durch die Menge mühten. Das war an einem der letzten Tage. Längst hatte eine Hand das Glas umgedreht, hatte der Sand zu rieseln begonnen. Aber davon ahnten wir nichts.

Wir warteten auf die Rote Armee.

4)

Als der Volontär aus dem Videoraum trat, hörte Dave, den Kopf nahe am Radio, gerade Mittagsnachrichten. Etwas von Unruhen. Ein totes Kind. Offenbar überfahren.

»Da wird der Bürgermeister in den nächsten Tagen aber Arbeit bekommen.«

»Was haben sie denn gesagt?« fragte Georg.

»In Brooklyn ist ein schwarzes Kind überfahren worden.«

»Und da kümmert sich bei euch gleich der Bürgermeister darum?«

»In diesem Fall wird er es wohl müssen. Es war die Wagenkolonne dieses verrückten Rabbiners. Wahrscheinlich sein Fahrer, wie es heisst.« Er drehte das Radio aus. »So wie es aussieht, haben sich schon allerhand Figuren darum zu kümmern begonnen.«

»Was denn für Figuren?«

»Schwarze. Vielmehr ihre Führer oder wer sich als das bezeichnet.« Er führte aus, wie schlecht es den Schwarzen gehen musste, dass sie auf solche Leute reinfielen. Immer mehr in den letzten Jahren. Und alle huldigten sie dem Antisemitismus. Offensiv oder diffus, letztlich sei jeder Anlass gut genug. »Und so wie es aussieht, bietet dieser hier alles, was es für einen netten kleinen Aufruhr braucht: Das Oberhaupt der grössten religiösen jüdischen Gemeinschaft im Lande fährt in einem der ärmsten Quartiere ein schwarzes Kind zu Tode.«

Kurz vor Feierabend, der Volontär wollte sich verabschieden, nachdem er auch den Nachmittag im Tonraum über seinem Absender verbracht hatte, sass Dave wieder vor dem Transistorradio, als hätte er seine Haltung in den letzten Stunden nicht verändert. Er drehte lauter. Der Rest der Fünf-Uhr-Nachrichten. Es hätten sich verschiedene Unruheherde gebildet. Noch alle in der Nähe der Stelle, wo der kleine Gato, wie das tote Kind schon genannt wurde, überfahren wurde, aber man befürchtete eine Ausweitung. Die Polizeikräfte seien überfordert. Wenn nichts unternommen würde, sei für die Nacht das Schlimmste zu erwarten.

Dave fasste kurz angebunden zusammen, was den Nachmittag über berichtet worden war. Die jüdische Ambulanz habe den Fahrer vor dem Mob gerettet, das verletzte Kind aber unversorgt zurückgelassen. Als endlich ein städtischer Rettungswagen kam, sei schon jede Hilfe zu spät gewesen. Unterdessen seien die ersten sogenannten Führer am Ort des Geschehens aufgetaucht, wie er vorausgesagt habe. Darunter dieser Prediger. »Du kennst ihn sicher vom Fernsehen.« Der Volontär wusste, wen er meinte. Ein lackierter Barockengel. Seine Rede wechselte in gekonnter Dramaturgie ständig zwischen bildhaft untermalten, flammenden Aufrufen, väterlichen Ermahnungen und eindringlichen Anklagen, manchmal in Spott abgleitend, dann wieder zu Pathos emporgeschwungen. So tönte es auch jetzt aus dem Radio. Der Reverend sah in der durch Spekulanten heruntergewirtschafteten Bronx über Aids und den Golfkrieg bis zum Tod des kleinen Gato eine einzige Verschwörung gegen die schwarze Bevölkerung am Werk. Er war klug genug, die Benennung der Schuldigen dem Mob zu überlassen. Der sinnlose Tod des Jungen lege das jüngste Zeugnis darüber ab, wieviel das Leben eines Schwarzen wert sei. »Nicht die Kosten einer Fahrt mit der Ambulanz!« rief er aus, die Stimme gerade noch am Überschlag gehindert.

Ihm gegenüber erfüllte der Vertreter der Chassiden schnell und dankbar die Rolle des überall und ewig bedrohten Opfers, rief zur jüdischen Selbstverteidigung auf und tat dem Reverend den Gefallen, immer von den Schwarzen zu reden, wenn er eigentlich ihn hätte meinen sollen. Nach seinen Erkenntnissen sei es der von Leuten wie seinem Vorredner aufgepeitschte Mob gewesen, der verhindert hatte, dass der Junge von der jüdischen Ambulanz geborgen werden konnte, was er selber zutiefst bedaure. Von der Polizei fordere man den allen Bürgern dieses Landes zustehenden Schutz, und wenn die Ordnungskräfte der Stadt den Aufruhr nicht eindämmen könnten, so müsse sofort Hilfe von den Bundestruppen angefordert werden, um ein Pogrom zu verhindern. Und er wisse, wovon er rede, wenn er Pogrom sage.

Ein besonnener Dritter, nicht herauszuhören, welcher Zugehörigkeit, erkannte keinerlei böse Absicht, der Unfall sei ein bedauerliches Ereignis, seine Ursachen müssten zuerst von der Polizei aufgeklärt werden, ebenso der Tod des Jungen. Über die Schuldigen, falls es welche gebe, könne allein die Justiz urteilen. Die Bevölkerung des Quartiers, Juden wie Schwarze, sollte sich der Demokratie und des Rechtsstaates würdig erweisen und in ihrem Verhalten dem amerikanischen Erbe des gedeihlichen Nebeneinanders aller Religionen und Kulturen Geltung verschaffen, anstatt sich aufhetzen zu lassen.

So wurde am Körper des toten Kindes herumgezerrt. Dave schüttelte den Kopf, als er das Radio ausgedreht hatte.

»Da sieht man es.«

»Was sieht man?«

»Du hast ja den Reverend gehört. Und das ist noch einer der Gemässigteren. Warte nur, bis dieser Blut-und-Boden-Imam auf der Szene erscheint.«

»Ich glaube, die Schwarzen haben ebenso gute Gründe für ihre Wut wie die Juden für ihre Angst. Wie sich das äussert, hat vielleicht auch mit dem Umstand zu tun, dass es erst seit den sechziger Jahren an den höheren Schulen keinen Polizeischutz mehr für sie braucht.«

»Verstehst du denn nicht? Für diese Art Politiker ist die Rolle des Opfers erst mal viel einträglicher als die einer vernünftig handelnden Gemeinschaft, die für ihre Geschichte auch eigene Verantwortung übernimmt.«

»Darin befinden sie sich aber mit den Juden in guter Gesellschaft«, stritt der Volontär wacker. »Das einzige Problem ist, dass von zweien immer nur einer das Opfer spielen kann.«

Worauf Dave erwiderte: »Diese Suppe wird jetzt erst einmal gekocht, bis kein Wasser mehr im Kessel ist. Wartet ab.«

Ein guter Teil der Belegschaft war mittlerweile vor dem Fernseher im Präsentationsraum versammelt. Man sah die Chassiden hinter den Zäunen um ihre Häuser, auf dem Gehsteig Polizeikordons. Gruppen von Jugendlichen streiften durch die Strassen, dunkler Rauch am Bildrand. Die Chassiden lächelten, während die Kamera näher glitt. Sirenen waren zu hören. Die Reporterin verabschiedete sich. Weiter oben in der Strasse sei offenbar etwas im Gange. Man werde sich hinbegeben und nach der Werbung berichten, falls Neues in Erfahrung gebracht werden könne.

Die Kamera entfernte sich. Nava ging immer wieder nachschauen, ob ihr Mann mit dem Kind schon gekommen sei, um sie abzuholen. Zwischendurch schaute sie auf den Bildschirm wie in die Auslage eines Schaufensters mit herabgesetzten Preisen. Judith suchte nach einer Mappe, die Mr. Sholzky, einer ihrer Überlebenden, für sie abgegeben haben sollte.

Da schaltete sich die Reporterin wieder zu, jetzt am Rande einer Menschentraube vor einer Treppe in die Untergrundbahnstation, die von blauen Abschrankungen und einer Kette Polizisten hinter Schildern gesichert war. Die Unruhen hätten eine neue Qualität gewonnen. Auf den Treppen in ihrem Rücken sei vor gut einer halben Stunde ein Jeshiva-Student von einer Gruppe Randalierer eingekreist und erstochen worden. Der Bürgermeister erwäge, das Quartier unter Ausnahmezustand stellen zu lassen. Vorerst aber zurück ins Studio.

»Das ist ein Fall für unsere Spendenabteilung. Wenn die Unruhen nur ein paar Tage anhalten, damit man Zeit für einen Rundbrief hat«, meldete sich Ben unter der Türe zu Wort. Danach fielen alle über ihn her, was ihm zu gefallen schien.

5)
»Ich habe dich schon gesucht«, antwortete Georg.
»Genau gleich schwer wie vor einem halben Jahr. Nimm dir ein Beispiel an mir, mit meinen über sechzig Jahren.«
»Was steht denn auf dem Zettel? Zeig her.« Georg wollte selber lesen, aber sein Vater entzog ihm das Stück Papier.
»Nun zeig schon. Was empfiehlt der Computer?«
Sich etwas zierend, überliess ihm der Vater den Zettel.
»Gewicht: In den Toleranzbreiten am oberen Limit. Im Auge behalten. Allgemeiner Gesundheitszustand: Gut. Auf Kreislauf achten. Empfohlene Mahlzeit: Meeresfrüchte, Salat, leichter Käse, ein Glas Rotwein. Langsam essen. Aussichten für den Tag: Sie sollten sich ausruhen. Machen Sie einen gemächlichen Spaziergang. Vermeiden Sie aber grosse Höhen. Lassen Sie alle warten, die etwas von Ihnen wollen. Ihre eigenen Angelegenheiten können ruhen. Gehen Sie gegen 22.30 Uhr zu Bett. Wir wünschen Ihnen viel Erfolg.«
»Sieht so aus, als müsstest du schleunigst in ein Sanatorium«, spottete Georg.
»Ach was. Das tönt nur so. Etwas wissen sie nicht. Und das muss man berücksichtigen.«
»Hast du Goldbarren im Gürtel?«
»Nein, nein. Etwas ganz anderes. Willst du auch?« Er hielt Georg eine Packung Zigaretten hin.
Dieser machte ihn darauf aufmerksam, dass hier Rauchverbot war: »Es hat überall Schilder, siehst du nicht? Nur draussen darf man. Also, was ist es?«
»Ich habe doch nur noch ein Viertel vom Magen. Deswegen dürfte mein Gewicht eher noch ein bisschen höher sein.«
»Nicht tiefer?«
»Nein, höher, hat mir mein Arzt gesagt.«

Kapitel acht

1)
»Glaubst du denn an solches Zeug?«

»Glauben? Ich weiss nicht, was ich davon halten soll. Es ist wie mit der Astrologie. Oder beim Lotto. Neugierde vielleicht ... Wenn ich arbeite, weiss ich auch nie, wohin die nächste Fahrt geht. Vielleicht nur um den nächsten Block, oder Hunderte von Kilometern weit. Das ist der Reiz dabei. Auch nach zehn Jahren noch.«

»Hast du denn schon einmal gewonnen?«

»Im Lotto, meinst du? Ja, klar, erst kürzlich wieder. Zwanzig Franken. So, jetzt lass uns mal schauen, was die Waage bei dir sagt.«

Georg wollte eigentlich nicht. Aber das Geld war schon eingeworfen. »Ich weiss, in deinem Alter kümmert einen das Gewicht anders als mit sechzig. Aber ich will doch wissen, wie schwer mein eigen Fleisch und Blut ist, wenn ich in den letzten Jahren sonst kaum etwas von dir erfahren habe.«

Unter den Armaturen setzte ein vielsagendes Knirschen ein. Die Zahlen blinkten. Das Gewicht leuchtete auf. Georg erschrak. Er hatte fast zehn Kilo mehr als bei der ärztlichen Untersuchung, bevor er von zu Hause abgereist war. Hinter sich hörte er den Vater:

»Da hast du es. Sind wir nicht etwa gleich gross? Und schon jetzt bist du schwerer als ich. Pass bloss auf. Bald wird der Moment kommen, wo du neue Kleider brauchst.«

2)
Auf dem Gehsteig vor dem Kirchenportal trat Georg eine Frau in den Weg. Im Arm trug sie einen mit farbigen Plaketten besteckten Karton. Am Daunenmantel hing der Rest des Sortimentes. Derart bewehrt sprach sie ihn an: »Zugunsten der Vereinigung für Angehörige von Soldaten im Golfkrieg.« Er kaufte einen Button, liess ihn aber in der Tasche verschwinden. Trotzdem lud sie ihn ein, zum Gebet gegen den Krieg in die Kirche zu kommen. Er war un-

terwegs nach Hause, sie brauchte nicht viel Mühe aufzuwenden, damit er eintrat. In der Halle arbeitete ein japanisches Kamerateam still und entschlossen vor sich hin. Auf Stellwänden entlang den steinernen Mauern standen Gedichte geschrieben. Georg setzte sich etwas abseits der wartenden, gut fünzigköpfigen Gemeinde hin, bis der schwarze Pfarrer aufforderte, sich zu erheben und für eine Schweigeminute einander die Hände zu reichen. Georg hatte niemanden neben sich. – Angehörige von Soldaten, die Dienst am Golf leisteten, riefen jetzt laut deren Namen ins hohle Dunkel. Die meisten schallten klar, in trotziger Deutlichkeit, andere waren vor scheuer Zurückhaltung kaum zu verstehen, einige schluchzten. Wer einen Namen gerufen hatte, setzte sich. Irgendwo weinte ein Baby. Kinder zündeten die Säulenkerzen an, und es gab endlich etwas für die Kameras. Sie stürzten sich als erstes auf den Jungen, dem ein Schemel gereicht werden musste, damit er sein Zündholz an den Docht halten konnte, und auf seine dicke Mama. Tränen rannen ihr über die runden Wangen. Der kurzen Feierlichkeit folgte die prosaische Aufzählung sämtlicher Aktivitäten des Netzwerkes. Aggregate surrten. Dann war das Mikrofon vor der Kanzel frei, damit alle, die jemanden am Golf hatten, ihr Herz ausschütteten. Alle. Eine Frau erzählte in Versen, wie sie gestern ihren Sohn, dessen Kompanie von der Basis in Deutschland abkommandiert worden war, am Telefon verabschiedet hatte. Er habe nicht gehen wollen. In der Bank hinter Georg flüsterte jemand: »Wieso hat der Idiot denn gehorcht?« In dem Moment rannte der Junge, unterdessen vom Schemel heruntergeklettert, dem Kameramann aus dem Bild. Der Assistent versuchte, ihn zurückzuholen. Eine andere Frau las einen kurzen Brief vor: »To the son of my friend.« Die Mutter nach ihr klagte, dass ihr Sohn nicht wisse, weshalb er dort in der Wüste sei. Und nachts müsse er so schrecklich frieren. Die nächste hatte den ihren auf der »Missouri«, die gestern in den TV-Nachrichten gezeigt worden war: Speiende Kanonenrohre, Rauch, Blitze. Nach ihr eine junge Braut. Sie wünschte ihrem Mann von hier aus alles Gute zum Geburtstag. »Happy Birthday, and many many more.« Ihre Nachrednerin gab ihrer Hoffnung Ausdruck, dass auf den Krieg eine bessere Zeit folgte. Danach deklamierte ein Professor, den Blick von einer Hornbrille gerahmt, der einzige Mann neben dem Pfarrer. Seine

Rede galt dem offenen Brief in der New York Times vom Vortag, mit dem er offenbar einige Beachtung gefunden hatte. Die folgende Rednerin war kaum gross genug, um über das Rednerpult hinwegzustarren. Während sie am Mikrofon wortlos schluchzte, wieselte das Kamerateam heran, aber sie verbat sich mit heftigem Kopfschütteln jegliche Aufnahmen. Ein übersteuerter Verstärker pfiff. Sie musste einer hispanischen Mutter weichen, die sich mit zwei Kindern auf dem Arm zum tränenreichen Weinen hinstellte, am Revers eine gelbe Schlaufe. Fotografen und Kameraleute drangen auf sie ein, stoisch liess sie sich alles gefallen. Eine junge Frau sass die ganze Zeit still in der zweitvordersten Bank, Baseballmütze, Krempe nach hinten, bis ein Fotograf sein dickes Objektiv vor ihr in Stellung brachte. Georg ging leise durchs Dunkel zurück zum Portal, stand wieder auf der 8. Avenue und wandte sich südwärts. Vielleicht entdeckte man in den Lichtern, dem Rauch aus den Städten und den Flammen auf dem Wasser des Persischen Golfes wirklich nichts als einen weiteren Ausstoss·von Energie, einen kurzen Moment, da die Materie einmal mehr ihre Form veränderte, Eruptionen in immer kürzeren Abständen, heisse Schweife, ein Planet im Sonnensystem, auf dem sich erst das Flüssige vom Festen getrennt hatte und die Wüsten langsam erkalteten.

Am nächsten Morgen machte sich der Volontär auf den Weg nach Brooklyn. »Auf eigenes Risiko«, hatte Ben festgehalten, währen Dave ihm eindringlich abgeraten hatte. Laut den Nachrichten waren die Unruhen nach wie vor im Gange. Die Polizei hatte etwas Boden gutgemacht. An jeder Ecke stand ein kleiner Trupp. Blauweisse Wagen patroullierten langsam durch die Strassen oder rasten mit Blaulicht und Geheul nervös umher. Georg kam an ausgeweideten Schaufenstern vorbei, trat auf Scherben, Müll rauchte, ein Lieferwagen lag, alle vier Räder in die Luft gestreckt, am Strassenrand. Einige Läden hatten wieder geöffnet, vor anderen waren die metallenen Gitter noch heruntergelassen. Die U-Bahn-Station, wo tags zuvor der Student erstochen worden war, war abgeriegelt. Der Volontär blieb unbehelligt. Ab und zu begegneten ihm schwer gerüstete Reporter und TV-Equipen. Vor einer Bar sassen einige Schwarze auf Hockern an der Sonne, an der Theke war er der einzige Gast. Rund um die grosse Synagoge hatte die Polizei einen Kordon gebildet. Vor dem Portal war eine grössere Menge

Chassiden versammelt. In ihrer Mitte eine Kamera, über den Hüten schwebte an einem langen Stab ein Mikrofon. Je näher Georg der Kreuzung kam, wo der Unfall passiert war, um so mehr Leute traf er an; Polizisten sorgten dafür, dass niemand unnötig stehen blieb. Manchmal setzte es grobe Worte. Einsatzwagen lauerten um die Ecke. Georg gelang es, sich zu der kleinen Gemeinde zu gesellen, die sich in einiger Distanz hinter der letzten Abschrankung versammelt hatte. Ein riesiger Blumenkranz lehnte an der Wand des Hauses, zahllose Schleifen hingen von der Fassade, auch ein Schild:»Wir trauern um Gato, das jüngste Opfer weisser Dominanz.« Und ein Spruchband:»Dieses Viertel gehört uns!« Auf einer Kiste stehend hielt ein Schwarzer in Anzug und dunkler Sonnenbrille eine Rede. Neben ihm hatten sich zwei weitere Männer in gleicher Kleidung postiert, die Hände vor dem Bauch verschränkt, reglos, während sich der Redner immer wieder von Zwischenrufen der Versammelten unterbrechen liess. Er deckte auf, dass der Golfkrieg eine Verschwörung sei, angezettelt vom internationalen Zionismus und durchgeführt von der US-amerikanischen Führung, die im Solde imperialistischer Drahtzieher die besten Söhne Amerikas auf dem Schlachtfeld verheize, schon jetzt sei klar ersichtlich, dass die Schwarzen den höchsten Blutzoll entrichteten, wie damals in Europa, als sie die Juden retteten, wie in Korea und Vietnam, wie aber auch auf den Strassen von New York, und so sei Gato ein weiteres Opfer im selben, lang anhaltenden Krieg. Nachdem er ein Ende gefunden hatte, stieg er, flankiert von seinen zwei breitschultrigen Engeln, unter verhaltenem Applaus in ein wartendes Auto. Es folgten weitere Beiträge. Man sicherte der Trauerfamilie Unterstützung zu, die Beerdigungskosten, Anwälte für die Schadenersatzklage, und schwor, das Viertel von Drogen, Prostitution und jüdischen Spekulanten frei zu machen. Aber die Aufmerksamkeit hatte merklich nachgelassen. Die Gemeinde bröckelte ab. Der Volontär wurde sich gewahr, dass man ihn allenthalben anstarrte. Zwei Burschen kamen auf ihn zu, fragten, was er hier suche. Er schaute sich um.»Nichts Besonderes.« Er sei Tourist. Habe genug von Manhattan gehabt, antwortete er.

»Ich glaube, es wäre besser für Sie, zu verschwinden«, gab ihm der eine zu verstehen.

»Warum?«

»Zu Ihrer eigenen Sicherheit. Sie könnten als Weisser hier leicht für einen Juden gehalten werden.« Auf der Kreuzung hatten die Polizisten ihre Helme abgelegt, die Menschenansammlung war aufgelöst.

3)

Doch die Rote Armee kam nicht.

Stattdessen erwachte ich eines Morgens zum ersten Mal, seit wir unser Haus verlassen hatten, wieder in durchnässtem Bettzeug. Nebenan herrschte eine ungewöhnliche Geschäftigkeit. Stumm zeigte ich Mutter den grossen nassen Fleck auf dem Laken. Sie strich mir über den Kopf und versprach, niemandem etwas zu verraten. Ich erfuhr den Grund für die Unruhe: Das Ghetto würde heute geräumt. Wir hatten noch ein paar Stunden Zeit, um uns bereitzumachen. Der Ausdruck auf Mutters Gesicht verbot die Frage, ob die Nachricht zu den guten oder schlechten gehörte. Ich zog mich an.

Der neue Erlass sei überall auf Plakaten an den Mauern angebracht worden. Vertreter der Ghettoverwaltung durchstreiften die Strassen, um die aufgeregten Leute zu beruhigen, erzählte Lajosh, der von draussen kam. Er setzte sich und zählte an den Fingern ab, was alles mitgenommen werden durfte: Proviant für eine Woche, Kleider, für jede Person ein Geschirr mit Besteck, Bettzeug, Toilettensachen; anschliessend erklärte er, was zurückgelassen werden musste, als hätte er selber den Erlass verfügt: Wertgegenstände, insbesondere Geld und Schmuck, sämtliche Möbel, Bücher, Geräte, zudem alles, was als Waffe oder Werkzeug gebraucht werden konnte, darunter Spielsachen wie Steinschleudern oder Pfeilbogen, aber auch Essmesser und anderes Küchengerät. Er hätte ebensogut sagen können »alles andere«. Der ganze Osten des Landes sei zum militärischen Operationsgebiet erklärt worden. Es geschehe alles nur zu unserem eigenen Schutz, das habe Rabbiner Bernstein bestätigt. Was natürlich nichts anderes heisse, als dass die Front tatsächlich nähergerückt war, warf Onkel Isidor ein. Zufrieden wischte er sich den Milchkaffee vom Mund. Das ganze Ghetto würde auf insgesamt drei Durchgangslager in der Puszta verteilt. Das unsrige läge ein paar Kilometer nordöstlich der Stadt. Ich verstand, dass die Eltern angehalten waren, ihre Kinder im

Auge zu behalten. Die Behörden legten anscheinend grossen Wert darauf, die Familien möglichst beisammenzuhalten. Nach ungefähr zehn Tagen sollte es dann in definitive Lager fernab der Front weitergehen, wo alle über Sechzehnjährigen Arbeitsdienst leisten, während die Jüngeren in den Familienlagern blieben. Im ersten Moment trauerte ich nur um mein Privileg, die Badewanne, und nahm mir vor, Onkel Lajosh dereinst mehr zu besuchen. Sicher würde er mich weiter dort schlafen lassen. An unserer baldigen Rückkehr hegte ich keine Zweifel, sowenig wie alle anderen, oder es gelang ihnen, diese sorgsam vor uns Kindern zu verbergen. Alle schienen erpicht, das weitere Schicksal möglichst schnell antreten und allfällige Unbilden hinter sich bringen zu können.

Da es nichts mehr gab, an dem mir besonders gelegen war, konnte ich dem emsigen Treiben um mich herum getrost aus der dunkelsten Ecke des Zimmers zuschauen. Die Wortlosigkeit in allen Verrichtungen verlieh der Szenerie gespenstische Züge, als bewegten sich die Leute erneut auf einer Bühne, verborgenen Anweisungen folgend. Einmal kam meine Mutter und zeigte mir einen kleinen Koffer. Auf den sollte ich von jetzt an immer gut achten und ihn nirgends liegen lassen. Es seien alle meine Kleider drin. Die Kleider hingen an ihr herunter, und die Backenknochen zeichneten sich schärfer unter den Rundungen des Gesichtes ab. Sie hatte sich verändert, seit wir im Ghetto waren.

An diesem Morgen durfte ich nicht mehr hinaus. Die letzte Erinnerung an meine Freunde bleibt der Nachmittag hinter dem Stacheldraht am Ghettoeingang. Wir hatten die Zeit damit herumgebracht, Wetten abzuschliessen, wieviele Passagiere in der nächsten Strassenbahn mitfuhren. Einzig Mathyi hatte es geschafft, die Zahl genau zu treffen, bei der letzten Bahn, gerade bevor wir nach Hause gingen.

Gegen Mittag war alles soweit. Die Koffer standen bereit. Das Bettzeug war zusammengeschnürt, die Vorräte in Kisten untergebracht. Wir assen noch einmal richtig und warteten danach auf die Pferdefuhrwerke, um unsere Sachen aufzuladen. Grossmutter wusch in der Küche zusammen mit Agi Geschirr ab, damit es sauber wiedergefunden würde, wenn man zurückkam, als jemand kräftig an das eiserne Tor schlug. Ich machte es den anderen nach, nahm meinen kleinen Koffer und ging hinter ihnen aus dem

Haus, durch den Hof – die Hühner waren verschwunden – hinaus auf die Strasse, die in der ganzen einsehbaren Länge von einer Kolonne eng hintereinander stehender Pferdefuhrwerke eingenommen war. Während wir das Gepäck auf die Wagen luden, sassen die Kutscher gelassen auf den Böcken. Diesmal waren sie von der Ghettoverwaltung bezahlt worden, im voraus, und brauchten sich nicht um die Fuhre zu kümmern. Sie warteten auf das Kommando der Gendarmen, die links und rechts von jedem Wagen mit groben Handgriffen nachhalfen, wo es ihnen nicht schnell genug ging. Einige nahmen ihr Gewehr von der Schulter, die aufgesetzten Bajonette glänzten in der Sonne, kurz darauf gebrüllte Befehle, die Kutscher ergriffen die Zügel; mit einem Ruck setzte sich der Treck in Bewegung.

Zwischen der bewaffneten Eskorte zogen wir hinter den Pferdewagen die Kossuthstrasse hinunter dem Ausgang zu. Das Gelände beidseits des Stacheldrahtes lag bis auf die verstärkten Wachtposten menschenleer in der Frühnachmittagssonne. Wir trotteten durch das Spalier aus dem Ghetto und verliessen still und beladen die Stadt. Das war er, unser Auszug aus Ägypten.

Die letzten Häuser hinter uns, wichen Pflastersteine dem Schotter. Der Zug streckte sich in die Länge. Menschen und Gepäck waren bald von einem Schleier aus Staub überzogen. Die Gendarmen gebrauchten oft ihre Gewehrkolben, damit die Leute näher zum vorderen Wagen aufrückten. Entlang der Strasse standen zu beiden Seiten Akazien, in deren Schatten Bauern von der Arbeit auf den Feldern ausruhten und aus tönernen Krügen tranken. Die Aussaat hatte begonnen. Ein Lastwagen wartete mit laufendem Motor, bis wir vorbei waren. Grossvater stützte sich für einen Augenblick auf die Ladepritsche. Vater hielt Grossmutters Arm, Mutter und Agi gingen schweigend nebeneinander, und ich war darauf bedacht, immer von Leuten umgeben zu sein, damit keiner der Gendarmen auf mich aufmerksam würde. Im Schweigen des Zuges war ihr antreibendes Fluchen das einzige Zeugnis menschlicher Stimmen. Sogar die Kutscher schwiegen. Die Pferde folgten, den Kopf dicht am Wagen vor ihnen, mit beneidenswertem Gleichmut der allgemeinen Richtung. Trotz dem Staub sog ich gierig die Schwälle ihrer Ausdünstung auf.

Die Marschgeräusche waren mir schon so vertraut, dass ich

meinte, ein hohes, unregelmässiges Geräusch in meinen Ohren stamme von einem quietschenden Wagenrad. Bis sich vor uns aus der Kolonne eine Frau löste, in deren Armen ein Kind wimmerte. Um sich dem Gendarmen zu nähern, der auf ihrer Höhe am Strassenrand entlang ging, musste sie ihre Schritte beschleunigen. Schnell atmend wollte sie ihn ansprechen. Er nahm das Gewehr von der Schulter. Bemüht, sie nicht zu beachten, hielt er es fest im Griff und schaute angestrengt nach vorne, als drohe sich irgendwo hinter den Bäumen ein Hinterhalt aufzutun. Immer wieder fiel sie etwas zurück. Das Kind weinte, sie streckte es ihm entgegen, es schrie, sie verlor wieder zwei Schritte auf ihn. Ich hoffte, sie würde aufgeben, bevor sie stolperte oder sich am Bajonett verletzte, das manchmal bedrohlich nah vor ihrer Brust glänzte, wenn der Gendarm sich unwillig drehte. Doch sie redete weiter auf ihn ein. Das Kind wand sich in ihren Armen, schrie immer lauter und hektischer. Der Gendarm fuhr mit dem freien Arm durch die Luft, als liesse ihn eine Wespe einfach nicht in Ruhe. Die Kolonne marschierte. Die Frau gab nicht auf. Schweiss rann ihr über das Gesicht. Sie torkelte jetzt leicht vor Erschöpfung. Aber mit letzter Kraft überholte sie den Gendarmen und blieb vor ihm stehen, störrisch, bebend, wie ein Maultier, das nicht mehr weiter wollte, so dass auch der Polizist mit seinem Bajonett innehalten musste. In der einen Hand hielt er das Gewehr noch immer auf sie gerichtet, mit der anderen stiess er sie barsch von sich weg, so dass sie fast gefallen wäre. Wenn sie jetzt nicht aufgab, würde er schiessen, befürchtete ich und beobachtete erleichtert, wie endlich eine andere Frau zu ihr trat, um sie am Arm zurück in die Kolonne zu geleiten. Noch immer weinte das Kind, leiser, aber deutlich vernehmbar. Der Gendarm hatte das Gewehr wieder geschultert. Meine Mutter schaute an Vater hoch, der starr geradeaus blickte, wie alle anderen in der Kolonne. Schliesslich hatte der Kutscher vor uns ein Erbarmen mit der Frau. Er liess sie neben sich aufsitzen. Die Schulter weggedreht, öffnete sie die oberen Knöpfe ihres Kleides. Prall und bleich wölbte sich die Brust aus dem schwarzen Tuch. Da verstummte endlich das Kind, als hätte ihr Fleisch es erstickt. Eingehend betrachtete der Kutscher abwechslungsweise den Rücken seines Pferdes und seine eigenen Hände, die sich fest um die Zügel geklammert hatten. Kaum war sie fertig, befahl er ihr abzusteigen. Da er keine Anstalten machte, den Wagen anzuhalten, musste sie erst das Kind hinunterreichen, dieselbe Frau, die ihr schon geholfen hatte, nahm es entgegen. Danach stieg sie selber ab. Erst jetzt gestand ich mir ein, wie müde und durstig ich selber war. Zudem hätte ich dringend austreten müssen. Aber die Vorstellung, Mutter würde sich nicht so einfach aus dem Weg stossen lassen, unterdrückte meine Bedürfnisse. Schloss ich für ein paar Schritte die Augen, konnte ich Grossvater vor mir murmeln hören, der von all dem offenbar nichts bemerkt hatte. Obschon es heiss war und der Schweiss ihm in den Bart lief, nahm er seinen Hut nicht ab.

Endlos warfen die Akazien ihre Schatten über die Strasse. Ich marschierte mechanisch daher. Wie lange wir schon unterwegs waren, als die Kolonne vor einer Reihe Gendarmen plötzlich in eine Feldstrasse durch die sanften Hügel bog, entzog sich meiner Wahrnehmung. Auf den Feldern pflanzten die Bauern Tabaksetzlinge. Der Staub hatte sich gelegt. Hinter einer Anhöhe warf die Sonne ihre letzten Strahlen in die aufziehenden Wolkenknäuel. Da stockte der Zug. Alle Gendarmen hielten ihre Gewehre in den Händen. Vater, der sich nach uns umschaute, meinte, wir müssten bald da sein. Dann ging es ein paar Wagenlängen weiter. Wir mussten wieder stehenbleiben. Die Bauern hatten sich längst an uns sattgesehen. Als hofften sie auf eine Abwechslung bei ihrer mühseligen Arbeit, schauten sie sich nur noch um, wenn die Gendarmen besonders laut fluchten, doch sie wandten sich enttäuscht ab, weil es wirklich nichts zu sehen gab. Das Gekläffe hatte keine Bedeutung.

Die Dämmerung rückte immer näher über das wellige Land. Eine kleine, sandige Senke tat sich im Gelände vor uns auf. Dem ersten Blick zeigten sich die um eine freie Mitte in streng ausgerichteten Reihen aufgestellten Zelte aus hellem Tuch der dazwischen herumkrabbelnden Menschen wegen als ein etwas überfülltes Heerlager. Stockend näherten wir uns dem Eingang, wo die Wagen auf hölzerne Tische entladen wurden und Gendarmen erneut das Gepäck durchsuchten. Jeder einzelne Koffer wurde von den Posten auf die Bretter ausgeleert und mit hastigen Handgriffen durchwühlt. Für das Bettzeug hatten sie lange dünne Stäbe, mit denen sie es durchstiessen. Mutter und Grossmutter packten am anderen Ende des Tisches alles wieder zurück in die Koffer.

Die Fuhrwerke hatten abgedreht. Eines hinter dem anderen warteten sie in umgekehrter Richtung. Die Pferde soffen aus Bottichen, auf den Böcken packten die Kutscher Wurst, Brot und Käse aus. Sie tranken Wein und rauchten. Wir aber zogen zu Fuss weiter. Einige Sachen mussten zurückbleiben, so die meisten Toilettensachen, Grossvaters silbriger Weinbecher, das dicke Buch, nebst dem abgetragenen Mantel mit Pelzkragen, den Agi letztes Jahr von einer Tante zu ihrem Geburtstag geschenkt bekommen hatte. Nach umsichtiger Aufteilung gelang es uns, das Gepäck die Entfernung von einigen hundert Metern bis zu den Zelten zu tragen. Die Grosseltern nahmen sich das erste freie, wir vier das nächste, und dann kam schon eine andere Familie. Im Inneren konnte man knapp stehen. Nur Vater musste sich etwas bücken. Pritschen mit Strohsäcken lagen bereit. Sonst nichts.

Der Aufenthalt in diesem Lager bestand aus Warten, nichts anderem als Warten, auf engem Raum, gespiegelt von Tausenden von Menschen, die auch warteten und zuschauten, wie Tag und Nacht und Tag einander folgten. Der Platz lag so verlassen zwischen den Hügeln, dass nicht einmal Stacheldraht ausgerollt worden war. Die angedrohten drakonischen Strafen bei Flucht für die Zurückbleibenden und die mit geschulterten Gewehren um den Platz oder zwischen den Zelten patrouillierenden Gendarmen genügten, die Herde zusammenzuhalten. Meines Wissens unternahm nur ein einziges Mal jemand den Versuch auszureissen: Ferenc, der alleine war und keine Familie hatte, die für ihn bestraft werden konnte. Wir hatten ihn früher immer nur »Ferenc, den Vagabunden« genannt. Er war gross und stark, trug das ganze Jahr die gleichen Kleider und konnte auf seinem Kopf ein Hühnerei balancieren, so dicht waren seine wilden braunen Haare. Berüchtigt bei den Eltern, von uns Jungen gefürchtet, noch mehr aber bewundert. Wenn in einem jüdischen Haus oder Geschäft eingebrochen worden war und man den Dieb nicht auf der Stelle erwischt hatte, hiess es »Ferenc, der Vagabund«. Niemand wusste, woher er ursprünglich kam, noch, wo er hinging, wenn es Abend wurde. Aber nie konnte ihm wirklich nachgewiesen werden, jemandem etwas zuleide getan zu haben. Ich erinnere mich, wie er an einem der Wintertage, als Vater im Arbeitsdienst war, einmal unversehens in unserem Laden stand. Mutter hatte ihn gefragt, ob er nicht friere ohne Mütze, und ihm eine geschenkt, zusammen mit einem Schal, obschon er verneinte. Dann wiederholte er seine Besuche eine Zeitlang. Wenn Agi ihn dabei traf, blieb sie unter der Türe zu unserer Wohnung stehen und schien vergessen zu haben, was sie eben noch erledigen wollte. In den Reihen der Alteingesessenen in der jüdischen Gemeinde, die, je schlechter die Zeiten wurden, ihre Anständigkeit immer angestrengter zur Schau stellten, mag er als Herausforderung gegolten haben, aber ich glaube, es hat sich nie jemand wirklich vor ihm zu fürchten brauchen. Jetzt wurde ebendieser Ferenc in seiner ganzen Grösse, die Hände auf dem Rücken gefesselt, von zwei Gendarmen auf den Platz geschleppt, und er glich eher einem schon halb erschöpften, eingefangenen Eber denn dem wilden Keiler, wie es sein Ruf wollte. Nur die Kleider waren immer noch die gleichen. In seinen Haaren hing Laub und Gras. Die ganze Bevölkerung des Lagers musste sich auf dem Platz in der Mitte rund um das hölzerne Gestell versammeln, das erst am Vortag aufgerichtet worden war, ohne dass jemand wusste, wozu es diente. Ferenc stand darunter, auf den Boden stierend, auf seiner Stirne klebte verkrustetes Blut, und in der ganzen Zeit des nun Folgenden hob er weder je seinen Blick, noch gab er den geringsten Laut von sich. Es war kurz nach Mittag. Einer der Gendarmen, die ihn gebracht hatten, warf ein Seil über den Querbalken, ein anderer band es an Ferenc' Handgelenken fest, ein dritter kam hinzu, und alle gemeinsam zogen sie daran. Langsam, immer höher. Ein, zwei Sekunden konnte Ferenc noch gewinnen, indem er sich auf die Zehenspitzen stellte, aber die Gendarmen zogen weiter. Ich wartete gebannt auf einen Schrei und darauf, dass die Gendarmen ihn wieder losliessen, doch sie zogen noch weiter, Ferenc' Arme waren schon absonderlich nach hinten in die Höhe gereckt, als wollten sie zu einem Flügelschlag ausholen, da hob sich der Körper zentimeterweise von der Erde. Die Gendarmen hielten inne und banden das Ende des Seiles um einen in die Erde gerammten Pflock. Ferenc blieb schweben. Stumm, ein schwerfälliger Engel, der sich nicht entschliessen konnte wegzufliegen. Eine Weile suchten seine Füsse mit den Zehenspitzen noch nach einem Halt auf dem Boden, den sie so knapp berührten, dass im Sand gerade noch eine Spur zu sehen war, aber dann hielten sie still, und wir durften zurück in unsere

Zelte. Erst nach Stunden getraute ich mich kurz hinaus. Ferenc hing noch immer unter dem Balken.

Wir hatten genügend Vorräte, um wie gewohnt dreimal täglich zu essen. Was die Zukunft betraf, so machte ich mir keine Sorgen. Ich war zwar nicht einmal ganz vierzehn, aber das in Aussicht gestellte Arbeitslager erschien mir gegenüber der drückenden Langeweile in der Zeltstadt wie eine Erlösung, falls uns die Russen nicht früher befreiten, was allgemein immer noch angenommen wurde. Die einzige Quelle der Angst bildeten die Gendarmen mit ihrem Geschrei und dem haltlosen Fluchen. Sie dräuten in trunkener Wut, die beim geringsten Anlass von der Leine zu schiessen drohte, was Mutter als verständliche Reizbarkeit vor der immer näher rückenden Niederlage auslegte. Aber ich übte mich weiter in der Technik, mich bei Gefahr unter den Menschen um mich herum aufzulösen. Jeder einzelne Tag erschien mir wie eine ungerechte und gerade deshalb unabwendbare Strafe. Eines Nachmittags schlenderte ich, begleitet von einem Jungen aus dem nächsten Zelt, durch das Lager. Ohne dass wir es beabsichtigt hätten, waren wir beinahe am Rande angelangt und standen vor der Grube an der Rückseite der Männerlatrine. Ich machte Anstalten, sofort umzukehren, aber mein Freund hielt mich zurück. Er wollte unbedingt den paar Leuten zuschauen, die mit entblösstem Gesäss auf einem vielleicht zwanzig Meter langen Holzbalken sassen und wie Vögel auf einer Stange ihren Dreck fallen liessen. Unbemerkt standen wir dort und hörten mit an, wie es unten aufklatschte. Fliegenschwärme tummelten sich. Gegen die Seite zum Lager hin war die Latrine durch ein Tuch abgeschirmt, das hinter einer leicht geneigten, auf Böcken liegenden alten Dachrinne über die ganze Breite gespannt war. Vor der Rinne standen breitbeinig Männer mit dem Rücken zu uns; ihre Verrichtung lief den Känel hinunter, floss am Ende als kleiner Bach heraus und ergoss sich in eine Furche, in deren Lauf sie allmählich im Erdreich versickerte. Ein Windstoss trieb Fetzen von Papier zu uns herüber. Einer verfehlte mich nur knapp, da sah ich, dass überall, wo wir standen, schmutziges Zeitungspapier herumlag. Wir hatten beide kurze Hosen an. Weder dies noch der durchdringende Gestank hielt den anderen Jungen davon ab, auch hinüber zu den Frauen gehen zu wollen. Aber da versagte ich ihm meine Begleitung.

Nach höchstens zehn Tagen kam der Befehl, sich zum Abmarsch bereitzumachen. Das Lager wurde aufgelöst. Endlich eine Abwechslung. Unsere Sachen waren noch schneller zusammengepackt als das letzte Mal. Man durfte nur mitnehmen, was man selber tragen konnte. Das ganze Bettzeug, Geschirr und viele Kleider, die nicht mehr in die Koffer passten, mussten zurückbleiben, denn wir wurden auch angehalten, genügend Vorräte für drei Tage und drei Nächte im Zug mitzunehmen, also keinen Platz mit überflüssigem Zeug zu verschwenden. Noch einmal warnten die Gendarmen davor, Wertsachen zu schmuggeln, es werde ohnehin keine Gelegenheit geben, sie zu veräussern. Dort, wo wir hinkämen, hätten die alten Privilegien keine Gültigkeit mehr. Obschon es Mai geworden war, nötigte mich Mutter, die guten englischen Hosen aus dickem Stoff, mit langen Beinen, anzuziehen, Kniestrümpfe, den Pullover und die Jacke. Ich schwitzte, bevor wir noch aus dem Lager marschiert waren. Die Gendarmen waren etwas sanfter geworden, sie wussten, ihre Aufgabe, bei der es keinen Ruhm und nur wenig Bestechungsgelder zu holen gegeben hatte, war nun bald zu Ende. Izidor, den ich an diesem Tag zum letzten Mal in meinem Leben sah, er kam später in einen anderen Waggon, wertete auch das als untrügliches Zeichen dafür, dass die Front wieder ein Stück näher gerückt war. Was mich störte, war die Bedrücktheit meiner Mutter, die, wie ich mir Rechenschaft ablegte, seit jenem Tag, als Vater später als sonst und bleich vom Kartenspiel in der Krone heimgekehrt war, eigentlich nie mehr ganz von ihr abgefallen war. Während die männlichen Mitglieder der Familie ihre Einschätzungen des Frontverlaufes zum besten gaben oder sich in Vorstellungen über die Zeit nach dem Krieg flüchteten, muss sie die Worte der zwei Tschechen aus dem Laden alleine mit sich herumgetragen haben. Heute staune ich, wie wenig davon sie mir zu spüren gegeben hatte. Was immer ich ihr anmerkte, verstand ich damals als schlechte Laune und gab mir Mühe, nicht der Grund dafür zu sein, um so mehr, als ich nie ihrer Zärtlichkeit und Fürsorge entsagen musste. Auch Vater hatte an diesem Tag eine finstere Miene, freute sich in Worten aber schon auf die Zeit nach dem Krieg, wo sich die Spiesse umdrehen würden, wie er zu sagen pflegte. Ich dachte an den Goldschatz, der irgendwo im Hof vergraben sein musste.

Erneut begleitete eine bewaffnete Eskorte die Kolonne. Im Lager hinter uns wurden schon die ersten, verlassenen Zelte abgebaut und auf bereitstehende Wagen verladen, während wir ostwärts marschierten, in die aufsteigende Sonne hinein. Es war noch früh am Morgen. Mutter hatte für die Reise einen grossen Topf voll Reis mit gedörrtem Obst gemacht, in einem zweiten schwammen Sauerkirschen in süsser Suppe.

Drei Tage und drei Nächte, hatte es geheissen. So weit war ich noch nie gereist.

Das Land war wieder flacher geworden, Maispflanzen streckten ihre Fühler in langen, geraden Reihen aus tiefbrauner Erde, da erkannte ich in der Nähe eine Ansammlung von Häusern. Ohne dass die Gendarmen uns antreiben mussten, wurde die Kolonne schneller. Die Sonne stand hoch am Himmel. Ich schwitzte in meinen Winterkleidern. Wenigstens trug Mutter mir meinen Koffer. Ich hatte gequengelt, ihn sonst stehen zu lassen. Die Spitze der Kolonne verschwand in einer Senke. Jetzt erkannte ich den Schienenstrang, einen wartenden Zug, länger als alle, die ich bisher gesehen hatte. Dahinter Schuppen, ein Bahnhofsgebäude, eine Schranke und eine grosse Dampflokomotive. Als wir auf der anderen Seite der Senke wieder die Höhe des umliegenden Landes gewonnen hatten, waren die ersten Wagen schon auf die Strasse eingebogen, die in einer weiten Kurve auf die Schranke zuführte. Wir marschierten in einer grösseren Gruppe, aus deren Mitte ein älterer Mann, der in jeder Hand einen dicken Koffer trug, indem er diese auf den Boden stellte, einen Arm ausstreckte und laut rief: »Das ist gar kein Personenzug.« Seine Koffer versperrten den Weg, so dass sich dahinter ein Stau bildete. Wir waren zu viele, als dass die Gendarmen den Grund für die Stockung sofort ausmachen konnten. Aber ein paar kräftige Stösse mit den Gewehrkolben brachten neue Bewegung in die Schar. Auch der Mann hatte seine Koffer wieder aufgehoben. Bis zur Bahnschranke wiederholte er ständig die Worte »Ich nicht. Ich werde nicht in einem Viehwaggon reisen.« Dann sah ich, dass er recht hatte. Fünfunddreissig braunrote Viehwaggons konnte ich hinter der Lokomotive zählen. Vater wandte sich nach mir um. Unaufhaltsam, in zähem Fluss, näherten wir uns auf der anderen Seite der Geleise zwischen den niedrigen Häusern und den Schienen dem kleinen Bahnhof, neben uns die Waggons, deren Türen offenstanden, vor jedem zwei Gendarmen. Der ganze Platz entlang der Geleise war von Menschen übersät. Ein Schuppen ragte aus der Menge, davor eine Rampe, auf der anderen Seite der Zug. Wir wurden noch etwas vorwärts geschoben, dadurch teilte sich unsere Gruppe. Vater, Mutter, Agi, die Grosseltern und ich standen zusammen vor einem Wagen. Die Gendarmen schauten entschlossen drein. Niemand getraute sich zu fragen, wohin die Reise ging. Der Mann mit den zwei dicken Koffern schwieg. Vater hielt mich an der Hand. Ich blickte an ihm hoch, und als hätte er erraten, was mich beschäftigte, erklärte er, dass die Personenwagen wohl zum Transport von Truppen gebraucht würden. In Kosice, hinter der Grenze, würden wir sicher umsteigen können. Agi stand neben Mutter, grösser als sie, den Arm um ihre Schulter gelegt. Mir wurde bewusst, dass sie irgendwo unterwegs erwachsen geworden sein musste. Da nahmen die Gendarmen ihre Gewehre zur Hand, und hinter uns gellte das vielfache Kommando zum Einsteigen. Plötzlich drängte und schob sich alles auf die weit offenen Waggontüren zu. Aber es ging nicht reibungslos vonstatten, denn der Einstieg befand sich zu hoch über dem Boden. Besonders die älteren Personen mussten richtiggehend hochklettern. Wo ihnen niemand half, gab es Verzögerungen, so dass die Gendarmen Hand anlegten. Wer nicht aus eigener Kraft schnell genug einsteigen konnte, wurde hochgehievt und wie ein Getreidesack hineingestossen. Meine Grosseltern waren vor uns an der Türe. Ich befürchtete schon das Schlimmste, blickte zu Boden und fing an, mich nach bewährter Methode in der Menge aufzulösen, da geboten die Gendarmen einen kurzen Halt. Sie hatten sich verzählt. Vater liess meine Hand los. Er eilte nach vorne, half zuerst Grossmutter hinauf, dann Grossvater, der sich nur noch automatisch zu bewegen schien, und reichte ihnen das Gepäck, während links und rechts um sie herum weitere Leute hochkletterten. Vater bedeutete Mutter, nach vorne zu kommen, und half auch ihr hinauf. Dann kam ich, nach mir Agi, und als letzter von uns stieg Vater in den Wagen. Die Gendarmen stritten sich. »Noch fünfzehn«, »Nein, noch siebzehn«, schliesslich einigten sie sich auf sechzehn, die bis fünfundsiebzig fehlten. Der Waggon war schon gut gefüllt, die vielen Koffer forderten ihren Platz, in der Mitte standen zwei Blecheimer, einer mit Wasser gefüllt, der andere leer. Ich drückte mich seitlich neben der Türe ganz an die Wand, so wie es mir Vater befohlen hatte, meinen kleinen Koffer zwischen den Beinen, während sich die letzten hochmühten und hineingezwängt wurden. Bald war die Rampe leer, bis auf die Gendarmen. Sie schulterten ihre Gewehre, noch einmal blitzten die Bajonette, und stellten sich neben den Schiebetüren auf. Schon erinnerte nichts mehr an die Menschenmenge, die eben noch dicht gedrängt den ganzen Platz bedeckt hatte. Nur zwei Hunde streunten herum. Ein neues Kommando gellte über den Platz, Vater zog mich etwas ins Innere zurück. Die Türen wurden zugestossen. Eine jähe Dunkelheit unterdrückte jede Stimme, die vielleicht noch irgend etwas hatte sagen wollen. Erst nach einer Weile merkte ich, dass von oben schwaches Licht hereindrang, und sah, während es um mich herum fühlbar stickig wurde, dass direkt über der Stelle, wo ich mich an die Wand gedrückt hielt, eine Luke angebracht war, durch die ein Hauch frischer Luft einfloss. Ich ahnte schon, dass Vater sich getäuscht hatte, was das Umsteigen in Kosice betraf, als mit einem trockenen, metallischen Knall von aussen die Türe verriegelt wurde.

4)
Die Kirche befand sich im marmorverkleideten Untergeschoss einer Bank. Anstatt sich umzuschauen – geometrische Formen eines abstrakten Gemäldes schmückten die Eingangshalle –, zog Georg den Kopf zwischen die Schultern und ging so schnell wie möglich zu einem der Lifte. Aber wer garantierte, dass man hinter ihren spiegelnden Türen nicht ins Leere fiel?

Isa wartete vor einem Büchertisch. Sie hielt ihm zur Begrüssung das Gesicht entgegen und zog ihn am Arm gleich weiter. Die Veranstaltung hatte gerade begonnen. Isas Blick blieb von Anfang an starr nach vorne gerichtet, wo der Meister von einem Podium herunter waltete. Seine Brille funkelte, die grauen, pomadisierten Haare waren zu einem Pferdeschwanz zusammengebunden, und seine Haut schimmerte bleich. Ein Elixier schien von ihm weg in den Raum zu entströmen. Es brachte während seines kurzen Vortrags, dessen Gehalt Georg nicht erfasste, die eben noch unscheinbar in den Bänken Sitzenden auf die Füsse, als hätten sie schon ein ganzes Jahr lang gewartet, nun der Reihe nach, wie der Meister von einem Zettel ablesend sie aufrief, ihr Glück kundzutun: Ein Mann hatte erfolgreich seine Kündigung angefochten, einem anderen war es gelungen, sich von seiner Trunksucht zu befreien, ein Junge war dank der Kaution, welche die Organisation hinterlegt hatte, aus der Haft entlassen worden, eine Mutter hatte ihre Kinder dem gewalttätigen Vater entreissen, wieder jemand, nachdem er nur mit Glück die Schläge einer Polizeistreife überlebt hatte, erfolgreich Schadenersatzklage gegen die Stadt erheben können, einer verkündete seine Dankbarkeit im Namen einer ganzen Strasse, aus der die Drogenhändler vertrieben werden konnten; nichts davon wäre ohne die Unterstützung des Meisters und seiner Organisation denkbar gewesen. Jede Äusserung, die diesen Umstand bezeugte, wurde durch beipflichtendes Nicken aus der Schar unterstrichen. Auch Isa machte mit, wie Georg erschrocken feststellte. Der Meister sammelte alle Huldigungen duldsam, strich sich durch den Bart, manchmal nickte er ebenfalls; seine kontrollierte Hast vermittelte den Eindruck, als würde mit dem Publikum für eine TV-Show geprobt, aber der Applaus war aufrichtig. Kindlich ernst an die Welt gerichtet erscholl immer wieder der Slogan »No Justice, No Peace«. Georg erkannte einige Leute wieder, die ihn am Nachmittag noch von der Kiste an der Kreuzung in Brooklyn heruntergerufen hatten. Jetzt wohnten sie schon in der Bronx, Washington Heights oder Harlem. »Peoples Power«. Der bleiche Meister schwieg, wenn die anderen schrien, und er sprach vor, wenn sie verstummten. Immer wieder blickte er auf seine Uhr, er allein hatte die Zeit im Griff. Neben ihm schauten zwei Saalschutz-Cherubine mit gefalteten Händen vor den perfekt sitzenden Anzügen streng in den Saal. Die Halle wurde dunkler. Allesamt erhob man sich aus den Bänken, auch Isa, die Georg bedeutete, es ihr gleichzutun. Man klatschte, rief im Chor und hob die Fäuste: »No Justice, No Peace«. Dann verschwand der Meister mit seinen Wächtern durch eine kleine Türe hinter der Empore.

Es sah nicht so aus, als würde Isa sich so schnell vom Geplauder vor dem Saal losreissen lassen. Georg begutachtete die Auslagen auf den verschiedenen Tischen. Ein junger Schwarzer fragte ihn: »Woher hast du von dem Anlass erfahren?« Georg deutete auf Isa in der Nähe, die gerade zu ihm herüberschaute, als wollte sie sich vergewissern, ob er auch wirklich nicht ohne sie ginge. Der

Schwarze hiess Robert, war vierundzwanzigjährig, aus Jamaica gekommen und schon sechs Jahre dabei. Er überreichte Georg ein Blatt Papier, ein Formular, mit der Bitte, es auszufüllen, wenn es ihm keine Umstände bereite, er könne es dann Isa geben, und wandte sich einem anderen Besucher zu. Georg las die Überschrift: »Was haben Sie an diesem Abend über die Politik und sich selbst lernen können?« Eine Spalte war frei für Datum und Ort, eine zweite für die Personalien, die dritte bestand aus fortlaufenden Nummern von eins bis zehn, unter jeder ein freies Feld. Er füllte das Papier aus.

Im Treppenhaus zu ihrer Wohnung eröffnete ihm Isa, dass wahrscheinlich noch andere Leute oben seien, »... nur für einen kurzen Besuch. Leute von vorhin. Den Schönen aus Jamaica hast du ja schon kennengelernt.« Georg trug einen Kasten Bier. Im Wohnzimmer sassen tatsächlich Leute: Yu Shi aus Japan, wie Isa sie vorstellte, feilte neben einem Papierkorb ihre Nägel. Scheu, ohne sich aus dem Stuhl zu erheben, streckte sie Georg eine Hand zur Begrüssung hin; die andere Frau, Margie aus Yonkers, Upstate, stand neben ihr wie eine Ordensschwester. Ihr schmales Gesicht verriet Entschlossenheit. Robert sass auf einem Stuhl vor dem Büchergestell.

Wenn Georg bis anhin mehrheitlich Leute getroffen hatte, deren Augen im Gespräch wie Sturmlichter herumirrten, so schossen hier die Blicke sofort zu Strahlen gebündelt durch den Raum. Er hatte sich kaum hinsetzen können. Frage um Frage wurde auf ihn abgefeuert. Wie von alleine standen die Stühle plötzlich im Kreis. Noch bevor Isa mit dem Kaffee kam, war Georg erlegt und gefangen. Der Raum wurde enger, die Wand aus Ziegelsteinen röter, das chinesische Bild glänzte hinter dem Glas. Margie peitschte den Rhythmus: Gerade hatte er versucht, mit Robert ein Gespräch zu beginnen, da schaltete sich ihre laute Stimme ein: »Ich bin eine Frau, eine starke Frau. Daran musst du dich zuerst gewöhnen, nicht?«

»Was meinst du?« Georg begriff nicht.

»Du hast Angst vor mir. Gib es zu.« Um sie nicht aufzuregen, schwieg er. »Warum sprichst du immer nur zu mir, nie mit mir?« forderte sie ihn heraus. Er suchte nach einer Erwiderung, als sich Robert vernehmen liess: »Hör zu, ich glaube, sie hat recht.« Isa nickte wie vorhin an der Veranstaltung. Margie liess nicht mehr locker. Wovor er Angst habe, warum er sich nicht einbringe, ob es ihm etwas ausmache, mit Schwarzen zusammen zu sein, man habe es ihm schon an der Veranstaltung angemerkt. Georg liess alles über sich ergehen. Ein Blick zu Isa verriet ihm: Von dort war keine Hilfe zu erwarten. Yu Shi erhielt zwischendurch eine stützende Infusion verabreicht, ein paar nette Worte, eine Berührung am Arm, die Frage, ob sie etwas wünsche. Dankbar stammelte sie: »Ich bin sehr froh, dass ihr euch so stark um mich kümmert.« Margie darauf: »Danke, das berührt mich«, und zu Georg: »Siehst du, das meine ich. Sich umeinander kümmern, eingehen aufeinander, Respekt und Bekümmerung. Das braucht es. Davon habt ihr keine Ahnung. Ich habe es auch erst in der Organisation gelernt. Von Leuten wie ihm.« Sie trat zu Robert: »... ein wundervoller Liebhaber. Ein schöner Mensch. Wenn er mich liebt, dann kümmert er sich um mich. Der erste Mann, der mich wie eine Frau behandelt, wie eine Frau, die er respektiert.« Robert versuchte, bescheiden dreinzuschauen. »Du bist von den Mächten deiner Vergangenheit gefangen. Du musst sie erst besiegen, bevor du frei bist, so frei, dass du lieben kannst. Vorläufig meinst du nur, du seist frei.« Da endlich schaltete sich Isa ein. Sie glaube, er habe jetzt genug. Es wäre vielleicht besser, sie würden ihn mit ihr alleine lassen. Aber Georg, der ein wenig Spass an der Sache gefunden hatte, die Vergangenheit interessierte auch ihn, wehrte ab. Es gehe ihm wunderbar. Sie sollten ihm mehr über dieses Ritual erzählen. Margie, mit stechenden Augen: »Kein Ritual. Dies ist die Art, wie wir miteinander umgehen. Damit machen wir unsere Revolution. Isa wird dir mehr darüber sagen. Es war gut, dir zu helfen. Wir müssen uns wieder treffen.« Georg blieb alleine mit Isa in der Wohnung zurück. Auf einem der leer zurückgebliebenen Stühle lag das von Georg beschriebene Blatt aus der Veranstaltung. Isa las spöttisch vor:

»1) Dass die einfachsten Dinge in den richtigen Händen
zu alchimistischen Geheimnissen werden können
2) etwas vor aller Augen geschieht und trotzdem
niemand weiss, wie es dazu gekommen ist
3) immer nur einer redet, wenn viele applaudieren

4) dieser desto unersetzlicher wird, je einfacher
die Dinge sind, von denen er spricht
5) Leuten bei lebendigem Leib die Herzen
operiert werden, um dann in einer Urne zu liegen
6) dieselben Leute meinen,
dies geschehe in ihrem Namen
7) Bilder an den Wänden hängen von Personen,
die alle schon gestorben sind oder
immer gerade Wichtigeres zu tun haben
8) alle guten Willens sind
und diesen am Eingangstisch abgeben
9) ein General mit der gleichen Bewegung seines Armes
eine Frage erlaubt, wie der Vorsitzende an der
Versammlung seinen Mitgliedern das Wort erteilt
10) Und dies alles nur geschieht, weil die Leute
vergessen wollen, dass sie am Ende so alleine
wieder nach Hause gehen, wie sie gekommen sind.«

Eine Antwort war unnötig, ebenso wie das nachfolgende muntere
Plappern, über das es spät wurde. Sie forderte ihn auf zu bleiben.
Isa, die er mochte, in ihrer Charge, mit der schlichten Schminke,
dem schmeichelnden Parfum, der vornehmen Brille und der
künstlichen Erregung in der Stimme. Er legte sich neben sie, nicht
ohne in einem Nebensatz betont zu haben, wie müde er sei und
wie froh, dass ihm die U-Bahn nach Hause erspart bleibe. Aus fla-
chem Schlaf schreckte er auf. In seinem Ohr wühlte ein Feuchtes,
glitt den Hals entlang, Hände weckten seine Lenden. »Bitte
nicht«, murmelte er und drehte sich. Bald redete sie auf ihn ein,
schrie, versuchte es mit Hohn, stand auf, zählte die Namen von
halbwegs bekannten Künstlern auf, mit denen sie die Nacht hätte
verbringen können, anstatt die Zeit zu verschwenden, und er entschuldigte sich. Die Maler interessierten ihn nicht, aber er hatte
verstanden und zog sich an. Sie war eine Künstlerin in New York,
er ein kleiner Bauer, der zu seiner Scholle musste.
　Das Geräusch der Türe hallte im Treppenhaus. Der Lift summte. Gegenüber wurde ein Riegel vorgeschoben und ein Schlüssel
herumgedreht. Wenn sich endlich einmal eine für dich interessiert, dann ist sie prompt von einer Sekte.

5)

Georg wartete auf den Zettel. Dann las er: »Gewicht: Etwas zu
schwer. Noch nicht alarmierend. Empfohlenes Menü: Diät. All-
gemeiner Gesundheitszustand: Kein Anlass zur Sorge. Aber trei-
ben Sie Sport und achten Sie auf einen regelmässigen Tagesablauf.
Aussichten für den Tag: Sie haben eine starke Motivation. Lassen
Sie sich nicht von den Ereignissen vereinnahmen. Behalten Sie das
Gesetz des Handelns in Ihren Händen.« Georg wollte den
Quatsch sofort zerknüllen.

»Halt, gib es mir!« Als Georg sich umwandte, konnte er gerade
noch sehen, wie sein Vater den Fuss von der Waage nahm.

»Siehst du, fast hättest du auch daran geglaubt.«

Übergang

»Weisst du eigentlich, wie deine Mutter gestorben ist?« Georg lauschte dem ungeduldigen Tonfall der eigenen Worte hinterher, als sein Vater schon antwortete:

»Ja, klar.« Sie standen wieder auf der Seite an der Brüstung, wo sich hinter dem Hudson die Flächen von New Jersey in den Westen erstreckten. »Komisch, sich vorzustellen, dass hier ein ganzer Kontinent beginnen soll, findest du nicht?«

Entschlossen, den Faden nicht aus der Hand gleiten zu lassen, fragte Georg: »Woher denn?«

»Woher was?« Der Vater konsultierte die in eine glänzende Metallplatte gravierte Panoramakarte. Irgendein Ausschnitt schien ihn nicht loslassen zu wollen.

»Ich nehme an, du warst nicht selber dabei. Irgendwie musst du es erfahren haben.«

»Ja, aber erst in Schweden. Fast ein Jahr nach der Befreiung. Meine Schwester war in Stockholm, ich in diesem Kinderheim des Roten Kreuzes auf dem Land.« Jetzt schaute er wieder in das weit offene Land, den Kopf schräg. Mit einer abwesenden Handbewegung rieb er sich die Augen. »Sie hatte mir geschrieben, dass ein Brief von unserem Vater gekommen sei. Er war wieder in Nyr. Also fuhr ich nach Stockholm, um alles weitere mit ihr zu besprechen. Dort las ich den Brief.«

»Und, was stand drin?«.

»Dass er einen neuen Laden habe. Nur noch Textilien. Zusammen mit Onkel Soli und Shamu. Ich weiss noch, dass ich zwischen den Zeilen deutlich die Erwartung las, wir sollten nach Hause kommen. Obschon, direkt aufgefordert hat er uns nicht. Und dann die Nachricht über Mutter. Dass sie nicht zurückgekommen sei. Damit schloss er den Brief. Es hiess nur › Nicht zurückgekommen ‹. Das war die Formulierung.«

»Aber wie sie gestorben war, das stand nicht im Brief ...« Georg liess nicht locker. Vielleicht gelang es ihm jetzt, die Maske neben sich zu lüften, das Gesicht für einen kurzen Moment dem Tageslicht auszusetzen.

»Ich wusste ja, dass Mutter damals nach links gegangen war. Vaters Brief war lediglich die Bestätigung.«

»Wie hast du denn die Nachricht aufgenommen, als du den Brief gelesen hast, weisst du das noch?«

»Freudig. Ich hatte Freude, dass Vater ... ah, du meinst wegen Mutter? Wahrscheinlich bin ich traurig geworden. Ich musste damit fertig werden, dass sie nicht mehr da war.«

Georg bohrte weiter: »Wovon bist du denn ausgegangen?«

Der Vater legte seinen Kopf erneut in Schräglage. Er schien wirklich nachzudenken. »Heutzutage weiss das doch jeder. Bei all den Büchern und Filmen. Und die ganzen Prozesse. Aber da warst du noch zu jung. Man kann es sich auch anschauen gehen. Zum Teil wenigstens. Hast du eine Ahnung, ob man heute Eintritt zahlt, in Auschwitz?«

»Bis jetzt wusste ich nur, dass den Leuten vorgemacht wurde, es handle sich um Duschen.« Georg wünschte sich verzweifelt, dass sein Vater erzählte. Vielleicht schlug er selber den Bogen zur Nummer oder zur Tonbandkassette.

Dieser belehrte ihn: »Ja, das stimmt. Die meisten kamen doch müde und verschmutzt direkt von den Zügen. Schliesslich ist es menschlich, immer die naheliegendste Erklärung zu glauben, und man erreichte damit gleichzeitig, dass sie sich ihrer Kleider selber entledigten.« Ein kurzes Zögern war in seiner Rede. Georg blickte auf:

»Ich glaube, jetzt fällt es mir wieder ein. Genau. In unserer Gruppe in Schweden gab es einen polnischen Juden, etwas älter als der Rest von uns. Seinen Namen habe ich vergessen, aber ich weiss noch, dass er ein Bein nachzog. Von ihm habe ich es erfahren. In diesem Gemisch aus Jiddisch, Deutsch und Polnisch, das ich vom Lager her kannte. Er sagte, dass er im Kanada-Kommando gearbeitet habe.«

»Was erfahren?« Georg wartete.

»Das mit dem Gas. Wir haben uns im Laufe der Zeit alle erzählt, wo wir gewesen waren und was wir erlebt hatten. Auch er. Gas war schwerer als die Luft. Das heisst, die Leute unten starben zuerst. Sag mal, das dort drüben, siehst du das?«

Georg schaute in die Richtung, wohin der Arm neben ihm wies. »Dort drüben? Nein, ich sehe nichts, nur New Jersey. Das Allerlangweiligste, was du dir vorstellen kannst. Warum?«

»Dort muss es einen Flughafen geben. Newark. Hast du das gewusst? Hier steht es.« Sein Vater zeigte die Stelle auf der Panoramakarte. Ein Wort, das er gebraucht hatte, klang Georg nach. Noch war das Gespräch nicht an dem Punkt, wohin er es unablässig zu steuern versuchte, auch wenn Vater das Erzählen leichter zu fallen schien als ihm die weitere Fragerei.

»Unten? Was meinst du mit unten?«

»Die Kleinen halt. Und die Schwachen. Wie gesagt, ich habe es nicht selber gesehen. Ich weiss es nur von dem Polen. Aber es erscheint mir plausibel. Er hat gesagt, die Leute müssten schnell gemerkt haben, dass sich die Luft oben länger hielt. Aber am Schluss hat es natürlich alle erwischt. Ich sagte dir schon, dass er hinkte, oder?«

»Und deine Mutter, was meinst du?«

»Ich weiss nicht.«

»War sie gross oder klein?« Eine einzige Regung, ein Schluchzen, ein »Lass mich in Ruhe« hätte Georg gereicht. Fast schämte er sich.

»Sie war klein. Aber sie hat sicher nicht gekämpft.«

»Warum weisst du das so sicher?«

»Das hätte ihr nicht entsprochen.«

»Hast du an sie gedacht, als dir der Pole das alles erzählte?« Georg spürte schon, wie seine Entschlossenheit zu weichen begann.

»Daran wollte ich gar nicht denken. Ich hielt mich lieber an die Version, dass alle in ein Familienlager gebracht worden waren.«

»Und dann, was geschah mit den Toten?« Die Fragerei war Georg zuwider, aber es war besser, als nur wieder zu schweigen.

»Am Schluss habe eine Art Ventilator das Gas abgesaugt. Dann wurden die Türen entriegelt und die Leichen herausgeholt, auf einer Holzplatte, unter der ein Fahrgestell montiert war, zu den Verbrennungsöfen geschoben, die Platte wurde gekippt, und die Leiche landete im Ofen. Immer laut dem Polen.«

Georg fühlte deutlich, dass er sich verrannt hatte, fragte sich aber zum ersten Mal, woher eigentlich die Gewissheit kam, sein

Vater müsste das alles anders erzählen. Er raffte sich noch einmal auf:

»Und die Vorstellung, wie deine Mutter gestorben ist, hat dich nie bekümmert?«

»Doch. Bestimmt. Aber sich etwas vorstellen und darüber nachdenken, das ist nicht immer das gleiche. Es gibt Vorstellungen, über die denkt man besser nicht nach. Das ist jedenfalls meine Meinung. Gerade in solchen Dingen.«

Der Gedanke war bedenkenswert. Dennoch setzte Georg zu einem letzten Versuch an: »Aber jetzt, was stellst du dir vor?«

»Sie hat nach Luft geschnappt.«

»Deine Mutter ...?«

»Ja. Und wahrscheinlich nicht nur sie. Die ganze Familie. Grossvater und Grossmutter, Lajosh, Izidor, Tante Jolan, Borish und Kalman, die kleine Eva, Benno, Thomi. Alle. Ich behaupte bis heute, dass Mutter genau wusste, was kommen würde. Sie wusste immer mehr, als sie eingestanden hatte. Auch in anderen Dingen.«

Georg liess es dabei bewenden. Er begriff allmählich, dass eine Geschichte auch aus den Leerräumen besteht, wie auf einer Leinwand auch die unbemalten Flächen zum Bild gehörten. Das war seine erste wirkliche Erkenntnis. Und er stellte sich zum ersten Mal vor, dass die Nummer stimmen könnte, und erschrak.

»Träumst du eigentlich noch von der Zeit?« Er erinnerte sich an Judith im Museum, die zu wissen glaubte, dass die meisten, oder jedenfalls viele, noch immer fast jede Nacht von ihren Erlebnissen träumten. »Ist das bei dir auch so?« fragte er, mehr um sich zu vergewissern, dass er wirklich aufhören konnte.

»Wo denkst du hin. Ich glaube, dafür träume ich überhaupt zu selten, und wenn, dann von anderen Dingen. Weisst du, was das Komischste ist? Ich hatte in der ganzen Zeit nebst dem Gefühl, die Russen würden kommen, oder die Amerikaner, oder wer auch immer, und uns befreien, die Idee, am Schluss würde ich auf jeden Fall bei den Siegern sein, eine feste Vorstellung, die mich beherrscht hatte: Ich dachte, wenn ich wieder zurück nach Hause käme, würden alle zu mir aufschauen. Alle, die mich vorher beschimpft hatten. Auch die jüdischen Kinder, die mir nur Dickschwein nachgerufen hatten. Ich meinte, so hart gearbeitet zu haben, wie keiner der anderen Jungen es je gekonnt hätte. Niemand von meinen Freunden und Bekannten hätte geleistet, was ich geleistet habe. Und dick war ich auch nicht mehr. Bis heute nicht. Was findest du?« Er hob die Arme, machte eine halbe Umdrehung und hielt unvermittelt inne.

»Siehst du, ich hatte recht. Es landet ein Flugzeug. Dort, wo ich vorhin gemeint habe. Und nicht einmal das kleinste. Es muss einen Flughafen in der Nähe geben.« Georg sagte nichts.

Er sah sich an einem Graben stehen. In einer Schar Leute. Sie schauen alle teilnahmslos auf die andere Seite hinüber, wo ein ausgedünnter Haufen älterer Menschen steht, die ihnen unentwegt etwas zuzuschreien scheinen. Aber ihre Stimmen reichen nicht bis herüber. Also fuchteln sie mit den Händen in der Luft. Auf dieser Seite winkt man zurück. Verlegen lächelnd. Man weist untereinander darauf hin, dass der Boden drüben langsam wegerodiert und immer weniger Menschen zu sehen sind. Er späht angestrengt nach seinem Absender, kann ihn jedoch nirgends entdecken. – Er gehört nicht zu denen dort – zur Sicherheit schaut er sich auch auf dieser Seite um –, und er ist nicht unter ihnen hier. Georg musste weitersuchen.

»Aber ich bin ja nicht hierher gekommen, um diese alten Geschichten zu erzählen. Wir haben jetzt einen Staat. Für die wenigen Juden, die übriggeblieben sind, reicht das doch als Garantie. Oder was meinst du? Du kennst dich in der Politik besser aus. Kann so etwas wieder geschehen?« holte Vater ihn zurück auf die Aussichtsplattform des Empire State Building.

Frischer Wind war aufgekommen. Georg hielt sich die Jacke vorne zu. Er betrachtete seinen Vater, der sich etwas duckte, während er mit einer Hand das Licht der untergehenden Sonne abhielt, die andere in die Hüfte gestemmt, und den Blick suchend über die Stadt streifen liess, bis seine Augen in einer der nahen Häuserschluchten eine neue Beute entdeckt hatten.

»Nun, wie denkst du darüber? Kann so etwas wieder geschehen?« Georg hatte nichts in dieser Art gedacht. Er fragte zurück:

»Hast du denn Angst davor?«

»Angst nicht gerade. Aber manchmal denkt man halt darüber nach. Und man sollte sich nicht täuschen lassen. Die Menschen haben sich nicht so nachhaltig geändert wie die Zeiten.«

»Und weshalb lebst du nicht in Israel? Wenn du meinst, dort wärest du sicherer.«

»Das habe ich nicht gesagt. Ich meine nur, dass wir sicherer sind mit einem Staat. Alle, auch du. Du weisst es nur nicht. Weil es für euch schon selbstverständlich geworden ist. Gerade darin liegt der Beweis. Dass ihr nicht mehr darüber nachzudenken braucht. Aber für mich bleibt es das einzige Land, das mir je einen Pass gegeben hat. Und wenn ich reise, dann reise ich immer als sein Bürger.«

»Trotzdem, weshalb lebst du heute nicht wieder dort?« Georg war nicht nach Streiten zumute. Er meinte die Frage ehrlich, wo er selber seit seiner Jugend doch nur das lästige Fernweh kannte, wie ihm jetzt auffiel. Hatte er sich auch immer wieder neue Gegenden ausgemalt, so war doch jede Reise an ihrem Ziel zu einem hektischen Herumirren verkommen. Weshalb lebte sein Vater nicht in dem Land, dessen Reisepass er besass? Er musste gute Gründe dafür haben. Georg konnte sich aus dem wenigen, was er im Laufe der letzten Woche, während der Arbeit über seinen Absender, in Erfahrung gebracht hatte, und allem, was er selber zu wissen glaubte, einiges vorstellen: Eine aggressive, auf engstem Raum komprimierte, durch die dauernde Militarisierung innerlich zermürbte und ausgehöhlte Gesellschaft, das zivile Leben weitgehend von ein paar religiösen Cliquen bestimmt; trotzdem konnte man sich natürlich auch dort zu Hause fühlen, das würde er seinem Vater nicht abstreiten. Um so enttäuschender war die Antwort:

»Ganz einfach. Es ist wegen der Hitze. Ich kann bei vierzig Grad im Schatten nicht leben. Das ist der Hauptgrund.«

Kapitel neun

1)

Der Wind griff kräftiger in Haar und Kleider. – Oder nur kälter, der tieferen Sonne wegen. Vater knöpfte sich den Mantel zu. Georg sah sein Halbprofil südwärts über die Bucht von New York blicken; mit zerzausten, grauen Haaren in diesem Moment gar abenteuerlich. Das Aussehen des eigenen Vaters zu beurteilen, ihn gar anziehend zu finden, befremdete; ein Vater hatte vor allem anderen zuerst einmal selbstverständlich zu sein. Aber es war eine verlockende Möglichkeit: Vater als Abenteurer. Wenn er ihn schon so selten zu Gesicht bekam, dann wenigstens, weil er in gefährlichen Unternehmungen unterwegs war. Als Kind hatte Georg einmal Wirklichkeit daraus werden lassen. Der Sechstagekrieg war ausgebrochen. Sein Lehrer, ein netter, den Ereignissen auf der Welt zugewandter, älterer Mann, fragte ihn vor der Klasse allerlei, so auch, ob seine Familiè und er selber beunruhigt seien. Erst überrascht, spann der Junge die Legende vom Vater, der im fernen Land kämpfen gegangen war. Die ganze Klasse hörte ihm gespannt zu. Der Lehrer hatte für einmal seine runde Brille abgelegt und forderte zur Überlegung auf, was eine Schulklasse für die tapferen Juden tun könnte. Georg erlag für einige Tage der Ausstrahlung seiner galoppierenden Bilder vom Vater in grüner Uniform, den Stahlhelm tief über der verklebten Stirn, ein Gürtel mit Munitionstaschen und Wasserflaschen locker um die Hüften, hochgeschnürte Stiefel, in der einen Hand das automatische Gewehr, mit der anderen den Feldstecher vor die Augen haltend, stand er auf einem Felsen in der Wüste Sinai und überblickte mit seinem Trupp das Wadi al Ughaidir vor dem Mitlah-Pass. Nur die hochgezogenen Schultern und das etwas wehleidige Frösteln störten hier oben. »Sag mal, wo warst du eigentlich damals, während dem Sechstagekrieg?« Vater schlug den Kragen hoch. »Langsam wird mir kalt. Willst du nicht auch deine Jacke schliessen? Bevor du dich noch erkältest.« Dazu schüttelte er sich, die Hände in die Taschen vergraben, und schlang den Mantel eng um den Körper. Die Hoffnung, einen Blick auf die Nummer zu erhaschen, konnte Georg, solange sie draussen standen, nun endgültig aufgeben.

»Lass mich überlegen. 1967... Da arbeitete ich gerade in einer Garage. Ganz nahe von euch. Soviel ich weiss. Aber man hat sich Sorgen gemacht. In den ersten Tagen konnte man ja noch nicht absehen, dass der Sieg eine sichere Sache war.«

2)
Die Unruhen in Brooklyn konnten sich wenige Tage in den vorderen Rängen der Nachrichten halten, bis sie abklangen, bedrängt von den schnellen Fortschritten im Bodenkrieg am Golf und dem Skandal, den ein Amateurfilmer auslöste, weil er in einer dieser Nächte mit seiner Videokamera aufgenommen hatte, wie drei Streifenpolizisten auf einen neben seinem Wagen in Handschellen zu Boden gesunkenen Mann einknüppelten und ihn traten, bis sie es müde waren.

Vollends verschüttet wurden der totgefahrene Gato und der erstochene Jankel von einem neuen Ereignis. Die Untergrundbahn war entgleist. Ein Zug, aus der Bronx kommend, sei ohne Stopp unter Manhattan hindurch bis zum Union Square gerast und dort auf einer Weiche aus den Schienen gesprungen. – Zwei Tote und mehrere Verletzte. Der gesamte U-Bahn-Verkehr war lahmgelegt. Der Bürgermeister befand sich an der Unglücksstelle. Das Unglück selber überraschte nicht, man wusste um die Anfälligkeit der Untergrundbahn, ganz zu schweigen von den mangelhaften Klimaanlagen und dem Schmutz. – Wenn man nur den Zugführer gefunden hätte. Zumal der vorderste Wagen beinahe unversehrt geblieben sei. Die Türe zum Führerstand habe sich normal öffnen lassen. Doch die Kabine dahinter sei leer gewesen. Eine fieberhafte Suche setzte ein. Die Polizei vermutete, dass der Mann im Schock durch die Gänge unter der Stadt irrte.

»Vielleicht sollte man das Museum einfach in einem ausgedienten U-Bahn-Tunnel einrichten, oder zumindest den Teil ›Jenseits des Holocaust‹, meinte Ben. «Ich hätte auch schon die Stifter. Hier!» Er las aus einem Brief:

»Nachdem ich den Holocaust überlebt hatte, dachte ich, dass ich nie mehr in einen so unaussprechlichen Kummer verfallen würde. Mein Sohn Steven stellte mein Leben wieder her. Aber dann starb er, und dieser erneute Verlust war so unaushaltbar wie das, was früher geschah. Der Holocaust lehrt uns, nie zu vergessen. Es ist in diesem Geist, dass mein Mann und ich mit siebenhundertfünfzigtausend Dollar dem Namen unseres Sohnes einen Raum in Ihrem zukünftigen Museum widmen wollen. Sein Leben soll nicht unbemerkt vergangen sein.«

Georg ging einen Salat holen. Als er wieder zurückkam, waren Ben und Dave in ein Gespräch verkeilt.

Dave: »... oder wenn zur Ergreifung eines einzelnen Drogenhändlers ein Land mit einer Militärintervention überzogen und seine Hauptstadt so bombardiert wird, dass danach ganze Viertel in Schutt und Asche liegen.«

Ben: »Soweit braucht man gar nicht zu gehen. Brooklyn würde reichen. Man kann sich gar kein besseres Experimentierfeld vorstellen als so einen kleinen, begrenzten Aufruhr, um herauszufinden, ob durch die Erinnerung an den Holocaust jemand davon abgehalten wird, Pflastersteine in Schaufenster zu werfen oder Telefonzellen zu zerstören, geschweige denn einen Menschen abzustechen, wenn einem gerade der Sinn danach steht. Aber die guten Vorsätze der Wirklichkeit auszusetzen, dafür waren sich ja wieder einmal alle zu schade.«

Vielleicht fühlten sie durch Lennys Anwesenheit, der sich dazugesellt hatte und seinen Einsatz abzuwarten schien, noch angespornt. Ben dozierte theatralisch: »Das Insistieren auf der Einzigartigkeit als hauptsächlichem Aspekt scheint mir dabei das zentrale Problem darzustellen. So berechtigt die Aussage in ihrer geschichtlichen Objektivität auch sein mag, bricht es die besprochenen Ereignisse doch allzusehr aus dem Fluss der menschlichen Geschichte heraus und macht sie dadurch erst recht zu einer Episode.«

Dave, halb auf dem Pult sitzend, lächelte in sich hinein. Seine Krawatte hing ihm in den Schoss: »Einverstanden, werter Kollege. Ich bin stark der Ansicht, dass sich hinter der These von der Einzigartigkeit der Vergangenheit die Verantwortung für die Gegenwart nur allzu leicht verstecken kann. Am verlockendsten ist es natürlich für Politiker, hinzustehen und mit pompösen Floskeln, die niemanden verpflichten, all diese Gedenktage zu begehen.«

»Ja, man könnte fast die Regel aufstellen, dass überall dort, wo jemand mit Macht in den Händen jemand anderen, der keine hat, unter Anrufung der Vergangenheit zu Tränen rühren will, jemand drittes sich im Schatten bereit macht, die neuen Opfer zu präparieren.«

»Doch was sagt mein Kollege zu der umgekehrten Tendenz, alles, was geschieht, wie etwa die Unruhen in Brooklyn, sofort mit der Kristallnacht oder Schlimmerem zu vergleichen?«

Ben, mit einem Blick zu Lenny, der unentschlossen abwartete, ob der Stab ihm übergeben würde: »Bedauerlich, höchst bedauerlich. Es gibt Leute, die haben ein schlechtes Gewissen, ja manchmal möchte man fast sagen Neid, dass sie nicht auch ein wenig in den Lagern waren. Aber dafür gibt es ja bald den interaktiven Holocaust am Computer.«

Das war das Stichwort für Lennys Einstieg: »Unser Programm will auch ein Augenmerk auf die schleichende Normalisierung des Verbrechens lenken, die der Vernichtung vorangegangen war, und wird damit immerhin eine Parallelität mit den heutigen Verhältnissen aufzeigen.«

Ben, die Arme verschränkt: »Parallelität? Darf man auch erfahren, worin die bestehen soll?«

»In der Gleichgültigkeit. Sowohl Gott als auch dem Nächsten gegenüber. Dieses allgemeine Abstumpfen war immer eine Voraussetzung dafür, im Namen einer Weltanschauung morden zu dürfen.«

»Tatsächlich ...?«

»Das Übel wurde militärisch besiegt. Aber in den Ritzen der Gesellschaft schlummert es weiter. Wir wissen doch, dass die Welt nicht die Augen verschloss. Im Gegenteil. Sie schaute hin. Aber man zuckte nur die Achseln. Das wollen wir hervorstreichen.«

Dave: »Aber machen wir uns nichts vor. Es liegt etwas Absurdes in der emsigen Tätigkeit. Die Alten zeigen sich gegenseitig ihre kaum vernarbten Wunden, die Jungen schielen nach dem Glanz der unschuldigen Opfer, die langsam wie Märtyrer strahlen, und die Politiker baden sich im Echo des ›Nie wieder!‹.«

Ben: »Für sie wird unser Museum eine wahrhaft grossartige Bühne bieten.« Er stand neben Dave und legte ihm den Arm um die Schultern, den anderen hob er zum Hitlergruss und sagte:

»Darauf ein dreifaches Nie wieder, Nie wieder, Nie wieder«, begleitet von Dave.

Lenny lachte. »Genug jetzt. Es kann jeden Moment jemand hereinkommen. Judith würde ohnmächtig.«

»Und Nava wird mich mit ihrem Kugelschreiber erstechen. Ich glaube, das will sie schon lange«, fiel ihm Ben ins Wort.

Dave setzte sich auf seinen Bürostuhl, indem er beifügte, vielleicht wäre es eine gute Idee, neben jeden Ausstellungsgegenstand ein Zeugnis aus aktuellen Verbrechen, die auf Regierungsbefehl begangen wurden, hinzustellen und ein Schild: »Was haben Sie dagegen unternommen?« Aber Ben und Lenny hörten schon nicht mehr zu. Sie begaben sich beide an die Arbeit zurück. Dave drehte am Radio. Es war wieder eine volle Stunde angebrochen. Auch auf den Volontär wartete noch einiges. Er hatte am Morgen in der grossen Enzyklopädie unter dem gleichen Namen wie dem des Absenders den gelehrten Rabbiner gefunden, der ebenfalls in dessen Holocaust-Geschichte auf der Tonbandkassette erwähnt war. Sein Ruhm lag im gelungenen Versuch begründet, die komplizierten und verästelten Gebote des frommen jüdischen Alltagslebens für breite Volksschichten auf verständliche Art zugänglich zu machen. Laut Enzyklopädie durfte das Werk seit Mitte des neunzehnten Jahrhunderts, mittlerweile zu einer Art Kanon geworden, in keinem frommen Haushalt fehlen. Neben der Spalte war eine Abbildung des Mannes: ein langer, bis auf die Brust wallender Bart, grosse, erschrockene Augen, weiche Lippen, die Stirn unter dem Hut in Falten.

3)

Ich lag schon seit Tagen unter freiem Himmel, wie Tausende anderer. In den Baracken war kein Platz mehr, ausser jemand hatte die Kraft, sich einen zu erkämpfen. Wenn es mir gelang, den Kopf zu heben, was allein schon eine Anstrengung bedeutete, konnte ich die Futterrüben ganz in meiner Nähe sehen und etwas weiter, hinter dem Kiesplatz, die Betonpfosten und den Zaun. Es hatte immer geheissen, er wäre elektrisch geladen. Ältere Soldaten in Uniformen der Wehrmacht wachten darüber, dass sich niemand auf mehr als zehn Meter dem Haufen näherte; eine vergebliche Aufgabe bei den Scharen von zu Haut und Knochen gewordenen Gestalten. Angesichts der vor sich herrottenden Rüben hatten sie wohl mehr aus Langeweile geschossen denn aus Eifer. Wenn sie danebentrafen, hörte man das klatschende Geräusch der unter den Einschlägen zerspritzenden Rüben. Erst fiel mir gar nicht auf, dass seit Stunden keine Schüsse mehr zu hören gewesen waren.

In der Baracke hatte ich zuletzt das Privileg genossen, zwischen zwei anderen zu liegen, von denen ich annehmen konnte, dass sie vor mir sterben würden, denn sogar hier hinterliess ein Toter noch etwas Brauchbares, und war es auch nur seine ehemalige Ration von zwei Schluck Suppe im Tag, vorausgesetzt, es gelang, seinen Tod lange genug zu verbergen. Das fiel nicht schwer. Zu wenig unterschied ihn von den Lebenden. Man merkte, ob es mit jemandem zu Ende gegangen war, wenn man seine Füsse zur Seite schieben konnte, ohne sie gleich wieder im Gesicht zu haben, und auch weil es kein Geschrei gab, wenn man ihm die eigenen einfach auf den Kopf legte. Eine Nacht lang lag man ein wenig besser, und mit Glück vielleicht noch die nächste. Unter einem der beiden Körper neben mir fand ich sogar ein paar angefaulte Kartoffelschalen. Der andere hatte nichts mehr hergegeben. Als sie entdeckt worden waren, hatten Micki und Henri mich nach draussen geschleppt, eingedenk der etwas wärmer gewordenen Nächte. Mir war alles recht, nur alleine lassen sollten sie mich nicht. Sie hatten mich in der Nähe des Rübenhaufens hingelegt. Leider war mir dabei der Blechteller abhandengekommen.

Mein letzter Besitz war eine Decke.

Einige Male hatten Flugzeuge das Lager überflogen, offenbar feindliche, denn es ertönte Fliegeralarm. Sobald die Wachen wegrannten, schlichen ein paar Gestalten beharrlich auf die Rüben zu; während der Alarm anhielt, waren sie sicher und assen, hörte er auf, rafften sie zusammen, was möglich war, und versuchten wegzueilen, bevor die Wachen zurückkamen. Aber die Bomben schienen nie dieser vergessenen Stätte gegolten zu haben.

Meine zwei Freunde aus Nyr, Micki Adler und Henri Friedman, streiften mit einer erstaunlichen Energie, um die ich sie nicht einmal mehr beneiden konnte, auf der Suche nach Essbarem oder Dingen, die man dagegen eintauschen konnte, durchs Lager. Der Zufall hatte uns irgendwo im Sog dieses Trichters, an dessen tiefstem Punkt wir nun angelangt waren, zusammengebracht. Sie allein hielten mich am Atmen. Ich war jeder Form von Leben so weit entrückt, dass ich, was in meiner unmittelbaren Umgebung geschah, wie durch Lücken in Nebelschwaden wahrnahm; um mich herum wurde nur noch gestorben. Eine Welt voll Muselmänner, wie wir die Todgeweihten früher genannt hatten. Jetzt gehörten wir selber dazu. Die einen sanken einfach dahin, die anderen schleppten sich noch einige Tage weiter. Was mich betraf, so hatten sich alle meine Bewegungen auf ein Minimum reduziert. Mein Häftlingskleid drohte unter den Dreckkrusten in lauter Fetzen auseinanderzufallen, wenn ich mich dennoch rührte. Ich wehrte mich kaum noch gegen diesen Zustand der Verflüchtigung, in den sich alles Menschliche, auch der eigene Körper, begeben hatte. Ich hatte nicht einmal mehr die Kraft auszuweichen, wenn ein Darm im Krampf seine Reste auf mir entleerte, wie auch ich allmählich auslief, schon darauf gefasst, bald zuschauen zu können, wie sie mich selber wegtrugen, sobald das letzte Quentchen Gewicht von mir gewichen sein würde.

An diesem Tag nagte ich Kohle von einem Stück angebranntem Holz, das mir Henri gebracht hatte. Es helfe auch gegen den Durchfall, hatte er gesagt, und sich wieder davongeschlichen. Plötzlich hiess es: »Die Engländer sind da.« Ich wollte mich von meiner Decke erheben, brachte aber nicht mehr zustande, als auf die Ellbogen gestützt den Hals zu recken. Ein umgekehrter Sog ging durch den Trichter, ergriff die Gestalten vor meinen Augen und trieb sie in Scharen hinauf, weg von mir. Nur die liegenden Körper blieben auf dem Platz zurück, bucklige Steine auf ausgetrocknetem Grund. Der Rübenhaufen war nicht nur unbewacht, sondern auch gänzlich verlassen. Dann versagten meine Arme ihren Dienst. Ich sank wieder zurück.

»Die Engländer sind da!« Micki rannte über den Platz auf mich zu. Er trug wieder normale Strassenkleidung: Kurze Hosen, Kniestrümpfe und die neuen Schuhe, den Schadenersatz von meiner Mutter für den Zahn, den ich ihm in der Schule ausgeschlagen hatte. Im breiten Lachen sah ich die Zahnlücke. Die Sonne stand über seinem Kopf. Sie bewegte sich mit ihm. Ein Fussball rollte vor seinen Füssen im Staub. Jetzt trat er ihn durch die Luft. Der Ball flog mir in leichtem Bogen entgegen, klatschte feucht an meine Wange.

Da kauerte er neben mir, wieder in Häftlingskleidung, und tätschelte mich mit einem nassen Tuch. Ein Soldat stand hinter ihm. Seine Uniform war anders als die, welche ich bisher gesehen hatte. Auch die Art, wie er wartete und auf mich herunterblickte, war mir neu: unbeholfen, verlegen, als hätte er sich verirrt und erhoffte sich Hilfe. Doch er bückte sich und hob mich mitsamt der Decke spielend hoch. Mir wurde leicht. Unterdessen hatte sich auch Henri zu uns gesellt. Mit ihm auf der einen Seite, auf der anderen Micki, schwebte ich über den Platz. Nach einer Weile wurde ich wieder hingelegt. Zu meinem Erstaunen lag ich nicht auf einer Pritsche, sondern in einem Bett, in einem richtigen, mit Laken und Kissen. »Die Engländer sind da!« murmelte ich vor mich her. Die Schüsse waren tatsächlich verstummt.

Der Saal, einst Unterkunft des Lagerpersonals, diente nun als Warteraum für Leute wie mich, die sich nicht mehr selber fortbewegen konnten, aber noch keinen Platz in den richtigen Lazaretten hatten. Durch den Mittelgang zwischen den Bettenreihen wurde das Essen gebracht, Wasser, Fiebermesser und Medikamente. Ich schlief die meiste Zeit, und wenn nicht, dann nur aus Hunger, der jedes andere Bedürfnis überdeckte. Sobald ich aufwachte, dachte ich an Essen, aber ich hatte masslosen Durchfall. Nicht dass es an Nahrung gemangelt hätte. Die Engländer schafften alles heran, was sie auftreiben konnten, Würste, Brot, Kartoffeln, Nudeln, Suppe, sogar Milch und Schokolade, zusätzlich brachten mir Micki und Henri wie zuvor einen Anteil von allem, was sie sich selber beschaffen konnten; auch hatte ich unter dem Kopfkissen immer einen Vorrat an Brot liegen. Man frönte noch der Lagergewohnheit, alles Essbare zusammenzuraffen, eine Zeitlang herrschte ein einziges In-sich-Hineinschlingen. Trotzdem starben noch viele. Die meisten mit fürchterlichen Bauchschmerzen. Ihre Schreie liessen das Personal zu Beginn hilflos herumrennen. Ich selber hatte ein ganz anderes Problem: Ich konnte nicht schlucken. Obschon der Hunger, sobald ich aufwachte, alle meine Sinne beherrschte, gelang es mir nicht, feste Nahrung aufzunehmen. Was man mir reichte, nahm ich zwar in den Mund, ich kaute, was es zu kauen gab, doch meine Kehle liess sich nicht betätigen. Während der Magen gierig saugend darauf wartete, dass endlich etwas herunterfiele, worauf er sich stürzen konnte, musste ich alles wieder ausspucken. Es reichte nur zu vorsichtig kleinen Schlucken gezuckerten Tees. Für anderes blieb mein Hals verschlossen. Ein unendlicher Schmerz lauerte darauf, mir die Kehle zerreissen zu können, sobald ich mich an etwas Festeres wagen sollte. Nach ein paar Woche stellte sich heraus, dass mir das wahrscheinlich das Leben gerettet hatte. Der Hunger und seine Folgen waren für die Kriegsmedizin ein noch unbekanntes Problem.

Vorläufig konnte ich vom Essen nur träumen und während meiner wachen Stunden dennoch an nichts anderes denken. Ein Pfleger hatte mir zur Ablenkung Zettel und Stifte gereicht. Ich solle Briefe schreiben. Aber ich wusste nicht an wen. Albert, der Sohn des Briefträgers, fiel mir ein. Aber als ich den Brief beginnen wollte, kam es mir vor, als wäre er für die Flaschenpost. Ich war ohnehin nie ein grosser Schreiber gewesen. Trotzdem behielt ich den Stift in der Hand. Ohne Vorsatz schrieb ich in grossen Buchstaben, als würde ich sie zeichnen, meine Lieblingsspeisen auf den Zettel: Kartoffelauflauf mit Milch, Ei, geschmolzenem Käse, Zwiebeln und Peperoni, wie ihn Mutter gemacht hatte; überbakkener Blumenkohl mit zermahlenen Brosamen bestreut, oder Grossmutters Kirschensuppe. Natürlich wurde mein Hunger dadurch nicht besänftigt, aber zumindest war er nicht mehr gänzlich ziellos, denn im Klang der laut gelesenen Worte schwang die Versicherung mit, dass diese wunderbaren Sachen wieder irgendwo in der Welt existierten. Auf die Rückseite des Zettels schrieb ich »Kümmelsuppe« und »Milch mit Honig«, die zwei Dinge, deren Geschmack mir schon als Vorstellung Ekelgefühle versetzte.

So bin ich über die erste Zeit gekommen.

Das Fieber klang allmählich ab. Ich konnte auch meinen ersten Bissen schlucken, in Tee aufgeweichten Zwieback, dann bestrichene Knäckebrote. Ich ging, auf meinen Pfleger gestützt, sogar ein paar Schritte im Mittelgang von einer Wand zur anderen. Noch schlief ich die meiste Zeit, aber wenn ich wach war, konnte ich mich immerhin schon im Bett sitzend mit Micki und Henri unterhalten. Sie drängten beide darauf, den Ort so schnell als möglich zu verlassen. Wir waren noch immer innerhalb des Lagers, nur dass die ehemaligen Häftlinge jetzt Patienten genannt wurden. Wir glichen uns mehr, als dass wir uns unterschieden: kurze Haare, flatternde Kleider; unsere Augen hatten nicht aufgehört, die Umgebung nach Gefahren abzusuchen. Die Zäune und Wärter waren verschwunden, der Hunger in den Hintergrund gedrängt, auf einmal waren wir frei, eine Masse von übriggebliebenen Skeletten, die sich aus den Schwaden schälten, nachdem der Krieg endlich erschöpft innegehalten und der Staub sich gesenkt hatte. Doch jenseits des Trichterrandes lag ein Land ohne Gegend, und frei sein hiess, nirgends hinzugehören. Die Zeit hatte noch keine unmittelbare Vergangenheit. Vorläufig wurde uns lediglich beigebracht, dass die neu errichteten Verwaltungsabteilungen nicht so schnell mit uns fertigwurden, wie sie es sich vielleicht wünschten.

Ich lernte mein erstes englisches Wort: »Tomorrow«.

Als glaubten wir nicht an die Dauerhaftigkeit unserer Befreiung, blieben wir insgeheim darauf gefasst, dass sich die Verhältnisse schlagartig wieder verschlechtern könnten, und behielten den Zwang bei, überleben zu müssen. Henri machte den Vorschlag, dass wir ins nahe Celle wechseln sollten. Immerhin eine Stadt. Er hatte gehört, dass es im dortigen Auffanglager Platz gab. Das einzige Problem stellte mein Transport über die ungefähr zehn Kilometer Entfernung dar. Ich wurde auf eine Bahre gelegt und zugedeckt. Besitztümer hatte ich keine. Die Pfleger wollten mich schon wegtragen, da kam mir doch noch etwas in den Sinn, aber ich kannte das englische Wort dafür nicht und hielt das Laken fest. Mein Schatz, verschimmeltes Brot, fiel zu Boden. Dazwischen tummelten sich Maden. Henri und Micki liessen sich nichts anmerken.

Unsere neue Unterkunft war ein Pferdestall – Boxe an Boxe gereiht; die meisten notdürftig mit Tüchern bedeckt, schlüpften wie aus Waben überall Menschen. Wir hatten Glück, fanden eine, die wir uns zu dritt teilen konnten. Das Stroh war frisch, die Decken sauber. Ich legte mich sofort hin, während Micki und Henri auf die Suche nach Vorräten gingen. Im Giebel nisteten Schwalben. Jeden Abend, bei Einbruch der Dunkelheit, schossen sie launisch durch das hohe Gewölbe unter dem Dach, während die an langen Schnüren herunterhängenden Stallampen den bodennahen Teil des Saales in schmieriges Licht tauchten und es ruhig wurde in den Boxen. Unsere Futterkrippe war bald voller Ware von den täglichen Streifzügen meiner Freunde, Decken und Kleider, sogar

Zigaretten hatten wir. Die seien fast so wertvoll wie bares Geld, meinten sie. Bevor sie sich ebenfalls hinlegten, besprachen wir meistens, wie wir die nächste Zeit verbringen wollten. Noch trug uns das Bewusstsein, einem grossen und viel zu schlimmen Abenteuer entronnen zu sein. Nach dieser Prüfung konnte uns niemand mehr etwas anhaben, die Welt stand offen. Micki erzählte von Leuten, die Transporte für Palästina zusammenstellten. Offenbar meldeteten sich Tausende. Viele seien schon abgereist. Doch es war nicht klar, ob sie auch wirklich dort ankamen. Die Engländer überwachten das ganze Mittelmeer. Ein grosser Teil sei nur bis Zypern gekommen und werde dort in umzäunten Zeltlagern festgehalten. Auch der Name Schweden sei gefallen, oder die Schweiz, wir konnten das damals noch nicht richtig auseinanderhalten. Am meisten aber wurde von Amerika gesprochen, berichtete uns Henri. Er schwärmte von den grossen Städten, als sei er selber schon dort gewesen, und meinte sich zu erinnern, dass ein entfernter Verwandter von ihm in New York lebte. Aber das alles blieben vage Vorstellungen, Spielereien mit der Zukunft. Micki und ich waren knappe fünfzehn Jahre alt, Henri im Lager gerade sechzehn geworden. Obschon wir uns für alles gerüstet wähnten, wollten wir zuerst herausfinden, was aus unseren Familien geworden war. Wir sahen uns nicht als Minderheit von Übriggebliebenen. Stattdessen gingen wir davon aus, dass es die anderen besser getroffen haben mussten als wir. Henri rechnete sich aus, bald auf eine Spur seiner grossen Familie zu stossen. Am meisten hing er an seiner Schwester. Sie war ein Jahr jünger als er. Ohne sie wolle er nirgends hin. Micki hatte nur seine Mutter zu suchen, aber eine einzelne Person ausfindig zu machen schien in diesem Durcheinander aussichtslos. Er wusste nicht einmal, wo mit der Suche beginnen. Ich selber war sicher, dass mich meine Mutter schon finden würde, und ohnehin weit davon entfernt, Entscheidungen zu treffen. Zuerst musste sich mein Zustand verbessern. Ich konnte zwar schon alleine aufstehen, aber es reichte noch nicht weiter als bis vor unsere Boxe und ein paar Schritte den Gang rauf und runter. Ich überliess alles meinen Freunden, was immer sie entschieden, ich würde mich anschliessen und solange weiterhin das Gehen üben. Sie hatten mir versprochen, mich niemals irgendwo zurückzulassen. Wenn wir genügend herumphantasiert hatten, schliefen wir einigermassen zuversichtlich ein. Das frische Stroh roch nach besseren Zeiten.

Mein Zustand besserte sich zusehends. Der Hunger war einem ständig knurrenden Appetit gewichen, der Durchfall berechenbarer geworden, ich konnte schon alleine bis zur Latrine gehen und getraute mich bald zum ersten Mal hinaus. Bis jetzt hatte ich nur immer den Ausschnitt durch das Fenster über unserer Futterkrippe gesehen, den grossen Platz, das Lazarett gegenüber, davor die grünen Wagen mit dem aufgemalten roten Kreuz auf weissem Grund. Meine Freunde waren wieder unterwegs.

Noch unsicher auf den Beinen, schaute ich vor jedem Schritt, wo ich mich notfalls festhalten konnte, aber je näher dem Ausgang, desto mutiger wurde ich und stand schliesslich draussen. Alles nur eine Frage der Übung. Die Sonne blendete mich ein wenig. Ich wollte einmal um das ganze Gebäude spazieren. Etwa in der Hälfte der Strecke begann ich die Anstrengung zu spüren. Ich hielt inne, um durchzuatmen. Ein leiser Schmerz stach in der Brust. Ich ging weiter, bog um die Ecke, ein Acker erstreckte sich bis zu einer Ansammlung von Häusern in der Ferne. Ich musste wieder stehenbleiben. An die Mauer gelehnt, wartete ich auf ein Abklingen des Stechens. Nach ein paar weiteren Schritten merkte ich, dass ich mir wohl zuviel zugemutet hatte. Jedes Einatmen bedeutete eine Anstrengung für sich. Aber zurück war schon ungefähr gleich weit wie der Rest der Strecke. Am liebsten hätte ich mich einfach hingelegt, schwächer schon und durstig geworden, und auf Hilfe gewartet. Doch hier, an der Rückseite des Gebäudes, würde nicht so schnell ein Mensch vorbeikommen. Ich weiss nicht mehr, wie ich wieder auf den Platz gelangte, aber ich merkte, wie ich vom Boden aufgehoben wurde, und hörte jemanden sagen: »Bringt ihn ins Lazarett hinüber!« Meine Freunde sah ich nirgends. Der Schmerz in meiner Brust war verschwunden. Ich fand die Kraft, mich energisch genug zur Wehr zu setzen, so dass man mich zurück zum Stall in unsere Boxe trug. Dort schlief ich sofort ein.

Henri und Micki fanden mich schwer atmend im Stroh. Der Schmerz hinderte mich daran, sofort mit der Sprache rauszurücken. Henri legte mir die Hand auf die Stirn. Mir blieb nichts anderes übrig, als mich in ihren Entscheid zu fügen, die Nacht noch abzuwarten und mich am nächsten Tag, wenn die Schmerzen nicht verschwunden wären, ins Lazarett zu bringen. Dann übermannte mich erneut der Schlaf. Im Traum wurden wüste Operationen an mir vollzogen. Immer wieder erschien dieser Doktor vor meinem Bett. Er hielt ein langes Brecheisen in der Hand, sein Gesicht verriet keine Regung, während er immer näher kam. Er stand vor mir. Blutflecken auf seinem weissen Schurz. Er hob das Knie und stemmte es mir gegen die Brust. Dann legte er das Eisen an. Dabei verzog sich sein schweissglänzendes Gesicht vor Anstrengung zu einer Fratze. Kurz bevor die Knochen in meinem Inneren splitterten und er mich geöffnet hatte, wachte ich auf.

Die englische Ärztin brauchte nicht lange für ihre Diagnose. Der Patient neben mir, mit dem ich ein paar Brocken Jiddisch sprechen konnte, übersetzte: »Wasser in der Lunge. Das gleiche wie bei mir. Punktion.« Ich wusste nicht, was das bedeutete. Die Ärztin zuckte mit den Schultern. Mein Nachbar erklärte es mir. Ihm stand es unmittelbar bevor. Seine Beschreibungen genügten mir zum Entschluss, die Operation niemals über mich ergehen zu lassen, und wenn ich daran noch gezweifelt hätte, dann nur bis zu seiner Behandlung am Nachmittag. Er schrie und wand sich, als sie ihm die Nadel zwischen die Rippen stiessen. Zwei Pfleger mussten ihn festhalten. An der Nadel hing ein Schlauch, dessen anderes Ende ebenfalls mit einer Nadel versehen war. Diese wurde durch den Gummiverschluss einer leeren Flasche getrieben. Einen Moment lang hörte ich das Sauggeräusch. Ich sah eine gelbliche Flüssigkeit in das Fläschchen tröpfeln, wartete, bis die Ärztin verschwand und die Pfleger von ihm abliessen – er lag auf dem Rücken, starrte die Decke an, manchmal rollte er mit den Augen –, und streifte mir leise meine Kleider über.

Doch am selben Abend meldeten sich die Schmerzen zurück. Meine Brust war in Stahl gegürtet. Jeder Atemzug stiess an seine Grenzen. Sogar das Sprechen fiel mir schwer. Micki und Henri liessen nicht mehr mit sich verhandeln. Ich erwachte auf einer Bahre, als ich über den Platz getragen wurde. Man legte mich ins gleiche Bett wie am Vortag. Es war nicht berührt worden, seit ich es verlassen hatte. Die Ärztin machte ein noch besorgteres Gesicht, als sie mich abklopfte. Ihrer Aufforderung, tief einzuatmen, konnte ich nicht Folge leisten. Sie kümmerte sich unverzüglich um alles weitere. Der Nachbar schlief friedlich. Seine Brust hob und senkte sich regelmässig. Ehe ich mich versah, standen die zwei Pfleger neben mir. Die Ärztin kam mit Nadel, Schlauch und Flasche. Ich musste mich auf die Seite drehen, Henri hielt meine Schulter, damit ich nicht wieder zurückfiel. Unter anhaltendem Schmerz spürte ich den Einstich einer Wespe und sank ins Leere. Als nächstes nahm ich die Ärztin auf meiner Bettkante sitzend wahr. Mit einer Hand löffelte sie mir Suppe ein, während die andere mich im Rücken stützte. Ich verspürte ein seltsames Gefühl, wenn sie mich abwischte und dabei ihre Hand auf meinen Kopf legte. Die Krankheit hatte eine weiche Daunendecke über mir ausgebreitet und mir eine weiss gewandete Fee geschickt. Sie hatte ein breites, helles Gesicht, blonde Haare, die ihr in dichten Wellen auf die Schultern fielen, und sie roch wie frische Laken. Ihre Augen schienen nach irgend etwas in meinem Gesicht zu suchen, als sie mir den Fiebermesser aus dem Mund genommen und begutachtet hatte. Nach einem Teelöffel voll Medizin, die ich in ihrer Anwesenheit schlucken musste, bettete sie mich zurück. Von dem, was sie dazu sagte, verstand ich nur das Wort »Tomorrow«. Erst nachdem sie gegangen war, verspürte ich wieder den Schmerz in der Brust, durchzogen von einem Brennen in der Seite. Ich sah den Schlauch aus mir herauslaufen und in der Flasche einen Fingerbreit Sekret. Mein Nachbar erklärte mir, dass ich für einige Zeit hier bleiben müsse.

Am nächsten Tag kam Tante Tomorrow, um meine Flasche auszuwechseln. Sie fütterte mich wieder. Ich gab mir alle Mühe, nicht zu tropfen. Noch einen Tag dauerte es, bis der Schmerz in der Brust gewichen war. Der Pfleger zog die Nadel heraus. Ich spürte lediglich noch einen Kitzel beim Einatmen. Doch die Zeit verging noch immer ohne mich. Während Tagen wachte ich nur auf, wenn Tante Tomorrow an mein Bett gekommen war. Sie mass mein Fieber, fütterte mich und verabreichte mir die Medizin. »Tomorrow« blieb mein einziger Beitrag in unseren Gesprächen. – »Tomorrow« zur Begrüssung, mit »Tomorrow« sagte ich auch auf Wiedersehen, dazu lernte ich, dass »Yesterday« immer den Tag davor meinte. Trotz der wenigen Worte, die wir gemeinsam hatten, war sie die erste Botschafterin einer von Menschen jenseits der Lager bewohnten Welt. Jemand Fremdes unterhielt sich mit mir, ihr »Du« meinte mich.

Eines Tages kündigte sie mir an, ich würde heute zum ersten Mal seit der Punktion das Bett verlassen. Sie wollte mich wägen. Bei der Gelegenheit solle ich versuchen, mich selbständig zu waschen. Beim Aufstehen schoss mir das Blut schmerzhaft in die Beine. Mir wurde schwindlig. Doch zu ihren ermunternden Worten schwankte ich der Zimmertüre entgegen und hinaus auf den Gang. Der Waschraum lag unserem Zimmer diskret gegenüber. Tante Tomorrow hatte mir eine Zahnbürste mitgebracht, Seife und Handtuch. Eifrig die Zähne putzend, stand ich vor dem Waschbecken und fragte mich, wie es kam, dass Zähneputzen plötzlich angenehm sein konnte. Über jedem Becken war ein Spiegel angebracht. Solange ich beschäftigt war, beachtete ich das Gesicht darin nicht. Zu alt für mich. Es machte mir die Bewegungen nur nach. Erst als ich mich abgetrocknet hatte, staunte ich ob der Ähnlichkeit und gestand mir schliesslich ein, dass ich es war, dieser für den mageren Hals und die eingefallene Brust viel zu grosse Kopf und die nachträglich eingesetzten Augen, die mir da entgegenblickten; die Haare immer noch kürzer, als sie mir von Mutter je geschnitten worden waren. Erschrocken liess ich alles liegen. Draussen wartete Tante Tomorrow auf mich. Langsam ging ich neben ihr her durch den Gang. Wenn ich wollte, durfte ich mich an ihrem Arm halten. Im Untersuchungszimmer zog ich mich bis auf die Unterhosen aus und stellte mich auf die Waage. Sie verschob die Gewichte auf der Schiene, zögernd immer weiter nach links, bis die Nadeln schliesslich übereinstimmten. In der Armbeuge ein Formular, ging sie um mich herum. Während ich fröstelnd auf der Plattform stand, befasste ich mich mit dem Gedanken, tatsächlich nur knapp davongekommen zu sein.

Ich hatte mich wieder hingelegt, als sie noch einmal kam. Sie glaube, mein Alter falsch eingetragen zu haben, wurde mir übersetzt. Ich sagte ihr, wann ich geboren war. Ihrem Ausruf entnahm ich eine Mischung von Besorgnis und Erstaunen. Sie redete schnell auf meinen Nachbarn ein; wollte ich zwischendurch in Erfahrung bringen, was sie sagte, winkte er ab. Erst als sie sich wieder auf meinen Bettrand gesetzt hatte, schweigend, fasste er zusammen: Sie sei äusserst besorgt um mich; ich hätte das Gewicht eines Zehnjährigen, sei aber schon fünfzehn; mein Zustand erlaube es nicht, mich bald zu entlassen. Ich hätte deutliche Hungerödeme in den Beinen, und es bestünde das erhöhte Risiko einer Lungenentzündung, bei meiner allgemeinen Schwäche eine erhebliche Gefahr, die unbedingt vermieden werden müsse. Sie werde in die Wege leiten, dass ich einstweilen hier bleiben könne, wo es ihr leichter möglich sei, sich persönlich um mich zu kümmern. Meine Freunde dürften mich jederzeit besuchen kommen, aber es wäre besser, wenn ich den Gedanken, in den nächsten Tagen rauszukommen, gar nicht erst aufkommen liesse und die Zeit lieber dafür nutze, mir zu überlegen, was ich unternehmen wolle, wenn es mir besser ginge. Sie werde jeden Tag mindestens einmal zu mir kommen. Ob ich einverstanden sei. Während er ihre Rede wiedergab, schien ihr Lächeln auf mich herunter. Selig schlief ich ein.

Sie hielt ihr Versprechen. Jeden Tag setzte sie sich für eine halbe Stunde zu mir. Mit Hilfe meines Bettnachbarn, der übersetzte, und den englischen Wörtern, von denen mir jeden Tag mehr einfielen, unterhielten wir uns über meine Erlebnisse. Ich erzählte zum ersten Mal alles, was mir geschehen war, seit wir Nyr verlassen hatten. Nicht immer war ich mir sicher, ob sie alles verstand, aber ihr Nicken, wenn ich sie anschaute, genügte, um mir zu bestätigen, dass ich zu jenen Verschütteten gehörte, die man schon fast vergessen hatte, als sie unverhofft wieder auftauchten und jetzt als Helden galten. Henri meinte, das sei alles Unsinn. Er wollte nie mehr zurück zu »diesen Banditen«, wie er sich ausdrückte, als ich ihn und Micki einmal fragte, warum wir uns nicht nach Nyr aufmachten. Er begann mich zu bearbeiten, ich solle mit nach Amerika kommen, sobald er seine Schwester gefunden habe. Nur wo alleine das zähle, was jemand leiste, egal woher er komme und was er erlebt habe, seien alle gleich. Aber in dem Masse, wie mein Hunger in den Hintergrund trat, meldete sich das Heimweh nach Mutter, Agi und sogar meinem Vater. Es wuchs so stark, dass neben meiner Vorstellung, wieder als Familie zusammenzuleben, andere Sehnsüchte gar keinen Platz hatten, besonders nachdem Henri eines Tages aufgeregt mit der Nachricht an mein Bett gekommen war, im Frauenlager drüben zwar nicht seine Schwester, dafür aber eine Spur von meiner gefunden zu haben. Er hätte eine Nachricht hinterlassen, wo ich zu finden sei. Allein Micki schien mir etwas bedrückt in letzter Zeit. Als er einmal nicht dabei war, erzählte mir Henri, dass eine Frau gesehen haben wollte, wie seine

Mutter gestorben sei. Seither streife er draussen ziellos umher. »Wie eine Katze, der man die Schnauzhaare abgeschnitten hat.« Meine Zuversicht indes war gross genug, Mitleid unmittelbar in Fürsorge zu verwandeln; ich schloss Micki geradewegs in die Bilder meiner Zukunft mit ein, wusste ich doch, dass Mutter ihn ohne Zögern als meinen Bruder aufnehmen würde und auch Vater nichts dagegen hätte.

Mittlerweile war mein Durchfall dank Schonkost und Medikamenten nahezu behoben. Tante Tomorrow kam immer noch jeden Tag, aber ich war nicht ihr einziger Patient, und in der Multiplikation hatte sich meine Geschichte wahrscheinlich bald als nur eine unter vielen ähnlichen herausgestellt. Während in anderen Betten noch immer gestorben wurde, war bei mir das Fieber besiegt. Laken und Kopfkissen waren mir selbstverständlich geworden. Abends schlief ich tief, tagsüber döste ich zur Hauptsache. Einmal wachte ich unter einer warmen, dunklen Wolke dicht über mir auf. Samtener Regen liebkoste mich. Schwerer geworden, senkte die Wolke sich auf mein Gesicht. Ich wollte die Augen öffnen, doch es blieb dunkel in der weichen Wärme. Eine Stimme rief leise immer wieder meinen Namen. Doch meine Erwiderung erstickte. Bis der Druck ein wenig von mir abgelassen hatte. Ich regte mich und wachte in einer Umarmung von braunem Stoff auf. Über mir das Gesicht meiner Schwester. Ihre Tränen und Küsse vermischten sich. In der Verlegenheit kam mir nichts Naheliegenderes in den Sinn, als zu fragen, weshalb sie ein Kopftuch trage. Immer wenn ich an sie dachte, hatte ich ihre schwarzen Haare vor mir gehabt, die sie manchmal zusammengebunden, meistens aber offen trug, ein Meer von Haaren. Sie zog das Tuch bis zum Haaransatz über der Stirn zurück. Ihre Borsten waren nicht länger als meine. Unter dem braunen Kleid zeichneten sich schon deutlich die für Frauen typischen Formen ab, als sie meinen Kopf weiter an ihren Leib drückte. Dabei überlegte ich, ob mein Körper wohl auch Veränderungen aufwies. Schliesslich liess sie mich los. Mit einem Zipfel meines Lakens wischte sie sich die Augen, trocknete auch mein Gesicht, und ich benutzte die Gelegenheit, sie zu fragen, was mit Mutter sei. »Nach links gegangen«, war alles, was sie sagte. Soviel wusste ich selber. Tante Borish, Jolan, Grossmutter, Rosa und die Kinder, bei jedem Namen dasselbe. »Nach links gegangen.« Auch ich sagte »Nach links gegangen«, als sie mich nach Grossvater, Onkel Izidor und Kalman fragte; Vater, zusammen mit mir, nach rechts, neben uns Lajosh, den ich aber bald aus den Augen verloren hatte. Wir erzählten uns in groben Zügen, was wir seither erlebt hatten. Zu diesem Zeitpunkt glaubte ich noch immer, dass »links« das bessere Los bedeutete, das Familienlager für die Frauen und alle Kinder unter sechzehn Jahren. Nur die Ohrfeige eines Häftlings hatte mich damals nach der Ankunft auf der Rampe daran gehindert, mich entsprechend meinem Alter in ihrer Kolonne anzustellen. Er hatte mir befohlen, ich sei sechzehn. Wohlgenährt, wie ich aussehe, könne ich sicher arbeiten. Und als ich zu weinen begann und nach Mutter schrie, hatte Vater mich ermahnt, der Mann habe recht. Ich solle mich ruhig verhalten. Wir würden zusammenbleiben. Ich gehorchte, aber glaubte ihm nicht. Ich wäre lieber bei Mutter geblieben, erzählte ich Agi, die daraufhin begann, vom Essen zu reden. Sie würde mir jeden Tag so viel wie möglich vorbeibringen und sich ab sofort um alles weitere kümmern. Mit der Ärztin habe sie schon gesprochen, »eine sehr, sehr tüchtige Frau, wahrscheinlich verdankst du ihr dein Leben – und vor allem Henri und Micki.«

Meine Schwester hatte es sich zur Aufgabe gemacht, nie mit leeren Händen an mein Bett zu kommen. All mein Zureden blieb vergeblich. Henri und Micki organisierten doch selber die ganze Zeit Esswaren, sie beschäftigten sich kaum mit etwas anderem. Aber sie war nicht von ihren Beutezügen abzubringen. Stattdessen durchstreifte sie in immer weiteren Kreisen die Umgebung rund um das Lazarett. Nach kurzer Zeit hätten wir einen regelrechten Handel aufziehen können, so reichlich floss der Nachschub, und das Personal hatte seine liebe Mühe, einfach weiterzuverteilen, was schon unter meinem Bett hervorquoll. Als Agi auch vor Frischfleisch keinen Halt mehr machte, bedurfte es eines Machtwortes von Tante Tomorrow. Agi musste versprechen, nur noch das Nötigste und höchstens so viel zu bringen, wie wir zusammen verzehren konnten. Auf gar keinen Fall verderbliches Zeug. Dennoch stand sie am nächsten Tag wieder mir vollen Taschen da. Grimmig packte sie aus. Schokolade und Backwaren. Ab sofort in rauhen Mengen. Micki und Henri bauten ihr Lager im Pferdestall ebenfalls ständig aus, während mein Beitrag darin bestand, so viel wie möglich in mich hineinzuessen. Bettlägrig, wie ich war, kam ich anstatt zu Kräften nur zu immer mehr Gewicht, bis die Ärztin dem Treiben ein Ende bereitete, den Boden unter meinem Bett freilegen liess und mich wieder auf Schonkost setzte. Sie war noch nicht bereit, mich weiter als bis zur Ausgangstüre gehen zu lassen, von Agi unterstützt, die dem Moment, da ich mich wieder selbständig würde bewegen können, eher angstvoll entgegenblickte, obschon sie keinen Tag länger als nötig in Deutschland bleiben wollte, wie sie betonte. Ich hatte es keineswegs eilig und liess sie ihrer grenzenlosen Fürsorge um mich ungestört nachgehen. Dies erstreckte sich auch auf die Organisation unseres weiteren Lebens, die ich nur zu gern in ihre Hände legte, denn alles, was ich wollte, war, nie mehr Hunger zu haben, die Sicherheit, dass immer jemand für mich sorgte, und Agi schien sich nichts sehnlicher zu wünschen, als dem entsprechen zu dürfen. Da wir noch nichts von Vater gehört hatten, kümmerte sie sich um eine Bleibe für den Moment, da man mich entliesse. Sie, die neben unserer Muttersprache schon damals Englisch, Deutsch, Polnisch und einige Brocken Französisch konnte, machte sich auch für meine Freunde und allerhand andere Leute nützlich. Rasch avancierte sie zur Dolmetscherin für das halbe Lazarett. Immer öfters wurde sie auch von verschiedenen Stellen beigezogen und verdiente als einzige bald etwas Geld.

Agis Wirkungskreis hatte sich bis in die nahe Stadt ausgedehnt, wo sie bei einer Behörde der Besatzungstruppen aushalf. Dort hatte sie eines Tages erfahren, dass Schweden bereit sei, ein grösseres Kontingent DPs aufzunehmen, wie man diese Haufen von Übriggebliebenen nannte. Meine Genesung war zu diesem Zeitpunkt schon so weit fortgeschritten, dass der Gedanke an eine baldige Reise auch in den Augen von Tante Tomorrow keine Frevelei mehr war. Agi fragte mich, was ich davon halten würde, nach Schweden zu reisen. Ich hatte keine Meinung. Statt einer Antwort wollte ich wissen, ob sie schon mit Henri und Micki gesprochen habe. Sie schüttelte den Kopf. Kurz darauf beratschlagten wir den Plan zu viert. Schnell stellte sich heraus, dass Micki nicht mitkommen würde. Er hatte andere Pläne. Australien. – Im Gegensatz zu Palästina ein ganzer Kontinent, der auf Besiedlung warte und wo man ganz von vorne anfangen könne, zum Beispiel im

Bergbau. Er kenne schon einige, die auch dorthin wollten. Vielleicht würde man zusammen reisen. Eine Weile versuchten wir noch, ihn abzuhalten, aber der Schwur, keinen alleinzulassen, schloss immer auch die Bereitschaft ein, niemandem vor dem Glück zu stehen. Henri entschloss sich mit uns für Schweden. Eigentlich schwebte ihm eher Amerika vor, aber seine Verwandten hatten nichts von sich hören lassen. So ganz ins Blaue wollte er nicht reisen.

Von nun an war Agi nicht mehr aufzuhalten. Sie stampfte herum und organisierte. Fragte ich sie, was sie den Tag über gemacht habe, antwortete sie: »Organisiert. Ich habe organisiert.« Das hiess Briefe schreiben, bei Behörden vorsprechen, Kleider beschaffen und veräussern, was wir selber nicht brauchten. Daneben arbeitete sie weiterhin als Dometscherin und überwachte meinen Genesungsprozess; so rigoros, dass sich Tante Tomorrow, wieder ausschliesslich Ärztin geworden, unter Hinterlassung guter Ratschläge zurückziehen konnte. Bis es soweit war und wir vom Roten Kreuz einen Platz für die Überfahrt nach Schweden zugesprochen erhielten. Das Schiff sollte in wenigen Tagen von Lübeck ablegen. Was blieb, war das Problem der Reise bis zum Hafen. Ich konnte noch immer nicht mehr als ein paar Schritte gehen, an eine Zugreise war nicht zu denken, und die Ärztin wollte einer Entlassung nur zustimmen, wenn ich meinem Gesundheitszustand entsprechend transportiert würde. Das Rote Kreuz verlangte für den Transport eine ärztliche Einwilligung. Aber sämtliche Ambulanzfahrzeuge wurden für dringendere Fälle gebraucht.

Jemand anderes als Agi wäre daran vielleicht gescheitert. Zuerst versuchte sie es mit Geld. Doch sie lernte schnell, dass die Korrektheit der Besatzungsbhörden, die sie bis anhin so schätzen gelernt hatte, auch lästig sein konnte. »Wir sind der Welt keine Moral schuldig«, erwiderte sie Tante Tomorrows Einwand, sie mache sich nicht gerade beliebt. Dann erfuhr ich von Henri, dass sie sich auffällig häufig mit englischen Soldaten zeigte. Ich hatte mich schon selber gewundert, als ich einmal am Fenster stehend beobachten konnte, wie sie sich über den Platz dem Lazarett näherte und ihr Kopftuch nicht mehr trug. Sie sah aus, wie ich mir vorstellte, dass eine Frau aussehen musste, wenn die erwachsenen Männer sie als schön bezeichneten. Ich sagte nichts, als sie in den

Saal trat und ihr Tuch wieder umgebunden hatte. Doch auch diese Mittel halfen offenbar nicht innert nützlicher Frist. Ich wusste nicht, was sie alles versucht hatte, aber ihre Durchschlagskraft schien ungebrochen. Ich wartete mit Zuversicht ab. Sie hatte mir versichert, dass sie sich nicht von ein paar Büroangestellten abhalten lasse, unser Recht durchzusetzen, diesem Land so schnell als möglich den Rücken zu kehren. Notfalls werde sie es so weit bringen, dass man glücklich wäre, sie endlich loszuwerden. Entsprechend verhielt sie sich auch. Ihr Tonfall war laut und herrisch geworden, und wenn sie mit jemandem sprach, dann lag auf ihrem Gesicht ein triumphierender Ausdruck, als wäre der drohende Kampf ihr bevorzugtes Spiel, bei dem sie immer gewann. Sie liess ihre Gegenüber spüren, dass sie im Gegensatz zu ihnen nichts zu verlieren hatte und das einzusetzen gedachte.

Der Tag rückte näher, und Agis Tätigkeiten nahmen verzweifelte Züge an, was vielleicht nur mir auffiel. Ich war auf eine entscheidende Tat gefasst und nicht überrascht, als sie eines Nachmittages an meinem Bett stand. Ich solle mich sofort für die Abreise bereit machen, sie ginge derweilen Henri suchen. In der Zwischenzeit war eine gewisse Unruhe aufgekommen. Die Ärztin, in Begleitung eines Uniformierten durch den Saal rennend, fragte mich nach meiner Schwester. Nach einer Weile erschien Agi wieder. Zwei Schritte hinter ihr Tante Tomorrow und der Uniformierte, die beide auf sie einredeten. Agi, finster entschlossen, war unbeeindruckt. Ihnen folgte Henri, die Hände in den Taschen. Dem über mich hinweg geführten Gespräch konnte ich entnehmen, dass im Hof ein Ambulanzfahrzeug unbeaufsichtigt herumgestanden war. Agi hatte gesehen, wie der Fahrer, dieser aufgeregte Mann in Uniform neben der Ärztin, ausgestiegen war, ohne die Schlüssel abzuziehen, was sie bewogen hatte, diese an sich zu nehmen und irgendwo zu verstecken. Sie war nicht bereit, sie wieder herauszurücken, es sei denn, der Mann würde uns nach Lübeck fahren. Auf Tante Tomorrows Vorwurf der Erpressung reagierte Agi, indem sie ihre Arme vor der Brust verschränkte und herausfordernd den armen Fahrer anblickte. Tante Tomorrow, ich wusste nicht, amüsierte sie die Angelegenheit oder war sie tatsächlich erbost, hatte den rettenden Einfall: Agi solle dem Fahrer seine Schlüssel zurückgeben. Im Austausch dagegen erkläre er sich bereit, uns frühmorgens, ausserhalb seiner Dienstzeit, nach Lübeck zu fahren. Sie würde schliesslich das Entlassungsschreiben für mich unterzeichnen und dem Fahrer einen Krankentransportschein ausstellen, der mich als dringenden Fall auswies, so dass er bei einer Kontrolle nichts zu befürchten habe. Agi hatte gesiegt. »Ich gratuliere, Sie haben es geschafft«, meinte die Ärztin mit einem Handschlag, und ich glaube, ihr Respekt war echt.

4)
Es war nicht schwierig, das Hauptwerk des Rabbiners zu finden. Dieses las sich wie die etwas unverständliche Gebrauchsanweisung für eine grosse Maschine: »Wenn am Sabbat ein Brand ausgebrochen ist (was der Ewige verhüten möge): ... All dies handelt nur von einem Ort, wohin hinausgebracht werden darf; nach einem Ort aber, wohin man nicht hinausbringen darf, darf nichts gerettet werden. Kleider jedoch, die man anziehen kann, darf man anziehen und sich damit einhüllen, soviel man kann, und selbst nach der Strasse hinausbringen und dort ausziehen, um wieder andere anzuziehen und hinauszubringen, selbst den ganzen Tag. Man kann auch anderen sagen: Kommt und rettet, und sie dürfen retten ebenso.«

Wegen des Unglücks unter dem Union Square hatten die meisten früher Feierabend gemacht. Doch der Volontär gehörte nicht zu denen, die freitagabends zeitig zu Hause erwartet wurden. Als er aus der Bibliothek zurück ins Büro kam, fand er niemanden mehr vor. Er setzte sich in Bens Sessel, die Mappe mit all seinen Notizen und den Blättern des Protokolles, das längst keines mehr war, auf dem Schreibtisch. Der berühmte Rabbi hatte bedauerlicherweise von seiner Frau nur sieben Töchter und keinen einzigen Sohn geschenkt bekommen. Also konnte nicht einmal diese Spur des Absenders als gesichert angenommen werden, es sei denn, man ginge davon aus, dass mindestens einer der Schwiegersöhne des Ruhmes wegen den Namen der Frau übernommen hätte, was damals üblich, heutzutage aber nur mehr schwerlich zurückzuverfolgen sei, wie ihm im Mormonenzentrum, wo er sich um Rat hingewandt hatte, erklärt worden war. Aber selbst eine undeutliche Spur zeigt noch eine Richtung an, so wie auch der dünnste Faden immer zwei Enden verbindet. Und vielleicht hätte es für den Volontär nicht einmal mehr dessen bedurft, um den Faden des Absenders weiter zu verweben, solange es ihm nur gelang, sich im Windschatten von dessen vorgestellter Geschichte in Bewegung zu halten. Jedes längere Innehalten hätte wie bei einem Fahrradfahrer den Sturz bedeutet. Dies war es auch, was ihn den Leuten im Büro gegenüber so verdächtig hektisch erscheinen liess, dass man sich dort manchmal die Frage stellte, weshalb sich jemand, der noch nicht einmal die Hoffnung haben konnte, jemals fest angestellt zu werden, stärker als nötig einsetzte. Aber man sah auch, dass bald keine Kassetten mehr in der Kiste waren, und zeigte sich zufrieden. Er würde über sich selber gestaunt haben, hätte er sich beobachten können. Aber dazu fehlte ihm die Wirklichkeit.

Georg wusste, dass in den Notizen, die er von seinem Besuch bei den Störks angelegt hatte, eine Telefonnummer stand. Sie hatten ihm einen Mann empfohlen, der in Nyr aufgewachsen war und im Unterschied zu ihnen bis zur heutigen Zeit mit der Stadt in Verbindung stand. Ein gewisser Herr Fuchs. Ihn wollte er noch anrufen, bevor mit dem Einsetzen der Dunkelheit der Sabbat begann. Man konnte nie wissen, mit wem man es zu tun bekam. Wenn er Glück hatte, würde er ihn im Laufe des Wochenendes empfangen. Am besten Sonntag. Samstag könnte er dann beim letzte Aufbäumen vor dem Sieg mitmachen, 14 Uhr, Times Square, stand auf dem Flugblatt, das ihm vor der Bibliothek in die Hand gedrückt worden war. Das Telefon hatte erst zweimal geklingelt, da meldete sich Herr Fuchs am anderen Ende. Er machte kein langes Aufheben. Die Störks hätten ihm von Georgs Besuch erzählt. Er sei überrascht, erst jetzt von ihm zu hören. Schnell war der Zeitpunkt für das Treffen vereinbart. Fuchs versprach, ihn von der Bahn abzuholen, und als Georg fragte, wie er ihn denn erkennen wolle, meinte er: »Machen Sie sich keine Sorgen. Ich werde Sie in der Masse schon entdecken.«

5)
Der Lift spülte eine neue Gruppe von Leuten heran, die schnell über die Plattform zerstoben, die meisten paarweise. Die Sonne war hinter New Jersey abgetaucht und warf ihr Licht mit verglühender Heftigkeit herüber. Georg bemerkte, wie sich ein Paar aus den Schatten löste und näherkam. Links sie, rechts der Mann, ein

dünner, dunkler Strich gegen den Horizont. Unter dem Kaftan leuchteten weiss die Strümpfe. Wie sein Hut halten würde, wenn sie erst einmal an der Brüstung stünden, wusste Georg nicht. Sie, blau eingekleidet, im Gesicht ebenso bleich wie er, die rote Perükke leicht verschoben, aber immerhin durch ein Tuch vertäut, nahm sich neben ihm aus wie ein fester, gedrungener Stamm. Auch sein Vater beobachtete sie. Je näher das Paar kam, desto mehr wuchs der Altersunterschied zwischen den beiden, bis ein Mann mit fahlen Zügen, leichtem Buckel und eingefallener Brust und eine junge Frau, ihre vollen Wangen und die Stirne schimmerten rötlich im Sonnenuntergang, einige Schritte entfernt an der Brüstung standen, unter sich die vorläufige Schöpfung bestaunend, wie alle hier oben. Wenn der Wind günstig drehte, konnte Georg ihre Stimmen hören. Sein Vater stand ihnen etwas näher. Er stiess Georg leicht in die Seite:

»Hörst du? Jiddisch. Ich verstehe fast jedes Wort.« Unmerklich bewegte er sich ein paar Fuss breit in ihre Richtung, den Körper leicht ihnen zugeneigt, als besässen sie eine Anziehungskraft, von der Georg nichts auf sich beziehen konnte. Ihm waren alle Sekten zuwider. »Weisst du, was er behauptet? Sie hat ihn gefragt, in welcher Richtung die Hauptstadt liege. Und er zeigt gegen Norden. Dabei leben sie wahrscheinlich hier. Ich kann nicht heraushören, woher sie stammen. Aber wie sie aussehen, sind es Satmarer. Die wohnen übrigens auch in Brooklyn, soviel ich weiss. In Williamsburgh. Das muss ganz in der Nähe deiner Adresse liegen.«

»Meinst du, das ist seine Tochter?« fragte Georg.

»Ach woher. Was glaubst denn du. Seine Frau ist sie. Sieht aus, als wären sie frisch verheiratet.«

»Warum?«

»Weil sie keine Kinder dabei haben. Wären sie länger verheiratet, dann hätten sie eine ganze Schar, hätten sie vor ein paar Monaten geheiratet, dann wäre sie zumindest schwanger, aber davon ist nichts zu sehen, und wären sie nicht verheiratet, bräuchte sie keine Perücke zu tragen. So einfach ist das. Sie wird in nächster Zeit jedes Jahr ein Kind bekommen. Und wenn nicht, behandelt der Mann sie schlecht. Das steht so gut wie fest.«

»Was du alles wissen willst ...«

»Tja, da kenne ich mich aus. Noch von meiner Kindheit her.«

Während der Vater sprach, schielte der Mann hin und wieder herüber. Georg erwog die Möglichkeit, dass die zwei sie verstanden hatten. Der Vater musste auch etwas bemerkt haben, denn er brach seinen kurzen Exkurs unvermittelt ab und schaute sich unschuldig um. Während sich der Mann ihnen ein paar weitere Schritte näherte, war die Frau in gebührender Entfernung an der Brüstung stehengeblieben. Ihr Blick schien sich an nichts zu halten. Jetzt stand er vor ihnen. Er deutete ein Nicken an. Der Vater lächelte auffordernd, als hätte er nichts anderes erwartet.

»Ich hoffe, Sie fühlen sich nicht belästigt. Aber wir haben Sie vorhin sprechen hören und uns gefragt, was das für eine Sprache sein könnte. Sie klingt der unsrigen so ähnlich.«

»Ich weiss. Es ist ein Dialekt. Mit Leuten, die nicht aus derselben Gegend kommen, sprechen wir aber die richtige Sprache«, antwortete der Vater und hatte damit, wahrscheinlich absichtlich, wie Georg vermutete, die Neugierde des anderen erst richtig geweckt.

»Und woher kommen Sie, wenn ich fragen darf?«

Sein Vater sagte es ihm.

Der Mann bedankte sich und richtete die Neuigkeit seiner Frau aus, die scheu herüberlächelte.

Kapitel zehn

1)

Der Mann näherte sich wieder. Ein paar Schritte hinter ihm diesmal auch die Frau. Sie holte eine Kamera aus ihrer Umhängetasche hervor. Das Zeugnis moderner Zeit nahm sich in ihrer Hand aus, als wüsste sie nicht, ob sie es angeekelt wegwerfen oder zur Sicherheit ihrem Mann übergeben sollte, der jetzt vor dem Vater stand. »Würde es Ihnen etwas ausmachen, mich und meine Frau zu knipsen?«

»Nein, ganz und gar nicht. Mein Sohn wird das machen. Oder?«

Georg hatte nichts dagegen. Aber als der Mann ihm die Sofortbildkamera überreicht hatte, stellte sich heraus, dass niemand wusste, wie sie funktionierte. So standen sie zu viert im roten Flutlicht. Der Apparat wechselte von Hand zu Hand, während das Paar sich in Jiddisch anzischte. Vater hatte die rettende Idee: »Lasst uns im Souvenirladen fragen.«

»Das werden wir tun. Sie müssen entschuldigen. Wir haben die Kamera nur ausgeliehen. Man hat uns zwar erklärt, wie sie funktioniert, aber meine Frau scheint nicht richtig aufgepasst zu haben.« Ihr Schweigen strafte ihn mehr als jede Erwiderung. Die beiden entfernten sich. Georg konnte die Frau heftig auf ihren Mann einreden sehen.

»Siehst du, es ist seine Frau. Ganz wie ich es dir gesagt habe. Und über eine Heiratsvermittlung kennengelernt. Dafür lege ich meine Hand ins Feuer. Er, ein kleiner Ladenbesitzer, vielleicht ein Drogist, sie, die älteste Tochter aus einer grossen Familie, für die Ehe überfällig. Ihn haben ihre Eltern ausgesucht, und sie wahrscheinlich ein Onkel von ihm, oder der Rabbi oder sonst jemand. So stelle ich mir das vor.«

2)

Die Nachrichten berichteten, der Führer des Unglückszuges sei gefunden worden. Nach langer Suche im Tunnelnetz und auf den umliegenden Strassen habe man auf Selbstmord geschlossen, doch war in keinem der Spitäler jemand eingeliefert worden. Dann dachte man an Flucht. Die Fahndung erstreckte sich auf die umliegenden Staaten, vor allem New Jersey. Schliesslich habe eine Fussstreife den Mann gefunden. Im Pavillon des kleinen Parks direkt über der Unfallstelle. Biertrinkend, während die Rettungsarbeiten um ihn herum in vollem Gang waren. Im Verein der Obdachlosen, die sich dort aufhielten, habe ihn trotz verschmiertem Gesicht und zerrissenen Kleidern die letzten drei Stunden niemand beachtet. Einem aufmerksamen Polizisten sei die Jacke der U-Bahn-Gesellschaft ins Auge gestochen. Nach Abklärung des geistigen Zustandes würde geprüft, wie die Anklage gegen den Mann genau lauten sollte. Mit aller Wahrscheinlichkeit liefe sie im Hauptpunkt auf Totschlag hinaus.

Samstag, 14.30 Uhr, Times Square,

»Trinitron TV«. In halber Höhe zwischen Himmel und Erde räkelt sich eine Frau in rotem Bikini am Schwimmbad. »So enjoyable, so elegant, so fashionable. – SONY«, gleitet die Schrift darunter weg.

Gut achttausend Menschen zwischen blauen Abschrankungen eingepfercht. Dahinter Staffeln von Polizisten. »Don't cross this line«. Georg suchte einen Durchgang im Gatter. Er wäre gerne zur Herde gestossen, hechelte um sie herum. Ja, den Krieg stoppen, jetzt!

»Musik to your Ears: Billy Joel live at the Yankee Stadium/Aids can be prevented, learn how. SONY VIDEOS«

Alles schrie: »Kämpft den Aids-Krieg, nicht den Golf-Krieg. Keine US-Intervention im Nahen Osten!« Immer neue Kontingente kamen hinzu, wurden von knurrenden Polizisten eingezäunt, Latte um Latte, in regelmässigen Abständen abgeteilt. Ein Spruchband mit aufgeklebten Totenköpfen schwankte des Weges.

Auf dem Bildschirm: »Iraks Aussenminister nach dreieinhalbstündigem Gespräch in Moskau auf dem Flug nach Bagdad.« Im Bild Gorbatschow: »... erwartet schnelle Antwort von US-Präsident auf Friedensvorschlag.«

Musik dröhnte von einer Bühne auf die Demonstration herab. Der Kälte einen Tanz abgetrotzt. Ein Veteran im Rollstuhl erzählte die Geschichte seines Krieges: Verletzt von Vietnam nach Hause.

Rehabilitationsprogramme: gekürzt, gestoppt, gestrichen; Johnson, Nixon, Carter. »I've come a many hard miles to tell you this.« Und wurde wieder vom Mikrofon weggerollt.

Die Skyline von Manhattan schwebte über den Bildschirm: »Good evening, New York.« Ihr folgte der hagere Texaner, auf dem Rasen des Weissen Hauses stehend, soeben einem Hubschrauber entstiegen. Er lächelte schief. »Die besten Chancen, Hussein aus Kuwait zu vertreiben, liegen in der Luft und am Boden«, gab er in einem Kranz aus Mikrofonen zur Antwort und flüchtete.

»Give peace a chance, all we are saying is give peace a chaaance!«

Bagdads Bürgermeister warnte vor Cholera: »Wasserversorgung der Hauptstadt durch gezielte Bombenangriffe restlos zerstört.«

Das Häuschen des Armeerekrutierungspostens Broadway, 42. Strasse, am vorderen Ende des Platzes, nicht weit der Tribüne, auf der jetzt eine Karnevalsmusik spielte, war nicht besonders bewacht. »War is idiotic, peace is patriotic.« Kein Blut für Öl. »Stop the bombing now!«

Sony: Eine Gruppe Bergsteiger im Gipfelschnee, alle dasselbe Dosengetränk / »Living on the street is a dead end. For help, call 800 9999991« / Marineschiffe vor saudischer Küste durch Minen beschädigt.

Vor Georg stand ein Mann, behangen mit Friedensplaketten, sogar auf seinem Käppi prangten Knöpfe. »Fucking Police. Like the Nazis.« Veteran der Abraham Lincoln Brigade.

Sony/CNN: »Massachusetts: Ein Mann mit Friedensplakette verbrennt sich bei lebendigem Leib / Julio Iglesias: the nights most romantic Star / Der Präsident: schneller Sieg ist sicher.«

Schwarz verhüllte Gestalten in Totenmasken tanzten auf Stelzen »Oh when the saints ... go marching in ...« vor einer Reihe berittener Polizisten, die unbeholfen ins Leere zu starren versuchten.

»Sony grüsst die Grammy-Kandidaten / AFL-CIO verlangt Jobprogramm / drei Verwundete auf USS Princeton / fünf Verwundete auf USS Tripoli. Schlachtschiffe schweben am Himmel. / Daily News schlägt den Streikenden Vertrag vor, Vermittler zuversichtlich.«

Erst als die Bühne wieder abgeräumt wurde, sah Georg Meg endlich. Derselbe Regenmantel wie vor der Kirche. Schon von weitem strahlte sie. Heute konnte sie das Doppelte verlangen. Zwei Dollar pro Knopf.

»Drop Acid, not Bombs«, der letzte Ruf.

Sie musste noch eine Besorgung machen. Er folgte ihr durch die Hallen von Macy's. Vor der Wäscheabteilung liess sie ihn stehen. Wartend beobachtete er zwei kleine Jungen, die sich auf einer Gartenbank niedergelassen hatten. In ihrer Mitte sass eine Schaufensterpuppe. Scheu spielten sie an ihr herum. Einer zog ihr den Schuh aus, der andere nestelte am Träger ihres Kleides. Ein Gurt fiel zu Boden. Für den Kopf mit Panamahut und Sonnenbrille waren sie noch zu klein. Langsam glitt das Sommerkleid an ihrem weiss glänzenden Körper hinunter, da kam, gerade rechtzeitig, ihre Mutter zurück und zog sie fort. Auf einer der hölzernen Rolltreppen erfuhr er, dass Meg erst vor ein paar Wochen von ihrem Mann, einem überlasteten Arzt im Hudson-Tal, geschieden worden sei. Keine Kinder. Man habe sich gütlich getrennt. Viel Neues jetzt in ihrem Leben. Die kleine Wohnung an der Upper West Side zum Beispiel. Die nächste Fassade in Spuckdistanz. Vorher hatte sie ein Haus inmitten eines weitläufigen Parks bewohnt. Auch die Arbeit. Nicht mehr als Sekretärin des Ehemannes. Jetzt war sie Telefonistin in einer Arzneimittelzentrale. Dafür konnte sie ungestört ihren Leidenschaften nachgehen. Georg fragte, welchen. Sie antwortete: »Ich bin gegen den Krieg.«

Draussen sammelten Pritschenwagen die Schranken wieder ein. Bald war Feierabend. Die Polizisten lachten entspannt. Es war nur ein kurzer Einsatz gewesen. Und friedlich. Trotzdem konnte man sich eine ganze Wochenendschicht gutschreiben lassen.

3)

Wir hatten Lübeck gerade noch rechtzeitig erreicht.

Aber im Hafen musste zuerst ein Sachverhalt geklärt werden, den Agi vor lauter Organisationseifer übersehen hatte. Ein Beamter des Roten Kreuzes versuchte ihr beizubringen, dass auf dem wartenden Schiff nur Passagiere befördert werden konnten, die in der Lage waren, selbständig zu reisen. Für die Kranken war ein Lazarettschiff vorgesehen, das aber erst einen Tag später ablegen sollte, und zwar nicht nach Stockholm, sondern nach Norrköping. Dort kämen sämtliche Passagiere in Quarantäne, bevor man sie weiter verteilte. Das wirklich liebenswürdige Personal musste bei seinen Bemühungen, meine Schwester ohne mich auf Kurs nach Stockholm zu bringen, alles Geschick aufbringen. Ich lag derweilen auf der Bahre im Krankenwagen. Durch die geöffnete Hecktüre konnte ich einen Ausschnitt des Geschehens mitverfolgen. Nach einer Weile schaltete sich sogar unser Fahrer ein, um Agi unter ständigem Zureden Richtung Schiffsbauch zu drängen, denn er wäre es gewesen, der uns sonst wieder hätte wegfahren müssen. Am Schluss brauchte es Henris heiliges Versprechen, mich keinen Moment aus den Augen zu lassen, und die persönliche Garantie des Verantwortlichen, ihr unmittelbar nach der Landung meine Ankunft zu bestätigen, so dass sie schliesslich, wenngleich auch widerwilliger als ein Rind auf seinem letzten Gang, die Brücke hinaufstieg. Laut buchstabierend hatte sie sich seinen Namen aufgeschrieben. Erst als sie an der Reling lehnte und herunterwinkte, konnte sich der Beamte erleichtert die Stirne wischen und sich den anderen Bedürftigen am Kai zuwenden. Der Fahrer brachte Henri und mich zur Sanitätsbaracke. Gleich würden wir zur Läusebehandlung abgeholt. Draussen heulte der Motor des Jeeps befreit auf.

Einige hatten sich anfangs geweigert, den gekachelten Raum zu betreten – unter der Decke waren Brausen befestigt, zwei Pfleger, die Gesichter hinter einem Mundschutz, versprühten weisses Pulver aus einem Gebläse –, aber als sie sahen, dass wir alle, die eben noch reingegangen waren, lebend und sogar lachend, wenngleich auch etwas gezwungen, wieder herauskamen, waren sie bereit, es über sich ergehen zu lassen. Wer nicht stehen konnte, wurde auf der Bahre liegend behandelt. Bis auf die Unterhosen entkleidet, stand ich mit Henris Hilfe neben ihm an eine Wand gelehnt.

Nach der ruhigen Überfahrt, ich hatte die meiste Zeit geschlafen, musste ich zum ersten Mal nicht mehr getragen werden. Die Quarantänestation befand sich in einem ehemaligen Schulhaus, von dessen Dach eine grosse weisse Fahne mit einem Roten Kreuz wehte. Auch an den Kletterstangen auf dem Platz davor flatterten Fahnen, jene des Roten Kreuzes neben solchen mit gelben Balken auf blauem Grund, und als wir in einer langen Kolonne durch die Flügeltüren des Haupteinganges schritten, begrüsste uns ein Spalier von weissgekleideten, freundlich lächelnden Menschen, die sich auf nichts in ihrem Leben je so gefreut zu haben schienen wie auf uns.

Über die Wandtafel liefen noch Kreidespuren. Am ersten Abend befiel mich ein Gefühl, das ich bis anhin nur als sein Gegenteil gekannt hatte: Eine plötzliche Lust auf das tägliche Sitzen in den Schulbänken, den Unterricht, die Pausen und das Geläute dazwischen; morgens aufzustehen und zu wissen, was einen die nächsten Stunden erwartete; dazwischen glitt ich sorglos auf meinem Fahrrad durch die freie Zeit, der Fussball rollte über die ganze Weite des Weizenplatzes – diese Bilder streiften mich nicht als Erinnerung, vielmehr schritten sie im Kleide der Wehmut für ein paar Minuten vor mir auf und ab. Der kurzen Stunde, die es brauchte, bis auch die unruhigsten Geister ihren Schlaf gefunden hatten, nachdem das Licht ausgegangen war, fehlte ganz einfach die Bestimmung eines normalen Morgens, der dem nächsten Tag eine Richtung zu geben vermocht hätte.

Das Bett neben mir hatte ein Grieche aus Saloniki belegt. Er war vielleicht zwei Jahre älter als ich und nicht mehr dünn, nur noch hager. Aus seinem dunklen Gesicht stach die Nase wie eine Waffe hervor. Jeden Morgen stutzte er sich liebevoll den Backenbart vor dem einzigen Spiegel im Saal. Niemand wusste, woher er sich Schere und Rasierzeug beschafft hatte, aber bald schnitt er nicht mehr nur seine eigenen Haare. »Ihr könnt doch nicht wie entlaufene Sträflinge auf die Schwedinnen los.« Besonders von den Älteren setzten sich die meisten im Laufe der Zeit auf den Stuhl vor ihm und bekamen zum ersten Mal seit Jahren einen Haarschnitt verpasst. Oft, wenn wir Pläne für die Zukunft schmiedeten, reichte er mir eine Fotografie herüber: Der Vater in weissem Schurz, unter dem sich ein stolzer Bauch abzeichnete, blickte ernst, sein Gesicht durch einen dünn gezogenen Schnurrbart geteilt, die Mutter, zierlich klein neben ihm, hatte die Hände in die Hüften gestützt, beide Jungen steckten in gestreiften Anzügen mit knielangen Hosen, alle auf der Steintreppe vor einem kleinen Geschäft stehend. »Unser Frisiersalon. Wenn ich zurückkomme, werden wir vergrössern.« Es musste ihm gelungen sein, das Bild durch die ganzen Jahre seiner Verschleppung zu retten. Er erklärte mir, sobald das neue Geschäft angelaufen sei, würden sie in den Handel mit Perücken einsteigen. Er legte mir nahe, auch Haarschneider zu werden. Solange den Leuten noch Haare wachsen, ein sicheres Geschäft. Und zum Anfangen brauche man nur Schere und Kamm. Sogar im Lager sei ihm sein Beruf von Nutzen gewesen. Sie hätten solche gehabt, die behaupteten, die Herkunft der Menschen an ihren Haaren zu erkennen. »Weisst du, welches Haar den besten Ruf genoss? Das ungarische. Wahrscheinlich weil ihr so spät gekommen seid und es bei euch von zu Hause bis ins Lager so schnell ging.« Jedenfalls sei er unentbehrlich geworden, als die Transporte aus Ungarn gekommen waren. Er würde mir alles beibringen. Zur Bestätigung, dass ich mir seine Anregungen durch den Kopf gehen lasse, durfte er meine Haare schneiden. Ich beobachtete, wie Locke um Locke unter seiner Hand herunterschneite, bald war der Boden rund um den Stuhl schwarz bedeckt. Das letzte Zeichen, dass Lager und Hunger überstanden waren.

Zuerst wurden mir die Hosen zu kurz. Dabei hatte ich sie nicht lange vor der Überfahrt nach Schweden geschenkt bekommen. Damals waren sie mir an den Beinen heruntergegangen wie Segel in einer Flaute. Jetzt schwebte der Saum über meinen Knöcheln, und ich konnte sie nur knapp zuknöpfen. Dann stiessen meine Füsse plötzlich vorne in den Schuhen an; im Spiegel entdeckte ich Pickel und beim Duschen den dunklen Hof um meinen Penis. Der Geruch in meinem Bett gehörte nunmehr ganz zu mir. Ich merkte, dass die Müdigkeit von mir gefallen war. Mein Körper begann zu spriessen, als hätte er einen Stau durchbrochen. Auch bei den Kameraden stellte ich Veränderungen fest. Henri zum Beispiel hatte eine neue Stimme bekommen. Eines Tages war er aufgestanden und tönte, brüchig noch, ein paar Tonlagen tiefer. Schatten hatten sich auf seine Kinnladen gelegt.

Das andere Bett neben mir beherbergte einen Polen, einen Bauernjungen aus Schlesien, der beim Gehen ein Bein nachzog. Er war der einzige von uns ohne Nummer auf dem Unterarm und bis auf sein Bein in normaler körperlicher Verfassung, während wir weiterhin aufgepäppelt werden mussten. Zudem hatte man schnell herausgefunden, dass er nicht beschnitten war. Es hiess, das Bein sei die Folge einer nicht behandelten Hirnhautentzündung während der Zwangsarbeit für die Deutschen, die anlässlich einer Säuberungsaktion den Hof seiner Eltern abgebrannt und ihn als einzigen Überlebenden verschleppt hätten. Niemand wusste, weshalb er unter uns war. Er blieb die meiste Zeit alleine. Henri und ich hatten Mitleid mit ihm. Vielleicht war es auch einfach der Umstand, dass er mein Bettnachbar war, jedenfalls gaben wir uns als einzige mit ihm ab. Er verdankte es, indem er seine vermeintlichen Kenntnisse über allerhand geheimnisvolle Vorkommnisse aus der Weltgeschichte mit uns teilen wollte. Eines Abends, die Lichter waren schon aus, hörten wir zu, wie die Atombombe funktionierte. »Eine jüdische Geheimwaffe«, flüsterte er, »das steht schon in der Bibel, wenn man sie richtig liest. Altes Testament, Exodus.« Dank ihr hätten wir den Krieg schliesslich gewonnen, unter Zuhilfenahme des amerikanischen Präsidenten, einer Marionette in den Fängen eines Geheimbundes der allerbesten Wissenschafter, der »Weisen von Zion«, wie er sie nannte. Sie funktionierte so: Mindestens zehn Flugzeuge würden zusammen ausgeschickt. Eines davon trüge die Bombe an Bord. Die anderen seien nur da, um eventuelles feindliches Feuer auf sich zu ziehen. Über dem vereinbarten Ort sende der Pilot des todbringenden Flugzeuges ein bestimmtes Signal an den Präsidenten der USA, der in seiner Kommandozentrale daraufhin einen Knopf drücke und damit die dem Feind entgegenfallende Bombe zur Explosion bringe. Das sei die Atombombe, und mit diesem Instrument in unserem Besitz könne uns niemand mehr die Weltherrschaft entreissen. Sein Flüstern erstarb. Ich hatte von den Bomben über Japan schon gehört; mein Interesse für alles an Technik, was in rätselhafte Grössen zu stossen versprach, hatte sich aus der Kindheit herübergerettet, aber diese Ausführungen erzeugten eine unangenehme Ahnung, die meine weitere Neugierde hemmte, und ich schlief ein, anstatt ihm tiefer in die Gefilde seines Wissens zu folgen.

Wir assen viel, schliefen und brauchten uns um nichts Sorgen zu machen. Aber nach wenig mehr als zwei Wochen war der angenehme Aufenthalt in der Quarantänestation zu Ende. Das Rote Kreuz hatte genügend Familien gefunden, die bereit waren, ehemalige Lagerinsassen und Kriegswaisen aufzunehmen, bis ihr weiteres Schicksal geklärt werden konnte. Henri, der Grieche, der hinkende Pole und ich wurden mit ein paar anderen, insgesamt waren wir knapp zwanzig Jungen, die meisten davon Polen, nach Ulriceham geschickt, einer kleinen Ortschaft im Landesinnern. Man hatte uns Seen und Wälder versprochen.

Das grosse, zweistöckige Holzhaus, von gleichmässig geschnittenem Rasen umgeben, leuchtete rot in der Sonne. Während wir darauf zuschritten, wähnte ich mich für einen Augenblick auf einem Schulausflug. Der Herr des Hauses, seines Zeichens Bahnhofsvorstand, hatte uns am Geleise abgeholt. Er trug eine schwarze Uniform. Die durch zwei rote Streifen gerandete Mütze hatte er ausgezogen, wodurch sein hellblonder Haarschopf ungehindert mit dem dichten Bart zu einer lohenden Mähne verfloss. Mit gewichtigen Schritten ging er voraus. Seine Frau wartete in der Halle. Ihre unauffällige Erscheinung tat meinem Eindruck keinen Abbruch, dass sie auf dieser Seite der Türe alleinige Regentin und der Mann ein Untertan unter anderen war. Zufrieden musterte sie die Schar neuer, noch unbeholfener Schützlinge, die soeben die Grenzen ihres Reiches übertreten hatten. Neben ihr standen die drei Töchter. Mimi, die Älteste, dann kam Kiki, den Namen der Jüngsten habe ich vergessen. Aber sie richtete die Augen abwechselnd zu Boden oder auf ihren blauen Rock mit den gestickten Mustern, in dem sich ihre Finger verfangen hatten, und trat von einem Fuss auf den anderen. Wir schüttelten allen die Hände. Die Mädchen musterten uns neugierig. Während Mutter und Töchter die Speisen auftrugen, herrschte unter uns verhaltenes Schweigen. Wir waren es nicht gewohnt, lange zuzuwarten, wenn vor uns Töpfe dampften. Verstohlen schauten wir zum Kopfende des Tisches, aber dort tat sich nichts. Endlich setzten sich die Töchter und nach ihnen die Mutter. Dann hörte man den Vater ein paar Worte brummen. Alle machten ihm nach, wie er den Blick senkte, die Hände lagen gefaltet im Schoss. Ich sah das kleine Kreuz an der Wand hinter ihm. Am lautesten betete der hinkende Pole und schlug zum Schluss, ebenso die Familie, mit diesen geübt hinfälligen Bewegungen das Kreuz. Mir knurrte hörbar der Magen.

Der Bahnhofsvorstand hatte sich einen Urlaub genommen, um uns die Gegend zeigen zu können. Wir machten Ausflüge in die Wälder, badeten in einem der kleinen Seen und bewunderten die Lokomotiven im Stellwerk. Das Essen war reichlich. Wir hatten freien Zugang zur Küche. Nur auf die Zimmer durften wir nichts mitnehmen. Diesmal hielt ich mich daran. Zu diesen Wochen, die ich bis heute als meine ersten Ferien in Erinnerung habe, gehörte auch, dass man versuchte, mit einem Mädchen aus dem Dorf anzubändeln. Die Begehrtesten waren natürlich die drei Töchter im Haus.

Auch ich folgte dem Wettbewerb, zumindest versuchte ich es. Mein Körper, früher pummelig dick, innert Monaten zu einem Knochengestell geschrumpft, spross hager und schlaksig vor sich her und war mir eigentümlich fremd. Ich mimte scheu den Abwartenden, wo ich doch lieber kühn gehandelt hätte, wie Henri, der sich öfters mit einer Tochter der Nachbarsfamilie herumtrieb, oder der Grieche. Dieser setzte seine Haarschneidekunst ein. Zuerst war es ihm gelungen, aus dem Haargestrüpp des Hausherrn ein annähernd elegantes Gesicht herauszuschälen, worauf sich ihm auch die Frau hingegeben hatte und prompt um einige Jahre jünger wieder vom Stuhl aufstand. Am schwersten waren die Wünsche der Töchter zu befriedigen, aber schliesslich hatte er Mimi, die Älteste, überredet, ihren Kopf hinzuhalten, und seither galten er und sie als Paar. Kiki dagegen wechselte von einem Jungen zum anderen, aber die Jüngste war noch frei, soweit ich feststellen konnte. In meinen Augen war sie die Schönste. Mit der zurückhaltenden, aber doch entschiedenen Hilfe von Henri und dem Griechen konnte ich ihre Aufmerksamkeit gewinnen. Wir küssten uns bei allen sich bietenden Gelegenheiten, aber immer nur stehend. Meine Hände erforschten ihr Gesicht, verwickelten sich in den blonden Haaren, flogen rauf und runter über den Rücken, wussten nicht weiter, während die ihren ruhiger glitten, auch mal verweilten, als hätten sie schon gefunden, was sie bei mir ursprünglich gesucht hatten, und genug daran. Regelmässig befiel meine Knie ein Drang nachzugeben, ähnlich wie in den Zeiten des Hungers, aber die Schwäche war von anderer Art. Eines Tages musste ich sie dann von weitem in ähnlicher Pose mit einem der Polen sehen. Ich verlor nie ein Wort darüber, sowenig wie sie. Unsere Küsserei war zu Ende. Ich schob es auf meinen Körper und war nicht gekränkt. Der Pole war im Vergleich zu mir auch ein ganzer Kerl, dachte ich mir, froh, im allgemeinen Wettkampf nicht ganz abgeschlagen worden zu sein.

Nur der Hinkende war auch darin allein geblieben. Sein Wesen hatte sich seit dem Quarantänelager eher noch verfinstert. Aber je mehr auch ich und Henri ihn mieden, um so verzweifelter folgte er uns, und sobald wir ihm die geringste Aufmerksamkeit schenkten, gab er eine seiner Theorien zum besten, denen wir nur noch aus Verlegenheit Gehör schenkten. Ein letztes Mal stritten wir mit ihm, als er einmal mehr behauptete, die Juden hätten den letztendlichen Sieg aus dem von ihnen provozierten Krieg davongetragen, wie auch schon aus dem grossen Krieg davor, und überhaupt aus allen seit der Kreuzigung Jesu. Unsere Opfer seien der Preis dafür, die gerechte Sühne der Geschichte, referierte er auf seinem Bett sitzend ohne Leidenschaft, aber mit einer von keinen Zweifeln gestörten Gleichmässigkeit in der Stimme. Nichts konnte dieser Wahrheit etwas anhaben, ebensowenig wie dem vor zweitausend Jahren eingeschlagenen Lauf der Geschichte, auf den er sich berief. Er war aufgestanden und stolzierte schiefen Ganges im Zimmer auf und ab. Es tue ihm natürlich leid, dass gerade an uns vollzogen wurde, was vor langer Zeit angelegt worden war, aber darin wurzle nun einmal unser Schicksal. Die anderen im Zimmer sagten nichts. Ich glaube, sie hatten gar nicht richtig zugehört. Auch Henri und ich hatten es aufgegeben. Aber die paar Tropfen Gift waren genug, um unsere zaghaft keimende Zuversicht, dass wir gleichwertige Menschen inmitten anderer Menschen waren, nachhaltig zu untergraben, dabei hatten wir uns eben erst an Freundlichkeit zu gewöhnen begonnen.

Das Angebot des Bundes jüdischer Gemeinden von Schweden, für die Sommermonate in ein Internat zu wechseln, um einen Teil unserer abgebrochenen Schulbildung nachzuholen, kam uns gerade recht. Der Bahnhofsvorstand begleitete uns zum Zug. Wir warteten in seinem Büro; er liess uns am Stellhebel spielen, mit dem über lange Drahtseile irgendwo im Fernen die Weiche für das Abstellgeleise betätigt wurde – bis hektisches Läuten die bevorstehende Einfahrt meldete.

Nach ein paar Stunden hielt der Zug vor einem kleinen Bahnhof. »Vissingsö«. Hinter Holzhäusern und einem schmalen Streifen Bäumen lag ein See bis weit in die Wälder hingestreckt. Am Horizont wölbte sich der grüne Buckel einer Insel aus dem dunkler werdenden Wasser. Die Fähre wartete am Steg, davor eine Gruppe Jugendlicher, aus deren Mitte eine Frau langsam auf uns zugeschritten kam, während hinter uns der Zug seine Fahrt wieder aufnahm. Ihre füllige Grösse war ebenso respekterheischend wie das scharf geschnittene, von keiner überflüssigen Regung in seiner Aufmerksamkeit gestörte Gesicht, dessen Augen nichts zu entgehen schien, obschon sie durchaus sanft auf uns herabblickten. »Frau Abt, die Vorsteherin der Schule. Ihr habt euch entschlossen, die Zeit zu nutzen, um zu lernen. Wir sind bereit, euch dabei zu helfen. Mehr können wir nicht tun. Wer nicht lernen will, wird nicht dazu gezwungen. Das ist alles, was ihr euch merken müsst. Ich hoffe, ihr werdet euch bei uns ebenso wohlfühlen wie unsere zweihundert anderen Schüler.«

Sie war eine sehr gebildete, mehrsprachige Dame aus Deutschland. Das jüdische Internat, das sie dort geleitet hatte, war anlässlich der Reichskristallnacht niedergebrannt worden. Seither lebte sie in Schweden. In der Geschichtsstunde legte sie den grössten Wert auf die Kenntnisse der vielen Errungenschaften europäischer Zivilisation, denn nach den schrecklichen Irrwegen der Politik, wie sie es nannte, sei es unabdingbar, wieder an die bleibenden Werte aus zweitausend Jahren Geschichte anzuknüpfen, um ihnen zu einem erneuten, hoffentlich dauerhaften Durchbruch zu verhelfen. So eröffnete sie die erste Stunde. Jiddisch war die einzige Sprache, von der alle zumindest ein paar Worte verstanden, und bildete deshalb die Grundlage für den Unterricht. Wo das nicht reichte, überbrückte man mit Polnisch, Ungarisch, Schwedisch, Englisch, ja sogar mit Russisch, und wenn eine Stunde vorbei war, hatte ich von der Vertreibung der Juden aus Spanien zum Beispiel in mindestens einem halben Dutzend Sprachen gehört. Das Hauptgewicht legte Frau Abt aber auf die grosse Mission, die unserer Generation vorbehalten bliebe: durch unserer Hände Arbeit Palästina wieder zur Heimat für alle Juden zu machen und es nach zweitausend Jahren zu einem erneuten Ausgangspunkt in der Geschichte der Menschheit werden zu lassen.

Die anderen Lehrkräfte unterrichten uns im Rest dessen, was den Anschein eines normalen Schulbetriebes ausmachte. Aber in allem überwog die eifrig herbeigeredete Zukunft, und deren Ziel brauchte nicht ausgesprochen zu werden, um es allem, was die Schule uns lehrte, als Sinn und Zweck beizugeben. Obschon kein Druck oder gar Zwang bestand, antwortete auch ich auf die Frage nach meinen Zukunftsabsichten bereitwillig mit der Parole »Palästina«. Sie schien mir naheliegend und tönte im Chor, wenn ich sie aufsagte.

Einen viel grösseren Zauber übte allerdings Amerika auf uns aus. Wenn wir die Vorstellung einer Zukunft überhaupt mit einem Ort verbunden hatten, dann war es Amerika, wo fast jeder eine Geschichte über jemanden kannte, der reich geworden war, so dass auch ich meinen Grossvater für eine kurze Zeit als entfernten Onkel am Leben erhielt, dem mittlerweile eine Traktorenfabrik gehörte, sich aber – wenn ich gefragt wurde, weshalb ich nicht schon lange zu ihm gegangen sei – derart zu einem Amerikaner gewandelt hatte, dass er mit uns in Ungarn nichts mehr zu tun haben wollte und ihn auch niemand mehr kannte. Henri sprach unablässig davon, wie er in einer der grossen Städte als Vertreter für Versicherungspolicen schnell reich werden würde und schon nach kurzer Zeit seinem Geld bei der Vermehrung nur noch zuzuschauen bräuchte, wie einer der alten Rothschilds in London, von dem man sagte, er habe den Hauptteil seiner Zeit in der Börse abwartend an eine Säule gelehnt verbracht. Für mich jedoch blieb Amerika in Wahrheit ein künstlich genährter Traum. In der Abgeschiedenheit meiner eigenen Gedanken wurde nie ein wirklicher Plan daraus. Ein Land, in dem die Möglichkeiten unbegrenzt waren, wie es hiess, entsprach kaum meiner Sehnsucht. Ich suchte nicht Möglichkeiten, sondern den behaglichen Schutz eines regelmässigen Alltags, und während andere von zukünftigen Abenteuern schwärmten, als lägen sie schon hinter ihnen, malte ich mir aus, am Mittag nach Hause zu kommen und mich an den gedeckten Tisch setzen zu können, wo Mutter mir aus dampfenden Schüsseln schöpfte. Aber Henris Entschluss stand fest. Er sprach kaum noch von seiner Schwester. Um so mehr bearbeitete er mich, mit ihm nach Amerika zu fahren. Ich versuchte nie, ihn davon abzubringen, sondern bemühte mich artig, ihm seinen Glauben zu lassen, dass ich mir die Sache ernsthaft überlegte. Vielleicht wäre ich tatsächlich in Versuchung geraten, aber ich wartete schlicht auf das Schicksal, dass es selber die Initiative ergriff.

Agi schrieb regelmässig aus Stockholm, wo sie in einem Büro arbeitete und mit einer Kollegin eine kleine Zweizimmerwohnung teilte. Manchmal lag Geld bei, das ich immer mit Henri teilte. Ich kann mich nicht erinnern, ihr je geantwortet zu haben, aber jeder ihrer Briefe bestätigte mir, dass ich weiterhin auf sie zählen konnte.

An freien Tagen hatten wir die Möglichkeit, auf den Zucker-
rübenfeldern der Umgebung ein wenig Taschengeld zu verdienen.
Wer von sich aus ging, wurde von Frau Abt für seinen Einsatz ge-
lobt. Also meldeten auch Henri und ich uns. Jeder erhielt eine
Furche zugewiesen, wo in regelmässigen Abständen von vielleicht
einem halben Schritt zartgrün die Sprösslinge wuchsen. Immer
drei nebeneinander. Die Arbeit wurde kniend verrichtet. Es galt
zu selektionieren, also von den drei Pflanzen die grösste auszusuchen. Die liess man stehen. Die zwei kleineren wurden ausgeris-
sen. Wo alle ungefähr gleich gross waren, konnten wir selber entscheiden, welche weiter wachsen durfte. Zwei mussten auf jeden
Fall weg. Es war eine Abwechslung zur Schule. Jeden Mittag koch-
te die Bäuerin auf einem fahrenden Herd am Rande des Feldes.
Wir assen auf der Erde sitzend. Zu den kräftigen Mahlzeiten, viel
Fleisch und Gemüse, wurde uns das beste Brot gereicht, das ich je
gegessen hatte, schwarz, mit einer dicken, knusprigen Kruste, die
leicht angebrannt schmeckte. Wir assen, soviel wir wollten. Die
Frau war entzückt. Da lohnte sich der Aufwand wenigstens, sagte
sie, und kratzte die letzten Reste vom Boden des Kessels. Mit dem
Lohn kauften wir Eis in der kleinen Stadt. Es war mein erstes, seit
ich Nyr verlassen hatte. Ich weiss nicht mehr, wie es schmeckte,
die Beglückung hatte nur wenig mit dem Geschmack zu tun.

Manchmal, wenn Agi ihren Briefen eine Fahrkarte beigelegt hatte, reiste ich zu ihr nach Stockholm. Sie holte mich vom Bahnhof
ab. Dann gingen wir in ihre Wohnung, wo die Freundin etwas für
mich gekocht hatte, und sobald ich vollgestopft war, drängte ich
darauf, auszugehen. Agi zeigte mir jedes Haus, die Strassenbah-
nen, die Laternen und Brücken, ja sogar die Auslagen in den
Schaufenstern mit einem Gebaren, als wäre es ihr eigenes Werk,
als gäbe es Stockholm allein durch ihre Anwesenheit und müsste
die Stadt im Wasser versinken, sobald sie ihr den Rücken kehren
würde. »Das hat von all den Dummköpfen in Nyr noch niemand
gesehen!« sagte sie. Eine Weile nahm ich Rücksicht auf ihre Begeisterung, aber nach höchstens einer Stunde hatte ich genug und
wollte ins Kino, was sie mir seit dem ersten Film, den wir gesehen
hatten, »Die schlafende Venus« mit Esther Williams in der Haupt-
rolle, nie verwehrte. In der Eintrittshalle fiel mir auf, wie sich die
Männer nach Agi umblickten und sich abwandten, als sie sahen,

dass ich zu ihr gehörte. Es kam auch vor, dass sie mir eine zweite Fahrkarte schickte. »Für Henri« schrieb sie dazu. Seine Anwesenheit änderte nichts am Ablauf unseres Programmes, ausser dass sie für drei Leute bezahlen musste.

Als der kurze Sommer vorbei war, wurde unser Internat aufgelöst. Henri und ich mussten einmal mehr entscheiden, wohin wir als nächstes gingen. Es gab verschiedene Angebote. Schliesslich wählten wir auf sein Betreiben eine religiöse jüdische Schule weiter im Norden des Landes. Er begründete seinen Vorschlag mit der Tatsache, dass ich in Vissingsö aufgrund meiner vermeintlichen Zugehörigkeit zum Stamm der Cohanim bei religiösen Anlässen fast immer zum Torahtisch gerufen wurde und wegen der Bedeutung unseres Familiennamens unter den Strenggläubigen in einer religiösen Schule sicher zu einigen Privilegien kommen würde, denen wir andernorts entsagen müssten. Ich wusste nicht, was er meinte. Selber hatte ich es noch nie als Vorzug empfunden, vor der versammelten Gemeinde aus der Torah lesen zu müssen. Aber vielleicht hatte er recht. Die Frömmigkeit würde immerhin eine gewisse Gewähr für Ordnung und einen geregelten Tagesablauf bieten, rechnete ich mir aus. Man konnte es zumindest versuchen. So gab ich nach, und wir reisten ab, Richtung Norden. Erst im Zug fiel mir ein, dass ich vergessen hatte, Agi über unseren neuen Aufenthaltsort in Kenntnis zu setzen. Henri beruhigte mich. Es würde ihn wundern, wenn nicht schon bei unserer Ankunft ein Brief von ihr dort läge. So war es denn auch. Dafür hatte er sich in seinen Prognosen, was die Privilegien betraf, um so heftiger getäuscht, was ich unmittelbar nach der Ankunft zu spüren bekommen sollte. Mein Pech war, dass wir genau am letzten Tag vor den grossen jüdischen Festen in der Schule eintrafen. Alles war schon vorbereitet. Man schien nur auf uns gewartet zu haben. Für die Begrüssung durch den Schulleiter, einen alten Rabbiner, blieb nicht viel Zeit. Er stand, umgeben von ein paar anderen Männern am Eingang zum Synagogenraum neben dem eigentlichen Schulgebäude. Sofort wurde mir meine Tasche abgenommen, ich könne später auspacken. Jetzt eile es. Die Dämmerung nahte, hier hatte der Herbst schon lange begonnen. Vor Einbruch der Dunkelheit musste es geschehen sein. Neun schweigsame Männer und der Rabbiner nahmen mich in ihre Mitte, aussichtslos jeder Versuch, mich unauffällig davonzuschleichen. Henri war in einem der Häuser verschwunden. Er hatte auf meine halb wütenden, halb flehentlichen Blicke nur die Schultern hochgezogen und ungerührt seinen Mantel zugeknöpft. Die Männer geleiteten mich hinunter zum See. Nein, eine richtige Mikwe, wie ich sie von Nyr her kannte, gebe es hier nicht. Dicht standen die Männer um mich herum, als wir das Ufer erreicht hatten, schwarz lag das Wasser vor mir, in das wir uns, soviel wusste ich noch, mindestens dreimal bis über die Scheitel tauchen mussten. Man zog sich aus. Ich schlüpfte aus Schuhen und Strümpfen. Die Füsse gruben sich in den aufgeweichten, nasskalten Boden. Meine Zähne klapperten schon aufeinander, dabei hatte ich mich noch nicht einmal der Jacke entledigt. Der Rabbiner, hager und weiss, gleichzeitig unser künftiger Lehrer, wie er sich vorgestellt hatte, lächelte. »Bitte«, er machte mit der Hand eine Bewegung, als wollte er mich zu Tisch bitten.

Sicher waren alle von uns guten Willens, den von den Schriften vorgegebenen Weg einzuschlagen, aber trotz allem Eifer der Lehrer waren die meisten Dinge, die uns beschäftigten, nicht zwischen den Buchdeckeln aufzufinden, und wir lauerten mit jedem Tag, der verging, unruhiger auf den Moment, wo das wahre Leben endlich um die Ecke gebogen käme, um uns auf einen Ritt mitzunehmen. Eines Tages, ich übte alleine für mich Schreibmaschinenschreiben, fühlte ich, wie ein plötzlich anschwellender Druck meine Hosen auszufüllen begann. Ich dachte mir nichts dabei, bis jetzt hatte sich die Geschwulst immer von alleine wieder zurückgebildet. Doch diesmal schien es länger zu dauern. Ich rutschte auf dem Stuhl herum, das Gefühl störte mich ein wenig, da ergoss sich eine warme Flüssigkeit angenehm aus mir heraus. Danach fühlte ich mich erleichtert. Aber die Hosen waren feucht geworden. Ich wunderte mich, so mitten am Tag ...

So verschwommen die Vorstellungen über die Welt hinter der nächsten Kurve auch blieben, hatte der einsehbare Teil der Zukunft doch ein beherrschendes Thema. Jedenfalls wurde über nichts eingehender gesprochen als davon, was jeder einzelne schon an Beschlagenheit vorzuweisen hatte und sich noch zulegen wollte, wenn die karge Zeit in dieser Schule erst einmal vorbei wäre. Aber für mich blieb ein Geheimnis, worum es ging. Henri tröstete mich: »Das Küssen ist immer der Anfang.« Ich war bis in jede

Einzelheit darüber im Bilde, was sich zwischen Mann und Frau, wenn sie einmal zusammengekommen waren, abzuspielen hatte. Das einzige, was mir fehlte, war das Wissen darüber, wie man es überhaupt machte, dass es so weit kam. Doch dann wurde mir die Frage vorerst abgenommen. Durch eine der schwedischen Angestellten an der Schule, ein wenig älter als ich.

Ich hatte an nichts Besonderes gedacht, als sie auf meine nebensächliche Bemerkung, wie gerne ich ein eigenes Zimmer hätte, zum Beispiel das unter dem Dach, geantwortet hatte, dort wohne sie, und ich weiss nicht, weshalb sie gerade mir ihr Zimmer zeigen wollte. In unserem Haufen hätte es viele gegeben, die älter, erfahrener, vor allem aber weniger schüchtern waren als ich und ihre Anträge schon bei ihr deponiert hatten. Ich hatte es oft genug mitangehört. Sie waren nicht besonders einfallsreich, beherrschten doch die wenigsten genug Schwedisch, um ihre Absichten in wohlklingende Worte zu hüllen. Obschon ich mich etwas besser verständigen konnte, hätte ich mich selber nie so weit vorgetraut. Ganz zu schweigen davon, dass ich auch gar nicht wusste, was es nebst der körperlichen Handlung eigentlich war, das es da zu erwähnen gegeben hätte, und noch weniger, wie man sich einer Frau, jemand Fremdem gegenüber ausdrückte. Bis anhin hatten wir die geläufigen Begriffe immer nur in unserem Kreis von Jungen gebraucht. Ausserhalb davon würden sie sich nicht eignen, das ahnte ich schon. Doch ich brauchte ihr nur zu folgen.

Zu Beginn ging immer alles viel zu schnell. Kaum berührten wir uns, war es bei mir auch schon vorbei. Wir lagen angezogen auf ihrem Bett, das mir zu schmal wurde, während die Enge ihrer Kammer mich beunruhigte, so dass ich lieber gegangen wäre, denn auch Worte konnten aus dem feuchten Nichts, das übrig blieb, sobald wir wieder ruhig lagen, nicht mehr machen als ein stummes Erstaunen über die Leere, die sich inzwischen in meinem ganzen Körper ausgebreitet hatte. Wahrscheinlich musste auch sie mit einer gewissen Enttäuschung kämpfen. Trotzdem gaben wir nicht auf und versuchten es wieder und immer wieder. Nach kurzer Zeit konnte ich mich besser beherrschen. Eines Tages gelang es mir sogar, den Moment immerhin so weit hinauszuzögern, dass wir zum ersten Mal noch vorher unter ihre Decke kriechen konnten. Aber ich kam nicht mehr dazu, mir auch die Unterhosen auszuziehen. Erst ein paar Versuche später wurde ich schliesslich auch die irgendwie los. Die Tage waren kurz, wir hatten es auf ihrem Zimmer meistens bei der Dunkelheit belassen, bis wir uns wieder anzogen, aber diesmal machte sie Licht. Da sah ich das Blut auf dem Laken. Erschrocken schaute ich an mir herunter. – Von mir konnte es nicht stammen. Mir wurde schwach in den Knien, wie immer beim Anblick von Blut, mir war, als dehnte sich der rote Kreis weiter aus, bald bedeckte er das ganze Bett. Ich wusste nicht, womit ich sie verletzt haben könnte. Fast wäre ich hinausgerannt, um nach Hilfe zu schreien. In einem Moment der Besinnung schaute ich sie an. Erstaunlicherweise war ihr selber nichts anzumerken. Vielmehr warf sie jetzt mit einer leichten, fast anmutig wirkenden Geste einen Teil des Lakens über den Flecken, einen Ausdruck stillen Triumphes auf dem Gesicht, als hätte sich eine lange hinausgeschobene Angelegenheit bei ihrer Erledigung als viel einfacher herausgestellt als immer angenommen. »Das gehört sich so, beim ersten Mal«, sagte sie und zog sich an. Als ich Henri davon erzählte, bestätigte er mir ihre Aussage. Von diesem Tag an fanden sie und ich auf gelöstere Art unseren Gefallen aneinander. Es war nicht das ausserordentliche Erlebnis, das ich den mannigfaltigen Erzählungen meiner Kameraden entnommen hatte, es fehlte auch die süsse Schwerkraft der Verliebtheit, wie ich sie von Vissingsö her kannte, reichte aber aus, dass ich vor meinen Freunden sagen konnte, ich hätte eine Freundin. Allerdings mussten wir vorsichtig sein. Sie hatte Angst, als Christin sofort entlassen zu werden, falls einer der frommen Lehrer etwas von uns erfahren sollte, und ich gedachte im stillen des Unterschiedes, den schon mein Vater damals bei Agi gemacht hatte. Mir gefiel die Entdeckungsreise. »Die Hauptsache ist, dass beide dasselbe wollen und es ihnen gefällt«, sagte Henri immer. Unser Verhältnis dauerte noch ein bis zwei Wochen. Dann war mein Drang ins Leere erschöpft.

Henri blieb dabei, dass Amerika der siebte Himmel sein müsse. Für mich war das zu weit, obschon er ein Mädchen kennenlernte, das uns versprach, ihr Onkel sei Direktor bei einem der grossen Filmstudios in Hollywood, was Henri den letzten Zweifel genommen haben mag, für mich aber nicht viel änderte. Ich verliess mich lieber auf meine Schwester. Ohne sie war mir kein Entscheid abzuringen, und ihre wöchentlichen Briefe liessen nichts erkennen, was mir erlaubt hätte, mehr als nur ja zu sagen, wenn Henri versuchte, mich mit einem Schwall von Argumenten, die alle für Amerika sprachen, und mit der Hilfe seiner neuen Freundin zu klaren Aussagen zu drängen.

Bis der eine Brief meiner Schwester kam: Vater lebte. Er sei in Nyr und bitte uns, zurückzukommen. Mein Heimweh überdeckte alle Bedenken, die ich vielleicht gehabt hätte, wenn ich in der Lage gewesen wäre, nüchtern nachzudenken. Aber es war überhaupt keine Frage weiterer Überlegungen. Noch am gleichen Tag reiste ich mit dem beiliegenden Billett nach Stockholm. Alles weitere hatte ich Agi überlassen, die ohne langes Zögern sämtliche Vorbereitungen für unsere Rückreise in die Wege leitete. Ihrem Argument »Vater ist sonst ganz alleine« hielt keine der farbigen Schilderungen stand, mit denen Henri mich ein letztes Mal verzweifelt umstimmen wollte, als ich in die Schule kam, um meine Sachen zu packen und Abschied zu nehmen.

Der lockende Geruch des warmen Nestes war stärker.

4)

Ob das Ortsschild »Howel« mehr meinte als nur den Schuppen auf der einen Seite des geteerten Platzes und das Holzhaus mit geschlossenen Fensterläden gegenüber, war beim ersten Augenschein nicht ersichtlich. Der Uhr am Giebel fehlten die meisten Ziffern. Im verspielten Wind lag der Duft von frisch gemähtem Gras. Ein roter Wagen bog in den Platz ein, rauschte langsam auf Georg zu und hielt zwei Schritte vor ihm. Der Mann am Steuer beugte sich über die Sitzbank und stiess die Türe zur Beifahrerseite auf. Mit einer Handbewegung bedeutete er Georg einzusteigen. Die Türe noch nicht ganz zugezogen, setzte sich der Wagen schon wieder in Bewegung. »Cadillac« las Georg auf dem holzverkleideten Handschuhfach.

»Frau Störk hatte recht, Sie sehen ihm wahrhaftig sehr ähnlich«, bemerkte der Mann anstelle einer Begrüssung. Georg versuchte, sich nichts anmerken zu lassen. »Sie sind Mr. Fuchs?«

»Ja, natürlich. Wer soll ich sonst sein.« Er wirkte etwas verloren hinter dem grossen Steuerrad, die Armaturen fast auf Halshöhe.

»Vielen Dank, dass Sie mich extra abholen gekommen sind.«

Mr. Fuchs winkte ab und musterte ihn mit ein paar kurzen Seitenblicken. Er nickte anerkennend. »Wirklich auffallend ...«

»Wen meinen Sie?« Georg hatte sich gefangen.

»Wie ein Gal, hat Frau Störk gesagt. Und ich muss ihr recht geben. Man könnte sogar sagen, ein typischer. Sie waren alle von einem dunklen Aussehen. Und gross.« Sie glitten auf einer Art Hauptstrasse durch eine langgestreckte Ansammlung Häuser – Einkaufsläden, Tankstellen, ein kleiner Park mit Springbrunnen.

»Ein Teil meiner Vorfahren stammte, soviel ich weiss, aus derselben Gegend«, antwortete Georg wie schon oft.

»Aha. Was Sie nicht sagen. Ja, es hat uns weit in die Welt verstreut. Uns Ungarn.« Fuchs schaute immer wieder zu ihm herüber. Er fuhr etwas schneller. »Sie suchen Angaben zu diesem Gal, habe ich mir sagen lassen.« Gärten säumten die Strasse, viel Buschwerk und Bäume.

»Genau. Einiges deutet darauf hin, dass er der Absender einer unserer Holocaust-Tonbandkassetten sein könnte, die wir gerne archivieren möchten. Aber wir brauchen noch ein paar zusätzliche Indizien. Wie dem Band zu entnehmen ist, lebt er nicht mehr in Nyr ...«

»Nein. Der bestimmt nicht mehr ...«, fiel ihm Fuchs ins Wort. »Wo er heute lebt, weiss ich allerdings auch nicht. Das muss ich Ihnen gleich sagen.« Fuchs lenkte den Wagen in eine Abzweigung, wo die Bäume dichter standen. Ihr Blattwerk verschluckte die kleine Strasse fast. Dahinter blinkten blühende Büsche in Gartenanlagen, aus denen sich hie und da die Umrisse einer Villa erhoben. »Howel« meinte Fuchs mit einer ausladenden Bewegung seines Armes.

»Ich habe gemeint, das vorher ...«

»Ja, das auch. Aber das war nur die Shopping Mall. Gewohnt wird hier. Riechen Sie die Luft?« Fuchs atmete tief durch. Die Scheibe neben Georg versank in der Türe. »Wir sind gleich da.« Den Rest der Fahrt schimpfte er über Ronald Reagan und die Republikaner. Sie hätten das Land ruiniert. »It used to have a great future, now it has only a little presence left.« Das ganze Geld für Raketen und Star Wars, »but when it comes up to education ...« Der Durchzug ergriff ein paar Strähnen seiner lichten Haare. Der Wagen fuhr zwischen frisch eingepflanzten Bäumchen eine kurvi-

271

ge Einfahrt hoch. Vor dem Haus ein Zementmischer, im Sandhaufen eine Schaufel. Fuchs stieg bei laufendem Motor aus und stapfte zur Eingangstüre. Die Türe wurde geöffnet. Eine Frau stand im Rahmen, gross, die viel zu blonden Haare zu einem Turm gesteckt. Neben ihr wirkte Fuchs noch kleiner als im Wagen. Aber eine gedrungene Kraft ging von ihm aus. Sie tauschten einige Worte, dann winkte er Georg ungehalten zu: »Auf was warten Sie denn? Und stellen Sie den verdammten Motor ab.« Georg drehte den Schlüssel und stieg aus. »Der Mann aus dem Museum. Meine Frau, Helen.« Sie schüttelte Georg die Hand und musterte ihn, als hätte er sich als Hausangestellter beworben. Ihr Gesicht lag unter einer dicken Schicht Schminke. »Erfreut, Sie kennenzulernen. Bitte, kommen Sie doch rein.« Georg folgte dem wallenden Hellblau ihres Kleides ins Innere des Hauses. Fuchs war schon vorgegangen.

In der weissen Küche von den Dimensionen einer kleinen Fabrikhalle, zwei Fensterfronten auf den nicht endenwollenden Garten, roch es nach frischer Farbe. »Sind Sie hungrig?« Georg verneinte. »Ich mache Kaffee. Später wird es etwas Kleines geben. Mein Mann sollte immer ungefähr zur gleichen Zeit essen. Gehen Sie nur.« Sie öffnete eine Schiebetüre. Im angrenzenden Raum verloren sich ein grosser Fernseher, eine Vitrine mit einigen wenigen Büchern und eine altmodische Stehlampe. Auf der Couch in der Mitte räkelte sich Fuchs, fast begraben, die Füsse, noch in den Schuhen, achtlos hochgelegt. »Kommen Sie her. Und setzen Sie sich, hier.« Er tätschelte mit der Handfläche das Polster neben sich, als wollte er sein Hündchen herlocken, das sich von seinem Lammfell erhoben hatte und leise knurrend nach Georgs Hosenbein zu schnappen begann. »Ein Chihuahua. Er gehört meiner Frau. Aber trösten Sie sich. Mich begrüsst er nicht freundlicher.« Er lehnte sich zurück. Die Augen in Schlitzen, ein unterdrücktes Gähnen. Aus seinem bis zum Bauch aufgeknöpften Hemd schimmerte haarlos weiss die Haut. Seine ganze Haltung schien auszudrücken, dass sich Georg schon ordentlich Mühe geben musste, wenn er ihn wachhalten wollte. Aber plötzlich schnellte er hoch. Nach vorne geneigt, so gut wie es in dem tiefen Polster ging, die Ellbogen auf die Knie gestützt, fixierte er Georg mit seinen grauen Augen aus den noch immer halb geschlossenen Lidern: »O.K., what is it you wanted to know? I'm ready«, stiess er hervor, als hielte er unter grosser Anstrengung den Energieverlust seines Körpers Georg zuliebe für einen Moment auf. Fuchs war Fussballer im besseren der zwei Vereine von Nyr gewesen, »2. Liga. Ausser Torwart habe ich auf allen Positionen gespielt«, ging aufs Gymnasium, hätte gerne Ingenieur studiert, aber da trat der Numerus clausus gegen die Juden in Kraft. Auch die meisten anderen Berufe waren ihm verwehrt. Ausser Fussball. Der Club der Hauptstadt nahm ihn.

Seine Frau kam herein. Der Chihuahua sprang an ihr hoch, fast wäre sie mit dem Tablett in den Händen über das Lammfell gestolpert. Nachdem sie den Kaffee eingegossen hatte, zwei Süssstoffpillen für sich und ihren Mann, setzte sie sich zu ihnen. »Was erzählst du gerade? Sie müssen wissen, er war im ganzen Land bekannt. Der einzige jüdische Nationalspieler.«

»Ja, bis die Wehrmacht kam.« Fuchs gähnte. In seinen Mundwinkeln hatte sich Schleim gesammelt, den er ab und zu mit der Zunge einholte. Frau Fuchs betrachtete Georg unablässig.

»Entschuldigen Sie. Aber ich kann es fast nicht glauben. Diese Ähnlichkeit. Als Sie aus dem Wagen stiegen, war mir, der junge Gal käme als Erwachsener auf mich zu. Ich bin mit seiner Schwester in die Schule gegangen.«

»Als junger Bursche hatte ich mehr Interesse an seiner Schwester.« Herr Fuchs legte die Hand auf ihren Arm. »Leider war immer ihr Bruder dabei, wenn ich mit ihr ausgehen wollte. Wahrscheinlich hat sie ihn absichtlich mitgenommen. Nach dem Krieg habe ich ihn noch ein paar Mal getroffen, wenn ich in Nyr zu tun hatte. Aber lange blieb er, glaube ich, nicht dort. Einmal kam er in mein Büro in Budapest. Er wollte sich Geld borgen. Nein, jetzt fällt es mir ein. Sie sammelten Geld für Palästina. Jedenfalls sagten sie das.«

»Warten Sie ...« Helen öffnete die Vitrine, auf deren unterstem Regal drei dicke Fotobücher lagen. Mit einem kam sie zurück. »Hier, schauen Sie!« Georg suchte angespannt in der Fülle von alten Fotografien. Aber die Bilder zeigten immer wieder dieselbe Mädchenklasse in Matrosenuniform um einen jüngeren, schlanken Herrn mit Kinnbart versammelt: »Hier, das ist die Schwester. Und das hier bin ich.« Sie zeigte auf zwei lachende Gesichter in einer dreissigköpfigen Schar. »Und das hier ist unser Rabbiner

Waxman. Ich glaube, wir waren alle ein wenig verliebt in ihn. Oder wie könnte man sagen ... Naja, wir bewunderten ihn. Ihn und seine Frau. Von allen auf diesem Bild sind nur ich, Agi und noch zwei weitere zurückgekommen. Das war übrigens ausserordentlich bei den Gals. Von vieren sind drei zurückgekommen. Nebst zweier Onkel, die im Arbeitsdienst waren, so weit ich mich erinnern kann.«

Sie räumte das Kaffeegeschirr ab. Der Chihuahua bekam das letzte Stück Gebäck und folgte ihr in die Küche, von wo sein schrilles Gekläff herüberdrang. »Wo waren wir stehengeblieben?« fragte Herr Fuchs.

In den ersten Wochen der deutschen Besetzung war er im Arbeitsdienst, hatte dabei das Glück, in eine kleine Kolonne eingeteilt gewesen zu sein. Ihr Chef war ein guter Mensch. »Humanist.« Hoher Angestellter der Englischen Bank, der ihn nach der Entlassung in sein Büro aufnahm. Man hatte mit den höchsten Stellen zu tun, kam ohne Probleme durch den Krieg. »Alles korrupte Schweine. Ausser Eichmann. Der war immer korrekt. Nicht einmal den gelben Stern musste ich tragen. Hätte sogar einen Platz im Zug haben können, mit dem ein paar hundert Juden am Schluss noch in die Schweiz ausreisen durften. Aber ich traute dem Judenrat nicht über den Weg. Zerschlug einmal das halbe Mobiliar im Büro des Präsidenten, um ein paar Decken für eine Gruppe von Polen zu erzwingen, die der Bankdirektor versteckt hatte. Kurz vor der Ghettoisierung bin ich einmal mit einem Stapel falscher Reisepapiere nach Nyr gereist, um sie zur weiteren Verwendung dem dortigen Judenrat auszuhändigen. Aber man wollte sie nicht einmal entgegennehmen.«

In der Hauptstadt erwartete man die Russen. Fuchs trat der kommunistischen Partei bei. »Aus Überzeugung? Wo denken Sie hin. Man hatte keine Überzeugungen, so kurz nach dem Krieg.« Vielmehr stand er einer Milizabteilung vor und hatte den Auftrag, in der Provinz rund um die Hauptstadt Nahrungsmittel zu beschaffen. »... nicht selten mit Waffengewalt.« Er wurde zuständig für die Versorgung der Stadt mit Getreide, bekam unter Zuhilfenahme seiner ausgezeichneten Verbindungen 1948 einen Reisepass und flog nach Amerika, direkt von Budapest aus, was damals nur allerhöchsten Regierungsbeamten möglich war. Schon nach kürzester Zeit hatte er einen schwunghaften Handel mit ungarischen Gütern aufgezogen. »Sie können es auch Schmuggel nennen. Es gab einige Leute im Apparat, die froh waren um eine zuverlässige Verbindung in die USA.« Er wurde reich ».... wie Sie sehen. Wir haben noch ein paar andere Häuser. In diesem sind wir nur an heissen Tagen. Wahrscheinlich verkaufen wir es bald wieder. Zu weit von der Stadt.« Er wollte sich eigentlich zurückziehen, suche einen Käufer für seine zwanzigprozentige Beteiligung an einer ungarischen Kleiderfabrik, betreue und unterhalteden jüdischen Friedhof von Nyr, spende Geld nach Israel, was mit Zertifikaten belegt sei. »Für die Steuern.« Sein eigener Vater hatte sich um die Religion einen Dreck geschert. Er selber habe trotzdem immer zurückgeschlagen, wenn er als Jude angegriffen worden sei. Die Juden in Ungarn seien Feiglinge gewesen, wahre Söhne Isaaks. Liessen sich einfach abschlachten. »Will nichts mehr mit ihnen zu tun haben. Die Störks sind eine Ausnahme. Aber auch nur, weil die Frau nicht lockerlässt.«

Er hatte genug geredet und betätigte die Fernbedienung des Grossbildschirmfernsehers. Ein von Menschen überzogener, schlammiger Berghang in Irakisch-Kurdistan. Seine Hände ballten sich zu Fäusten. Dann sank er wieder in sich zusammen. Seine Stirn glänzte. Der Schleim blieb in den Mundwinkeln hängen. Da rief Frau Fuchs zu Tisch. Georg erschrak, so schnell kam der Mann auf die Beine und war noch vor ihm in der Küche.

Es gab Gänseleber mit gehackten Zwiebeln, dann Suppe, Roastbeef mit rohem Gemüse und dazu Carmel-Wein mit Wasser verdünnt.

»Ich hab's«, rief Frau Fuchs aus. »Was denn?« brummte ihr Mann. »Wir werden uns, wenn wir auf unserer Reise in Nyr vorbeikommen, erkundigen, was aus diesem Gal geworden ist. Er soll sich bei Ihnen melden. Wie finden Sie das? Wir wollten in den nächsten Tagen abreisen.«

»Aber Liebling, ich habe gesagt, dass ich nicht nach Nyr will. Das liegt zu weit vom Wege ab«, warf der Mann ein, worauf Georg ins gleiche Horn stiess: »Es hat keinen Sinn, dass Sie sich in Umstände begeben. Wir könnten auch selber in Nyr Erkundigungen einziehen. Wir wollten zuvor nur einigermassen sicher sein, dass wir dabei wirklich auf den richtigen Absender setzen. Es wäre äus-

serst peinlich, wenn wir das Band dem Falschen zuschreiben würden.«

Doch Frau Fuchs liess nichts mehr gelten. »Ich will nach Nyr.
Das weisst du. Wir waren schon so oft in Ungarn, und immer hast
du es zu umgehen verstanden.«

Auf ihre Bitte nach einer Telefonnummer gab Georg seine eigene an. Er einigte sich mit Frau Fuchs, dass sie, falls erfolgreich,
dem Absender wirklich nur diese Nummer ausrichtete – er solle
diesem jungen Mann anrufen. Sonst nichts. Das Museum oder die
Kassetten sollten unerwähnt blieben. Fuchs begab sich wieder
hinüber zur Couch. Als er kurz eingenickt war, besah Georg sich
die Bücher in der Vitrine. Leon Uris neben Bob Woodward. Als er
die Bibel herausnehmen wollte, um im Buch der Propheten nach
Abraham und Isaak zu suchen, bestand sie nur nur aus Rücken
und Deckel, das Innere war Styropor.

5)
»Magst Du solche Leute eigentlich?«

»Was heisst mögen? Es soll ihnen nur niemals wieder jemand
Schläfenlocken und Bärte ausreissen, aus der Torah Lampenschir-
me machen oder sie zwingen dürfen, nackt auf einem Appellplatz
zu stehen. Ich lasse sie in Frieden. Das ist alles. Weisst du, die Regel ist ganz einfach: Wo sie in Ruhe gelassen werden, lässt man
auch mich zufrieden.«

Georg führte aus, man wisse doch, dass solchen Leuten nur die
Macht fehlte, um ihrerseits andere zu behelligen. Wo sie Macht
besässen, hätten die weltlichen Vertreter der verschiedenen Götter
die Menschen immer belästigt, wenn nicht gar umgebracht. Die
Tatsache, nie wirklich Macht besessen und ausgeübt zu haben,
nehme die jüdischen Repräsentanten nicht zum vorneherein von
dieser Regel aus.

»Da magst du recht haben. Aber meinst du, wer anstatt Religionen Ideologien vertritt, sei da anders? Ideologien haben doch mindestens soviele Menschen gefressen wie die Religionen. Schau dich
und deine Freunde an. Ihr habt sogar den Anspruch der Wissen-
schaftlichkeit. So nennt ihr doch eure Ideologie: Wissenschaftli-
cher Sozialismus, im Gegensatz zum Utopischen. Das habe ich
damals richtig verstanden, oder nicht? Wenigstens davor hütet

sich die Religion, ich meine die jüdische, und zwar seit geraumer Zeit. Sie will nur für die Leute gelten, die ihr angehören.«

Georg wollte den streitbaren Redefluss seines Vaters nicht unterbrechen. Es fiel ihm für den Moment auch gar nichts ein.

»Gerade du gäbst ein ideales Opfer ab: Naiv, falsche Herkunft, kein Geld oder Besitz, solche Leute sind der Lieblingsfrass der Ideologie, wenn sie an die Macht kommt, auch wenn es die eigene ist. Und noch etwas: Ich lasse mich lieber von meinesgleichen belästigen als von den anderen.«

Georg wusste, dass sein Schweigen einem Einverständnis glich, hatte er doch selber immerhin schon entdeckt, wie viel leichter es war, der einmal gefassten Weltanschauung treu zu bleiben als konkreten Menschen, und wie gut sich Gesinnungen eigneten, um jemanden fallenzulassen, wenn es einem gerade in den Kram passte.

»Für dich zählt das vielleicht nicht, glücklicherweise. Aber für mich ist es das halbe Leben, auf den Tisch klopfen zu können, und man nennt mich immer noch bei nichts anderem als meinem Namen.«

Kapitel elf

1)

Gegen Westen verharrte der Himmel im letzten Rot. Die ersten Sterne flackerten zögernd über dem Atlantik. Da kam das Paar wieder daher, die Kamera baumelte aufgeklappt vor der Brust des Mannes. Die Frau blickte zu Boden. Ihre Perücke sass gerade, das Kopftuch war neu geknüpft. Georgs Vater ging ihnen einen Schritt entgegen, den Arm ausgestreckt. »Nun, ist alles in Ordnung?«

»Wir brauchen nur noch abzudrücken, meinte die Kioskfrau.«

»Gut, dann los.« Sein Vater überreichte Georg die Kamera. Dieser wartete, bis sie sich vor der Brüstung aufgestellt hatten, und schaute durch die Linse. Er machte ihnen Handzeichen, etwas vom Pfeiler wegzurücken. Schliesslich standen sie richtig. Steif und korrekt. Georg ahnte, dass das fahlgraue Gesicht im Blitzlicht nicht anziehender würde, und vom Himmel sah man nur wenig, wenn er die Frau nicht ihres Kopfes entledigen wollte. Sein Vater stand hinter ihm. »Das Licht wird immer schwächer!« Georg mochte ihnen nicht zurufen, sie sollten lächeln. Was ging es ihn an, wenn sie dereinst lieber ernsthaft vom Regal herunterblickten. Er knipste. Es blitzte. Das Gehäuse summte. Dann glitt vorne das Blatt heraus. Der Vater nahm es ihm weg und übergab gab es der Frau. »Noch einmal, bitte«, forderte sie ihn auf. Diesmal konnte er das Resultat sehen. Rote Punkte lauerten in den Pupillen. Schreckhaft starrten die zwei Augenpaare in ihre gemeinsame Zukunft. Die eine Schläfenlocke stand im Wind fast waagrecht vom Kopf des Mannes ab. Noch einige Bilder für die Verwandten, dann durfte er die Kamera zurückgeben.

Sie dankten herzlich und besahen sich zu Kommentaren in Jiddisch die Sammlung. Der Vater stand daneben. Unvermittelt redete er mit. Sie horchten auf, erwiderten etwas, schauten zu Georg herüber, der meinte, aus irgendeinem Grund die Schultern zucken zu müssen, dann wieder musterten sie gründlich den Vater, auf ihn einredend. Sein Gesicht überzog ein gönnerhafter Ausdruck, als würde er ihnen den Gefallen tun und eine Weile über ihre Verschrobenheit hinwegsehen. Plötzlich wechselte der Mann die Sprache wieder: »... dann sind Sie und Ihre Kinder also seine letzten Nachfahren. Hannah, schau dir an, mit wem der Allmächtige unseren Hochzeitstag beschert.«

Nach kurzer Verhandlung standen Georg und sein Vater ebenfalls vor der Brüstung. Hinter ihnen hatte sich der Himmel in mattes Dunkelblau gelegt. Die Frau beobachtete still, wie ihr Mann immer wieder abdrückte, sobald ein Bild aus dem Schlitz geglitten war, das er ihr ungeduldig weiterreichte, ohne einen Blick darauf zu werfen. Bald hielt sie ein halbes Dutzend in der Hand, schaute sich abwechselnd die Bilder an, dann wieder ihre Objekte, bis es nichts mehr zu schiessen gab, weil die Kamera leer war. Der Vater flüsterte: »Warte, bald fangen sie damit an ...« Georg konnte nicht mehr fragen, was er meinte, denn schon standen sie alle um die Bilder herum. Er sah zum ersten Mal in seinem Leben eine Fotografie von sich und seinem Vater zusammen. Auch bei ihnen stachen rote Punkte aus den Pupillen. Vater lehnte lässig an der Brüstung, salbungsvoll, leicht herablassend lächelnd. Auf einigen Bildern hielt er den Arm um Georgs Schultern, als läge es an ihm, diesen zu präsentieren oder auch aus dem Bild zu verstossen. Georg, in seinem Bemühen um Beiläufigkeit verloren, schien nicht zu wissen, wohin mit den Armen. Der Himmel fast schwarz, die ganze Umgebung zu dunkel, die Gesichter vom Blitz getroffen. Da entdeckte er den Vogel, der die ganze Zeit neben ihnen auf der Brüstung gesessen haben musste.

2)
Frau Fuchs war zuzutrauen, dass sie, einmal in einen Vorsatz verbissen, nicht so schnell davon ablassen würde, es sei denn zugunsten eines neuen. Jetzt war sie mit zweien ausgerüstet, die sich erst noch gegenseitig stärkten: gegen den Willen ihres Mannes nach Nyr zu reisen und den Absender für Georg ausfindig zu machen. Er hatte keine Zeit mehr zu verschwenden. Zudem konnte jeden Tag Mr. Hersh auftauchen. Bis dahin musste er auch mit der Kassette des Absenders durch sein. Er hörte sie ein letztes Mal vollständig ab. Die Geschichte kannte er schon auswendig. Fast wörtlich. Birkenau, Monowitz, Dora-Nordhausen, Bergen-Belsen.

Sanft tröstend entzog sich die Stimme noch immer allen Versuchen vorschnellen Verständnisses.

Dave und Ben analysierten die Neuigkeit, dass fünf prominente Geschäftsleute und Grundstücksmakler jeder eine Million Dollar für das Museum gespendet hatten. Es sei ja allgemein bekannt, dass, wo ein Museum hingebaut würde, die Grundstückpreise in der Umgebung stiegen. Und sitze nicht zumindest der eine der grosszügigen Spender auf einem der Brocken unbebauten Landes, die direkt an das vorgesehene Areal grenzen? Ebenso wie Hersh, der den Grossteil der anderen Grundstücke daneben besitze? Das sei ihm egal, antwortete Dave, von irgendwoher müsse das Geld ja kommen, oder ob er lieber sähe, wie das Museum statt den berechenbaren Absichten seriöser Geschäftsleute den politischen Konstellationen sich ablösender Regierungen unterworfen würde wie dasjenige in Washington? Was zähle, sei, dass man der Grundsteinlegung näherrücke und das Vorhaben endlich greifbare Formen annehme.

Der Volontär liess sie streiten. Hätte er, seit ihm das Museum nur noch ein Alibi geworden war, je Gewissensbisse bekommen haben sollen, so konnte er den folgenden Ausführungen entnehmen, wie fehl am Platze sie wären. Wenn er Dave und Ben glaubte, und er hatte keinen Grund, es nicht zu tun, so konnte in diesem Land kein Projekt realisiert werden, ohne dass es vorgängig gelang, die verschiedensten Interessen dahinter zu versammeln – Interessen von durchaus vernünftiger Natur. Dazu gehörten Geld und Einfluss nun einmal in einem Land, das sich gar nicht erst die Mühe zu geben brauchte, den Umstand zu verbergen, dass Institutionen vor allem Tummelfelder von Interessengruppen waren und nur als solche überlebten. Georg hörte mit einem Ohr zu. Seit seinem Besuch bei den Fuchs' in Howel waren noch keine vierundzwanzig Stunden vergangen. Für das, was ihm herauszufinden blieb, gab es genügend einsehbare Quellen und Zeugen diesseits des Grabens, wo er sich inzwischen so gut wie die meisten anderen Leute auskannte, die sich mit diesen Geschichten beschäftigten. Entlang der Schnur, an der sämtliche Einzelheiten wie gläserne Perlen in wahrem Überfluss aufgehängt schienen, behielt er jederzeit die Orientierung, aber ihr Anfang blieb, im Dunst am Horizont verloren, immer gleich weit entfernt, und wäre er fähig gewesen zu erkennen, was er eigentlich zu tun im Begriffe war, so hätte er sich bei der Vergeblichkeit des Versuches, die Schnur über den Abgrund zu werfen, die Fakten Wirklichkeit werden zu lassen, im Museum in bester Gesellschaft gewähnt.

Mittags sass er mit Renata auf den breiten Steintreppen vor der öffentlichen Bibliothek, die während des sonnigen Morgens gespeicherte Wärme des Steines in den abgestützten Handflächen. Renata war seit drei Jahren im Museum angestellt, obschon sie ursprünglich in einem Hotel in Boston arbeiten sollte. Dessen Direktor war ein Freund ihres Vaters, selber Hotelmanager in Herzlyia bei Tel Aviv. Aber das Museum habe ihr viel mehr zugesagt, vor allem wegen der Leute, und weil es für eine gute Sache sei. »Welche?« fragte Georg. »Den Holocaust«, antwortete sie. Ihre Wohnung in der Upper West Side gehörte den Eltern, die jede Woche zweimal anriefen. Sie würde sicher ein weiteres Jahr bleiben, wenn es das Museum noch so lange gebe. Zwischen Schilderungen ihrer Kindheit in Israel und Georgs interessierten Fragen, die sie erstaunten, das trotz den dunklen Haaren bleiche Gesicht immer geradeaus auf die 5th Avenue gerichtet, forderte Renata ihn auf, heute abend mit an das Jazzkonzert in der Carnegie Hall zu kommen. Einer ihrer Freunde, selber Musiker, hätte verbilligte Karten. Sie brauche ihn nur anzurufen.

Nach der Mittagspause arbeitete Georg zusammen mit Doug, einem anderen Volontär, über einer Kiste mit französischen Drucksachen aus der Zeit kurz nach Kriegsende. Von der alten Langeweile ergriffen, machte er immer wieder Pause. Im Gegensatz zu Doug, der frisch aus seinem Urlaub zurück war. Seit zwei Jahren beschäftige er sich mit nichts anderem als dem Holocaust. Er habe schon Hunderte von Büchern gelesen. Später wolle er an einem College den Holocaust unterrichten. Es müsse gelingen, dass jedes Kind von New York im Laufe seiner Schulzeit mindestens einmal das Museum besuche, sagte er mit dem unangenehmen Tonfall eines guten Vorsatzes, der keinen Tag lang Gültigkeit behielt und gerade deswegen täglich neu bekräftigt wurde. Die Pikkel auf den Wangen standen im Wettstreit mit dem Ansatz von Bart, den er sich mit dem grünen Veston und einer leuchtend roten Krawatte während des Urlaubs zugelegt hatte. Auf dem länglichen Gesicht lag ein kindlich aufrichtiger, aber inhaltsloser Ernst.

»Wir werden eine kleine Pessach-Feier veranstalten. Ein paar Freunde und ich. Komm doch auch. Es werden interessante Leute darunter sein. Sogar ein Schwarzer aus der Bronx. Pessach, das musst du wissen, ist der Feiertag für Singles. Meine letzte Freundin habe ich auch an einem Seder-Abend kennengelernt«, meinte er am Schluss des kurzen Gespräches, in dem Georg vor allem die Rolle des Zuhörers zugefallen war.

3)
Auf der Fähre über die Nordsee, die Eisenbahnwaggons hatte man verladen, wurde ich seekrank. Ich brach, was ich ass, und ass wieder, sobald sich die Leere in meinem Magen auszubreiten begann. Agi war eine ganze Nacht lang mit Eimer und Lappen in unserem Abteil sowie mit der Besorgung von neuer Nahrung auf Deck beschäftigt, nur um diese in veränderter Form sogleich wieder vom Boden aufzuwischen. Bis das Schiff anlegte.

Die ganzen drei Tage von Stockholm bis Budapest brauchten wir nie umzusteigen, aber da viele Eisenbahnlinien noch zerstört waren, fuhr der Zug verschlungene Wege, manchmal hielt er auf offener Strecke, dann wieder auf Bahnhöfen, von denen wir keine Ahnung hatten, wo sie lagen, bis nach Prag, wo wir einen längeren Zwischenhalt hatten. Unser Wagen stand schon ein paar Stunden reglos auf dem Geleise. Die anfangs noch verspielte Vorstellung, man habe uns vielleicht vergessen, war der leisen Furcht gewichen, verlorengegangen zu sein. Agi entschloss sich, Erkundigungen einholen zu gehen, während ich mich auf keinen Fall aus dem Abteil entfernen sollte.

»Unter keinen Umständen, hast du gehört?«

Nach mehr als einer Stunde kam sie zurück. Man wartete auf eine neue Lokomotive für die Weiterreise. Bei dem Theater, das sie im Büro des Verantwortlichen veranstaltet hatte, musste sie ein paar geeignete Namen eingestreut haben, die sie sich, umsichtig genug, während ihrer Arbeit als Übersetzerin gemerkt hatte. »Mal schauen, vielleicht hat es geholfen.« Tatsächlich ging ein Ruck durch unseren Wagen, kaum waren die letzten Worte verklungen, und ich fühlte mich einmal mehr in meiner Haltung bestärkt, alle Schritte in meine nächste Zukunft ihr zu überlassen.

Am letzten Tag vor Weihnachten des Jahres 1946 erreichten wir

Budapest. Langsam schlich der Zug durch die Vororte. Der Krieg hatte eine deutliche Fährte zurückgelassen. Trümmerhaufen säumten die Strassen, in den Häuserreihen klafften Lücken, mancherorts waren Fassadenreste wie übriggebliebene Kulissenteile stehengeblieben und warteten darauf, dass jemand sie wegräumte. Als wir über die Donau ins Stadtzentrum fuhren, sah ich Gerippe von Brücken. Ihre Pfeiler standen dem Wasserlauf nur noch im Wege, anstatt ihm mächtig zu trotzen, wie ich es in Erinnerung hatte. Die fischenden Leute am Ufer glichen dürren Bäumen, denen bis auf einen langen Zweig alle Äste verlorengegangen waren.

Während der Einfahrt in den Westbahnhof schwiegen wir beide. Vater würde am Ende des Perrons warten, versicherte mir Agi, als ich ihn aus dem Fenster des stillstehenden Wagens nicht gleich entdecken konnte. Klamm vor Erwartung stiegen wir aus. Auch vom Bahnhof hatte sich der Krieg noch nicht verabschiedet. Durch ein herausgerissenes Stück in der Mauer sah ich einen Ausschnitt des Vorplatzes mit seinem Verkehr, und hob ich den Blick, spannten sich über den fehlenden Stellen im Dach, von dessen Gerüst seltsam verbogene Teile herunterhingen, Flecken des Himmels. Schwarze Vögel flogen ein und aus.

»Dort ist er, schau!« rief Agi aus, fast wäre ich über ihr Gepäck gestolpert. Sie ruderte mit beiden Armen in der Luft herum. Er wartete hager, leicht vornübergebeugt, die Stirn gelichtet, am Kopfende des Geleises, neben der Lokomotive, die ihn mit Dampffahnen ihrer paar letzten erschöpften Schnauber umhüllte, bis wir vor ihm standen. Anstelle der Bauernjacke von früher trug er einen eleganten Wintermantel, ein neuer Duft von Rasierwasser deckte den altbekannten Tabakgeruch fast zu, und er brauchte sich nicht mehr zu mir herabzubeugen, um mich zu küssen.

»Mein Gott, was du gewachsen bist.«

Er hielt mich um die Schultern gefasst. Mit der anderen Hand drückte er Agis Kopf an seine Brust. Dann liess er uns unvermittelt los, und wir schlängelten hintereinander in Richtung Bahnhofrestaurant durch die Menge. Der Zug nach Nyr fuhr erst zwei Stunden später.

Beim Verzehr von immer neuen Stücken Kuchen erzählten wir uns soviel, wie überhaupt möglich war, wenn drei Menschen auf einmal zu sprechen versuchen, von den vergangenen zwei Jahren.

Vater war etwas wortkarger, dafür mussten wir vor lauter Kauen öfters innehalten. Doch auf der Fahrt nach Nyr fiel anfänglich kaum mehr ein Wort. Agi war eingeschlafen. Vater brütete eingesunken vor sich hin. Ich versuchte etwas von der Strecke draussen zu erkennen, sah aber nur die weissen Muster des Schnees im spiegelnden Dunkel und vereinzelte Lichter. Ich fror ein wenig. Die schwer im Magen liegenden Süssigkeiten entledigten mich der Frage, was ich in den sechs Stunden bis Nyr essen sollte. Vater begann, unruhig auf seinem Sitz herumzurutschen. Manchmal atmete er ein, als wolle er Luft holen, um zu einer Rede anzuheben, doch schien ihn der Mut stets wieder zu verlassen, und er verblieb in die Ecke gedrückt. In seinen Haaren, in deren Schwarz früher nur einzelne Strähnen heller hervorschimmerten, überwog nun das Grau, und sie waren gänzlich zerzaust, als er endlich mit der Sprache herausrückte:

»Kinder, ich muss euch etwas fragen. Bitte hört mir zu und antwortet ehrlich.« Ich glaubte zu wissen, was kommen würde. Auch Agi wirkte keineswegs neugierig, während er die Worte zusammensuchte, sondern blickte ihn einfühlsam an:

»Wie ich euch schon geschrieben habe, ist eure Mutter nicht mehr zurückgekommen ... Nun ... wie soll ich das am besten ausdrücken ... also ... nachdem ich lange genug ... mhm, kurz, ich habe mir sagen müssen, dass das Leben weitergeht. Das stimmt doch?« Er schaute uns an, als wolle er wissen, ob es sich dabei um eine von uns geteilte Erkenntnis handle.

Agi nickte ermunternd. Er quälte sich weiter:

»Aber nicht nur meines. Auch eures. Ihr könnt mir glauben, ich habe lange gezögert, bevor ich mich entschloss. Aber schliesslich bin ich doch zur Überzeugung gekommen, dass ... nun, wie sagt man? dass es auch für euch das Beste wäre. Besonders für ...« Er schaute mich flehentlich an.

»Jedenfalls bis du deinen weiteren Weg gefunden hast.« Zwischen den Sätzen schluckte er leer. Obwohl es kühl im Abteil war, glänzte seine Stirn feucht.

Endlich hatte Agi ein Erbarmen mit ihm und sprach die erlösenden Worte: »Wir haben schon alles besprochen. Ich habe gesagt, dass du heiraten willst.«

Erschöpft aufatmend lehnte er sich zurück.

Selbstverständlich gab ich mein Einverständnis, gerne sogar, ebenso wie Agi. Das hatten wir so ausgemacht, wir wünschten uns, dass er nicht allein bliebe. Er sagte: »Wunderbar.« Das war das letzte Wort, das er darüber verlor. Aber es sollte nicht lange dauern, bis ich bereute, ihn bei dieser Gelegenheit nicht länger zappeln gelassen zu haben, wo er mir für meine Einwilligung doch aus der Hand gefressen hätte, wie es schien. Vielmehr wollte ich wissen, wer die Betreffende denn wäre. Ich kannte sie nicht. Sie stammte aus Nordsiebenbürgen, damals schon wieder Rumänien. Ihr Mann, früher Gutsverwalter, sei auch nicht zurückgekommen, ebensowenig der einzige Sohn, den sie hatten. Vater betonte, wie klug und gebildet sie sei und dass sie sich freuen würde, wenn wir sie als unsere neue Mutter betrachteten. Agi nickte vorsorglich. Erst viel später erzählte sie mir, dass Tante Irene, unsere neue Mutter, während ihrer Jugend im selben Komitat wie wir gewohnt und Vater ihr schon als Junggeselle eine Weile den Hof gemacht hatte. Aber er sei abgeblitzt und habe sie wohl während der ganzen Zeit neben Mutter heimlich als die grosse, verhinderte Liebe bewahrt.

Vom Krieg war in Nyr nicht mehr viel zu sehen, ausser den noch nicht ganz fertiggestellten Reparaturarbeiten an der Brücke beim Bahnhof und den Eisenbahnanlagen ausserhalb der Stadt sowie den russischen Soldaten in den Strassen, die nicht den Anschein machten, als wüssten sie, wie sehnlich sie einst erwartet worden waren. Aber da es für eine Gegenwart nicht reichte, dass alles noch an seinem Platze stand, wenn die gewohnten Menschen fehlten, war mir nach meiner Rückkehr vor allem langweilig. Ich suchte als erstes nach Anhaltspunkten, um wenigstens in meinen Erinnerungen wieder irgendwo anknüpfen zu können. Der alte Taubenschlag in unserem ehemaligen Hof stand noch, aber es nisteten keine Vögel darin, die Latrine schien unbenutzt, und der Hühnerstall war zu einem kleinen Schuppen zurechtgezimmert worden. Da rief jemand meinen Namen über den Hof. Vom selben Fenster aus wie früher Mutter. Es war Frau Sobel, die mich erkannt hatte und freundlich hereinbat. Die Sobels, ein älteres jüdisches Ehepaar, hatten unser Haus mitsamt dem Ladenlokal schon bezogen, als Vater zurückgekehrt war. Obschon sie geltend gemacht hatten, sämtliche Räume bis auf die Wände leer vorgefunden zu haben, musste es ihm irgendwie gelungen sein, sie von seinen Ansprüchen zumindest so weit zu überzeugen, dass sie ihm schliesslich Geld dafür zahlten, damit er sie in Ruhe liess. Sie verkauften »Lebensmittel«, wie nüchtern auf dem Schild stand, wo es bei uns »Von der Wiege bis zur Bahre führt Gals Laden alle Ware« geheissen hatte. Frau Sobel war sehr nett zu mir. Ich konnte mich im Haus umschauen, wie ich wollte. Sie liess mich auch auf den Boden klettern. Als ich wieder herunterkam, stand Kuchen auf den Tisch. Ihr Mann arbeitete nebenan im Laden. Ich hörte, wie er gerade jemanden bediente. Sie fragte mich, wie alt ich sei.

»Sechzehn gewesen«, antwortete ich, worauf sie meine Wange tätschelte und mich küsste.

»So ein liebes Kind. Jetzt gehörst du wieder zu den Jüngsten, weisst du das?« Sie weinte, was mich verlegen machte. In diesem Augenblick rief der Mann vom Laden herüber, wo das abgepackte Maisschrot sei, und sie holte es ihm aus dem Lager. Ich benutzte die Gelegenheit, um mich für immer davonzustehlen. Nicht einmal mehr um den Sohn des Postbeamten nach meiner Briefmarkensammlung zu fragen, ging ich wieder hin.

Von denen, die zurückgekommen waren, musste das Schicksal Onkel Shamu am schwersten geschlagen haben. Seine Frau, Tante Edith, war bei ihren Nachforschungen nach ihm mit Hilfe Onkel Marcels, des Mannes von Tante Jolan, die im Lager gestorben war, auf jemanden gestossen, der gesehen haben wollte, wie Shamu im Arbeitsdienst von einer Mine zerrissen wurde. Niemand bezweifelte den Bericht, und niemand hielt sich darüber auf, dass Marcel und Edith bald darauf ein Paar waren. Die Heirat leuchtete allen ein. Doch einiges später kam Onkel Shamu zurück, unversehrt. Tante Edith bot sofort ihre Scheidung von Onkel Marcel an, doch Shamu soll kein Wort mit ihr gesprochen haben. Mehr als eine Woche lang war es ausser Onkel Soli, dem ersten, der zurückgekommen war, niemandem gelungen, in sein Zimmer vorzudringen. Eines Tages, wortlos noch immer, verschwand Shamu für ein paar Tage, niemand wusste wohin, und tauchte, neu eingekleidet, mit einer Frau wieder auf, die er umgehend heiratete. Sie hiess auch Edith. Kurz darauf wurde sie krank und musste in das psychiatrische Hospital gebracht werden.

Ich weiss nicht, ob Vater von den seinerzeit im Hof und bei befreundeten Bauern versteckten Dingen noch etwas gefunden hatte. Sicher ist jedoch, dass sein neues Geschäft im Zentrum der Stadt, Textilien am Meter, ausschliesslich beste Qualität, zur Zeit unserer Rückkehr bereits gut eingeführt war. Das einzige Problem war der Warennachschub. Es schien, die wenigen Reichen in der Stadt hatten einen grossen Bedarf.

Unsere Wohnung war nicht weit vom Geschäft entfernt. Wir hatten zwei Zimmer. In den ersten Tagen schlief ich mit Vater vorne im einen, Agi im anderen, schon beneidete ich sie wieder, auch wenn es am Abend vorläufig nur vier Stunden Licht gab, weil das von einem Bombenangriff stark beschädigte Elektrizitätswerk noch nicht wiederhergestellt war. Doch dann zog Tante Irene zu uns. Innert kürzester Zeit hatte Vater neue Möbel angeschafft, Geschirr, Besteck und Teppiche, alles, was es brauchte, um einer Übersiedlung von Nordsiebenbürgen nach Ostungarn auch in diesen Belangen den Anschein eines lohnenden Unternehmens zu verleihen.

In meinen Augen hätte er überhaupt keine Bessere finden können, um neu zu beginnen. Das war meine Meinung, seit er von Koffern und Kisten schwer beladen dem Durchgang zur Bahnhofshalle entgegengeschnaubt gekommen war, wo Agi und ich warteten und ich sie zum ersten Mal neben ihm sah, grösser und schöner als in meiner Erinnerung Mutter. Der Pelzsaum ihres Mantels wogte im Rhythmus der vorsichtigen Schritte, mit denen sie die Geleise überwand, an der Hand einen dünnen Regenschirm, den Hut zierte eine schillernde Feder. Ihr Gesicht, lebhaft offen der neuen Welt vor ihr zugewandt, schien zugleich in einer Ruhe verankert, von der sie nichts je loszureissen vermochte. Während er das Gepäck hinstellte und sich nach einem Träger umschaute, streckte sie ihre Hand zuerst Agi hin, die sie sofort ergriff.

»... mein neuer Sohn«, wandte sie sich darauf mit fester Stimme an mich, als hätten wir schon im voraus alles zusammen vereinbart.

Vater hatte sie über die Grenze schmuggeln müssen, wie wir erst nachträglich erfuhren. Aber immerhin konnten damals mit ein wenig Geld solche Angelegenheiten noch geregelt werden. Geheiratet wurde im Standesamt. Unsere Synagoge, während der deutschen Besatzung zu einem Pferdestall umfunktioniert, war kurz vor dem Rückzug der Wehrmacht gesprengt worden. Die andere, wohin mich Grossvater jeweils mitgenommen hatte, stand noch, aber die wenigen Juden, die übriggeblieben waren, bildeten schwerlich eine Gemeinschaft, die mehr Platz benötigt hätte als einen der kleinen Räume, die im Gebäude nebenan von der einstigen Religionsschule und Gemeindeverwaltung zeugten, ganz abgesehen davon, dass das Häuflein Verlorener auch nicht ihren Verfall aufzuhalten oder auch nur zu verlangsamen vermochte. Sie werden beisammengesessen sein, ihrer alten Unterscheidungen in Orthodoxe und Neologen ledig und ohne Rabbiner nicht mehr fähig, die Rituale gemäss den entsprechenden Regeln, welcher Ausrichtung auch immer, durchzuführen, und nach Gründen gesucht haben, sich bei Fischsuppe, Kaffee und Kuchen dennoch bisweilen zu treffen.

Tante Irene brauchte nicht lange um unsere Liebe zu werben. Wir nannten sie ganz einfach »Mutter«, unsere neue Mutter. Mit feinfühliger Zurückhaltung ermöglichte sie mir, schnell ein zwangloses Verhältnis zu ihr zu finden, das sich jedem Vergleich und allen Fragen entzog. Wir wendeten uns an sie, wenn irgendein Problem auftauchte. Bei mir war es meistens das Taschengeld, und Agi fing, glaube ich, an, einen Mann zu suchen. So jedenfalls habe ich es verstanden, als ich einmal mitanhörte, wie sie meiner Schwester versprach, sich bei jemandem für sie zu verwenden. Um eine Arbeit konnte es sich nicht handeln, denn die hatte Agi schon selber gefunden. Sie war kurz nach unserer Ankunft von der Stadtverwaltung angestellt worden. Dabei wurde ihr erlaubt, wenn immer nötig frei zu nehmen, um Vater im Geschäft zu helfen. Ich weiss nicht, wie ihr das gelungen war.

In ihrer Zeit war unsere neue Mutter eine moderne Frau. Sie las die Zeitung und hörte im Radio Nachrichten. Vater musste das letzte Wort meistens ihr überlassen, und sie gebrauchte es mit der natürlichen Überlegenheit des besseren Argumentes, das auch ohne seine Einsicht im Raum stehen blieb, wenn das Gespräch zu Ende war. Noch gab es mehrere politische Parteien, aber Vater war der Meinung, man hätte ja gesehen, wozu Parteien taugten, wenn es darauf ankomme, und solange der Staat noch nicht einmal bereit sei, seinen Bürgern einen Reisepass auszustellen, sei die Zeit nicht reif, sich allzu offenherzig gegenüber anderen Leuten zu äussern, aber unsere neue Mutter liess sich ihr Interesse nicht nehmen und besuchte des öfteren Veranstaltungen. Sie brachte auch Bücher ins Haus. Schon die Titel hörten sich so verzwickt an, dass sich niemand von uns eingehender mit ihnen beschäftigt hätte, als sie durchzublättern und ehrfürchtig beiseite zu legen. Vater schon gar nicht. Er hatte wieder sein Geschäft, das ihn ganz beanspruchte.

Da von den einst an die zehntausend Juden, die in Nyr und seiner näheren Umgebung gelebt hatten, noch vielleicht zwei Dutzend stark dezimierte Familien übriggeblieben waren, gehörten wir paar Jugendliche zu einer ganz seltenen und wertvollen Spezies, die man hegte und pflegte und der man alles durchgehen zu lassen bereit war, wenn sie einen nur weiterhin dadurch erfreute, dass sie am Leben war. Zudem begegnete man einer Familie wie der unsrigen, wo mit Vater, Agi und mir drei Viertel zurückgekommen waren, mit noch grösserer Ehrfurcht. Der Antifaschismus war zur offiziellen Doktrin, die dafür Gefallenen zu Märtyrern erklärt worden, inbegriffen die nicht mehr Zurückgekommenen, deren Tod auf diese Weise wohl postum einen versöhnlichen Sinn erhalten sollte, nicht zuletzt bei den Übriggebliebenen selbst, auch wenn sie wieder den alten, gedämpften Tonfall angenommen hatten, sobald von Belangen des öffentlichen Lebens die Rede war, als könnte jeden Moment das Signal zum Ende der Schonzeit erschallen. Vor allem die russischen Soldaten auf den Strassen, ebenso wie der ganze Staatsapparat, bis zum neuen Bürgermeister, dem Schwager unserer früheren Hausbesitzerin, damals Drucker und immer schon ein bekanntes Mitglied der sozialdemokratischen Partei, boten meinem Gefühl, siegreich aus dem Krieg gekommen zu sein, Gewähr genug.

Ich lebte an einem Ort, den ich zwar kannte, wo ich aber nichts zu tun hatte, ausser herumschlendernd auf das Leben zu warten, das sich, so hatte ich schon früh den Verdacht, immer gerade andernorts, fernab ereignete. Von meinem ganzen Jahrgang jüdischer Mitschüler traf ich nur Lazi Kuhn wieder an, mit dem ich ausser gemeinsamen Nachhilfestunden in Zeichnen damals wenig zu tun gehabt hatte. Jetzt trafen wir uns fast jeden Tag. Viel später soll er Kunstmaler in Tel Aviv geworden sein, aber von solchen Neigungen konnte noch keine Rede sein. Zumindest mit mir frönte er einer ganz anderen Leidenschaft, deren Ziel die jungen Statistinnen am örtlichen Theater waren. Lazi war in der Zeit unserer Abwesenheit etwas schneller älter geworden als ich. Er sah schon aus wie ein junger Mann, dem niemand mehr befehlen konnte, wann er am Abend zu Hause zu sein habe, war ihm von seiner Familie doch nur eine Tante geblieben. Bei der wohnte er. Es gelang ihm, sich gut anzuziehen und regelmässig die Haare von einem Friseur schneiden zu lassen, ohne dass ersichtlich wurde, wovon er damals lebte. Vater sagte immer, mit Lazi würde es kein gutes Ende nehmen. Auch Agi sah es nicht gerne, wenn ich mich zuviel mit ihm herumtrieb. Nur Mutter konnte es recht sein. Ihr war die Hauptsache, ich hatte Gesellschaft. Oft, wenn wir zusammen ausgingen, roch er ähnlich wie Vater nach der Rasur. Aber was ich an ihm vor allem bewunderte, war sein Erfolg. Nicht dass er besser ausgesehen hätte als die anderen Jungen, auch die pomadigen Haare machten nicht den wesentlichen Unterschied aus, vielmehr war es seine geradezu befreiende Dreistigkeit, im Gegensatz zu mir, der ich in diesen Dingen immer scheu blieb. Ihm schien tatsächlich niemand etwas anhaben zu können, wenn wir am Hintereingang zum Theater standen, das Ende der Vorstellung abwartend, und er sich dann unter die Statistinnen mischte und wahllos eine nach der anderen ansprach, als wäre er der Impresario, während ich mich in der Schar quirliger Menschen damit begnügte, steif herumzustehen, und selber zum Komparsen verkam. Jedesmal hatte ich mir vorgenommen, es ihm gleichzutun, doch er blieb unnachahmlich. Wo er selten, oder vielleicht nie, unverrichteter Dinge abziehen musste, blieb ich am Schluss immer allein auf der Treppe vor dem Hinterausgang und musste zuschauen, dass ich zur Türe hinauskam, bevor der Hauswart sie von aussen abschloss. Nach ein paar Wochen begann Lazi eine Lehre als Schreibmaschinenmechaniker, womit die Zeit für gemeinsame Eskapaden stark eingeschränkt wurde.

Aus Agis Jahrgang waren drei oder vier junge Männer zurückgekommen. War von der jüdischen Bevölkerung nicht viel mehr übrig als ein kleines, über die Stadt verstreutes Häuflein Menschen, von denen die einen versucht haben mochten, der Vergangenheit zu trotzen und sich am selben Ort neu zurechtzufinden, während sich die anderen ihre Zukunft an andern Gestaden auszumalen begannen, so wurde von den meisten doch die selbe ungeschriebene Regel befolgt wie in den Jahren vor dem Krieg: Das private Glück suchte man wo immer möglich unter seinesgleichen. Eines der augenfälligsten Probleme dabei war, dass als Resultat der Selektionspolitik in den Lagern viel weniger Frauen zurückgekommen waren als Männer, was letztere schnell einander in den Weg kommen liess, denn es galt der Grundsatz: Was man einmal hat, das kann einem niemand mehr streitig machen; alle versuchten, möglichst schnell zu heiraten. Meine Schwester, jung und schön, aus gutem Haus und anerkanntermassen tüchtig, übte sich also darin, zu einer heiss umworbenen Gattung zu gehören. Kaum einer, der ihr nicht den Hof machte, auch wenn mein gestrenger Vater wie ein Cherub über ihre Schwelle wachte. Doch sein Schwert reichte weniger weit als früher, und Mutter erinnerte ihn energisch daran, dass seine Tochter nicht ihr Leben lang rund um die Uhr allein für sein Geschäft da sein könne.

Bumi, einer der Bewerber, verfiel einmal darauf, mich einzuspannen, und versprach mir dafür eine Gegenleistung, die mich im Lichte ihrer schummrigen Verheissung zugleich abschreckte und derart faszinierte, dass ich sie unmöglich ausschlagen konnte. Er wollte mich zu einem Besuch im Bordell einladen, wenn ich ihm im Gegenzug einen erleichterten Einlass bei uns zu Hause verschaffte, indem ich ihn als meinen Freund einführte. Zusätzlich sollte ich versuchen, meine Schwester wohlwollend zu stimmen. Seine Famlie aus einem der Dörfer in der Umgebung war im Lederhandel tätig gewesen. Er war der einzige Übriggebliebene. Bumi hatte ein leicht geschwollenes, ungesund rötliches Gesicht mit einer breitgedrückten Nase. Seine rotblonden Haare lichteten sich schon. Was ihn wirklich auszeichnete, waren die Hände: Er hatte sechs Finger. Sechs normal ausgewachsene Finger an jeder Hand. Wie ich meinen Teil der Abmachung einlöste, weiss ich nicht mehr, aber Bumi hielt sein Wort, obwohl er bei meiner Schwester schnell abgeblitzt war. Eine der Frauen, der er für mich Geld gab, wohnte mit ihrer Mutter, die aber taubstumm sei, beeilte sich Bumi zu versichern, als ich schon darauf verzichten wollte. Er habe es selber ausprobiert. Man merke nichts von der Anwesenheit der Mutter. Sie liege ruhig im andern Zimmer. Also ging ich hin, die junge Dame empfing mich freundlich, von der Mutter war tatsächlich nichts zu sehen, doch als wir im dunklen Zimmer lagen, störte mich das laute Schnarchen nebenan. Davon hatte Bumi mir nichts gesagt. Immerhin war meine Hemmschwelle gesunken.

Auf Bumi folgten andere Bewerber, darunter ein Opernsänger am städtischen Theater. Gross und blond und gutaussehend. Seine wunderbare Stimme war bekannt, ebenso die Tatsache, dass das Kind seiner armen Cousine von ihm stammte, schliesslich schwängerte er auch seine eigene Gesangslehrerin, die er später heiratete, aber das war nach seinen Versuchen bei Agi. Noch später liess er sich einen Bart wachsen, zeugte zwei weitere Kinder und wurde erster Chasan der neu ins Leben gerufenen jüdischen Gemeinde. Auch er hatte mir ein paar Bordellbesuche bezahlt. Eine der Prostituierten stand eines Tages plötzlich in Vaters Geschäft. Ich half gerade beim Ein- und Ausräumen von Tuchrollen. Vor Schreck brachte ich die Leiter unter mir ins Schwanken. Vater ging daran, ihr, wie sie verlangt hatte, den allerschönsten, rotglänzenden Samtstoff zu zeigen, während ich darauf gefasst war, dass sie mich jeden Moment begrüsste. Sie schaute wirklich ab und zu von der Musterung hoch, doch ich hätte nicht mit Bestimmtheit sagen können, ob sie mich überhaupt erkannt hatte.

Zwei, drei Häuser weiter als unser Geschäft wohnte ein gewisser Herr Grünwald. Vor der Besetzung hatte er das angesehene Herrenbekleidungsgeschäft seines alten Vaters geführt. Er selber war ein gepflegter, höflicher Mann von ungefähr dreissig Jahren mit allerbesten Umgangsformen. Wer bei ihm einkaufte, tat dies auch des guten Tones wegen. Er und mein Onkel Lajosh hatten sich früher gegenseitig Kunden zugehalten. Grünwald gehörte nicht zu den Zurückgekehrten, sondern war einer der wenigen, die irgendein Zufall hier in der Gegend und am Leben erhalten hatte. Ihn hatte seine Putzfrau versteckt und verpflegt, während sie tagsüber weiterhin im Laden putzte, den andere Leute übernommen und gegen Ende des Krieges bis auf die elektrischen Kabel ausgeschlachtet wieder verlassen hatten. Man nahm die Ehe danach allgemein als selbstverständliche Konsequenz an. Putzfrau hin oder her. Niemand fragte danach, wie er sich die Tage und die langen Nächte in seinem Versteck vertrieben haben mochte, der christlichen Frau begegnete man allenthalben mit gehöriger Bewunderung – es kann ja auch nicht allzuviele von ihrer Sorte in unserer Stadt gegeben haben. Bald war er wieder der elegante junge Herr mit sauber getrimmtem Kinnbart. Bis sich eines Tages er und Agi lange genug im Laden ungestört gegenüber standen, dass in beiden der Wunsch keimen konnte, die Begegnung zu wiederholen. Meine Aufgabe war, Agi vor Vater jeweils zu einem Alibi zu verhelfen, was mir um so mehr Spass machte, als er sich in all seiner Strenge leichter, als man es von ihm hätte erwarten können, hinters Licht führen liess. Es war nicht meine Schuld, als die Geschichte ruchbar wurde. Frau Grünwald hatte die beiden erwischt – im selben Schlupfwinkel auf dem Boden ihres Hauses, wo sie ihn über ein halbes Jahr lang, bis zur Ankunft der Roten Armee, versteckt gehalten hatte.

Die Romanze nahm ein abruptes Ende. Die halbe Stadt kannte die Geschichte schon, als sie zu guter Letzt auch mein Vater inmitten seiner Tuchrollen zu Ohren bekam. Das Geschrei, das er veranstaltete, galt zur Hauptsache der Schande, die über die Familie hereingebrochen sei, und mir, dem armen Jungen, der nun noch diese Schmach über sich ergehen lassen müsse, nach allem, was ich schon durchgemacht hätte. Nach drei Tagen und einigen Reminiszenzen an die Zeit seiner Jugend war es Mutter gelungen, ihn soweit zu beruhigen, dass er die Entehrung schmollend ertrug oder höchstens, wenn wir allein im Laden waren und er Zeit dazu hatte, noch heftig stampfend mit seinem Schicksal haderte. Frau Grünwald liess ihren Mann irgendeinmal auch wieder ins Haus. Die Episode zeitigte also kaum irgendwelche wahrnehmbaren Folgen, aber ich überlegte, ob Agis Entschluss, nach Nyr zurückzukehren, das Richtige gewesen war. Obschon mir niemand etwas abverlangte, das nicht mit dem allerkleinsten Aufwand zu leisten war.

Spätestens seit Vater eines Tages begonnen hatte, von meiner Zukunft zu reden, und nicht mehr davon ablassen wollte, verfestigte sich das Gefühl, hier niemals richtig leben zu können. Ein junger Mann, seinen Namen habe ich vergessen, war kurz nach uns ebenfalls zurückgekommen und bemühte sich augenfällig um meine Schwester, allerdings ohne dass sie sein Interesse erwidert hätte. Er stand öfters etwas untätig im Laden herum, redete dies und das mit meinem Vater, Agi war immer gerade sehr beschäftigt, bis er, wahrscheinlich mangels anderer Themen, auch einmal auf mich zu sprechen kam und herausfand, dass er damit den einen, passenden Schlüssel zum sonst eher verschlossenen Wesen meines Vaters gefunden hatte. Als Resultat dieser Gespräche hiess es, ich müsse unbedingt einen technischen Beruf erlernen und zu diesem Zweck, bis es soweit wäre und man mich irgendwo aufnehmen würde, möglichst schnell eine entsprechende Arbeit annehmen. Seither beobachtete Vater argwöhnisch alle meine Beschäftigungen, die damit wenig zu tun hatten, und nahm wieder seine strengen Allüren an, schwieg viel und schrie manchmal. Längst schien unsere gemeinsame Zeit im Lager vergessen, da er seine Bekümmerung um mein Wohl stets sanft und zärtlich, aber um so deutlicher geäussert hatte, als hätte ihn angesichts der Gefahren, die er mit aller Macht und manchmal verzweifelt von mir fernzuhalten suchte, jemand Mächtigeres als Gott selbst zur Räson gebracht.

Bald erinnerte ich mich nur noch schwerlich daran, dass ich bis zu unserer Ankunft in Nyr Heimweh nach ihm gehabt hatte. Ich ging ihm mehr und mehr aus dem Weg. Unserer Mutter konnte ich meine Zweifel nicht anvertrauen. Ich wollte sie nicht traurig vor mir sehen. Trotzdem muss sie eine Ahnung gehabt haben, denn immer öfters unterliefen ihr Bemerkungen von der Art »... aber irgendeinmal wirst du uns ja doch verlassen«, oder gegenüber Vater, der mich am späten Nachmittag nicht mehr hinausgehen lassen wollte: »Wenn du so weitermachst, kommt der Junge eines Tages gar nicht mehr nach Hause.« Und sie hatte recht. Er war es, der mich mit seinem Gerede von einer technischen Schule auf diese naheliegende Möglichkeit stiess, wie ich am ehesten wegkäme. Ich wusste, dass es bei uns in der Stadt keine solche Schule gab. Die nächste war in Debrecen, an die hundert Kilometer entfernt. Nicht weit genug, ich hätte die Wochenenden immer noch zu Hause verbringen müssen, doch immerhin ein grosser Schritt in Richtung Hauptstadt, wo ich die eigentliche Zukunft vermutete. Lauthals gab ich vor der versammelten Familie mein Einverständnis, und die Sache war beschlossen. Auch Mutter führte keine Argumente dagegen an. Der nächstmögliche Eintrittstermin war Herbst, die Zeit bis dahin sollte ich in Onkel Friedmans Fahrradwerkstatt überbrücken. Ich erwog keinen Moment lang ernsthaft, eine technische Laufbahn einzuschlagen, die Schule in Debrecen sollte eine Station sein, wo der Zug zwar hielt, ich aber niemals aussteigen würde, Onkel Friedman nur der erste Schritt auf dieser Strecke. Der Frühling hatte eben begonnen.

Onkel Friedman verkaufte und reparierte wie vor dem Krieg Fahrräder. Ich wusch Teile, setzte Bremsen zusammen und wechselte Ketten, alles Dinge, die ich mir früher schon selber beigebracht hatte. Lohn erhielt ich keinen, im Gegenteil, vermutlich hatte Vater Onkel Friedman dafür bezahlt, dass er mich nahm, und dieser war zufrieden, in seiner kleinen Werkstatt Gesellschaft zu haben, denn seine Frau war nicht zurückgekommen. Am liebsten hielt er Vorträge. Dazu zog er sich einen Schemel unter der Werkbank hervor und betrachtete fortan sitzend das Gestänge des Fahrrades im Schraubstock, als liege dort irgendwo die Weisheit verborgen, von der er mir nun einen kleinen Teil zu Gemüte führen wollte. Er war ein alter Sozialdemokrat. Seine politische Lehre beruhte auf einem zentralen Punkt, um den sich in seinen Augen alle Wirtschaftstheorie zu drehen hatte: Das Erbrecht. Es gehöre abgeschafft. Man dürfe reich werden, Geld vermehren, es anlegen und arbeiten lassen, ja wenn nötig sogar Leute ausbeuten. Aber das Erbrecht musste aufgehoben werden. Wenn jemand starb, sollte das im Laufe seines Lebens angehäufte Vermögen wieder der Gesellschaft zugeführt werden. Das würde sämtliche Probleme lösen. Wenn der unendliche und letztlich sinnlose Prozess der Geldvermehrung, das Grundübel der kapitalistischen Wirtschaft, wie er meinte, erst einmal durchbrochen wäre und der angehäufte Besitz immer wieder der gesellschaftlichen Verwertung zugeführt würde, stellte sich nach jeder Generation für die nächste wieder Gerechtigkeit ein. Jeder Mensch könnte nach seiner Façon leben, aber die Voraussetzungen wären für alle die gleichen. Wenn in der Zwischenzeit Kundschaft hereingekommen war, so erhielt auch sie diese Lektion erteilt, und es spielte keine Rolle, ob es sich dabei um einen kleinen Jungen mit seinem Dreirad oder eine ältere Dame handelte, der ihr Kleid in die Speichen oder der Hund unter das Rad geraten war. Wenn er sich besonders ereiferte, erhob er sich, holte einen Lappen aus der Gesässtasche des Überkleids, den er sowohl als Taschentuch wie als Öllappen benutzte, und begann, das Fahrrad auf Hochglanz zu reiben. Dazu nickte er mit dem

Kopf, als hätte er die Theorie gerade erst erfunden und müsse sich nach eingehender Prüfung selber recht geben.

4)

Es hatte zu regnen begonnen. Georg setzte sich eine halbe Stunde früher als vereinbart in die italienische Bar. Der Raum summte im warmen Halbdunkel. Die Wirkung von Martini mit Wodka entfernte das Stimmengewirr und Gläserklirren in Richtung der durch Beine, Hintern und Rücken verdeckten Theke. Wenn die Türe geöffnet wurde, strömte mit den neuen Gästen ein Zug kalter Luft herein. Georg beobachtete die Leute, direkt von der Arbeit angespült, mit Mappen und Köfferchen, noch schnell ein Bier getrunken, dann ins Fitnesscenter ums Eck. – Glücklich war, wer immer etwas zu tun hatte.

Mit einem Lächeln, als wäre kurz, nur ganz kurz ein Reissverschluss in ihrem Gesicht aufgegangen, trat Renata durch die Türe. Sie zog den dunklen Mantel aus und kämpfte eine Weile mit der Stuhllehne. »Sorry, I'll be ready any moment.« Abseits der Arbeit im Museum waren sie beide verlegen. Er hörte seine eigene Stimme wie durch Watte leicht gedämpft. Dann wusste er nicht mehr weiter. Zu rein dieses weisse Gesicht, zu verstört ihr Blick, immer an ihm vorbei.

Ja, wenn sie nicht im Museum arbeiten würde, gäbe es auch andere gute Sachen, für die sie sich gerne eingesetzt hätte: vielleicht eine Selbsthilfegruppe für Bluter, sie hatte eine Freundin, die Bluterin war, oder: »I'd like to join the Peace Corps and go to Africa.« Aber dazu müsste sie amerikanische Staatsbürgerin sein. Warum er all das Zeugs über den Anfang des Staates Israel wissen wolle, erkundigte sie sich. Politik sei nicht ihre Sache. In der Folge stellte sich heraus, dass leider fast alles Politik war, was sich nicht direkt unter ihren Augen abspielte, und so war das Gespräch für Georg nicht sehr ergiebig.

Vom Monitor über dem Times Square grinste der General herunter. Seine Truppen waren südlich von Bagdad stehengeblieben. Vor dem Eingang der Carnegie Hall warteten Menschentrauben im Flackerlicht, das sich auf dem nassen Asphalt spiegelte. Taxis spuckten Abendkleider aus. Die Herren öffneten sofort ihre Regenschirme. Es hupte und jaulte aus allen Schluchten.

Jeder Platz war besetzt. Parfum hing in der Luft. Eher hätte man einen vielhundertköpfigen Chor auf der Bühne erwartet oder eine berühmte, kleine Geigerin, allein im Kreis des Schweinwerfers, aber nicht diese Musiker, verloren in der hohlen Grösse des marzipanfarbenen Konzertsaales, wo sich sogar der Flügel auf der Bühne nebensächlich ausnahm. Das Licht ging zurück, der Tenorsaxophonist liess seinen goldenen Rüssel in alle Richtungen ausschlagen, und Georg vergass Renata und Ernie neben sich. Wäre er Zauberer gewesen, Mathematiker, Physiker, hätte er nur irgendwie zum inneren Kreis der Wissenden, der Eingeweihten gezählt, vielleicht würde er der Musik auf die Spur gekommen sein, wie sie den schon grossen Saal ins Grenzenlose wachsen liess, bis keine Wände mehr ihr Schweben behinderten, und wie dieselbe Halle vor ihrem Klang zu einer unwesentlichen Stukkaturkulisse verkam. Ein farbiger Wind blies von der Bühne her und scheuchte Wodka- und Martinikopfweh ebenso hinweg wie die Ungewissheiten, die bangen Fragen nach dem Wie weiter, wo beginnen und wann aufhören. Halb karibischer Hafen, halb stöhnende Industrielandschaft, verspielte Tändelei, haltlose Disziplin. Es kam aus den Tiefen des Südens, nahm mit einem Schwenker das Packeis mit, mischte Feuer darunter, pflügte die Erde, durchtrennte die Luft, trug Licht mit den Händen ins Dunkel und die Dunkelheit weg ins Licht. Nach einer Weile getraute sich hinter dem Vorhang ein Junge hervor. Die Trompete in seiner Hand glänzte wie ein Spielzeug, das er eben erst geschenkt bekommen hatte, während er entlang dem hinteren Bühnenrand zu einem freien Mikrofon schlich. Auf dem breiten Anzug wackelte ein kleiner Kopf. Frisch schmetterte plötzlich der Ruf der Trompete in den Saal. Zusammen liessen sie die Steppe erzittern, fröhlich die Trompete, abwägend das Saxophon, auch mit den leiseren Tönen immer die ganze Weite nutzend. Wie Eidechsen über eine Mauer huschten die Melodien vorüber. Der Junge trieb, der Alte hob sein Instrument über den Kopf, hielt triumphierend mit, legte zu, einen Nasenstüber hier, schnell ein nachsichtiges Wackeln mit dem Kopf da – und langsam ebbte das Spiel wieder ab. Reglos stehend liessen sie den warmen Regen aus tausend klatschenden Händen über sich niedergehen. Die Leute, von den Sitzen erhoben, verpassten in Pfiffen und Rufen den Einsatz für die Zugabe.

Im wieder aufbrausenden Getöse liessen die Musiker das Publikum allein.

5)
Beim gemeinsamen Betrachten der Fotos redete die Frau auf jiddisch auf ihren Mann ein. Sein Blick verfinsterte sich. Er nickte bedeutungsvoll mit dem Kopf. Nachdem er die Aufnahmen in seiner Hand mit der Wirklichkeit vor sich verglichen hatte, lud er Georg und seinen Vater ein, sich je eine Fotografie auszusuchen.

»Sicher war es ein Zeichen des Himmels. Doch jetzt wissen wir nicht, ob wir trauern müssen«, sagte er.

Georg spürte den Arm auf seiner Schulter. Vater drückte ihn leicht an sich: »Achtung, jetzt«, murmelte er kaum vernehmlich und fragte: »Ja, bitte?«

Der Fromme schüttelte den Kopf. Das Sprechen schien ihm plötzlich schwerzufallen. Endlich hob er an: »Solche Vorfahren! Und was ist nach der ganzen Geschichte daraus geworden? Fast ein Goj. Nichts ist von Ihrer Abstammung übriggeblieben. Hat Ihr Sohn überhaupt Bar Mitzwah gemacht? Vielleicht hat uns der Ewige heute zusammengeführt, damit ich als erste gute Tat in meiner Ehe Ihnen sage, Sie sollen wieder in sein Haus eintreten! Nehmen Sie Ihren Sohn mit und führen Sie ihn zum Studium der Schriften, damit Sie Vergebung finden mögen vor dem Schöpfer.« Inzwischen waren auf der Plattform die Lampen angegangen. Sie machten den Frommen noch fahler. »Wir müssen jetzt gehen. Ich werde IHN bitten, dass ER sie dereinst gnädig empfängt. Schon nur Ihrer Vorfahren wegen.« Georg wollte der Frau die Hand schütteln, doch sie beachtete ihn nicht mehr. So verschwand das Paar und liess ihn mit seinem Vater zurück, jeder ein Bild in der Hand. Georg schaute zur Brüstung. Der Vogel war nicht mehr zu sehen. Sein Vater schmunzelte, als hätte er soeben bei einem Spiel gewonnen. »Es hat wieder einmal geklappt«, erklärte er. Früher, in Israel, habe er sich ein Spiel daraus gemacht. Sie seien manchmal, wenn sie zum Wochenende kein Geld mehr gehabt hätten, vor dem Sabbat in eines der religiösen Viertel gefahren, hätten jemanden in ein Gespräch verwickelt und auf eine der zwei Varianten gewettet: Entweder sie würden gleich bekehrt und zum Essen eingeladen, wenn sie seinen Namen fallen liessen, oder beschimpft und unter

Anrufung Gottes vor die Türe gewiesen. Nur wenige straften sie mit dem Schweigen der Verachtung. Wurden sie eingeladen, hatte er gewonnen, und sein Freund musste sich darum kümmern, wo sie zu Wochenbeginn essen konnten; hatte man sie vor die Türe gesetzt, war er an der Reihe. Später, als sich die finanzielle Situation ein wenig gebessert habe, sei Koketterie daraus geworden. »Im Lager sah man ja nicht, wie fromm jemand war. Dort hatte ich das Gefühl, dass mir mein Name wirklich half. Ich meine bei den Religiösen im Block. Nicht dass er mich gerettet hätte, aber manchmal wurde bei der Essensausgabe für mich, je nachdem, wer hinter dem Eimer stand, die Suppe von tiefer unten geschöpft, oder ich musste in der Kolonne vor dem Topf weniger drängeln. Aber vielleicht ging es allen Kindern so, was weiss ich. Also, wenn du jemals Hilfe brauchst, denk an mich, geh zu einem frommen Juden und sag deinen Namen. Die Chancen stehen gut, dass du sie erhältst. Ich probiere es noch heutzutage ab und zu aus.«

»Ja, das habe ich gesehen.«

»Nun, immerhin haben wir zwei Bilder davon. Auf den wenigen, die ich bis jetzt von dir besitze, bist du immer nur als kleines Kind. Das hier ist das erste, wo du neben mir stehst. Und erst noch in New York.«

»Und deswegen hast du es heute wieder versucht?«

»Manchmal schaue ich auch nur, ob ich trotzdem noch irgendwohin gehören könnte. Übrigens, ich hatte recht. Sie sind frisch verheiratet. Wie ich es dir gesagt habe. Aber etwas wundert mich dennoch ...«

»Was denn?«

»Dass sie sich fotografieren lassen. Ich habe gemeint, den wirklich Orthodoxen sei das verboten.«

Kapitel zwölf

1)
Die Nacht war hereingebrochen, und Georg hatte von der Nummer nicht mehr in Erfahrung gebracht als die ersten drei Ziffern. Nach drei Stunden mit seinem Vater hatte sich jetzt ein Gefühl von Nähe beigemengt, das ihn erst recht hinderte, beiläufig danach zu fragen. Die Zeit verging in der vorausgreifenden Traurigkeit vor dem baldigen Abschied für einmal viel zu schnell. Ausgerechnet jetzt drohte der Vater Spuren zurückzulassen. Am liebsten hätte er ihn hinter einer blinden Scheibe beobachtet und gewartet, bis die Geschichte von sich aus bezeugte, ob sie ihn wiedererkannte. Was ihn verwirrte, war der Umstand, dass im Lichte der zusammengetragenen Fakten die Schatten, die sein Vater warf, gleich lang waren wie immer. Weiterhin harrte die Wahrheit einer Enträtselung und schien dabei jedem Resultat im voraus gewogen, während Georg ihre Konturen schwinden sah. Sein Vater nahm ihn beim Arm. Er drängte in Richtung des Restaurants.

Die Dunkelheit schob Höhen und Weiten ineinander, der glitzernde Koloss bebte erregt unter dem auf die Erde gesunkenen Himmel. Der Atem aus der Stadt klang wie das Rauschen aus einer ans Ohr gepressten Muschelschale. Ein paar Schritte von der Brüstung weg war von New York nur noch ein Abglanz zu sehen. Über Long Island stieg ein Flugzeug in den Nachthimmel, vor dem nicht ganz halben Mond zog eine Wolke vorüber. Georg, beim Vater untergehakt, war mulmig zumute bei der Aussicht, bald wieder alleine zu sein. Fast hätte er ihn gebeten, noch nicht zu gehen, oder wenn er schon abreisen müsse, ihn mitzunehmen. Egal wohin. Jetzt fühlte er den Arm auf der Schulter, ein Finger streichelte seine Wange. Er schwieg, hatte er doch selber oft genug mitgeholfen, ihren seltenen Begegnungen eine Beiläufigkeit zu verleihen, damit nichts geschah, was die Dinge verrücken könnte, schwieg und hätte sich doch lieber aufgebäumt und für dieses eine Mal seinem Vater mehr abverlangt als nur eine Zwischenlandung.

2)
Die Strasse hinunter näherte sich das Trällern des Eiswagens. Grundlos quäkten die Megaphone ihre Drehorgelmelodie in den Morgen. Georg hatte noch nie jemanden ein Eis kaufen sehen. Durch das Fenster strömte warmfeuchte Luft. An der Fassade gegenüber flatterte die amerikanische Flagge. Jeden Moment hätte eine Taube im Todesflug durch die Scheibe ins Zimmer stürzen, der Nagel mit dem Bild von Billie Holiday, eine Blume im Haar, aus der Wand brechen oder eine Prozession alter griechischer Frauen in schwarzen Gewändern draussen vorbeiziehen können, während Georg an seinem Tisch sass und auf den kleinen Hinterhof starrte, als läge dort, wo die Topfpflanzen blühten, der Punkt, in dem sich alle Linien kreuzten, würde der Absender auftauchen. Dann würde die Saat des Zufalls aufgehen, aus dem willkürlich geknüpften Knoten wüchse eine Knospe und blühte für die Dauer eines Augenblickes, in dem nichts losgelöst von seinem Gestern blieb und geschah, ohne dass es in ein Morgen wachsen wollte. Da regte sich Renata, die soeben aufgewacht war. Sie hatte es plötzlich eilig, vor ihm bei der Arbeit zu sein.

Im Museum war Teamsitzung. Einmal die Woche wurden die neu eingegangenen Stücke präsentiert und hinsichtlich ihrer Eignung besprochen. – Von welcher Person oder Institution kamen sie, was hatten sie für eine Geschichte, was war ihre Beschaffenheit, eignete ihnen eine symbolische Bedeutung, ein materieller Wert, welcher Abteilung gehörten sie zugeteilt, wer bearbeitete sie weiter? Man trank Kaffee und wartete auf Debs, die Koordinatorin für Neuerwerbungen. Sie betrat den Präsentationsraum mit gewohnt grimmigem Gesicht, hager, bleich und entschlossen. »Welch schöne blonde Locken! Wie du es bloss schaffst, immer so frisch auszusehen«, begrüsste sie Ben. Debs quittierte mit einem gequälten Lächeln. Ohne Zeitverschwendung eröffnete sie die Sitzung: Kampfbereit und voller Energie präsentierte zunächst Judith ihre Errungenschaften, darunter »Mein Kampf« auf Jiddisch. Da war Dave, der edelmütig abseits stand und sich jeweils erst nach allen anderen zur Betrachtung über den Tisch beugte; oder Nava, wie sie quengelnd zu verstehen gab, dass sie eigentlich alles besser wusste, sie, ehemals in leitender Position bei einer der führenden Holocaust-Institutionen in Israel, auf die sie jedes Mal verwies, wenn sie

etwas zu beanstanden hatte. Ben wiederum begutachtete die Auf-
zucht aus reiner Höflichkeit, hatte eigentlich Wichtigeres zu tun,
wie man seinen langgezogenen Aachs und Oochs entnehmen
konnte, während Lenny schweigend jedes Artefakt gewissenhaft
studierte, als handle es sich um einen Kultgegenstand. Die Autorität lag jedoch allein bei Debs. Sie tat ihre Meinung nur hie und da
kund, in kurzen Sätzen, die eine Ausführung abschlossen und die
nächste eröffneten: Das grosse, seidene Tischtuch aus Polen mit
Spitzen und gestickten Mustern – ein reicher Tisch, auf dem das
einst gelegen hatte – wurde aus dem Papier gewickelt und ausgebreitet wie das Fell eines erlegten Bären, doch wusste niemand,
was in der Ausstellung damit anzufangen wäre. Also vorläufig weg
damit, ins Lager. Als nächstes ein Gebetstuch in Kindergrösse, aus
Berlin, alle Quasten vorhanden, ordentlich geknüpft, weiss, ja, das
konnte man behalten; anschliessend gefälschte Dokumente, Identi-
tätspapiere, von dem Mann angefertigt, der in Theresienstadt die
Schreibmaschinen der SS repariert, gleichzeitig Blankopapiere
entwendet und Stempel nachgemacht hatte. Bei den Fotografien
aus Bergen-Belsen schaute der Volontär genauer hin: Bergen-Belsen, Soldaten desinfizierten sich mit einer grossen Pulverspritze;
zwei Kahlgeschorene auf dem Fenstersims eines Krankenhauses;
ein Schild am Stacheldraht: »Achtung Hochspannung«; eine
Gruppe ausgemergelter Gestalten, eng beisammen stehend, ihre
Augen starrten in die Linse, schienen staunend zu fragen, wo der
Weg zu den Lebenden langginge, noch ungläubig, dass die Beine
plötzlich wieder trugen, frei und menschenseelenallein. Nava
wandte sich mit laut vernehmbarer Stimme ab, sie könne solche
Bilder nicht anschauen, Ben, ebenso deutlich: »Unser armes Na-
vale ...« Judith sammelte die Bilder ein und legte sie zurück in die
Kiste aus dem Nachlass des ehemaligen englischen Truppenfoto-
grafen. Debs sagte: »Alles in die Fotoabteilung.«

Unter der Türe wurde der Volontär von Ben abgefangen. »Debs
möchte wissen, wie es mit den Kassetten steht.« Und Debs, die
neben ihm stand, meinte: »Ben hat mir heute morgen erzählt, die
Kiste sei so gut wie abgetragen. Wir staunen alle, mit welchem Eifer du an die Arbeit gehst. Wirklich, wir werden dich nur ungern
wieder weggehen lassen. Mr. Hersh hat heute angerufen. Er will
dieser Tage vorbeikommen. Bist du denn bald soweit?«

»Ich glaube«, erwiderte Georg. Ben tätschelte seine Schulter: »Wirklich ein braver Junge.«

Nach der Besprechung setzte sich Georg für eine Zigarettenpause zu Nava ins Büro, das einzige mit einem Fenster, das sich öffnen liess. Zudem war ein Teil der Handbibliothek bei ihr untergebracht. Ihr war es recht. Sie rauchte selber. Auf dem Sims stand immer ein Aschenbecher. Er las in einem Buch über die Rolle der Landwirtschaftskollektive bei der Aufnahme von Neueinwanderern. Sie war selber in einem dieser Kibbutzim geboren. Kurz vor der Staatsgründung. »Ja, gerne«, antwortete sie auf seine Bitte, ihm mehr darüber zu erzählen. Morgen zum Beispiel, ihr freier Tag, da bleibe sie zu Hause.

Der Bus fuhr über Zubringerschlaufen ins Irgendwo zwischen Industrieanlagen und Einkaufszentren. Parzelle an Parzelle standen die Häuser Appell, mit einem Blick erfasst, mit dem nächsten verwechselt. New Jersey – ein grosser Vorhof, in Stundenanteilen von New York entfernt erschlossen. Der Volontär konnte sich nicht sattsehen.

Bei Nava plauderte man von Skiferien im Sommer, träumte argentinischen Schnee und ein Haus, das näher als zwei Stunden von New York entfernt lag. Ihre Lieblingslandschaft war die Wüste. Odet, der Mann, war vom Fernseher unbeeindruckt im Jogginganzug auf dem Sofa eingeschlafen. Der Sohn war beim Fussball, das Mädchen hatte Gymnastikstunden.

Nachdem er aufgewacht war, machte der Mann, jetzt in Shorts, die Küche. Das Schlimmste seien die Kinder. Sie brächten den ganzen Dreck herein. Dann schrie das Baby. Später ging es um Schlankheitskuren, Hypotheken, Schulgeld, bis Odet sich in den Gymnastikraum im Keller begab. Georg war mit Nava allein. Sie hatte ein Videoband eingelegt und sich neben ihn auf den Boden gesetzt: Sie, im Kreise älterer Leute. Tanten und Onkel, ihr Vater war auch dabei. Alle waren um die Grossmutter im Rollstuhl versammelt. Geschichten. Von dem Teil der Familie, der in Rumänien blieb, wurden alle umgebracht. Wahrscheinlich seien sie nicht einmal bis ins Lager gebracht worden. Geschichten. Die Flucht durch einen Tunnel, Kerzen im Durchzug. Geschichten von der Liebe, als man sich dafür noch Botschafter kaufte, Troubadoure, die sich gegen ein kleines Entgelt vor das Fenster der Angebeteten stellten und das selber gedichtete Liebeslied spielten. Da war doch eines. Das konnten alle. »Grossmutter, sing, du erinnerst dich sicher.« Nava, den Blick nach vorne, ins Gestern. Geschichten danach. In Israel war man anfangs ärmer dran als vorher in Rumänien. Hunderttausende kamen gleichzeitig. Sie brauchten Wohnung, Essen, Arbeit. Da plötzlich schwiegen sie alle. Die Alte hatte ihren runzligen Kopf zurückgelehnt und fing mit gebrochener Stimme an zu singen, leise, von weit her, von vorgestern. Die anderen fielen ein. Das Lied, so Nava, erzähle, wie der strenge Vater ins Schlafgemach seiner Tochter stürzte. Er hatte eine männliche Stimme gehört, fand aber nur die Tochter vor, schlafend, die Decke ans Kinn gezogen, während der Geliebte unbemerkt durch den Kamin entschwunden war. Die Grossmutter weinte ein bisschen, lachte ein wenig. Nava und Georg noch immer auf dem Spannteppich. Vor ihnen der Bildschirm. Der Mann wollte heute zweihundert Stockwerke auf der Maschine machen. Nava hielt den Film an. Sie habe Kopfweh.

»You look beautiful in the picture.«

»Yes, I had a great time. And still no problems with my weight.«

»You still look beautiful.«

»No, I'm eating too much.«

3)

Agi kam mit nach Budapest, denn um mich in der »Jüdischen Maschinenindustrieschule von Budapest« einschreiben zu können, musste jemand Erwachsenes dabei sein. Sie erledigte alles im Handumdrehen und wusste auch, welche Strassenbahn uns von dort weiter zum Wohnheim bringen würde. Es lag nur ein paar Stationen entfernt. Ich trottete einfach hinter ihr her, den Koffer in der Hand. Vor einem Tor blieb sie stehen, um auf mich zu warten, dahinter gingen wir durch einen Garten. Zwischen den Büschen standen moosbewachsene kleine Steinfiguren, Bäume umschlossen einen Teich, und als wir vor der efeuumrankten Fassade standen, war die Strasse vergessen. Mutig betätigte Agi den eisernen Klopfer.

Im Heim wohnten ungefähr fünfzig Jungen und Mädchen. Darunter war ich der einzige aus der Provinz. Es galt einiges zu lernen, bevor ich mich in der Stadt so sicher bewegte wie zum Beispiel Kufu, der mir beibrachte, dass man in der Strassenbahn nicht zahlte, sondern mitfuhr, bis der Schaffner vor einem stand, worauf man wieder absprang, immer in Fahrtrichtung, oder auf dem Gehsteig lief, sobald der Abstand zweier Fahrzeuge gross genug war, anstatt ergeben eine Lücke im Verkehr abzuwarten. Aber ich hatte gleichzeitig als einer der wenigen Vater und Mutter, die mir Taschengeld gaben. Die meisten anderen waren dem Ghetto von Budapest und der kurzen Herrschaft der Pfeilkreuzler als Waisen entronnen. So verflüchtigten sich die Vor- und Nachteile unserer jeweiligen Herkunft in alltägliche Unterschiede, von denen sich keiner so endgültig feindlich anhörte wie die verordneten Gegensätze aus meiner Schulzeit in Nyr. Ich fuhr jedes zweite Wochenende freiwillig nach Hause. Es lohnte sich, denn ich kam an Taschengeld, das regelmässig anstatt nach einem Monat, wofür es gedacht war, schon nach der Hälfte aufgebraucht war. Freimütig, ein wenig übertreibend gestand ich, dass ein Teil des Geldes für meine Freunde sei, die niemanden sonst hätten. Nach kurzer Zeit verlor keiner mehr ein Wort über meine Herkunft aus der Provinz.

Dem Unterricht folgte ich ohne grössere Anstrengungen. Technik, Handwerk und Landwirtschaft standen im Vordergrund, egal ob die einen meinten, unsere Zukunft hänge an einem eigenen Staat in Palästina, oder die anderen davon ausgingen, dass unser Fortkommen Teil der Befreiung der Arbeiterklasse in Ungarn bilde. Beide dieser Strömungen, die unter den verbliebenen Juden zumindest in der Hauptstadt heftig um Geltung rangen, teilten sich redlich in ihrem Einfluss auf den Schulbetrieb. Die ersten Wochen wurde gefeilt. Jeder stand vor einem Schraubstock mit einem eingeklemmten, unförmigen Stück Eisen, aus dem ein gleichmässiger Würfel werden sollte. Von der Zwangsarbeit her kannte ich dieses Geächze Stunden um Stunden, die Schmerzen in den Armen, den Gestank von erhitztem Metall; am Ende eines Tages war von der ganzen Anstrengung nicht viel mehr zu sehen als vielleicht der unregelmässige Ansatz einer Kante, und ich besann mich meines Taschengeldes, um einen meiner Nachbarn zu bezahlen, damit der für mich schwitzte. Kufu galt als guter Schüler, besonders in Maschinenzeichnen. Manche sagten, das rühre von seinem grossen, eckigen Schädel. Meistens war er es, der meine Hausaufgaben erledigte, ausser in Trigonometrie, meinem meistgehassten Fach. Da stand mir gegen ein kleines Entgelt Otto zur Seite, wie Kufu einer meiner Zimmerkameraden im Wohnheim.

Otto war eine Weile fast jeden Abend zu spät zurück im Zimmer. Zur Begründung führte er die vielen Veranstaltungen an, die er als Kommunist besuchte. Mordi, unser verantwortlicher Erzieher, hielt ihm jedes Mal einen Vortrag. Das Heim würde nicht vom Staat oder der Partei finanziert, sondern von JOINT, einer jüdischen Organisation aus Amerika, und sei dazu bestimmt, Jugendliche auf das neue Leben in Palästina vorzubereiten, worauf ihm Otto, der sich leicht feurig redete, den Beitrag der Sowjetunion und der Roten Armee in Erinnerung zu rufen pflegte, dank dem heute überhaupt genug von uns am Leben seien, um alle Betten zu belegen, denn zusammen mit der Arbeiterklasse habe sie unter erheblichen Opfern und ohne auf die Amerikaner zu warten Budapest gerade noch rechtzeitig befreit. Unser Platz sei also in den Reihen der arbeitenden Klasse, deren Kampf für eine neue Ordnung erst echten Frieden bringe. Und so weiter. »Keine fremde Macht und noch weniger eine Arbeiterklasse ersetzt ein eigenes Land!« erwiderte darauf Mordi mit abschätzigem Ton, und das Gespräch fand erst ein Ende, wenn entweder der Direktor im Hausmantel herbeigekeucht kam, um die beiden Streithähne zu trennen, oder einer von uns kurzerhand das Licht im Zimmer löschte und die Dunkelheit sie zur Vernunft brachte. Eines Tages stiess Mordi auf den wahren Grund für Ottos Verspätungen. Dieser pflegte sich offenbar immer in den Abendstunden, da Mordi mit den für uns organisierten Aktivitäten eifrig beschäftigt war, ausgerechnet mit dessen Frau zu treffen. Daraufhin wurde Otto in eine andere Gruppe versetzt. Vor seiner letzten Nacht in unserem Zimmer traf schon der Nachfolger ein. »Laszlo, Lehrling für Zahntechnik, auf dem Weg nach Palästina«, stellte er sich vor. Ich bot ihm an, neben mir in meinem Bett zu schlafen, bis Otto seines frei gemacht habe. Dankend akzeptierte er, und während wir uns zudeckten, erzählte ich ihm von den Pritschen im Lager.

Herr Haber, der Direktor, ein älterer, gestrenger Herr, gleichzeitig der kleinstgewachsene Bewohner des Heimes, bestand auf dem Gottesdienst am Freitagabend. Dazu war im Keller des Heimes ein Betraum eingerichtet. Nach kurzem Gebet folgte ein Vortrag über Palästina, entweder von ihm persönlich oder von einem unserer Erzieher. Unsere Zimmer hatten Namen wie »Die Hoffnung«, »Die Pioniere«, »Die Wächter« oder gar »Die Wehrhaften«. Einstweilen war mir das bisschen Singen im Chor ebenso recht wie die übersteigert hochgehaltene Tugend der Arbeit, wenn nicht aus Überzeugung, so wenigstens als Preis für das genossene Glück, mich ausserhalb der Reichweite meines Vaters aufhalten zu können. Dank der vielen Vorträge glaubte ich bald, mich in Palästina besser auszukennen als in Ungarn. Von Herzl, dessen Herkunft aus Budapest zum Glauben verleitete, dass wir erst recht dazu ausersehen seien, seinen Visionen zu folgen, über Ben Gurion, den neuesten König der Israeliten, dem es vorbehalten war, die alten Prophezeiungen zu vollstrecken, bis zur Kibbuz-Bewegung und dem sozialen Aufbau der künftigen Gesellschaft schien alles in einem mächtigen Drang auf ein Ziel zu streben, die endgültige, einzig mögliche Lösung der jüdischen Frage – ein sozialistisches Staatswesen, von zwei Völkern bewohnt, wobei wir Juden besorgt sein mussten, die Mehrheit zu bilden. Wir liessen sie reden und glaubten jedes Wort, während wir der jüngsten Geschichte verständnislos und unfähig zum Schrecken hinterher schauten, wie einem in die Dunkelheit fahrenden Güterzug, der eben über uns hinweggerollt war.

Es gab auch ernsthafte junge Menschen im Heim, für die der neu gegründete Staat schon ausgebreitet vor Füssen lag. Sie blickten unbeirrbar in die Zukunft und lernten eifrig. Anfangs bildeten sie eine Minderheit, doch bald überwog ihr Beispiel und liess auch in mir den Plan zur Auswanderung heranreifen. Nicht dass ich mir viele Gedanken machte, es musste auch nicht unbedingt ein bestimmtes Land sein, ich hätte einfach lieber eine Landesgrenze zwischen mir und meinem Vater gesehen, und Israel, an dessen Ufern alle gleichermassen ihre ersten Fussabdrücke im Sand hinterliessen, egal ob Freunde oder Fremde, war zur Verheissung eines unverdorbenen Neuanfangs geworden, wie ihn kein Kapitalismus, kein Kommunismus und kein Sozialismus versprechen konnte. So stellte ich es mir vor.

Solange ich keine Freundin hatte, blieb mir nichts anderes übrig, als wie die anderen auch wenigstens darüber zu reden und darauf zu hoffen, dass in den Kinos, Theatern oder an den Tanzveranstaltungen, zu denen ich mich mitschleppen liess, eines der Mädchen vielleicht mit mir anbändeln wollte. Wem das Geld reichte, leistete sich, selten, einen Besuch im Bordell. Als mich Kufu wieder einmal lange genug bedrängt hatte, gab ich ihm ein paar Forint und begleitete ihn. Auch hier lag das Etablissement im ehemaligen jüdischen Wohnbezirk. »Ziza wartet auf mich«, verriet er mir flüsternd. Trotz meinem Gelächter wollte die Glückseligkeit nicht von seinem Gesicht weichen. Steif und fest beharrte er darauf, dass Ziza vor Sehnsucht nach ihm brenne. Sie habe es ihm beim letzten Mal selber gesagt. Ich versuchte ihm gut zuzureden. Eine Prostituierte, die sich in ihren Kunden verliebt. Niemals. Nichts gegen ihre Person, aber das verbiete der Beruf, »... und schon gar nicht in einen wie dich«, redete ich ihm ins Gewissen. Er hörte mir kaum zu und wäre beinahe in ein Fuhrwerk gelaufen, bevor er die Betreffende im Spalier neben dem Eingang ansprach, um sofort mit ihr im Halbdunkel hinter der Türe zu verschwinden. Er blieb dabei. Ziza war verliebt. Er hatte eine Freundin. »Prostituierte hin oder her.«

»Hast du denn bezahlt?« wollte ich danach wissen. Für einen Augenblick rückte er nicht mit der Sprache heraus. Ich streckte meine Hand aus: »Dann kannst du mir das Geld ja wiedergeben.« Schliesslich musste er bejahen. »Na siehst du«, sagte ich und zog ihn am Arm weiter.

Es war ein strenger Winter, die Frauen standen in dicken Mänteln auf dem Gehsteig, als ich es mit ein paar Freunden fest entschlossen selber einmal versuchte. Eine der Damen hielt sich etwas abseits. Sie trug einen schönen Pelzmantel. Wir einigten uns auf einen Preis. Im Zimmer zog sie sich, ohne ein Wort zu verlieren, rasch aus. Ihr langer Rock sank gerade zu Boden, ich hatte mein Hemd noch nicht ganz aufgeknöpft und schaute gebannt an ihr herunter. Sie trug Unterhosen. Weisse, lange Männerunterhosen wie Vater vor dem Waschbecken, wenn er sich rasierte.

»Was machst du?« Sie schaute mir zu, wie ich das Hemd wieder zuknöpfte. Mir fiel keine Erwiderung ein. Ich stiess gegen die nach innen sich öffnende Türe. »Aber das Geld. Du hast doch bezahlt«, rief sie mir durch den mit rotem Läufer ausgelegten Korridor hinterher.

»Ja, sehr gut. Es war aufregend. Sehr schön«, antwortete ich den Freunden draussen, froh, dass sie selber genug zu erzählen wussten.

Die Ankunft des Messias vorzubereiten war eine mit der Errichtung einer Heimstätte für alle Juden ebenbürtige Aufgabe, brauchte ein jüdischer Staat doch auch etwas Judentum, wie Herr Haber die Bemühungen religiöser Jungen unter uns kommentierte. Zu ihnen gehörte Tropa, ein schmächtiger Junge, der unter seinem Hut älter wirkte, als er war. Wer mit ihm sprach, verfiel aus lauter Angst, ihn zu erschrecken, von alleine in einen leisen Tonfall. Bugash aus unserem Zimmer geriet eines Tages auf den Gedanken, dass es dem kränkelnden Tropa am nötigen Mass Vergnügung fehlte, und er brauchte nicht viel Überzeugungskraft, dass wir alle unser Geld zusammenlegten, damit zu Tropa gingen und ihm eröffneten, was wir vorhatten. Er lehnte strikte ab, unter Verweis auf die Torah. Fory, der Belesenste unserer Gruppe, bestritt, dass irgendwo in der heiligen Schrift etwas geschrieben stehe, das unserem Ansinnen im Wege stünde. Im Gegenteil. Er zählte ein paar Stellen aus dem ersten Buch Mose auf, die zeigten, dass schon die Urväter gleiches getan hätten. Aber Tropa blieb standhaft. Das hatten wir vorausgesehen. Zu sechst entkleideten wir ihn bis auf seinen Hut und zerrten ihn ins Bad, wo er sich gezwungenerweise wusch und mit einer frischen Unterhose versah. Er musste wissen, dass es vorläufig kein Entrinnen gab. Ohne weitere Gegenwehr liess er sich in unserer Mitte in Richtung des ehemaligen jüdischen Wohnbezirks abführen. Vor dem Bordell blieben wir stehen. Kaum stand hinter der Türe eine Dame bereit, um Tropa in Empfang zu nehmen, schoben wir ihn auf den Eingang zu. Da geschah, worauf niemand vorbereitet war: Seine kleine Statur wurde noch kleiner. Er duckte sich behende und mit verzweifelter Kraft unter den vielen nach ihm greifenden Armen weg, zwischen den Beinen, die ihn umstellten, hindurch und rannte davon.

Ich glaube, dies war mein letzter Besuch, denn ich verliebte mich in Shoshana aus dem Heim, in meinen Augen das schönste Mädchen weit und breit. Dabei war ich beileibe nicht der einzige, und es umgab sie der Ruf, wählerisch zu sein. Sie stammte aus gutem Hause, gemischte Ehe, christliche Mutter, jüdischer Vater, vor dem Krieg Bankier von allererstem Rang. Diesmal stellte sich meine Scheu als Vorteil heraus. Nachdem ich nämlich lange genug beobachtet hatte, wie ihr reihum alle den Hof machten und sie die Bewerber eine Weile zappeln liess, um sie dann mit einem einzigen spitzen Wort, einem kurzen, vernichtenden Blick oder einem kaum angedeuteten Abwenden des Körpers zu verstossen, hatte ich mich auf eine gegenteilige Taktik eingelassen. Ich bedachte sie mit schnöder Nichtbeachtung und gab mir Mühe, diese herausfordernd genug zur Schau zu stellen. Das unwillige, leicht erstaunte Hochziehen ihrer Augenbrauen, sobald ich in ihre Nähe kam, musste mir reichen.

Bei Shoshana hörte sich das Vorhaben, nach Palästina auszuwandern, nicht wie ein Bekenntnis an, vielmehr sprach sie davon, als würde sie in Kürze nach einem Ort zurückkehren, wo sie schon immer gelebt hatte. Also nicht der Rede wert. Zielstrebig bereitete sie sich auf das Leben in einem Kibbuz vor, von denen in den Vorträgen ständig die Rede war. Eines Tages hatte sie sich ohne Aufhebens ihre langen, blonden Haare abschneiden lassen, nur weil einer der Erzieher wissen wollte, im Stall und auf dem Feld seien kurze Haare praktischer. Ihr scharf geschnittenes Gesicht erschien mir jetzt noch schöner als zuvor, aber das sagte ich nicht, sondern fragte, ob sie denn auch bereit wäre, auf allen vieren zu gehen, wenn sich herausstellen sollte, das nütze dem Kibbuz.

In einer unschlüssigen Stunde kurz nach dem Abendessen, ich kam meinem Amt nach, im Garten Abfall aufzusammeln, stellte sie mich zur Rede. Sie hatte sich auf eine Bank zwischen zwei steinernen Engeln gesetzt, und ich suchte sehr gewissenhaft das Gras hinter ihr ab.

»Ich möchte dich etwas fragen«, fing sie an.

»Was denn?« entgegnete ich, ohne meine Tätigkeit zu unterbrechen.

»Ich würde gerne den Grund wissen, warum du mich nicht magst.«

»Ich habe keine Ahnung, was du meinst«, hielt ich sie hin und versuchte herauszuhören, ob sie nur das wissen wollte.

»Du behandelst mich immer, als wäre ich weniger als Luft für dich. Habe ich dir etwas getan?« drängte sie.

»Du? Mir? Nichts. Überhaupt nichts. Ich wüsste nicht, was du mir tun könntest.« Ich fand ein paar Zigarettenstummel unter einem Busch. Shoshana rutschte hin und her.

»Dann findest du mich also einfach hässlich?«

»Hässlich? Nnnein ... hm ... überhaupt nicht. Aber du mich vielleicht ...«, wagte ich anzutönen. Sie schaute mich an, als wäre ich ein Stück frisch poliertes Silberbesteck, an dem vielleicht noch ein Makel haftete.

»Nein. Eigentlich könntest du mir ganz gut gefallen«, schloss sie die Prüfung mit gerümpfter Nase ab.

»Du gefällst mir auch«, ermutigte ich sie weiterzufahren. Doch sie kam wieder auf den Anfang des Gespräches zurück. Vom Haus her läutete die Glocke zum abendlichen Vortrag.

»Dann frage ich mich um so mehr, weshalb du mir gegenüber so unhöflich bist. Weisst du eigentlich, dass ich jeden Tag Anträge von euch erhalte? Wahrscheinlich könnte ich sogar den einen oder anderen der Erzieher bekommen, wenn ich wollte.«

»Na und?«

»Nur von dir nicht. Ich glaube, in der ganzen Zeit hast du mich erst einmal angesprochen.« Die weisse Haut ihres Gesichtes hatte unter den Augen eine leichte Rötung angenommen.

»Und, was habe ich gesagt?«

»Als ich mir die Haare schneiden liess. Weisst du noch?« Sie hatte ihre Ellbogen auf die Knie gestützt. Ihr Gesicht war dem Boden zugewandt. Ich wagte, mich neben sie zu setzen.

»Das habe ich nur gesagt, weil du mir eben gefallen hast. Gerade mit kurzen Haaren«, gestand ich und staunte, wie frei mir die Worte über die Lippen kamen. Aus dem Inneren des Hauses tönte Gesang zu uns herüber. »Wenn du jetzt nicht reingehst, verpasst du einen deiner Vorträge.« Doch sie machte keinerlei Anstalten, sich zu erheben.

Danach gehörten wir zusammen, und so wie ich ihr den Gefallen tat, mich in den Besuch von Tanzveranstaltungen zu schicken, begleitete sie mich in Filme, die sie nicht interessierten. Das jedenfalls war ihr Argument, wenn ich mich zierte und lieber mit ihr in einem der frühabends verlassenen Zimmer geblieben wäre, als der Musik von Kapellen mit befremdlichen Namen wie »Die vier Wunder aus Chicago« im Stadtpark zuzuhören, wo die Frauen förmlich über den Boden schwebten, während meine gestelzten Schritte auf der Tanzfläche so lächerlich aussehen mussten wie die meiner Freunde, wenn ich sie beobachtete. Nur Erwin bildete eine

Ausnahme. Nicht ohne Neid hatte Otto einmal laut genug, damit alle es hören konnten, gemeint, was die Zigeuner im Blut hätten, fehle ihnen dafür sonst, worauf Erwin ihm über die ganze Tanzfläche nachgerannt war. Erwin, so hiess es, war halb Zigeuner und halb Jude. So richtig wusste es niemand. Ich zog es jedenfalls vor, den Paaren zuzuschauen, die von Wellen getragen auf der Tanzfläche hin und her schwappten.

Shoshana und ich wurden »die Verlobten« genannt. Das Leben hatte mich zum ersten Mal mit mächtigen Schwingen erfasst, leicht glitt unter mir die Zeit vorüber. Die starke Ausprägung ihres Dranges nach Israel erübrigte jeden weiteren Gedanken an die Zukunft meinerseits, irgendwann hiess es nur noch »Wir«, und ich wäre ihr in diesem Moment überallhin gefolgt. Angst hatten wir nur vor einer Schwangerschaft. Aber Shoshana kümmerte sich darum, dass nichts geschah. Sie kannte von ihrer Mutter eine Methode, wie anhand der Körpertemperatur herausgefunden werden konnte, wann es am gefährlichsten war. Dann galt für ein paar Tage »Jetzt nicht«.

Wenn Vater nach Budapest kam, um Waren einzukaufen, musste ich mein Taschengeld im Hotel abholen. Einmal erlaubte ich Shoshana, mich bei einem dieser Besuche zu begleiten, obschon mir die Vorstellung, er würde vielleicht mit ihr über mich sprechen, unangenehm war. Sie wollte ihn unbedingt kennenlernen, wenigstens um zu wissen, wie mein Vater aussehe. Er trank mit ein paar Geschäftsfreunden in der Halle Kaffee. Aber wie wir uns zu ihm setzten, gab er mir mehr Geld als sonst. »Ich will nicht, dass du dich einladen lassen musst. Das gehört sich nicht für einen jungen Mann, und schon gar nicht für meinen Sohn. Verstanden?« Er wusste nicht, dass ich mir schon seit längerer Zeit eine zusätzliche Einnahmequelle erschlossen hatte. Sandor Lazar, ein Schulkamerad, reiste dank seinem Vater, einem Rechtsberater bei der Ungarischen Eisenbahn, gratis kreuz und quer durchs Land. Er brauchte nur sein Abonnement mit der Fotografie vorzuweisen. Ich konnte mich des Eindrucks einer gewissen Ähnlichkeit zwischen uns nicht erwehren, als ich das Bild sah, die schwarzen Haare, seine hohe Stirn und vielleicht die Partie rund um die Augen; genug Anhaltspunkte, um zu versuchen, als Brüderpaar durchzugehen. Nach einer Testfahrt – wie immer hatte ich eine Fahrkarte, aber der Schaffner deutete nur mit dem Finger auf mich und fragte »Beide?«, Sandor nickte – einigten wir uns darauf, dass ich fortan für alle meine Reisen nach Hause sein Abonnement brauchen konnte. Ich kassierte weiterhin die achtzig Forint von meinem Vater, wovon ich zwanzig Sandor gab. Das ging immer gut, bis auf einer Fahrt von Nyr zurück nach Budapest, gerade als der Schaffner mein Abonnement betrachtete, eine ältere, mir unbekannte Dame in der Bank gegenüber laut vor Erstaunen rief: »Sind Sie nicht der junge Gal aus Nyr?« Er behielt den Ausweis bis Budapest, wo er mich der Bahnhofspolizei übergab. Nach einem kurzen Verhör, in dem ich alles gestand bis auf die Tatsache, dass es sich nicht um das erste Mal handelte, sperrten sie mich in eine Sammelzelle zu Schiebern, Zuhältern und frisch ertappten Dieben; sogar ein verletzter Messerstecher war dabei, sein Verband am Oberarm blutete. Zwei, drei Stunden später kam Herr Haber, um für mich zu bürgen und mich gegen Hinterlassung einer Summe Geld auszulösen. Für ihn war das Ganze nicht der Rede wert, es gebe Schlimmeres, das sich Menschen in diesen Zeiten zuschulden kommen liessen, aber Vater äusserte die Hoffnung, dass sie mich möglichst hart bestraften und mir dadurch vielleicht das beibrächten, was er durch seine zu nachsichtige Erziehung verpasst hätte. Vor dem Jugendgericht, zwei Damen und zwei Herren im höheren Alter, die während der Verhandlung ständig lächelten und mehr über meine Zeit in den Lagern hören wollten als über meine Tat, erhielt ich mildernde Umstände zugesprochen und musste als Strafe zweimal das Billett Budapest–Nyr und zurück bezahlen, was Vater, der zur Verhandlung extra angereist kam, anstandslos für mich erledigte. Im Hotel erzählte er mir, dass Agi geheiratet habe. Einen fleissigen Mann mit vorzüglichen Manieren. Er hatte den Krieg im Arbeitsdienst überlebt. »Stell dir vor, er musste sogar Woronesch mitmachen!« Ich schaute vom Zimmer hinunter auf die breite Strasse und fand, der Verkehr habe in letzter Zeit zugenommen. Vater pflichtete mir bei. Im selben Zimmer verbrachten Agi und ihr Mann ein paar Tage später ihre Flittertage. Natürlich ging ich sie besuchen, zusammen mit Shoshana. Nachdem wir uns schon verabschiedet hatten, benutzte ich die Gelegenheit und fragte, ob sie mir die Unterkunft für eine Nacht überlassen würden. Agi sagte sofort zu. Aber ihr Mann wollte nichts davon wissen. Er stand im Morgenrock unter der Türe. Seine blaugeäderten Füsse hoben sich bleich vom dunklen Läufer ab: »Kommt überhaupt nicht in Frage. Eine Frechheit. Du kannst froh sein, wenn ich es nicht deinem Vater erzähle.« Agi zuckte die Schultern und lächelte entschuldigend.

Von meinen Plänen auszuwandern, soweit es überhaupt welche waren und ich nicht einfach dem Ruf des Rudels folgte, hatte ich zu Hause nichts verraten. Nur Agi gegenüber liess ich durchblikken, wie weit Nyr schon hinter mir lag. Dabei verliess ich mich darauf, dass sie es früher oder später unserer Mutter beibringen und mir dadurch den Anblick ihrer Enttäuschung ersparen würde. Aber nach den Sommerferien hiess es, das Heim sei während unserer Abwesenheit unter staatliche Führung gestellt worden, diejenigen, die zur Auswanderung bereit seien, müssten in ein neues Haus wechseln, bis es soweit wäre. Für sie sei es mit der Schule einstweilen vorbei. Der Entscheid war auf der Stelle zu treffen, denn die Regierung habe ihren Grundsatz, alle, die wollten, ziehen zu lassen, aufgegeben, und es war damit zu rechnen, dass die Ausreise bald gänzlich verboten wurde. Ich brauchte nicht zu überlegen. Ein letztes Mal reiste ich nach Nyr. Wie ich mir gedacht hatte, war Agis Saat aufgegangen. Auf meine Frage: »Was haltet ihr davon, wenn ich nach Israel auswandere?« antwortete unsere Mutter gefasst: »Wie könnten wir dich davon abhalten? Geh mit Gott, aber geh.« Das erste Mal, dass ich das Wort Gott aus ihrem Mund vernahm.

Die Abreise konnte nun jeden Tag erfolgen. Eine medizinische Prüfung klärte, ob man gesund genug war, um notfalls eine Nacht im Freien und zwei Tage zu Fuss ohne voraussehbare Probleme überstehen zu können. Dabei wurde besonderes Augenmerk auf die Füsse gelegt. Erst ein entsprechendes Attest erlaubte einem, bei diesem Transport dabei zu sein. Jemand mit kranken Füssen hätte warten müssen, und es war nicht gesichert, dass der nächste in absehbarer Zeit stattfand. Wir mussten zum Friseur, wer keine hatte, erhielt ein Paar gute Schuhe, und für alle wurde eine braune Hose und eine ebensolche Jacke aus dickem Filzstoff geschneidert. Eine Liste, die Herr Haber ausgearbeitet hatte, bestimmte Fünfergruppen für die bevorstehende Reise nach Wien. Man gab uns genaue Anweisungen, wie wir uns zu verhalten hatten. Weil die Grenze zu Österreich zu stark bewacht war, mussten wir, jede Gruppe über einen anderen Grenzübergang, zuerst durch die Tschechoslowakei reisen. Unsere Gruppe, neben mir Bugash, ein mir unbekanntes junges Ehepaar und Ruben, der auch mit uns im Kinderheim gewesen war, würde mit dem Zug über Miskolc bis an die Grenze in der Nähe von Kaschau reisen. Noch auf der ungarischen Seite sollte uns ein Bauer, der dafür bezahlt war, in seine Obhut nehmen und über die Grenze bringen. Wir wurden unterwiesen, im Zug nie mehr als zu zweit nebeneinander, möglichst aber im ganzen Wagen verteilt zu sitzen. Die erste Nacht würden wir ausserhalb von Kaschau verbringen, wenn wir Pech hatten, sogar im Freien, aber spätestens am nächsten Tag würde uns jemand abholen, der uns weiter nach Pressburg geleiten sollte, dem nächsten Treffpunkt für alle. Bis dorthin sollte es nicht länger als achtundvierzig Stunden dauern. Wie man uns versicherte, bestand das einzige Risiko darin, dass wir aufgegriffen und als ausgerissene Kinder wieder zurückgebracht würden.

Die restlichen Tage blieben uns für den Abschied. Mein Vater war nach Budapest gekommen. Er deckte mich reichlich mit Geld ein. Von jetzt an sei ich ein selbständiger junger Mann, wäre er jünger, würde er meinen Entschluss vielleicht sogar nachahmen. Ich glaubte ihm nicht, war aber erleichtert, dass er mich so versöhnlich aus seiner Kontrolle entliess. Er überreichte mir ein Zigarettenetui aus Silber, eine goldene Halskette und eine Uhr, und wir küssten uns. Zuletzt sah ich ihn durch die Scheiben der Drehtüre in der Halle des Hotels »Frieden« stehen. Nicht traurig, wie ich befürchtet hatte, sondern als hätte er nach langer Zeit einen Sack Zement von seinen Schultern laden können.

An einem der folgenden Morgen erhielten wir die Fahrkarten in die Hand gedrückt, und jede Gruppe machte sich auf den Weg. Ein Bauer brachte uns in einem Fussmarsch von vier Stunden sicher über die Grenze. Rubens wunde Füsse stellten bei uns das einzige Problem dar. Ich musste die ganze Zeit seine Klarinette tragen, obschon wir eigentlich nichts anderes mitnehmen durften als eine lederne Umhängetasche für Wertsachen, Unterwäsche, Schulzeugnisse und Geburtsschein, letzteren verlangte die Organisation, damit unsere Einreise in Israel ohne Verzögerung abgewickelt werden konnte. Aber Ruben wollte Musiker werden. Herr

Haber hatte sich dafür eingesetzt, dass bei ihm eine Ausnahme gemacht wurde. Ein anderer Bauer nahm uns ausserhalb von Kaschau in Empfang und brachte uns für die Nacht in seinen Heuschober. Aus einem nahen Wirtshaus hörten wir den Krach einer ausgelassenen Gesellschaft bei Musik und Tanz. Im Heu war es warm und gemütlich. Wir schliefen bald ein. Am nächsten Morgen, auf der Fahrt mit dem Traktor zum Bahnhof, wo wir den Zug nach Pressburg bestiegen, verriet uns der Bauer, dass es sich bei der Veranstaltung um den geselligen Teil einer Konferenz von Angehörigen der Politischen Polizei dieser Provinz gehandelt hatte. In Pressburg wurden wir erwartet. Man führte uns zu einer grossen Halle. Drinnen standen in mehreren Reihen an die hundertfünfzig Feldbetten, frisch bezogen. Die meisten anderen Gruppen waren vor uns eingetroffen. Shoshana kam auf mich zugerannt und zeigte mir, welche zwei Betten sie für uns reserviert hatte.

Wir durften frei in der Stadt herumspazieren. Die tschechischen Behörden hatten uns keinerlei Beschränkungen auferlegt, und ausser dass sie darauf bestanden, alle Jugendlichen zu registrieren, sich auch nicht weiter mit uns beschäftigt. Nach zehn ereignislosen Tagen wurden wir wieder getrennt. Diesmal waren die Gruppen grösser. Man verlud uns auf Lastwagen, die uns ins österreichische Zell am See brachten. Von dort ging es am nächsten Tag durch die russische Zone weiter. Der Lastwagen, auf dem ich mitfuhr, wurde unterwegs von Soldaten aufgehalten, aber gegen eine Summe Geld erhielten wir freie Fahrt.

Während den folgenden Tagen, an denen wir in Wien auf Nachrichten über das Schiff warteten, das uns von Italien nach Haifa bringen sollte und aus irgendwelchen technischen Gründen vor Bari festsass, genossen wir im Rothschildspital Hausrecht. Wir wetteiferten, wer dereinst als erster in den Jordan pinkeln würde. Shoshana sprudelte vor Erwartung. Mit ihr zusammen war die Zukunft ein einzig Werk von Zehntausenden Paar Händen, fleissig einander zuarbeitend, über die Landschaft ihrer Vorstellung aus sanften Hügeln erschollen Lieder, und ausserdem wurden Pläne von Strassen, Häusern, Industrieanlagen, Bewässerungsanlagen für Felder und Haine entworfen, von den Händen sogleich in die Tat umgesetzt, während daneben Kriege geführt und ganze Städte hochgezogen wurden für die Heerscharen, die nach uns eintreffen würden. Wir waren keine Flüchtlinge, denn wir hatten ein Ziel. Doch wenn sich Shoshana entfernte, und war es auch nur für eine Stunde, wich ihre ansteckende Leichtigkeit von mir. Dann blieb nichts zurück als der Auftrieb meiner eigenen Schwerkraft, die mich seit Beginn unseres Auszuges aus Ungarn mit Beharrlichkeit in der Mitte der zügigen Strömung Richtung Israel gehalten hatte, und ich fragte mich manchmal, wie lange dies allein Shoshana wohl genügte, um mich weiter neben sich treiben zu lassen. Ruben verstand mich gut. Auch er teilte die allgemeine Begeisterung nur in der Gruppe, insgeheim trug er sich seit einiger Zeit mit dem Gedanken, hier in Wien die Gruppe zu verlassen und zu versuchen, anstatt nach Israel in die Vereinigten Staaten zu gelangen, wie er mir bei einem unser Stadtbummel gestand. Er wusste von einer jüdisch-amerikanischen Organisation, die in Wien eine Vertretung haben müsse, und wir beschlossen kurzerhand, die Warterei auf den Zug nach Italien zu benutzen, um das Büro der Hias zu finden. Nicht einmal unsere nächsten Freunde wussten von dem Vorhaben, geschweige denn Shoshana. Alleine die Frage wäre schon als Verrat ausgelegt worden, stellten wir uns vor und versuchten, uns mit den paar Brocken Deutsch auf den Strassen durchzufragen, doch konnte uns niemand helfen.

Davon abgesehen bescherte uns Wien ein paar unbekümmerte Tage, die wir zur Hauptsache im Prater verbrachten. Auf einer der besonders furchterregenden Bahnen absolvierten wir den Test zur Aufnahme in die israelische Luftwaffe. Wer die Gondeln bestieg und den Parcours zweimal nacheinander absolvierte, ohne sich übergeben zu müssen, hatte bestanden. Shoshana schaffte es regelmässig, dafür schoss ich nicht schlecht und war der einzige mit genügend Deutschkenntnissen, um bei einem der Glücksspiele ein paar Groschen zu gewinnen.

4)
Am nächsten Tag fuhr Georg nach Long Island. Der Zug war voller jüngerer Menschen auf dem Weg zum Pessach-Fest bei ihren pensionierten Eltern, wo auf weissen Tischtüchern die zugedeckten Matzes bereit lagen.

Winnie öffnete die wacklige Türe, die salzige Luft mache die

Scharniere schneller rosten, als man jemanden finde, der sie wieder ölte, erklärte sie. Ein herzlicher Kuss, Musterung von den Haaren bis zu den Schuhen. »Wie geht es dir, komm rein, willkommen.« Georg hätte sich gerne umgesehen – die Bilder in den Wechselrahmen, Bücher, Bestecke, siebenarmige Leuchter, Bessaminbüchsen, ein altes Klavier, das ganze Geschirr –, doch wurde er stattdessen wieder geküsst und auf die Couch gedrückt. Die Pancakes seien schon im Ofen. Winnie setzte sich in den Lehnstuhl vor dem Kamin, auf dem Sims stand die Flasche Sherry. »Also, erzähl mir, was machst du im Museum?« Sie hatte ihm beim letzten Besuch versprochen, alte Briefe seines Vaters hervorzukramen, doch jetzt war der Fernseher in die Mitte des Wohnzimmers gerückt, denn zu ihrem Pessachritual gehörte als erstes der Videofilm von der Feier zum vierzigsten Jahrestag der Staatsgründung Israels, erkärte Winnie. Das Band war eingelegt, die Stühle zurechtgerückt: Zubin Metha schwitzte auf einer Bühne in Massada, wo einst ein paar hundert Anhänger einer jüdischen Sekte der römischen Übermacht getrotzt hatten und am Ende den gemeinsamen Freitod wählten. – Ein typisches Merkmal für Sekten, wie Georg zu wissen glaubte. – Im Gegensatz zur Führung des restlichen Volkes, die es vorzog, jede weitere Unruhe zu vermeiden, nachdem ein grosser Aufstand eben erst niedergeschlagen worden oder an inneren Streitigkeiten von selbst erstickt war. Der restliche Besuch kam früher als erwartet. Das Video war kaum zu Ende.

Winnie hatte alle Hände voll zu tun. Bei Tisch ermunterte sie Georg sanft, mehr zu essen. Aber er hatte schon im Bahnhof gefrühstückt, und die ganzen Pancakes zu Massada … Sie wollte nichts davon wissen. »Iss jetzt, sonst musst du über Nacht bleiben und morgen den Rest aufessen.« Manchmal rumpelte ein trockener Husten tief in ihrer Brust und liess die Hautfalte unter ihrem fleischigen Kinn erzittern. Die Frauen räkelten sich im Sofa, die Männer sassen auf den bereitgestellten Stühlen, Georg lernte einen Hochseekapitän kennen, der jetzt Versicherungskaufmann war. Er vermisste die See nur noch ab und zu. Winnie holte das Buch seines berühmten Vorfahren, des Rabbiners. Georg war es etwas peinlich. Während Winnie vorlas, streichelte ihm eine der Frauen über den Arm. Georg überlegte, wie er es jetzt noch auf Dougs Party schaffen konnte.

Nach dem Essen machte er mit Ron einen Spaziergang im Sand zwischen Ufersteg und Meeressaum. Der Atlantik war grau. Dort, wo einmal New York war, zog eine Regenwand auf. Über die Schultern zurückblickend sah er, wie eine einzige Welle ihre Fussspuren verschluckte. »Passover«. Ron musste sein Käppi auf dem Kopf festhalten. Er war einverstanden, ihn in die Stadt mitzunehmen. Später, zum Abschied, tätschelten ihm die Frauen reihum die Wange. Dankbar und herzlich verabschiedete er sich von Winnie. Sie gab ihm die Schachtel Briefe mit, auf dass er sie das nächste Mal zurückbringe.

Über Meilen hinweg glich die Gegend von Long Island einer südfranzösischen Ferienlandschaft. Bis im Dunst die ersten gezackten Konturen Manhattans erkennbar wurden. Aus dem Radio sang Elton John »Skyline Pigeon«. Das Schild über der Autobahn sagte »New York«. Im zähen Verkehr auf der Queensborough-Brücke hatte Ron keinen Blick für die makellos einsetzende Dämmerung über der Stadt, hinter deren Kulisse die Sonne schon weggesunken war. Sie fuhren den rechtwinkligen Mustern am Himmel entgegen, ein Hologramm, unerreichbar nah, kurz vor dem Erlöschen. Eben noch zwischen die Türme hineingefahren, schaute man aus den Schluchten hinaus, suchte statt dem Eingang einen Fluchtweg, sah statt Licht den vollen Mond über Roosevelt Island.

Im ganzen genommen war es ein kurzer Weg zurück nach Ägypten. Der Nil floss westlich von Manhattan. Das Meer teilte sich bei Harlem. Pharao residierte in einem der Türme, vorläufig zum Wohle der Kinder Israels, die Käppchen aufhatten. Die alte Geschichte war durch näselnde Vokale und platte Konsonanten im Sprechgesang verfremdet. Dazu assen sie wie vorgeschrieben den zerriebenen Apfel, bitteres Kraut, hartgekochte Eier und ungesäuertes Brot. Es ging ihnen ausgezeichnet. Was fehlte, war jemand, der sie ein wenig verfolgte. Vielleicht rührte daher der anschliessende Vorsatz, etwas finden zu müssen, was einen um jeden Preis an einem Abend wie diesem verband, und um so schneller wurde einmal mehr die vermeintlich allen gemeinsame Vergangenheit bemüht. Ein jeder solle dazu etwas sagen, schlugen Doug und sein Freund David, der Gastgeber, in Anlehnung an den Brauch des Pessachfestes vor, sich jedes Jahr die Geschichte des

Exodus zu erzählen und sie auf die eigene Zeit bezogen auszulegen. Auch hier unterstützte man sich gegenseitig, besonders Thomas, der angekündigte Schwarze aus der Bronx, der, sichtbar um Worte verlegen, nur meinte, wie sehr er sie alle um die Kenntnis ihrer Vergangenheit beneide. Die Chronik seiner Familie reiche nicht weiter als zwei Generationen zurück. Keine schwarze Sippe hätte mehr als vielleicht hundert Jahre einsehbarer Geschichte miteinander zu teilen. Dazu schaute er in die Runde, ein wenig verlegen ob dem vervielfältigten Kopfnicken. Aber allein aus auswendig gelernten, alten Geschichten war keine gemeinsame Gegenwart zu schmelzen, so dass sich nach ein paar heruntergeleierten Gebeten und den letzten Resten Bitterkrauts, die man sich auf die verbliebenen Matzestücke strich und mit koscherem Carmelwein herunterspülte, die Gespräche wieder alltäglicheren Dingen zuwandten: Eine Sally bereitete sich mit spirituellen Übungen seit Tagen auf die Frauengruppe vor, die in einem Wald von Michigan am übernächsten Tag den Frühlingsanfang begehen würde; Kevin betrieb in seiner Freizeit Counseling, ein Peter war »into research« und eine Eva »going to design an exhibition«. Er erfuhr, was Annie arbeitete, hörte, dass ein David und seine Nancy wieder zusammen waren, jemandem die Tante gestorben war und ein Bruder Vater wurde. Im Schlafzimmer, wo man Mäntel und Jacken abgelegt hatte, stand ein Fitnessapparat, in der Küche war die Abwaschmaschine an der Arbeit, das drahtlose Telefon klingelte, Kevins Mutter liess alle grüssen. Das Essen war gut gewesen. Georg hatte besonders die Erdbeeren mit Schlagsahne genossen.

Gegen zweiundzwanzig Uhr war er zurück in seiner Wohnung. Der Telefonbeantworter, von seinem Vormieter zurückgelassen, war immer auf Bereitschaft gestellt, auch wenn bis auf die Ausnahme von Isa, die ihn wieder zu einer Veranstaltung einladen wollte, noch nie ein Anruf während seiner Abwesenheit gekommen war. Jetzt blinkte die Anzeige. Doch es war ohne Worte wieder aufgelegt worden.

5)
Indirektes Licht sperrte die Nacht aus. Der Läufer dämpfte jedes Geräusch. Eine Ausstellung von Fotografien aus den dreissiger Jahren, »Der Blick vom Empire State Building«, schmückte die Wän-

de. An den Tischen, die Damen trugen Ausschnitte, die Herren Manschetten und Fliegen, unterhielt man sich mit vornehmer Zurückhaltung. Kein lautes Wort war zu vernehmen; nur das Klirren der Gläser, Besteck, das an Porzellangeschirr stiess, Kichern, die knirschende Computerregistrierkasse. Die Bedienung schwarzweiss gekleidet, die Speisekarte französisch, und die Preise erinnerten Georg daran, dass er am Morgen noch einen Reisescheck einlösen wollte. Doch sein Vater versicherte ihm, er könne sich aussuchen, was er wolle. Er winkte den Kellner herbei, um zu fragen, was für Kreditkarten hier oben akzeptiert würden. Welche er denn habe, erkundigte sich dieser herablassend, dazu liess er seinen Blick über ihre Kleidung streifen, als hätte ihn etwas beleidigt. Anstatt ihm eine zu nennen, zeigte der Vater seine aufgeklappte Brieftasche her, dabei fielen einige Banknoten zu Boden, genug, um die ganze Speisekarte zu bestellen, wie Georg sah. Einige Gäste wandten sich nach ihnen um. Der Kellner aber würdigte das Geld keines Blickes. Er sagte nur »Alle« und zog sich zurück. »Siehst du, bestell ruhig«, meinte der Vater, während er sich nach dem Geld bückte.

»Wir könnten auch nur etwas Kleines gegen den Hunger nehmen und unten irgendwo essen«, gab Georg zu bedenken.

»Ach was. Kümmere dich nicht um die Preise.« Vater hatte den Mantel über die Stuhllehne gehängt. Georg behielt die Jacke an. Wie sie sich gegenübersassen, wusste er nicht, was es noch zu reden geben könnte. Jetzt lenkte keine Aussicht mehr voneinander ab. Unerbittlich sass man sich gegenüber. Die Worte seines Vaters erreichten ihn wie durch einen Fernsprechautomaten. Sprach er selber, musste seine Stimme eine viel zu lange Distanz zurücklegen. Ihre Verbindung war wieder künstlich geworden. Die ganze Situation erschien ihm plötzlich von fremder Hand gelenkt, und er kämpfte mit der Vorstellung, sein Vater hätte das alles inszeniert. Alles war möglich. Sogar dass sich dieser nach dem Essen auf die Brüstung stellte, ein letztes Krächzen von sich gab und von dannen flog, in die Nacht hinein.

Im gläsernen Kelch zwischen ihnen brannte unruhig eine schwimmende Kerze. Als der Vater rauchen wollte, kam der Kellner herangeschossen. Sie sollten sich doch bitte an einem der Tische hinten, in der speziell bezeichneten Raucherecke niederlassen. Hier vorne sei rauchfrei. Vorschrift der Behörde. Da sie keinen Aschenbecher vor sich stehen hatten, nahm der Kellner ihm die schon brennende Zigarette wortlos, mit steifen Fingern ab. Vater blies ihm den letzten Rauch hinterher.

Kapitel dreizehn

1)

Von den Brötchen, die der Kellner mit den Getränken gebracht hatte, war keines mehr übrig. Vater hatte sie alle gegessen, vier an der Zahl, zusammen mit der gewürzten Butter. Er hatte sie hinuntergeschlungen wie vor Stunden die Wurst, vegetativ, nebensächlich, als wäre Essen ein Vorgang wie das Atmen. Der Weisswein war zu süss, das Mineralwasser ausgetrunken. Es blieb das Warten, bis der Kellner auftragen würde. Auf drei Seiten von Glaswänden eingefasst, war das Restaurant ein Aquarium im Raum einer verlassenen Nacht geworden. Einer dem anderen verbunden, waren sie hineingestolpert und beide gefangengesetzt. Allein Worte konnten noch retten. Es musste etwas gesagt werden, irgend etwas Neues, eine Frage gegen die Leere. Soweit sich Georg erinnern konnte, war sein bisschen Geschichte mit dem Vater ein einziges Frage- und Antwortspiel gewesen:

»... und überlegst du nie, mit der Arbeit aufzuhören?«

»Oh doch. Aber in solchen Dingen war ich nie ein Abenteurer. Alles, was ich wollte, war ein gesichertes Einkommen, über das ich selber verfügen konnte, und eine eigene Wohnung. Schon damals, mit deiner Mutter. Aber sie wollte unbedingt im Kibbuz leben. Das allein wäre zwischen uns beiden schon unvereinbar gewesen, ich hatte genug von Lagern, gleich welcher Art. Und während sie am liebsten unmittelbar nach der Hochzeit wieder nach Israel abgereist wäre, habe ich mich von meinen Schwiegereltern überzeugen lassen, erst einen Beruf zu erlernen und so lange zu bleiben. Warum sollte ich zu arbeiten aufhören? Ich verdiene gut. Nicht immer koscher, aber genug, um mich von einem Tag auf den anderen entschliessen zu können, nach New York zu fliegen. Nur so. Aus Lust.«

»Dann bist du also glücklich? Keine Sorgen?«

»Nein. Keine. Nur etwas beunruhigt mich ein wenig ...«

»Nun?« Georg war froh, den Redepart losgeworden zu sein.

»Ich frage mich, was aus dir wird. Keine Kinder, keine Familie, und beruflich gleichst du für meinen Geschmack allzusehr mir. Wir wollten damals einfach nur gut leben, nach allem, was wir durchgemacht hatten. Von einer Karriere konnte jeder halten, was er wollte. Was mich betraf, mied ich jede überflüssige Anstrengung. Daran hat sich bis heute nichts geändert. So etwas ändert sich nie mehr. Aber du hättest doch andere Voraussetzungen. Ich frage mich wirklich, wie das bei dir im Alter aussehen soll.«

»Da mach dir mal keine Sorgen. Für mich allein wird es schon reichen.« Alle Privilegien genossen, die seine Generation in diesem Teil der Welt nur haben konnte, von grösseren Herausforderungen verschont, das Leben offen, man hat studiert, war weit herumgekommen, sprach mehrere Sprachen, verfügte über ein solides Allgemeinwissen; seiner Zeit stand man interessiert gegenüber, konnte es sich sogar leisten, unbezahlt zu arbeiten, und brauchte nicht einmal einen trefflichen Grund dafür zu haben, kurz, letztlich war es durch ein wesenloses Zögern des Schicksals verschuldet, dass man an freundlicheren Gestaden abgesetzt worden war – nur einen Fuss breit früher oder später, und man wäre vielleicht zerschellt, was immer noch geschehen konnte, wie Georg sehr wohl wusste. So sass er nun vor seinem übriggebliebenen Vater, hatte alles herausgefunden und verstand noch immer nicht.

»Ja, das glaubst du. Ich wäre mir da nicht so sicher.« Vater liess seinen Blick in die Runde schweifen. »Schau dir nur diese Leute an. Wir essen am selben Ort wie sie. Aber wenn wir hier leben müssten, würden wir jetzt nicht hier oben sitzen. Ich ein ... Ja, was bist du eigentlich?«

2)

In seinem Rücken hörte der Volontär das Tipptapp von Amy. Sie war am Computer schneller als irgend jemand sonst von der Belegschaft. Klein und gekrümmt sass sie in ihrer immer gleich schwarzen Kleidung hinter einem Vorhang aus dunkelbraunen Haaren über der Tastatur. Er hatte noch nie mehr Worte mit ihr gewechselt als eine kurze Begrüssung am Morgen und das »See you tomorrow« am Abend, so sehr war sie in ihre Arbeit vertieft und es gewohnt, niemandes Beachtung auf sich zu ziehen. Einmal hatte er sie mit Judith sprechen gehört, die nach dem Namen der britischen Untersuchungskommission über die Unruhen von 1936 in Palästina suchte. Sie fragte alle der Reihe nach. Niemand wusste es. Bis auf Amy. »Peel Commission. Peel with a double e«, antwortete sie sanft, aber entschieden und wandte sich wieder dem Computer zu. Der ernsthafte Tonfall in ihrer Stimme wollte nicht zu ihrem jungen Gesicht passen. Dave hatte bestätigt, dass sie von allen, die hier arbeiteten, zu denen mit dem breitesten Wissen gehörte. »Fast eine Kindergreisin, mit ihren 22 Jahren.« Auch jetzt, da Georg sich einen Ruck gab und sie bat, mit ihm Mittagspause zu machen, er brauche für seine letzte Kassette ihre Kenntnisse der Geschichte Palästinas und des Staates Israel, war ihr das »Ja« kein Innehalten an den Tasten wert.

Sie studierte Nahöstliche Geschichte am Queens College, sprach Jiddisch, Hebräisch und Arabisch. Fertig geformt purzelten die Happen Geschichte aus ihrem weichen Mund und blieben in handlichen Brocken vor Georg auf dem Tisch liegen, bereit zu seiner Verfügung, die Amy schon nicht mehr interessierte. Wie bei allen aus der Belegschaft schien auch ihr Blick den ganzen Erdkreis einzusehen, man artikulierte die schwierigsten Namen von osteuropäischen Dörfern, als wären es Stationen an der U-Bahn-Linie, die man jeden Tag benutzte, und fand sich im alten Kontinent besser zurecht als in der südlichen Bronx oder manchen Gegenden Brooklyns, die man noch nie betreten hatte. Die fünf Bücher Moses gehörten zur Vorgeschichte der eigenen Sippe, Israel, der Stammessitz, war eine Destination für Gruppenreisen geworden. Anstatt für die Promovierungsfeier zum Mount Rushmore fuhr man als Teil eines andauernden Initiationsritus nach Israel. Beides lag in gleicher Distanz zu New York, irgendwo in Amerika.

Abends blinkte die Anzeige des Telefonbeantworters wieder, ohne dass eine Nachricht hinterlassen worden wäre. Georg sprach eine neue Ansage auf das Band: »... Ich bin täglich erst ab zwanzig Uhr Ortszeit unter dieser Nummer zu erreichen. Bitte versuchen Sie es nochmals. Sie können mir nach dem Piepston auch eine Nachricht hinterlassen. Ich werde so bald als möglich zurückrufen. Vielen Dank.«

Am folgenden Morgen im Büro setzte er Judith davon in Kenntnis, dass er nicht mehr für sie arbeiten könne. Er dankte ihr für alles, und als sie erstaunt fragte, ob das ein Abschied sei, antwortete er ausweichend: »Ich glaube, die Zeit läuft langsam ab.« Im Tonraum vergewisserte er sich, ob im Schrank neben der letzten Kassette, jetzt ordentlich angeschrieben, nichts liegengeblieben war, da platzte Ben herein: »Was höre ich? Du willst uns verlassen?«

»So wie es aussieht, werde ich bis morgen die letzte Kassette erledigt haben. Dann wird es an der Zeit sein. Oder hast du mir ein anderes Angebot zu machen?« Ben hatte sein süsssaures, nicht einzuschätzendes Lächeln auf dem Gesicht. »Na siehst du ...«, sagte Georg.

»Bis morgen, hast du gesagt? Das wäre ja wunderbar. Mr. Hersh kommt noch diese Woche. Und verabschiede dich ordentlich von mir, hast du gehört«, rief Ben noch durch die sich schliessende Türe vom Gang her.

Nachmittags war der Volontär zu einem letzten Besuch verabredet. Er hatte Leni an einem Platzkonzert vor dem Lincoln Center kennengelernt. »Leni. Meine beste Freundin. Dabei könnte sie mit ihren über achtzig Jahren genausogut meine Mutter sein«, war sie ihm von Nava vorgestellt worden. »Oder Ihre Grossmutter«, richtete sich Leni lachend an ihn und liess die Klezmer-Darbietung auf der Bühne geduldig über sich ergehen. »Wenigstens beherrschen sie ihre Instrumente. Und sie geben sich ja Mühe. Aber es kommt mir alles so ... wie soll ich sagen, so an den Haaren herbeigezogen vor. Früher war das anders. Nicht bloss eine Mode.« Dave hatte ihr beigepflichtet.

Leni war Fotografin. Georg wusste von Nava und Dave, dass sie in ihren jungen Jahren, noch in Berlin, zu den Bekanntesten ihres Faches und als eine der wenigen Frauen zu den Pionierinnen gehört hatte. Ab 1938 habe sie gezwungenermassen nur noch für jüdische Publikationen gearbeitet und dabei begonnen, Abzüge und Negative zu sammeln, auch die Arbeiten von anderen. So sei eine der grössten Fotosammlungen über das jüdische Leben in Osteuropa unmittelbar vor der Vernichtung entstanden, wenn nicht die grösste überhaupt. In die USA ausgewandert, habe sie noch während des Krieges für verschiedene Institutionen ausgedehnte Reisen nach Palästina und dem Mittleren Osten gemacht und sei schnell eine angesehene Reporterin geworden. Nun interessierte sich das Museum für ihre Sammlung. Leni zierte sich noch, doch die Chancen standen gut. Man suchte nur noch nach einer Finanzierungsquelle.

Georg bat sie, bevor der Fiedler in amerikanisch eingefärbtem, unglaubwüridigem Jiddisch das letzte Stück angesagt hatte, ob er sie in den nächsten Tagen besuchen dürfe. Zu seiner Überraschung sagte sie trotz ihrer über achtzig Jahre ohne Zögern zu. Es werde ihr eine grosse Freude sein, ihm die Sammlung zeigen zu dürfen. »Aber kommen Sie auf jeden Fall in den nächsten Tagen, denn es könnte sein, dass ich bald für einen grösseren Auftrag verreisen muss.«

3)
Sanft gewelltes Land glitt vorüber, knorrige Bäume in Reih und Glied, ein Streifen Wasser vor dem Horizont. Niemand hatte mehr als ein paar Stunden geschlafen. Dennoch torkelten jetzt alle zu den Fenstern. Das Mittelmeer. Sein Blau versetzte in Erstaunen. Die einen mochten sich mit der nun endgültig herandräuenden Zukunft beschäftigt oder schon das erste Heimweh verspürt haben, wir anderen aber versuchten das Schiff zu erspähen, bis die Häuser den Geleisen zu nahe rückten und der Zug langsam durch die Vororte von Bari rollte.

Die Morgensonne über der Hafenmole blendete. Ich machte ein paar steife Schritte auf einen weissen Rumpf zu, von dem schlaffe Taue herunterhingen. Am Bug prangten die grossen Lettern »GALILA«. Einen Augenblick lang war mir, als sei ich der einzige, der das Schiff besteigen würde. Dann kam mir meine Tasche in den Sinn. Sie musste noch im Abteil liegen. Erschrocken wandte ich mich um und stiess beinahe in Shoshana: »Lass dir nicht ständig alles hinterher tragen.« Zögernd entliess der Zug hinter mir seine Fracht. Alle strebten der Öffnung im Schiffsbauch zu. Über schmale Treppen kletterten wir an Deck. Dort wurden gerade die Taue eingeholt. Es roch ölig. Der Boden vibrierte. Ein paar von uns winkten. Doch auf der Mole stand niemand mehr.

Die Überfahrt verlief ruhig. Wer welche hatte, lebte so gut es ging den Bräuchen nach. Wenigstens war es nicht schwierig, die Richtung für das Gebet einzuhalten. Jerusalem lag, wohin der Bug wies. Am Abend sassen wir im grossen Saal. Es gab Musik und

wieder Vorträge. Arbeitsmöglichkeiten, Einwanderungsformalitä-
ten, die ersten Tage nach der Ankunft, Sprachkurse, die Armee,
das tägliche Leben – Shoshana machte zu allem Notizen. Aber
ich wollte Autobusfahrer werden, oder vielleicht Zugführer, irgend etwas, wobei man herumkam und sich dennoch eine eigene
Wohung und Kinobesuche leisten konnte. Meine Vorstellungen
über unsere gemeinsame Zukunft befriedigten Shoshana nicht. Sie
habe nicht vor, ihr Leben einem Haushalt zu widmen, und bestand darauf, wie vorgesehen in einen Kibbuz zu gehen, wogegen
ich nichts einzuwenden hatte. Für die erste Zeit. Dennoch fielen
ihre Zärtlichkeiten immer karger aus, und mit Laszlo an Deck
spazierend sah ich sie neben einem Mann über die Reling gelehnt,
Seite an Seite, nachdem ich sie seit dem Streit am Morgen nicht
mehr gesehen hatte. Es war um die Hühnerzucht im Kibbuz gegangen. Ein begeisterter Leiter hatte in einem Vortrag erklärt, im
ganzen Land gebe es nur ein paar wenige Batterien, die meisten in
arabischen Händen, und wer jetzt damit anfange, könne es bald zu
etwas bringen; ich hatte Shoshanas Begeisterung zu dämpfen versucht, indem ich anmerkte, Eierspeisen zwar zu mögen, aber deshalb nicht mein Leben lang in Hühnerkot herumzustapfen
brauche. Laszlo zog mich am Ärmel fort. Sie hatten uns nicht
bemerkt. Als ich Shoshana beim Abendessen traf, fragte ich sie so
beiläufig wie möglich, was der andere von ihr wollte.

»Nichts. Nur ein wenig anbändeln«, antwortete sie noch beiläu-
figer.

»Und, wie stehst du dazu?«

»Ich werde es ihm nicht verbieten, falls du das meinst.«

Den Rest der Überfahrt hatte ich Liebeskummer, vermied aber
tunlichst, mir etwas anmerken zu lassen, und beteiligte mich wak-
ker bei Gesang und Tanz am Gruppenleben auf Deck. Irgend einmal waren die Umrisse einer Küste zu erkennen. Jetzt sang niemand mehr. Aber es ging noch ein paar Stunden, bis sich eine
Bucht herausschälte. Langsam schob sich die Kulisse näher: Karge
Hügel, gelbliche Felsen, Häuser, grüne Flecken, Zypressen, die
kleine goldene Kuppel, Kräne im Hafen. Ein Boot legte seitwärts
an. Zwei Männer in kurzärmligen Hemden kamen an Bord. Wir
versammelten uns im Zwischendeck, bis das Schiff ausgezittert
hatte. Es war wohl, während wir an Land gingen, als Shoshana und

ich uns endgültig trennten. Vor den Einwanderungsbeamten an ihren kleinen Tischchen stand sie bereits in einer anderen Reihe.

Ein trockener Geruch lag in der Luft. Heller Staub bedeckte die Karosserien der Armeefahrzeuge, die für unseren Weitertransport bereit standen. Niemand war gezwungen aufzusteigen, aber mir fiel es auch jetzt, unmittelbar nach unserer Ankunft, nicht ein, einen eigenen Schritt zu machen, und so folgte ich den meisten meiner Kameraden auf einen der Camions, die uns ins nördliche Jordantal bringen sollten. Vielleicht wäre ich darauf gefasst gewesen, was uns erwartete, wenn ich den Vorträgen besser zugehört hätte. Nach ein paar Stunden Fahrt wurde die Wagenplane von aussen hochgeschlagen, ich sprang mit den anderen ab und stand mitten in einer feuchten Lichtung, umgeben von Gebüsch. Ich blickte mich um: ein paar Zelte, Unterstände aus getrocknetem Schilf; unsere künftigen Betten, Eisenrahmen mit Drahtgeflechten, warteten zu einem Haufen geschichtet unter freiem Himmel. Das war der versprochene Kibbuz. Benommen überlegte ich, wie man diesem Ort möglichst schnell entrinnen konnte. Um das Elend abzurunden, setzte Regen ein.

Tagsüber mussten wir roden, Zelte aufbauen, zusätzliche Betten organisieren, Baracken zimmern, abends lernten wir die Handhabung verschiedener Waffen, und an den Wochenenden hörten wir wieder Vorträgen zu; diesmal darüber, was aus dieser Lichtung würde, wenn alle gemeinsam anpackten – das Land, wo Milch und Honig flössen, Awuka, hier sei es und wartete auf unsere fleissigen Hände, niemand sollte mehr besitzen als die anderen, alles Geld zusammengelegt werden, das Kollektiv sei unser Eigentum, doch die gemeinsame Kasse blieb leer, und die Vorträge besuchte bald niemand mehr.

Einigen mag es gefallen haben, eine Siedlung von Grund auf neu zu errichten. Wir anderen beschlossen, im benachbarten Kfar Ruppin, einer älteren Gründung von Polen und Ungarn am Ufer des Jordans, um Aufnahme zu ersuchen. Als Kundschafter wählte man mich. Wir sattelten das alte Pferd. Ich musste es einige Male heftig mit den Absätzen in die Seiten treten, bis ich losreiten konnte, und auch später blieb es immer wieder stehen und wartete mit hängendem Kopf darauf, traktiert zu werden. So ritt ich an einem späten Nachmittag in Kfar Ruppin ein.

Die Leute kamen von der Arbeit. Sie strebten dem Esssaal zu. Selbstverständlich stünde es uns frei, das Kibbuz zu wechseln, antworteten sie auf mein Klagelied. Es wurde vereinbart, dass an einem der nächsten Tage die Gruppe herüberwechseln sollte. Hier hätte man durchaus Verwendung für uns.

Zurück trottete das Pferd ohne mein Zutun. Insekten schwirrten in der Luft, und durch die Dämmerung flogen schattenhaft Vögel. Es wurde dunkler, aber die Spur durch das Gehölz blieb eindeutig. Ich konnte das Pferd getrost sich selbst und mich meinen Gedanken überlassen, die zwischen der Zukunft, wie ich sie mir vorgestellt hatte, und meiner eben erst abgelegten Vergangenheit, vom Zockeln unter mir gewiegt, hin und her pendelten. Ungarn lag versunken hinter dem Meer, Europa war nur noch eine Himmelsrichtung, und das neue Land, diesen verlorenen, sumpfigen Flecken Erde in der Nähe des Jordans, hatte ich eben erst betreten. Alle meine Bekannten waren Männer. Ich vermisste Shoshana. Da überkam mich ein Schrecken: der Rest meines Lebens ein sich nach hinten verengender Tunnel, und ich musste mich daran erinnern, dass ich schon einmal entronnen war.

In Kfar Ruppin wurden wir als erstes zur Arbeit auf dem Feld eingeteilt. Ich meldete mich sofort, als Freiwillige für den nächtlichen Wachtdienst gesucht wurden, denn die etwas besseren Infrastrukturen hatten nichts an der unausstehlichen Hitze dieser Gegend geändert. Eine Arbeit bei Nacht und das Wachtlokal im angenehm kühlen Bunker versprachen Erleichterung. Also beleuchtete ich fortan vom Turm herunter die Uferstreifen des Jordans, tastete mit riesigen Fingern die Baumwipfel ab, versuchte dem Flug der Fledermäuse zu folgen und lauschte in das Rascheln des vom Lichtkegel aus dem Dunkel gegriffenen Gebüsches.

Da war jemandem unsere Wette in Wien wieder eingefallen: Wer von uns würde als erster in den heiligen Jordan pinkeln? Wir verabredeten uns am nächsten Morgen vor dem Frühstück, die Zeit, da ich normalerweise von der Wache kam, was die anderen nicht wussten, und so nahm ich mir vor, schon am Ufer zu stehen, wenn sie einträfen. Dann wäre ich garantiert der erste. Ich stand auch früh am Wasser. Als ich mich umwandte, sah ich die anderen wie erwartet oben auf der Böschung stehen. Sie fuchtelten mit den Armen. Ich winkte zurück, überzeugt, die Wette gewonnen zu haben. Sie fuchtelten herum. Ich verstand nicht, was sie riefen. Wahrscheinlich hatten sie aufgegeben. Weitere Leute gesellten sich zu ihnen, mittlerweile waren es gut über zwanzig Leute geworden. Einer hielt jetzt ein Megaphon in der Hand. Er rief auf Ungarisch, ich solle schön ruhig stehen bleiben. »Keine Angst. Die Armee wird kommen und dich rausholen. Es besteht kein Grund zur Panik.« Ich konnte mir keinen Reim darauf machen, den Druck in meiner Blase musste ich loswerden. Auch wenn die anderen nicht kamen. Ich hatte noch keinen Schritt in Richtung Wasser getan, da quäkte sein Befehl: »Sofort stehenbleiben. Rühr dich nicht von der Stelle. Du befindest dich in einem Minenfeld.« Fast eine volle Stunde musste ich meinem Drang widerstehen, bis drei Männer in Uniform kamen und mich hinausgeleiteten. Ich erleichterte mich an einem Baum, während sie die Köpfe schüttelten.

Noch gewährten uns die länger Eingesessenen eine Zeit der Gewöhnung, wenngleich ihre Gesten die leichte Ungeduld schon nicht mehr verhehlen konnten und uns bedeuteten, dass wir nicht auf unbestimmte Zeit hinaus Neulinge bleiben konnten. Doch je mehr wir uns an das Kibbuzleben gewöhnten, desto weniger war es dazu angetan, uns auf Dauer zu halten, keinen meiner Freunde und am allerwenigsten mich. Nur um wieder auf Taschengeld angewiesen zu sein, anstatt von Vater nun vom Kollektiv festgelegt, unter Massgabe der erarbeiteten Erträge, also karger als jemals zuvor, dafür waren wir nicht ausgewandert. Das Leben inmitten von Mückenscharen, im feuchten, niedrigen Wald, an den glucksenden Wassern dieses Flusses, der in den Vorträgen und Büchern so viel majestätischer dahergeflossen war, die ausweglose Hitze, Leute, gezeichnet von der Arbeit, als einzige Idee die Verwandlung eines Fleckens Erde zu einer gemeinsamen Siedlung, das war nicht die Heimstätte unserer Vorstellungen: Strände, Kinos, Restaurants und eine eigene Wohnung. Eines Tages, frühmorgens nach der Wache, zog ich nach Haifa los. Meine Sprachkenntnisse genügten, um den Busfahrer zu überreden, mich mitfahren zu lassen, auch wenn sich herausgestellt hatte, dass mein Fahrgeld nicht reichte, aber für den eigentlichen Zweck meines Ausfluges, Arbeitsmöglichkeiten und Unterkunft zu erkunden, halfen sie mir nicht weiter. Ich kam gerade rechtzeitig nach Kfar Ruppin zurück, um mich vor Wachantritt im Bunker noch etwas schlafen legen zu können, und als ich unter heftigem Schütteln und den Flüchen meines Vorgesetzten wieder erwachte, hätte ich längst auf dem Turm sein müssen.

Zur Strafe wurde ich einer Baugruppe zugeteilt. Zementsäcke und Ziegelsteine schleppen kannte ich aus anderer Zeit. Für mich bedurfte es keiner weiteren Gründe mehr, mich abzusetzen. Auch meinen Freunden schien die Zeit gekommen. Diesmal wollten wir es in Jerusalem versuchen. Wir hatten gehört, dass es dort Häuser gab, auf die niemand Anspruch erhob, nachdem die Araber sie während der Kämpfe um die Stadt vor mehr als einem Jahr aufgegeben hatten. Wieder war ich es, der loszog.

Ein Haus war tatsächlich schnell gefunden. Leer und kühl, dikke Steinmauern, hohe Räume, wie ich auch bei zugezogenen Läden erkannte. Bei jedem Schritt raschelte es auf dem Boden. Aber die Ratten machten mir nichts aus.

Auf dem Weg zurück ins Kibbuz, zu diesen schwer arbeitenden, von Feld und Stall immer schmutzigen, dennoch zuversichtlichen und bescheidenen Leuten in ihrer abgeschiedenen Welt, wo meine Freunde mich erwarten sollten, wähnte ich mich dem Geheimnis um die Freiheit schon auf der Spur. Meine Sachen fand ich hinter der Küche. Die Matratze war eingerollt, meine Decke daraufgelegt, das zusammengeklappte Metallgestell lehnte an der Wand. Aber weder Kufu noch einer meiner anderen Freunde war auffindbar. Ich schrieb auf einen Zettel: »Haus gefunden. Keine Arbeit. Aber gute Aussichten« und die Adresse des Hauses. Diesen heftete ich an das Mitteilungsbrett im Esssaal. Matratze und Decke band ich zu einem Bündel, das Gestell musste ich zurücklassen, der Rest meines Gepäcks bestand aus nicht mehr als der Umhängetasche, die seit Ungarn kaum voller geworden war. Inzwischen war es später Nachmittag geworden. Ich machte mich ohne Geld auf den Weg, gefasst, dass es vielleicht die ganze Nacht dauerte, bis mich jemand unentgeltlich mitfahren liess. Beim Bushäuschen an der Hauptstrasse warteten Leute. Im Geflimmer über dem Asphalt erkannte ich bald meine Freunde, jeder sein Bündel neben sich auf dem Boden. Sie waren überzeugt gewesen, mich in Jerusalem zu finden, und hatten den Nachmittag irgendwo am Schatten schlafend verbracht. Ich wunderte mich nur kurz, woher sie plötzlich

Geld für die Reise hatten, genug, damit es auch für mich reichte, wie sie mir versicherten.

Der Abend war gerade angebrochen, als wir Jerusalem erreichten. Im Strom der unübersichtlichen Menschenmenge liessen wir uns durch die Strassen treiben. Ich kannte die allgemeine Richtung. Wie wir vor dem betreffenden Haus anlangten, lag es hinter Stacheldraht, von einem Soldaten bewacht. Ich glaubte, mich getäuscht zu haben, doch stellte sich heraus, dass die Armee das Gebäude beschlagnahmt hatte. Es stand direkt auf der Demarkationslinie zwischen dem jordanischen und dem israelischen Teil der Stadt. Mitternacht schon vorbei, verbrachten wir die nächsten Stunden in der grossen Autobusstation. Bei Tagesanbruch waren vom ursprünglichen Trupp aus Kfar Ruppin nur noch Laszlo und ich übriggeblieben, die anderen hatten irgendwelche Verwandten, die sie aufsuchen konnten. Mit dem letzten Geld genehmigten wir uns eine Portion Pitah und Falafel am Imbiss des Café »Pest«. Der Kellner, ein Ungare, gab uns die Adresse der Pension »Klein«. Dort könne man gegen Kredit wohnen und einmal pro Tag essen.

Ein alter Mann im Morgenrock und Kopfbedeckung öffnete. Herr Klein persönlich. Nach einem kurzen Gespräch – Ende jeden Monats, Stichtag Freitag, müsse bezahlt werden, Samstag nehme er kein Geld entgegen, wer sich nicht daran halte, würde ohne weitere Frist auf die Strasse gesetzt – erklärte er sich einverstanden, uns aufzunehmen. Auch wenn er schon über siebzig sei, er lasse nicht mit sich spielen. In diesem Punkt sollten wir uns gar nicht erst Hoffnungen machen. Bei Verstössen gegen die Regeln des Hauses würde hart durchgegriffen. Wir nickten dankbar, und er wurde ein wenig versöhnlicher. Er war in Jerusalem geboren, hatte aber nach dem Rabbinerseminar in Budapest einer kleineren Gemeinde in Ungarn als Kantor gedient, und als er nach vielen Jahren zurückkehrte, waren schon so viele Rabbiner aus Europa in Palästina eingewandert, dass er lieber die Möglichkeit ergriff, eine Pension zu eröffnen. Uns Ungarn kenne er gut. Da mache ihm niemand etwas vor. »Ein klares Regime, keine Kompromisse.« Das sei von allem Anfang an sein Motto gewesen, unterstrich er und erhob sich.

Onkel Kleins Gemüsesuppe, am Sabbat angereichert mit Huhn oder Fisch, ansonsten mit zwei Scheiben Brot als Beilage, deckte trügerisch einmal im Tag den Boden des Loches in meinem Magen. Glücklicherweise war es Laszlo gelungen, mit einer Angestellten des Imbissstandes gegenüber anzubändeln, einer Ungarin. Wenn sie Dienst hatte, bekamen wir eine Portion Falafel, die gross genug für beide war. Manchmal mussten wir bezahlen, öfters nicht, je nachdem, ob der Besitzer in der Nähe war. Dennoch waren wir ständig hungrig. In der Not assen wir Feigen, die wir in Gärten und Parks von den Bäumen stahlen. Wir gaben uns nicht einmal die Mühe, die Staubschicht abzureiben, bevor wir sie verschlangen. Ich bekam wieder Durchfall.

Weiterhin strömten Woche für Woche Tausende von Neueinwanderern ins Land. Es hiess, seit der Staatsgründung habe sich die jüdische Bevölkerung mehr als verdoppelt, die Einwohnerzahl ging gegen die zwei Millionen, und die Infrastrukturen des Landes stammten aus der Zeit vor der Jahrhundertwende, wo sie für nicht einmal eine halbe Million Menschen genügen mussten. Sämtliche Lebensmittel, ausser norwegischem Fisch und Oliven, waren nur gegen Coupons erhältlich. Verglichen mit den Heerscharen, die auf unbestimmte Zeit in Zeltlagern hausen mussten, stand es um uns gut. Zu gut jedenfalls, als dass sich irgendeine Behörde des Staates um uns gekümmert hätte. Hauptsache, wir waren im Land. Was darüber hinausging, war uns überlassen. Ungebunden und gesund, mussten wir selber schauen, wie wir durchkamen, wurde uns angedeutet, wo immer wir uns mit der stillen und manchmal auch lauthals geäusserten Erwartung hinwandten, dass uns jemand helfen würde. Wir rannten die ganze Stadt nach Arbeit ab. Schliesslich kam Laszlo als Ziegelbrenner unter. Ich wusch eine Weile Flaschen in einer Getränkefabrik, doch nach einigen Wochen wurde der Betrieb eingestellt, und Laszlos Lohn musste für beide reichen. Er goss unterdessen Betonelemente.

Kufu hatte ebenfalls bei Onkel Klein Quartier genommen. Er war mit der Idee aufgetaucht, dass wir es bei der Polizei versuchen sollten, die festen Sold, wenig körperliche Arbeit und den Erlass des Militärdienstes versprach. Wir versuchten es von Tiberias im Norden bis Beer Sheva im Negev, von Ashdod bis Jaffa, doch ohne bessere Sprachkenntnisse hatten wir nicht den leisesten Hauch einer Chance. Mir kam zu Ohren, dass die Polizei von Tel Aviv Fahrer suchte. Fahrer brauchten die Sprache nicht perfekt zu beherrschen, überlegte ich und reise stracks hin. Meine Annahme stimmte. Der Offizier wollte nur wissen, ob ich Erfahrung mit Autos habe. Ich bejahte; mein Führerausweis sei in Ungarn zurückgeblieben. Er musterte mich von oben bis unten und führte mich in den Hof hinter der Polizeikaserne. Dort stand eine ganze Reihe Jeeps. Ich musste hinter ein Steuerrad steigen. Der Offizier setzte sich neben mich. Ich sollte eine Runde um den Block fahren. Ausser vom Steuerrad wusste ich noch von der Kupplung und einem Knüppel, um die Gänge zu schalten. Die Kupplung musste mit dem Fuss runtergedrückt werden, erinnerte ich mich, startete den Motor ohne Schwierigkeiten und liess das Pedal wieder los. Es quietschte. Glas splitterte zum hässlichen Geräusch von sich verbiegendem Metall. Dem Offizier war der Hut in den Schoss gefallen. Er stieg aus. Was er sagte, hörte sich an wie ein Fluch. Ich rührte mich nicht, während er um den Wagen stampfte, die Türe auf meiner Seite aufriss und schrie: »Hau ab. Hau ganz schnell ab.« Das verstand ich.

Als nächstes meldete ich mich beim städtischen Irrenhaus. Dort wurde ein Nachtwächter gebraucht; Sprachkenntnisse unwichtig; fünf Pfund die Schicht. Die erste Nacht lag ich auf der Couch in der Personalkammer. Dafür liess ich mich gerne bezahlen. Zweimal die Woche hier schlafen sparte mir zwei Nächte in der Pension Klein. Zusammen mit dem Lohn ergab das eine erhebliche Verbesserung meiner Lage, rechnete ich dösend aus, da stürzte die Gehilfin herein, die während der Nacht die Schwester ersetzte. Noch bevor ich mich erheben konnte, hatte sie eine Spritze zur Hand genommen, rannte zum Medikamentenschrank, zog die Ampulle auf und zerrte mich erregt am Arm aus dem Raum. Dazu stotterte sie:

»Zimmer 17. Ich glaube, Herzinfarkt.« Noch auf dem Gang wurde mir schlecht. Gerne überliess ich alles weitere ihr, waren meine Instruktionen für Notfälle doch in Hebräisch gedruckt. Sie machte trotz der Eile einen sehr zielgerichteten Eindruck und verschwand in einem der Zimmer. Ich wartete ein paar Minuten vor der betreffenden Türe. Dahinter war alles ruhig. Endlich getraute ich mich hinein. Die Gehilfin stand neben einem Bett. Sie strich ein paar Falten in der Decke glatt. Der Patient lag ruhig.

»Alles wieder in Ordnung?« fragte ich dankbar.

»Ja, er ist tot«, antwortete sie leise, damit in den anderen Betten niemand aufwachte. Nach Schichtende verliess ich das Irrenhaus und kam nicht mehr zurück.

Wir verbrachten ganze Vormittage in der Kolonne auf dem Arbeitsamt, nur um am Schluss den schon erwarteten Bescheid »Wieder nichts« entgegenzunehmen, nebst dem immer gleichen Rat, zurück in den Kibbuz zu gehen und einen Sprachkurs zu absolvieren. Besonders Kufu wehrte sich vehement dagegen. Ich war so verzweifelt, dass ich beschloss, mich bei der Armee zu melden, doch war mein Pech, dass der Waffenstillstand mit den arabischen Nachbarländern zu halten schien und man sogar Leute in die Reserve entlassen konnte. Ausser einer warmen Mahlzeit hatte ich nichts von meinen Bemühungen.

Bei Onkel Klein hatte sich eine neue Pensionärin einquartiert. Sie war an die zehn Jahre älter als ich, von Beruf Kellnerin in einem Hotel. Wenn wir uns im Trepppenhaus oder auf dem Gang zwischen den Zimmern kreuzten, fand sie meistens irgendeinen Grund, um ein kurzes Gespräch anzufangen. Eines Tages lud sie mich ein, im Hotel vorbeizukommen. Ihr Freund am Empfang würde ihr einen Schlüssel überlassen. Jedes Zimmer habe Radio. Wir könnten trinken und dazu Musik hören. Ich liess mich nicht lange bitten. Oben zog sie sich ohne ein weiteres Wort sofort aus und legte sich auf das Bett, ohne die Decke zurückzuschlagen. »Mach schon. Wir können nicht den ganzen Abend bleiben.« Danach glättete sie die Decke, öffnete das Fenster, sagte durch die Türe »Schliess ab und bringe den Schlüssel hinunter« und ging. Als ich sie in der Pension wieder traf, war ich mir nicht sicher, ob sie Geld von mir erwartete. Ich fragte Kufu nach seiner Meinung, dabei erfuhr ich, dass es ihm gleich ergangen war, ebenso Laszlo und Kuhn Mischi, einem anderen Ungarn aus der Pension, mit dem ich mich angefreundet hatte. Er war mit dem Plan gekommen, in den Hafen von Haifa zu schleichen und uns als blinde Passagiere auf einem Schiff zu verstecken, bis es die offene See erreichte. Dann würden wir uns stellen, und der Kapitän müsste uns mindestens bis zum ersten Hafen, den sie anliefen, mitnehmen. »Egal wo, Ungarn kann es ja nicht sein. Ein einfacher, absolut sicherer Plan«, pries Mischi, »jedenfalls aussichtsreicher, als hier auf bessere Zeiten zu hoffen.« Ich erklärte mich bereit, ihn zu begleiten.

Wenn wir Glück hatten, kamen wir so vielleicht nach Amerika oder Australien. An einem Nachmittag machten wir uns auf den Weg. Bis Haifa brauchten wir nur zwei Wagen. Unentdeckt überwanden wir in der Dunkelheit die Absperrungen zum Hafen. Es waren zwei Schiffe an der Mole vertäut. Vorsichtig näherten wir uns. Schon hörten wir die Stimmen der Seeleute an Deck, und ich erinnerte mich an meinen Vorsatz, alles noch einmal zu überlegen, bevor es kein Zurück mehr geben würde. Ein paar hundert Meter trennten uns von den geduldig sich wiegenden, grossen, weissen Leibern, der Tonfall einzelner Rufe kam mir vertraut vor, da erkannten wir die ungarischen Flaggen. Wir schauten uns entgeistert an und machten kehrt um.

Einige unserer Bekannten hatten sich an der Universität eingeschrieben. Da fast niemand Abschlusszeugnisse vorweisen konnte, bestand die einzige Formalität darin, zur Einschreibung mindestens zwei Zeugen aufbieten zu können, die bestätigten, dass man tatsächlich da, wo man herkam, fünf Jahre Gymnasium besucht hatte. Ich war verschiedene Male zu Diensten gewesen und überlegte, vom Fenster im zweiten Stock der Pension Klein auf die Strasse blickend, das System für mich selber zu nutzen. Unten fuhr ein offener Jeep vorbei. An der Kreuzung musste er halten. Hinter dem Steuer sass ein bärtiger Mann in Militärhemd, Ärmel hochgekrempelt, Zigarette im Mundwinkel, den rechten Arm über die Lehne des Nebensitzes gelegt. Sein Hemd war bis auf die Brust geöffnet, deren Behaarung ins Freie quoll, in das herunterfallende Blond eines Kopfes, der an seiner Achsel ruhte. Wann immer ich noch an Shoshana gedacht hatte, dann in kurzen Gedanken, Fotografien gleich, die schon von der nächsten überdeckt wurden, bevor man richtig hinschauen konnte. Doch jetzt meinte ich, von oben ihr lachendes Gesicht zu erkennen, als sie den Kopf übermütig in den Nacken warf und mit einem Blick mein Fenster streifte. Ich trat einen Schritt zurück, die Türe hinter mir wurde aufgestossen. Kufu kam ins Zimmer gestürzt. Die Polizei würde uns aufnehmen, wenn wir bereit wären, in den obersten Norden zu gehen, an die Grenze zum Libanon, wo zwei Stellen frei waren, für die bis jetzt noch niemand gefunden werden konnte. Der Wagen auf der Kreuzung fuhr wieder an, das Bild entfernte sich rasch, aber es blieb eine Zeitlang in den Treibsand meiner Tagträume gezeichnet.

Am ersten Oktober des Jahres 1951 traten wir unseren Dienst an. Schon die Art, wie uns Levi, unser unmittelbarer Vorgesetzter, empfing, liess hoffen. Die tief in seinem schmalen Gesicht liegenden Augen schienen sofort zu erkennen, dass wir im weiteren Verlauf unseres Aufenthaltes seinen Beistand brauchen würden. Wie sich schnell herausstellte, war er Ungar und nur wenig älter als wir. Seine erste Handlung bestand darin, eine passende Uniform für jeden von uns zu finden, und weil er, angefangen bei seinem getrimmten Bart, auch für sich selbst auf ein gepflegtes Äusseres achtete, sahen wir innert einer Stunde nach unserer Ankunft wie richtige Polizisten aus. »Viel Glück. Und wenn ihr ein Problem habt, kommt bitte zu mir, bevor es auf dem Pult von Katz landet«, beendete er seine Einführung.

Wir wohnten mit ungefähr zwanzig anderen Polizisten in einem Betonbau, einer Art Festung, die die Engländer gebaut hatten. Unser Dienstposten, ein Bretterverschlag neben einem Schlagbaum, den niemand ohne Bewilligung passieren durfte, lag einige Kilometer entfernt in einem von Geröll durchsetzten Pinienwald. Zu Schichtbeginn wurden wir hingebracht, die vorherige Besatzung fuhr mit dem Jeep zurück, und die folgenden acht Stunden warteten wir neben der Strasse. Kam jemand, schauten wir kurz auf den Zettel und winkten ihn weiter. Selten gab es Besuch aus der Kaserne, wahrscheinlich von Katz gesandt, dem Verantwortlichen für den ganzen Bezirk Metullah, damit wir nicht etwa in Versuchung kämen, den Posten sich selbst zu überlassen. Bei Schichtende holte man uns wieder ab. Eines Tages aber kam Katz selber im Jeep herangebraust. Unter den Reifen knirschte der Schotter, als er vor der Schranke bremste. Die Staubwolke über der Strasse hatte sich noch nicht verzogen, als er schon vor mir stand, rot im Gesicht. Den Motor hatte er laufenlassen.

»Weisst du, was das für ein Zettel ist?« fragte er, die Hand mit dem Stück Papier vor meinen Augen zitterte. Ich musste einen Schritt zurückweichen, um lesen zu können.

»Du Idiot. Das ist ein Zettel aus einem Waschsalon. Und damit hast du heute morgen einen Wagen durchgelassen!«

Nach diesem Vorfall mussten wir im freien Gelände Wache schieben. Meist in der Nacht. Levi konnte nicht helfen; auch diesen Dienst musste jemand versehen. Dafür anerbot er sich, uns einmal die Woche Unterricht zu erteilen. Wir sollten fleissig Hebräisch lernen, wenn uns langweilig würde. Die Grundlage für einen interessanteren Dienst sei und bleibe eine minimale Kenntnis der Sprache.

Man fuhr uns im Geländewagen in die Landschaft hinaus. Dort mussten wir uns hinlegen, um einen gewissen Radius zu bewachen. Wir erhielten beide ein Gewehr. Die Abende waren kühl geworden. Fröstelnd lagen wir stundenlang zwischen den Büschen. Kufu schmiedete Pläne für die Zukunft, während mir nichts einfiel, ausser im Geiste meine bisherige Karriere in diesem Land nach einem Ausweg abzusuchen: Von der sumpfigen Lichtung im Wald über den Kibbuz am Jordan nach Jerusalem bis hierher, wieder unter freien Himmel, unterdessen mit Sold, aber ohne Möglichkeit, ihn auszugeben, bildete die Tatsache, den Hunger besiegt zu haben, den einzig fühlbaren Fortschritt. Immer wieder lief ich in der kühlen Dunkelheit die Strecke nach einer Verzweigung ab, die ich hätte nehmen können. Während die Nacht dem Morgen zuschlich, hörten wir ein Geräusch, Schritte, unter denen Steine wegrollten. Ich hätte mich still verhalten, aber Kufu, schon immer dreister als ich, rief beherzt, vor Aufregung allerdings in Ungarisch: »Wer da?« Die Antwort verstanden wir nicht. Wie man uns für eine solche Situation unterwiesen hatte, rief ich arabisch »Stopp«. Kein Resultat. Die Schritte wurden weder schneller noch entfernten sie sich, wie ich gehofft hatte. Es war so finster, man sah das Gewehr in der eigenen Hand nicht mehr, und die Taschenlampen anzuzünden getrauten wir uns nicht. Ein weiteres »Stopp«, da begann Kufu zu schiessen, ein Schrei, ich schoss auch, ein Getrampel, Ruhe. Bis zum Morgengrauen blieben wir reglos. Dann erst gingen wir im Gebüsch nachschauen: Ein Mann lag, Gesicht nach unten, auf dem Boden, an den Füssen billige Sandalen. Sein Kopftuch hatte sich im Busch verfangen. Etwas weiter weg fanden wir einen verendeten Esel, vollbepackt mit Süssigkeiten, Zigaretten und anderer Schmuggelware, wie man sie an jedem Kiosk kaufen konnte, aber keine Waffen, kein Sprengstoff, nichts. Das Tier schaute mit verdrehten Augen in den grau eingefärbten Morgenhimmel, am Hals ein rotes Loch, um das sich Fliegen scharten.

Den Rapport schrieb Levi für uns, drei Tage nach dem Zwi-

schenfall teilte uns Katz das Ergebnis der Untersuchung mit: Kufu
hatte den Mann getroffen. Ich, zu meiner Erleichterung, nur den
Esel. »Gratuliere. Wenigstens könnt ihr schiessen. Zwei Schüsse,
beide tödlich, und das in dieser Dunkelheit.«

Trotzdem liessen die Disziplinarverfahren nicht lange auf sich
warten. Das erste erfolgte wegen Verschwendung von Munition.
Wir waren auf einem Jeep gefahren. Irgendeiner sang, die anderen
stimmten ein, und ich begann mit dem Magazin der Maschinen-
pistole den Takt auf das Chassis zu klopfen, ohne zu bemerken,
wie eine Kugel nach der anderen aus dem Schaft sprang, bis die
ganze Munition in regelmässigem Abstand irgendwo auf der Fahrbahn lag. Ich musste vor den Untersuchungsrichter in Tiberias.
Mit einem Tagessold als Strafe kam ich noch gut weg.

Oder Kufu und ich wurden beim Kartenspiel erwischt. Wir
waren zur Bewachung einer Ruine am Ende der Strasse abkommandiert. Der Posten durfte unter keinen Umständen unbewacht
bleiben, keine Sekunde, hatte uns Katz eingebläut. Also kontrol-
lierten wir vorschriftsgemäss jedes Auto, jeden Eselskarren, selbst
Fussgänger. Aber wenn nichts los war, spielten wir im Schutze der
Mauern Karten, überzeugt, früh genug zu hören, wenn sich jemand näherte. Trotzdem gelang es Katz, mit einem triumphieren-
den Schrei ins Licht der Kerosenlampe zu springen, gerade als ich
einkassieren wollte.

Eines Tages riegelte die Armee eines der arabischen Dörfer in
der Umgebung ab. Niemand wusste weshalb. Zur Unterstützung
waren aus den verschiedensten Stationen Polizisten angefordert
worden. Auch Kufu und mich traf es. Wir sollten bei der Durchsu-
chung der Häuser mithelfen, wussten aber gar nicht, worauf zu
achten war. Im Versuch, mich so gut wie möglich zu drücken,
stakste ich herum, schämte mich, denn ich konnte kein Wort mit
den Menschen sprechen, in deren Häuser ich eindringen sollte,
und die Tatsache, dass ich eine Uniform trug, hob diesen Umstand noch hervor. Ausserdem kannte ich einige der betroffenen
Einwohner. Man hatte ja ein gutes Verhältnis miteinander. Im
Gelände, wo wir auf Wache lagen, kam es oft zu Begegnungen, sie
boten uns von ihrem Fladenbrot an, oder wir brachten ihnen entlaufene Ziegen, einmal sogar ein Maultier. Während ich, von meinen Kameraden und Vorgesetzten unbeachtet, zwischen den Häu-

sern umherschlich, immer auf der Hut, dass mich nicht plötzlich jemand bemerkte und aufforderte mitzumachen, hatte ich das dringende Gefühl, mich entschuldigen zu müssen und wusste doch nicht bei wem und wofür. Ich stand vor einer verlotterten kleinen Steinhütte, die Türe bestand aus vernagelten Brettern, die sich zum Teil gelockert hatten, eher ein Stall als eine menschliche Behausung – ein gutes Versteck, um das Ende der Aktion abzuwarten. Nur aus Gewohnheit klopfte ich an. Um so mehr erschrak ich über die heisere Stimme aus dem Inneren. Ich trat ein. Im Flackerlicht einer Kerze sah ich eine Bettstatt, in der eine alte Frau lag. Ich sagte nur »Entschuldigung« und stolperte wieder hinaus. Dabei wäre ich fast über eine an den Türpfosten gebundene, liegende Ziege gestolpert. Die anderen versammelten sich soeben zum Rückzug.

Meinen ersten Urlaub, ein verlängertes Wochenende, verbrachte ich mit Kufu in Tel Aviv. Wir hatten lediglich die Uniformen als Kleidung, denn es hiess, dass Polizisten allerlei Vergünstigungen genossen, von freien Busbilletten bis zu verbilligten Kinoeintritten. Doch vor allem Nutzen bekamen wir die Nachteile zu spüren, denn ständig sprachen uns Leute an, die einen Weg wissen wollten, Hilfe brauchten, um ihr Auto anzuschieben, von einem Taxifahrer zuwenig Wechselgeld erhalten hatten, was auch immer. Das Verhältnis zwischen Bevölkerung und Polizei war noch ungetrübt, der Tonfall ihrer Bitten glich dem von reklamierenden Kunden, als uniformierte Staatsdiener getrauten wir uns nicht, jemandem etwas auszuschlagen. Schliesslich verlegten wir uns darauf, jedesmal, wenn wir wieder um Hilfe gebeten wurden, Eile zu markieren, was mit sich brachte, dass wir auf den belebten Boulevards einen regelrechten Spiessrutenlauf absolvieren mussten.

Einige Tage nach diesem Urlaub, auf der Toilette, verspürte ich ein leichtes Brennen und Jucken, etwas später fand ich gelbe Flecken in meiner Unterhose. Levi half mir auch in dieser Lage. Ohne Aufhebens schrieb er mich krank und schickte mich zu einem ungarischen Arzt nach Safed. Dieser machte mir eine Injektion. Mit Medikamenten und seiner Ermahnung noch im Ohr, das nächste Mal die nötigen Vorkehrungen zu treffen, machte ich mich wieder auf den Weg. Ich hatte vor lauter Eile nicht gefragt, was er damit meinte.

Über neun Monate waren vergangen, die unmittelbaren Sorgen, ausser man zählte Langeweile dazu, besiegt, als Kufu, der im Hauptquartier Dienst hatte, mich eines Tages rief. Er habe eine Meldung gesehen, die sich, so glaube er, an uns richtete. Ich solle selber lesen. Doch ich verstand auch nicht viel. Nur etwas von Rekrutenschule und Kurs. Also zeigten wir sie Levi. »Das ist sie!« rief er aus.

»Wer?« fragten wir verständnislos.

»Eure Chance. Man sucht Funker und Morser. Ein dreimonatiger Kurs.«

Kufu konnte sich nicht sofort entscheiden und blieb im Norden. Ich aber packte am nächsten Tag meine Sachen. Immerhin schon einen ganzen Koffer. In Beit Dagon bei Tel Aviv meldete ich mich in der dortigen Polizeikaserne. Schon am nächsten Morgen begann der Kurs. Vier Stunden in der Früh, vier am Nachmittag, wer nicht genügend Hebräisch konnte – ich war bei weitem nicht der einzige unter den fünfzehn Rekruten –, musste nachsitzen, alles bei lockerer Disziplin, und abends war frei. Immer. Das kam meinen Vorstellungen schon viel näher. Die nächsten drei Monate versprachen eine angenehme Zeit zu werden, ausser dass der Sommer anfing und damit die Hitze. Wir lernten das Morsealphabet, Sprechfunk, machten Kodierübungen, wurden in die technischen Einzelheiten der Funkübermittlung mit den verschiedenen im Gebrauch befindlichen Geräten eingeführt und lernten nebenbei endlich Hebräisch. Ich war gut aufgehoben. Das Lernen verlieh meinen Tagen eine Spur von Sinn, nicht wie diese Rumliegerei an der Grenze.

Levi hatte eine frisch geschiedene Schwägerin in Tel Aviv. Als Hausangestellte eines wohlhabenden Ehepaares bewohnte sie, nachdem sie die gemeinsame Wohnung mit ihrem Mann verlassen hatte, das Kellerzimmer des Hauses, wo sie auch arbeitete. Lag ich mit ihr im Bett, sah ich am Fenster unzählige Beine vorbeigehen. Als mich Kufu an einem Wochenende besuchen kam, stellte ich sie ihm vor, und fortan durfte er die Beine vor dem Fenstergitter zählen.

Am Ende der drei Monate mussten wir eine kleine Prüfung absolvieren. Zu meinem Erstaunen erhielt ich ein sehr gutes Zeugnis ausgestellt. Jetzt war ich ausgebildeter Übermittler bei der israelischen Polizei, eine Qualifikation, mit der man sich seinen künftigen Einsatzort aussuchen konnte, vorausgesetzt, sie hatten dort Verwendung für einen. Ich schrieb Jerusalem auf den Zettel. Der vielen Bekannten und des kühleren Klimas wegen.

Mit dem ersten guten Zeugnis meines Lebens in der Tasche wurde ich der Polizeidienststelle von Jerusalem anempfohlen. Mein Vater wäre stolz auf mich gewesen.

4)

Leni drängte ihn in die helle, geräumige Küche. Mit kaum verhohlener Ungeduld tischte sie Mais- und Gurkensalat auf. Sie selber wollte nichts. Mit Augen, denen der alte Vorsatz eignete, aus allem, was sie sahen, sofort das Wesentliche herauszulösen, schaute sie ihm zu, wie er ass. Von irgendwoher lag plötzlich Käse neben ihm. Kaum war sein Teller leer, schöpfte sie den Rest aus der Schüssel. Mit ebenso energischen Bewegungen räumte sie Geschirr in die Spülmaschine oder füllte Limonade und Eiswürfel in der Karaffe nach. Sie fragte ihn aufs genaueste aus, was er mit seinem Leben bis anhin getrieben habe, und verhielt sich auch Kommentare nicht, die ihn nötigten, gewisse Ausschnitte dem von ihr trefflich vertretenen Grundsatz der Tüchtigkeit, aus alter deutscher Schule, anzupassen. So schilderte er seinen Aufenthalt in New York, als hätte dieser schon vor Beginn ausschliesslich der Absicht gegolten, in diesem Museum zu arbeiten. Aber ausgerechnet da meldete sie Vorbehalte an. »Ich hoffe, Sie sind nicht enttäuscht worden«, sagte sie.

»Nein, warum sollte ich. Es war eine interessante Zeit.«

Damit gab sie sich nicht zufrieden: »Ich denke manchmal an all die klugen Leute, die ihr Wissen und ihre Zeit investieren, und überlege mir, was damit eigentlich geschieht. Dann kommt mir euer Museum vor wie ein grosses Schiff, das nur gebaut wird, damit ein paar Köpfe möglichst lange daran herumplanen können, ohne dass es je zur See zu fahren bräuchte. Wie eine Arche Noah ohne Sintflut, wenn Sie verstehen, was ich meine.« Georg bejahte. »Aber es gibt da ein Problem, zu dem ich gerne Ihre Meinung einholen möchte.«

»Bitte, wenn Sie mir eine zutrauen. Aber Sie müssen wissen, dass ich nur in einige wenige Aspekte Einsicht hatte. Es war ein kurzes Gastspiel.«

»Das ist vielleicht gerade ein Vorteil. Ein Gast sieht in einem Haus manchmal mehr als die Leute, die es bewohnen. Das sage ich Ihnen als alte Reporterin. Sie wissen sicher, dass ich meine Sammlung zum Verkauf anbiete. Nun, das Problem ist folgendes: Soll ich mein ganzes Material dieser Institution verkaufen, die es erstens noch gar nicht gibt und von der ich zweitens auch nicht weiss, was sie dereinst damit anzufangen gedenkt, oder mich mit der anderen einigen, die ebenso gut zahlt und mir glaubhaft zusichert, die Sammlung als permanente Ausstellung und Archiv öffentlich zugänglich zu halten, wobei hier zu bedenken ist, dass es um Deutschland geht.«

»Und?«

»Ich wollte nie mehr etwas mit den Deutschen zu tun haben«, sagte sie feierlich. »Nun, wie denken Sie darüber? Es ist immerhin mein Lebenswerk.«

Georg überlegte nicht lange: »Ich würde es den Meistbietenden geben.«

»Ausgezeichnet.« Leni klatschte in die Hände. Ihr Enkel, der die Verhandlungen für sie führte, Georgs Alter, meine zwar, die Sammlung solle einem Zweck dienen, manchmal sage er sogar »Mission«. Er favorisiere die New Yorker Option. »Aber eigentlich war ich immer der gleichen Meinung wie Sie. Die Meistbietenden sollen sie bekommen. Und wenn es Deutschland ist. Dann erst recht. Missionen können wechseln, was weiss ich, welchem Zweck sich das Museum morgen verschreibt. Aber jetzt lassen Sie uns hinaufgehen. Ich zeige Ihnen alles, was Sie sehen wollen.«

Leni führte ihn in eine Kammer unter dem Dach, dort, in Hunderten von Schubkästen und Regalen, schlummerte ihr gesamtes Schaffen in quellender Fülle. Sie liess ihn herumschnüffeln, öffnete zu seinen Stichworten Schubladen und Schachteln, teils wucherte es wild, dann wieder überwog die Ordnung. Verweilte er an einer Stelle, grub sie bereits die nächste um, ein Garten, in dem es immer zu harken gab. Besonders lang betrachtete er ein Bild, das den Hafen von Haifa zeigte, im Hintergrund die Getreidesilos, am Bildrand lag ein Schiff an Dock, eine Kolonne von Neueinwanderern zog sich vom Landungssteg bis zu einem Pult auf dem weiten Platz, an dem ein Beamter in praller Sonne sass. Dahinter warteten Autobusse und Lastwagen.

Nach zwei Stunden führte sie ihn auf die Dachterrasse. Über den weissen Tisch spannte sich ein grosser Sonnenschirm. Aus Töpfen duftete es nach Sommer auf dem Land, Blumen blühten, und Georg sah Bienen. »Bienen in New York«, meinte er zu Leni, die zufrieden Unkraut aus der Topferde zupfte. Ein Spinnennetz zitterte im leichten Wind. Er schaute über das Fleckenmuster der nahen Dächer hinweg auf den Hudson, der sich aus seinem grünen Tal in der Ferne heranwand. Nach dem ersten Glas Weisswein erklärte sie, nur mit Mühe akzeptieren zu können, wie unbeschwert man heute wieder mit Deutschland verkehre. Ihr Enkel, ausgerechnet er, sei sogar mit einer Deutschen verlobt, obschon er wisse, wie sie darüber denke. Als Georg sie auf ihre Absichten mit der Sammlung hinwies, antwortete sie. »Das ist etwas anderes.«

»Warum denn?« insistierte er. »Irgendeinen Kontakt werden Sie dafür doch eingegangen sein müssen.«

»Ja, aber das mache ich doch alles nur, um den Preis hochzutreiben, damit ich hier verkaufen kann.« Sie legte sich die Hand an den Mund: »Das werden Sie doch nicht im Museum erzählen, oder?« Als die Flasche leer war, stand sie auf: »So, ich glaube, es ist an der Zeit. Ich habe noch einiges zu erledigen. Morgen heisst es für mich: ab nach Arizona. Aufnahmen in der Wüste. Aber ich will Ihnen etwas sagen. Mein Archiv muss dringend geordnet werden, bevor ich verkaufe. Sie haben gesehen, wie alles herumliegt.« Sie waren vor der Wohnungstüre angelangt. Georg musste leider ablehnen, was sie gut verstand. Es habe sie auch so gefreut, ihn kennenzulernen. »Alles Gute, junger Mann, und lassen Sie sich von den Leuten nicht weismachen, die Vergangenheit ergebe einen Sinn. Die Geschichte ist nicht dazu da, um aus ihr zu lernen. Wer Lehren ziehen will, neigt dazu, sich die Fakten zurechtzulegen. Glauben Sie mir.«

Das Abteil in der Untergrundbahn war fast leer. Er setzte sich und ergriff die Zeitung, die jemand liegengelassen hatte. Das Gros der Truppen befand auf dem Weg nach Hause, die Vorbereitungen für die Siegesparaden im letzten Stadium, Ölfelder brannten, eine Gruppe Aidskranker belagerte das Ferienhaus des Texaners, dessen Wiederwahl nahezu gesichert schien. Es würde seine Zeit dauern, vom obersten Norden Manhattans bis nach Brooklyn zu gelangen.

Der Anrufbeantworter blinkte wieder. Etwas Band war gespult. Er hörte ab: »Mein dritter Versuch. Du scheinst da zu sein. Habe einen billigen Flug gefunden. Wahrscheinlich bin ich schon in der Luft, wenn du meine Nachricht hörst. Morgen früh, acht Uhr Ortszeit, komme ich an. Aber du brauchst mich nicht abzuholen. Falls du nicht zu Hause sein wirst, hinterlasse bitte eine Nachricht, wo ich dich am Nachmittag treffen kann. Aber wähle einen bekannten Ort. Ich kenne New York kaum.«

Im Bett versuchte er zu lesen, doch legten sich ständig andere Szenen über die Buchseiten: Ein Frühling, der sich in den Sommer legen wollte, Subway Angel hinter dem Steuer eines Lincoln, er auf dem Beifahrersitz, draussen zogen die Kornfelder des mittleren Westens vorbei, Wälder in den Rocky Mountains, Felsenfiguren im Flimmern der Wüste, der Absender lächelte geduldig, das abgespulte Band aus der Tonbandkassette flatterte im Fahrtwind und verlor sich in einer Bodenwelle, Ben stand am Strassenrand, Molly, die Varieté-Schauspielerin neben sich, einmal schreckte Georg auf, weil er meinte, das Telefon klingeln gehört zu haben.

Seine Nachricht auf der Maschine: »Ich schlage vor, Empire State Building. Bei den Liften zur Aussichtsplattform. Vierzehn Uhr. Falls du nicht dort sein kannst, hinterlasse mir bitte eine Nummer, wo ich dich erreichen kann. Bis dann.« Es ging gegen zehn Uhr, als der Volontär zum letzten Akt im Museum antrat. Ben und Dave sassen im Büro, Ben bei Kaffee, Dave ass ein Brötchen. »So, das wär's. Ich habe die letzte Kassette erledigt.«

»Sehr gut«, sagte Ben lediglich, und zu Dave gewandt: »Siehst du, ich habe gewusst, dass er es schaffen wird. Gerade rechtzeitig.«

Mr. Hersh hatte sich sich für den nächsten Tag angekündigt.

»Wenn du willst, kannst du jederzeit zurückkommen, zu den gleichen Konditionen. Viel Arbeit, kein Lohn«, sagte Ben. Im Tonraum holte Georg die Kassette ein letztes Mal aus dem Schrank. Das Formular hatte er bis auf das Feld für Name und Adresse des Absenders ordentlich ausgefüllt. Er trug die Angaben nach, heftete ein Stichwortprotokoll dazu und legte alles zurück an seinen Platz. Nava legte er einen Karton Zigaretten auf das Pult. Sie war zu Hause geblieben. Das Kind sei krank. Judith bedankte sich herzlich für die geleisteten Dienste, Amy schaute kaum hoch, sagte aber »Auf Wiedersehen« und »Viel Glück«, Renata reichte ihm immerhin die Hand, Doug liess Europa grüssen, und so kam er dem Ausgang immer näher, bis er im leeren Gang stand, vor der Türe zum Lift.

5)

Sein Vater hatte recht. So sicher, wie man meinte, war man sich des Lebens nicht. Doch Georg war der Meinung, dass zum Leben auch eine Bestimmung gehörte, die über die eigene Existenz hinauswies. Wenn sie ihm selber in letzter Zeit auch abhanden gekommen schien, glaubte er doch, dass sie sich nur schlafengelegt hatte und zu gegebener Zeit frisch und gestärkt wieder auferstehe, während sein Vater, offenbar jeglichem eigenen Willen abhold, in seinen Augen nur noch herumsass, gleichgültig, was vorbeigeschwommen kam, keine Sekunde je in den Fluss der Dinge greifen würde, da hinter jeder Biegung die Mündung lauern konnte und seine Hand ohnehin nichts mehr aufzuhalten vermochte. Nicht dass Georg all den Leuten jemals geglaubt hätte, wenn sie vorgaben, sich frei für oder gegen irgendetwas zu entscheiden, nicht einmal, dass sie dies wirklich wünschten. Auch im grössten Baum sass man immer nur auf einem Ast, aber was ihn erstaunte, war, dass er seinen Vater am Ufer zufrieden sah.

»Ich habe sogar eine Lebensversicherung abgeschlossen. Was sage ich, zwei Lebensversicherungen. Zu euren Gunsten, übrigens. Was soll ich sonst mit dem Geld anfangen. Aktien liegen mir nicht. Zuviel Risiko. Andererseits will ich es von meinem Konto weghaben. Wegen den Steuern. Arbeit und genug Geld, um jederzeit Ferien zu machen, was brauche ich mehr, nebst ein paar guten Freunden? Hast du wenigstens das?«

»Was?«

»Freunde. Ich meine richtige. Das ist letztlich das einzige, was zählt. Dass man nicht alleine lebt«, bekräftigte der Vater und nahm unvermittelt Georgs Glas, um den kleinen Rest Wein in einem Schluck auszutrinken. Er schüttelte sich: »Wie kannst du solch ein Zeugs zu dir nehmen?«

Georg verspürte keine Lust auf mehr Wein, die Gläser waren viel zu gross, dennoch bestellte er sich ein neues. »Willst du auch?« fragte er absichtlich. Er zwang sich, zu trinken. Durch die Dumpfheit, die ihn überwältigen wollte, sah er den Vater lächelnd entgleiten.

Kapitel vierzehn

1)

Routiniert, geräuschlos plazierte der Kellner das Essen. Georg hatte Omelett mit Pilzen und Salade Niçoise bestellt. Sein Vater Beefsteak Tartar, das er mit Tabasco beträufelte: »Damals, als wir wirklich vor Entscheidungen standen, haben wir immer das Naheliegendste getan. Heute stehe ich vor dem Naheliegenden und meine, mich entscheiden zu müssen.« Rötlich schimmerte das rohe Fleisch zwischen Salatblättern gebettet auf dem Teller vor ihm.

Georg verstand nicht ...

»Das Problem mit Anna und Silvia, zum Beispiel. Anna ist meine frühere. Du weisst schon. Silvia meine jetzige.«

Georg hatte die Namen wieder vergessen.

»Anna hat mich gefragt, ob ich wieder zu ihr zurückkomme. Sie weiss natürlich von Silvia. Nur Silvia hat keine Ahnung, dass ich Anna immer noch sehe. Zumindest lässt sie sich nichts anmerken. Sie sorgt für mich, ist zuverlässig. Ich kann mir aufs Alter gar nichts Besseres wünschen. Aber bei Anna prickelt es mir auf der Haut. Wie soll ich mich entscheiden? Was denkst du?« Inzwischen war das Fläschchen Tabasco leer.

Vaters Erklärung klang etwas unpassend, mit seinen sechzig Jahren. Auch kannte Georg die Situation nicht. Er hatte nie zwei Freundinnen gleichzeitig gehabt. Ungeduldig antwortete er: »Was weiss ich. Ich würde mich für die entscheiden, bei der meine Gefühle am stärksten sind«, und sann dem fahlen Tonfall seines Ratschlages hinterher.

»Ja, das hätte ich früher auch gemeint. Aber heute denke ich anders. Das Nächstliegende ist doch, dass es so bleibt, wie es ist. Warum nicht?«

»Haben Sie alles, was Sie wünschen?« Der Kellner stand wieder neben ihnen. Georg nickte. Sein Vater verlangte ein neues Fläschchen Tabasco. Georg fragte sich, ob er selber jemals anders gehandelt hatte, als es die Umstände gerade befahlen; ist es denn wirklich ein eigener Entschluss, an einer Sache mitzumachen, wenn tausend Leute sich schon vor einem selber dafür entschieden haben?

Der Salat schmeckte. Das erste Olivenöl seit langem, der Ziegenkäse war echt. Nur ein bisschen zuviel Zwiebeln. Er legte sie an den Rand des Tellers. »Willst du die nicht?« Sein Vater lud sie auf die Gabel. Doch, einmal da habe er gehandelt. »Bewusst ins Schicksal eingegriffen«, wie er sich ausdrückte. In Dora Mittelbau. Nordhausen. Eine Waffenfabrik, in den Berg hinein gebaut. Schlimmer als das Lager vorher. Die Produktion lief auf vollen Touren. »Diese Raketen. Du weisst schon. Der Krieg lag in den letzten Zügen. Wer zu schwach war, wurde erschossen.« Er suchte im Schoss nach einem Zwiebelring, der von der Gabel gefallen war. Eines Tages sei ihm ein Stapel gestanzter Bleche vom Rollwagen gefallen. Einige der gestanzten Platten verbogen sich. Der eilends herbeigerannte Aufseher schrieb die Nummer seiner Jacke ab. Sabotage. Er wusste, der Appell am Abend würde sein letzter sein, wenn ihm nicht schnell etwas einfiele. Mit seinem Freund Henri, der unglücklicherweise neben dem Wagen stand und auch aufgeschrieben wurde, kam er auf die Lösung, sich andere Jacken zu besorgen. Auch wenn sie erwischt würden, sie hatten nichts zu verlieren.

Die Nummer. Da war sie. Georg wollte die Gelegenheit nutzen. Doch der Vater kam ihm zuvor. »Die Nummern auf den Kleidern stimmten ohnehin nicht überein. Die Appelle waren die einzige Kontrolle. Für jeden Häftling, der fehlte, musste einfach ein Toter nachgewiesen werden.« Das Krematorium funktionierte nicht so reibungslos wie andernorts. Es gab Staus. Die Leichen lagen in Haufen davor. In aller Eile wechselten sie mit zwei Toten Jacken und Hosen. Rechtzeitig zum Appell standen sie auf dem Platz vor dem Eingang zum Stollen. Wärter und Kapos streiften durch die Reihen und suchten ihre Nummern. Sie blieben beide unerkannt. Zu sehr glichen sich die mageren Gestalten.

Beide Teller waren leer geworden. Vater hatte gekaut und geredet in einem. Manchmal stolperten die Bissen und die Wörter übereinander, oder er verschluckte sich und hustete.

»So, jetzt noch Kaffee.« Er rief den Kellner und bestellte für Georg gleich mit. »Ich glaube, ich habe mich überessen. Und du, bist du satt geworden?« Das hatte er immer gesagt. Nach jedem Essen: »Bist du satt geworden? Ich habe mich überessen.«

2)

Die ersten paar Tage in Jerusalem wohnte ich wieder in der Pension von Herrn Klein, suchte jedoch nach einer eigenen Unterkunft. Einer meiner Streifzüge führte mich in ein Viertel am Stadtrand. In seinen niedrigen Steinhäusern aus dicken gelben Quadern wohnten hauptsächlich fromme Leute gesetzteren Alters. Zufällig hatte ich von der Strasse her die schattige Baracke zwischen den Bäumen gesehen. Durch den verwachsenen Garten näherte ich mich dem dazugehörenden Haus. Neben dem Klopfer war ein Zettel an die Holztüre geheftet: »Fam. Markus«. Eine kleine Frau in Morgenrock mit noch nicht endgültig zurechtgerückter Perücke auf dem Kopf öffnete mir. Sie konnte kein Hebräisch. Ebensowenig ihr Mann, der auf ihr Rufen hin aus dem Inneren geschlurft kam. Das sei nicht mehr nötig, wie sie mir im Verlaufe unseres kurzen, auf jiddisch geführten Gesprächs erklärten, waren sie doch aus einem bestimmten Grund vor einigen Wochen aus New York nach Israel gekommen: »Um näher bei Gott sterben zu können.« Das Privileg eines sicheren, wenn auch niedrigen Einkommens als Polizist machte sich zum ersten Mal bezahlt; gegen eine nicht allzuhohe Miete überliessen sie mir den Anbau. Einzige Bedingung war, dass ich keinen Frauenbesuch empfinge. Ich überlegte nicht lange und sagte zu.

Mein neues Quartier, drei Meter lang, halb so breit, bestand aus einem durchhängenden Bett, einem schmalen Schrank und einem so kleinen Tisch, dass der Stuhl keinen Sinn machte und ich ihn rausstellte. Obwohl die Baracke im Schatten lag, heizte sie sich tagsüber rasch auf. Aber immerhin hatte ich ein Dach über dem Kopf. Besonders gefiel meinen Vermietern, dass sie mit mir jiddisch sprechen konnten. Zudem hatten sie herausgefunden, dass Polizisten keinen Zoll auf an sie persönlich adressierte Sendungen aus dem Ausland entrichten mussten, was ich selber nicht wusste. Ihre Enkelin, von der eine gerahmte Fotografie auf der Vitrine im Esszimmer stand, schickte ihnen manchmal Pakete mit Nahrungsmitteln, denn noch immer galt das Couponsystem und waren der norwegische Fisch und Oliven das einzige, wovon das

Land mehr als genug hatte. Das Bild zeigte eine junge Frau, die breit lächelte. Mit meinem Einverständnis wurden alle ihre Sendungen ab sofort an mich geschickt. Ich ging sie einlösen und bekam dafür jedesmal etwas vom Inhalt ab.

Ich war als guter Morser bekannt. Empfangen wie Melden, Verschlüsseln und Entschlüsseln gingen mir ohne Unterschied leicht von der Hand, aber das Geknatter in den Kopfhörern verlor schnell jeden Reiz. Auch wenn es verstummte, musste ich mich jederzeit für eine Meldung bereithalten. Dennoch überwogen die Vorteile. Man konnte den ganzen Tag sitzen und bekam die Vorgesetzten zumeist nur zu Gesicht, wenn sie kurz die Köpfe zur Tür hereinstreckten, um sich Meldungen geben oder übermitteln zu lassen. Der Funkraum befand sich im kühlen Keller, und niemand kontrollierte dort unten, ob man Uniform trug. Als einer der wenigen Unverheirateten konnte ich ständig Ablösungen auf anderen Dienststellen übernehmen. Wann immer irgendwo ein schneller Ersatz gebraucht wurde, war ich der geeignete Mann. Die Reisen wurden mir als Dienstzeit angerechnet, die Unterkünfte in den verschiedenen Polizeikasernen waren auch im schlechtesten Fall, wenn es sich um ehemaligen Zellen von britischen Gefängnissen handelte, besser als mein Verschlag bei der Familie Markus. Innert kürzester Zeit überzog ein dicht geknüpftes Netz von Bekannten die Karte des Landes in meinem Kopf. Einer davon war Thomi. Ich verrichtete meinen üblichen Dienst im Funkraum eines dieser Posten nahe von Jerusalem. Der Tag war ruhig, Meldungen gab es so gut wie keine. Da sich der Grossteil der Mannschaft mit dem Offizier auf Patrouille befand, wagte ich, das Gerät auf Radiofrequenz einzustellen. Ich hörte Musik und bemerkte nicht, dass die Türe ging. Plötzlich stand einer der im Posten gebliebenen Polizisten neben mir. Drahtig, untersetzt, ich hatte ihn schon öfter gesehen. Vor Schreck vergass ich, das Gerät zurück auf Dienstfrequenz zu stellen. Er fragte indes schüchtern, ob er sich ein wenig zu mir hineinsetzen dürfe, er habe draussen die Musik gehört. Aus seinem Akzent und dem fehlerhaften Hebräisch war sofort der unverkennbare Singsang herauszuhören. Wie alle Welt, sobald man uns reden hörte, fragte auch ich: »Atah Hungari?« Er antwortete ungarisch. Anstatt auf Patrouille zu gehen, hatte er sich krankgemeldet und verrichtete leichten Innendienst. Schnell waren die Geschichten ausgetauscht. Er war im Ghetto von Budapest einer der wenigen gewesen, die einen Weg hinaus kannten. Das reichte, um sich und seine Eltern durchzubringen. Einmal war er von Pfeilkreuzlern erwischt und nach nicht bestandener Penisprobe furchtbar verprügelt worden. Nach dem Krieg betätigte er sich auf dem Schwarzmarkt. Bis die Partei der Werktätigen mit der Macht auch die Geschäfte übernommen hatte. Er war gleichzeitig wie wir nach Israel gekommen, konnte jedoch weniger Hebräisch. Bitter klagte er über die Peinlichkeit, an Strassensperren Leute durchsuchen und sich dabei beschimpfen lassen zu müssen, sobald jemand merkte, dass er die Sprache nicht beherrschte. Er redete sich regelrecht in Verzweiflung, und seine buschigen Augenbrauen verzogen sich zu dunklen Zacken in der Stirn, während er die schlechtsitzende Uniform, an der er ständig herumzerrte, ebenso verwünschte wie den Knüppel, mit dem er nichts anfangen konnte ausser dafür zu sorgen, dass er ihm beim Gehen nicht zwischen die Beine geriet. Auf meine Frage, wie er es geschafft habe, bei der Polizei unterzukommen, ich hatte ihm von meinen verschiedenen Bemühungen erzählt, zuckte er die Schultern und lächelte. Ich gab ihm den Rat, es mir gleichzutun und sich für die Morseausbildung zu bewerben. Wenig später wurde er tatsächlich zugelassen. Danach klang sein Hebräisch weiterhin wie ein entfernter ungarischer Dialekt, und ein guter Funker wurde er nie.

Zum ersten Mal seit meiner Ankunft in diesem Land hatte ich etwas Geld, um auszugehen. Sogar genug, um die Enkelin meiner Vermieter auszuführen, die zu Besuch war. Sie hatte gehalten, was das Bild auf der Vitrine versprach. Frau Markus war ihr Alter plötzlich nicht mehr anzumerken, wie sie mir nachspionierte. Meine Baracke stand während der ganzen Zeit unter strenger Beobachtung. Doch Thomi half mir ein paarmal aus. Er hatte ein Zimmer im Haus seines Vorgesetzten. Nach zwei Wochen reiste die Enkelin wieder ab, und meine Englischkenntnisse hatten sich erheblich verbessert.

In derselben Zeit versuchte Thomi sein Glück bei der Tochter ehemaliger Nachbarn aus Budapest, die er zufällig auf einer Strasse in Jerusalem wiedergesehen hatte. Nachdem seinem Werben kein Erfolg beschieden war, forderte er mich auf, meinerseits anzutreten. Im YMCA stellte er uns einander vor, und sie gefiel mir auf Anhieb. Mehr als das. In den folgenden Tagen ging sie mir überhaupt nicht mehr aus dem Kopf, mit ihren langen braunen Haaren, der grossgewachsenen, vollen Figur und diesem sachlichen Blick, der nicht zu erkennen gegeben hatte, wie das Resultat ihrer Musterung ausgefallen war, als ich dort vor ihr stand. Ohne Unterlass, was immer ich tat, sei es am Morsegerät oder allein in meiner Baracke, überlegte ich, wie ich Balla herumkriegen könnte. Immerhin wusste ich, dass sie in einem Mädchenheim wohnte und dieses nicht weit von meinem Arbeitsort entfernt lag. Mein Plan war, einfach vor dem Haus hin und her zu gehen, bis ich sie antreffen würde, und vor ihr zu behaupten, ich sei auf dem Weg zur Arbeit. Sicher glaubte sie mir, wenn sie mich in Uniform sah. Im Auf- und Abgehen behielt ich dauernd den ganzen Strassenabschnitt im Auge. Ich wollte vermeiden, dass sie mich wartend antreffen würde. Zu meiner Überraschung rief sie mir aber plötzlich von der Türe her zu: »Warte, ich komme sofort!« und stand nach weniger als fünf Minuten vor mir, Sandalen an den nackten Füssen, einen knielangen Rock, loses Hemd. Am liebsten hätte ich sie sofort berührt und nicht mehr losgelassen. »Die Vorsteherin wollte sich schon erkundigen, weshalb das Haus bewacht werde. Ich will nicht hier herumstehen. Lass uns etwas trinken gehen«, sagte sie sachlich.

Ich hatte vorher einen Imbiss in der nächsten Strasse ausgekundschaftet. Es roch nach altem Speiseöl. Das einzige, was es zu bestellen gab, waren Falafel und Fruchtsäfte. An den gekachelten Wänden hingen gedruckte Bilder von Kamelen und Beduinen in der immer gleichen Wüstenlandschaft. Sie erzählte mir von ihrem Vater, einem ehemaligen Bankdirektor, nach dem Krieg in höherer Stellung beim ungarischen Finanzministerium. Jetzt war er krank. Ich mimte den aufmerksamen Zuhörer, befasste mich aber vor allem mit der Überlegung, ob ich sie jetzt anfassen oder meine Hände, die sich zu verselbständigen drohten, weiterhin zurückhalten sollte. Sie gab mir keinen Anhaltspunkt für eine Entscheidung. Ich erfuhr, dass sie zwischen Dienstpersonal aufgewachsen war und noch nie hatte arbeiten müssen, worum ich sie beneidete, aber redend legte ich diesen Unterschied zu meinen Gunsten aus. Leider war sie von mir als Polizist nicht sehr beeindruckt. Wir sassen uns vielleicht eine Stunde gegenüber. Immer wieder stellte sie die Frage, weshalb ich es nicht auf eine bessere Arbeit abgesehen hätte. Dies mit einem amüsierten Unterton, als handle es sich um einen besonderen, ja den einzigen Aspekt, bei dem es sich zu verweilen lohnte, derweil mir keine Antwort dazu einfiel. Einen einzigen Vorstoss unternahm ich, um vom Thema abzukommen, als sie meinte, abends spätestens um acht Uhr zurück im Heim sein zu müssen:

»Das würde ich mir niemals gefallen lassen. Lieber lebte ich auf der Strasse.«

»Ach du ...«, tat sie meinen Einwand mit einer wegwerfenden Handbewegung ab, die gleichzeitig auch das Lebewohl war.

Am nächsten Tag stand ich wieder vor ihrer Türe. Und ebenso am übernächsten. Wir sahen uns regelmässig. Stets hielt sie sich an die Regeln des Heims. Liess ich fallen, dass wir ebenso gut bei mir etwas trinken könnten, schaute sie mich nur kurz von der Seite an, während sie ohne ein weiteres Wort die gewohnte Richtung zur Imbissbude beibehielt. Es blieb dabei. Jeden Abend sagte ich ihr vor der Türe zu ihrem Pensionat auf Wiedersehen, und jeden nächsten Abend trat ich für eine weitere Stunde in der Falafel-Bar an, während alle meine Freunde sich in der gleichen Zeit vergnügten und dabei nicht immer leer ausgingen. Thomi lachte mich aus. Er sei schliesslich auch abgeblitzt. »Frage sie einmal geradeheraus, und dann höre auf, deine Zeit zu verschwenden.«

Aber das war nicht meine Art. Den Schritt musste sie tun, oder er fand nicht statt. Es kam vor, dass sie mir sagte, »Morgen kann ich nicht«, oder ich hatte eine Ablösung, eine andere Schicht und war verhindert, aber wenn immer es ging, war ich dort und wartete auf sie. Ungefragt, ohne klare Verabredung, geduldig und pünktlich. Doch eines Morgens rief sie mich auf der Station an, das erste Mal, dass sie sich meldete:

»Kommst du heute auch bestimmt?«

»Warum nicht? Halb sieben, wie immer.«

»Ah, dann ist's gut«, seufzte sie erleichtert und hängte auf.

Etwas musste geschehen sein. Die Tatsache, dass sie in einem solchen Augenblick mich anrief, beflügelte meine Phantasie.

Sie stand schon auf der Strasse und kam auf mich zugelaufen. Ich hatte sie kaum begrüsst, da zog sie mich am Arm fort, Richtung Stadtzentrum: »Lass uns heute richtig essen gehen.«

»Mein Vater ...«, weihte sie mich endlich ein, als wir in irgendeinem Restaurant, das sie kannte, auf das Essen warteten.

»Was ist mit ihm?«

»Er ist gestern gestorben. Im Krankenhaus.« Sie rieb sich das rechte Auge. Ich war um ein paar einfühlsame Worte bemüht, in der Hoffnung, sie habe mich nicht nur gerufen, um Angelegenheiten im Zusammenhang mit dem Nachlass für sie zu erledigen. Ein Tropfen. Und dann noch einer. Sie weinte still. Es wollte mir nichts von Bedeutung einfallen. Doch der Moment eignete sich, um ihre Hand zu nehmen und mit Streicheln zu beginnen. Ganz leicht, nur mit dem Daumen. Die nächste Träne traf genau ihren Handrücken. Ihre andere Hand lag auf meinem Unterarm. Sie lächelte verlegen und drückte meinen Arm etwas fester. Mir wurde warm. »Nur jetzt keinen Fehler machen. Nichts überstürzen. Lass sie machen«, nahm ich mir vor und verstrich einen Tropfen nach dem anderen auf ihrem Handrücken. Doch es geschah nichts. Wir streichelten uns stumpf. Ich nahm an, sie dachte die ganze Zeit nur an ihren Vater. Ich hatte aufgegessen. Der Teller vor ihr war noch fast voll. Um dem Augenblick zuvorzukommen, in dem ihr das Pensionat wieder einfallen würde, schlug ich vor: »Wenn du willst, können wir gehen. Ich muss nur noch bezahlen.«

»Ja, ist gut ...«, hauchte sie. »Aber ich will heute nacht nicht allein sein.«

Erst da überlegte ich, dass es so einfach auch nicht war. Frau Markus würde uns hören. Und wenn ich jetzt aufgestanden wäre, um Thomi anzurufen, ob er uns sein Zimmer überliesse, hätte das ihre Trauer zu abrupt ernüchtert. Abgesehen von der Reise bis nach Abu Ghosh, wo er wohnte. Ich suchte fieberhaft nach einer Lösung, doch es blieb nur meine Baracke, Frau Markus hin oder her.

Tatsächlich lag am nächsten Morgen ein Zettel vor der Tür. »Bitte suchen Sie sofort eine andere Wohnung. Sie wissen warum ...« Auf jiddisch.

Ich kam bei einem ungarischen Ehepaar unter, das mir das Vorzimmer ihres kleinen, freistehenden Hauses abtrat. Mitten auf der Demarkationslinie zwischen dem israelischen und dem damals noch jordanischen Teil der Stadt galt es eigentlich als unbewohnbar, war aber um so billiger. Manchmal standen die jordanischen

Legionäre auf dem Dach und schauten nach Westen. Balla rümpfte jedes Mal schon unter der Türe die Nase. Während sie mich weiterhin ermahnte, etwas aus meinem Leben zu machen, war ich der Meinung, das sei schon geschehen, und zog es vor, mich nach Dienstschluss mit meinen Freunden im Café Nava zu versammeln, um von dort aus das zu unternehmen, was ich darunter verstand. Balla tauchte immer seltener auf, bald wollte sie nicht mehr in meine Wohnung kommen, hatte sich inzwischen auch eine eigene gemietet, ohne mich jemals dorthin einzuladen, bis wir uns höchstens noch zufällig trafen. Es tat mir leid. Sie hatte mir gefallen, doch niemand von uns fand Zeit, lange jemandem nachzutrauern. Ständig ging irgendwer fort, in eine andere Stadt, verliess das Land, andere verlor man schlicht aus den Augen, oder sie stiessen neu zu unserem Haufen. In diesem Kommen und Gehen bildete das Café Nava die einzige Beständigkeit. Der Treffpunkt an der Jaffastrasse, wo manchmal sämtliche Sitze auf dem Gehsteig nicht genügten, um uns aufzunehmen, war fest in ungarischer Hand. Dort erfuhr ich eines Tages von einem Ehemaligen aus Kfar Ruppin auch den Grund für den frostigen Abschied aus dem Kibbuz, der mir damals beschert wurde. Am Tag meiner Erkundungsreise nach Jerusalem war das Geld aus den Sammelbüchsen verschwunden. Wegen meiner plötzlichen Abreise war der Verdacht auf mich gefallen. Jetzt wusste ich, woher die Finanzen von Kufu und meinen Freunden für die Reise nach Jerusalem stammten und weshalb er sich stets standhaft geweigert hatte, einen der offiziellen Sprachkurse, für die man meistens in einen Kibbuz geschickt wurde, zu absolvieren. Aber ich liess ihn in Ruhe damit.

Vielleicht wäre es mir ohne Semö, unser aller Mentor und Vorgesetzten bei der Polizei, schlechter ergangen. Er war ein herzensguter Mensch mit einer Glatze und grossen, dunklen Augen, die, wenn sie wieder eines unserer zahllosen Vergehen zur Kenntnis nehmen mussten, so traurig blicken konnten, dass uns der eigene Mangel an Disziplin wie eine Krankheit erscheinen musste, die trotz seiner Hege und Pflege nicht abklingen mochte. Vielleicht waren wir für ihn, der schon vor dem Krieg nach Palästina ausgewandert war, aber wusste, was hinter uns lag, eine Schar glücklich davongekommener, übermütiger Jungen, über die er seine schützende Hand hielt, damit sie sich erst einmal austoben konnten. Zu

Geburtstag hatten wir etwas zusammengelegt und kauften
Gedichte von Sandor Petöfi, eine Ausgabe mit Gold-
Zum Dank umarmte er jeden einzelnen von uns.

meisten beanspruchten wir Semös Schutz vor dem Distrikt-
wegen seiner äusserlichen Ähnlichkeit mit dem ägyptischen
; von uns Faruk genannt, dessen Einfallsreichtum beim Auf-
n von Verfehlungen berüchtigt war. Mein Strafenkonto er-
sich durch seinen Eifer rasch. So hatte ich wieder einmal in
Ghosh Dienst. Plötzlich schlug die Türe gegen die Wand:
ng, der Premierminister kommt.« Im nächsten Moment
eser mitsamt Begleitung im Funkraum. Es war eng. Direkt
m drängten sich Faruk und Fischer, der verantwortliche
er Station. Der Rest waren mir unbekannte Männer in
Ich fuhr auf, salutierte, da fiel mir ein, dass ich in kur-
war, ohne Schuhe, die irgendwo unter dem Funkgerät
ab nur zwei Männer ohne Uniform: Mich und den
mier im kurzärmligen Hemd. Ich war so aufgeregt,
ht verstand, was er mich fragte, aber Fischer antworte-
, worauf alle kehrtum machten. Unter der Türe wandte
nach mir um und fuhr mit der offenen Hand, die Flä-
ben gedreht, durch die Luft.

wohnte zu dieser Zeit bei Fischer und seiner Frau. Fi-
usste viel auf Patrouille. Meistens nachts. Sie blieb allein in
ohnung. Wir wussten alle von ihr und Thomi, hatten ihm
end davon abgeraten, doch er war nicht jemand, der eine
genheit auslassen konnte. Dann kam er eines Tages ins Café
u: »Stellt euch vor, der Einsatz gestern nacht ist ausgefallen«,
nerte er. Ich begriff nicht sofort.

scher! Er ist schon nach einer Stunde wieder zurückgekom-
..«

her hatte nicht gemeldet, dass einer seiner Untergebenen
rhältnis mit seiner Frau habe, sondern zeigte unerlaubtes
n der Dienststelle an. Thomi musste zwei Tagessolde Stra-
und eine andere Unterkunft suchen.

onnte sich nicht beklagen, dass seine Kontrollen über-
sen wären. Dabei war das Einstellen des Funkgerätes
uenz des Radiosenders zwecks Musikhörens während
st das kleinste Vergehen. Schwerer wog dagegen, dass ich

einmal nachmittags ins nahe Kino ging. Berkovic, einer meiner Freunde, sollte an meiner Stelle am Funk aufzupassen. Das Kino lag ein paar Häuserblocks von der Station entfernt. Mitten im Film gingen die Lichter an. Über den Saallautsprecher wurde mein Name ausgerufen. In der Station herrschte ein einziger Aufruhr, seine Mitte war Faruk. Ein Telegramm mit höchster Priorität war eingetroffen, und niemand hatte es entgegengenommen. Ein ander Mal, an einem Samstag, als ich Dienst hatte, kam Kufu auf die Station zu Besuch. In seinem Schlepptau Shabtai, ein ungarischer Einwanderer, der einst in Budapest Rabbiner werden wollte und nun in Jerusalem Polizist war. Später kamen Thomi und Laszlo hinzu, und alle sassen mit Getränken und Speisen bei mir im Funkraum, das Radio auf voller Lautstärke, dick und schwer hing Zigarettenqualm in der Luft. Auf einmal erschien Faruk. Wir hatten gemeint, er befände sich in Tel Aviv. Die anderen zerstoben wie die Fliegen, aber ich war im Dienst. Faruk waltete mit Eifer seines Amtes. Im Rapport stand: Rauchen, Funkgerät auf falscher Frequenz, Vernachlässigung des Dienstes, unbefugte Leute auf der Station. Was mich einstweilen rettete, war Semös Protektion und dass ich als guter Funker galt.

Dann heiratete ich das erste Mal.

Ich hatte sie auf dem Flachdach des Hauses an der Yarkonstrasse in Tel Aviv kennengelernt, wo Laszlos damalige Freundin wohnte. Dort oben, drei Stockwerke über dem Verkehr, verbrachten wir alle eine Zeitlang unsere freien Abende, zusammen mit unseren Eroberungen aus dem Galigil-Bad, wo wir uns tagsüber tummelten. Als Unverheiratete wäre sie zum Militärdienst eingezogen worden, die Eheschliessung galt als einzige Möglichkeit, um davon befreit zu werden. Sämtliche andere Vorteile, die sich aus diesem Schritt ergaben, würde sie in vollem Umfange mir überlassen. Schnell rechnete ich aus, was die Erhöhung des Soldes, die zusätzlichen Lebensmittelmarken und die paar freien Tage insgesamt ergaben, dazu kam, dass ich seltener Wochenendschichten zu leisten hätte; die verbesserten Aussichten bei einer allfälligen Wohnungssuche, kurz, alle Gründe sprachen dafür, ihr den kleinen Gefallen zu tun. Sie würde sämtliche Unkosten beim Rabbinat übernehmen, sowohl die der Heirat wie der Scheidung, die sie nach einem Jahr eingeben wollte. Einige Wochen später war alles erledigt. Ich hatte nicht mehr zu tun gehabt, als mit zum Rabbinat zu gehen, um fortan offiziell als Ehemann zu gelten.

Meine Situation hatte sich mit einem Schlag spürbar verbessert. Mit den Coupons kaufte ich mir meinen ersten Anzug. Es reichte sogar, um auch für Kufu einen zu erstehen. Zusammen gingen wir zu einem ungarischen Schneider in der oberen Stadt. Er hatte eine Auswahl von verbilligten Stoffen und gewährte uns zudem einen Sondernachlass, da beide den gleichen aussuchten. Wir entschieden uns für einen blauweiss gestreiften. Meine mir angetraute Frau sah ich nur selten. Meistens an den freien Wochenenden. Nach ungefähr einem Jahr liessen wir uns wie vereinbart scheiden. Vorschriftsgemäss meldete ich meinen neuen alten Status umgehend bei der Verwaltungsabteilung der Polizei. Aber nur mündlich. Ich hatte angenommen, der Beamte würde den Rest erledigen, und war erstaunt, als ich sowohl meinen höheren Lohn als auch die Coupons für Verheiratete weiter erhielt – erstaunt und erfreut.

Nicht alle hatten es so gut getroffen wie ich. Sie mussten sich das Geld für ihren Unterhalt zusammenborgen. Wir hatten einen Geldverleiher, auch er ein Ungare, mit dem wir ein System von Bürgschaften ausgeklügelt hatten, das im gleichen Masse ihm wie uns zugute kam. Jeder konnte sich gegen einen angemessenen Zins für eine beschränkte Laufzeit Geldsummen bis zu einer gewissen Höhe holen. Er brauchte lediglich zwei andere Polizisten, die mit ihrem Lohn bürgten. Reihum wurden seine Dienste beansprucht. Zum Beispiel von Berkovic, der eine alte Mutter in der Nähe von Tel Aviv hatte. Sie war krank geworden, und nur eine teure Kur konnte ihr helfen. Oder Thomi. Eine seiner Bekannten war schwanger geworden und hatte kein Geld für die Abtreibung. Und Dan Fory, der auf die Art die Kaution für seine neue Wohnung aufbringen konnte. Wir unterschrieben jeder für jeden, und jeder wusste, dass eines Tages auch er darauf angewiesen sein könnte. Ich kann mich nicht erinnern, dass jemals eine der Bürgschaften beansprucht worden wäre.

Ich zog um zu Fory. Sein Haus lag im idealen Schnittpunkt zwischen dem Café Nava und der Polizeistation, was mich den störenden Umstand eine Weile ertragen liess, dass er, der grossen Wert auf sein Äusseres legte, die Gewohnheit hatte, seine Schuhe mit meiner Bettdecke abzuwischen, wenn ich nicht hinschaute.

Dass er ein Grossmaul war, nahm ihm niemand übel. Allgemein galt er als einer der Gebildetsten unter uns, und er hatte ein Talent zur Unterhaltung, wenn er redete. Einen Nachteil hatte die Nähe zur Polizeistation trotz aller Annehmlichkeiten: Ich war ständig erreichbar. Wenn ich mich krank meldete, musste ich zu Hause bleiben, denn Faruk wäre es ein leichtes gewesen, schnell herüberzukommen, wie Semö einmal. Glücklicherweise war ich ein Langschläfer. Er fand mich im Bett vor. Nachdem er sich etwas im Zimmer umgeschaut hatte, meinte er: »Kein Wunder, hier wäre ich auch die Hälfte der Zeit krank.«

Eines Tages stiess über Laszlo jemand Neues in unseren Kreis. Sas, ein sehr intelligenter, freundlicher und gebildeter Kerl, etwas älter als wir. Er kannte eine junge Frau aus der Schweiz, dem Flekken Land in Europa, von dem es hiess, dass Milch und Honig dort schon flossen, während bei uns in Israel das einzige, was nicht versiegte, der Strom von Einwanderern war und wirkliche Wunder auf sich warten liessen. Die Frau sei auf der Suche nach einem geeigneten Mann, er selber sei abgeblitzt. Aber vielleicht hätte Laszlo Chancen. Sie verfüge über eine eigene Wohnung. Er bot an, beim Knüpfen des ersten Fadens behilflich zu sein und stellte die beiden einander vor. Es ging nicht mehr lange, und Laszlo war unter Dach und Fach. Die Hochzeit fand in ihrem Land statt, und nach seiner Rückkehr nahm er mich und raunte:

»Stell dir vor! Dort gibt es Kirschen in Hülle und Fülle.«

»Ja, und?«

»Am ersten Tag habe ich eine Schüssel davon leergegessen, und am zweiten hat ihre Mutter die Küche vor mir abgeschlossen.«

Wir alle hatten Zugang zur neuen Wohnung in Tel Aviv und machten ausgiebig davon Gebrauch. Es war noch nicht möbliert, auf dem Boden lagen Matratzen herum, aber die Küche funktionierte, und sie hatten sogar Grammophon. Die Schlüssel mussten über das ganze Land verteilt gewesen sein. Man wusste nie, wann die Türe wieder ginge, besonders an Wochenenden herrschte Hochbetrieb, jeder brachte seine Eroberung aus dem Galigil-Bad mit, wer gerade keine Beute hatte oder nicht selber an jemandes Angel hing, der konnte hoffen, dass im Laufe der Stunden sicher die eine oder andere der Frauen in Begleitung einer Freundin kam.

Es war eine glückliche Zeit. Für ein paar Monate hatten mich günstige Umstände auf die bessere Seite des Lebens getragen, zumal uns aus der Welt, die wir verlassen hatten, beunruhigende Nachrichten erreichten. Das meiste erfuhren wir aus der einzigen Zeitung, die wir alle lesen konnten, die ungarisch geschriebene »Uikelet«, und die Briefe, die einzelne von uns erhielten, gaben nie Anlass zu bereuen, weggegangen zu sein. Ungarn lag weit zurück. Für mich war das Thema erledigt. Wo wir jetzt waren, da gehörte das ganze Land uns, und wir gehörten zu einem Land. Ich entdeckte, wie ich im Umgang mit den Behörden auf dem zu bestehen begann, was ich als mein Recht wähnte, ohne es als Beleidigung zu empfinden, wenn mir der Beamte im selben Tonfall antwortete. Ich ging sogar wählen. Wahrscheinlich Mapai, den gemässsigten Flügel der Sozialdemokratie, was weniger eine eigene politische Haltung ausdrückte als ein bestimmtes Verhalten, das als Kriterium einzig die Mehrheit kannte, wo die Mehrheit alles Bedrohliche verloren hatte und in meiner Konzeption nur noch bedeutete, die Regierung und den Ministerpräsidenten zu stellen. Als der Strom europäischer Einwanderer etwas nachliess und an ihrer Stelle vermehrt Leute aus arabischen Ländern kamen, vor allem aus Jemen und dem Irak, hatte ich endlich auch die Gelegenheit, mich einer Gruppe von Menschen gegenüber bessergestellt zu fühlen, denn die meisten von ihnen konnten weder lesen noch schreiben und sprachen nur Arabisch, die Sprache der Verlierer eines Krieges, der in meiner Vorstellung hauptsächlich aus den Heldentaten von Soldaten bestand, die Iwrith sprachen. Einmal hatte ich eine Bekannte und merkte, als sie schon neben mir lag, dass sie das römische Alphabet nicht kannte. Ohne zu zögern stand ich auf und liess sie alleine. Es war mir nicht einmal eine Erklärung wert. Ein herrliches Gefühl. Thomi, dem ich erzählt hatte, dass ich beinahe mit einer Analphabetin die Nacht verbracht hätte, begriff nicht: »Na und. Wer liest denn schon im Bett?«

Auf dem Höhepunkt der Wiedergutmachungsverhandlungen zwischen Israel und den jüdischen Organisationen, vertreten durch Nahum Goldmann einerseits und die Bundesrepublik Deutschland Konrad Adenauers auf der anderen Seite, kurz vor dem Abschluss des Luxemburger Abkommens, war es mit der Ruhe und der Behaglichkeit bei der Polizei auch für uns Funker eine Weile vorbei. Überall im Land fanden Demonstrationen statt, die Stationen brauchten jeden verfügbaren Mann. Eine hektische Aktivität prägte den Dienst. Sogar Bürokräfte wurden für den Ordnungsdienst freigestellt. Besonders die Kräfte ausserhalb des Regierungslagers waren dagegen, dass man Deutschland den Hof machte, wie sie es sagten. Für die Juden sei die Zeit des Händeschüttelns noch nicht gekommen, und schon gar nicht für den Premierminister. Sie veranstalteten ein Riesengeschrei. Während die andere Seite der Meinung war, das Geld und die vereinbarten Güterleistungen würden dringend für den Aufbau des Landes benötigt, so dringend, dass man sich notfalls auch mit dem Teufel an einen Tisch setzen würde, wenn einen dies etwas unabhängiger von den Wundern Gottes machte. Mir selbst war diese Haltung näher. Ich hatte kein Problem mit Deutschland oder den Deutschen, sollten sie ruhig zahlen, so viel und so lange, als nur irgendwie etwas rauszuholen war. Faruk hatte uns dreitausend Dollar pro Einwohner vorgerechnet, die das Abkommen insgesamt bringen würde, nicht eingerechnet die Entschädigungen an die jüdischen Organisationen ausserhalb Israels. Die Überstunden allerdings behagten mir nicht und schon gar nicht die Aussicht auf einen Dienst mit Schlagstock inmitten einer Menge von schreienden Juden, die womöglich mit Steinen nach mir warfen, darunter Ungarn, Leute im Alter meines Vaters, wie ich mir vorstellte. Mir lag nichts daran, mich herumzuprügeln. Ich verstand die Erregung nicht, die von den Leuten Besitz ergriffen hatte. Mich hatte bis dahin noch niemand von einer Sache in dem Mass überzeugen können, dass es gerechtfertigt gewesen wäre, die eigene Haut hinzuhalten. Nur Dan Fory, im Begriffe, Journalist zu werden, hatte eine Antwort. Aber die war sehr kompliziert und handelte in langen Abschweifungen mit viel Gestik und eitler Stimme von Schuld und Verantwortung in der Geschichte. Dinge, von denen wir anderen, wie er richtig feststellte, wenig verstanden.

Die ganze Angelegenheit war unsympathisch, Strassendienst, Patrouillen, Tränengas und heulende Sirenen waren uns zuwider. Thomi konnte die Sprache noch immer nicht. Uns graute davor, auf die Bevölkerung losgelassen zu werden. Ab sofort war die Anordnung, während dem Dienst ausnahmslos Uniform zu tragen, ein Befehl, bei Zuwiderhandlung drohte Gefängnis und fristlose Entlassung. In unserem Fall gehörte zwar die Schusswaffe

nicht zur Ausrüstung, aber wir mussten jeden Tag mit dem Holz-
knüppel von zu Hause losziehen, nicht wissend, ob er im Spind
verbleiben konnte oder hastig hervorgeholt werden müsste. Wir
waren in Einheiten aufgeteilt und darauf gefasst, auf ein plötzli-
ches Kommando zum Einsatz ausrücken zu müssen. Thomi und
ich hatten einen Plan ausgeheckt, der uns vor dem Schlimmsten
bewahren sollte.

Einmal war es soweit. Die Einheiten rückten aus, jede an ihren
vorbestimmten Ort in der Stadt. Trotz aller Dispositive herrschte,
wie wir es gehofft hatten, ein einziges Durcheinander. Noch war
die Polizei des Landes nicht geübt im Einsatz gegen eine Masse aus
der eigenen Bevölkerung. Die Einsatzfahrzeuge standen sich gegenseitig im Weg, aus Megaphonen knatterten die Kommandos
der Vorgesetzten, auswärtige Verstärkung musste eingewiesen und
die Ausrüstung eiligst bereitgestellt werden. Die Abteilungen wurden aufgerufen, sich zu formieren. Das war unser Moment. Wir
hatten abgesprochen, dass wir uns ins Klo einsperren und dort
abwarten wollten, wie die Lage nach ein, zwei Stunden aussah.
Bald war Ruhe im Gebäude eingekehrt. Auch nach längerer Zeit
trauten wir uns nicht hinaus. Dass die anderen Kopf und Kragen
riskierten, während wir Zigaretten rauchten, war unsere Sache
nicht, unsere Alternative stand jedem offen, der nicht unbedingt
den Helden spielen wollte. Ebenso wenig kümmerte uns die Frage,
ob wir feige waren oder einfach nur klüger als der Rest, und mit
Erwägungen von der Art, ob nun die Regierung recht habe oder
die Demonstranten, wie sie von der Mannschaft ein paar wenige
beschäftigten, gaben wir uns erst recht nicht ab. Thomi meinte
nur, er gehe sich nicht mit Leuten schlagen, die zuvor in Budapest, als sie bessere Gründe zum Aufruhr gehabt hätten, bereitwillig mit den Deutschen verhandelt und das Ghetto zur Ruhe gemahnt hätten. Er glaubte, in den hinteren Reihen derer, die mitgeholfen hatten, den Aufruhr zu organisieren, einige aus Budapest
erkannt zu haben. Während wir vor uns hinbrüteten, etwas anderes gab es in der engen Kabine nicht zu tun, wurden die ersten
Verwundeten angeschleppt, für uns das Zeichen, die Toilette zu
verlassen. Jeder setzte sich auf eine Seite eines der frisch Hereinge-
brachten, die auf einer Holzbank warteten, ins Krankenzimmer
geführt zu werden. Einen nach dem anderen geleiteten wir in den

Behandlungsraum. Es waren keine schweren Verletzungen, sie konnten alle auf der Station behandelt werden. Einige Kollegen wunderten sich über unsere neue Funktion, aber keiner stellte eine Frage. Abends, im Café Nava, erzählten wir nichts von unserem Tag. Die grossen Reden führte ohnehin Dan Fory, und Helden gab es genug.

Dem Geschehen näher war ich, als ein berühmter Pianist zu einem Gastspiel kam. Auf dem Programm standen Strauss und Wagner, weshalb sich Wochen vorher hitzige Diskussionen entfachten, ob vor jüdischem Publikum Musik gespielt werden dürfe, die einst die Nazis für ihre Zwecke eingesetzt hatten. Den Pianisten focht dies nicht an. Er liess aus den USA verlauten, dass er entschlossen sei, die herrliche Musik den Schatten des Verbrechens zu entreissen und der Welt zurückzugeben, indem er sie gerade in Israel spiele. Er residierte im Hotel King David, der Konzertsaal lag schräg gegenüber im Gebäude des YMCA. Ich war in einem Kordon, der einen Teil des Spaliers bildete, durch den er nach Verlassen des Hotels schritt, um sich zum Konzert zu begeben. Die umstehende Menge brüllte und pfiff, doch er kam unbehelligt durch. Nach dem Konzert dasselbe, in umgekehrter Richtung. Ich sehe ihn heute noch vor mir, ein älterer Herr, graue Haare, langer Mantel und mindestens einen Kopf kürzer, als die meisten von uns Polizisten, an denen er ohne nach links oder rechts zu blicken vorüber ging, die Schultern hochgezogen, als regnete es ihm in den Kragen. Wieder erhob sich Geschrei aus der tausendköpfigen Menge. Einzelne leichte Gegenstände flogen durch die Luft, eine Flüssigkeit traf seine Begleiterin, er blieb verschont, undurchdringliche Nachsicht in seinem Lächeln. Ab und zu nickte er jemandem zu, als müsse er sich für all das entschuldigen, schritt zwischen Leibwächtern und Würdenträgern, unter dem Gewitter von Feindseligkeiten weiter und war beinahe unter dem schützenden Obdach der Hotelvorfahrt angekommen, da traf ihn der Schlag einer Latte auf die Hand. Ich stand so nahe, dass ich sehen konnte, wie sich sein Gesicht im Schmerz verzog.

Nie mehr würde er in diesem Land auftreten, liess er, zurück in den USA, verlauten. Man hatte ihn eingeladen, an den Feierlichkeiten zum fünften Jahrestag der Staatsgründung teilzunehmen. Mir aber spielte Sas auf dem Grammophon von Laszlo wenig später Strauss und Wagner vor. Damit ich wenigstens wisse, wofür ich mich in Gefahr begeben hatte. Die Musik gefiel mir, und dank Sas besuchte ich darauf mein erstes klassisches Konzert, Dvoraks »Symphonie der Neuen Welt« und die »Moldau« von Smetana, im selben Saal, wo der Pianist aufgetreten war. Das war meine Einführung in die klassische Musik. Ich blieb Sas für immer dankbar.

Inzwischen hatte Laszlo zusammen mit einem polnischen Zahnarzt eine Praxis eröffnet. Dieser bekam schon bald einen Prozess an den Hals, weil er einer Patientin zuerst vier gesunde Zähne gezogen haben solle, bevor er endlich den kranken fünften erwischt hatte. Aber Laszlo prosperierte. Anstelle der Wohnung benutzten wir jetzt sein Vorzimmer als Absteige für die Nächte. Ich war oft in Tel Aviv, wegen dem öffentlichen Bad, dem einzigen im Land, und um Freunde zu besuchen. Manchmal luden mich Laszlo und seine Frau zum Essen ein. Die Stimmung zwischen ihnen trübte sich zusehends. Meine paar Brocken Deutsch reichten nicht aus, um herauszufinden, worüber sie sich dauernd stritten. Es wäre mir auch lieber gewesen, gar nicht erst dabei zu sein. Einmal sah ich Laszlo so erregt, dass er sie schüttelte. Die zurückgehaltene Wut liess sein Gesicht rot anlaufen. Er tat mir leid. Es war während dem Abendessen. Ich konnte mich nicht aus dem Staub machen, also schluckte ich mechanisch meine Bissen. Als sich die Frau für einen Moment in der Küche zu schaffen machte, beschwor ich ihn auf ungarisch, solche Szenen vor mir zu unterlassen. Aber es half nicht. Kaum war sie wieder bei Tisch, nahmen sie den Streit wieder auf. Sie war von einer blutleeren Ruhe, die auch mich in einen Zustand der Kälte versetzte. Am liebsten hätte ich Laszlo am Arm fortgezogen, denn wenn er zu uns nach Jerusalem kam, war er der alte. Liebenswürdig, immer zu Spässen bereit, der beste Freund, den man sich vorstellen konnte – vielleicht ein wenig melancholisch, wenn er sich vor dem Café Nava von uns verabschieden musste. In seiner Wohnung besuchte ich ihn nur noch selten. Meistens, wenn er mich genug gedrängt hatte. Dann willigte ich aus reinem Entgegenkommen ein, weil es ihm so erbarmungswürdig deutlich anzumerken war, wie ungern er allein nach Hause ging. Es kam auch vor, dass sie Besuch aus Europa hatten. Es war an Laszlo, die Leute in die Stadt auszuführen, und wenn ich gerade in Tel Aviv war, bat er mich, ihn zu begleiten. Um Höflichkeit besorgt, ohne zu wissen, was das bei dieser Art von Leuten hiess, schaute ich zu, dass ich niemandem ins Gehege kam, und erfüllte die Rolle des zurückhaltenden Einheimischen, der den Fremden das zeigte, was er glaubte, es würde ihrer vornehmen Neugierde am ehesten entgegenkommen. Allein meine sprachlichen Hemmungen verboten die üblichen Galanterien, dazu kam die Gewähltheit ihres Benehmens aus besserem Hause. So hätten sie die Falafel nie mit den Händen gegessen, sondern verlangten immer nach Gabel und Messer und tranken ihren Saft in kleinen Schlucken, während wir das Glas nicht eher abstellten, als bis es auf den Grund geleert war.

Bei einem Besuch jedoch verhielt es sich anders. Laszlo hatte mir eine Woche zuvor gesagt, dass eine Cousine seiner Frau im Anzug sei. Er kenne sie flüchtig von der Hochzeit her. Sie sei ganz anders als die restliche Sippe, unkompliziert und für jedes Abenteuer zu haben, vermutete er. Mit ihr könne ich sicher etwas anfangen. Soviel er gehört habe, trage sie sich sogar mit dem Gedanken, hierzubleiben.

Sie hiess Mirah. Noch am ersten Abend gingen wir ins Labor. Es war nichts Besonderes dabei, sowenig wie mit allen anderen davor. Eine Art Sport, betrieben von einer Mannschaft junger, lebensdurstiger und unbekümmerter Spieler. Wer war schneller, wer hatte mehr, ein bisschen Aufschneiderei gehörte dazu, und was mich betraf, so gab es keine Kriterien, ausser dass zwei das gleiche wollten. Edith, Iris, Judith, Balla, wie sie auch immer hiessen, egal woher sie kamen, wie sie aussahen, in Jerusalem, in Tel Aviv, in Haifa, ich war zu haben. Von Zukunft war dabei sowenig die Rede wie von Kindern und wie man verhinderte, dass es soweit kam. Vielleicht war ich bei Mirah ein wenig schneller am Ziel, und ich erinnere mich, dass sie sich der leiblichen Vergnügung nebensächlicher widmete, als ich es von den anderen gewohnt war ...

3)
»Wie denn?« unterbrach Georg seinen Vater.

»Wie soll ich das beschreiben. Wie ... Nun, vielleicht wie eine, die eigentlich etwas Wichtigeres zu erledigen gehabt hätte und sich nur aus Nachsicht gegenüber meinen kindlichen Bedürfnissen neben mich auf die schmale Chaiselongue hinlegte. Wir haben jedenfalls nicht lange herumgespielt. Mir war es einerlei. Es verging keine Stunde, bis wir eng nebeneinander eingeschlafen waren. Am nächsten Morgen musste sie früh wieder los, um in ihren Kibbuz zu gelangen, wo sie seit ein paar Wochen lebte. Die Kühe warteten, sagte sie. Ich war noch gar nicht richtig wach geworden. Schlaftrunken sagte ich meine Adresse in Jerusalem auf, während sie schon angezogen neben mir sass und mein Gemurmel in ihr kleines Notizbuch übertrug, das sie pflichtversessen auf den Knien hielt. Sie schloss die Türe hinter sich, und ich schlief weiter. Ich weiss nicht, ob ich sie jemals wieder getroffen hätte, wäre nicht Wochen später ein Brief von ihr gekommen. Er enthielt den einzigen wirklichen Unterschied zu meinen anderen Erlebnissen mit Frauen, und der machte aus, dass sich innert Kürze mein Leben verändern sollte. Sie war schwanger geworden. Den Rest kennst du ja.«

Der Kellner brachte den Kaffee.

Georg zerrannen die letzten Tropfen Zeit. Es gab kein Mittel, um seinen Vater weiter bei Tisch halten zu können. Nein, sie wollten keine Nachspeise. Nur gleich zahlen, bitte. Georgs Kopf war schwer. Er wusste nicht, was ihn bedrückte, aber seinen Vater konnte er nicht einfach so gehen lassen. Fragen, und wenn es auch das letzte wäre, was sie überhaupt zusammen redeten! Jedes weitere Zögern kostete den Preis eines ganzen Lebens. Er hatte ein schlechtes Gewissen und wusste nicht weshalb. Das Omelett lag, von den Oliven beschwert, rumpelnd im Magen. Er hätte einschlafen mögen. Auch Vater war wortkarg geworden: »Hast du noch etwas auf der Leber? ... Nicht? Dann würde ich nämlich bald zurück in mein Hotel gehen. Ich muss unbedingt ein wenig schlafen. Auf dem Flug habe ich kein Auge zugetan. Und ein ganzer Nachmittag hier oben ... Höhenluft macht bekanntlich müde.« Unerbittlich nahm er den Mantel von der Stuhllehne.

Für Georg galt es, seine sämtlichen Energien und allen Mut auf einen Punkt zielend zu sammeln und schnellen zu lassen. Es bestand die Gefahr zu verfehlen, aber die war einzugehen, Desaster in Kauf zu nehmen:

»Vater, ich wollte noch etwas fragen.«

»Ja, was denn?«

Da kam der Kellner mit der Rechnung und legte den Zettel in das Niemandsland auf dem Tisch zwischen ihnen. Georg ergriff ihn und erschrak. Aber sein Vater winkte müde ab:

»Ich nehme sie doch auch aus. Weisst du, wieviele Amerikaner in meinem Taxi schon dran glauben mussten?« Er zückte die Kreditkarte. Der Kellner kam mit dem Formular. Vater setzte ein grosszügiges Trinkgeld darauf. Wenn er wolle, könne er ihn ins Hotel begleiten. Sonst werde er ihn auf jeden Fall morgen anrufen. Sie würden sich noch sehen, bevor er abreiste. Aber für heute habe er genug.

4)

Draussen im Wind waren die Geräusche der Stadt zerstoben. Es war wie im Gebirge bei Nacht. Unmerklich, während sie drinnen im Aquarium sassen, hatte sich der Himmel bedeckt. Die Sterne waren heruntergefallen. Vater knöpfte den Mantel zu und forderte Georg auf, es ihm gleichzutun. Sie eilten zum Lift. Die Biorhythmus-Waage war abgeschaltet. Georg fühlte in der Hand den Zettel mit seiner Prognose. Ein Vogel pickte in der Lichtstrasse etwas vom Boden auf und flog davon. Der Schacht würde jeden Moment seinen Schlund öffnen. Sie waren die einzigen Gäste.

»Vater?«

»Ja?« Da war das Klingeln der Kabine bei ihrer Ankunft wieder. »Willst du nicht doch deine Jacke schliessen? Mir zuliebe. Es ist wirklich kalt hier oben. Du holst dir noch die Grippe.«

Als sie ins Neonlicht der Kabine traten, hatte Georg den Reissverschluss hochgezogen.